Inhoud

Dit boek werd geschreven aan de hand van vraaggesprekken die gehouden werden tussen november 1979 en juni 1982. Namen van nog levende personen werden, waar nodig, veranderd en in de beschrijving werd herkenbaarheid vermeden.

Deel 1

Een reis door de tijd

Er viel een stilte. Ik nam een slok, liet de whisky over mijn tong spoelen, tuurde naar het silhouet van de heuvels aan de overkant. De heuvels van Thailand, trillend in de hitte, blauwgroen vervaagd door de waterdamp die opsteeg uit de rivier.

'Maar dat is de helft van het verhaal,' heeft hij gezegd. En het is niet nodig dat ik daarop antwoord geef, ik hoef niet eens te knikken. Er is meer, en we weten het allebei. Hij wist het op het moment dat onze blikken elkaar kruisten. Ik slenterde door de straten van Vientiane, hij was, omringd door straathandelaren, inkopen aan het doen: een rijzige, breedgeschouderde man van een jaar of vijftig, gekleed in spijkerbroek met brede leren riem en openhangend kaki shirt, de bruinverbrande schedel omkranst door grijs, gemillimeterd haar. We kregen elkaar in het oog en de blik die we wisselden was een blik van herkenning.

'Alles oké?'

'Gaat het goed?'

Hij heette Ted, onnodig te zeggen dat hij een Amerikaan was. We liepen samen op naar het restaurantje dat hij dreef. Al bijna een jaar, naar hij vertelde. We zaten op een vlonder, door een afdakje van bamboe en palmbladeren beschermd tegen de zon. Tussen de kierende planken glinsterde het water. We keken uit over de brede, traagstromende Mekongrivier. We dronken thee, daarna bier, tenslotte whisky.

'Wat voert jou hier?'

Ik vertelde hem dat ik al jaren heen en weer trok tussen Europa en Zuidoost-Azië: Thailand, Cambodja, Laos, Vietnam. Voor mezelf, omdat ik in die verplaatsingen een innerlijk evenwicht gevonden had, en voor m'n werk: 'Ik ben schilder. Ik maak etsen. In Frankrijk heb ik m'n atelier, maar mijn onderwerp ligt hier.'

Ik vertelde van de kindertransporten, sinds '69. Aanvankelijk een paar keer per jaar, omdat ik geen geld had en er een gratis ticket aan vastzat.

'Maar hoe harder het er hier aan toeging, hoe meer het een eigen leven ging leiden.'

Op den duur soms wel drie, vier vluchten per maand. De ene keer in m'n eentje als begeleider van zes kinderen, de volgende keer als leider van een transport van zestig kinderen. Heen en weer. Af en toe tweeënzeventig uur lang op de been, boven mezelf uitstijgend van vermoeidheid, duizelend van de tijdsverschillen. Tussenstops in Tokio en Anchorage. Heen en weer, van Korea naar Stockholm, van Bangladesh naar Parijs, van Saigon naar New York. Gezonde kinderen, op weg naar adoptiegezinnen in het Westen. Zieke en verminkte kinderen, op weg naar gespecialiseerde ziekenhuizen. Kinderen met napalmverbrandingen. *Boua Van Sac, Mari-Li Dinah, Nokh Van Boon, My Sari, Vanida Ah Neng, Sang Van Sorn.* Duizend namen. Duizend ogenparen.

Huilende kinderen. Kinderen die schreeuwen. Kinderen die blind om zich heen slaan. Kinderen die apathisch in een hoekje zitten. Kinderen die weigeren te slapen. Kinderen die je niet wakker kunt krijgen. Kinderen die dromen. Kinderen die om hun moeder roepen in hun slaap. Kinderen die niet willen eten. Kinderen die misselijk worden. Kinderen die overgeven. Kinderen met diarree. Kinderen die doodgaan.

Kisten vol paspoorten en medische bescheiden. Medicijnen, injectiespuiten, dieetvoorschriften, vluchtschema's. Uur na uur.

En dan opeens een meisje, niet ouder dan acht. Ze wijkt niet van je zijde. Ze helpt de kleintjes te verschonen, ze voert ze, troost ze in een taal die jij niet spreekt, zingt voor ze met een glashelder stemmetje. Tenslotte valt ze tegen je aan in slaap. Drie etmalen. Terugzien zul je haar niet. Want dan komt het afscheid. Het huilen. Het vastklampen. Ze kijken je na tot je uit het zicht verdwenen bent.

En dan de leegte. Te moe om te slapen. In een stilte waarin nog steeds het huilen doorklinkt.

Dat was wat ik vertelde.

'Maar dat is niet alles,' heeft hij gezegd. En zo is het. Er is meer.

Ted is een voormalig kolonel van de Amerikaanse luchtmacht. Hij was squadron-leader, voerde bombardementen uit, hoeveel zou hij niet eens kunnen vertellen. Hij werd neergehaald boven Vietnam, de schietstoel heeft hem gered. Hij heeft een paar weken krijgsgevangen gezeten maar is ontsnapt. Terug in Saigon wilde het niet meer, hij had te veel gezien. Hij is ertussenuit gelopen. Nooit meer de druk op de knop. Nooit meer terug. Ver weg in de *States* wonen zijn vrouw en zijn drie kinderen: een wit huis met twee auto's, op de voorgrond in het gras een baseballknuppel. Hier leeft hij samen met twee jongens. Ze helpen in het eethuisje waarin hij de kost verdient: een handvol rijst, wat vis, wat groente, precies zoveel als nodig is. Hij was kolonel, nu staat hij met een schort voor te kokkerellen onder een afdakje van palmbladeren. En hij beschouwt het niet als een achteruitgang, zo te zien. Het verleden heeft hij achter zich gelaten. De toekomst is van later zorg. Hij leeft bij de dag.

Dat alles las ik in zijn blik, toen ik hem daar in het oog kreeg, op dat pleintje van gele, aangestampte aarde, een hoofd groter dan de straatventers die hem omringden. Maar ook ik zag meer.

Je hebt mensen die elkaar tegenkomen in de vreemdste uithoeken van de wereld. Dat kan een marktpleintje in de hoofdstad van Laos zijn, maar ook een kroeg in het havenkwartier van Hamburg, de lobby van een hotel in Mexico City, of een stille straat in een buitenwijk van Parijs. Ze kennen elkaar zonder dat ze de ander ooit eerder ontmoet hebben. Soms spreken ze elkaar aan en hebben ze aan een paar woorden voldoende. Vaak ontlopen ze elkaar. Maar altijd is er een blik van herkenning.

Sommigen van hen leiden een onopvallend bestaan, zijn getrouwd, hebben kinderen en wonen in een rijtjeshuis, anderen hebben nergens rust kunnen vinden, zijn aan het zwerven geslagen, bemannen de vliegtuigen van duistere luchtvaartmaatschappijtjes of boren naar olie. Sommigen van hen leiden een onopvallend of zelfs achtenswaardig bestaan, anderen leiden een leven aan de zelfkant van de samenleving. Sommigen van hen zijn gezondheidsmaniakken, anderen zijn hopeloos aan de alcohol of de verdovende middelen geraakt.

Toch hebben ze zonder uitzondering één ding gemeen.

Er zijn er die, opeens na jaren, nachten achtereen gekweld worden door steeds terugkerende angstdromen. Er zijn er die bij tijden geplaagd worden door slapeloosheid. Er zijn er die alleen maar kunnen slapen wanneer ze hun schoenen aanhouden. Ze zijn altijd op hun qui-vive, ze schrikken op bij ieder onbekend geluid. Waar ze ook binnentreden, ze zullen zich eerst met één oogopslag van de situatie vergewissen. Ze kunnen niet de aanwezigheid van mensen achter hun rug verdragen. Sommigen van hen zullen zich nooit ophouden achter in een afgesloten ruimte. Anderen zullen in het open veld doorlopend om zich heen speuren. Er zijn er die niet bestand zijn tegen eenzaamheid, er zijn er die juist geen gezelschap kunnen verdragen.

Ze kunnen in alles van elkaar verschillen, maar één ding hebben ze gemeen: de blik in hun ogen, waakzaam en schuw. Het zijn ogen waarachter een verleden broeit, ogen die meer hebben gezien dan de menselijke blik verdragen kan.

Ze herkennen elkaar. Ooit hebben ze over de rand van het bestaan gekeken. En ze hebben het overleefd.

Ik herkende hem, de Duitse industrieel aan wie ik werd voorgesteld bij een opening van een tentoonstelling in Parijs. Zijn naam zei me niets. Ik had hem vermoedelijk nooit eerder gezien. Maar ik zag zijn ogen, en ik zei:

'Zwölfte U-Jagdflottile. Danzig 1944...'

Waarop zijn hand klam werd in de mijne, zijn rug zich een ogenblik kromde, en zijn veel jongere vrouw hem even later bezorgd vroeg *wat er toch was.*

En die Franse garagehouder, diep in de Provence. Ik had panne met mijn auto. Een Zweedse auto in Frankrijk. In het dorp hadden ze naar hem verwezen, een eind verder, in de wildernis:

'Die kan alles. *Als* hij je wil helpen...'

Ik herkende zijn werkplaats al van een afstand: de georganiseerde chaos van een werkplaats achter het front. Hier wordt niets weggegooid. Niemand weet hier de weg behalve hij. En toen ik uit mijn auto stapte was hij het die *mij* herkende. Hij ging tegenover me staan. Een boom van een kerel met de scheve neus van een bokser, een alpinopetje op het kale hoofd, een bruine sigarettenpeuk die in zijn mondhoek bleef hangen terwijl hij zei:

'Jij hebt bij het Legioen gezeten...'

We dronken wijn. We wisselden trefwoorden uit. Sidi bel Abbès, Dien Bien Phoe, Saigon. Meer hoefde niet. We knikten. We namen een slok. En daarna repareerde hij de uitlaat van mijn auto zonder dat ik iets hoefde te betalen.

En die man achter in een bar in Bangkok, ook hem herkende ik. Hoewel het nog vroeg in de avond was zat hij al achter zijn tweede fles Mekong-whisky van die dag. Hij zat recht onder de roterende vin aan het plafond, maar het zweet liep in straaltjes langs zijn nek. Paars van de alcohol. Ik herkende hem, hoewel hij in Korea was aangekomen toen ik al lang en breed gewond was afgevoerd. In '52 was hij als piloot afgezwaaid. Sindsdien dronk hij twee, drie flessen whisky op een dag. Maar ook zoveel alcohol had de blik in zijn ogen niet kunnen uitwissen. Alleen achter de stuurknuppel van zijn aftandse Dakota was hij nuchter, ongeacht het promillage in zijn bloed. Elk ander moment trilden zijn handen. We vlogen rakelings over de bomen. Eén uur heen, één uur terug. Met de kaart op de knieën. Zandweggetjes, dorpjes, riviertjes als enige punten van oriëntatie. En tussen dat ene uur en het andere: een landingsstrip tussen de bomen, zo kort dat hij zijn kist er als een baksteen op neer moest laten vallen. Dan uitladen met draaiende motoren. Loodzware, grijsgeschilderde kratten en kisten zonder enig opschrift. Dan een dik pak dollars.

En daarna slaagde hij er ook nog een keer in om weer in de lucht te komen, met de rafels aan zijn banden. Tenslotte een zucht van verlichting, en, wanneer we er zeker van zijn dat we de grens gepasseerd hebben, het eerste blikje bier.

'Wat zat er nou in die kisten?'

'Alles wat je maar wilt. Ik weet het niet.'

Hij wist het niet en wilde het ook niet weten. En wanneer de propellers met enig nahoesten stilvielen, luidde het steevast:

'Zo. Dit was de laatste keer...'

Altijd was het de laatste keer geweest. Maar een week later ging hij weer:

'Nog één keer en dan nooit meer in die vervloekte klotekist...'

En hij ging weer. Tot het moment aan zou breken dat het voor hem *echt* de laatste keer zou zijn, een moment, zo kort dat hij niet eens de tijd zou hebben zijn zelfgekozen lot te betreuren.

En ik? Een maand hier, twee maanden daar. De kindertransporten. Geld en medicamenten voor het Bevrijdingsfront. Op en neer tussen oorlog en vrede, tussen leven en dood, tussen wanhoop en geluk.

'Maar dat is niet alles,' heeft hij gezegd: Ted, een breedgeschouderde Amerikaan van in de vijftig die een jaar eerder beslist tegen zijn voorhoofd zou hebben getikt wanneer iemand hem toen voorspeld had dat hij het niet meer met vrouwen maar met jongens zou gaan houden en dat hij zijn kolonelsuniform zou verruilen voor een schortje.

En hij had gelijk. Er was meer.

Ik lag op mijn buik in snijdend gruis, happend naar adem. De lucht was verzadigd van stof. Mijn hemd was aan flarden, op mijn ellebogen en knieën gloeiden de schaafwonden. Mijn spieren stonden gespannen alsof ik ieder moment op zou moeten kunnen springen om aan de haal te gaan: lopen, bevrijdend hollen, de zuurstof diep in de longen. Maar ik kon geen vin verroeren, ik lag ingesnoerd in een dwangbuis van massieve steen. Naar voren kon ik niet, terug kon ik evenmin. Voor me, in het aardedonker, voelde ik een paar rubber Ho Tsji Minh-sandalen, bij mijn voeten iemands schouders en een hoofd. Aan de ondraaglijke prikkel in mijn hals om me op te richten viel niet te voldoen in een mollengang die maar een paar decimeter hoog was. En zo smal dat het slechts met moeite lukte mijn schoudertasje, dat zich hinderlijk ter hoogte van mijn heup bevond, omhoog te werken langs mijn zij. Ik drukte mijn bezwete voorhoofd in het door jaren van weer en wind gelooide canvas. Het tasje is mijn talisman. De aanwezigheid van het vertrouwde attribuut, dat me al die jaren vergezeld heeft, en van m'n spullen, hoe schamel ook, helpt me, niet voor de eerste keer, de paniek te overwinnen.

De lucht is gloeiend heet. Fosfor. Napalm. Bij iedere inslag wordt de zuurstof weggezogen. De explosies dringen, gedempt door rotssteen en aarde, dof door. Onweer. Ik tel onwillekeurig, zoals ik als kind deed na een bliksemflits. Iedere tel een kilometer. Ik tel, al is het een onzinnig tellen. Want dit is geen onweer. Ik tel om de tijd op te heffen. Zes minuten is een etmaal, een etmaal is de eeuwigheid.

En wanneer ik de tel ben kwijtgeraakt, begin ik opnieuw. De aarde beeft. De heuvel davert op zijn grondvesten. Wanneer de tunnel het begeeft hoeft er geen graf voor ons gedolven te worden. Niemand zal het weten. Ik zal voorgoed verdwenen zijn.

Ik zat op de helling van deze zelfde heuvel. Ongerepte,

golvende jungle strekte zich voor me uit, zover het oog reikte. Beneden me lag een kampong, half verscholen onder het bladerdak. Aan de oever van het riviertje klonken kinderstemmen. Vrouwen stonden zich te wassen, een visnet werd ingehaald. Een houten schoepenrad piepte. Een pluimpje rook. Getok van kippen. Een varken knort.

Aan dit oord is de zondeval voorbijgegaan. Ik had mijn schetsboekje te voorschijn gehaald, het flesje Oost-Indische inkt opengeschroefd, en ik was bezig een bamboe pennetje te snijden. Naast me lag de brief die ik juist gelezen had, voor de zoveelste keer.

Maar plotseling ben ik opgeveerd, *voordat* ik het hoorde: het ijle gepingel van heuveltop naar heuveltop. Condensstrepen aan de horizon. Ik sta al overeind. En wanneer de wachtpost op onze heuvel alarm slaat, metaal op metaal, een ijzeren staaf op een holle pijp, heb ik mijn tasje al van de grond gegrist, en mijn schetsboek, en de brief. Het volgende moment ben ik, half glijdend, half vallend, beneden.

Nog is het stil, want hier nadert de dood sneller dan het geluid. Roepende stemmen. Kinderen worden meegesleurd. We kruipen als bezetenen door de loopgraaf, duiken weg onder het afdak van boomstammen en aarde, en naar binnen, eerst nog gebukt, dan op de hurken, dan op handen en voeten, en tenslotte, wanneer de gang niet meer dan schouderbreed is, en niet eens een halve meter hoog, op onze buik, ons afzettend met de ellebogen. Naar het binnenste van de aarde, zo snel je kunt. *Nog* sneller. Iedere meter die je wint kan achter je door een ander ingenomen worden.

Dan dringen de eerste inslagen dreunend tot ons door en blijven we liggen, hijgend, doorweekt van het zweet, met tranende ogen in een absolute duisternis. Buiten kookt het. Het paradijs wordt tot hel gebombardeerd.

Ik pers mijn gezicht in het canvas van mijn tasje. Daarin een brief. Het enige bewijs van mijn bestaan. Ik druk mijn vingers in mijn oren. En ik tel...

Het is zwart geworden om mij heen. Ik zweef. Ik zweef, al tellend, in een eindeloze tunnel duisternis. Een ijskoude wind jaagt langs mij heen.

Maar er gloort licht, eerst heel ver weg, onzeker flakkerend als een ster. Dan dichterbij. Het licht komt op mij af. Of zweef ik erheen? Het schijnsel wordt feller en feller. Een zee van licht. Schitterend. Oogverblindend.

Ik lig in hoog wuivend gras, bezaaid met pinksterbloemen. Ik knipper tegen het zonlicht. De lucht is doorzichtig blauw. Stralend witte wolken zweven voorbij. Het riet naast de sloot ritselt in de voorjaarswind. Kikkers kwaken. Bijen gonzen. Het is de eerste warme dag.

Naast me staat een kruiwagen met stro. Er bovenop een rieten mand met gras. Het stro heb ik gehaald bij de stroboer, het gras heb ik gesneden in de polder, aan de waterkant. Straks ga ik de dieren verzorgen. Eerst de konijnen en de duiven. Want die zijn van mij. Dan de kippen en het varken – die zijn van mijn vader.

Maar voorlopig lig ik op mijn buik, de zon op mijn rug, mijn neus in het gras. Sprietjes, nog kleinere sprietjes, worteltjes, ragdun en fijn, korreltjes droge aarde...

Haast heb ik niet. Het is zaterdagmiddag, uren vrijheid liggen voor me.

Mijn kin op mijn vuist. Oudewater gaat schuil achter een tropisch regenwoud van halmen. Alleen de kerktorens steken erbovenuit. De stompe toren van de Grote Kerk, de spitse van de Roomse. Alles is loom en zwaar. In de verte ratelt een kar over de IJsselbrug. De klok slaat twee. Zo vroeg nog! Ik rek me uit en zucht.

Deel 2

Heksenwaag en ooievaarsnest

Oudewater, mijn geboorteplaats, was een stokoud stadje, qua inwonertal niet groter dan een dorp, gelegen in een streek die men 'het groene hart van Holland' noemt: een gebied van water, molens en zelfkazende boeren. Aan de ene kant zag je aan de horizon het silhouet van Woerden, aan de andere kant dat van Gouda – daar eindigde de wereld, of, vanuit een ander gezichtspunt: daar begon zij. Want in Oudewater had de tijd stilgestaan. Je had er grachten met eeuwenoude geveltjes, smalle straatjes en steegjes, een kaasmarkt, een ophaalbrug over de Hollandse IJssel, een kronkelend riviertje met de allure van een flinke sloot, maar ook opeens midden tussen de huizen een boerderij met een hooischelf.

Twee zaken waren er waarop men zich in Oudewater kon beroemen. In een monumentaal gebouwtje aan de markt was de vermaarde heksenwaag gevestigd, die tot in de vorige eeuw had dienstgedaan, en, op het dak van het raadhuis bevond zich een al even vermaard ooievaarsnest, waar, als een van de laatste in ons land, ieder jaar een ouderpaar trouw op terugkeerde. Verder leerden we op school dat ons stadje in 1575 door de Spanjaarden was uitgemoord en met de grond gelijkgemaakt – niet echt een roemrucht wapenfeit in de ogen van een jongen van tien. En dat was het dan.

Mijn vader, die in een zeker aanzien stond omdat ettelijke burgemeesters van Oudewater onze naam hadden gedragen, was huis- en rijtuigschilder van beroep, zoals ook zijn vader dat geweest was. We woonden boven de werkplaats, in een groot huis aan een plein aan de rand van het stadje, waar altijd wel karren en rijtuigen stonden, want behalve het bedrijf van mijn vader, was tegenover ons een uitspanning gevestigd en naast ons een hoefsmid en wagenmaker. Aan de achterkant keek ons huis uit over moestuinen en, daarachter, over het mozaïek van weilanden en sloten dat zich tot de einder uitstrekte. Daar lag ook een stuk land dat van oudsher in het bezit van onze familie was, en door onszelf bewerkt werd.

We waren dus, naast het ambachtelijke bedrijf, echte buitenmensen. Maar uit de klei getrokken waren we niet – zie burgemeesters.

Ons stadje telde amper tweeduizend inwoners. Maar zo klein als het was, zo rijk was het, naar goed Hollands gebruik, aan kerkgenootschappen. Wat men geloofde – en vooral hoe – leek een geestelijk eigendom, overdraagbaar van generatie op generatie. Er waren hervormden, die in de Grote Kerk bijeenkwamen, er waren katholieken, oud-katholieken, remonstranten, er was een joodse synagoge, er waren lutheranen, doopsgezinden – te veel om op te noemen. En dan had je nog een kleine, geïsoleerde gemeenschap die officieel gereformeerde gemeente heette, maar in de wandeling, om een in het oog springende reden, 'Zwartekousenkerk' genoemd werd, of ook wel de 'zwaren', want ze waren niet alleen zwaar op de hand maar ook zwaar in de leer.

Tot dat kerkgenootschap was mijn vader omstreeks zijn twintigste na een vingerwijzing Gods toegetreden. Hij had het zelfs tot ouderling gebracht. Door de week had hij altijd een schipperspetje op zijn kale hoofd, maar 's zondags tooide hij zich met een garibaldi, een stijve bolhoed waar hij bijzonder trots op was. Op zondag ging hij voor in de eredienst, want de gemeente was te klein om er een dominee op na te houden.

Zo had iedere gezindte niet alleen haar eigen bedehuis, maar ook haar eigen God, hemel en hel. Godsdienst scheidde en bracht bijeen. Het werd heel gewoon gevonden dat iemand van gereformeerden huize door de week een normaal contact onderhield met zijn katholieke buurman, terwijl ze op zondag lucht waren voor elkaar en zonder groet elk huns weegs gingen. En o wee, wanneer de zoon van de een scharrelde met de dochter van de ander. Dat sprak zich in nog geen dag rond, daar had je de oude stadsomroeper niet voor nodig. 'Twee geloven op één kussen, daar slaapt de duivel tussen', wist men te vertellen.

Speelde godsdienst in het algemeen al een belangrijke rol, bij ons thuis draaide alles erom, van het ochtendgebed tot het avondgebed. Je werd geacht te leven in de Vreze Gods, en de rest was 'van de satan'. Kranten waren bijvoorbeeld 'van de satan'. En de radio. Of sport. Of een schoolreisje met de klas. Om van kermis of bioscoop maar te zwijgen. Je mocht je niet verzekeren tegen brand of inbraak, want dan spotte je met de Voorzienigheid. Om dezelfde reden was het zondig wanneer je je liet inenten tegen een ziekte als polio. Want God beschikt. Op zondag fietsen mocht ook niet, behalve om naar de kerk te gaan. En naar de kerk *moest* je dan weer. Twee- of driemaal op één zondag. En je moest nog veel meer. Niets mocht eigenlijk, en wat wél mocht, dat *moest* dan ook meteen...

Boven mijn bed hing een traditionele wandplaat: de brede en de smalle weg. De smalle weg, omzoomd met saaie aangelegenheden die voornamelijk te maken hadden met 'bid en werk' voerde naar de hemelpoort, terwijl de brede, waarover drommen mensen zich voortbewogen, linea recta uitmondde in de hel. Daar werden cafés bezocht, er werd gekaart en gedobbeld dat het een lieve lust was, en de mensen, die er, in tegenstelling tot die schaarse wandelaars op het smalle pad, in het geheel niet bedrukt uitzagen, gaven zich over aan allerlei geheimzinnig genot. Die hel boezemde me weliswaar diep ontzag in, maar toch kon ik er heel lang naar kijken, naar die brede weg...

Gebeden werd er bij ons thuis veel, en gewerkt ook. De hele werkweek stond in het teken van de arbeid, want voor pleziertjes was de mens niet op de wereld gezet. Wanneer het seizoen ernaar was, moesten we 's ochtends om vijf uur op. Helpen op het land, van jongs af aan. Aardappels rooien, onkruid wieden, mesten, zaaien, oogsten, afhankelijk van het jaargetijde. En wee je gebeente wanneer je de kantjes eraf liep, want mijn vader was een driftig man en een passende bijbeltekst was altijd paraat – en werd desnoods uit de duim gezogen. Geslagen werd er niet en gevloekt werd er evenmin. 'Sapperloot', dat was wel de sterkste krachtterm die hij over zijn lippen kon krijgen, zelfs wanneer hij zich met een hamer op zijn vingers sloeg. Maar ook zonder slaag en krachttermen had hij de wind eronder. Stond hij niet op zondag op de preekstoel, predikte hij dan niet de toorn van God? Hij was niet groot van gestalte, en enigszins aan de gezette kant – maar gezag had hij.

Andijvie, uien, wortels, kool, aardappels, bonen. Maar ook appels, peren, pruimen. In november stond de kelder onder de werkplaats vol met de opbrengsten van het land. En dat was nodig ook, want er was een economische crisis en het schildersbedrijf floreerde maar matig. Dan verscheen ook de slachter met zijn schietmasker en messen. Mijn vader kon het niet aanzien, die stond achter de schuur stilletjes te huilen: maandenlang had hij dat varken vertroeteld, iedere zaterdag had hij het met de boender een grote schoonmaakbeurt gegeven...

Maar wij jongens stonden er met onze neus bovenop, hielpen het dampende bloed opvangen in emmers, en keken ademloos toe hoe het dier gekruisigd werd op een ladder om volgens de regelen der kunst te worden uitgesneden. Binnen had moeder al grote pannen op het vuur staan en een paar dagen later zouden de Keulse potten in de kelder weer boordevol staan met karbonades, diep onder het vet. Niets ging verloren. De zijden spek en ham werden gerookt in de schoorsteen, de darmen werden schoongemaakt om te dienen als vel voor de worst.

Om acht uur was het werk op het land gedaan. Er werd ontbeten, en dan naar school. Naar de openbare school wel te verstaan, en niet naar de 'bijzondere', de christelijke met andere woorden. Want wat men daar aan godsdienstonderwijs genoot kon niet door de beugel. Dwaalleren waren dat. Daar werd gezongen van 'De Heer is mijn herder' – alsof je daar zo zeker van kon zijn... Misschien was je wel een verdoemeling!

Nee, van dat soort opgewekt christendom moesten ze bij de zwaren niets hebben. Dan maar liever helemáál geen godsdienstonderwijs op school, dat werd thuis dan wel weer bijgespijkerd. Daar zat ik dus, op Piet Koot, één geloofsgenootje na, te midden van de heidenen. En onder die heidenen recruteerde ik mijn vriendjes. Daar werden wel aanmerkingen op gemaakt, maar verbieden wilde mijn vader het toch niet. Behoorden niet tot zijn kennissenkring ook katholieken en zelfs een liberaal die in het geheel *niets*, o onbegrijpelijke gedachte, scheen te geloven?

Na school had ik zo mijn andere taken op te knappen. Eerst de poepemmer naar de mesthoop op het land. Een doortrek-wc was een uitvinding van de duivel die tot niets diende dan verspilling. In de winter ging de productie van een jaar vermengd met stro over de tuin.

'Boven eigen mest gaat niets', aldus een geliefde uitdrukking van mijn vader. – Want ook kunstmest kostte geld.

Wanneer dat karweitje zonder morsen was geschied, een loszittende traproe zorgde eens voor een debacle, was ik meestal te vinden in de werkplaats onder het huis. Het rook er lekker naar lijnolie en terpentijn, er waren donkere hoekjes en geheimzinnige kastjes. Vaak stonden er een of twee koetsjes, strakzwart, glanzend als spiegels. Niemand kon met zo'n vaste hand gouden biezen trekken als mijn vader. Hij was een vakman van het oude stempel. Hij maakte zijn verven zelf, op een wijze zoals dat eeuwenlang gedaan was. Uren was ik bezig met het malen van de pigmenten, alles met de hand. Het duurde eindeloos lang, maar de resultaten waren schitterend: de klassieke, minerale kleuren. Je had de ombers, de okers, de sienna's, je had Pruisisch blauw en kopergroen. Een theelepeltje van dat natuurlijke pigment was voldoende om een hele bus witte verf een diepe kleur te geven. We hadden zells een pot vol gedroogde Ethiopische luizen. Daar maakte je de rode, transparante kraplak van. Eerst moest je ze stampen in een vijzel, daarna haalde je ze door de molen, wel twintig, dertig keer, tot het spul zo fijn was als de fijnste poedersuiker. Pas dan was de volmaakte kleurkracht bereikt.

Vanaf mijn zevende, achtste jaar moest ik ook geregeld op vrije middagen mee op karwei, want vaak was er te weinig werk om er een knecht op na te houden. Verf roeren, schuren met puimsteen, gronden. Vaardigheden als plamuren en aflakken zou ik als ik groot was leren. Want ik was als oudste zoon voorbestemd vader op te volgen in de zaak, zoals het hem ook gegaan was. Dat lag besloten in de orde der dingen. Aan iets anders hoefde geen gedachte gewijd te worden. Buiten die orde der dingen bestónd er namelijk niets.

Tussen de middag werd er warm gegeten en om zes uur opnieuw. Daarna werd er uit de bijbel gelezen, de hele Schrift het jaar rond en dan weer opnieuw, en vervolgens, na de afwas zat het gezin rond de grote tafel in de huiskamer. Moeder met de stopmand, vader met zijn stichtelijke lectuur, de zusjes met hun eeuwige borduurwerk. Dan werden er ook wel spelletjes gedaan. Halma, ganzenborden of een potje dammen. Terwijl de kachel snort en de pendule op de schoorsteenmantel tikt. Hollandser bestaat het niet.

Totdat vader geeuwt en zich uitrekt:

'Moeder, hoe denk jij erover?'

'Ja man, 't wordt tijd.'

En dan ging het hele gezin in de huiskamer op de knieën voor het avondgebed.

Maar er waren ook lange zomeravonden. Dan zaten we in de tuin, zoals we het stuk land achter ons huis noemden, bij het prieel – dat in mijn herinnering onveranderlijk geblonken moet hebben van een fris kwastje verf. Alles ziet er piekfijn uit. De groentebedden liggen er schoon en kaarsrecht bij, het varken, roze als een baby, heeft zijn wekelijkse schoonmaakbeurt gehad. Mijn vader doet, de pijp tussen de tanden, de duimen achter de bretels, zijn avondronde, langzaam en genietend. In de konijnenhokken ritselt het van vers stro. De duiven koeren. In het nachthok klinkt af en toe het gefladder van een kip. De hond aan mijn voeten knippert loom tegen de zwermen onweersvliegjes. Achter me klinken gedempt de stemmen van mijn zusjes. Verder is het stil.

En dan, terwijl aan de westelijke hemel een laatste streepje violet verloren gaat in blauw, terwijl een donzen grondmist naderbij zweeft over de weilanden, en mijn vader zich mompelend bukt bij een eigenzinnig sprietje dat ontsnapt is aan de hark, hoor ik het overbekende kraken van een rieten stoel. Dat is mijn moeder. Ik zie haar voor me zonder haar te hoeven zien. Hoe ze wat moeizaam overeind komt, haar breiwerkje onder de arm geklemd. En ik wéét wat ze nu gaat zeggen, en wat het vervolg zal zijn.

'Man, 't wordt hier *kil*...'

Daar staat mijn vader, zijn donkere silhouet scherp afgetekend tegen het laatste licht, de handen in de zij, de buik naar voren, de wolken uit zijn pijp – in stil protest. Hij staat roerloos alsof hij wortel heeft geschoten.

Gerinkel van kopjes op een dienblad. Geschuif van stoelen op de houten vloer van het prieel.

'We *gaan* hoor...'

Het hek piept ten alscheid, en hun stemmen sterven weg over het laantje. We zijn alleen.

Daar staat mijn vader, hier sta ik. Ik ben geruisloos omhooggekomen van mijn krukje. Ik ben op mijn tenen naar de konijnenhokken geslopen, ik heb een deurtje opengemaakt en een konijn op mijn arm genomen. Het is vaalgrijs, met een witte spikkel op zijn neus. Hoewel volgroeid, is het klein gebleven. Misschien is het daarom mijn lievelingskonijn. Ik aai het over zijn oren. Het warme lijfje trilt... – Dit is een moment van gelukzaligheid. *Laat het zo blijven!* – Maar in het leven van volwassenen heeft alles zijn tijd, is alles afgemeten: één koekje is voldoende, al is de trommel tot de rand gevuld...

Mijn vader heeft zijn pijp leeggeklopt tegen de zijkant van zijn klomp:

'Kom jongen. Naar bed.'

'Mevrouw, mag Jan buiten komen spelen?' – Dat was de stem van Piet, die net als ik op zondag zwarte kousen droeg, en ik stond al beneden voordat er bezwaar kon worden gemaakt. Om de hoek wachtten Pim en Chiel, dat was een vast patroon. Wij vieren vormden een onafscheidelijk groepje, al was Piet mijn boezemvriend.

Pims vader was advocaat. Ze woonden in een deftig landhuis, omringd door een heus parkje, even buiten de stad. Ze waren katholiek en gingen door voor uitzonderlijk wereld. Zijn moeder rookte zelfs sigaretten... En Chiel, zoon van de antiquair Van den Berg. Die waren thuis orthodox-joods en woonden onder de synagoge. Ik stak op vrijdagavond het gas en het licht bij ze aan, want zo had ieder zijn eigen verboden op zijn eigen religieuze gronden. Behalve bij Pim thuis. Die gingen op zondag zelfs tochtjes maken met de auto!

'Wat gaan we doen?'

Bij mooi weer trokken we de polder in: slootje springen, roeien, vissen, kikkers vangen. Die bliezen we op met een rietje om op het schoolplein de meisjes mee aan het schrikken te maken. Want wij waren een geducht viertal! Wie hadden het gewaagd pruimen te pikken uit de boomgaard van boer Keijzer, die wijd en zijd gevreesd was om zijn drift? Dat waren wij.

Wie hadden bij deurwaarder Kolk, bekend om zijn angst voor alles wat blaft en bijt, een grote hond aan de deurknop gebonden om vervolgens aan te bellen? Wij. Wie waren er meesters in om, hangend aan het achterbalkon, de paardentram te laten ontsporen zodat er wel zes man aan te pas moesten komen om hem weer in de rails te tillen?

Wie hadden ooit, o onvergetelijk wapenfeit, veldwachter Venekater met een deksel van een melkbus de fiets onder het zwaarlijvige lichaam vandaan geschoten?

Men neme een oude melkbus, bore er een gaatje in, en men beschikt, in combinatie met carbid en een lucifer, over een wapen met grote vuurkracht. De deksel vliegt er af. Nu hadden wij aan carbid nooit gebrek, want mijn vader, die het zelf ook in zijn fietslantaarn gebruikte, verkocht het. Alleen, die ene keer hadden we wel erg veel springstof in de bus gedaan. De knal was verschrikkelijk – wanneer we niet zo goed gericht hadden waren er beslist ongelukken gebeurd. Nu bleef de schade beperkt tot één achterwiel, finaal weggeschoten uit het frame, en een stuur. Dat stuur hield de verbijsterde Venekater namelijk los in zijn handen en daarmee zat hij ons nog stratenlang achterna.

'Wat doen we?'

'Wie 't eerste bij de hoek is!' roept Piet. – En de eerste dat is hij.

Toch was ik ook vaak alleen. Dan zat ik op mijn kamertje, op zolder, onder de pannen. Dat was een vesting waar niemand zich waagde, mijn vader niet, mijn zusjes nog veel minder, alleen, wanneer ik naar school was, af en toe mijn moeder om het schoon te houden. Daar werden met tinnen soldaatjes complete veldslagen geleverd, daar bewaarde ik mijn verzameling foto's en knipsels van militaire aangelegenheden, afkomstig uit oude geïllustreerde tijdschriften die ik mee naar boven smokkelde, of die me, wanneer ik ziek was, bezorgd werden door Piet, want die had, in tegenstelling tot Pim en Chiel, vrij toegang tot mijn domein. En ziek was ik vaak en langdurig.

'Jan zal zich wel geen grijze haren kammen...' had ik onze familiedokter, de oude dokter Van Praag, die alle kinderen in huis ter wereld had helpen brengen, eens op de gang tegen mijn vader horen verzuchten. 'Zwak op de longen', werd dat genoemd, en ook wel: tuberculeus. Herhaalde malen moest ik maanden, een keer zelfs meer dan een halfjaar, liggen, in de kale, ongezellige logeerkamer beneden, zodat mijn moeder niet steeds de trap op en neer hoefde:

'Jan moet kuren...'

In die logeerkamer lag ik rond mijn twaalfde met een zware longontsteking. Dagen en nachten worstelde ik met de koorts, dagen en nachten dat er bij me gewaakt werd. En toen die eindelijk geweken was, kwamen op een ochtend mijn vader en Kees, de oudere broer van Piet, de kamer binnen. Hun gezichten stonden ernstig. Kees ontweek mijn blik, mijn vader zocht naar woorden.

'We moeten je iets ergs vertellen, Jan. De Heere heeft Piet tot zich genomen...'

Ze hadden het me vanwege mijn toestand niet eerder durven vertellen – zelfs niet dat hij ziek was. Piet was aangetast door polio, waartegen hij dus, evenmin als ik, was ingeënt. Want dat was tegen Gods gebod. In minder dan een week was het gebeurd...

Piet dood. Hij die nooit ziek was. *Ik* was ziek. – Het was zo onbegrijpelijk dat ik niet eens kon huilen. Ik lag versteend. Mijn hart stond stil.

'Wanneer wordt hij begraven?'

'Hij is al begraven, vorige week.'

'Hier Jan. Die is voor jou.'

Kees reikt me met een onhandig gebaar een piepklein fototje aan. Het waterglas op het nachtkastje valt op de grond. Zowel Kees als mijn vader bukt om het op te rapen. Hun hoofden botsen tegen elkaar.

'Verdorie,' zegt Kees, die met een rood hoofd overeind komt.

'Er wordt hier niet gevloekt, Kees.' – Mijn vader.

Alleen gelaten bekijk ik het kiekje. Piet, lachend. Blond haar in een kuif. Korte broek, afgezakte kousen, klompen. En opeens, zonder dat ik weet waarom, moet ik denken aan de *haartjes op zijn arm.* En dan komen er ook tranen. Onstuitbaar.

Wanneer ik een week later weer af en toe naar buiten mag, sterk vermagerd, met zwabberende benen, ga ik naar Piets huis. Daar zit ik een uur lang stil in zijn kamertje, waar alles onaangeroerd is gelaten. Alleen zijn bed is afgehaald. Daar staan zijn boeken, zijn zondagse schoenen, schoolschriften vol kennis die nu nergens meer voor dient. Daar hangt de smalle en de brede weg.

Buiten is het intussen donker geworden. Langzaam loop ik naar huis. De klinkerstraatjes glimmen in het zachtwitte licht van de gaslantaarns. Hun ijle ruisen. De vertrouwde geluiden, de overbekende beelden, de geuren die je allang niet meer ruikt. Het getinkel van een winkelbelletje. De ratel van de vuilnisman. Het tonggeklak van voerman Hendriks:

'Zo Jan. Weer op de been?'

'Ja Hendriks.'

'Moet je meerijden?'

'Nee, ik loop liever. Dat is goed voor me.'

Ik wil dat alles nu heel traag verglijdt. Ik hoor alles, ruik alles, zie alles. Nooit zijn mijn zintuigen zo scherp geweest als nu. Het geschuifel van klompen. In de verte een korte avondgroet. Het gestommel van de koeien in de stal van Van der Lee. Het afstrijken van een lucifer in de sigarenwinkel van meneer Putmans. Het droge getiktak van de biljartballen in de uitspanning van Kraan. Het aanzetten van het mes in de scheersalon. Daar zit mijn vader, de kin in het schuim. Het is zaterdag. De klok van de Grote Kerk slaat zes. Vanuit de smidse klinken felle hamerslagen. De geur van gloeiend staal. Gesis van water. De geur van een geschroeide hoef. Alles is helder om mij heen. Ik ruik, hoor, zie.

In het duister van een portiek staat Gekke Lena.

'Ik weet 't niet. Mij moet je 't niet vragen. Ik weet 't niet, ik weet 't niet...' Ze praat hardop in zichzelf, als altijd.

Ze wrijft over haar betraande wangen, als altijd. Ze is simpel, zeggen de mensen. Net als Scheve Bertus. Die hebben ze een tijdje geleden uit de IJssel opgedregd. Wij keken, Piet en ik. Hij was blauw en opgezwollen. We hadden nooit eerder een dode gezien. Die heeft er een eind aan gemaakt, zeiden de mensen, en Scheve Bertus zou in ongewijde aarde begraven worden. Die brandt eeuwig in de hel, zeggen ze.

Ik huiver.

Bleke gezichten boven het zwart

Zoals de werkweek in het teken van de arbeid stond, zo stond de zondag, saaiste aller dagen, volledig in het teken van de Heer.

Toch begon de dag veelbelovend. We mochten wat langer slapen, en werden door vader en moeder gewekt met een rauw geklutst ei in een kopje: een ongekende lekkernij. Dan was het gedaan met de pret.

De ochtenddienst begon om tien uur, maar mijn vader ging altijd een halfuurtje eerder om zich geestelijk te prepareren op de eredienst. Als kleine jongen ging ik meestal met hem mee. Ik vermaakte me zolang met het orgeltje, of ik zocht op handen en voeten tussen de kerkbanken naar een eventueel gevallen collectecent. Dan kwamen de eerste kerkgangers, en de ruimte begon zich te vullen met de weeë lucht van eau de cologne. Daar verschenen ook mijn zusjes, in het zwart als ieder, met een hoedje op het hoofd, en ik moest maken dat ik op mijn plaats kwam, aanvankelijk voor in de kerk, de traditionele plaats van het gezin van de ouderling – later op de gaanderij, bij de andere jongens.

De preek werd door mijn vader voorgelezen uit de daarvoor bestemde boeken, want naar eigen inzicht preken was voorbehouden aan bevoegde predikanten. Alles ging aan de hand van de oude statenvertaling, in de tale Kanaäns. Ik begreep er geen syllabe van.

'Het gekrookte riet zal Hij niet verbreken en de rokende vlaswiek zal Hij niet uitblussen...'

Luisterde ik wel? Nee, geen woord drong tot me door. Het enige waarvoor ik belangstelling had was het omslaan van de bladzijden, want ik had voor de dienst snel even gekeken hoeveel pagina's de preek van de dag telde. Bij het omslaan slaakte ik inwendig een zucht van verlichting. Nog maar acht, nog maar zeven, zes pagina's... Wanneer je maar eenmaal over de helft was.

In het gebed, dat wel een kwartier kon duren, kreeg mijn vader de gelegenheid zich uit te leven. Daar stond hij: klein, kaal, de ogen gesloten, de handen deemoedig gevouwen. Maar met galmende stem. De geest was over hem vaardig. De zonden van de wereld werden breed uitgemeten en het komend verderf werd in schrille kleuren geschetst:

'De donder en de bliksem van de Sinaï komen neer over hunne hoofden...'

Daarna werd ieder afzonderlijk bedacht. De zieken, de ouden van dagen, de kinderen, de zeevarenden, de soldaten, en natuurlijk ons geliefde koningshuis. Wanneer iemand binnen de boezem van de gemeente Gods gebod had overtreden, werd zijn zonde in bedekte termen aan de kaak gesteld – bij een gedwongen huwelijk, een 'moetje', kwam er zelfs een openbare schuldbekentenis aan te pas. En het was geen sinecure wat de zondaars in het vooruitzicht werd gesteld:

'Je zult branden en tandenknarsen. Je tong zal uitgerukt worden. Het vuur zal zijn tot in der eeuwigheid...'

Dan werd er gezongen. De oude psalmen. Maar dat ging meestal mis. Want er was tweespalt over de vraag of er ritmisch gezongen mocht worden of niet. Dus men zong tegen elkaar in. Wanneer de ene partij uitgezongen was, had de andere nog twee regels. En wanneer die verklonken waren, galmde nog steeds de stem van Bertels, de kruidenier, door de ruimte. Want die was zeer bijzonder tegen ritmisch zingen en beschikte over een uitzonderlijk krachtig stemgeluid.

Na de dienst kwam er een stoet kerkgangers met ons mee naar huis. Dan werd er nagepraat over de preek, mijn vader werd gecomplimenteerd omdat hij weer 'uit het hart' gebeden had. En dan begon het. Dan kwamen de bekeringsgeschiedenissen, de stichtelijke verhalen.

'Je weet allemaal dat ik een vreselijk ongeluk heb gehad, broeders en zusters. Dankzij de liefde Gods ben ik aan de dood ontsnapt...'

Dat een dergelijk voorval misschien wel tien jaar eerder had plaatsgevonden, deed niet ter zake. Dat het misschien al wel honderd keer was opgedist evenmin:

'Vertel eens broeder Kromhout, hoe was dat dan?'

'Ik ging met de brik met melkbussen het land in, het wiel raakte in de sloot, de kar sloeg om...'

Broeder Kromhout was in het water beland en had de kar over zich heen gekregen. En iedereen luistert ademloos.

'En ik zag de dood naderen, ik zag God in zijn aangezicht. En de Heere sprak tot mij, broeders en zusters. De Heere sprak tot mij en zeide, "Leendert," zei Hij-wiensnaam-eeuwiglijk-geprezen-is, "Leendert richt u op en u zal behouden blijven..."'

En zo was ook geschied. Leendert hád zich opgericht, was heelhuids onder de kar vandaan gekomen en had zich aan een graspol aan land kunnen trekken. De Heere was hem wel zeer genadiglijk geweest, hij moest wel in hoog aanzien staan bij God... En zo ging het, onder eerbiedig geknik, de kring rond. Mijn vader bijvoorbeeld, had ooit de stem van God vernomen tijdens een zwaar onweer, terwijl hij op een afgelegen plek aan het werk was. Hem zou, wilde het, ondanks zijn benauwdheid niets overkomen, wanneer hij maar geloofde in de stem van God. En zie: hij was niet getroffen door het vuur. Toen wist hij dat hij geroepen was.

Maar niet iedereen was geroepen. Slechts een afgeteld aantal mensen was voorbestemd voor de zaligheid. Niet iedereen kon dan ook bogen op zo'n bekeringsgeschiedenis. Van der Weijden, de drogist bijvoorbeeld niet. Die luisterde, de lange vogelnek geheven, het gezicht ontsierd door een zenuwtrek, knikte dapper mee, maar deed zelf geen mond open. En ook mijn moeder niet. Ze zat er, kaarsrecht op haar stoel, het haar als altijd in een knotje, wat bleekjes bij. Want steevast luidde de vraag:

'En u, vrouw Montyn?'

Waarop zij:

'Daar ben ik niet aan deelachtig.'

'Je verkrijgt het niet zomaar, zuster,' klonk het dan.

En ik, ik zat daar bij, en ik begreep van dat alles niets. Hoe was het nu mogelijk dat die dikke Leendert Kromhout, met zijn slechtgeschoren, baksteenrode wangen en zijn kleine varkensoogjes was uitverkoren, terwijl mijn moeder te horen kreeg dat ze verdoemd zou worden? Was dat omdat ze weleens grapjes maakte, weleens echt uitbundig lachte, en zelfs weleens een liedje zong?

'Zuster, je ledematen zullen krullen in het vuur...'

En één ding begreep ik dan nog wel het allerminst. Dat mijn vader daarbij *zweeg.*

Op zondag was het middageten uitgebreider dan normaal. Moeder had de hele zaterdag in de keuken gestaan, want op de Dag des Heeren zult gij niet koken. Daarna gingen mijn ouders rusten. Wij kinderen lazen dan wat, of speelden in huis, want naar buiten was iets ongehoords, mooi weer of niet. Om zeven uur gingen we dan opnieuw naar de kerk. Wanneer er een echte dominee preekte moesten we zelfs driemaal: ook nog een keer om twee uur 's middags. Die diensten duurden nog veel langer dan normaal, al was het maar doordat ik dan geen houvast had aan het aantal bladzijden. – Steeds wanneer je uit de intonatie van die zalvende stem meende te mogen opmaken dat er een eind aan kwam, begon hij opnieuw.

Die predikanten logeerden altijd bij ons thuis in de beste kamer. Ze arriveerden op zaterdag en vertrokken 's maandags weer, want op zondag mocht er niet gereisd worden. Het waren net pinguins, melkbleek als ze waren, en gestoken in lange zwarte jassen. Ze waren bijna God zelf. Alles wat ze zeiden, was in bijbelse taal gegoten. Dat ze gewoon meeaten aan tafel, zij het met mes en vork, was al iets ongelooflijks, maar dat ze ook, net als een gewoon mens, naar de wc moesten... Als klein kind drukten we ons oor tegen de deur om iets op te vangen van het onbegrijpelijke dat daar plaatsvond.

De hoogste van allen was een dominee die Kersten heette. Die was voorman van het kerkgenootschap en hij was bovendien lid van de Tweede Kamer namens de door hem opgerichte Staatkundig Gereformeerde Partij. Wanneer die preekte, zat de gemeente der gelovigen te sidderen van ontzag en angst.

Want in den beginne was er angst, en die angst was allesoverheersend. Vooral wanneer het donker was op zolder en de dakpannen klepperden in de wind. Dan zag ik in iedere beweging van de gordijnen, in iedere schaduw, een grijnzende duivel. 'Zij die zijn uitverkoren weten het, zij die het niet weten zijn niet uitverkoren.' Vader was uitverkoren, moeder niet. En hoe zat het met Piet? Bij mijn weten had God nooit met kracht in zijn hart gesproken. Brandde hij nu in de hel? En hoe zat het met mezelf? – De angst snoerde me de keel dicht. Was 't maar weer licht!

Angst voor verdoemenis, angst voor de dood... Hoe vaak had vader me niet meegenomen, achter op de fiets? Dan gingen we naar naburige dorpen, de kerkhoven af. Vader las de namen en de opschriften, ik keek huiverend naar de stenen waaronder het gebeente lag.

Maar het toppunt van angst werd gebracht door onweer. In het holst van de nacht werden we naar beneden geroepen. Rillend van kou en ellende stonden we in het duister van de werkplaats. Dan werd er luidop gebeden dat we toch maar bewaard mochten blijven. Terwijl de kleintjes huilden. Want onweer was de bulderende stem van de wrekende God... – Was 't maar weer licht!

De angst regeerde in de nacht, met het daglicht kwam de twijfel. God schiep de wereld in zes dagen en de zevende dag rustte Hij. Dat leerde de bijbel. Maar hoe zat het met die leer van de evolutie, waarover de meester op school vertelde? En de bulderende stem van God... Kon het niet wáár zijn dat donder en bliksem toch iets te maken hadden met elektrische ontladingen – hoe weinig ik daar ook van begreep? En polio. Inenten mocht niet. Maar waarom had God, die toch alles geschapen had, er dan voor gezorgd dat er een vaccin tegen bestond?

'Waarom mogen we op zondag niet fietsen?'

'Fietsen is van de wereld, Jan.'

'Je mag op zondag niet werken, maar de boeren mogen wél op zondag de koeien melken.'

'Dat kan nu eenmaal niet anders.'

'Op zondag mag je niet reizen. Maar die emigranten die naar Amerika gaan, die varen op zondag. Die bootreis duurt acht dagen dus daar zit ook een zondag in. Er zijn zelfs dominees bij. Waarom mag dat opeens wel?'

'Ja, dat weet ik ook niet. Dat moet je maar aan je vader vragen.'

'En Piet? Brandt die nu in de hel?'

Mijn moeder zwijgt. Ze wendt zich abrupt van me af. Ze veegt met haar schort over de beslagen keukenruit. Huilt ze?

De twijfel knaagde. Wie kon me een bevredigend antwoord geven? Bij mijn vader hoefde ik niet aan te komen, in diens ogen was twijfel hetzelfde als kleingelovigheid. En Pim? Die lachte me uit wanneer ik erover begon.

Terwijl Chiel zich wonderwel scheen te kunnen schikken in de regels die het joodse geloof hem oplegde.

'Ik wil niet, ik kan niet, ik heb niet, ik deug niet en ik weet niet.' Dat waren de *vijf dierbare nieten*, een gevleugeld woord dat te pas en te onpas werd gebruikt. Dat ik niets hád en ook niet deugde, voor mijn part. Maar dat ik niets wist, niets kon en vooral, dat ik niets wilde... – daar had ik zo mijn eigen denkbeelden over.

Eigenlijk konden mijn vader en ik elkaar maar op twee gebieden vinden. Zijn hang naar alles wat militair was en mijn vaardigheid in tekenen.

Het militaire stond thuis in hoog aanzien. 'Voor Koningin en vaderland' was het motto. Mijn vader was tijdens de Eerste Wereldoorlog vrijwilliger geweest. Dat hield natuurlijk niet zoveel in omdat Nederland neutraal was gebleven, toch vertelde hij er graag over. Dan blonk er iets in zijn ogen dat daar normaal niet blonk. Bovendien was hij lid van de Bijzondere Vrijwillige Landstorm en nam hij soms als zodanig deel aan oefeningen. Parades met militaire marsmuziek brachten hem in ongekende geestdrift.

Mijn geliefkoosde lectuur bestond uit oorlogsboeken, of het nu ging over de Tachtigjarige Oorlog of de Boerenoorlog. Ik wist alles af van rangen en standen, van cavalerie en infanterie, van medailles en insignes. Hoe hoger de rang, hoe groter, in mijn ogen, de held. Ademloos kon ik luisteren naar de verhalen van een oom die in zijn jonge jaren machinist bij de Koninklijke Marine was geweest. Montevideo, Rio, Kaap de Goede Hoop, Batavia – het waren toverwoorden. Een andere oom was in Indië officier bij de marechaussee. Een echte houwdegen was dat. Die had – voor Koningin en vaderland – Atjehers over de kling gejaagd en had daar een duim bij ingeschoten.

Graag toonde hij die lege plek...

En dat tekenen. Mijn vader had ooit de stille wens gekoesterd kunstschilder te worden. Schilderijtjes van koeien in de wei, aan de muren van de huiskamer, getuigden er nog van. Maar zijn verplichtingen jegens gezin en bedrijf, en zijn godsdienstige roeping hadden daar een stokje voor gestoken.

Er kwamen geregeld kunstschilders bij ons over de vloer. Echte artiesten waren dat, met baarden, gehuld in wijde capes, een flambard op het hoofd. Die kwamen uit Den Haag of Rotterdam om te schilderen in de omgeving. Landschapjes, Hollandse luchten, lentebloesems, en ook weleens in opdracht een boerderij. En o wee wanneer ze zich daarbij enige vrijheid permitteerden! De spijltjes van de ramen, de balletjes van de vitrage – ze werden allemaal door de boerin bij aflevering geteld. En wanneer er één ontbrak, werd er niet met het volle pond afgerekend...

Tussen de middag aten die schilders bij ons thuis, en ik ging vaak met ze mee om schetsjes te maken, in houtskool, mijn favoriete materiaal.

'Jan kan toch zo aardig tekenen,' aldus mijn vader op een dag tegen meneer Zielman, vertegenwoordiger in verfwaren, glas en aanverwante artikelen, en, naar het heette, liefhebber van schilderijen. 'Jan, laat die tekening van die bomen eens aan meneer Zielman zien...' – Ik had kort daarvoor een houtskooltekening gemaakt van een rij bomen in de wind:

'Je *voelt* het waaien...' Meneer Zielman knikte instemmend.

'Meneer Bremmer in Den Haag zou Jans tekeningen eens moeten zien. Dat is een vriend van me – een groot kunstkenner. Ik zou weleens willen weten wat die ervan vindt...'

Afgesproken werd dat meneer Zielman me de eerstvolgende keer dat hij op zijn ronde langs kwam, mee zou nemen naar Den Haag. En twee maanden later was het dan zover. Helemaal naar Den Haag! Met de auto! Ik kon bijna niet eten van opwinding. Langs de kronkelende IJssel tuften we naar Gouda. Waddinxveen lieten we links liggen. Op naar Boskoop! En zo verder, tot we stilhielden voor een statig huis aan de Lange Voorhout. Een meisje met een wit schortje voor deed open. Ik keek m'n ogen uit.

Kamers die wel zalen leken, met dikke tapijten belegd. Spiegels. Bronzen beelden op sokkels. Zwaar geverniste schilderijen in dikke, vergulde lijsten. Kasten vol porselein. Een vleugel. Sofa's. En op die sofa's jonge vrouwen in laaguitgesneden exotische gewaden, gewaden die wel doorzichtig leken...

'Zo, dus jij bent Jan Montyn.'

Daar, in een grote leren fauteuil, zat een heer. Hij was gekleed in een zijden sjamberloek, rookte een scherpgeurende sigaret uit een lang sigarettenpijpje. Zonder op te staan reikte hij me de hand:

'Jouw vader is een vriend van meneer Zielman hier. Meneer Zielman is een vriend van mij. Dus wij zijn ook vrienden, Jan...'

Ik mocht zitten op een lage poef, en toen die jonge vrouwen zich om me heen vlijden, wist ik helemaal niet meer waar ik kijken moest. Ze dronken wijn uit kristallen glazen, ik kreeg limonade.

'Ik ben erg benieuwd naar je werk, Jan. Laat je schetsboek maar eens zien, dan gaan we dat rustig bekijken...'

En dat deed hij, blad na blad. Bij de tekening van de bomen in de wind bleef zijn blik langer rusten.

'Heb jij dat gemaakt?'

Ik knikte ademloos.

Meneer Bremmer keek op naar meneer Zielman, die over zijn schouder meekeek:

'Zo hoort een tekening opgezet te worden, Hans.'

Waarop meneer Zielman opmerkte: 'Je *voelt* de wind gewoonweg...'

En daarna moesten we nodig weer eens opstappen, want in het donker rijden, dat deed meneer Zielman liever niet.

'Ga zo door, Jan. Veel oefenen, hard werken,' aldus meneer Bremmer bij het afscheid. En dat waren de woorden die ik thuis herhaalde. Ik had uitgebreid verslag gedaan. Prachtig huis. Prachtige schilderijen. Prachtig beeldhouwwerk.

Maar over die jonge vrouwen had ik gezwegen. Dat was mijn geheim.

Met tekenen ging ik inderdaad door, omdat ik er plezier in had. Maar vroeg iemand wat ik worden wilde, later, dan antwoordde ik:

'Zeeman, net als m'n oom. Of piloot.'

Waarmee ik bedoelde: weg. Weg van huis. Weg uit die zwaarmoedigheid, weg uit al dat zwarte om me heen...

Ik had een fiets gekregen voor mijn verjaardag, weliswaar een afdankertje van mijn oom uit Apeldoorn, maar niettemin... Het was een echte *Raleigh,* een herenfiets met knijpremmen. Geen van de jongens had er zo een. Uren was ik bezig hem te schuren, tot er geen spatje verf meer zat op het blanke metaal, en daarna lakte ik hem, laag na laag, tot hij diepzwart glansde alsof hij nieuw gemoffeld was. – En ik trok de polders in, alleen... Achter de horizon lokte het onbekende. *Vrijheid* heette dat onbekende.

Het begon ermee dat ik op zondag, na het middageten, terwijl mijn ouders rustten, het huis ontvluchtte. Dan ging ik naar de tuin, zogenaamd om te kijken of het wel goed ging met de dieren. Dat mocht niet maar ik deed het toch, zonder het te vragen. Niets mocht immers? Wat had het voor zin om voor iets toestemming te vragen wanneer je van tevoren wist dat je die toch niet kreeg? 'Je bent een nagel aan m'n doodskist. God heeft gezegd: wie zijn ouders vertrapt, zal zelf vertrapt worden... Ga uit m'n ogen!' – Waarop ik voor straf op mijn kamer werd opgesloten en door het raam naar buiten klom.

De volgende stap was dat ik, wanneer het mooi weer was, eenvoudigweg de fiets pakte en eropuit trok, de polders in. Dat was ongekend... De fiets! Op zondag! En dat voor de zoon van een ouderling! Er werd geschreeuwd en gedreigd, er werd geweend en er klonk tandengeknars, maar het mocht niet baten.

En het eindigde ermee dat ik ronduit weigerde nog langer naar de kerk te gaan. Ik hield het niet uit tussen die vier muren. Die somberheid, die bleke gezichten boven 't zwart. En die zondvloed van woorden die me absoluut niets te vertellen hadden... – Dan maar naar de hel.

Ik was twaalf, het was een halfjaar na de dood van Piet. Het was een zondagochtend. Schitterend weer. Ik had de dag tevoren met Pim afgesproken te gaan zeilen op de plas. Ik was vastbesloten. We hadden het zondagse geklutste ei op bed gekregen, als altijd. Ik had me aangekleed, dromerig, afwezig. M'n doordeweekse plusfours, grijze kousen. En niet de zwarte, die moeder op de stoel had klaargelegd. De trap af, naar beneden.

'Waarom heb jij je kousen niet aangetrokken?'

'Omdat ik daar geen zin in heb.'

Tijdens het ontbijt werd er verder gezwegen.

En toen dat moment. Dat moment waarop de wereld even ophield met draaien.

De zusjes zijn bezig de tafel af te ruimen, moeder staat met de theepot in haar hand, vader zit in zijn stoel, het prekenboek op schoot. Ik kuch. En het is alsof mijn stem van heel ver weg klinkt. Mijn oren zijn verstopt.

'Ik ga niet naar de kerk. Ik ga straks zeilen met Pim...'

Stilte. Alles en iedereen, moeder, de zusjes, de mussen in de dakgoot, tot de pendule op de schoorsteenmantel toe, houdt de adem in. Maar dan opeens een schrille kreet en een opeenvolging van wilde bewegingen, in zo'n razend tempo dat het lijkt of de tijd, die even heeft stilgestaan, de schade in wil halen. Mijn vader is opgesprongen uit zijn stoel, met uitpuilende ogen. Zijn vest is grijs van de as. En hij vertrapt iets, zomaar op het vloerkleed. Mijn vader heeft zijn kostelijke zondagse sigaar verkeerd om in de mond genomen... En hij heeft gevloekt! *Mijn vader heeft gevloekt!* – Een vloekwoord zo verschrikkelijk dat niemand het ooit zou durven herhalen. Hij priemt met zijn vinger in de lucht, roodaangelopen, happend naar adem:

'*Jij! Jij!* De duivel die in jou is gevaren heeft met mijn tong gesproken! *Dit komt op jouw hoofd neer!*' – Waarna hij naar de keuken holde, gevolgd door mijn moeder, en er een luid gespetter en gejammer opklonk.

Een andere ouderling zou die ochtend voorgaan in de eredienst. Maar ik was daar niet bij. Ik was zeilen.

Over de drempel van de kerk had ik mijn laatste stap gezet. Stilzitten in een kerkbank, stilzitten op school – het deed in saaiheid nauwelijks voor elkaar onder. Toen ik niet lang daarna voor de keus gesteld werd verder te gaan leren of vader te helpen in de zaak, koos ik voor het tweede. Bij vlagen ging het goed. Maar dan kreeg de onrust me te pakken. Dan pakte ik de fiets en was ik de verdere dag verdwenen. Naar Utrecht. Winkels kijken, turen naar de plaatjes bij een bioscoop. Of ik ging naar Soesterberg, het militaire vliegveld. Daar stond een rijtje Fokkers D21. Die waren verkocht aan Finland. Want in Finland gebeurde iets.

'Dankzij die meneer Hitler is er in Duitsland toch maar mooi geen werkloosheid meer...' aldus meneer Veenstra, een kogelrond mannetje met kraaloogjes, die om de zoveel tijd verscheen, met in de ene hand een koffer met stichtelijke boeken en in de andere eentje met korsetten – want die in de winkel werden verkocht deugden, om geheimzinnige redenen, niet.

Mijn vader kauwde, slikte, de ogen strak op zijn bord. 'De aardappels staan er prachtig bij dit jaar, maar in de sla zit luis...'

Want politiek aan tafel was taboe, of het nu ging over Colijn of Mussert. Je stemde op de SGP van dominee Kersten, je las De Banier, het blaadje van dominee Kersten. En zo was het voldoende. Colijn, Mussert wie waren dat? Het waren hoge heren in het verre Den Haag. Die wetenschap was ruim voldoende.

In Spanje was een burgeroorlog geweest. 't Ging tussen de bolsjewieken en de roomsen. Zoiets als de duivel tegen de satan dus. Want de bolsjewieken loochenden God en de paus was de antichrist van het Vaticaan.

Drie jaar later vielen de Russen Finland binnen. En in Finland woonden *christenen.* Eigenlijk was het dus een strijd tussen gelovigen en ongelovigen, net als in de Boerenoorlog: de dappere Boeren, recht in de leer, zonen van Hollands stem, tegen een groot overwicht van verwijfde, laffe Engelsen. De ene partij was 'goed', de andere 'slecht'. Geloof tegenover ongeloof. Uitverkoren of verdoemd. Held of schurk.

Het wereldgebeuren speelde zich af op een toneel dat onmetelijk ver verwijderd was, voorbij Utrecht, voorbij Amsterdam. Van die wereld was je gescheiden door een onvoorstelbare kloof, een reis van dagen. Dat maakte de angst voor oorlog tot iets onwezenlijks. Daarvoor moest je immers helemaal naar Finland, helemaal naar Polen?

Maar op een schitterende voorjaarsmorgen bleek ook het omgekeerde mogelijk. Het wereldgebeuren ondernam die onvoorstelbare reis. Om vijf uur 's ochtends werden we gewekt door het gebrom van vliegtuigen. Het was de tiende mei van het jaar 1940.

De orde van de bezetter

Die eerste oorlogsdagen waren spannend en verwarrend. Niemand leek te werken. De mensen hingen rond in de straten, liepen zomaar bij elkaar naar binnen. Thuis werd, tot ontreddering van mijn moeder, zelfs het heiligste gebod, het vaste tijdstip van de maaltijden, met voeten getreden: we liepen in en uit, aten wat in de keuken. De onwezenlijke sfeer werd nog versterkt doordat het zulk schitterend weer was, de eerste stralende lentedagen na een lange, sombere winter.

Wij jongens, Pim, Chiel en ik – we waren vijftien – trokken er de hele dag met de fiets op uit, ondanks het verbod van onze ouders. Daar was geen houden aan. Hier vond iets plaats dat je alleen kende uit de geschiedenisboekjes, en we wilden er absoluut niets van missen. Gevaar of geen gevaar.

Enorme formaties Duitse vliegtuigen trokken onder een monotoon gebrom over ons heen.

'Die gaan met parachutisten naar Den Haag,' aldus Pim, die thuis de beschikking had over een radiotoestel.

Er werden luchtgevechten geleverd. Droog geknetter van boordgeschut in de leegte. Witte wolkjes waaierden uit in de ijle blauwe lucht. Duizelingwekkende wendingen, sierlijke loopings...

Maar het was menens, en wanneer er een Duits vliegtuig neerkwam, brandend als een fakkel, met achter zich een vuile staart van rook, steeg er een gejuich op. Alleen, dat gebeurde toch eigenlijk wel verontrustend weinig...

We riepen elkaar de namen van de verschillende typen vliegtuigen toe. Daar had je de Nederlandse Fokkers D21, daar een G1, met zijn dubbele staart. Dat waren de Duitse Heinkels, en, in groot aantal, de Junkers, herkenbaar aan het soort golfplaat waarvan ze gebouwd waren. Met een dijkje als dekking keken we, naast onze fietsen in het gras gedrukt, toe hoe duikbommenwerpers een viaduct platgooiden, niet meer dan een paar honderd meter van ons vandaan. De explosies daverden over ons hoofd, brokken cement en steen kwamen tot vlak bij ons neer. Ik moest happen naar adem. Dit gebeurde *echt*. Al het vertrouwde werd uiteengescheurd. Niets was langer voorspelbaar, alles was mogelijk...

Op de terugweg onthielden we ons van het gebruikelijke, opgewonden commentaar.

Hoe de zaak er precies voorstond wisten we niet, zoals niemand het wist. Wel vonden we het logisch dat we vliegtuigen richting Den Haag zagen gaan. Dat was tenslotte onze residentie, de zetel van de regering. Oorlog was iets dat zich op hoog niveau tussen twee staten afspeelde, zoals in vroeger tijden tussen koningen. Wanneer de een het regeringscentrum van de ander bezet had, was het pleit beslecht. Maar dat zoiets in dit geval ook werkelijk zou kunnen gebeuren... In uiterste nood kon ons leger zich altijd nog verschansen achter de Hollandse Waterlinie. Daar kwamen die Duitsers van hun levensdagen niet overheen! Trouwens, wat hier plaatsvond was een 'laffe overval'. En daar rustte nooit een zegen op, zoals een dappere minderheid ook nooit het onderspit zou delven tegen een overmacht van gewetenlozen. Ooit een boek gelezen waarin het recht *niet* zegevierde? – Wij niet.

Intussen gonsde het van de geruchten. Ons leger hield dapper stand aan de Afsluitdijk en bij de Grebbeberg, aan de Rijn. Een sterke Franse legermacht rukte vanuit Zeeland op. En onze mariniers, de befaamde 'zwarte duivels', hakten bij Rotterdam de Duitse luchtlandingstroepen in de pan. Toch was hoogste waakzaamheid het devies, want de NSB'ers zouden een 'Vijfde Colonne' gevormd hebben om de onzen in de rug aan te vallen. Vandaar dat ze bij bosjes werden opgepakt. Dat ging aan de hand van zwarte lijsten. Ook in Oudewater werden er een aantal ingerekend en opgesloten in een schoolgebouw. Daar waren mensen bij van wie niemand geweten had dat ze NSB'er waren. Het verraad loerde aan alle kanten.

Er gebeurden, wanneer je het geloven mocht, de gekste dingen. Het drinkwater zou besmet zijn, er waren vergiftigde bonbons uitgeworpen, en ook bepaalde vulpennen waren beslist niet te vertrouwen: ze ontploften wanneer je ze openschroefde... Verder zouden er Duitse soldaten gedropt zijn, vermomd als dienstmeisjes, monniken en priesters. Roomse geestelijken werden dus met het grootste wantrouwen bejegend, ook door mijn vader, die als Vrijwillige Landstormman ingezet was bij de bewaking van de IJsselbrug. Daar stond hij op wacht achter een prikkeldraadversperring, bewapend met een echt geweer, dat thuis eindeloos gepoetst en geolied werd. Er viel niet met hem te spotten.

Wanneer ik hem wenkte, groette hij niet terug. Met een norse hoofdbeweging gaf hij te kennen dat ik moest maken dat ik wegkwam, net als de andere jongens. Zoon Jan of niet.

Drie dagen later was het gebeurd. 's Ochtends hoorden we dat het koninklijk gezin uitgeweken was naar Engeland. Mijn moeder zat te snikken bij dat bericht. Het leek alsof het nu pas tot haar doordrong dat het waar was, wat er allemaal gebeurde. Het gezicht van mijn vader stond strak:

'Dan is alles verloren. God heeft het wel voorzegd. Nederland wordt gestraft...'

Diezelfde dag verhief zich rond het middaguur een enorme, zwarte rookkolom aan de horizon: Rotterdam was gebombardeerd. Een 'open stad', zei men. Dat was een misdaad tegen de oorlogswetten. En vroeg in de avond werd de capitulatie bekendgemaakt.

Ik stond naast Chiel geleund tegen de gevel van Hotel de Roos. Door het open raam klonk de radio. 'Generaal Winkelman spreekt', hadden we horen zeggen. Wat hij zei, konden we maar bij flarden verstaan. Ons leger had de strijd gestaakt, dat was duidelijk – en het was alsof er iets bij me knapte. Dit was iets onherroepelijks, en ik moest opeens denken aan de dood van Piet. Het zou nooit meer worden als vroeger...

Toen klonk het, met een stem die eensklaps krachtig was en duidelijk verstaanbaar, alsof het allemaal op een misverstand berustte en er toch een overwinning gevierd kon worden:

'Leve hare Majesteit de Koningin! Leve het Vaderland!' – En daarop klonk het Wilhelmus, schel en metaalachtig zoals ik het nooit eerder gehoord had. Binnen gooide iemand een bierglas aan scherven. Voorbijgangers hadden tranen op de wangen. We gingen op huis aan, Chiel en ik, stil en verslagen.

Die nacht sliep ik in met het denkbeeld dat ik de volgende ochtend wakker zou worden in een compleet andere, want bezette wereld.

De werkelijkheid was anders, want de daaropvolgende dagen vond er ogenschijnlijk niets bijzonders plaats: de mensen gingen weer aan het werk, ook vader en ik, en het leven van alledag kreeg weer zijn beloop. Tot ik voor het eerst weer naar de tekenschool ging, waarop ik sinds een jaar een avondcursus volgde. Meteen bij het binnenkomen bespeurde ik een vijandige houding, zowel bij de leerlingen als bij de leraren.

'Die vader van jou pakken we wel, en jou erbij...' werd achter me gesist toen ik mijn plaats innam. Ik draaide me om, verbijsterd:

'Maar wat is er dan...?'

'Hou je bek, moffenvriend!'

Wat ik niet wist, scheen iedereen te weten: op die beruchte zwarte lijst van potentiële landverraders had ook mijn vaders naam gestaan. Toen de school uitging, werd ik in het donker op straat bedreigd. Vijf, zes tegen één.

Ik moest het op een lopen zetten om ongehavend thuis te komen. Niets begreep ik ervan. Hoe kon mijn vader, die toch, al was er in onze omgeving niet gevochten, pal had gestaan om de IJsselbrug tegen de Duitsers te verdedigen, nu opeens een landverrader zijn? Het was Chiel die me de volgende dag opheldering verschafte, want mijn vader er rechtstreeks naar vragen durfde ik niet. Misschien wist hij het zelf niet eens. Of schaamde ik me?

Chiel had thuis gehoord dat mijn vader die afgelopen zondag in de kerk gepredikt had dat je te allen tijde aan de overheid moest gehoorzamen, of dat nu een bezetter was of niet.

'De Duitsers zijn een gesel in de hand van God...' imiteerde hij op galmende toon.

Of *ik* het daar nu mee eens was, bleek er niet toe te doen. De bedreigingen hielden de daaropvolgende dagen aan. Jongens met klompen in hun hand wachtten me op in steegjes, ooit vertrouwd, nu holen waar het gevaar school. 'Hé, vuile landverrader! Kom op als je durft!'

Ik waagde me voorlopig maar liever niet op straat. Dan maar geen tekenles. Wanneer het er nu één was... Maar ze waren nooit alleen. En wat me nog het meest bevreemdde, was dat jongens uit NSB-gezinnen ongemoeid werden gelaten. Hun vader was wél opgepakt, die tiende mei. Zij werden hoogstens niet gegroet. Maar daar bleef het dan ook bij...

Toen kwamen de Duitsers. Eerst gemotoriseerde eenheden: tanks, pantserwagens, motorfietsen met zijspan. Ze raasden over de IJsseldijk, stopten, vorderden benzine, en verdwenen richting Gouda. Ze waren de vijand, maar dat nam niet weg dat ik mijn ogen uitkeek. Die Duitsers zagen er toch wel heel wat krijgshaftiger uit dan die Nederlanders in hun slobberige uniformen en met die malle beenwindsels om. Daarna kwam er een afdeling cavalerie, paardenvolk, en die bleef in Oudewater. De paarden werden tegenover ons huis gestald in de uitspanning van Kraan en we kregen inkwartiering. En opeens, van zo dichtbij, bleken die Duitse soldaten helemaal niet de woeste rabauwen die ik me had voorgesteld. Er werd niet geplunderd, er werd niet gebrandschat, mijn zusjes werden ongemoeid gelaten. Het waren eigenlijk doodgewone boerenjongens, afkomstig uit Noord-Duitsland, die zich, afgezien van hun wonderlijke taaltje dat op ons Fries leek, in weinig onderscheidden van de boerenjongens uit onze omgeving. Het ingegoten denkbeeld dat een vijand ook meteen een bruut onmens is bleek niet erg op te gaan.

En zo was er meer.

Van der Woude, de metselaar, en Knier, een van de

aannemers, waren al jaren lid van de NSB. We namen vaak samen met hen werk aan, verbouwingen, restauraties, en ik kwam vaak bij hen over de vloer. En die mensen, die je al jaar en dag kende en van wie je nooit enig kwaad ondervonden had, die deugden opeens niet meer. De NSB had immers het land verraden, hoe weinig je daarvan ook in Oudewater gemerkt had. Van der Woude en Knier waren eensklaps 'fout'.

Ik wist niet goed wat ik met dat woord aan moest. Waren ze nu opeens niet 'aardig' meer, en de mensen door wie ze met de nek aangekeken werden juist wel? Waren die misschien zelfs 'goed'? Daar klopte dan toch niet veel van in mijn ogen, want diezelfde mensen bogen als knipmessen voor de Duitsers wanneer ze zaken konden doen, en de zonen van die mensen waren het die me op straat het leven zuur maakten.

'Zeg maar tegen je vader dat ik verder van zijn diensten geen gebruik zal maken...'

Het was Zaliger, een grote boer, die dat zei. Hij was van oudsher een goede klant geweest. Ik was die ochtend voor het eerst na die roerige dagen bij hem op karwei verschenen om het werk af te maken waar we al een paar weken mee bezig waren geweest. Ik haalde diep adem.

'Wie levert er hier kaas aan de moffen?'

'Opgelazerd! Van m'n erf af jij!'

Los van dergelijke incidenten vond het leven aanvankelijk normaal voortgang: werken op het land, op karwei, met vader of in m'n eentje. Maar na verloop van tijd werd het steeds moeilijker om aan schildersmateriaal te komen, terwijl ook het aantal opdrachten sterk verminderde. 't Was nu eenmaal niet de tijd om je huis eens een goede opknapbeurt te geven.

We moesten dus naar andere wegen zoeken om ons kostje bij elkaar te schrapen. Er was een schaarste aan zeep ontstaan, en dat gingen we maken, van caustische soda en lijnolie. Daarvan hadden we nog grote hoeveelheden in voorraad. En toen die uitgeput raakten, gingen we op stukloon vellen papier sausen met een tabaksextract. De hele werkplaats hing ermee vol. Wanneer ze droog waren gingen ze naar de sigarenfabriek om tot dekblad verwerkt te worden. – Niet het meest afwisselende werk dat een mens zich denken kan.

Met mijn oorspronkelijke vrienden had ik weinig contact meer. Pim was naar de HBS gegaan, Chiel werkte in de antiekzaak van zijn vader. En in het tweede oorlogsjaar verhuisden ze, Pim, wiens vader inmiddels lid was geworden van de NSB, naar Bergen op Zoom en Chiel naar Amsterdam. Andere vrienden kwamen er niet voor in de plaats, en wanneer ik er met mooi weer op uittrok was dat dus altijd in m'n eentje.

Vaak stuitte ik daarbij in de velden op groepjes van de Jeugdstorm, de padvinderachtige jeugdorganisatie van de NSB. Dat gebeuren oefende een onweerstaanbare aantrekkingskracht op me uit. Die jongens oogden sportief, in hun lichtblauwe hemd en hun donkerblauwe broek. Ze trokken, een lange stok in de hand, door de polder met kompassen, ze zongen mysterieuze liedjes, deden aan sport, gingen uit kamperen. Ze déden tenminste iets, ze straalden ondernemingslust uit – in schrille tegenstelling tot mijn dagelijkse omgeving waarin iedereen zwaar op de hand was en niemand tot iets scheen te kunnen komen. Bovendien heerste er een sfeer van joviale kameraadschappelijkheid waar ik, gaandeweg eenling geworden, in hoge mate jaloers op was.

Ik stond van een afstandje te kijken. Een wat oudere

jongen had een eind touw in de hand, deed een knoop voor: 'Dit is de reefknoop. Hij wordt gebruikt bij het reven en het vastmaken van de knuttels...' – Hij zag me, stokte, gaf een van de jongens die in een halve kring aan zijn voeten zaten een wenk. Deze stond op en kwam op me af. Ik kende hem van gezicht.

'Wat doe jij hier?'

'Ik kijk een beetje...'

'Je mag er best bij komen zitten.'

Steeds vaker was ik op zaterdagmiddagen in hun omgeving te vinden. Die kring werd mijn toevluchtsoord. Daar werd ik geaccepteerd, ook al was ik geen lid van hun organisatie.

Er was nog iets. Een hang om te midden van jongens te verkeren. Maar dat die hang misschien verder kon reiken dan gebruikelijk werd geacht – daarvan was ik me niet bewust. Hoewel...

'Hé, mooie jongen...'

Het was kleermaker Krul die me dat niet lang geleden had gezegd, zijn hand rond mijn nek. En, hoewel hij getrouwd was en kinderen had, er werd iets gefluisterd over die Krul. Ik had me met een rood hoofd losgetrokken, maar die avond had ik mezelf langdurig in de spiegel aangestaard. Ik? Mooi? – Ik had over mijn kin gestreken, waar nog geen enkel baardhaartje zich had aangediend. En ik was in bed gekropen, verward, verhit.

Met de jaarwisseling van 1942 op '43 werd de Arbeidsdienst, bij wijze van vervanging van de militaire dienstplicht, verplicht gesteld. Ik was net achttien geworden en behoorde tot de allereerste lichting die opgeroepen werd. Wanneer je werk verrichtte dat in het belang van de oorlogsvoering werd geacht, kon je een vrijstelling krijgen, maar dat ging in mijn geval niet op. Trouwens, ik wilde wel. Eindelijk iets anders. Meteen na nieuwjaarsdag vertrok ik, mijn koffertje in de hand. Op naar Leusden, in de bossen bij Amersfoort. Voor het eerst van huis, het grote avontuur tegemoet...

Samen met een paar honderd andere jongens zat ik daar, ondergebracht in barakken. We kregen een poepgroen uniform uitgereikt, en ontvingen een basistraining. Exerceren met een spade over je schouder. Linksom, rechtsom. Op de plaats rust... De leiding was in handen van onderofficieren van het voormalige Nederlandse leger. We hielden lange dagmarsen, deden veel aan sport. Arbeidssoldaten werden we genoemd.

Het was een enorme opluchting weg te zijn uit Oudewater, al bespeurde ik toch ook voor het eerst een gevoel van heimwee naar de geborgenheid van het ouderlijk huis, hoezeer ik me er de afgelopen jaren ook tegen had afgezet. Toch gaf ik er, toen we na een korte aanvangsperiode de weekenden naar huis mochten, meestal de voorkeur aan in het kamp te blijven. Ik had mijn fiets meegenomen, ieder vrij moment zwierf ik door de bossen: alles was even spannend en schitterend in mijn ogen.

Na Leusden volgde Weert, in Limburg, waar we werden ingezet bij de ontginning van heidevelden in de Peel. Weer een nieuwe omgeving die verkend moest worden. Dat ik op mijn zwerftochten werd uitgelachen vanwege mijn rare pakje nam ik maar op de koop toe.

'Hé! Koenraad van de Arbeidsdienst!' – Dat was een figuur die optrad in advertenties: een brave Hendrik die oude vrouwtjes hielp oversteken en zijn zitplaats aanbood in de tram...

'Wanneer je 'n scheet laat raapt *hij* 'm wel voor je op!' – En die hij was ik dan.

Dat alles duurde een halfjaar. Toen werd ik voor de keus gesteld om bij te tekenen. Je kon dan in aanmerking komen voor een kaderopleiding. Zo niet, dan ging je terug naar huis. Dat laatste moest dan maar – ik had het intussen wel gezien, die Arbeidsdienst.

Zo zat ik dus weer in Oudewater, voor het eerst van huis geweest. De oude sleur deed weer zijn intrede. Dekblad sausen in de werkplaats, op tijd aan tafel, avonden waar geen eind aan kwam. En dan naar bed. En morgen weer hetzelfde. – Dat ging niet meer, ik voelde me een vogel in een kooi. Met de dag werd ik ongeduriger en liep de spanning thuis hoger op. Bij dat alles kwam dat tijdens mijn afwezigheid de Arbeitseinsatz was ingevoerd: de gedwongen tewerkstelling in de oorlogsindustrie. Dat hing ook mij boven het hoofd, want voor een vrijstelling kwam ik niet in aanmerking, hoezeer ik dit keer ook soebatte. Werken in een fabriek – het was voor mij symbolisch voor vernedering en slaafsheid. Even buiten Oudewater stond een touwfabriek, en van jongs af aan had ik met afgrijzen gadegeslagen hoe de arbeiders van de nachtploeg iedere ochtend eerbiedig langs de kant van de weg bleven staan wanneer meneer Van der Steen, de directeur, op de fiets passeerde. Hij hier, aan de ene kant, in pak met vest en met een gleufhoed op het hoofd, zij daar, het hoofd gebogen, de pet in de hand...

'Halt en front,' noemde mijn vader dat met een militaire term. 'Voor een mens behoef je nooit te buigen, Jan.' Maar hij nam wel zijn hoed af voor Van der Steen, terwijl deze er alleen maar even tegen tikte: het was een grote klant. – En nu moest ik naar een fabriek? Ik huiverde bij de gedachte.

Een paar weken later was het zover. Ik werd geplaatst

bij een machinefabriek niet ver bij ons vandaan, in Waddinxveen. Daar moest ik, omgeven door een oorverdovend kabaal, bouten aandraaien, van acht tot zes.

Ik raakte volledig in paniek. Het gedreun van de machines, het gevoel opgesloten te zijn, afgeblaft te worden omdat ik weer eens iets fout had gedaan... Alles in me kwam er tegen in opstand. Na twee dagen liep ik weg, zomaar, midden overdag, vastbesloten nooit meer één stap in een fabriek te zetten.

Maar dat kon natuurlijk niet. Dat was werkweigering, een strafbaar feit.

Ik moest weer aantreden op het arbeidsbureau, en daar kwam ik toevallig een jongen tegen die ik kende uit de kringen van de Jeugdstorm. Wanneer ik me daar nou ook officieel voor opgaf, wist hij via een partijlid wel een voorlopige vrijstelling voor me te bemachtigen. En dat deed ik, ondanks de protesten van mijn ouders. Voor mij was het angstbeeld van die fabriek voorlopig naar de toekomst geschoven...

Zo was ik die zomer op zaterdagmiddagen te vinden in het clubhuis in Woerden, of als het mooi weer was buiten: spoorzoeken, kompaslezen, vuurtjes stoken, groepsgewijs marcheren door de polder. Ook gaf ik me op voor een kampeertocht die vanuit Arnhem zou starten. Met de trein naar Utrecht, dan overstappen en verder.

En daar in Utrecht op het perron, liep ik een jongen tegen het lijf die, zonder dat ik precies onder woorden kon brengen wat het was, iets in me teweegbracht vanaf het moment dat ik hem in het oog kreeg: een gevoel dat ik tot dan toe noch in het geval van een meisje, noch van een jongen eerder ervaren had. Een gevoel van spanning en ontspanning in één. Een gevoel van kracht, terwijl op hetzelfde moment alle kracht me leek te ontvloeien. *Bit-*

terzoet, het was een woord waarvan ik nooit begrepen had hoe het proefde. Wel, dit was dus bitterzoet.

Zonder dat er een woord gewisseld was stapten we in hetzelfde voor de Jeugdstorm gereserveerde rijtuig, in dezelfde coupé. We zaten tegenover elkaar. Hij keek me aan en ik beantwoordde zijn blik. We lachten.

'Wat voer jij uit in 't leven?'

Het ongebruikelijke van die vraag school, wat mij betrof, niet zozeer in de inhoud ervan, maar in de wijze waarop zij gesteld werd: stoer, de toon van volwassenen onder elkaar.

'Ik werk bij m'n vader in de zaak. Huis- en decoratieschilder. En jij?'

'Ik ga varen. Stuurman grote vaart...'

Hij zei het met de vanzelfsprekendheid van iemand die gewend is zijn eigen beslissingen te nemen. Varen... Dat nam je je voor, en dat dééd je dan gewoon! – Maar zo simpel lag het natuurlijk niet. Weliswaar had hij net z'n HBS afgemaakt, maar het was oorlog, en er wérd helemaal niet gevaren... Hij heette Hein, was afkomstig uit Limburg. Zijn vader was Duitser en zat bij de Wehrmacht, zijn moeder was Nederlandse. Hij was iets ouder dan ik, en een half hoofd langer: een slanke, lenige jongen met donker krulletjeshaar, net als ik, en bruine, iets scheefstaande ogen. En toen pas drong het tot me door wat me, half bewust, was opgevallen, zo-even, op dat overvolle perron. Hij liep, net als ik, niet in het Jeugdstormuniform. Over het blauwe shirt droeg hij een licht windjack. Geen blauwe korte broek maar donkere plusfours. Zwarte sportschoentjes met rubberen zool. – Zulke moest ik ook eens op de kop proberen te tikken...

'We moeten zien dat we straks bij elkaar worden ingedeeld,' stelde Hein voor, terwijl de trein het station van Arnhem binnenreed. Dat lukte. En zo waren we, amper een uur nadat we elkaar ontmoet hadden, met z'n tweeën op stap, de bossen in. We hadden een route en een aantal opdrachten meegekregen: een voettocht van drie dagen, kriskras door de Veluwe, zowel over gebaande wegen als dwars door veld en bos. Daar gingen we, bewapend met wat leeftocht, detailkaarten en een kompas. Drie dagen lagen voor ons als een stralend vergezicht.

Onder het lopen wisselden we onze ervaringen uit. We leken in verschillende opzichten op elkaar, Hein en ik. Allebei waren we afkomstig uit een besloten gemeenschap waarin het geloof een belangrijke rol speelde. Ook hij kwam uit een ambachtelijk milieu. Allebei hadden we een moeilijke tijd achter de rug: conflicten thuis, botsingen met een vijandige omgeving, ik vanwege de erfenis van die godsdienst, hij vanwege zijn Duitse afkomst. In avontuurlijkheid deden we voor elkaar niet onder, we waren allebei vlug en lenig, hij misschien wat sterker, ik taaier en vasthoudender.

Maar waarin hij mij de baas was, was zijn fantasie.

De jeugdstormkampementen meden we, we sliepen in een hooiberg. En dan, vlak naast me, klonk zijn stem. Urenlang kon hij vertellen. Hij was koerier van de tsaar geweest. Hij had op buffels gejaagd. Hij had overwinterd op Nova Zembla. Hij was de Amazone afgezakt...

Overigens zou hij binnenkort ook in werkelijkheid een grote reis ondernemen. Voor drie maanden naar Oostenrijk, naar een weersportkamp. Daar leerde je bergbeklimmen, skiën, schieten met buksen, wat je maar wilde. En het kostte niets...

'Ga mee, Jan. Dan ben je meteen verlost van dat gezeik van die Arbeitseinsatz!'

Daar hoefde ik geen seconde over na te denken. Ik kneep hem in zijn arm.

'Doe ik. Wat dacht *jij* nou?'

Drie dagen later waren we vrienden voor het leven geworden. We namen afscheid van elkaar op de plaats waar we elkaar waren tegengekomen, het station van Utrecht, met de wederzijdse belofte elkaar snel te schrijven. Twee dagen later kwam zijn eerste brief. En die had de mijne gekruist... De daaropvolgende weken zagen we elkaar vrijwel ieder weekend. We spraken af in Utrecht, hij kwam met de trein, ik op de fiets. Kuierden daar wat rond, gingen naar de bioscoop – ik voor het eerst van m'n leven. We logeerden bij elkaar, ik in Venray, hij in Oudewater.

En dat we daarbij in één bed sliepen beschouwden we als een vanzelfsprekendheid.

Begin september was het eindelijk zover. Het hoge woord moest eruit:

'Ik ga morgen weg. Naar Oostenrijk. Ik ga naar een weersportkamp, samen met Hein...'

Het huis was te klein. Moeder in tranen, vader trillend van toorn. Die kampen werden georganiseerd door de Hitlerjugend, dat wisten ze vanwege de reclame die ervoor gemaakt werd. Er werd gesmeekt, er werd gedreigd.

Maar ik zei dat er niets anders meer opzat. Ik had getekend. Ik had m'n treinkaartje al op zak...

Zo stapte ik de volgende ochtend in een trein vol jongens, toch wel aangedaan door het afscheid voor zo'n lange tijd, en ook behoorlijk zenuwachtig vanwege die lege plaats tegenover me, die ik bezet hield met mijn rugzak. Maar dat veranderde bij toverslag toen we het station van Nijmegen binnenreden. Want daar stond Hein.

Vuurproef in overleven

Vier dagen en nachten duurde de reis. Soms reden we lange tijd stapvoets, dan weer stonden we urenlang stil op rangeerterreinen of zomaar midden in het veld. De trein werd steeds langer. Eerst werden wagenstellen aangekoppeld, afkomstig uit België, daarna uit Denemarken en Frankrijk. Tenslotte waren we met ongeveer zeshonderd man, allemaal jongens van een jaar of achttien.

De opwinding was groot. Vrijwel niemand was eerder in het buitenland geweest, sommigen zelfs nooit eerder van huis. We keken onze ogen uit. Duitsland. Zelfs de bomen leken hier anders. Daar had je het glinsterende lint van de Rijn, die we aanvankelijk trouw bleven volgen, daar, in de verte lag de Eiffel, daar het Taunusgebergte – alles uit de aardrijkskundeboekjes bleek echt te bestaan. En wat we daar zagen was nog maar laaggebergte. Dat stelde, wanneer je de enkeling mocht geloven die deze tocht eerder had ondernomen, nog helemaal niets voor in vergelijking met het doel van onze reis: de Alpen. Maar we zagen meer.

We passeerden gebombardeerde steden, uitgebrande fabrieken, bergen puin. Voor het eerst maakten we kennis met de tekenen van oorlogsgeweld op grote schaal. Dat gold voor mij, dat gold voor de meesten van ons. We zaten opeens midden in een oorlog die tamelijk ongemerkt langs de dorpen en provincieplaatsjes waar de meerderheid vandaan kwam, geslopen was. Sommigen zaten er stil en beklemd naar te kijken, anderen deden met veel bravoure alsof ze het de gewoonste zaak van de wereld vonden.

Tijdens een oponthoud stonden we langs een perron waarop een transport gewonden lag, rechtstreeks van het front.

'Wat een slagerswinkel,' zei de een.

'Oorlog is oorlog,' zei een tweede.

Terwijl een derde zijn blik afwendde en zweeg, ietwat bleek rond de neus.

Hein en ik hadden de gelegenheid uren fluisterend te praten. Ik vertelde over de kerk. Over de dood van Piet. Over mijn vader. Nooit eerder had ik dat gekund. Het was of de periode van mijn kinderjaren nu pas achter me lag, zowel in afstand als in tijd.

'Je tong zal worden uitgerukt, je ledematen zullen krullen in het vuur, je zult voor eeuwig branden...'

Ik vertelde van de angsten die ik had uitgestaan, 's nachts in bed. Hein luisterde aandachtig. En op mijn vraag of hij het niet een kinderachtig verhaal vond schudde hij het hoofd:

'Wat een zakken. Wanneer dat gajes naar de hemel gaat, geef mij dan maar de hel...'

Af en toe werd er gestopt bij een klein station en mochten we een uurtje de benen strekken. Verder kwamen we de trein niet uit. We aten er, sliepen er, in smalle kooien die overdag werden neergeklapt. Dan liepen we wat heen en weer, van het ene groepje naar het andere. Het was een wonderlijke mengelmoes van talen. Veel stemverheffing wanneer een ander geen woord begreep van wat je uitbracht. Veel gebarentaal.

De krijgskansen vormden natuurlijk hét onderwerp van gesprek. Stalingrad was gevallen, Rommel had in

Noord-Afrika in het zand gebeten. 'Duitsland zegeviert op alle fronten', had ik in Utrecht op een bord zien staan. Wel, dat klopte dan toch niet. Toch scheen een uiteindelijke Duitse overwinning door niemand betwijfeld te worden. Ik wist het niet. Het was nu bijna drie jaar oorlog. Had ik aanvankelijk nog het idee gehad dat oorlog iets was dat vanzelf voorbij ging, zoals een jaargetijde, nu was het me moeilijk voor te stellen dat er ooit nog een eind aan kwam.

Ook werden er druk politieke denkbeelden uitgewisseld – in mijn oren napraterij van wat ze thuis hadden opgevangen. Er waren twee groepen die lijnrecht tegenover elkaar stonden. De ene, waartoe veel Vlamingen en Denen behoorden, leek pro-Duitser dan de Duitsers zelf. Ze vonden dat hun land op moest gaan in één groot Germaans rijk. De andere meende dat de verschillende landen hun onafhankelijkheid terug moesten krijgen. Maar dat Duitsland hun vaderland was binnengevallen, daar schenen ze het allemaal mee eens te zijn. Was dat dan geen 'laffe overval' geweest? – Ik hield mijn mond maar.

'Mijn broer zit aan 't Oostfront. Wanneer ik van het kamp terugkom ga ik ook. We zullen die bolsjewieken eens een lesje leren! En jij?'

'Ik mag niet van m'n ouders...'

'Hij mag niet van z'n ouders,' klonk het schamper. 'Voor een goede zaak heb je geen toestemming van je ouders nodig!'

'Die is gek,' zei Hein. – Ze hadden thuis al lang geen bericht meer van zijn vader gehad. Die was voor z'n nummer opgekomen. En niet bepaald met geestdrift...

Op een van de nachten onderweg – we hadden die avond München achter ons laten liggen – werd ik wakker. De trein stond stil, en er was niets te horen dan het regelmatige ademhalen van Hein en de andere jongens in de coupé. Ik draaide me op mijn zij, schoof het rolgordijn een stukje omhoog en keek naar buiten.

Het was een heldere, windstille nacht. Te oordelen naar de stand van maan en sterren moest het een uur of vier zijn. We stonden op het diepste punt van een door flauwe hellingen beschut dal. Boomgroepjes, struiken, een duistere boerenhoeve, telefoonpalen, een omheinde weide met een roerloos paard – alles was gehuld in een bovenaards, blauwachtig licht, waarin alle contouren haarscherp afgetekend werden, terwijl alles wat in de schaduw lag in diepzwart verborgen bleef.

Onvoorstelbare gedachte dat op ditzelfde moment ergens ver van me vandaan een huis stond, stil en duister. Op je tenen de trap op... Alles is in rust, voorzichtig met de deur. En dan: mijn kamertje. Het bed is afgehaald. Voorwerpen, roerloos, dood, alsof ze niemand meer behoren. Achter het raam: de tuin. Het zilveren licht van de maan. Dezelfde maan als deze...

Ik keek, met ingehouden adem. Het was of de aanblik van dit landschap me de sleutel kon bieden tot een geheim: het mysterie van die peilloze sterrenhemel, van die onbegrijpelijk immense aardbol waarop ik me op één punt bevond, te weten in een trein vol jongens die ergens in het niets, midden in het Beierse heuvelland stilstond. Ik tuurde naar het hoogste punt van de tegenoverliggende heuvel. En ik probeerde me voor te stellen dat ik dáár stond, buiten, in de vochtige septembernacht. Ik stond daar roerloos, op de top van die heuvel met gespitste oren, in een stilte die zelfs niet door een nachtvogel verbroken werd. Ik keek. Beneden, op het diepste punt van het dal aan mijn voeten, stond een trein. Aan weerszijden bogen de rails, koel glanzend in het maanlicht, weg achter een glooiing. Links het verleden, rechts een toekomst, enkelspoor. En in mijn verbeelding ging ik met mijn ogen de raampjes langs, geblindeerd met rolgordijnen. Want één raampje moest daar zijn dat een smalle donkere spleet vertoonde. En die daarachter lag, dat was ikzelf... Zo lag ik daar en keek. En precies op het moment dat ik, huiverend van het gevoel van leegte waarin ik vervloeid was, het gordijn wilde laten zakken, zette de trein zich weer in beweging, vrijwel zonder schok. De wagons begonnen te piepen en te schommelen. Ik boog me verder over naar het raampje. Er was iets dat ik niet missen mocht. Langzaam, stapvoets, meter na meter, verdween het dal achter een bocht – en met het dal verdween iets méér, iets dat ik niet onder woorden zou kunnen brengen maar dat me, terwijl ik me weer op mijn rug draaide, een ongekend gevoel van eenzaamheid bezorgde.

De volgende ochtend werd ik gewekt door groot tumult. Iedereen verdrong zich voor de raampjes. We reden door een heus, zonovergoten berglandschap. Roodbonte koeien met bellen om de hals, enorme houten boerderijen, dorpjes met witte torentjes waarvan de spits uivormig was, precies als op de plaatjes. Het blonk van frisheid, alsof alles geharkt, geboend en geschrobd was.

En boven dat alles torenden de Alpen uit, in de verte, de toppen vuilwit, schitterend in het zonlicht.

Omstreeks het middaguur verwisselden we de trein voor open vrachtauto's. En verder ging het, met ronkende motoren. Een van de begeleiders wees. Daar, in de hoogte, moesten we zijn, op zeshonderd meter.

Het kamp lag op een uitgestrekt plateau, met onbelemmerd uitzicht over een meer. Het omvatte vier lange, witgeschilderde barakken, dienstgebouwen, sportvelden en een excercitieterrein. Een omheining was er niet, wel stond er bij de ingang een wachthuisje.

Hoewel het kamp ressorteerde onder de Hitlerjugend bleken er maar weinig jongens te zijn die daaruit afkomstig waren. Het overgrote deel bestond uit leden van buitenlandse zusterorganisaties. We werden ingedeeld aan de hand van lijsten, jongens van verschillende nationaliteit door elkaar.

'Mogen Montyn en ik in één groep?' vroeg Hein, die vanwege zijn vader vloeiend Duits sprak. Het verzoek werd met een hoofdknik ingewilligd. We kregen een grijsblauw werkpak uitgereikt, gymschoenen, een petje met een brede klep. Het leven kon beginnen.

Elk groepje van twaalf jongens stond onder leiding van een instructeur, een gewonde of verminkte Wehrmachtsoldaat die van actieve dienst ontheven was. De een miste een been, de ander een hand, er was zelfs een ex-vlieger bij die zijn gezichtsvermogen vrijwel had verloren. Onze instructeur miste zijn rechterarm. Hij droeg de zwarte baret van het tankkorps. Hij was luitenant, had in Rusland gevochten. Hoewel hij maar een paar jaar ouder was dan wij keken we huizenhoog tegen hem op, zoals tegen alle instructeurs.

Die jongens hadden iets meegemaakt, dat viel aan alles te merken: hun manier van spreken, de blik in hun ogen, ja zelfs hun loop. Ze hadden aan het front gezeten. Ze waren keihard voor zichzelf, beklaagden zich nooit over hun gebrek. Was je arm eraf – dan moest je ervoor zorgen dat je andere arm twee keer zo sterk werd als voorheen. In oorlog gebeurde dat soort dingen nu eenmaal. De een sneuvelde, de ander raakte verminkt. Dat was aan de ene zijde zo, en zo was het aan de andere zijde van het front. Risico was een vanzelfsprekend onderdeel van het natuurgebeuren dat oorlog heette. Want oorlog was zo oud als de mensheid.

's Ochtends om vijf uur werden we uit ons bed getrommeld. Naar buiten, weer of geen weer. Conditietraining, met niet meer aan dan een sportbroekje en gympjes. Daarna een koude douche. Dan ontbijten in de eetzaal. In de ochtend kregen we diverse oefeningen: schijfschieten met lichte karabijnen, bewegen in het veld, exercitie. Na het middageten was er een uur verplichte rust. Daarna volgden theorielessen. Oorlogsstrategie, aan de hand van de krijgsgeschiedenis, maar ook politieke vorming, *Politische Weltanschauung* – in het Duits dus, waarvan ik geen woord verstond. Dan waren er corveediensten en was er het wachtlopen. Tenslotte, na het avondeten, kreeg je een uurtje voor jezelf: sommigen legden een kaartje, anderen schreven een brief naar huis. Ik niet. Weg is weg. Om tien uur gingen de lichten uit.

Maar ook dan waren we er soms nog niet.

Het kwam geregeld voor dat we midden in de nacht uit bed gefloten werden. Binnen vijf minuten paraat voor een nachtmars: vijf, zes uur lopen in tempo zus of zo, dwars door de bergen. En de volgende ochtend, eindelijk terug, begon het leven weer van voren af aan. Of je nou veertig kilometer in de benen had zitten en omviel van de slaap of niet. Keihard zou je worden. Zo niet, dan ging je maar weer terug naar moeders pappot.

Geen wonder dat er veel afvallers waren. Iedere week keerden tientallen jongens terug naar huis, sommigen in tranen, zodat er tenslotte van de oorspronkelijke zeshonderd nog maar de helft over was. En dat dan los van de gewonden.

Het begon ermee dat er een krant werd uitgespreid. Ga erop staan, spring eraf. 't Is maar een millimeter hoogte. Doet er niet toe. Het gaat erom dat je bewust leert vallen. Dat kan ooit je leven redden.

En daarna ging het van een kistje, en zo hoger. Twee meter, drie, vier... Tenslotte stonden we aan de rand van een afgrond, twintig meter diep. Naar beneden, een voor een. Er was een touw gespannen, van boven naar beneden, misschien wel zestig graden steil. Over dat touw sloeg je een lus, daaraan hangend suisde je de diepte in. Je valsnelheid kwam overeen met die van een parachutist, zei men. Ogen open! – Wie het niet durfde kon zijn koffer wel gaan pakken, wie het verkeerd deed brak een enkel of een been...

Op een avond kregen we het consigne paraat te blijven in plaats van te gaan slapen. Tegen elven werden we in gesloten vrachtauto's geladen. Tijdens de rit, die een paar uur duurde, werd verteld wat ons te wachten stond. We zouden los van elkaar midden in de bergen worden afgezet, en werden vervolgens geacht op eigen kracht terug te keren naar het kamp. Morgenmiddag voor zes uur melden. Hoe we dat aanlegden, was onze zaak. Lopen, liften, alles was toegestaan, behalve gebruikmaken van geld en, uiteraard, bedreiging of geweld. Een vuurproef in overleven werd het genoemd.

Zo. Ik luisterde ingespannen naar het jankende gegier van de motor in zijn eerste versnelling. Of was het de tweede? – Stom dat ik niet van het begin af aan beter had opgelet. Maar toen wist ik nog niet welke opdracht we zouden krijgen. Eerst waren we een flink stuk gedaald, misschien wel tot het meer, daarna hadden we, wanneer ik me niet vergiste, een scherpe bocht naar links gemaakt. Maar daarna... Ik wist het niet meer. Nu ging het steil omhoog, heel lang al – daarvan was ik zeker.

'Heb jij een idee hoe hard we gaan?'

Maar voordat Hein iets had kunnen zeggen:

'Hé daar, geen onderonsjes!'

En stil was het weer, afgezien van de protesten van de motor en het geknars van steenslag onder de banden. We maakten een bocht naar rechts. Of verbeeldde ik me dat? Hoe hard? Vijftien kilometer per uur, de snelheid van een fiets op vlak terrein? Vier uur onderweg. Dat zou dan zestig kilometer zijn. O ja? En wanneer ze nu om ons te misleiden in een halve cirkel reden? Trouwens, haalde hij dat wel, vijftien kilometer per uur? Misschien reed hij wel stapvoets, vijf kilometer. O ja? Waarom niet dertig? – En wachten, dicht tegen elkaar aangepakt, met de ellebogen steunend op de knieën, de ogen roodomrand.

'Wachten, wachten en nog eens wachten. Oorlog is wachten. Wachten en op je hoede blijven...' Wagner, onze instructeur had dat gezegd. En daarna had hij verteld hoe ze bij hun allereerste tankgevecht een voltreffer onder de geschutskoepel hadden gekregen. Patsj! Dan kon je het verder wel vergeten. Hij was er als enige van de bemanning levend uitgekomen. Hoe wist hij niet. En die arm, was die afgeschoten? Nee, finaal afgekneld. – Daar had *hij* dan anderhalf jaar op moeten wachten...

Eindelijk stopten we. Er klonk een snerpend fluitje. Niels, een Deense jongen uit ons groepje werd als eerste aangewezen. Met een korte groet kroop hij naar buiten. En verder gingen we. Hein was als vierde aan de beurt. Steeds was er een tussenpoos van twintig, vijfentwintig minuten. Ik had me al afgevraagd hoe dat ging met de laatste. Had die niet de minste tijd? Was die niet het verst van huis? – Het eerste zéker.

'Hou je taai, Hein.'

'Tot morgen...'

Even later beduidde Wagner met een hoofdknik dat het voor mij zover was. – En wanneer ik het nu eens gewoon niet *doe*? Maar ik stond al buiten, in de ijzige oktobernacht. De versnelling knarste, achterlichten verdwenen rond een bocht, en het duurde niet lang of het geronk van de motor, dat door de echo's opeens van alle kanten leek te komen, was weggestorven. Het was stil. Het was donker. Ik was alleen. Terwijl ik wachtte tot mijn ogen aan de duisternis gewend waren, overlegde ik met mezelf. Wanneer ik de weg volgde, hetzij terug, hetzij in de richting waarin de vrachtauto verdwenen was, zou ik vast te laat komen morgen. Daar hadden ze ongetwijfeld rekening mee gehouden. Ik moest een stuk afsnijden, ik moest klimmen. Of juist dalen? – Wanneer ik nou gewoon wacht tot het licht wordt? Nee, dat zou te gek zijn, dan red ik het natuurlijk nooit...

Mijn ogen hadden zich inmiddels aan het donker aangepast, maar dat had weinig opgeleverd. Het was een vochtige, nevelige nacht. Bedekte hemel. In m'n directe omgeving onderscheidde ik de omtrekken van wat nietige struiken. Nergens een boom. Zou ik op de boomgrens zitten? Hoe hoog lag die ook weer, verdomme... Ze hadden het gezegd, maar ik was het vergeten.

Ik hurkte neer bij mijn kompas. Het radiumwijzertje bleef onzeker trillen. Kompassen zijn onbetrouwbaar in de bergen, hadden ze gezegd. Komt door de ertsen in het gesteente. – Wat had ik trouwens aan de windstreken wanneer ik toch niet wist hoe mijn positie lag ten opzichte van het kamp. Wanneer we zuidwaarts gereden hadden moest ik naar het noorden. En andersom. Of niet soms.

Ik luisterde een tijdje met ingehouden adem, het hoofd langzaam draaiend, mijn handen achter mijn oren. Niets. Absoluut niets. Zelfs niet het gekabbel van een beekje. Niets te horen, niets te zien. De bergkammen gingen verborgen achter nevels, nergens een lichtje. Aan mijn voeten gaapte een duistere leegte. Was daar een dal? – Maar wanneer er een dal was, kon het er eentje zijn zonder uitweg. Boven me tekenden de rotsen zich af tegen de iets lichtere schakering zwart van de lucht. Zoek een hoog punt om je te oriënteren, hadden ze gezegd. Omhoog dan maar...

Ik begon te klimmen, op handen en voeten, van struik naar struik, van richel naar richel. Ondanks de kou gutste het zweet me algauw over het voorhoofd. Af en toe rustte ik, luisterde, tuurde. Niets. En weer verder, hoger en hoger. Eén plateau moest het laatste zijn. Het werd rood voor mijn ogen. En door dat rood gloorde een steeds terugkerend visioen. Dat ik rechtop ging staan, mijn rug weldadig rechtend, dat ik over een rand keek, en daar, binnen handbereik, glinsterden de lichtjes van het kamp...

Maar van rechtop staan was geen sprake. De helling werd steiler en steiler. Steeds moeizamer vonden mijn klauwende handen houvast. Mijn nagels waren gebarsten, mijn knieën beurs. – Toen stuitte ik op een rotswand die zich vrijwel loodrecht boven me verhief. Terug. Dan maar terug... Maar ik *kon* niet terug. Ik werd bevangen door een duizeling, mijn maag draaide zich om. Er was onder me geen houvast te onderscheiden voor mijn voeten. Met mijn handen kon ik tasten, met mijn voeten ging dat niet...

Ik stond op een smalle richel boven een ravijn waarvan ik de diepte niet kon peilen. Ik riep om hulp. Ik schreeuwde zo hard ik kon. Het enige antwoord was de schrille echo van mijn stem. Ik stond daar in de eeuwigheid.

Uren bestonden niet, minuten bestonden niet, alleen het moment bestond. Het moment waarin ik worstelde met de prikkeling die uitging van de diepte. Me los te laten, slap te maken. Heel even maar. En dan voorgoed verlost te zijn van deze angst...

Maar ik verroerde me niet. Ik drukte me plat tegen de rotswand, mijn vingers in een kramp rond hun nietige steunpunt. Ik klemde mijn kiezen op elkaar. Het ene moment, het volgende, minuten, uren...

Nooit zou het weer licht worden in deze eeuwigheid – maar het werd weer licht. In de hoogte begonnen de toppen van de bergen zich af te tekenen tegen de lucht. Alles begon contour te krijgen, langzaam maar gestaag. De kloven, de boomtoppen in het dal, de steenslagweg honderd meter beneden me, de kale struikjes aan mijn voeten. Schemerig. De zon kwam op.

Toen pas stelde ik voldoende vertrouwen in het licht.

Ik was nog nooit zo stijf geweest, maar het was verwonderlijk hoe weinig moeite het kostte beneden te komen.

Niet op handen en voeten, lopend, steunend met één hand. Daar had ik gestaan. Bij daglicht ging er geen enkel gevaar van uit...

Verkleumd tot op het bot begon ik te lopen. Vogelgeluiden, blauwe lucht, zon – ik hoorde, zag alles voor het eerst. Ik deed er een uur over om de berg te ronden, en daar, ik kon mijn ogen niet geloven: een pluimpje rook, een boerderij. Even later zat ik aan een houten tafel. Zulk heerlijk brood met kaas had ik nog nooit geproefd. Ik bofte, want de boer stond op het punt om met de kar naar de markt te gaan, in een naburig dorp. Vandaar zou ik vast wel een lift verder kunnen krijgen.

Tegen vier uur bereikte ik het kamp, eerder zelfs dan Hein. Wagner, aan wie we verslag uit moesten brengen, verzweeg ik mijn nachtelijk avontuur. En tegenover Hein lukte het me niet de juiste woorden te vinden.

'Ik ben bijna van de wereld afgevallen...' – Daar liet ik het maar bij.

Twee insignes waren er in het weersportkamp te halen: voor schijfschieten en sport: de honderd meter, vierhonderd meter, tot de 10 000 meter en de marathon toe, alles binnen voorgeschreven tijdslimieten. En die twee insignes hadden Hein en ik op zak toen we na drie maanden terugkeerden naar huis. Naar huis, maar niet voor lang. De overgang was te groot. Binnenzitten, op tijd aan tafel, op tijd naar bed. In het kamp was me discipline bijgebracht – maar dit hier was sleur, niet om uit te houden. En dat bleek niet alleen voor mij te gelden. Na twee weken, kerst en nieuwjaar waren achter de rug, stond Hein alweer voor de deur in Oudewater, zijn koffertje in de hand:

'Ik ga thuis door het behang...'

Twee dagen later zaten we alweer in de trein, naar een vervolgkamp, eveneens in Oostenrijk, zij het in een andere streek, niet ver van de Hongaarse grens.

Voorlopig in veiligheid, voor twee maanden dit keer. Er had, zoals we tijdens onze terugtocht konden constateren, een omslag in het oorlogsgebeuren plaatsgevonden. Veel vaker luchtalarm, een toename van bombardementen. Trajecten die op de heenreis nog ongeschonden waren geweest, vertoonden nu, drie maanden later, volop verwoestingen. Dus wat ons betrof: wegwezen. Hoe verder weg hoe beter.

De envelop van het arbeidsbureau die ik in Oudewater op de deurmat had gevonden, was ongeopend gebleven. Ik was zogenaamd niet thuisgeweest.

De eisen die in het tweede weersportkamp gesteld werden, wogen aanzienlijk zwaarder dan in het eerste. Dat bracht spanningen met zich mee die hun weerslag hadden op de stemming die er heerste. Ronduit grimmig kon die zijn. Om de geringste aanleidingen ontstonden knokpartijen. Hein en ik moesten daarbij soms danig van ons afbijten. We waren vrijwel de enige donkerharigen in een gezelschap van een paar honderd jongens met blonde haren en blauwe ogen, en golden, omdat we altijd in elkaars gezelschap te vinden waren, als twee buitenbeentjes. Geen van beiden hadden we veel groepsbesef. Wanneer het kon waren we met z'n tweeën en wanneer het niet kon waren we alleen.

Vooral een zekere Hans, een boerenzoon uit de Achterhoek met gemillimeterd haar en een grof gezicht dat me vanaf het eerste ogenblik antipathiek was voorgekomen, had het op ons gemunt. Hij had aanvankelijk geprobeerd aansluiting bij ons te vinden, en toen bleek dat we daar niet van gediend waren, was zijn houding honderdtachtig graden omgeslagen. Toen bleken we opeens twee *mietjes* in zijn ogen. Mijn opmerking dat hij wat mij betrof gerust een boerenhufter genoemd mocht worden, kwam me vervolgens op een fikse aframmeling te staan.

Het aantal afvallers en gewonden was hier nog groter dan in het eerste kamp, wat gezien de zwaarte van de proeven waaraan we onderworpen werden geen wonder was. Al meteen de eerste week werden we bepakt en gezakt in vrachtauto's geladen. Het hooggebergte in, met een groep van veertien man, voor een voettocht van tien dagen, zonder in contact te komen met de bewoonde wereld.

Sommige oefeningen waren rechtstreeks ontleend aan een opleiding tot commando. Ware slachtpartijen waren dat. We leerden bijvoorbeeld van rijdende auto's te springen. Eerst ging het stapvoets, dan sneller, tot een snelheid van veertig, vijftig kilometer per uur. Levensgevaarlijk, maar wanneer je de techniek beheerste, en vooral, je angst wist te overwinnen, bleek het mogelijk. Dat een zekere Hans bij die proef een hersenschudding opliep was intussen iets dat ik niet kon betreuren. Ik had hem desnoods wel een handje willen helpen, maar dat was niet nodig. Het was nu eenmaal onverstandig te springen wanneer er in de berm een boom in aantocht was.

Alle eisen waren strenger in dit kamp. Ook hier werden nachtmarsen en duurlopen gehouden, zij het in een hoger tempo en met een nauwer bemeten tijdslimiet.

Maar het zwaarste was toch wel het leren overwinnen van ravijnen. Daarbij werd met een kleine mortier een lijn met een anker overgeschoten. En dan moest je, terwijl je aan handen en voeten boven de gapende afgrond bungelde, maar hopen dat de verankering aan de overkant het hield. Zo niet dan ging je met lijn en al de diepte in. Het begon ermee dat je zelf schoot, de verankering testte, en als eerste de overtocht waagde. Uitermate griezelig was dat, maar wanneer je in de afgrond zou storten was het tenminste nog je eigen schuld. Ronduit gruwelijk was de volgende stap. Dan schoot jij en een ander was het proefkonijn.

Ik had geschoten, ik had de lijn strakgetrokken en met

de veldkijker vastgesteld dat het anker achter een flinke boomtak haakte. Maar het was winter en de boom droeg geen blad. Was het een levende tak? Was het een vermolmde?

'Vertrouw je 't, Jan?' vroeg de instructeur. Ik knikte. Maar toen Hein werd aangewezen om als eerste naar de overkant te klimmen, durfde ik niet te kijken.

Dat soort proeven staalden je verantwoordelijkheidsgevoel, zei men. En wanneer je bij vorst op je buik door een beek gestuurd werd dan was het je gezondheid die gestaald werd...

Wanneer we vrijaf hadden – en in dit kamp kon je zelfs nachtpermissie krijgen – trokken we de naburige dorpjes in. Het was een landelijke, geïsoleerde streek. Dat Europa een strijdtoneel was, viel uit weinig meer op te maken dan het enorme overschot aan vrouwen. Vrijwel alle mannen van tussen de achttien en de vijfenveertig waren aan het front, en de bevolking die we aantroffen in de cafeetjes die we bezochten, was dan ook overwegend van het vrouwelijk geslacht. Ze wilden best, die vrouwen. Het karige zakcentje dat we bij ons hadden, was meestal nog intact wanneer we 's nachts met onzekere tred terugkeerden naar het kamp: het kostte meer overredingskracht het bier af te slaan dan het aangeboden te krijgen. En ik kon niet tegen drank...

Kolossale vrouwen waren dat, het blonde haar in twee gevlochten strengen boven de oren, de borsten ingesnoerd onder een laaguitgesneden jakje. De wangen rood, de heupen breed. Ze dansten met elkaar op de neuzige tonen van een blaaskapel.

't Is zaterdagavond, uitgaansavond. Ze lachen met witte tanden, werpen het hoofd in de nek. Ze pronken, de handen uitdagend in de zij, hun wervelende rokken wijd. Ze komen op ons af, verhit, bezweet. Ze ginnegappen, maken gebaren, ze keuren ons als op de markt – wij jongens zitten op de lage, houten bank tegen de muur geleund. De kachel staat te schudden. Bruine muren, rook, rumoer. Het draait, het deint. Zwijnenkoppen, karrenwielen, geweien, koekoeksklokken – alles in één deining. Ze trekken je op schoot. Ze hebben grote aardewerken pullen bier. Je drinkt. Het bier is lauw. Nog zo'n slok. Het loopt over je kin. Ze slaan hun armen om je heen. Een tong in je oor, een tong in je nek. Van wat ze fluisteren in hun vreemde koeterwaals, de stem donker en hees, versta je geen woord.

't Is zaterdagavond! Zeg maar ja! Dan krijg je bier of schnaps. Zeg maar ja! Dan word je meegetrokken, de gang door, de achterdeur uit, naar buiten in de winterkou, dan word je in het duister tegen de muur van een stal gedrukt, je hoofd tussen twee enorme borsten, happend naar adem. Een wilde worsteling met vele lagen rokken. In de bankschroef van naakte armen die het gewend zijn in elke hand tien literpullen bier te torsen. In de klem van dijen. Een ritmisch hijgen. Tot er gekreund wordt, diep uit de keel...

Dat was mijn eerste les in liefde.

Maar er waren ook jonge meisjes, rank en smal van leest.

Anna was zo'n meisje. Anna was achttien. We hadden gewandeld met z'n tweeën, hand in hand. Ik had, gekoesterd door een winterzonnetje, met haar achter een bosje in het gras gelegen, mijn lippen stijf op die van haar gedrukt.

Zij was het die me uitnodigde voor het veertigjarig huwelijksfeest van haar grootouders. Een groot feest zou het worden, van de middag tot diep in de nacht zou het duren. Een feest voor de hele streek.

Het erf stond vol karren. Er waren honderden mensen, in klederdracht, van heinde en ver gekomen. Ook daar was een blaaskapel. Lange tafels met voedsel. Aardappelsalade, hammen, witte worst. We dronken pruimenbrandewijn en we dansten. Jan uit Oudewater danste! Met Anna. Met haar jongere zusje Karin. Met Hanna, haar vriendin. Anna was het die me op het hoogtepunt van het feest, kort na middernacht, zonder dat iemand het merkte mee naar buiten troonde. Tussen de karren door het erf over, de vinger op de lippen. De schuur in. De deur werd afgesloten met een balk, en ze ging me voor in het donker, haar hand vertrouwelijk knijpend in de mijne. Een ladder op, en we kropen door het hooi, steeds dieper, tot achter in de schuur. Daar was een hol, daar hing een olielampje, maar daar, *mijn hemel*, was ook Karin. En Hanna. Plus een meisje, niet ouder dan dertien, dat ik op het feest niet had opgemerkt.

Er viel geen woord. Alles leek afgesproken. Het waren Karin en Hanna die me op mijn rug neergedrukt hielden in het stuivende hooi, een hand op mijn mond. Het was Anna die mijn broek naar beneden trok. Anna was het die op mij neerhurkte. En daarna Hanna. En vervolgens Karin. En toen Anna weer. En zo ging dat door, terwijl ik, machteloos op m'n rug, geen vin kon verroeren. Drie paar ogen boven me, drie monden. Tastende handen. Borsten boven witkanten lijfjes. Meisjesbenen onder opgeschorte bonte rokken. Van wie was wat? Wie was wie? – Terwijl het jonge meisje roerloos toekeek, met grote ogen. Haar eerste les in de liefde was dit. En voor mij was het de tweede.

De volgende dag kon ik amper op mijn benen staan,

om van lopen maar te zwijgen. Dat weerhield Hein, die ik verslag had uitgebracht – verkracht door drie meisjes, écht verkracht – er niet van te verzuchten:

'Natuurlijk! Uitgerekend als ik wacht moet lopen!'

Maar ook hij zou aan z'n trekken komen.

Op een ochtend vertelde hij opgewonden dat hij de avond tevoren een werkelijk schitterende vrouw ontmoet had – nu ja, ontmoet... Gesproken had hij haar niet, maar ze had hem een paar keer lang en doordringend aangekeken, met ogen, mooier dan hij ooit gezien had:

'Bruine ogen Jan, met lange wimpers...'

En toen hij, wilde hij niet te laat terug zijn in het kamp, het café had moeten verlaten, had ze hem beslist heel zeker gevolgd met haar blik en hem zelfs toen hij bij de deur had omgekeken ten afscheid een knikje toegeworpen...

Zijn fantasie sloeg, zoals gewoonlijk, meteen oeverloos op hol: 'Ze was heel chic, met prachtige kleren aan. Ze droeg schoenen met hoge hakken en ze praatte met niemand in dat café. Ze is vast van adel, Jan. Ze woont in een kasteel, met paarden en hazewindhonden. Ik ga met haar op reis... Nou ja, we gaan met z'n drieën natuurlijk. Jij gaat mee, dat spreekt vanzelf.'

De eerstvolgende keer dat we weg konden vergezelde ik hem naar het bewuste café, minder zeker van haar aanwezigheid dan hij. Maar werkelijk: ze was er, en uit haar blik van herkenning viel af te leiden dat Hein niets uit zijn duim gezogen had. Ze glimlachte...

Dat ze heel mooi was viel niet te ontkennen. Ze was slank, had zacht, kastanjebruin haar, donkere ogen, hoge jukbeenderen. Dat was nog eens wat anders dan die blonde, plompgebouwde vrouwen uit de streek. En chic zag ze er ook uit, een sigaret sierlijk tussen de vingers, in haar bontmantel die ze ondanks de warmte binnen had aangehouden. Maar ze was wel heel erg oud, leek me. Misschien al wel dertig...

Gesterkt door mijn aanwezigheid en twee glazen bier waagde Hein het haar aan te spreken. Ik hield mijn adem in terwijl hij voor haar boog en haar iets vroeg. Ze knikte, stond op en trok haar mantel uit. Die werd zolang bij mij over een stoel gelegd. Ik werd voorgesteld:

'Dit is mijn vriend Jan.'

Ze nam mijn hand, keek me met glanzende ogen aan:

'Ik heet Monika.'

Ze dansten. Ik volgde Hein bewonderend met mijn ogen. Een echte man van de wereld was hij, zoals hij een buiging had gemaakt, haar volgens de regelen der kunst ten dans gevraagd had, mij aan haar had voorgesteld. En dansen kon hij ook. Dat was nog eens wat anders dan het boerse gehos waaraan ik me weleens waagde. – En hij was toch maar mooi *mijn* vriend!

Toen ze uitgedanst waren en terugkeerden, allebei met een blos, zaten we nog lang gedrieën aan dat tafeltje, Monika en Hein hand in hand. Hij tolkte, want mijn Duits was nog steeds niet veel zaaks. Waar we vandaan kwamen, wilde ze weten. Uit Holland. O, Holland kende ze wel. Scheveningen, Amsterdam. Daar waren wijzelf niet eens geweest... Of we militairen waren. Nee hoor, we zaten in het sportkamp, ons tweede al.

'Maar we zullen er misschien wel aan moeten geloven,' zei Hein gewichtig.

Ze was weduwe, vertelde ze. Haar man was al in het eerste oorlogsjaar gesneuveld. Hij was arts geweest. Dat vonden we vreemd, dat ook artsen konden sneuvelen...

Kwam ze uit deze buurt? Nee, ze kwam van heel ver, helemaal uit Servië. Haar echtgenoot was van hier geweest.

Maar daar wilde Hein maar liever niet te veel van horen, van die echtgenoot... Waarop het gesprek tussen die twee op fluistertoon werd voortgezet.

'God Jan, wat een vrouw...' verzuchtte Hein toen we de terugtocht naar het kamp ondernamen. Afgesproken was dat we de eerstvolgende zaterdag bij haar zouden komen eten. En daarop had ze hem op beide wangen gekust. En daarna mij.

In een kasteel bleek ze niet te wonen, wel in een groot, afgelegen landhuis, omgeven door een uitgestrekte tuin, een uur lopen van het dorp. Wat was ze mooi in haar strakzittende japon, wat lachte ze stralend toen we onze jas uit hadden gedaan en binnentraden!

Het huis was deftig van inrichting, met tapijten en antiek, maar ook vrouwelijk, dankzij de vele tinten roze en violet. De tafel was gedekt met wit damast, porselein, kristal. We kregen kleine, fijne hapjes zoals we nog nooit geproefd hadden. Heel wat anders dan boerenkool met worst – hoewel dat altijd een lievelingsgerecht van me geweest was. En er werd witte wijn gedronken. Witte wijn bleek lekker fris, maar toch ook wel een beetje zurig. We kregen koffie. En daarna speelde Monika op de piano stukjes van Chopin, een Poolse componist.

Later zaten we in de zitkamer die door haar 'salon' genoemd werd en precies bleek te beantwoorden aan de klank van dat woord. Daar dronken we cognac. En toen zei Monika, naast Hein, die zijn ogen niet van haar af kon houden, op de sofa:

'Ik moet eens ernstig met jullie praten...'

Over de oorlog ging het, *Krieg*: met dat woord was ik inmiddels wel vertrouwd geraakt.

'Wat zegt ze, Hein?'

'Ze zegt dat de oorlog iets verschrikkelijks is omdat onschuldige mensen gedood worden. Wij moeten haar beloven er nooit aan mee te doen...'

Die oorlog deugde niet. Van geen enkele kant. Duitsland had er de schuld aan. Hitler was een schurk. We moesten ons erewoord geven dat we ons afzijdig zouden houden, anders zouden ook wij gedood worden...

Dat waren geluiden die we nog niet eerder vernomen hadden. Politiek had ons koud gelaten, en de oorlog hadden we beschouwd als een natuurverschijnsel, iets dat om de zoveel tijd onafwendbaar op kwam zetten, net als onweer. Na een periode van vrede kwam er oorlog, zoals er na een periode van droogte regen kwam, en in de oorlog vielen er nu eenmaal slachtoffers.

Maar met die belofte hadden we geen moeite, en een omhelzing was onze beloning. We bleven slapen die nacht. Ik beneden op de bank. Hein boven. En het duurde lang voor het daar stil was.

De daarop volgende dagen raakte Hein niet uitgepraat over de bekoringen van zijn vriendin. En één ding was zeker. Wanneer, drie weken later, het kamp er voor ons opzat, zouden we bij haar intrekken. Want ze gingen trouwen, Monika en hij...

Maar de eerstvolgende keer dat hij haar ontmoette, midweeks en zonder mij, leek er in hun verhouding een omslag te hebben plaatsgevonden. Hein was gespannen en stil. Over wat er gebeurd was, liet hij niets lost. We moesten de komende zaterdag vroeg uit het kamp zien weg te komen. Monika verwachtte ons. Meer wilde hij niet zeggen.

De zaterdag verstreek en Hein werd nerveuzer en nerveuzer. Zo had ik hem nog nooit meegemaakt. Om vijf uur konden we weg. We liepen in de richting van het dorp.

'Zeg Hein, ze krijgt toch geen baby van je, hè?'

Tot die conclusie was ik na eindeloos gissen en verwerpen gekomen.

'Jezus Jan, dat kun je niet weten na een week...'

O nee, natuurlijk niet. Maar wat dán? Had Monika hem haar liefde opgezegd? Maar wat deden we dan nu? Ik begreep er niets van. – Terwijl Hein naast me voortsjokte, zwaar transpirerend en bleek, alsof hij de wandeling zo lang mogelijk wilde rekken. Opeens bleef hij staan. Hij schraapte zijn keel.

'Je laat me toch niet in de steek, hè?'

'Natuurlijk niet. Maar wat is er toch?'

'Monika wil ons een bepaald verzoek doen. Ook jou. Maar ze wil het je zelf voorleggen...'

Daar werd ik ook niet veel wijzer van, en het zou nog tergend lang duren voor de sluier werd weggetrokken.

We arriveerden. Hein en Monika zeiden niet veel. De maaltijd, die toch beslist niet minder was dan de vorige keer, leek niet erg aan hen besteed. En er werd geen wijn gedronken dit keer. Monika sprak, Hein vertaalde.

Zij en Hein waren helemaal gek op elkaar. Het was liefde op het eerste gezicht geweest. Hein zou bij haar blijven. Later, wanneer de oorlog afgelopen was, zouden ze trouwen. Dat stond vast. Maar eerst moest er voldaan worden aan een bepaald verzoek. Hein moest Monika het bewijs leveren van zijn liefde. En ik moest daarbij helpen...

Het was geen gering verzoek.

Een tiental kilometer van het dorp liep een spoorbaan. Eénmaal per week passeerde er een goederentrein uit Duitsland richting oosten, beladen met wapens, materieel, munitie. Hein moest dat transport saboteren, met mijn hulp. Daarmee zou de oorlog bekort worden en werden er uiteindelijk mensenlevens gespaard...

Ik keek Hein aan. Zijn ogen waren vochtig, zijn lippen trilden. Monika had haar arm om zijn schouder geslagen. Ze keek me strak aan.

'En wanneer moet dat gebeuren?'

'Vannacht. Die trein passeert morgenochtend vroeg, nog bij donker.'

Ik dacht na. Of beter: ik deed of ik nadacht. Mijn besluit was al genomen. Wat Hein betrof was ik daarvan niet zo zeker.

'Wat doen we, Jan?'

'Hoe moeten we 't aanleggen?'

Er werd een kaart op tafel uitgespreid. Daar liep de lijn. Daar stond een pijl. Een bocht, vlak achter een tunnel. Aan de buitenzijde van die bocht een diep ravijn...

Monika ging ons voor naar de kelder. Daar lag een zware Engelse sleutel. Ze opende een kist. Twee pakken met staven dynamiet.

We overlegden. Met dat dynamiet wisten we niet om te gaan. Monika evenmin.

'We moeten het zo aanleggen dat het op een ongeluk lijkt.'

Ik herinnerde me opeens de paardentram, vroeger, in Oudewater. Hoe we als kleine jongens, hangend aan het achterbalkon, in staat waren geweest die zware wagen naast de rails te zetten.

'Wanneer het lukt om de voorwielen van de locomotief te laten ontsporen wordt hij door de snelheid en het gewicht van de wagons vanzelf in dat ravijn geduwd...'

Ik maakte een schetsje. Monika knikte. Hein zweeg.

De kaart en het schetsje verdwenen in de haard. We wachtten tot de duisternis volledig was en gingen op pad. Tien kilometer, dwars door bos en veld. Met z'n drieën, ondanks mijn tegenwerpingen. Maar Monika bleek verrassend weinig moeite te hebben ons tempo bij te benen. Zij had de sleutel onder haar jas, ik het blad van een kolenschep, Hein de steel.

We vonden de aangegeven plek zonder veel problemen en klommen naar beneden. Monika zou boven op de uitkijk blijven staan. Wanneer het karwei geklaard was, kreeg zij van ons een seintje. Zij zou dan terugkeren naar huis, wij rechtstreeks naar het kamp. Uit veiligheidsoverwegingen was het beter elkaar drie dagen lang niet te ontmoeten.

We togen aan het werk. Binnen een uur hadden we over een flinke afstand de bouten uit de bielzen losgeschroefd. We zweetten als otters, want ze zaten muurvast. Nog een uur later, en we hadden een loodzwaar, plat brok basalt aangesleept en ingegraven. De voorwielen van de locomotief zouden erdoor zijwaarts geslagen worden – en dat moest al met al voldoende zijn. Hein kon het afgesproken seintje geven.

We liepen terug, langzaam, zwijgend. We hadden alle tijd. Pas in de ochtend zouden we ons onopvallend onder de andere jongens kunnen mengen. Om twaalf uur ging onze dienst in: patrouillelopen rond het kamp, een vol etmaal lang.

In de loop van de middag kwam het nieuws. Er was een goederentrein ontspoord. De lijn was door de ravage volledig geblokkeerd. Over sabotage werd met geen woord gesproken.

We wachtten de afgesproken drie dagen. Toen keerden we terug. Maar er klopte iets niet. Het huis leek verlaten. De luiken waren gesloten, de voordeur zat potdicht en er werd niet opengedaan op ons gebons.

We informeerden in de buurt. Nee, een zekere Monika kenden ze niet. Dat afgelegen huis? Dan moesten we ons vergissen. Het was in de winter onbewoond. 't Was het vakantieverblijf van een advocaat uit Wenen.

Monika weg. Een trein ontspoord.

Pas veel later zou het ten volle tot ons doordringen welke risico's zij genomen had door twee wildvreemde jongens voor haar karretje te spannen, en welke gevolgen onze actie voor onszelf en voor anderen had kunnen hebben.

Wat wisten we? Dat het oorlog was. Maar wat oorlog was wisten we nog niet.

We wachten de [illegible] dag [illegible]. Toen kwam [illegible] Maar [illegible] niet. Het huis [illegible] [illegible]. De [illegible] [illegible] [illegible] [illegible] [illegible] [illegible] [illegible] [illegible] [illegible].

[illegible] [illegible] [illegible] [illegible]. Dag [illegible] [illegible] [illegible] [illegible] [illegible]. We [illegible] [illegible].

[illegible] we [illegible] [illegible].

[illegible] [illegible] [illegible] [illegible] [illegible] [illegible] [illegible] [illegible] [illegible] [illegible] [illegible] [illegible] [illegible] [illegible].

We [illegible] [illegible] [illegible] [illegible] [illegible].

Deel 3

Mannheim 1944

Drie weken later. Terug in Holland. Oudewater. De misère begint weer. Surrogaat dekblad per strekkende meter in de werkplaats. Zwarte kleren. Gezucht over de schaarste. Armoe, honger. – En die bruine dienstenvelop die me in de borstzak brandt, op de fiets onderweg naar Gouda, naar het arbeidsbureau.

Dit keer viel er niet aan te ontkomen. Ik moest naar Duitsland, naar Hannover. De fabriek in.

's Nachts werd ik wakker, badend in het zweet. Stampende machines in een onafzienbare fabriekshal. Een leger arbeiders in vette overalls. Knipperend oogwit in vervuilde, afgeleefde gezichten. Vuren, gedreun van voorhamers, gesis van perslucht. En dan opeens gillende sirenes. Luchtalarm. Hollen. Van deur naar deur. Maar alle deuren zijn gesloten.

Alles had ik geprobeerd. Ik was in korte broek verschenen, had gezegd dat ik zestien was – want daarvoor kon ik nog steeds doorgaan. Was uitgesloten, volgens het bevolkingsregister was ik negentien, baard of geen baard. De volgende keer was ik ziek geweest. Een longaandoening. Daar had ik als kind al aan geleden. Maar de dokter kon niets vinden uiteraard. Dan weer wachten op een nieuwe oproep. Niet verschijnen. Wachten op een herhaalde oproep, met de angst dat de politie aan de deur zou komen om me op te halen.

Maar de ambtelijke molen draaide, langzaam, zonder

aanzien des persoons. De formulieren voor uitstel of afstel, binnen handbereik, bleven onaangeroerd. Droog en zakelijk klonk het, alsof het om iets anders ging dan het uitspreken van een vonnis:

'Volgende week woensdag...'

'Dan ben ik weg, meneer. Naar een derde weersportkamp.'

'Waar is je inschrijfformulier?'

'Thuis laten liggen, meneer...'

En de keer daarop:

'Ik ga tekenen voor de marine, meneer. Ik heb een week bedenktijd gekregen...'

Helemaal uit de lucht gegrepen was dat niet.

Ik was kort tevoren met Hein in Utrecht op een aanmeldingsbureau geweest. We hadden er gesproken met ronselaars van de Kriegsmarine. Oud-bootslui waren dat. Ze hadden hun hele leven gevaren en vertelden de schitterendste verhalen. Montevideo, Rio, Kaap de Goede Hoop – daar waren ze weer, de toverwoorden. Ze toonden foto's van jongens in lange roeiboten, de spanen rechtop geheven, van snelle, slanke schepen die door het water kliefden met op de achtergrond een fjord, van officieren, de pet scheef op het hoofd, de handen nonchalant in de zakken. Echte vagebonden waren dat, zwervers. In de eerste plaats zeeman, en dan pas militair...

'Ik doe 't, Jan. Mij kan 't niet meer verdommen allemaal...'

Hein was volkomen ontredderd. Na de verdwijning van Monika had hij dagenlang geen hap gegeten. Het ene moment was hij ontroostbaar omdat hij verlaten was, het volgende moment woedend omdat hij verraden was. En daar kwam nog bij dat hij bij zijn thuiskomst had moeten vernemen dat zijn vader gesneuveld was in Rusland...

'Ga jij de fabriek maar in. Ik ga varen!'

Ik weifelde. Het was een onherroepelijke stap. De oorlog in. Vechten tegen de Russen – want je kon kiezen waar je ingezet wilde worden, oost of west, en de bolsjewieken werden thuis niet voor niets 'het rode gevaar' genoemd. Maar wanneer ik naar een fabriek in Hannover ging, dan ging ik óók de oorlog in, dan was ik het doelwit van bombardementen. En daarvan had ik onderweg naar en van Oostenrijk de huiveringwekkendste tekenen gezien. In de Arbeidsinzet zou ik veroordeeld zijn tot een lijdelijk wachten, wanneer ik tekende voor de marine behield ik het initiatief. Passiviteit of actie. – Bovendien, de opleiding tot matroos duurde drie volle maanden. Misschien was de oorlog dan wel afgelopen.

'Dan monsteren we aan bij de koopvaardij, Jan. De wilde vaart. Mij zien ze hier in ieder geval niet terug...'

's Ochtends meldden we ons voor de medische keuring. We werden goedgekeurd. 's Middags sjouwden we in willekeurige richtingen door Utrecht. Zogenaamd naar Venray en Oudewater voor de handtekening van thuis.

In een cafeteria, naast een waterig bord rode kool, imiteerde ik de handtekening van mijn vader op het aanmeldingsformulier: J.J. Montyn, precies als op de kwitantie die ik met dat doel thuis achterover had gedrukt. Hein deed hetzelfde. We stonden op. Naar het wervingskantoor. Steeds langzamer werd onze tred.

'Wanneer we ze verscheuren...' opperde Hein.

'Heeft geen zin. Ze hebben onze namen.'

'En als ze ontdekken dat we die handtekeningen vervalst hebben?'

'Pech gehad.'

We gingen naar binnen, legden de formulieren op de

balie. Twee contracten met het ongewisse. Twee handtekeningen waar niemand acht op sloeg.

Onze bestemming was Mannheim, de Zuid-Duitse industriestad, gelegen aan de oevers van Rijn en Neckar. Het was de vijfde keer in een halfjaar dat we dagen en nachten in een trein verbleven. Voor de vijfde keer passeerden we Keulen. Alleen de Dom stond overeind. Duitsland had de totale oorlog afgekondigd, maar het leek er eerder op dat het de totale vernietiging over zichzelf had afgeroepen.

'Die oorlog is verloren...'

Dat waren de woorden van aannemer Knier geweest, toen hij hoorde dat ik getekend had voor de Kriegsmarine. En die was NSB'er. Dat hij er nog aan toegevoegd had dat hij me, wanneer ik zijn zoon geweest was, gerust m'n beide benen gebroken had om me tegen te houden – daarvan maakte ik tegenover Hein maar liever geen melding. De reacties waren uiteenlopend geweest.

'Ik heb getekend voor de marine. Ik ga varen...'

Vader bleek van woede, moeder in tranen.

'Daar komt niets van in!'

'Ik heb m'n handtekening gezet. Wanneer ik niet ga, komen ze me halen.'

Wat mij betrof, kon er ook naar een andere opvolger voor het schildersbedrijf worden uitgekeken. Want ik kwam niet meer terug, zoveel was zeker. Ik werd zeeman. Er werd thuis weinig gesproken, die dagen voor mijn vertrek.

Maar ook kon het gebeuren dat ik over straat liep en toegeknikt werd door leeftijdgenoten.

'Dat is Jan, die gaat knokken tegen de Russen,' hoorde ik achter mijn rug. En ik hoorde het woord 'marine' vallen.

Er waren er meer voor wie dat begrip een magische klank bezat...

Voorlopig was er van knokken trouwens helemaal geen sprake, of het moest de strijd zijn om het hoofd boven water te houden. We werden ondergebracht in een oude luchtmachtkazerne aan de rivier de Neckar, samen met twaalfhonderd andere jongens van verschillende nationaliteit, allemaal vrijwilligers. Daar werden we op klassieke wijze gedrild tot lichtmatroos: eindeloos exerceren, zwemmen, met z'n dertigen roeien in een grote sloep. We leerden zeilen. We leerden alle zeemansknopen. We leerden sloepen uit te zetten, trossen over te gooien en vast te leggen, en alle andere vaardigheden waarover een dekmatroos moet beschikken. Voor dat doel lagen er een paar afgedankte torpedoboten in de rivier. Die werden ook eindeloos gezwabberd en gepoetst, van de machinekamer tot de mast, want, zo moesten we geloven, de grootste vijanden van de marineman waren vettigheid en vuil.

De sfeer in de kazerne was, vergeleken met de discipline die we in de weersportkampen hadden leren kennen, gemoedelijk te noemen. Voor een matroos werd het belangrijker geacht dat hij vlug en vaardig was, dan dat zijn haar een keurig rechte scheiding vertoonde, en wanneer je te laat 'aan boord' kwam, want zo werd bij de marine de kazerne betiteld, werd er nog weleens een oogje toegeknepen. Met avondverlof de stad in noemden we 'passagieren', al hadden de meesten van ons, net als ik, nooit de zee gezien. Veel bier moest er dan gedronken worden, anders was je geen echte matroos. En naar de bordelen. Achter in de rij aansluiten. En wachten op je beurt, zwaaiend op je benen. – Anders was je geen echte matroos.

Ook hier had je de politieke tegenstellingen die we in het weersportkamp hadden leren kennen. Sommige jongens waren afkomstig uit fanatieke nazi-milieus. Maar in het kader, van de commandant, kapitein ter zee Von Hassel, tot onze directe meerdere, bootsman Heyne, was vrijwel niemand partijlid. Van de oorlog moest hij niets hebben, bootsman Heyne. Hij had de zeven wereldzeeën bevaren en diende de laatste jaren voor zijn pensionering uit. Hitler noemde hij 'onze zeergeëerde korporaal'.

Maar ja, vaderland was vaderland. Dienst was dienst. En plicht was plicht.

Luchtalarm was aan de orde van de dag. Mannheim en Ludwigshafen, aan de andere oever van de Rijn, bleken als industriecentra een geliefd doelwit voor de Engelse en Amerikaanse bommenwerpers, terwijl ook onze kazerne, een paar kilometer buiten de bebouwde kom, niet bepaald als een burgerobject beschouwd kon worden, laat staan de oorlogsbodems in de Neckar, al waren die ontmanteld.

Na een paar keer kennisgemaakt te hebben met het inwendige van een schuilkelder, had ik besloten dat ik ten enenmale ongeschikt was me daarin op te houden. Met een paar honderd man, soms zelfs met duizenden, in een onderaardse ruimte zitten met de deur dicht, en wachten op het onvermijdelijke – het klamme zweet brak me uit, alleen al bij de gedachte. Het enige waarmee je je, meestal in het aardedonker, bezig kon houden was je eigen doodsangst. En die angst leek nog vermeerderd te worden door die van de anderen om je heen. De atmosfeer was om te snijden: mensen die luidop baden, kinderen die huilden. Je zat daar met gespitste oren, iedere siddering van de bodem registrerend, in de voortdurende wetenschap dat je elk moment, dood of levend, begraven kon worden onder het puin. Bovendien had ik het benauwende gevoel opgesloten te zijn, precies in het doelwit van zo'n bombardement. Ik zat daar even weerloos, niet in staat tot enige beweging als het gebouw dat zich boven me bevond. Passiviteit of actie. Was dat het?

Het kostte zelden moeite om er, in de chaos die ontstond wanneer de sirenes begonnen te loeien, ongemerkt tussenuit te knijpen. Een schuilplaats was altijd wel te vinden. Zolang ik maar voldoende dekking had, zonder dat ik me in mijn bewegingsvrijheid gehinderd voelde. Ik lag nu eenmaal liever boven de grond achter een muurtje dan onder de grond achter een hermetisch gesloten stalen deur – volledig overgeleverd aan het botte noodlot.

Want wanneer je bovengronds bent, is er nog een andere factor, en dat ben jij. Hoe klein de speelruimte ook soms mocht zijn, je diende te vertrouwen op je opmerkingsvermogen, je snelheid en vooral op je intuïtie. Je liet je op de grond vallen, je dook weg en maakte je klein, of je zette het juist op een lopen in de richting van een plek waar je je veiliger waande.

Vooral bij nacht was het betrekkelijk eenvoudig te voorspellen volgens welke strategie het bombardement verlopen zou. Dan werd de doelsector door verkenningsjagers met lichtbommen uitgezet, en hulde de omgeving zich in een bleekwit schijnsel. Recht boven je betekende: ze komen hier. Blijf zitten waar je zit. Zoeklichten tasten de hemel af. Nog is het stil, nu de sirenes zwijgen. Dan klinkt geronk. Het eerste eskader nadert. Gebulder van de Flaks. Het eerste bommentapijt daalt neer. Lichtflitsen. Oorverdovende explosies. Ik hoor niets meer. Twee gevelwanden zijgen ineen. Een straat is weg. Eén wolk van kalk en rook. Wegwezen nu!

Ik spring overeind, ik hol, zigzag tussen brokken puin

het plein over. Dáárheen. Weg hier. Ik duik weg in het portaal van een benedengronds toilet en houd mijn adem in, mijn handen op mijn oren...

Maar ook kon het zijn dat er helemaal niets gebeurde tijdens zo'n luchtalarm. Dan vlogen de eskaders hoog over, op weg naar het achterland, en prentte ik de beelden in mijn geheugen. Overdag was de blauwe hemel overdekt met een grillig web condenslijnen. Die legde ik later vast. Bijna abstracte tekeningen werden het, onontcijferbaar voor vreemden. – Ik had, na er een paar jaar niet naar te hebben omgekeken, voor ik vertrok uit Oudewater, mijn oude schetsboek opgediept.

Het was een heldere zomernacht dat Hein en ik, samen met enkele anderen, wacht hadden op de torpedoboten in de rivier. Er werd luchtalarm gegeven. We hoorden het vanuit de verte naderen en maakten dat we aan wal kwamen. Gelegen achter een talud wachtten we af wat komen ging. Aan alle kanten flitsten de lichtbanen van de schijnwerpers op en klonk het luchtafweervuur. Duitse nachtjagers bonden de strijd aan met Engelse Mosquito's, de verkenners die aan een bombardement voorafgingen. Het was van een omvang die we nog niet eerder hadden meegemaakt. Terwijl de lichtbommen zacht neerdaalden aan hun parachutes hoorden we een gedreun naderen alsof er een volledige luchtvloot in aantocht was. En zo was het ook. Het ene bommentapijt na het andere daalde neer op de chemische fabrieken van de I.G. Farben in de verte. Boven onze hoofden bogen de vliegende forten, met een verhoogd toerental doordat ze hun bommenlast hadden laten vallen, af, om terug te keren naar hun basis. We lagen daar, overweldigd, niet alleen door het massale karakter van de aanval, maar ook door de feilloze precisie waarmee alles in zijn werk ging. Het leek of die machine geheel zonder de tussenkomst van mensenhanden functioneerde. Het ene complex na het andere ging de lucht in, er werd geen plekje overgeslagen. De inslagen waren zo veelvuldig dat ze niet langer los van elkaar konden worden waargenomen, de luchtverplaatsing zo hevig dat de bladeren van de bomen achter ons ruisten en de takken bogen.

Wanneer er even een pauze was, hoorde je, boven de exploderende reservoirs uit, in de verte alweer nieuwe formaties dreunend dichterbij komen. Dat duurde, alles bij elkaar, misschien een uur. Toen vertoonde de hemel alle kleuren van de regenboog, van felgeel, tot een gemeen groen en blauw. Enorme vuurbollen stegen op, als trage luchtbellen in water, en spatten in de hoogte als sterren uiteen. De thermiek veroorzaakte cycloonachtige kolkingen, waardoor het vuur op sommige plaatsen vrijwel gedoofd werd, om het volgende ogenblik weer huizenhoog op te laaien. Steekvlammen ontstonden opeens op grote hoogte, waar gloeiend gas in contact kwam met zuurstof in hogere luchtlagen. Af en toe was de hitteontwikkeling, ondanks de afstand die ons van de haard scheidde, zo hevig dat we weg moesten duiken.

Zo werden voor onze ogen, verdubbeld door de weerschijn in het water van de rivier, Mannheim en Ludwigshafen opgetild in een kokende zee van vuur.

Al die tijd dat we daar lagen, nu eens weggedoken achter de beschutting van de glooiing, dan weer omhooggekrabbeld terwijl we ons gezicht beschermden met onze armen, werd er geen woord gesproken. We lagen vlak naast elkaar, Hein en ik, maar we meden zelfs elkaars blik. Want ook maar het geringste blijk van verstandhouding kon slechts betrekking hebben op één ding. En dat was iets waarbij ons voorstellingsvermogen zozeer tekortschoot dat we onze gedachtewereld ervoor afsloten. En dat ene was, dat het *steden* waren, daar aan de overkant van de rivier. Steden vol mensen.

Toen een paar uur later de dageraad het schijnsel van de vlammen deed verflauwen, brandden de chemische complexen nog onverminderd, grillige paddestoelen rook uitbrakend. Alles in de omgeving was bedekt met een vet laagje roet en er heerste een ondraaglijke stank. Van de bebouwing leek niet veel meer te resten dan een geblakerd silhouet van ruïnes. Fluitjes klonken in de kazerne. We werden, zoals iedereen in de wijde omtrek die ingeschakeld kon worden, opgetrommeld om te helpen bij de opruimingswerkzaamheden. We naderden stil, met lood in onze schoenen.

Rook. Geknetter van vuur. Geur van zwavel en trotyl. Gerommel van inzakkende huizen. Af en toe nog een ontploffing. En mensen. Stemmen van mensen. Mensen die bevelen geven, die roepen, schreeuwen, gillen, huilen. Voetstappen. Gehol. Geschuifel. Mensen die verwezen rondscharrelen te midden van het puin – niet wetend wat ze zoeken, en nog minder waar.

De eerste hulpploegen waren al koortsachtig bezig om brandweerauto's en ambulances toegang te verlenen tot de straten die nog enigszins begaanbaar konden worden gemaakt. Anderen doolden door de ruïnes, klauterden over de kegels puin, op zoek naar gaslekken, naar gesprongen waterleidingen. Ontploffingsgevaar. De kelders zouden onder water lopen. Wie niet bedolven was, wie niet gestikt was, wie niet geroosterd was door de hitte kon nu nog verdrinken.

Aan de hand van plattegronden werd geprobeerd de

schuilkelders te lokaliseren. Dan puinruimen, met scheppen, met de hand, een natte doek voorje gezicht, je wenkbrauwen en wimpers schroeiden. Steen voor steen, brok na brok. Het puin wordt afgevoerd door een levende ketting van handen. En pas op. Voorzichtig! Een vloer kan het elk moment begeven onder de belasting van het puin, voorzichtig...

Terwijl het overal nog brandt, terwijl af en toe, ver weg, dichtbij, een explosie davert. Blindgangers met tijdsafstelling zijn dat. Je kunt er op stuiten, elk ogenblik...

Uren waren we in de weer, steen na steen. Het puin lag meters hoog. Kalk, cement, stro, brokken huisraad, balken. Af en toe propten we bij een ijlings opgetrokken hulppost wat eten naar binnen. En verder ging het weer. Verbeten, zonder gedachte, zonder besef. Onze ogen traanden, maar we merkten het niet, onze handen waren bloederig en rauw, maar we voelden het niet.

We hoorden klopsignalen. We hoorden stemmen uit het onderste der aarde. En sneller ging het, steen na steen. Maar de tijd verstreek. Uur na uur. Het werd donker en er werden lampen aangevoerd. We zwoegden, uur na uur. De nacht verstreek. De klopsignalen werden zwakker. We verhoogden ons tempo. De zon kwam op. Stemmen hoorden we niet meer. En ook geen klopsignalen.

Tegen het middaguur slaagden we erin de toegang tot de kelder te ontsluiten. Maar we vonden niets dan dood. We zaten terneer, geblakerd en beroet, verslagen, uitgeput. En toen opeens een wonder. Het was bootsman Heyne. Hij rukte als een bezetene aan een manshoog brok metselwerk, het gezicht in een verdwaasde kramp. Zijn ogen puilden uit. Roder en roder werd hij, de aderen op zijn slapen leken te zullen barsten. Maar de muur van stenen week en hij moest opzij springen om er niet door verpletterd te worden. En er werd een nis zichtbaar. En in die nis een grote biezen tas.

'Ik wist het, godverdomme, ik wist het, godverdomme, godverdomme,' stamelde bootsman Heyne. – En hij nam iets in zijn armen. Iets dat heel klein was en bewoog. Iets dat huilde.

Aan het eind van de middag, de middag van de tweede dag, toen de fabriekscomplexen aan de rand van de stad uitgebrand waren en voldoende afgekoeld om benaderd te kunnen worden, werden we daarheen gedirigeerd. En het kon nog erger. De grenzen van gruwelijkheid bleken toch nog overschreden te kunnen worden. De fabriekshallen waren veranderd in kale staketsels, gesmolten en verwrongen door de hitte. De stalen deuren van de onafzienbare schuilkelders onder de werkvloeren werden geopend. Daarbinnen viel geen overlevende meer aan te treffen. De vuurzee bovengronds had alle zuurstof aan de lucht onttrokken. Eerst was de verstikkingsdood ingetreden, en pas daarna – zo hielden we ons maar voor – waren die kelders als ovens gaan werken. Die nacht waren we zo uitgeput dat zelfs angstdromen onze slaap niet konden verstoren.

Het hemelvaartcommando

'Aantreden! Alle hens aan dek!'

We moesten ons verzamelen op de binnenplaats. Het was aan het eind van de derde maand van ons verblijf in Mannheim. We werden toegesproken door kapitein ter zee Von Hassel, onze commandant.

Eerst werd er een overzicht gegeven van de oorlogssituatie, voorzover aan hem bekend. Heel openlijk ging dat. De zaak stond er niet best voor, zwak uitgedrukt. In het westen was Parijs net gevallen – of bevrijd, precies van welke kant je 't bekeek – en in het oosten was de situatie evenmin rooskleurig.

In feite was Duitsland op alle fronten in het defensief gedrongen. Vervolgens kwam de aap uit de mouw. We mochten dan opgeleid zijn tot matroos, maar de kans dat we ook werkelijk de zee zouden zien konden we verwaarlozen. De Duitse marine had intussen zoveel verliezen geleden dat er geen oorlogsbodems meer waren om ons op te plaatsen. Daarom had de hogere legerleiding besloten dat we ingezet zouden worden op het land. We zouden, na een korte training, ingedeeld worden bij de marinestoottroepen, hetzij aan het Oostfront, hetzij, wanneer we geen voorkeur te kennen gaven, elders in Europa. Uit de gekozen bewoordingen bleek wel dat hijzelf het allerminst eens was met deze wending, en ook beslist geen deel uitmaakte van de 'hogere legerleiding' die ertoe besloten had. Tenslotte legde hij er de nadruk op dat het hier niet om een bevel kon gaan. We hadden immers getekend voor normale zeedienst, en niet voor marinier, want daar kwam de taak van de stoottroepen ongeveer op neer. Wie er niet mee akkoord ging kreeg de gelegenheid de dienst te verlaten, al was de consequentie daarvan wel, dat hij tewerkgesteld zou worden in de oorlogsindustrie. De beslissing moest wel ter plekke, zoals we daar stonden, genomen worden.

Dat bericht veroorzaakte uiteraard consternatie, al waren de omstandigheden er niet bepaald naar om uiting te geven aan verbazing, woede of angst. We keken elkaar aan, de blik van de ander peilend. Wat doen we? Wat doe jij? Niemand verroerde zich.

Uiteindelijk was er van de meer dan duizend jongens slechts een drietal, van wie er een afkomstig was uit onze compagnie, dat er de brui aan gaf. Wij bleven. Wat ons precies te wachten stond wisten we niet. Maar ons animo voor de Duitse oorlogsindustrie was er, met de vernietiging van de I. G. Farben nog vers in het geheugen, niet bepaald groter op geworden. Bovendien: we zouden eerst een opleiding krijgen. En iedere dag opleiding betekende een dag uitstel. Had Von Hassel niet de indruk gewekt dat die oorlog bijna afgelopen was? Misschien werden we gered door de tijd. Nog diezelfde dag werden we op de trein gezet, richting Pommeren, in het noordoosten van Duitsland.

'Hein, Jan, hou je taai, zie dat je erdoorheen komt...' De woorden van bootsman Heyne, ten alscheid. En daarna waren we tegen een harde stoppelbaard gedrukt. Tijdens de reis, die ook weer ettelijke dagen in beslag nam, werden, voorzover nog aanwezig, onze laatste illusies gedoofd. De marinekazerne had, ondanks alles, een zeker gevoel van bescherming geboden, en de toekomst als varensgezel had zich nog enigermate laten romantiseren. Daar was nu wel rigoureus een eind aan gekomen. Uit de wereld, zoals we haar vanuit de trein zagen, terwijl we dwars door Duitsland reden, leek geen ontsnapping mogelijk. Vernietiging en dood grijnsde je aan alle kanten tegen. Er restte ons maar één doel. Te overleven. Hoe dan ook.

'We kunnen het wel vergeten...' – Dat was Hein, somber naar buiten starend.

'We proberen ertussenuit te knijpen, Hein. Pommeren ligt vlak bij de Oostzee. We pikken een zeilboot. Zien dat we in Zweden komen...'

'Ach, schei toch uit...' Ze werkten niet meer, de oude fantasieën. Reizen rond de wereld, vrijbuiteren, vreemde havens, exotische steden – het waren de dromen uit een verleden. Een verleden dat een mensenleeftijd achter ons scheen te liggen. Terwijl het toch niet langer dan een jaar geleden was dat we elkaar voor het eerst ontmoet hadden, Hein en ik: een voettocht dwars door de bossen van de Veluwe, onder de Hollandse augustuszon.

Het weer was omgeslagen. Najaarsregen stroomde onafgebroken neer en veranderde het troosteloze boerenland van Pommeren in een modderpoel van taaie klei. De herfst stond voor de deur, de winter zou volgen. De gedachte aan voorjaar was even onwezenlijk geworden als de gedachte aan vrede, het waren begrippen die je uitsluitend kon plaatsen in het verleden. Er was geen toekomst, er was alleen een *nu*: een dag die je weer ongeschonden door moest zien te komen, van moment op moment. En dit was nog maar een voorspel.

We werden ondergebracht in een stel haveloze barakken, midden in de suikerbietenvelden, in de buurt van een dorpje waarvan we de naam niet eens kenden. Daar werden bevelen gesnauwd. Voor het eerst maakten we kennis met Duitse kadaverdiscipline. 'Hemelvaartcommando's', zo werden de eenheden genoemd waarvoor we in een moordend tempo werden klaargestoomd. Onze taak zou het zijn om vanuit de voorste linies een bres te slaan in de vijandelijke afweerlijn, en zo'n voorpost in handen te houden tot de komst van gemotoriseerde, zwaarder uitgeruste eenheden. De betiteling gaf een ondubbelzinnig beeld van de overlevingskansen binnen dit krijgsbedrijf. De training die we ondergingen, onder leiding van instructeurs van de Wehrmacht, vormde een passende voorbereiding, want op een dode of gewonde meer of minder werd niet gekeken.

Het begon ermee dat we letterlijk dag en nacht door de modder gejaagd werden. We moesten leren bruggenhoofden te vormen, waarbij, omdat er geen water in de buurt was, gebruikgemaakt werd van vrachtauto's in plaats van landingsvaartuigen. Er werden schijngevechten geleverd die zo natuurgetrouw mogelijk de werkelijkheid nabootsten. Er werd geschoten – en niet altijd met losse flodders. 'Ohne Rücksicht auf Verluste' werd dat genoemd.

We moesten prikkeldraadversperringen aanleggen, springladingen aanbrengen, kazematten opblazen. Al die handelingen moest je bij nacht en ontij blindelings uit kunnen voeren: een opleiding die normaal misschien drie maanden duurde werd hier in een koortsachtig tempo in een paar weken afgewerkt. Dat gold niet minder voor het gevaarlijkste onderdeel van onze toekomstige taak, het aanleggen en opruimen van mijnenvelden. Zelfs daarbij werd er, ten koste van heel wat slachtoffers, ook in het kader, van uitgegaan dat de praktijk de beste leermeester is.

Eerst werd ons aan de hand van doorsnedetekeningen en gedemonteerde blindgangers de werking van de verschillende typen mijnen gedemonstreerd. Maar daarmee was het ook meteen gedaan met de theorie. Want men ging ervan uit dat je bij dit werk niet met je hoofd maar met je handen moest leren denken. En dat moest je ook verdraaid snel onder de knie krijgen, want het materiaal dat we vervolgens in handen kregen, stond in de regel op scherp. Wanneer je een fout maakte, ging je gegarandeerd de lucht in. Daar werd niet sentimenteel over gedaan, al was het natuurlijk pijnlijk dat de instructeurs hetzelfde risico liepen als jij. Overigens huldigde men het standpunt dat je, wanneer je ongeschikt was, dat lot toch wel zou ondergaan, was het nu niet, dan later. Die oefeningen vonden uiteraard in de openlucht plaats, terwijl je ook om voor de hand liggende reden samen met je instructeur op een behoorlijke afstand van de anderen verwijderd stond. Schoorvoetend gingen we naar buiten, die eerste keer.

Daar lag die mijn, en ik had het wel op een lopen willen zetten, of althans mijn handen voor mijn ogen willen slaan. Maar dat kon dus niet. Zelfs de neiging je ogen tot spleetjes te knijpen moest je onderdrukken, want, zo was ons voorgehouden, mijnen zijn net dieren: ze worden gevaarlijk wanneer je ze onzeker benadert. De instructeur, een jongen die misschien drie jaar ouder was dan ik, gaf me een duwtje in de richting van het metalen monster dat volgens mijn stellige overtuiging een zacht brommend geluid produceerde, aldus het voornemen aankondigend spontaan te zullen exploderen. Het leek of hij, die vermoedelijk even gespannen was als ik, mijn gedachten geraden had:

'Het is uitgesloten dat een mijn uit zichzelf tot ontploffing komt. Dat zou dan namelijk al gebeurd zijn bij het plaatsen en het aanbrengen van de ontsteking. Onthoud dat altijd. Wanneer er iets misgaat is het beslist je eigen fout. En wanneer je precies doet wat ik zeg gaat er niets mis...'

Dus hurkten we neer, hij met de tekening in zijn handen. Nooit had ik in die mate het gevoel gehad mijn eigen noodlot letterlijk in handen te hebben. Eén druk op de knop, bij wijze van spreken, was voldoende om van alle schrikbeelden verlost te zijn. Waarom nu niet forceren wat over korte tijd bijna zeker tóch zou gebeuren? Waarom eigenlijk niet? – Niet eens uit een drang te overleven, niet eens uit verantwoordelijkheidsgevoel tegenover die ander, maar domweg omdat mijn handen al bezig waren zo nauwgezet als ze konden instructies uit te voeren. Wel twijfelde ik op dat moment aan alles. Aan links en rechts. Aan de richting van de wijzers van de klok. En wie garandeerde me dat die tekening klopte? Maar mijn handen aarzelden niet, en het was verwonderlijk hoe snel ik opstond, met die ontsteking in mijn hand, terwijl de mijn, gaaf en stom aan mijn voeten lag.

Maar toen kwam de deceptie. Want er was geen enkele reden tot opluchting, geen sprake van, dat ik met een schouderklopje werd heengezonden. Nee, ik moest het opnieuw doen, en wéér, tientallen keren. Waarbij zich het verschijnsel voordeed dat dit werk in bepaald opzicht gevaarlijker werd naarmate je het beter beheerste. Je moest elke keer op je qui-vive zijn alsof het de eerste keer was.

En ook dit was nog maar een begin. Want in de praktijk krijg je bij het onklaar maken van mijnen uiteraard niet de gelegenheid een instructieboek te raadplegen. Je diende het dus na een paar keer uit je hoofd te doen. En daarna geblinddoekt. Want in werkelijkheid werd het karwei meestal bij nacht geklaard.

Maar ook dan, wanneer je dat eindeloos lang geoefend had, was je er nog niet. Mijnen liggen namelijk niet open en bloot. Ze liggen juist zo goed mogelijk gecamoufleerd onder de grond. Tenslotte was je opdracht ze uit de aarde op te graven, geblinddoekt, korreltje voor korreltje. Je moest ze aan het kleinste detail kunnen herkennen, ze blindelings kunnen demonteren, in dekking liggend op je buik, en er voortdurend op bedacht zijn dat er onder de mijn een kleinere, een booby-trap, kon liggen die je, wanneer de eigenlijke mijn althans niet mee ontplofte, in ieder geval kon komen te staan op een afgerukte hand of arm.

Zo leek iedere nieuwe opdracht de vorige tot kinderspel te maken.

Dat ging voort, dag na dag, twaalf tot vijftien uur per etmaal – waarbij ieder moment van verslapte concentratie fataal kon zijn. 's Avonds kroop je met spierpijn in al je ledematen vanwege de doorgemaakte spanningen op je brits, met maar één hoop: dat je een paar uur kon blijven liggen, en niet ook nog voor een nachtoefening opgetrommeld zou worden. Want dat ging onverminderd door. Soms zagen we achtenveertig uur ons bed niet.

Wie het niet volhield werd afgevoerd, waarheen wisten we niet. Misschien was hun toekomst te prefereren boven de onze, toch vergde iedereen het uiterste van zichzelf, radeloos van vermoeidheid. Zo was de training die we ondergingen althans in één opzicht succesvol te noemen: we waren volledig murw gemaakt voor wat komen ging. De weinige vrije momenten die we kenden, lagen we volkomen uitgeblust op onze britsen, rookten een sigaret en zwegen.

Maar daar naderden alweer zware laarzen. Kamerinspectie. En er zou wel weer iets niet in orde zijn.

'Noem je dat schoon, soldaat?' – Wanneer je het erkende werd je twintig keer met volle bepakking rond het kamp gejaagd, tot je kotste van vermoeidheid. En wanneer je het ontkende ook.

Bijna een maand lang zaten we in Pommeren, zonder iets anders te zien dan modder, regen, natte sneeuw.

Toen brak er een moment aan dat het even leek of de zon verscheen, al bleef het wolkendek grauw en gesloten als tevoren.

Bij het ochtendappèl kregen we te horen dat er veertig plaatsen voor de zeedienst waren vrijgekomen. Veertig zouden hun spullen kunnen pakken, veertig van de duizend. En het wonder geschiedde. Hein en ik waren daarbij.

Een paar uur later zaten we in de trein. Richting Danzig.

De overgang was nauwelijks te bevatten. Daar liepen we, de volgende avond, bijna in vakantiestemming door de straatjes van een oude havenstad aan de Oostzee, in matrozenpak, de matrozenpet met linten op het hoofd, de gage van een maand op zak. We hadden ons de vorige dag afgemeld bij de marinekazerne en voor het eerst, de oorlogsomstandigheden in aanmerking genomen, weer een nacht normaal geslapen. In Danzing merkten we, na het isolement in het binnenland van Pommeren, hoezeer de zaak erom spande. De Russen konden ieder moment doorbreken en de stad was overspoeld met vluchtelingen.

's Ochtends hadden we, de plunjezak op de schouder, de eerste stap gezet op de loopplank van het schip waarop we waren ingedeeld, een mijnenveger: Hein, een andere Hollander van onze afdeling die Frits heette, en ik. Ik had die schrede, al had ik het niet graag toegegeven, niet zonder plechtige gevoelens gezet. Dit was toch wat we hadden gewild. We waren wegwijs gemaakt door bootsman Heinrich, een gemoedelijke vent van tegen de zestig die nog onder 'der Kaiser' gevaren had. Ons saluut had hij weggewuifd en hij had ons eenvoudigweg een hand gegeven:

'Voor poespas hebben we op zee geen tijd...'

Onze spullen verhuisden in kastjes in het verblijf van de matrozen, een onwaarschijnlijk kleine ruimte vol buizen en afsluitkranen, bijna midscheeps, grenzend aan de machinekamer. Aan weerszijden rijen hangmatten, drie boven elkaar. Onze geweren konden we in een rek zetten, die had je wanneer je voer niet nodig. Vervolgens waren we meteen aan het werk gezet: dek schrobben, kajuit schoonmaken, poetsen in de kombuis. Aan het eind van de dag hadden we gaandeweg met alle schepelingen kennisgemaakt, tot de kapitein toe. Er was natuurlijk een strikte hiërarchie onder de vijftig koppen die de bemanning telde, er was vanzelfsprekend discipline, maar toch ging het er, zeker zolang we in de haven lagen, bijna hartelijk aan toe. Hakkenklakken was er aan boord van het kleine schip niet bij, daarvoor zat je te dicht op elkaar en was je te zeer op elkaar aangewezen.

En nu waren we, in het gezelschap van een paar nieuwbakken maats, leeftijdgenoten die het havenkwartier en de besloten kroegen als hun broekzak kenden en daar niet weinig trots op waren, aan het passagieren. Straks zouden we voor het eerst in een schip een hangmat opzoeken. Nu lag de avond nog voor ons. De anderen vertelden van hun ervaringen op zee. Hein deed verslag van onze maand Pommeren. Broodmager was hij geworden, Hein, met donkere wallen onder zijn ogen. Die waren met één nacht slaap niet weggewist.

Grote kroegen waren het, vol zeelui en marinemensen. Die herkenden elkaar, wanneer we het geloven moesten, waar ter wereld ook met één oogopslag. Ze waren even snel met hun vuisten als met hun vriendschap. Al waren we nog niet buitengaats geweest, ons matrozenpak was voldoende om in de nieuwe omgeving geaccepteerd te worden.

Eén avond, tussen de ene harde werkelijkheid en de volgende, leek het alsof er iets van een toekomstdroom werd ingelost. Er was een luid rumoer van stemmen, muziek schalde uit luidsprekers. We kenden ze al en neurieden ze mee: Lili Marleen, Das ist die Liebe der Matrosen.

Het was er warm. Het geurde er naar eten. En naar parfum. Want ook waren er vrouwen. Sommigen waren tandeloos en oud maar schenen daarvan geen enkele hinder te ondervinden, anderen waren jong. Marika was jong, niet ouder dan zeventien. Ze was bij me op schoot gaan zitten en had me naar mijn naam gevraagd. Ze had blond haar en grijze ogen. Licht als een veertje was ze geweest, haar arm om mijn nek. We hadden gedronken, en toen ze vroeg of ik mee naar boven ging had ik geknikt. Een smalle trap, een halfduistere gang, overal deuren. Achter die deuren gestommel en gelach. Dan een piepklein kamertje zonder raam, verlicht door een onooglijk elektrisch peertje zonder kap. Op een verveloze wastafel prijkten een gebutste emaillen bak met vuil zeepwater en een lampetkan zonder oor. Een keukenstoel. Een matras op de grond.

En dat was het. Marika was op de matras gaan zitten,

ik op de stoel. Ik had een sigaret geaccepteerd hoewel ik zelden rookte. Waar ik vandaan kwam, wilde ze weten. Uit Holland. Of ik broertjes en zusjes had. Zes. Zij had één broertje, maar of die nog leefde wist ze niet. Ze was gevlucht, uit Riga, haar ouders waren omgekomen. Ze was nog geen maand hier.

En er had me iets op de tong gebrand, een vraag, nee, vele vragen... Maar meteen daarop had ze bijna onmerkbaar haar schouders opgehaald, was ze gaan liggen, de ogen open, en had ze gemompeld:

'Kom Jan...'

Duistere straten. Straten die deinden als de zee, huizen die overhelden, hoeken die niet bleven waar ze waren. Een echo van gelach. Hou me vast Hein! Ik ga vallen! En dan een bodemloos niets, een lauwe put van slaap. En meteen daarop, o nee, dit *kan* niet: schrille fluitjes, het geschreeuw van de bevelen. Slaapdronken op de benen. Droge mond. Nóóit drink ik meer bier...

We kozen voor dag en dauw het zeegat: een paar mijnenvegers, min of meer beschermd tegen Russische lucht- en duikbootaanvallen door een torpedojager. Echte flottieljes, die normaal numeriek veel sterker waren, konden bij gebrek aan oorlogsbodems niet meer samengesteld worden. Dat we beslist geen pleziervaartje tegemoet gingen, hadden we uit de verhalen al begrepen. We liepen aan alle kanten gevaar, nog afgezien van de risico's die de behandeling van de mijnen met zich meebracht. Niet alleen beheersten de Russen het luchtruim volledig, ook was de Duitse afweer tegen hun duikboten minimaal.

Daar kwam nog bij dat wij, in tegenstelling tot onze te verwachten aanvallers, op de waterlijn te midden van de mijnen zaten.

Het was, zo te horen, nog een wonder dát er schepen waren. Het was onze taak de zeeweg tussen de Baltische staten, Estland, Letland, die ingesloten waren door het Russische leger, en de westelijke havens, bevaarbaar te houden. De smalle corridor, met aan weerszijden uitgestrekte mijnenvelden, was voortdurend vergeven van de mijnen, die door de Russen vanuit vliegtuigen werden afgeworpen. Die moesten opgeruimd worden ter wille van konvooien van transportschepen en logge, stokoude passagiersboten die op de heenweg beladen waren met materieel en versterkingen, voorzover die er nog waren, en op de terugtocht uitpuilden van de gewonden en de vluchtelingen. Wanneer zo'n schip op een mijn liep, en dat scheen nog weleens te gebeuren, gingen er duizenden reddeloos mee de diepte in.

De eerste uren voeren we in kiellinie over het betrekkelijk kalme water van de Golf van Danzig. Het regelmatige gestamp van de machine begon me al in de oren te klinken alsof ik nooit anders gehoord had. Als zwarte schimmen in een spookachtige kudde tekenden zich de schepen voor en achter ons af tegen het decor van de nacht, het schuim van de boeg- en hekgolven lichtte flauw op.

De dag brak aan, een grauwe dag, vol regenvlagen. Ik boog me over de reling, likte mijn lippen. Loodgrijs, met witte koppen schuim. Voor het eerst van mijn leven: de zee.

Kriegsmarine

'Wachten. Oorlog is wachten.'

Dat waren de woorden van Wagner, de instructeur in het weersportkamp. En met dat wachten maakte ik kennis, meteen al de eerste dag van onze tocht die vier etmalen zou duren. En met de angst die zich over uren uit kan strekken.

We waren nog maar amper op volle zee of de alarmbel klonk. Met de dopplerinstallatie was de aanwezigheid van een duikboot gesignaleerd. Iedereen moest als de weerlicht zijn alarmpositie innemen. En die van mij was benedendeks, bij de zware deur van het matrozenverblijf, die deel uitmaakte van een waterdicht schot. Die moest bij een voltreffer dichtgeslagen worden en vervolgens afgegrendeld met een schroefwiel. – En dan maken dat ik wegkwam, het voorschip in, een ladder op, door een mansgat naar buiten... *Alsof dat kon!* Alsof die tijd me geboden zou worden! Alsof het iets anders was dat ik vergrendeld had dan mijn eigen doodskist!

Ik stond daar, luisterde ingespannen, wachtte, mijn vochtige handen aan het wiel, in een bedompte ruimte waarin geen daglicht doordrong, de lucht vergeven van dieselolie en van smeer. De machine stampte. Volle kracht vooruit ging het, op en neer, omhoog, omlaag, af en toe dwars op de golven. Tegen duikboten hadden we geen enkel verweer. Zigzag koersen, varen zo snel we konden, en hopen dat we niet op een losdrijvende mijn zouden lopen – daarin lag onze enige kans. Zo niet, de scheepswand zou door een torpedo uiteengeslagen worden, en dan een muur van ijskoud water... – Niet aan denken! Wachten, luisteren. Je bent een verlengstuk van het schip. Oren en handen, het zijn je instrumenten. En instrumenten denken niet. Je hoofd is leeg, *niet denken* is je enige verweer. Het denken is de angst. En angst is zweet, meer niet. De angst parelt op je voorhoofd. De angst loopt in kriebelende straaltjes over je rug, je borst. Luister, wacht.

Zeven volle uren duurde het voor het sein veilig werd gegeven, zeven volle uren stond ik op mijn post. Toen kwam Hein de ladder afgedaald, lijkbleek, met trillende handen. Had ik niets gehoord? Nee, behalve het stampen van de machine en het breken van de golven niets. Hij vertelde het hakkelend. Eén van onze zusterschepen was getorpedeerd, een voltreffer, recht in de flank.

'Jezus Jan, zo snel als dat ging, binnen een paar tellen was 't gebeurd...'

Een paar man waren er nog af gekomen. Hein had ze zien springen, zien drijven. Toen waren ze, met zwemvest en al, meegezogen in de diepte. Zoeken naar overlevenden was zinloos, een olievlek was alles wat er restte. Ik vroeg welk schip het was geweest. 'Heregod...' Gustav en Erich – de avond tevoren waren we nog met ze op stap geweest. We hadden gedronken, gepraat, gelachen. Zij en wij. Het was of Hein mijn gedachte raadde:

''t Gaat onwaarschijnlijk snel...'

'Gustav en Erich. Godverdomme wat een troep...'

Maar de fluitjes klonken alweer. En de bevelen. Aan het werk. We gingen verder. Poetsen. Schrobben. Eten halen. – En dan weer het alarmsignaal. En wachten. Niet denken. Luisteren en wachten.

Maar ik maakte die eerste dag aan den lijve met meer kennis dan met het gevecht tegen de tijd. Het liep tegen oktober, het was gemeen koud en de zee was, althans in mijn ogen, onheilspellend ruw. Het schip, dat in de haven nog heel wat had geleken, bleek opeens, gemeten naar de oneindigheid rondom, minder dan een notendopje. Het steunde en kraakte aan alle kanten, bij iedere golf stoof het buiswater over het dek. En dit stelde nog niets voor, zo werd me verzekerd, dit was nog maar een straffe bries. Het kon ook vreselijk spoken.

Al met al moest ik, of ik wilde of niet, iets vaststellen. Dat er vermoedelijk in mij geen zeeman stak. Naast de permanente angst voor de diepte ondervond ik een gevoel van beklemming dat me geen moment verliet, of ik nu benedendeks was of in de openlucht. Ik voelde me een vreemd voorwerp op dat schip, iets dat er niet thuishoorde en zich voortdurend vast moest houden om er niet af te vallen. Hein leek ermee vergroeid. Hem verschaften lucht en horizon een sensatie van vrijheid, terwijl ik in dat perspectief nu juist de minimale afmetingen van het schip zag. Het was te klein. Ik wilde eraf.

Veel tijd voor dit soort overwegingen schoot er overigens niet over. We hadden het zelfs te druk om zeeziek te worden. Dag en nacht werden we door de bootsman van voren naar achteren gejaagd. Je mocht blij zijn wanneer je gedurende een etmaal een paar keer, en dan nooit langer dan twee uur achtereen, je hangmat zag.

We stonden eindeloos te schrobben en te boenen. Dan weer werd je naar de kombuis gestuurd om eten of koffie te gaan halen, moest je de officiersverblijven schoonmaken, of stond je uren op de voorplecht ingespannen door een verrekijker te turen of ergens het schuimspoor van de periscoop van een duikboot opdoemde, of dat ergens iets ronds en zwarts op- en neerging op de golven.

Mijnen. Bij kalme zee werden ze met de grootste omzichtigheid aan boord gehaald en onklaar gemaakt. Vijfhonderd kilo explosieven. Wanneer de golfslag het onmogelijk maakte om met de veeginstallatie te werken, werd er wel een sloep uitgezet. Langszij gekomen kostte het alle behendigheid om ondanks de deining contact tussen de boot en de uitstekende loden doppen te vermijden. Die bevatten glazen buisjes, de buisjes een bijtend zuur. Wanneer ze breken, wordt de ontsteking in werking gezet – dan kun je het wel vergeten. Schroef ze los, een voor een, klappertandend van de kou, met verkleumde vingers, terwijl je maats toekijken, de ogen tot spleetjes. Een verkeerde beweging zal fataal zijn, en hoe die te vermijden vanuit een bootje dat op- en neergaat op de golfslag? Maar het kon, en een glas rum was even later je beloning. Het was verwonderlijk hoe snel een dergelijke opdracht tot een routine werd. Hetzelfde gold het beschieten van de mijnen. Bij werkelijk ruw weer werden ze op die wijze tot ontploffing gebracht, op flinke afstand uiteraard. De eerste keer leek het of de wereld verging, zo luid daverde de explosie in de leegte, zo hevig ging het schip tekeer onder de luchtverplaatsing, maar na verloop van tijd sloeg je er nauwelijks meer acht op. Je wist wat er gebeurde, je wist wat er ging komen. En het duikbootalarm...

'Je moet je koudstellen,' had Hein gezegd, toen ik hem vertelde van de duizend angsten die ik had uitgestaan, die eerste keer op mijn alarmpost. Je koudstellen, zo noemde hij dat. De binnengehaalde mijnen werden benedendeks opgeslagen zodat ze later door mijnenleggers opnieuw uitgezet konden worden, maar dan op plaatsen die wel aan de Duitsers en niet aan de Russen bekend waren. Toen, na drie dagen, het magazijn vol was, leefden we in de onprettige wetenschap dat we ons aan boord van een drijvende bom bevonden. En zelfs die gedachte wende. Lag je aanvankelijk met open ogen in je hangmat, luisterend naar ieder onregelmatig geluidje, gereed om elk moment op te kunnen veren – het duurde niet lang of de vermoeidheid won het van de angst.

Op de vierde dag, we waren ruimschoots op de terugweg, was ik met puts en zwabber bezig op het voordek. Plotseling boorde een Russische jager zich door het laaghangende wolkendek. Een duikvlucht zo laag dat het een wonder was dat hij de mast niet ramde. Een salvo – en niets waarachter ik dekking kon zoeken. Links en rechts sloegen de mitrailleurkogels in het dek. En voorbij was het. Verdwenen in het wolkendek. Ik stond nog steeds bevroren. Niets voelde ik. Ik keek. Mijn armen, mijn benen, mijn borst. Ik tastte naar mijn rug, mijn hoofd, mijn nek. – Naast me stond de puts. Twee straaltjes water uit twee gaatjes.

Pas toen begon ik te klappertanden en te beven.

Een paar uur later: land in zicht. Ik begroette het ijle streepje aan de horizon met grote opluchting. Nu zou ik de kust desnoods zwemmend kunnen bereiken. Dat was natuurlijk een illusie, net zoals het idee dat we er bijna waren, want we zaten vervolgens nog bijna een halve dag op zee. Het was al laat in de middag toen we afmeerden in de marinehaven van Danzig. De officieren en de gespecialiseerde bemanning kregen verlof om aan wal te gaan. Ze verdwenen in groepjes, frisgewassen en geschoren, duidelijk in de stemming om de doorgestane vermoeienissen en spanningen met een stevige slok weg te spoelen. Dat was voor ons lichtmatrozen de eerste uren nog niet weggelegd. Eerst schoon schip maken. We werkten als bezetenen, ondanks de vermoeidheid en het slaapgebrek, want iedere minuut tijdwinst betekende dat we langer van onze vrijheid zouden kunnen genieten.

Tenslotte wist de officier van de wacht werkelijk niets meer voor ons te verzinnen en konden we nog een paar uur passagieren.

Daar ging ik, toch nog op zeebenen, al was het tegen wil en dank. Op naar de drank, op naar een jong, warm lichaam, hoe kort de toegemeten tijd ook was.

'Hoe was het op zee?' En ieder antwoord op die vraag zou onzinnig hebben geklonken, even onzinnig als wat me even later ontviel, voor ik er erg in had:

'Marika, ik kom terug. Wanneer de oorlog voorbij is...'

Want de oorlog wás niet voorbij, de oorlog ging verder, de volgende ochtend om halfvijf alweer. En iedere gedachte aan de toekomst, iedere belofte was een farce.

We voeren uit, we keerden terug. Marika. We voeren uit en werden overvallen door een zware noordwesterstorm. Een avond en een nacht zaten we benedendeks te wachten, klappertandend, ziek als honden. Boven was onder, onder was boven, achter was voor. Maar we vergingen niet. Het werd weer dag, de wind ging liggen. We voeren uit, we keerden terug. Marika. We haalden mijnen binnen, we escorteerden een schip met vluchtelingen, we werden beschoten, er was duikbootalarm, een etmaal lang. Maar we keerden terug.

Na vier patrouilletochten kregen we twee dagen de tijd om op verhaal te komen. Daarna werden we zonder opgaaf van reden overgeplaatst, Hein, Frits en ik, op een torpedoboot die een konvooi zou begeleiden. Ook nu waren we de enige Hollanders onder de bemanning – die honderdtwintig koppen telde. Het was een vrij nieuw schip, slank, en ongelooflijk snel. Met meer dan dertig knopen sneed het door het water, zigzag kruisend voor de andere schepen uit. Onze taak verschilde niet veel, maar de sfeer aan boord was harder. We hadden dieptebommen aan boord, torpedo's, twee stukken geschut. We zochten de tegenstander, een tegenstander die zich ergens ophield onder de waterspiegel.

De eerste dag gebeurde er niets. En de tweede dag was het meteen raak.

De klap was zo hevig, dat het leek of we volledig boven het water getild werden. Ik werd tegen de reling geslingerd en kon me net vastklampen. Het achterschip ging verborgen achter een zuil van water: we waren getorpedeerd zonder dat er ook maar een alarm geklonken had.

En meteen daarop, zelfs voordat die zuil van water teruggevallen was, klonk een tweede explosie, nog krachtiger dan de eerste. Het complete arsenaal dieptebommen in het achterruim vloog de lucht in.

Het voltrok zich zo snel, het ging met zoveel geweld gepaard, dat mijn zintuigen niet in staat waren de verschillende indrukken afzonderlijk te registreren. Alles speelde zich af in één langgerekt moment. Ik werd heen en weer gesmeten, naar links, naar rechts, omhoog, omlaag, er was een steekvlam, een waterhoos – ik klampte me vast aan de spijlen van de reling, zonder duidelijk besef of dat nu mijn ondergang of behoud zou zijn. Al mijn wilskracht was gericht op één ding: niet loslaten, anders word je overboord geslagen.

Toen ik weer bij m'n positieven kwam, was het allemaal voorbij. Het was stil, een kolom vuilwitte rook verwoei in de wind. De schijnbaar zo degelijke scheepswand was gescheurd als vloeipapier. Het achterschip was finaal afgebroken en verdwenen, brug en sloependek lagen half onder water. Onmogelijk een sloep te strijken, gesteld dat er nog een intact was. We maakten zwaar slagzij. Gezien de helling van het dek moest de boeg zich vrijwel boven het wateroppervlak verheven hebben. Maar ik was niet alleen. En onder het vijftiental dat zich, zoals ik, aan het wrak vastklampte, ontdekte ik Hein. Ze moesten, gedurende de ogenblikken dat ik door het tumult verdoofd was geweest, in een reflex naar voren zijn gerend. Verder was iedereen die zich achter op het schip of benedendeks had bevonden, dood of levend meegegaan naar de diepte.

Zo dreven we, dankzij een luchtbel in het voorschip, zacht deinend op de golfslag, te midden van een kring van wrakstukken en schuim. Maar lang zou dat niet kunnen duren. De luiken mochten waterdicht zijn, luchtdicht waren ze niet. Ieder opborrelend luchtbelletje ging ten koste van ons drijfvermogen. En dat proces zou zich versnellen naarmate de druk toenam. Tergend langzaam kroop de waterlijn omhoog, centimeter na centimeter, van klinknagel naar klinknagel. We zakten.

We waren met vijftien man. Eén was zwaargewond. Maar zijn gekerm werd zwakker. Hij was het die als eerste door het water opgenomen werd.

Het was stil, er was geen tijdsbesef. Gesproken werd er niet, iedereen bleef op zijn plek, alsof men vreesde dat ook maar de geringste beweging het riskante evenwicht zou kunnen verstoren. Iedereen lag daar, bevangen door een angst die niet gedeeld kon worden, juist omdat het vonnis dat zo langzaam aan ons voltrokken werd, gemeenschappelijk was. We bevonden ons op volle zee.

Van onze positie had ik geen flauw idee, net zomin als

ik wist waar de schepen zich bevonden die we geacht werden tegen duikboten te beschermen. Aan zwemmen hoefden we niet te denken. De temperatuur lag om het vriespunt, je hart zou het binnen enkele tientallen seconden begeven.

Onze enige hoop was gevestigd op het feit dat we ons midden in een corridor bevonden, niet breder dan tien, vijftien zeemijlen. Maar hoeveel tijd restte er? Het was alsof er twee klokken geluidloos tegen elkaar in tikten.

Op de een verstreek de tijd die nodig was om ons te redden, de andere telde de seconden af dat het wrak nog kon blijven drijven. Er restte niets dan wachten, doorweekt als we waren, verkleumd, de vingers verkrampt rondom een zinloos voorwerp – mogelijk fataal zelfs, omdat het ons, wanneer het moment gekomen was, onverbiddelijk mee zou zuigen in de diepte. Dat kon een kwestie van uren zijn, maar ook van minuten. Af en toe klonk een knal. – Klinknagels die losssprongen. Wanneer een van de luiken onder de druk bezweek zou het een kwestie van seconden zijn.

Hoe lang het duurde wist ik niet. Ernaar vragen was onzinnig. Alleen de tijd op die twee onzichtbare klokken telde.

Maar opeens gebeurde er iets vreemds. Iets dat in dagen, misschien wel in een week niet was voorgevallen. Een brede, scherpgebundelde baan licht boorde zich door het grauwe wolkendek. De zon brak door. Mogelijk was er alle reden toe om die plotselinge verschijning op te vatten als een afscheid – de zon, voor het láátst – maar op mij was de uitwerking precies omgekeerd. Ik putte er een plotselinge vastberadenheid uit die de doffe angst op slag verdreef. Verdwenen was de lijdzaamheid. Wat er ook gebeurde, ik moest er met mijn hoofd bij blijven.

Wanneer ik dat verzuimde zou ik bij voorbaat verloren zijn, dan zou ik de kans op behoud onbenut voorbij laten gaan. En iedere situatie bood een kans. Ik richtte me op. 'Het is helder,' zei ik in mezelf. 'De zee is kalm.' De scheidslijn tussen water en lucht had zich verscherpt. De zee was eensklaps diepgroen, de kammen schuim lichtten helder op. De hemel vertoonde plekken blauw. Ik rekte me verder uit. En ik zag wat wij allen zagen, alle veertien, op hetzelfde moment.

'Een schip!' zei ik hardop.

We durfden weer te praten. Aanvankelijk verkeerden we, bij gebrek aan een verrekijker, nog in onzekerheid of het een Russisch of een Duits schip was, maar al spoedig bleek het een Duitse mijnenveger te zijn, een zusterschip van de boot waarop wij drie weken gezeten hadden. Intussen hield ik de toestand van het wrak nauwlettend in het oog. Bij een eerste aanwijzing zou ik onmiddellijk overboord springen en maken dat ik uit de buurt kwam, zwemmend, op een stuk wrakhout, hoe dan ook, om te voorkomen dat ik door de zuiging meegesleurd zou worden. Hein zou hetzelfde doen. Maar het wrak bleef stabiel.

Er werd een sloep uitgezet, maar men durfde met oog op de golfslag niet al te dicht te naderen. Er zat niets anders op, we moesten springen, we moesten zwemmen. Een kloof van tien meter, maar oneindig diep. – Het behoud leek binnen handbereik. Misschien was dat moment daarom juist het meest beangstigend van alle, Marika. Je laat los, je springt, het water omvat je, zo koud dat het lijkt of het warm is. *En onder je is niets.* Onder je is niets dan een diepte die aan je trekt en zuigt. De kou snijdt je de adem af. Je raakt in paniek, je armen en benen malen door het water, maar vooruit kom je niet. Dan komt de kramp.

We keken elkaar aan en zwegen. Ieder wist wat de ander wist. En we sprongen, een voor een. Eerst ik, Hein! Ik wil je niet zien...

Ik sprong. Het water was zo koud dat het eerst warm leek. Onder me was niets meer. Alleen een diepte die aan me trok en zoog. Maar ik zwom. De sloep kwam dichterbij en ik werd door twee paar handen aan boord getrokken. Daar zat ik, schuddend over al mijn ledematen, en wachtte. De volgende wiens hoofd boven de rand verscheen was Hein. Daar zaten we tenslotte, doorweekt en klappertandend, met dertien man. De tweede stuurman, hoogste in rang, was als laatste gesprongen. Eén moest het niet gehaald hebben. We waren zo geschokt dat niemand wist wie.

Aan boord werden we meteen in dekens gewikkeld en volgegoten met cognac. Pas toen drong het werkelijk tot ons door dat er iets ongelooflijks gebeurd was. We hadden het overleefd.

Maar nog waren we er niet. De mijnenveger bleek juist bezig aan de tweede dag van een vierdaagse patrouilletocht. Zodat dus ik, die me had voorgenomen nooit weer, ongeacht de gevolgen, één stap aan boord van een schip te zetten – liever de kogel dan een langzame verdrinkingsdood – gedwongen was nog twee volle etmalen lang benedendeks door te brengen. Er kon nog van alles gebeuren.

Niet alleen tijdens de slaap werd ik achtervolgd door angstvisioenen. Maar er gebeurde niets. En eindelijk konden we in de thuishaven van de mijnenveger, de stad Libau, op het Letlandse schiereiland Koerland, voet aan wal zetten. Nooit meer naar zee.

We hadden het gehaald. We waren aan wal. Maar we zaten dichter bij Leningrad dan Berlijn – om van Holland maar te zwijgen. Nooit waren we zo ver van huis geweest.

Samen met de overlevenden van enkele andere schepen werden we, een man of zestig sterk, ondergebracht in een loods aan de haven. Koerland was ingesloten door de Russen. De stad Libau was overspoeld door vluchtelingen. Het moesten er honderdduizenden zijn, vrouwen, kinderen, bejaarden, afkomstig uit het noordelijker gelegen Riga en omgeving. Onder de meest primitieve omstandigheden wachtten ze op een mogelijkheid om via zee naar Duitsland te ontkomen. We zagen ze smeken, we zagen ze vechten op de kade om een plaatsje.

Bij gebrek aan schepen kon er nu inderdaad van zeedienst geen sprake meer zijn. We werden administratief ondergebracht bij de landstrijdkrachten, de Pantsergrenadiers. Wat dat precies inhield, was me onbekend. Grenadiers droegen hoge berenmutsen. En pantser zou wel staan voor tank...

Een paar dagen later verschenen er vrachtauto's om ons op te halen. Toen we de bewoonde wereld achter ons gelaten hadden werd het steeds stiller in de laadbak. Alles ademde dood en verderf. Het landschap dat ons omringde was leeg. De schaarse boerderijen waren, indien al niet uitgebrand of kapotgeschoten, door de bewoners verlaten. Heuvels, dennenbossen, smalle, modderige wegen, bomkraters links en rechts. Dat was het. Zover het oog reikte wees niets op leven. En boven dat alles een sombere, grijze hemel waaruit de motregen neerdaalde om nooit weer op te houden.

Open trucks met doden en gewonden, lukraak opgestapeld, kwamen ons tegemoet. Een hospitaalsoldaat zat achterop, met bungelende benen, een sigaret in de mondhoek. Holle ogen. Een uitgebluste blik, zonder herkenning, zonder groet.

We keken ze na. Zij kwamen, wij gingen. De wacht werd afgelost.

De loopgraven van Koerland

We werden uitgeladen in een dorpje, niet meer dan een tiental boerderijen, waarvan de bevolking geëvacueerd was. Het was ingericht als divisiehoofdkwartier: ordonnansen op motorfietsen, op paarden, gingen af en aan. Bij monde van een hoge officier kregen we een toespraakje bij aankomst. De legerleiding was bijzonder verheugd met onze komst, want men had dringend versterkingen nodig. Vervolgens werd aan de hand van een grote landkaart op een schoolbord de situatie in grove lijnen ontvouwd.

Het front was over een afstand van een paar honderd kilometer vastgelopen in een stellingenoorlog. Hier, hij wees het aan met een stok, bevonden we ons op dat moment: het was de laatste lijn, de hoofdcommandoposten waren er gevestigd, en, het was af en toe duidelijk te horen, de zware artillerie stond er opgesteld. De eigenlijke frontlijn was een kleine tien kilometer van ons verwijderd. Daartussen, ongeveer halverwege, bevond zich de lichte artillerie, houwitzers en tanks. Daar waren ook de bevoorradingsposten, veldkeukens en hospitaaltenten te vinden. Dan kreeg je een stelling zware mortieren, en tenslotte, een duizend meter verder, de voorste linies: een netwerk van loopgraven, door een strook niemandsland gescheiden van de vijand.

Het niemandsland was nergens breder dan een paar honderd meter, maar op sommige plaatsen slechts twintig meter smal. Bij gebrek aan infanteristenopleiding zou onze taak er voornamelijk uit bestaan wacht te lopen, de aan- en afvoerlijnen te onderhouden, en versperringen aan te brengen of te herstellen.

Het was van groot belang de Russen van ons af te houden: in Koerland waren een paar miljoen vluchtelingen samengedreven. Die moesten geëvacueerd worden naar Duitsland, en dat zou nog maanden en maanden vergen, want het kon uitsluitend over zee plaatsvinden. Dat ook wij, wanneer het front bezweek, over zee afgevoerd zouden moeten worden wilden we krijgsgevangenschap ontlopen, dat we met andere woorden ingesloten waren tussen de Russen en de Oostzee, dat we klemzaten, als ratten in een val – dat werd er niet bijgezegd... Veel moed en sterkte werd ons toegewenst. En dat was dat.

Daarop werd onze indeling voorgelezen. En voor het eerst sinds langer dan een jaar bleken Hein en ik gescheiden. We zaten in dezelfde compagnie, maar in een ander peloton. Wat dat inhield was ons onbekend en we namen dan ook nauwelijks afscheid van elkaar, Hein en ik, toen we vervolgens in groepjes van tien, twaalf man werden opgesplitst:

'Hou je taai.'

'Jij ook...'

Dat was alles.

We gingen te voet verder, ik in mijn groepje, Hein in het zijne. Eerst voerde de tocht nog over modderige karrensporen, daarna over het ongebaande veld. Onder dekking van een dennenbos waarin hier en daar brand gewoed had en bomen ontworteld lagen passeerden we de top van de laatste heuvel, daarna ging het gebukt langs de bosrand neerwaarts. Tenslotte hurkten we neer. We moesten wachten tot de schemering inviel, want op het laatste stuk open terrein dat ons scheidde van de loopgraven zouden we zichtbaar zijn voor de Russische artilleriewaarnemers. Bij de minste beweging kon er een mortiersalvo volgen, want ze wisten tot op de meter nauwkeurig welke sluipwegen in gebruik waren.

Wat we zagen was een kilometersbrede, tot het laatste grassprietje omwoelde strook aarde, overdekt met kraters, prikkeldraadversperringen en lichte terreinverhogingen waaronder zich commandoposten en kazematten moesten bevinden. Niets bewoog. Alles wat zich daar afspeelde, aan weerszijden van de scheidslijn die vanuit onze positie nauwelijks te onderscheiden viel, gebeurde onder de grond. Het was onvoorstelbaar dat zich onder die omgeploegde strook modder, die zich in de verte tussen de heuvels afboog, duizenden mensen bevonden.

Zien kon je ze niet, maar je kon ze ruiken. Er hing een penetrante, weeë geur, die bij het minste zuchtje wind misselijkmakend sterker werd. Het was de geur van het slagveld, de geur van lijken, van vervuiling, diarree.

Het was al die tijd stil gebleven, en dat voorspelde volgens onze begeleider weinig goeds. Slechts heel af en toe klonk ver weg een hoog gefluit, gevolgd door een lichtflits en een explosie. Een fontein van modder was het resultaat. Dat was storingsvuur, leerden we. 'Om je wakker te houden.' Wanneer het links van ons terechtkwam was het afkomstig uit een Russische vuurmond, en rechts uit een Duitse. 'Ze kunnen over een afstand van een kilometer een uitgespreide zakdoek raken...'

Bij het invallen van de duisternis ontstond er een schimmig verkeer op het open terrein dat ons van de eerste loopgraaf scheidde. We zagen jongens van onze leeftijd gebukt rennend de afstand overbruggen, een grote metalen etensgamel met riemen op de rug. Jongens met kisten, met grote canvas zakken. We zagen het verschil tussen zomaar rennen en rennen voor je leven, rennen in een gat van angst. – En we zagen een hospitaalsoldaat naderen.

Hij sleepte een van een uitgeholde boomstam vervaardigde slee door de modder achter zich aan. Daarin lag roerloos een donkere figuur. Bij het passeren zagen we de ogen in het vervuilde, zwaarbebaarde gelaat bewegen.

En we zagen dat de benen aan de romp ontbraken.

Toen was het onze beurt om een voor een de oversteek te wagen. Rennend in een gat van angst.

Zonder dat er vuur was binnengekomen bereikten we de achterste verbindingsloopgraaf, buiten adem, het hart bonkend in de keel. Die loopgraaf was diep genoeg om rechtop in te kunnen lopen, maar niet meer dan een halve meter breed. Je moest je klein maken om iemand te kunnen passeren. De wanden waren met gehalveerde boomstammetjes versterkt, op de bodem lagen planken. Wanneer die niet goed aansloten, en ze sloten niet goed aan, zakte je meteen tot over je enkels in de modder. En verder ging het, met soppende schoenen, van de ene loopgraaf naar de andere, over een afstand van een paar honderd meter. Af en toe passeerden we een verlaten schuttersput of kazemat, naargeestig leeg in het halfduister.

Eindelijk bereikten we de compagniescommandopost. Een zwaar canvas gordijn werd weggeschoven. Naar binnen. Een volgend gordijn ging open, terwijl het gordijn achter je weer zorgvuldig gesloten was. Een lichtsluis heette dat.

We betraden een ondergrondse ruimte van amper drie bij vier meter, voorzien van een metersdik dak van boomstammen en aarde. Er stond een tafel, bedekt met stafkaarten en paperassen, een veldtelefoon ernaast, een olielamp erboven. In een hoek stond een klein potkacheltje, geflankeerd door twee britsen. Een paar mannen zaten zich te warmen, de ellebogen steunend op de knieën. Ze rookten met gulzige trekken een sigaret. Hun marine-uniformen stonden stijf van de modder. Hun oogwit, diep in de kassen, lichtte, te midden van hun vervuilde gelaat, op in het lamplicht. Eén van hen leek me op te nemen. Opeens hoorde ik mijn naam:

'Montyn?'

Hij was opgestaan, wankelde, zocht steun tegen de planken wand. We keken elkaar aan alsof we oog in oog stonden met een geestverschijning. Maar we vergisten ons niet. We kwamen allebei uit Holland, we kwamen allebei uit Oudewater. Hij had op de lagere school twee klassen hoger gezeten dan ik...

'Wat doe jij hier?'

We vroegen het allebei tegelijk, en allebei even stompzinnig.

Hij vertelde met een paar woorden dat hij als voormalig matroos op de koopvaardij bij de Duitse marine was terechtgekomen. Daarna was hij, op dezelfde wijze als wijzelf, in deze uithoek van de wereld beland – zes weken eerder. Hij had rode randen rond zijn ogen, zijn linkerarm zat tot de elleboog in het verband, roestbruin van het geronnen bloed.

'Het is hier een hel, Jan. Niemand komt hier levend uit...'

Inmiddels waren ook zijn metgezellen opgestaan. Blijkbaar zat hun pauze erop. We gaven elkaar een hand. Hij keek me in de ogen en zei schor:

'Wanneer *jij* het redt, Jan, doe mijn ouders dan de

groeten. Maar vertel ze niet wat je gezien hebt...' – Waarop hij zich omdraaide en achter de anderen aan verdween.

Ik staarde hem na, ik staarde naar het canvas gordijn dat weer was teruggevallen. Jan van Putten. Nu pas herinnerde ik me zijn naam. De zoon van de schoenmaker in de Breestraat. – Het speet me dat het me niet een moment eerder te binnen was geschoten. Jan van Putten...

Even was het stil gebleven in de onderaardse ruimte, alsof iedereen deelde in deze verbijsterende ontmoeting.

Toen nam onze nieuwe compagniechef het woord. Het was een eenarmige ex-tankcommandant, niet ouder dan vijfentwintig jaar. Met zijn zandkleurige uniform van het Afrikakorps, zijn slappe pet nonchalant achter op het hoofd, en een baard van drie dagen, was het een wonderlijke verschijning. Hij rookte de ene sigaret na de andere en sprak heel langzaam, zoals vroeger op school de onderwijzer wanneer hij een dictee opgaf. Carstens was zijn naam, en hij gaf voor zijn aanwezigheid, bijna op verontschuldigende toon, de verklaring dat zijn voorganger, een marineofficier, kort tevoren zwaargewond was afgevoerd. Er was geen marinekader meer voorhanden, dus we moesten ons maar tevredenstellen met hem. Trouwens, voegde hij eraan toe, tanks werden wel de schepen van het land genoemd, dus we zouden het wel met elkaar kunnen vinden. – Het klonk allemaal wonderlijk familiair. Voor vormelijkheden en overbodige dienstklopperij was dit ook niet de aangewezen plaats, begrepen we, daar moesten echte frontsoldaten niets van hebben...

Ook hij gaf een overzicht van de situatie. Zonder terughoudendheid ging dat. We kregen te horen dat er dagelijks enorme verliezen werden geleden. De kleinste eenheden, die normaal bestonden uit tien à twaalf man, konden nu, dankzij onze komst, aangevuld worden tot vier à zes. Ook dan nog hadden de Russen een drievoudige overmacht. Aan mankracht dan, want materieel overtroffen ze ons in nog veel hogere mate, terwijl er van Duitse luchtdekking al helemaal geen sprake meer was. Op een plattegrondje werd aangewezen welke positie we innamen. De ons begrenzende loopgraven waren bemand met een allegaartje troepenrestanten: er waren parachutisten, er waren Wehrmachtmensen, gedecimeerde eenheden Waffen-SS, er waren marinemensen zoals wij, en er was een overschot van het Vrijwilligerslegioen Nederland. Onze compagnie bemande de voorste linie over een breedte van een paar honderd meter. De Russen zaten tot rond de veertig meter van je vandaan. Je kon ze horen, en zij jou. Je kon op sommige plaatsen een pakje sigaretten naar ze overgooien maar ook een handgranaat. En zij naar jou...

Tenslotte werden onze namen afgeroepen, en de presentielijst werd afgetekend. Nu was onze aanwezigheid onloochenbaar en definitief geworden. We waren er. Zowel lijfelijk als administratief.

In het laatste daglicht werd ik naar mijn eigenlijke post gebracht: de schemering duurde in deze noordelijke streek heel lang. Eerst een paar verbindingssleuven, waarvan er één half onder water was gelopen. We moesten tot onze knieën door de modder baggeren. Tenslotte de meest vooruitgeschoven, in een flauwe zigzaglijn gedolven loopgraaf. Ook deze was slechts schouderbreed. Om de zoveel meter passeerden we een schuttersput, sommige bemand: een donkere, roerloze gestalte, het geweer in de aanslag.

Dan wordt me een donker hol gewezen, in de wand

uitgegraven, open van voren, een meter hoog, anderhalve meter breed en misschien twee meter diep, afgedekt met planken en aarde. Een afgrijselijke stank slaat me tegemoet. Er ligt iemand in. En naast hem nog iemand. De ene werkt zich half naar buiten, steunend op een elleboog. Hij knikt me toe:

'Ik heet Franz...'

'Jan...'

Ik twijfel, intussen alleen gelaten, een moment. *Is dit het?* Kan dit waar zijn... – Dan klinkt een hoge fluittoon, een gedreun alsof er een trein overkomt, en een daverende explosie, achter me, honderd meter van me vandaan. En ik weet niet hoe snel ik naar binnen moet kruipen... Die fluittoon, dat gedreun: honderd meter verwijderd van de dood. Die eerste inslag zal je maatstaf zijn. Alle inslagen die volgen zul je eraan afmeten. De fluittoon hoger, het gedreun luider. Die komt verder weg... Die komt vlakbij... – En inslagen zouden er volgen, meteen die eerste nacht al, want met die eerste inslag werd een trommelvuur ingezet dat een uur zou aanhouden, het eerste uur van een periode waaraan iedere tijdsdimensie ontbreekt. Bijna tweeënhalve maand. Meer dan negen weken.

Hoeveel uren? Hoeveel minuten? Iedere tijdseenheid is gefragmenteerd tot een oneindig aantal momenten van spanning en angst. Ieder moment zal er één zijn dat je overleefd hebt. Behalve het laatste. Dan zal het gefluit en gedreun anders klinken dan eerdere. En de inslag zul je niet meer horen.

Die nacht zou ik mijn vuurdoop in nog een opzicht ondergaan. Ik werd op wacht gezet. Het schuttersputje in, voor het eerst. Daar stond ik, met ingehouden adem, in mijn klamme handen een geweer. Niet denken... Stel je koud...

Aanvankelijk gebeurde er niets. Rustig, heette dat hier.

De heuvels tekenden zich donker af tegen de door een dunne wolkenlaag bedekte hemel. Het niemandsland in het dal lag er aardedonker bij. Er viel minder te zien dan te horen. Gehoest. Een getik van metaal op metaal dat ik niet kon thuisbrengen. Een brommende stem. Een laars die uit de zuigende modder getrokken werd. Dat was de stem van een Rus, dat was een Russische laars... Verder was het stil. Af en toe kwam er storingsvuur binnen, maar steeds in een ver verwijderde sector. De maan brak door de wolken. Ik tuurde ingespannen over het omwoelde terrein dat zich op ooghoogte voor me uitstrekte – mijn hart bonsde in mijn keel. Want ik zag iets dat *bewoog*.

Wat een onschuldige boomstronk had geleken, half bedekt door opgeworpen aarde, bleek nu, in het ijle maanlicht, een gehelmde gedaante. Wanneer ik hem in het oog hield bleef hij doodstil liggen, maar zo gauw ik mijn blikveld verlegde – want ook in mijn ooghoeken zag ik van alles naderbij komen – nam hij de gelegenheid te baat om een paar centimeter dichter naar mij toe te kruipen. De rest gebeurde sneller dan dat ik er overwegingen aan had kunnen wijden. Ik had aangelegd, gemikt. Ik schoot. De knal daverde door de stilte. Echo's. Ik dook ineen en begon over al mijn leden te beven.

Maar op hetzelfde moment was er al een donkere gestalte achter me verschenen. Of ik gek geworden was, werd me toegesist. Schieten mocht je pas op het allerlaatste moment, wanneer er werkelijk geen andere uitweg was, en eigenlijk 's nachts ook dan niet. Ieder schot was voldoende om massaal vuur uit te lokken, het was een wonder dat het rustig gebleven was aan de overkant. Ik stamelde iets. Niemand had me dat verteld. Maar ik was alweer alleen.

En daar stond ik weer. Huiverend van angst, huiverend van kou. De gehelmde sluipschutter had weer de gedaante van een boomstronk aangenomen. Ik vroeg me niet eens af of ik hem geraakt had.

Na twee uur werd ik afgelost, zonder dat er aan mijn opvolger verder iets te melden viel. Twee uur op, vier uur af, dat was de regelmaat. En zo het etmaal rond. Die vier uur bracht ik door onder het aarden afdak, klam van het vocht, naast twee maats, een Belg van mijn leeftijd die Hugo heette en zwaar aan astma leed, en Carl, een wat oudere matroos. Franz had wacht op dat moment. Gezegd werd er niet veel, geklappertand te meer, en gehuiverd, en gezucht. Vier volle uren lang hield ik mijn blik onafgebroken gericht op een minuscuul hoekje sterrenhemel, vechtend tegen de slaap. Hoe kom ik hier door, hoe kom ik hier ooit levend uit? – Ik pijnigde mijn hersens, alsof het werkelijk mogelijk was een antwoord op die vraag te vinden. Optellen, aftrekken, vermenigvuldigen... Maar er viel niets op te tellen. Het was een vraag zonder antwoord, een probleem zonder oplossing. Ik luisterde naar het bonken van mijn hart, naar een geritsel waarvan ik nog niet wist dat het veroorzaakt werd door ratten, naar de piepende, astmatische ademtochten naast me. Ook ik moest naar adem happen. Het bonkte in mijn hoofd. Eén gedachte, lokkend, zuigend. Op te staan. Die loopgraaf te verlaten. Schiet maar, doe maar...

Toen de vier uur verstreken waren en ik opnieuw gepord werd voor de wacht, was het nog steeds volop nacht. Daar stond ik weer, iedere vezel gespannen, eindeloos voor mezelf dat ene voornemen herhalend. Dat ik mijzelf in de hand zou houden, mijn aandacht geen moment zou laten verslappen. Ik moest hier uitkomen. En dat kon alleen wanneer ik geen overlevingskans onbenut zou laten passeren. De rest was noodlot.

Twee uur op, vier uur af. Dag en nacht. Etmaal na etmaal. Modder. Duisternis. Mist. Rottenis en lijklucht. Storingsvuur. Trommelvuur. Spervuur. Twee uur op, vier uur af. Wachten. Het wordt donker. Het wordt dag.

En verder niets.

Er bleek niet één vijand op de loer te liggen, het waren er een heleboel. De sleur van het geestdodende wachten was er een. Want elk moment moest je op je qui-vive blijven. Wanneer je even je dekking uit het oog verloor kon het fataal zijn. Scherpschutters wachtten hun kans af. Honger en slaapgebrek waren vijanden. De kou. De vlagen van krankzinnigheid waaraan niemand ontkwam: frontkolder. Soms zag je iemands blik verstarren. Shocktoestand. Schud hem dan ijlings door elkaar. Sla hem met de vlakke hand in z'n gezicht, zo hard je kunt. Hij zal een gevaar worden voor zichzelf en anderen. Hij kan gaan gillen en vuur uitlokken. Hij kan in het wilde weg gaan schieten op alles wat beweegt, ook op jou. Hij kan uit de loopgraaf kruipen, het op een lopen zetten, een zekere dood tegemoet...

Maar Hugo, de Belg van onze afdeling, had een heel eigen methode om de spanning af te reageren. Door het gevaar te zoeken. Hij sloot de wonderlijkste weddenschappen af. Voor een paar sigaretten durfde hij zich wel even bloot te geven en te zwaaien naar de overkant. En dat deed hij dan. Hij zou weleens een handgranaat op zijn helm leggen en ontzekeren. Dat kón, beweerde hij...

Een helm is rond en kan de werking hebben van een paraplu, de scherven zouden alle kanten opslaan, maar niet naar onder. Een helm is rond... Toen de knal verklonken was en we omhoogkwamen uit onze dekking stond hij daar nog, hangend tegen de wand van de loopgraaf. Zonder gezicht.

Uitputting, slaapgebrek, honger, kou – maar de gevaarlijkste tegenstanders waren de afstomping en de onverschilligheid. De enige wapens tegen dat alles, werd ons steeds weer voorgehouden, waren een voortdurend gescherpt bewustzijn, concentratie. En, het belangrijkste: intuïtie. Je lag, je stond, tussen waken en slapen. Maar niets ontging je. Je bukte je, zonder dat je wist waarom, je liet je vallen zonder dat je wist waarom. Een kogel sloeg in, een granaat vloog over. *Achter de dingen* moest je kijken. – Dat was het voornaamste dat ik leerde, die eerste dagen, die eerste weken. En het waren, merkte ik, juist die eerste dagen dat de meeste nieuwkomers sneuvelden.

Gert was zo'n nieuwkomer. Hij was zestien en droeg het pakje van de Hitlerjugend. Ik zag in zijn ogen, achter ronde brillenglazen, dezelfde verbijstering die ikzelf ervaren had toen ik wegwijs werd gemaakt, die eerste dag alweer bijna een maand eerder. Hij stond te trillen op zijn benen, hij knipperde met zijn ogen. Hij had nog nooit een echt geweer in zijn handen gehad. En ik voelde dat hij het niet lang zou maken.

'Je moet bij iedere handeling die je uitvoert nadenken,' hield ik hem voor. 'Van niets mag je een gewoonte maken. Aan de overkant zitten scherpschutters dag en nacht op de loer. Wanneer je een lucifer afstrijkt, ben je er geweest. Iedere regelmatigheid in je gedrag merken ze op. Wanneer je een loopgraaf uit moet scheppen, gooi de aarde dan niet twee keer op dezelfde plek over de rand. Hij zal meteen schieten...' – Gert knikte. Hij zou eraan denken. Maar nog geen twee uur later hoorde ik een kreet. Hij was uit de loopgraaf geklommen. Met zijn broek naar beneden was hij getroffen. Met tien passen was ik bij hem, had ik hem aan zijn benen naar beneden getrokken. *O, kaffer die je bent!* Had ik dat dan óók nog moeten zeggen... – Zijn lies vertoonde een groot gat. Ik rukte een rolletje surrogaat verband uit mijn borstzak. Maar het armzalige papier was binnen een paar tellen doorweekt. Ik drukte met mijn duimen de wond toe, biddend en smekend dat er iemand langs zou komen. Roepen durfde ik niet: dat zou mortiervuur uit kunnen lokken. Gert lag te hijgen, de mond halfopen. Pijn scheen hij niet te voelen. Laat er in godsnaam iemand komen! Niemand kwam. Het bloed dat tussen mijn vingers doorgutste, vermengde zich met de modder. En Gert bewoog niet meer.

Die nacht zag ik wanneer ik mijn ogen sloot de tuin bij Oudewater. Ik zag stralend zonlicht, statige witte wolken in een blauwe lucht. Ik zag het prieel, fris in de verf. Mijn konijnenhokken. Een sloot met kikkers. Een merel in een boom. De duiven koeren... – Ik klemde mijn kaken op elkaar. Drogbeelden, verdwijn! Verleid me niet! Er is maar één werkelijkheid, en die werkelijkheid is deze.

Werkelijkheid was dat de dood overal aanwezig was en elk moment. Twee uur op, vier uur af. Scherpschutters, trommelvuur, bombardementen. Maar daarmee waren we er niet. Gedurende het duister was de strook niemandsland het toneel van een spookachtig schaakspel. Dan werden prikkeldraadversperringen aangelegd of opgeruimd. Dan werden mijnen gelegd of juist onklaar gemaakt. Dan trok je erop uit, met als enig werktuig je handen en een dun metalen staafje ter lengte van een breinaald. Dan kroop je op je buik, centimeter voor centimeter, prikkend in de modder, je ogen dicht om beter te kunnen luisteren. Het geringste tikje van metaal op metaal was voldoende. Dan begon je te graven, kluitje na kluitje...

Werkelijkheid was dat je erop uitgestuurd werd om vuur uit te lokken. Je kruipt door de modder. Je zoekt een dekking die althans de illusie wekt op overlevingskans. En je schiet, zomaar, in het wilde weg. Lichtkogels gloeien boven je op. Je ligt als bij daglicht. Een salvo volgt.

Je opdracht is volvoerd: achter je hebben artilleriewaarnemers de positie van de Russische mortieren kunnen vaststellen. En je kruipt weer terug, wanneer je er nog bent...

Werkelijkheid was dat er een spervuur aanhield op onze aanvoerlijnen, twee volle dagen lang. En dat er niets te eten was, twee volle dagen lang. Werkelijkheid was dat naarmate de verliezen groter werden, de afstand tussen de bemande schuttersputten toenam – en daarmee het risico beslopen te worden in het donker. Werkelijkheid was dat we op een vroege ochtend Carl aantroffen. Zijn romp, zijn ledematen. Maar zijn hoofd niet.

Werkelijkheid was dat het niet mogelijk was om de angsten en verschrikkingen van deze werkelijkheid tot je door te laten dringen.

De tuin bij Oudewater. Die zou ik nooit meer teruggien. Dat was de werkelijkheid.

Van de modder in de sneeuw

Eind november werd het kouder. De winter liet zich gelden, de barre winter van een landklimaat. Aan de ontberingen werden nieuwe elementen toegevoegd. Verblindende sneeuwstormen, snijdende kou, vooral 's nachts, wanneer het kwik tot dertig graden onder nul kon zakken. Uiteindelijk lag er een pak sneeuw van een meter. De modder in de loopgraven had plaatsgemaakt voor ijs. We hadden gewatteerde camouflagepakken uitgereikt gekregen, handschoenen, voetlappen, vilten laarzen. En daar stond je, een doek voor je mond – en daar lag je, in het onverwarmde mansgat, gewikkeld in alles wat je maar te pakken kon krijgen.

Als ieder leed ik aan dysenterie: de bloeddiarree die gepaard gaat met hoge koorts – gevolg van drinken van besmet water. Je moest het kwijt, soms twee, drie keer per uur. In de ijzige kou. En je moest het zien af te dekken vanwege de stank, vanwege de ratten die erdoor aangetrokken werden. Maar alles was keihard bevroren... Als ieder was ik broodmager en vervuild, en werd ik geteisterd door de luizen. We waren al die weken niet uit de kleren geweest. Water was er niet, geen mogelijkheid je ook maar te wassen. Je gezicht ja, met een handvol sneeuw – maar voor wie eigenlijk? Als ieder leed ik honger. Wat koolsoep met gort, een homp brood, meestal bevroren: daar moesten we het een vol etmaal mee doen. En de slaap.

In feite sliep je nooit. Je lag, de schaarse uren dát je lag, met gespitste oren, in staat om ieder moment op te kunnen springen. Het was een halfbewustzijn dat zich voortzette wanneer je waakte. Je stond op wacht, je was zo moe dat je met open ogen stond te slapen. Dat gold mijzelf, dat gold de anderen, die ik erop betrapte wanneer ik ze afloste. Toch was je zo lucide dat niets je ontging, je had een zintuig ontwikkeld dat je waarschuwde voordat het gevaar in aantocht was. Je dook ineen. Een daverende explosie scheurde je trommelvliezen, granaatscherven vlogen alle kanten op, smoorden in de sneeuw. – En je kwam weer overeind... Maar het was een gevaarlijke grens, de scheidslijn tussen slapen en waken. Want je kon wegzakken, al was het maar voor een moment. Slapen op wacht – daarop stond de kogel. Slapen op wacht – het betekende de bevriezingsdood. En die lokte, die zoog je weg uit de wereld van verschrikkingen als een weldadige, likkende narcose...

Het moest nu al langer dan zes weken zijn dat ik niets gezien had dan die ene sector, dat ene kleine stukje loopgraaf. Tien, twintig meter links, dezelfde afstand rechts. En het vervuilde hol dat als rustplaats diende. Van het drietal dat ik die eerste dag had aangetroffen was er geen meer in leven. Franz, die het nog het langst had volgehouden, was na een corveedienst niet meer teruggekeerd. Van anderen was ik de namen al vergeten: getalsmatig gezien moest de bezetting van de voorste linie om de zoveel weken vervangen worden. Van die ene sector loopgraaf kende ik tenslotte ieder balkje, ieder richeltje, elke uitholling in sneeuw en aarde. Dat gold ook voor het voorland, de strook niemandsland waar het nachtelijke schaakspel onverminderd plaatsvond – nu in witte camouflagepakken. Maar voor het achterland, waardoor de verbindingslijnen liepen, gold dat niet. Dat bleef onbekend terrein, hoewel ik er twee keer per week opnieuw mee kennismaakte. Het was de route waarlangs we ook op deze plek waren aangekomen. Vroeger. Eens. Ooit. Alles in de loopgraaf moest per voet worden aan- en afgevoerd, bij toerbeurt, peloton na peloton. De laatste verbindingsloopgraaf. Dan wachten. Dan hopen. Ieder moment kon er een spervuur komen, uit honderd vuurmonden tegelijk. *Nu!* – En hollen... De heuvel op. De bosrand langs. Een open plek. Daar was de bevoorradingspost. Je kreeg een canvas zak met plunje uitgereikt. De etensgamel op je rug werd gevuld. Een kist met munitie voor de lichte mortieren...

'Maar dat zijn er maar twaalf...'

'Wanneer hier staat twintig, *zijn* het er twintig...' – En dan tekende je af.

Maar soms kreeg je helemaal niets. Dan ontwaarde je in het halfdonker de restanten van een stukgeschoten kar. Twee paarden ervoor, de poten in de lucht. Dan bleef de gamel leeg, en zou er niets te eten zijn, het hele komende etmaal.

Aangevoerd werd voedsel, hoe karig ook. Aangevoerd werd munitie, en nooit voldoende. Aangevoerd werden medicamenten, maar nooit waar behoefte aan was.

En afgevoerd werden de zwaargewonden en lijken. Dat kon een vreemde zijn of iemand die onherkenbaar verminkt was. Het kon een bekende zijn. Jan van Putten kon het zijn, de zoon van een schoenmaker. Het was een onbegrijpelijk toeval dat hij de eerste geweest was die ik zag op deze plek. Dat het zijn lichaam was dat ik achter me aantrok door de sneeuw was toeval. – Maar dit was een oord waarin uitsluitend toeval heerste.

In een duisternis zo diep, doet het geringste lichtpuntje een moment vergeten dat je in het voorportaal van de dood verkeert.

Daar waren de geruchten. Het gerucht dat we binnenkort *op rust* zouden gaan. Vervolgens dat we *morgen al* op rust zouden gaan...

We gingen niet op rust, want er waren geen reserves die ons zouden kunnen vervangen. Toch genoot je van de illusie, al was het maar voor een ogenblik. De gedachte dat het zou kúnnen...

Soms bleef het rustig aan de overkant. Een uur dat je je ontspande. Twee uur. Maar het derde uur bracht die rust juist onrust. En het vierde uur bracht angst. En bij het vijfde uur van stilte dreigden je zenuwen het te begeven – en dat was nu juist de opzet van de stilte.

Want het zevende uur zou een bombardement brengen heviger dan je ooit had meegemaakt. Of misschien het zeventiende uur of het eenentwintigste. Hoe langer de stilte, hoe minder voorbereid je was op het moment dat het zou komen. – En het kwam, onvermijdelijk.

Koolsoep. Meer water dan kool. Maar heel soms kwam er opeens bouillon. Je wist niet wat je proefde...

'Ik had vier stukjes vlees!'

'Ik vijf...' – En gedurende een paar uur had je de illusie dat je echt gegeten had.

Hout was overal voorhanden en je kon uren bezig zijn om met je bajonet ragdunne schilfertjes te snijden. Een lucifer erbij, en je had, in de diepte van het mansgat, een heel klein rookloos vuurtje. Een mok met sneeuw erboven. Wanneer het water kookte een mespuntje surrogaat oploskoffie erbij. Het smaakte naar niets, maar je had iets warms in je hand, al was het voor heel even. Dat *even* was weer voldoende om een dag mee door te komen.

Om de drie, vier dagen mocht je je een uurtje gaan warmen bij het potkacheltje in de commandobunker. Dat was heerlijk. Maar ook de luizen vonden het heerlijk. Er ontstond een druk verkeer vanuit de nesten die in alle naden van je kleren zaten. En de jeuk was onverdraaglijk. Luizen vangen, fijnknijpen tussen je nagels...

'Hoeveel heb jij er?'

'Tachtig.'

'Ik al meer dan honderd...'

Soms kregen we een borrel. Zonder uitzondering een opwekkend woord van Carstens. Het was een eigenaardige kerel, die ons allemaal bij de voornaam kende. Hij was geliefd. Wanneer er een extra rantsoen sigaretten arriveerde, of een partij voetwindsels, dan was dat in onze ogen altijd aan *zijn* inspanningen te danken. En misschien was dat ook wel zo. Hij kwam uit Hamburg, was van huis uit jurist. Hoewel hij al maanden in de voorste linie zat, had hij zijn menselijkheid niet verloren – en dat was iets dat bepaald niet van iedere officier of onderofficier gezegd kon worden.

De pelotonscommandant in de sector naast de onze was een Fin. Hij kwam uit Karelië, had in '39 nog tegen de Russen gevochten. Een echte houwdegen, die vrijwillig meedeed aan iedere gevechtspatrouille – acties waarvoor wij marinemensen niet in aanmerking kwamen. Hij had van Carstens opdracht gekregen twee Russen die 's nachts krijgsgevangen waren gemaakt, achter de linies naar de bataljonscommandopost te begeleiden. We zagen het drietal in de schemering over de sneeuwvlakte verdwijnen.

Maar opeens gebeurde er iets vreemds. De Fin begon te schreeuwen en liet zich op de grond vallen, terwijl de twee Russen het op een lopen zetten. Eerste gedachte was, dat hij die twee liet ontsnappen, maar dat zou nogal verbazingwekkend zijn geweest, want hij stond bekend als een fanatieke anti-communist. Maar op hetzelfde moment klonken er twee explosies, vrijwel tegelijk. Hij had een handgranaat in hun ransel gestopt en ze in hun taal toegeroepen dat ze moesten maken dat ze wegkwamen. Dat was dan twee Russen minder...

Maar Carstens liet de Fin gevangen zetten in een lege kazemat. Hij moest vervolgens met de bataljonscommandant per veldtelefoon overlegd hebben, want die verscheen even later in hoogst eigen persoon. Een absolute zeldzaamheid. De Fin werd afgevoerd.

De volgende dag ging het gerucht dat hij, door een militair tribunaal berecht, gefusilleerd zou zijn.

En dat gerucht bleek op waarheid te berusten.

''t Was ook een schoftenstreek,' zei de een.

''t Is wel een man minder...' zei de ander.

Maar bij de meesten steeg Carstens toch in achting.

Hoe koud het ook mocht zijn, toch had de weersomslag een voordeel. Na weken van onveranderlijk grijze luchten, dag na dag, van mist, regenvlagen, van allesdoordringende najaarsstormen, verscheen eindelijk de zon. En één windstille dag steeg de temperatuur zelfs tot het vriespunt. Een wonder.

Het was alsof we elkaar opeens voor het eerst aanschouwden: vervuild, met zwarte kringen rond de ogen, de meesten met een baard, uitgemergelde gestalten gehuld in een wonderlijk allegaartje uniformstukken en lappen. Eén dag konden we ons koesteren in de zon – zonnestralen die zich niet beperkten tot onze zijde van de frontlijn: niet één schot viel er die dag.

'Wat is *dit* heerlijk...'

De jassen gingen uit, de vilten laarzen, de voetlappen, stijf van het vuil, van etter en geronnen bloed. Klompen van voeten kwamen bloot, grijs van de verrotting. Leun achterover! Steek ze omhoog! Laat ze bespelen door de zonnestralen! – Eindelijk konden we alles laten drogen, voor hoe kort het ook zou zijn.

Want naast alle al bestaande vijanden was er een nieuwe bijgekomen. En die heette *vocht*. De minste onachtzaamheid of onverschilligheid kon je fataal worden. Op wacht staan met natte voeten kwam je bij deze extreme temperatuur onherroepelijk te staan op bevroren tenen. Wie dat overkwam mocht wensen dat hij tijdens de wacht maar liever volledig bevangen was geraakt door de kou.

Dat was tenminste nog een zachte dood die onmerkbaar intrad als een ijle droom. – Ik was dan ook voortdurend in de weer met lappen, vodden van dekens die ik in repen scheurde, om ze, zo goed en kwaad als het ging, te drogen boven minuscule spaandervuurtjes. En met wapenolie. Je daarmee invetten leverde een ontzettende smeerboel op, maar gaf enige bescherming. Links en rechts vielen de slachtoffers van bevroren lichaamsdelen, oren, vingers, tenen. Wanneer die niet snel geamputeerd werden, en meestal was dat niet mogelijk, begonnen ze onherroepelijk af te sterven en weg te rotten. Dat resulteerde in bloedvergiftiging. En dan was het te laat.

Om de zoveel dagen verscheen er een dokter of verpleger in de compagniesbunker, maar veel meer dan wat verband aanleggen kon hij, bij gebrek aan medicamenten, niet. Je was ziek, je stond te zwaaien op je benen van de koorts – maar dat was niets bijzonders, dat gold voor iedereen. Alleen de zwaargewonden werden afgevoerd naar veldhospitalen achter het front. Vandaar werden ze, wanneer dat tenminste nog zin had, afgevoerd naar Duitsland. 'Een schot naar huis', werd dat genoemd.

Al snel was het tot ons doorgedrongen dat dat de enige mogelijkheid was om te ontkomen aan de snelle of langzame dood in de loopgraven. Wanneer het iemand overkwam ging het nieuws als een lopend vuurtje rond. 'Fritz heeft een schot naar huis gekregen!' klonk het dan afgunstig. – Of die jongen misschien voorgoed een been moest missen, of een geperforeerde long had opgelopen, deed daarbij niet ter zake. Hij had een kans om erdoorheen te komen. Wij niet. Tenzij door zo'n verwonding.

Er waren er die het noodlot probeerden te forceren. Ze gingen 's nachts aan de haal – sommigen zelfs in volledige paniek bij daglicht. De bezetting was inmiddels zo uitgedund dat dat meestal niet meteen werd opgemerkt. Maar je kon er zeker van zijn dat ze achter het front in de armen van de Feldgendarmerie, de gevreesde militaire politie, zouden lopen. Die patrouilleerden onafgebroken vlak achter de linies. Wanneer je in hun handen viel en je was niet in het bezit van een pasje, moest je wel een uitermate geldig excuus hebben, of het was met je gebeurd. Verzachtende omstandigheden kenden ze niet. Zelfs wanneer je tijdens een corveedienst de weg was kwijtgeraakt – en in het besneeuwde landschap kon je je soms moeilijk oriënteren – liep je het grootste risico. Er was een onzichtbare demarcatielijn, alleen aan hen bekend. Wanneer je die overschreden had werd je onherroepelijk beschouwd als deserteur. Volgens het standrecht betekende dat de kogel of de strop.

Zelfverwonding was een andere methode. Het kwam voor. Jongens die zo wanhopig waren dat ze zichzelf door hun voet of hun arm schoten, soms zelfs door de schouder of de borst. Er school een tegenstrijdigheid in, want er was toch durf voor nodig om dat te doen. Maar het werd vrijwel altijd herkend, was het niet aan het gedrag van het slachtoffer, dan wel aan de aard van de verwonding Ook in dat geval werd je uitgeleverd aan de Feldgendarmerie. Je wond zou niet hoeven helen, want ook dat gold als desertie. – En dan was er tenslotte nog de mogelijkheid over te lopen.

Daarvoor werd nachtenlang door de Russen propaganda gemaakt. Metalen stemmen uit luidsprekers, afgewisseld door muziek. Meestal natuurlijk in het Duits, maar soms ook in het Nederlands. Ze wisten precies wie er in de tegenoverliggende loopgraven zaten, vermoedelijk van jongens die eerder overgelopen waren. Soms werd er zelfs iemand met naam en toenaam aangeroepen.

'... Leg de wapens neer. De geallieerden staan aan de Rijn en de Oder. Tegenstand is zinloos geworden. Kom naar ons toe. Je wordt hier correct behandeld volgens de regels van de Conventie van Genève. Je krijgt goed te eten, je krijgt een bed, een fatsoenlijk dak boven je hoofd...'

Soms waren het ook lieflijke meisjesstemmen die uit de luidsprekers klonken, stemmen die niet alleen beloftevol klonken, maar ook beloofden, het wat en het hoe...

Er was iemand voor wie de gedachte aan overlopen tot een obsessie was geworden. Dat was Hein. Hoewel we hemelsbreed op een afstand van misschien tweehonderd meter van elkaar verwijderd lagen, was het slechts zeer sporadisch mogelijk elkaar te zien. Je post verlaten was verboden. Bovendien was het levensgevaarlijk, want wie op wacht stond, schoot in de regel eerst, om pas daarna te kijken wie hij geraakt had. Maar wanneer het een heldere dag was, en de Russen hielden zich rustig, kreeg een van ons het weleens van Carstens, die wist dat we boezemvrienden waren, gedaan dat er van post naar post de waarschuwing uitging dat er iemand aankwam. – Dan konden we een halfuurtje fluisterend praten, hij en ik. Hein was bijna onherkenbaar: vel over been, met uitgebluste ogen. Hij had, naast alles, een zware bronchitis opgelopen, en een moeilijk te verbinden schampschot aan zijn jukbeen dat maar niet helen wilde. Maar ook geestelijk was hij volledig in ontreddering. Hij was dan ook wel zeer rigoureus geconfronteerd met verschrikkingen die ik meer stapsgewijs te verwerken had gekregen. Meteen de eerste dag na onze aankomst had zijn groep een voltreffer gehad: een zware granaat, precies op de zandzakken afdekking van het mansgat. Doordat hij toevallig op dat moment op wacht gestaan had was hij de enige overlevende geweest. Bovendien had hij pal daarop met een verschijnsel kennisgemaakt dat ook ik, later, als het meest lugubere ervaren had.

Een gevechtspatrouille was 's nachts precies voor zijn sector op Russisch vuur gestuit. Er waren een paar jongens gesneuveld, maar enkele anderen waren gewond geraakt, midden in het niemandsland. Urenlang hadden ze liggen roepen om hulp die niet geboden kon worden.

Een van hen had het zelfs langer dan een etmaal volgehouden. – Toen was besloten te pogen hem met mortiervuur uit zijn lijden te verlossen. En merkwaardig genoeg was van Russische zijde hetzelfde gedaan. Hij had gezwegen, uiteindelijk.

'Jan, ga mee. We lopen over. Over een week zitten we bij de Russische of Engelse marine...'

Hij wilde weg, ten koste van alles, maar niet alléén. Ik moest mee...

'We komen nooit heelhuids aan de overkant, Hein...'

'Natuurlijk wel. Anderen is 't toch ook gelukt?'

'Trouwens, 't is allemaal propaganda wat ze door die luidsprekers beweren...'

Gruwelverhalen deden de ronde over de behandeling die je ondervond wanneer de Russen je krijgsgevangen maakten. Ze sneden je lul af en die staken ze in je mond, ze spietsten je op een scherpgepunte paal. En zo niet, dan ging je toch op z'n minst de loodmijnen van Siberië in...

Wie zei dat ze niet hetzelfde deden met overlopers?

Maar er was nog iets anders. Hein koesterde de gedachte aan overlopen als een laatste strohalm. Hij was ervan overtuigd dat het zijn enige kans was op althans een mogelijk behoud. Dagelijks waren er situaties waaruit je ternauwernood ontsnapte. Dat kon een kogel zijn, die vlak langs je scheerde, een voltreffer op de sector naast de jouwe, een opgloeiende lichtkogel terwijl jij op dat moment juist onzichtbaar in de schaduw van een bomtrechter lag... Hein schoof dat alles op geluk. Maar geluk raakt op. Je kunt niet tot in het oneindige geluk hebben. Hij was ervan overtuigd dat iedere ontsnapping aan het noodlot de kans op een volgende ontsnapping kleiner maakte. Ik wist het niet...

'Wanneer je met een dobbelsteen een één moet gooien, is het een kans van één op zes dat je dat lukt...'

'Precies. Maar wanneer je twee keer achter elkaar een één moet gooien is het een kans van één op twaalf, en ga maar door...'

'Goed. Maar wie zegt dat het nog een keer een één moet zijn? Misschien moet je de keer daarop wel een drie gooien of een vijf...'

Geluk, noemde Hein het. Ik noemde het intuïtie. Misschien waren het twee woorden die hetzelfde dekten. Misschien bestond er zoiets als een intuïtie voor geluk...

Twee uur op en vier uur af.

Dat was een onbereikbaar ideaal geworden. De troepen waren zo gedecimeerd dat het omgekeerde gold: vier uur op, twee uur af. Zestien uur per etmaal op. En acht uur af. Terwijl de corveediensten en patrouilles onverminderd doorgang bleven vinden, bij toerbeurt, dus steeds vaker.

Want ergens in het achterland, onbereikbaar voor het Russische artillerievuur, stond op papier dat een groep twaalf manschappen telde. Maar het waren er geen twaalf. Het waren er drie, of twee. En soms was het er één. Volgens voorschrift diende er om de vijf meter een schuttersput bemand te zijn. In praktijk was dat om de tien meter geworden. Om de vijftien meter. Twintig meter. Het was een zich versnellend proces. Want wie is in staat om een strook van veertig meter duisternis te overzien? – Dat de Russen niet doorbraken was een raadsel. Soms veegden ze een paar sectoren schoon en trokken zich weer terug. Het was een spel van kat en muis geworden.

Intussen: de tijd verstreek. Hoezeer we ook vervreemd waren van de werkelijkheid van alledag, ook in de voorste linie van het front was aan ieder etmaal een datum verbonden. En er was blijkbaar ook nog iemand die die datum in het oog hield. Op een dag was er een kerstboompje verschenen in de compagniesbunker. Een kerstboom... – een heidens gebruik heette het thuis in Oudewater. Oudewater. Onvoorstelbaar dat de wereld verder reikte dan deze doorploegde strook van sneeuw en ijs, onvoorstelbaar dat daarbuiten ook maar iets bestónd. Twee werelden die als enige overeenkomst dezelfde datum kenden. Eén en dezelfde klok die de seconden wegtikte.

Ik zit bij een armzalig potkacheltje, warm mijn handen, staar naar een nog niet versierd kerstboompje. Misschien stommelt mijn vader *op precies ditzelfde moment* thuis de trap op naar boven. Hij trapt zijn klompen uit. *Nu* hangt hij zijn petje aan de kapstok. *Nu* schuift hij aan. Mijn moeder staat achter het fornuis, de ramen zijn beslagen. Mijn zusjes dekken de tafel. Moeder komt binnen met de schalen. *Nu* wordt de bijbel opengeslagen. En dan nadert een onvermijdelijk moment. – En het gevoel van heimwee slaat om in koppigheid. Want de gedachte dat tijdens het gebed mijn naam zal vallen is er een die ik niet verdragen kan...

Een paar dagen later werd de kerstpost uitgedeeld. Niets voor mij. Allicht niet. Ik had nooit geschreven, niemand wist waar ik uithing. Wel kreeg ik, zoals iedereen, een op naam gesteld Rode-Kruispakket. Koek, chocolade. Een handgebreide das. Een foto van een meisje. Een brief aan een haar onbekende frontsoldaat. En er kwam een kerstbestand.

De gevechtspauze zou van vier uur 's middags tot de volgende ochtend zes uur duren. Er trad een onwezenlijke stilte in. Aarzelend kropen we te voorschijn. Wij aan onze kant. Zij aan de hunne. Stap voor stap naderden we elkaar, bijna verlegen. En de tegenstander van wie tot dat moment niet veel meer zichtbaar was geweest dan de vage beweging van een helm of de loop van een geweer, bleek opeens te bestaan uit jongens zoals wij. Ook zij waren in lompen gehuld, ook zij waren uitgemergeld, ziek, vervuild. Midden in het niemandsland ontmoetten we elkaar. Er werden handen geschud, namen genoemd, sigaretten geruild. Zij probeerden hun weinige woorden Duits, wij Russisch. Er werd gelachen om een tongval. Vrolijk kerstfeest.

We legden grote vuren aan, verdeelden de kerstrantsoenen. Een paar uur zonder spanning, een paar uur geen gevaar. – Was dit nu zoiets als *vrede?* Ik wist het niet. De oorlog duurde nu al meer dan vier en een half jaar. Vrede was iets van lang geleden, van toen ik nog klein was. Ik kon het uitsluitend situeren in de omgeving van mijn jeugd. Konijnen voeren, slootje springen, fietsen door de polder – dat was vrede. Zou er een eind komen aan de oorlog? Die gedachte was even onwezenlijk als het denkbeeld dat ik terug zou kunnen keren in de tijd, om mijn leven vanaf mijn vijftiende jaar opnieuw voort te zetten. De wereld was een wereld in oorlog. Ik kende geen andere.

Toen we ons na middernacht terugtrokken, ieder naar zijn kant, gloeiden de vuren in het niemandsland nog na. Een paar uur hield de stilte aan. Toen kwam er trommelvuur. Was het zwaarder dan de dag tevoren? Helemaal niet. Maar er vielen meer slachtoffers dan ooit. De pauze, hoe kort ook, had bij velen de weerstand gebroken.

Niet lang na kerst verscheen er een ordonnans. Of ik maar naar de compagniesbunker wilde komen. Ik ging, in de veronderstelling dat ik met een lastig karweitje zou worden opgescheept. Hoe vreemd ook, na twee maanden loopgraaf gold ik als een oudgediende. Af en toe werd ik zelfs als artilleriewaarnemer ingezet, hoewel dat specialistenwerk was waarvoor ik niet was opgeleid. Zo groot waren de verliezen. Maar het was iets anders. Het was Hein.

Hij had een moment zijn dekking verwaarloosd en was door een verdwaalde kogel getroffen. Pech of geluk: waar wij ons bevonden waren het begrippen die elkaar overlapten. Zijn schouder lag open, je kon het versplinterde bot zien. Maar hij was bij bewustzijn en, terwijl een hospitaalsoldaat bezig was hem provisorisch te verbinden, ondanks de pijn in een bijna uitgelaten stemming:

'Hé, Jan! Ik ben eruit! Ik ga naar huis, Carstens heeft 't zelf gezegd.' Inderdaad gold een dergelijke kwetsuur aan schouder of heup als een klassiek 'schot naar huis', als een gelukstreffer zelfs, want er zou nog best iets aan op te lappen zijn in tegenstelling tot een amputatie.

'We zien elkaar terug, Jan. Jij haalt 't ook!'

Het wachten was op de schemering. Dan zou hij naar een veldhospitaal achter het front overgebracht kunnen worden, en vandaar verder. Ik kreeg van Carstens toestemming hem zolang gezelschap te houden. Hij kreeg water.

Ik een borrel. We praatten. Hij al ijlend door de wondkoorts.

'Weet je nog, die eerste keer op het station in Utrecht? Ik zag je meteen. Weet je 't nog? Weet je nog van Monika, Jan. In Oostenrijk. Jezus wat een nacht was dat...' En hij verzekerde me nogmaals dat het ook snel mijn beurt zou zijn. We mochten elkaar beslist nooit uit het oog verliezen, wat er ook gebeurde. Alles zou in orde komen...

Maar opeens, opeens stierf zijn stem weg. Het bloed trok weg uit zijn gezicht, zijn adem stokte.

Carstens stond erbij. De hospitaalsoldaat. De jongen uit Heins sector die hem naar de bunker had helpen dragen, een metgezel van weken. Iedereen was stil. Ik zat naast de brancard en was niet in staat het te bevatten. Hein had een schot naar huis gekregen. Hij zou straks afgevoerd worden. Ik zou achterblijven. Was het niet zo?

'Toch een longschot,' mompelde de hospitaalsoldaat. 'Wat zonde.'

''t Was een goeie kerel,' zei Carstens.

Ik zag dat de wangen van de jongen uit Heins sector nat waren van de tranen. En toen pas drong het tot me door dat het werkelijk gebeurd moest zijn.

'Wat stom...' – Was ik het die dat zei? Was dat mijn stem?

'God wat stom...'

Ik holde zo hard ik kon met een lege etensgamel op mijn rug door het besneeuwde landschap, het zweet op mijn voorhoofd hoewel de kou me de adem afsneed. Hoe vaak had ik dat nu al niet gedaan, door modder, door sneeuw? Bijna twee en een halve maand. Meer dan negen weken. Hoeveel uren? Hoeveel minuten? – Iedere tijdseenheid is gefragmenteerd tot een oneindig aantal momenten. Ieder moment is er één dat je overleefd hebt. Behalve het laatste. Dan zal het gefluit en gedreun van de granaat anders klinken dan eerdere. En de inslag zul je niet meer horen.

Wanneer er iets gebeurd is voordat het tot je doordringt kun je niet meer spreken van *snel.* Wanneer je buiten bewustzijn bent is er geen sprake meer van *tijd.*

Ik werd wakker in een hospitaaltent. Ik hoorde gekreun en gegil. Nu eens van heel ver weg, dan weer aanzwellend tot vlakbij. Ik zag licht. Nu eens versluierd, dan weer fel. Maar voortdurend rook ik ether.

Er was een ongekende rust over me gekomen. Ik was bevrijd, eindelijk. Mijn handen en voeten waren weg. Ik voelde ze niet en het kon me niet schelen. In mijn borst smeulde een vuur. Mijn hoofd was zo groot als de wereld.

Ik zou doodgaan en het kon me niet schelen.

Ik was eruit. Het was voorbij.

Deel 4

Passage

'Je gaat niet dood. Je haalt het en ik zal ervoor zorgen dat je hier vandaan komt...'

De schaarse momenten dat mijn bewustzijn reikte tot aan de werkelijkheid, had me een stem in de oren geklonken die dat zei. En steeds mijn naam:

'Montyn, Jan Montyn... Je gaat niet dood. Je gaat niet dood en ik zal ervoor zorgen dat je hier vandaan komt. Word wakker, Montyn. Ik weet dat je me hoort...'

Vier dagen moest ik in coma gelegen hebben. Ik was bijgekomen in het marinehospitaal van Libau. Schneider was de naam van de man die bij die stem hoorde, en hij was marinearts.

Het was een wonder dat ze me gevonden hadden die ochtend, in de sneeuw. Ik had er de hele nacht gelegen. Nu waren mijn handen en voeten verborgen onder dikke lagen surrogaat verband. Tweedegraads bevriezing. Ik had een papieren tulband om mijn hoofd. Er was een granaatscherf tegen mijn kop geslagen. Ik had een hersenschudding en een hoofdwond. Er was iets met mijn borst. En er zat een splinter in mijn knie.

Waarom Schneider zich precies mijn geval had aangetrokken wist ik niet. Van de verpleegsters had ik gehoord dat hij uren bij mijn bed had gezeten, steeds maar weer pogend me terug te halen naar de werkelijkheid. Van mijn zaalgenoten kreeg ik dubbelzinnige opmerkingen te verdragen.

'Dokter Schneider kent me van vroeger,' was de verklaring die ik uiteindelijk maar verzon. – Jonger dan ik me een afgestudeerde arts kon voorstellen, was hij in mijn ogen een leeftijdgenoot. Hem naar zijn leeftijd vragen leek me ongepast. Hij, van zijn kant, had zich erover verbaasd getoond dat ik, getuige mijn papieren, al twintig jaar moest zijn. Hij had me zestien, zeventien geschat, zei hij. Misschien kwam dat doordat ik zo vermagerd was, misschien doordat ik nog steeds geen baardgroei had. Eén keer had ik hem, toen ik m'n ogen opende, betrapt met mijn schetsboek op zijn schoot. Hij moest het opgediept hebben uit het schamele bundeltje bezittingen naast mijn bed, dat me blijkbaar nagestuurd was uit de loopgraaf. En ik was blijven tekenen. Ook daar.

'Hé Montyn, daar komt je oom...'

Er lagen jongens met afgeschoten benen, met een buikschot, met een verwonding aan de ruggengraat. En te midden van die menselijke ravage liep Schneider rond, het haar in een keurige scheiding, gladgeschoren, steeds in een smetteloos witte jas, met een elegantie die hem blijkbaar zozeer tot een tweede natuur geworden was dat hij haar ook in deze omgeving niet had afgelegd. Hij was het die ervoor zorgde dat ik een attest kreeg dat eigenlijk voorbehouden was aan wie in Libau niet geopereerd of gerevalideerd kon worden. Of dat voor mij gold was de vraag. Maar het was een vraag die niet meer gesteld hoefde worden. Want opeens was er aan het hoofdeinde van mijn bed een in mica foudraaltje gestoken label verschenen. Daarop stond mijn naam. Mijn legernummer. En mijn bestemming: Stettin, de Noord-Duitse havenstad.

De dagen die me van het transport scheidden waren doortrokken van de koorts. Mijn hoofd bonkte, duizend spelden prikten als hagel in mijn lijf. Ik opende mijn ogen. Zag het label aan mijn hoofdeinde. Bracht me te binnen waar ik was. De reflex om op te springen vloeide weg. Ik werd zwaar over al mijn leden.

Ik lig, ik hoef niet meer. Doe alles maar. Dan zak ik weer weg in dromen. Vier uur op, twee uur af. Precies dat ritme. Angstbeelden flitsen op, in een bezeten ijltempo.

Alles is er nog. Ik lig weer in het besneeuwde niemandsland, in het oogverblindend schijnsel van de Russische lichtkogels, roerloos weggedoken achter een minieme terreinverhoging die even later een stijfbevroren, onder de sneeuw gestoven menselijk lichaam zal blijken. Hoofdhaar. Een arm. De stugge stof van een uniformjas. Ik sta weer, weggedoken in een schuttersput, terwijl de kogels over me heen fluiten. Links en rechts explosies. Een voltreffer in de sector naast de mijne. Van de jongen die daar stond vinden we alleen nog de afgerukte helm. Ik hoor weer het gebrul in de nacht, ik druk mijn oren toe, maar het dringt door alles heen. Het geluidloos opflitsen van het afschot achter de horizon. De aarde beeft. Dan weer het gezicht van Hein waaruit het bloed wegtrekt. Er glipt iets door mijn vingers. Zijn ogen zijn vlakbij. Ik wil schreeuwen, maar mijn tong is verlamd en mijn lippen zijn bevroren. En dat ene moment, steeds weer. De jankende fluittoon in de schemering, gedreun zoals ik het niet eerder hoorde. Een klap gevolgd door duisternis. – En dan weer twee uur af. Ik lig. Ik ben nog nooit zo moe geweest. Een pijn als deze heb ik nooit gekend. Maar ik hoef *niets* meer. Ik kan me overgeven. En er prijkt een mica foudraaltje aan mijn hoofdeinde – iedere keer wanneer ik mijn ogen opsla. Ik houd mijn blik erop gevestigd en werkelijk, de pijn ebt even weg...

In de haven van Libau dreven schotsen, alles waar het water aan likte was begroeid met een vuilgele koek van ijs. We lagen op britsen, in een lange rij op de kade. Het was een zonnige, heldere vriesdag. Een roestige veerboot torende hoog boven ons uit. Witte rookpluim tegen strakblauwe lucht.

Een eindeloze stoet van vluchtelingen ging de ruimen in. Vrouwen, kinderen, bejaarden. Bundels op de rug, steunend op stokken, gammele kinderwagens voortduwend. Die kinderwagens onder protest op de kade achterlatend, de inhoud in de armen. Er werd afscheid genomen van achterblijvers, er werd tot spoed gemaand. Wie niet snel was, was te laat.

Eindelijk was het onze beurt. Op aanwijzingen van Schneider en andere artsen werden we de loopplank over het schip op gedragen en mannetje aan mannetje benedendeks in een halfronde ruimte gelegd. De voormalige rooksalon, getuige de lambriseringen en monumentale glas-in-loodlampen. Wie nooit eerder aan boord van een schip was geweest keek zijn ogen uit. Bronzen ornamenten, een mozaïek van tinten houtfineer, wandschilderingen...

Het duurde niet lang of het schip begon te trillen. Hijskranen, loodsen, masten van andere schepen – alles schoof achter de raampjes weg. We voeren. Ik zocht Schneider met mijn ogen. Hij keek naar buiten. Draaide zich om. Onze blikken ontmoetten elkaar en er gleed een triomfantelijke lach over zijn lippen. Want dat was de stemming. Alsof we er al waren, alsof het een plezievaart gold. Iemand vroeg hoe lang de tocht zou duren. Ik kon hem dat precies vertellen, maar ik zweeg. Een dag of drie, afhankelijk van de wind, want meer dan tien knopen zag ik dit bejaarde schip niet maken. Wanneer het meezat.

Wannéér we het haalden. Want mij hoefde niemand iets te vertellen van mijnen en torpedo's. Het was intussen ruim twee maanden terug dat ik de zee vaarwel had gezegd en de situatie zou er wel niet beter op geworden zijn. – En dit keer lag ik volmaakt machteloos, met dik omzwachtelde handen en voeten, een razende hartslag bonkend in mijn oren. Ik zou niet in staat zijn ook maar een stap te verzetten...

En we haalden het niet.

Een explosie onder de waterlijn hoef je maar één keer gehoord te hebben om hem voor altijd te herkennen. We werden getorpedeerd, nog maar een paar mijl buitengaats. Een dreun. Alles wordt opgetild en komt weer neer. De vensters worden een moment verduisterd door het neerkletterende water. Britsen zijn omgevallen, iedereen schreeuwt en gilt door elkaar. De machine valt stil...

En toen klonk een geluid dat niemand die het overleefde ooit vergeten zou. Een geluid, zo verschrikkelijk en angstaanjagend dat er geen woorden voor bestaan. Het was het geluid, voortgebracht uit duizenden kelen, waarbij het ruim van een schip als klankkast werkt. We maakten in een ommezien slagzij. Alles schoof naar één kant, mensen en britsen. Ik probeerde overeind te komen, maar veerde terug door de pijn. – Toen is er een schim op me afgekomen, dwars door een waas van bloed. Ik ben opgetild door twee armen, als een kind. Ik vang nog een glimp op van een gezicht, een bekend gezicht, door de inspanning tot een grimas vertrokken – daarna ben ik weggeraakt. Het vervolg vindt op grote afstand van me plaats. Ik ben er wel, ik ben er niet. Af en toe licht, dan weer duisternis, af en toe geluiden, dan weer diepe stilte.

Een zwaar hijgen in mijn oor. Een wankeling. We vallen. Maar we vallen niet. Een stalen deur slaat dicht. Zonlicht. Mijn hoofd bonst tegen een gangboordwand. Dan onmiddellijk duisternis.

We drijven op een reddingsvlot, omhoog, omlaag op de golfslag. Wit schuim, opspattend water, glinsterend in het zonlicht.

'Sneller godverdomme. Eén, twee, drie. Eén, twee, drie! Sneller, anders verzuipen we...'

Ik vang een blik op van het schip, achter ons. Het heeft zwaar slagzij gemaakt, zakt langzaam, log en zwaar als een kadaver, weg te midden van een kolking en een krans van schuim. Krankzinnig gekrijs van meeuwen. En duisternis. – Maar dan weer licht, alsof er een vlies openbreekt. We bonken tegen een grijsgeschilderde scheepswand. Dat grijs ken ik. *Marine*, betekent dat grijs. Opnieuw word ik opgetild, nu door vele handen, en aangereikt.

Ik lig op het volgepakte voordek van een klein bootje van de kustwacht, rillend in een deken die in een oogwenk stijfbevroren is. De man die zich over me heenbuigt heet Schneider. – Maar zijn blik wijkt, en hij staart weer, zoals iedereen op het dek, naar een zekere plek. Het moet een plek zijn waar de zeespiegel nog steeds wild kolkt en het water af en toe metershoog opspat door stuwingen vanuit de diepte. Ik lig. Ik kan die plek niet zien. Toch zie ik hem. Ik zie hem weerspiegeld in de ontzetting in ieders ogen.

'Je kunt niet tot in het oneindige geluk hebben. Er komt een ogenblik dat je geluk op is...' – Dat waren de woorden van Hein geweest.

Terug op de kade van Libau troffen we een chaos aan.

Niemand had verwacht dat de Russische onderzeeërs zich zo dicht onder de kust zouden wagen. Men wist zelfs niet bij benadering hoeveel mensen er mee gegaan waren de diepte in.

We lagen met enkele tientallen, lukraak in een deken gerold, op de keien. En vanuit die nederige positie waren we getuige van een gebeurtenis die voor iemand die ook maar één dag in aanraking geweest was met de verhoudingen binnen het Duitse leger verbazingwekkender was dan een niet-voorspelde zonsverduistering. Schneider negeerde een dienstbevel! Hij stond in woordenwisseling met een hoge officier, een hoofd groter dan hijzelf, in een smetteloos zwart uniform gestoken, adelaars en kruisen op de borst, een stijve hoera-pet op het hoofd. Wat er gezegd werd viel door het rumoer niet te verstaan. Maar Schneider hief de kin. Nooit had ik iemand zo arrogant gezien als hij. En hij wees. Wegwezen. Waarop de glanzend gepoetste laarzen wegbeenden, de hakken dreunend op de keien, en het gelaat van Schneider zich ontspande, van het ene op het andere moment. Kalm gaf hij de hospitaalsoldaten, die op een afstand wat beteuterd hadden staan wachten, niet wetend welk bevel nu opgevolgd moest worden, aanwijzingen. En ze deden wat hij zei... – De gewonden die op de keien lagen, konden het zo koud niet hebben of ze gloeiden een moment.

We werden direct weer ingescheept, nu op een gammel vrachtschip, en dit keer niet bovendeks, maar in het diepste van het ruim. Daar lagen we dicht tegen elkaar aangepakt, op eindeloze rijen britsen, halflevend, halfdood, in een schaars verlichte, door luiken hermetisch afgesloten ruimte.

Weer was het een machine die begon te stampen, weer trilde er een schip, opnieuw een schroef die door het water sloeg. We lagen met wijd opengesperde ogen. Iedereen wist hoe het met onze vorige passage was afgelopen. Wanneer er nu iets gebeurde zou voor niemand redding mogelijk zijn. We voeren. Eerst nog het stille water van de havenmonding. Dan de kalme deining van de zee. En er gebeurde niets.

We voeren uren. Uren van ritmisch stampen. Iedere slag van de schroef bracht ons dichter bij het behoud. Ik vocht tegen de slaap. Maar waarom ook?

Ik werd wakker van de pijn. Mijn lippen, tong en verhemelte waren kurkdroog. Niettemin bleek ik nog in staat geluiden voort te brengen, half tot mijn verbazing: 'Hoe laat is het?'

Maar de jongen naast me, de ogen achter een sluier van koorts, maakte met een nauwelijks te onderscheiden hoofdbeweging duidelijk dat hij het ook niet wist.

'Dag of nacht?' – Hij wist het evenmin als ik.

Ik lag, en de pijn nam toe. De atmosfeer was bedompt, verzadigd van de stank van olie. Was het daardoor dat mijn wonden gistten? Het verband, aan mijn handen en voeten, rond mijn hoofd en knie, was doorweekt geweest door het zoute water – en nu tot harde klompen opgedroogd. Mijn wonden werden met schuurpapier bewerkt. Kwam het daardoor?

De pijn nam toe, tot ik meende dat het niet erger kón, en het kon nóg erger... Maar er is een grens aan pijn. Dan treedt de bewusteloosheid in. En er is een grens aan radeloosheid. Krankzinnigheid treedt in. Wanneer ik me had kunnen bewegen had ik mijn hoofd kapotgebeukt. Wanneer ik een vuurwapen in handen had gehad zou ik de loop tegen mijn slaap hebben gezet, een handgranaat, ik had hem ontzekerd en tegen mijn borst gedrukt. Ik wilde dood. Pijn. Krankzinnigheid. Doodsverlangen.

En toch bleek er een kracht te bestaan, sterker dan dit alles. Dat was de angst.

Want opeens voer er een siddering door het schip die me deed schudden op mijn brits. En ik herkende die siddering door alles heen. Volle kracht achteruit. De schroef sloeg terug. Toen viel de machine uit. En was het stil. Ik wend mijn hoofd – dat kan opeens. De proporties van het ruim zijn in het schemerdonker onbegrensd. Rijen britsen, zover mijn blik reikt. Alles houdt zich onbeweeglijk. Niemand ademt meer. Verpleegsters staan in verstarring gebogen. Ik zie Schneider. Een pols ligt bevroren in zijn hand. Hij staat roerloos, kijkt omhoog, de mond half open. – Alles is in troebel glas gegoten...

Dan klinkt er gekabbel van water, hoog boven ons, aan alle kanten. En op hetzelfde moment komt alles in beweging in de diepte van het ruim. De razernij breekt los. Alles wat benen heeft is overeind gekomen, alles wat armen heeft maait bezeten om zich heen.

Alleen Schneider staat roerloos, het hoofd luisterend geheven, te midden van een golvende worsteling van rompen, ledematen, krukken, zwachtels, dekens.

Water klotst tegen de waterlijn, hoog boven ons. We liggen stil, op volle zee. De vlucht zonder vluchtweg is in pijn gesmoord, strompelend of kruipend heeft men zijn plek weer opgezocht. Er is een wachten aangebroken... Schneider is langsgekomen. Ik krijg een slokje cognac uit het dopje van zijn zakflacon. Hij heeft geïnformeerd. We zijn van koers geraakt en in een mijnenveld gelopen. We moeten wachten op mijnenvegers.

'Hoe laat is het?' vraag ik.

'Tegen halfdrie.'

'Dag?'

'Nee, nacht. Maar we redden het wel. Ik heb je er

niet voor niets doorheen gesleept...'

Dan ben ik weer alleen. Alleen, ondanks het feit dat ik ingeklemd lig tussen lotgenoten. Want ieder ligt hier voor zichzelf. Ik spits mijn oren. Ik bundel alle kracht die in me is. *Ik moet iets doen.* – En het enige dat ik doen kan is me concentreren.

Voor me zie ik een mijn, zwart en rond, deinend op de waterspiegel. Ik zie voelhoorns. Loden knoppen. Daarin een buisje ragdun glas. Daarin een bijtend zuur...

'Het zijn gevoelige klanten, die contactmijnen,' zegt een stem uit het verleden. 'Ze hebben al voldoende aan de kracht van stroom of wind...' – En tegelijk zie ik de scheepswand. Spanten. Klinknagels. Roestig plaatijzer, nog geen vinger dik. Die mijn. Die broze wand. Ik moet ze uit elkaar houden, die twee... Met alle kracht die in mij is.

Ik houd mijn ogen strak gevestigd op een in draadijzer gevat lampje, hoog boven me. En ik tel. Ik tel tot drie.

Langzaam, maar ook weer niet té langzaam. En ik wacht een ogenblik. Niets. Geen droge tik. Geen dreun. Het plaatijzer wijkt niet. Geen muur van water die ons bedelven zal. Dan tel ik tot vier. En wacht een ogenblik. Het plaatijzer wijkt niet. Ik tel tot vijf, steeds van voor af aan, tot zes, tot zeven, acht. En wacht een ogenblik. Niets dan het gekabbel van water tegen de waterlijn. Ik tel door. Eenentwintig, tweeëntwintig. Achtendertig. Negenendertig. Veertig. En ik wacht en luister...

Drie uur. Acht uur. Dertien uur. – Maar ik wist van geen uren. Voor mij gold uitsluitend het moment. En het volgend moment. Momenten die ik telde.

Al die uren lag ik, badend in het zweet, met gloeiende ogen, turend naar de lichtkring op het roestige ijzer, geworpen door de zwakke gloeidraad van een onooglijk lampje hoog boven me, vechtend tegen de uitputting. Want ik zou het noodlot afgewend weten te houden zolang ik keek. Zolang ik telde. Wanneer mijn aandacht niet verslapte, zouden we behouden blijven. Ik was het die het ene moment aan het andere reeg, momenten waarin niets gebeurd was – geen explosie, geen muur van water. Zolang ik telde, de oren spitste, vaststelde dat er niets gebeurd was – en opnieuw begon. Van één tot negentig. Van één tot eenennegentig. Tweeënnegentig... Zo telde ik. En zo vervloeide ik al tellend in de tijd. Mijn ogen werden zwaar. Het licht vervaagde. Het duister sloot zich.

Het was zwart geworden om mij heen. Ik zweefde. Ik zweefde, al tellend, in een eindeloze tunnel van duisternis. Een ijskoude wind joeg langs mij heen.

Maar er gloorde licht, eerst heel ver weg, onzeker flakkerend als een ster. Dan dichterbij. Het licht kwam op mij af. Of zweefde ik erheen? Het schijnsel werd feller en feller. Een zee van licht. Schitterend. Oogverblindend.

Ik lig in hoog wuivend gras, bezaaid met pinksterbloemen. Ik knipper tegen het zonlicht. De lucht is doorzichtig blauw. Stralend witte wolken zweven voorbij. Het riet naast de sloot ritselt in de voorjaarswind. Kikkers kwaken. Bijen gonzen. Het is de eerste warme dag.

Naast me staat een kruiwagen met stro. Erbovenop een rieten mand met gras. Het stro heb ik gehaald bij de stroboer, het gras heb ik gesneden aan de waterkant. Straks ga ik de dieren verzorgen. Eerst de konijnen en de duiven. Want die zijn van mij. Dan de kippen en het varken – die zijn van mijn vader.

Maar voorlopig lig ik op mijn buik, de zon op mijn rug, mijn neus in het gras. Sprietjes, nog kleinere sprietjes, worteltjes, ragdun en fijn, korreltjes droge aarde... –

Haast heb ik niet. Het is zaterdagmiddag, uren van vrijheid liggen voor me.

Tegen het hekje staat mijn fiets. Het chroom glinstert in het zonlicht. Geen van de jongens heeft zo'n fiets. Ik heb hem voor mijn verjaardag gekregen van mijn oom. Het is een Engelse fiets met knijpremmen. Een echte Raleigh. Toen ik vanochtend wakker werd, en de zon speelde door de kieren van het gordijn, wist ik: vanmiddag ga ik fietsen. Ik sloot mijn ogen en zag me in gedachten wegstuiven, windje mee, geluidloos – alleen het gezoef van de banden. De polders in. Molens, sloten, boerderijen, dorpjes aan de einder, alles trok aan me voorbij...

Mijn kin rust op mijn vuist. Oudewater gaat schuil achter een tropisch regenwoud van halmen. Alleen de kerktorens steken erbovenuit. De stompe toren van de Grote Kerk, de spitse van de Roomse. Alles is loom en zwaar. In de verte ratelt een kar over de IJsselbrug. De klok slaat twee. Zo vroeg nog! Ik rek me uit en zucht. Dit is de gelukzaligheid. Laat het verder zo maar blijven...

Maar dan hoor ik een stem. Mijn naam. Van heel ver weg en tegelijk van heel dichtbij. Merkwaardig...

'Montyn! Jan Montyn!' – Ik ken die stem... Het is de stem van dokter Schneider. Hij staat achter het tuinhek, zijn witte jas licht fel op in het zonlicht. Hij roept en wenkt.

'Montyn...'

Nu houdt hij zijn handen als een toeter rond zijn mond. Ik hoor u wel! Ik kom eraan! Ik zal u mijn nieuwe fiets eens laten zien! – Ik wil overeind komen uit het gras, maar ik kan niet. Er is iets met mijn handen, met mijn voeten. Er steken messen in mijn borst en in mijn hoofd dreunt het ondraaglijk...

'Een nieuwe fiets, Jan?'

'Ja dokter. Een echte Raleigh! Geen van de jongens heeft er zo een...'

Ik open mijn ogen en kijk op tegen een meniekleurige scheepswand, overwoekerd met korsten roest. Dikke druppels condenswater. En een lampje in de hoogte, in draadijzer gestoken. Maar dan ook een gezicht. Schneider staat over me heengebogen. Een verpleegster geeft me, mijn hoofd ondersteunend, water te drinken uit een kroes.

Ze hadden zich nogal ongerust over me gemaakt. Ik had bijna vierentwintig uur bewegingloos gelegen, zonder op ook maar iets te reageren. Maar mijn ogen waren open. En mijn lippen hadden onophoudelijk bewogen.

'Het leek of je telde,' zei Schneider.

We dobberden op volle zee te midden van de mijnen. Maar opeens klonk er een signaalbel in de machinekamer, allesdoordringend alsof het laatste oordeel ermee werd ingeluid. En zo was het ook. Het schip werd weer tot leven gewekt. Alles begon te trillen. De machine stampte, eerst aarzelend, alsof zelfs de materie het nog niet helemaal geloven kon, toen regelmatig. Ik zag in mijn verbeelding krukassen voor me, malend, glanzend van de zware olie. De schroef sloeg door het water. Zeer langzaam. Langzaam. Halve kracht. En tenslotte volle kracht vooruit. – Iedereen luisterde. Niemand zei iets. Op een angst die zo lang geduurd heeft volgt geen opluchting maar leegte...

Alles bijeen zou de tocht vier dagen en drie nachten duren. Mijn zintuigen waren tenslotte zo gespitst dat ik uit de zeegang af kon leiden dat we de koers verlegden. We kwamen in rustiger water. De machine schakelde terug op halve kracht, en in mijn verbeelding hoorde ik meeuwen, zag ik een kustlijn aan weerszijden van een brede riviermonding voorbijglijden. Eindelijk sloeg de schroef volle kracht achteruit. Gevolgd door iets dat onmogelijk iets anders kon zijn dan het bonken van een schip tegen een kadewand. De machine plofte nog wat na. Kadoeng... Kadoeng... – En toen niets meer. Alles wat lag of stond hield de adem in. Ogen glansden. De tijd stond stil. Totdat hoog boven ons een luik werd opengegooid. Stemmen. Geratel van kettingen. Ruimte. Tintelende frisse lucht. – En alles wat bewegen kon bewoog.

We werden naar buiten gedragen, een voor een, en op lorries naar een spoorwegemplacement gereden. Het was donker. In de lichtkring van een schaarse lamp daalden sneeuwvlokken neer. De overgang was onbegrijpelijk. Mensen die rustig heen en weer liepen of stonden te praten, een sigaretje tussen de vingers. Geen geschreeuw meer, geen gehol. Geen explosies, geen gedreun, zelfs niet in de verte.

'Waar ben ik?'

'Je bent in Stettin.'

'Hoe laat is het?'

'Tegen tienen. Waar komen jullie vandaan?'

'Uit Libau, Koerland.'

En vervolgens een vraag waarop geen antwoord mogelijk was:

'Hoe is het daar nu?'

Op het perron werden we opgewacht door een schare meisjes, niet ouder dan veertien, vijftien jaar. Er was soep, voor wie het mocht hebben was er zelfs echte koffie.

'Hoe heet je?'

'Jan.'

'Ik heet Emma...'

Ze hielp me met drinken. Ze legde haar handje op mijn gloeiende voorhoofd...

Het was een droom. Maar het was een droom die niemand kon verwerken. De doorgestane spanning haalde met terugwerkende kracht verhaal. Daar ontkwam ook ik niet aan. Ik zag Schneider langs de draagbaren lopen. Hij zocht iemand. Ik wilde hem wenken, maar slaagde er niet in mijn arm omhoog te krijgen. Onze blikken kruisten elkaar en mijn ogen vulden zich met tranen. Ik begon te beven over al mijn leden. Hij hurkte naast me neer.

'We zijn erdoor Jan...'

Ik wilde hem bedanken, maar kon alleen maar knikken.

Ik huilde met lange uithalen, en kon me niet herinneren wanneer me dat voor het laatst overkomen was.

'Je gaat naar Flensburg, naar het marinehospitaal. Je zult zien hoe snel ze je daar weer op de been krijgen. Misschien zien we elkaar in betere tijden terug...'

Even later liep een lange trein het station binnen. Een heuse ambulancetrein. En daarop mochten we met een nieuw wonder kennismaken. Schone lakens heette dat wonder.

De weg terug

De voorspelling die dokter Schneider me ten alscheid gedaan had, werd bewaarheid. In het marinehospitaal van Flensburg, vlak tegen de Deense grens, genas ik wonderbaarlijk snel van mijn kwetsuren.

'Jij moet wel een keiharde kop hebben,' had de dokter gezegd, toen de massieve papieren koek van mijn hoofd losgeknipt was. Meer dan een oppervlakkige hoofdwond had de granaatscherf me niet bezorgd – plus die hersenschudding dan. Daar moest ik tien dagen plat mee liggen. De koorts werd intussen minder, de dysenterie nam af, en mijn grootste angst, dat mijn vingers en tenen vanwege de bevriezing geamputeerd zouden moeten worden, werd weggenomen. Ze zagen er weerzinwekkend uit, mijn handen en mijn voeten: ze waren blauw, ze stonken, de vellen hingen erbij. Maar de dokter verzekerde me dat ik er hoogstens littekens aan over zou houden. En zelfs dat gebeurde niet. Er verscheen al snel weer een gave, roze huid. Alleen mijn knie, waaruit een scherf operationeel verwijderd was, bleef opspelen.

En daar lag ik dan, in een brandschoon bed, in een lichte, goedverwarmde ziekenhuiszaal, omringd door artsen en verpleegsters – van wie er twee toevallig uit Holland afkomstig waren: *verzorgd*, van 's ochtends vroeg tot 's avonds laat. Drie maaltijden per dag, koffie, thee. Ik werd gewassen en zelfs verscheen er een kapper. Vooral de eerste dagen was het een absurde overgang...

Ik maakte me zorgen over het mogelijke verlies van een paar vingers en tenen! Een week eerder was ik nog oprecht jaloers geweest op een jongen die met de afgebonden stomp van een arm werd afgevoerd...

'Alwéér aardappelsla...' werd er geklaagd. En algauw klaagde ik mee. Twee weken eerder zou ik er opgetogen over zijn geweest wanneer er in mijn etensgamel met koolsoep een paar vetkringetjes hadden gedreven...

Toch bleef het me bezighouden, dat onbegrijpelijke verschijnsel van de gelijktijdigheid. Want in het vervuilde mansgat waarin ik meer dan negen weken verbleven had, moest op ditzelfde moment een ander liggen. Vier uur op, twee uur af. En terwijl ik, inmiddels lopend patiënt, mijn rug koesterde tegen een centrale verwarmingsradiator, mochten elders twee, drie man hun handen een halfuurtje warmen bij het potkacheltje in de compagniesbunker van Carstens. Ik had geluk gehad...

Ik oefende met wandelstokken. Eerst met twee, daarna met een. Mijn linkerbeen bleef slepen, maar ik wist me toch behoorlijk te redden. Eigenlijk te goed zelfs. Want veel behoefte mijn revalidatie te versnellen had ik niet. Zolang ik invalide was of daarvoor door kon gaan, zou ik niet teruggestuurd kunnen worden naar het front.

'Duitsland zal vechten tot de laatste man en de laatste patroon...' – Dat was het nieuwste soort propagandaslogans. In Flensburg werden ze niet bepaald met grote geestdrift begroet. Ook onder de artsen heerste de mentaliteit om de zaak ter wille van de patiënten zo lang mogelijk te rekken, want dat de oorlog in een eindstadium verkeerde, ontging intussen niemand meer.

'Handen en voeten zien er prima uit. Nog last van hoofdpijn, Jan?'

'Een beetje, dokter. Maar m'n knie...'

'Tja, een beetje hoofdpijn hebben we allemaal weleens. En voor die knie is het juist slecht wanneer je ligt...'

Het tekort aan ziekenhuisbedden, dat was het probleem. Iedere dag dat ik er zonder noodzaak een bezet hield, ging ten koste van de overlevingskans van iemand anders. Er zat niets anders op, ik zou het ziekenhuis toch vaarwel moeten zeggen.

Half januari was het zover. Ik werd 's ochtends vroeg bij de chef-arts, kapitein ter zee Fichtmüller, geroepen. Bij het binnenkomen struikelde ik, niet geheel onopzettelijk, met stok en been over de drempel, maar hij sloeg er geen acht op. Hij bladerde in paperassen. Ik ging voor hem in de houding staan – maar wel zo krom als een hoepel. Hij keek me aan over de halve glazen van zijn brilletje.

'Zo, Montyn. Ga 'ns rechtop staan, kerel...'

En dat deed ik dus maar.

Ik kreeg te horen dat er geen medische gronden waren die mijn verblijf in Flensburg langer rechtvaardigden. Wel zou ik twee weken verlof krijgen om verder bijgespijkerd te worden in een herstellingsoord van de marine, in een Kurort niet ver van Heidelberg. Hoewel dat als een buitenkansje gold voelde ik daar bijzonder weinig voor. Ik kuchte.

'Zeg het eens, Montyn.'

'Kapitein, ik ben al een jaar van huis. Ze hebben al die tijd niets van me gehoord. Wanneer ik nu toch verlof heb...'

'Je komt uit Holland?'

Ik knikte.

'Dat zal moeilijk worden. Nederland is officieel frontgebied. Ik heb niet de bevoegdheid daar een verlofpas voor uit te schrijven...'

Die uitspraak kwam als een donderslag bij heldere hemel. Nederland frontgebied? Onwillekeurig moest ik denken aan de kade van Libau, de karren met huisraad, al die gezichten, ontredderd, radeloos. Maar de situatie bleek gelukkig anders. Hij vertelde dat de geallieerden het zuiden van Nederland tot de grote rivieren veroverd hadden, terwijl een Duits tegenoffensief in de Ardennen was vastgelopen. *Hij* zou me niet tegenhouden, maar ik liep wel de kans dat mijn aanwezigheid zonder geldige papieren uitgelegd zou worden als desertie. Dat risico besloot ik dan maar te nemen. Ik had de laatste dagen tijdens mijn wandelingen buiten het ziekenhuis gemerkt dat mijn slepende been in combinatie met mijn blijkbaar nog steeds nogal jeugdige uiterlijk, tezamen met het verhaal dat ik in de loopgraven van Koerland gewond was geraakt, overal indruk maakte: ik was in een cafeetje geweest en het had me moeite gekost het, zonder een cent betaald te hebben, rechtop te verlaten. Ik zou me wel redden...

Zo stond ik een uur later op straat, een wandelstok in de hand, een vers verband rond hoofd en knie, met de hartelijke raad vooral goed op mezelf te passen. Van de twee Hollandse verpleegsters had ik een margarinedoosje meegekregen, vol boter, worst, tabak – hoogstpersoonlijk achterovergedrukt. Ik had vrij reizen tot Hannover, plus een papier dat mijn status van verlofganger op medische gronden bewees, twee weken geldig; dan zou ik me voor herindeling moeten melden in het Oostenrijkse Klagenfurt.

De reis bood het inmiddels vertrouwde beeld. Overvolle treinen, burgers, militairen. Vanaf Flensburg zat ik tegenover een Wehrmachtsoldaat van mijn leeftijd.

'Waar kom jij vandaan?' had ik hem gevraagd.

'Kopenhagen.'

'Hoe was 't daar?'

'Saai...'

Hij lag daar nu al twee jaar in garnizoen. En *saai* dat 't er was! Overal werd gevochten, en uitgerekend *hij* moest zitten kniezen in Denemarken. En met de vrouwen was 't daar óók al niks, begreep ik uit zijn woorden...

Het was een wonderlijk contrast met de jongen die ik in een coupé trof toen ik in Hamburg was overgestapt. Hij droeg precies hetzelfde pakje als de eerste. Het enige waarin ze zich van elkaar onderscheidden, was de blik in hun ogen. – En daarbij speelde geen rol dat de een op verlof ging, terwijl de ander ervan terugkeerde. Die tweede kende ik, zonder ook maar iets van hem te weten: hij had het front gezien. Ik vertelde, op zijn vraag, dat ik in Koerland had gezeten. Oostfront. Hij had in Frankrijk gelegen, had deelgenomen aan het Ardennenoffensief. Westfront.

'Hoe was dat?'

'Net zo,' had hij geantwoord. 'Oorlog. Eén grote kleretroep voor niks...'

Waarop hij geïnformeerd had of ik van voetballen hield, en ik hem moest bekennen daar nooit aan gedaan te hebben. Moest ik dan beslist eens proberen, was iets geweldigs wanneer ik het geloven moest. Hijzelf speelde midvoor. En hij noemde een aantal namen die me niets zeiden, ook Hollandse, blijkbaar van ándere midvoors.

Maar dezelfde jongen was het die me bij een controle van de Feldgendarmerie uit de moeilijkheden hielp.

Waar m'n wapen was, werd me toegesnauwd. – Dat iedere soldaat, ook op verlof, verplicht was een wapen te dragen was me niet onbekend, maar ik had in Flensburg beslist geweigerd er een aan te nemen: ik had genoeg van geweren. Ik toonde mijn handen, waarvan de huid nog steeds vlekkerig roze was, en brabbelde iets van Koerland... Hij was het die met mijn medische indicatie wapperde:

'Z'n ogen! Hij mag helemaal geen wapen dragen vanwege z'n ogen...'

'Kan ie dat zelf niet zeggen?'

'Holländer...'

Het klonk als een ander woord voor *gek*, en toen die twee met hun griezelige schildjes op de borst verdwenen waren tikte hij dan ook op z'n hoofd, al was het niet zijn voorhoofd, maar z'n slaap. Koppie koppie.

'Altijd zeggen dat je 't aan je ogen hebt. Kunnen ze niet controleren...'

De trein stond in Hannover nog niet stil of er werd luchtalarm gegeven. Ik wist niet hoe snel ik met mijn manke been in een voetgangerstunnel onder het perron moest komen. Boven ons hoofd barstte weer eens een bombardement in alle hevigheid los, niet het eerste waaronder de stad geleden had, dat had ik vanuit de trein al kunnen vaststellen. En daar was opnieuw die machteloze angst. Angst voor een voltreffer, angst te zullen stikken, bedolven te worden onder het puin. Maar de tunnel hield het. Een halfuur later was het station half platgegooid en betrad ik, me een weg zoekend te midden van het puin, een stad die, voorzover er nog iets overeind stond, brandde als een fakkel. Het waren de verschrikkingen die ik sinds Mannheim kende. Dezelfde verstikkende rook, dezelfde penetrante schroeilucht, dezelfde ontreddering. Hollende mensen, verminkte mensen, dode mensen. Het was onderdeel van één en dezelfde hel.

Ik wist niets beters te doen dan de raad op te volgen

die ik van mijn coupégenoot had gekregen. Ik zocht het postkantoor op, in de hoop dat daar een postauto zou staan, richting Holland. Het postkantoor naast het station stond nog half overeind, en werkelijk, het was een bijna absurde aanblik, daar stond ook een rij ongeschonden bestelauto's en vrachtwagens. Terwijl elders de hulpacties op gang begonnen te komen, hinkte ik erheen. Er stond een groepje officieren. Ze praatten. Postbeambten liepen af en aan met steekwagentjes. – Terwijl het overal nog brandde en rommelde in de omringende stad...

Achter me, op een perron, klonk een fluitje, en een trein zette zich in beweging. Alles ging door. Dit land was één immense, zielloos werkende machine. Terwijl de een radeloos van angst in een door puin bedolven schuilkelder op redding wachtte, stempelde een ander, een paar honderd meter verder, postzegels, loste een derde postzakken uit een zojuist gearriveerde trein. Want ook dat moest gebeuren. Alles stond op één lijn. *Ohne Rücksicht auf Verluste.* Zolang de machine maar bleef draaien. Mensenlevens waren cijfers op papier.

Krieg ist Krieg. Dat zei Carstens. – We hadden opdracht gekregen een strook niemandsland vrij te maken van mijnen en prikkeldraadversperringen. Uur *U* was twee uur 's nachts. Dan moesten de gevechtspatrouilles erdoor. We waren met drie groepen. Op papier zesendertig man. In werkelijkheid waren we met z'n elven. Het kon niet zonder haast te maken. En mét haast kon ook niet. Drie gingen met mijn en al de lucht in. Ook een manier om een mijn onklaar te maken. *Krieg ist Krieg.* – Hannover brandde, en ik stond bij een postkantoor, en wilde maar één ding.

Van een afstand keek ik welke officier ik aan zou schieten. Hoe ouder hoe beter, en liefst hoog, maar ook weer niet té hoog in rang. Dat had de ervaring me intussen al geleerd.

Maar voordat ik een keus had kunnen maken, was ik het die aangesproken werd:

'Wat voer jij hier uit?'

Een officier, maar ongeschoren, en met een pet waaruit de baleinen verwijderd waren, net zoals die van Carstens. Een geruststellend teken.

'Ik zoek een postbus naar Holland,' antwoordde ik zo achteloos als ik kon – alsof het de gewoonste zaak van de wereld was dat ik door een brandend Hannover hinkte op zoek naar een postbus naar Holland... Hij keek me aan met een blik of *hij* het moest zijn om verbaasd te zijn over een toeval:

'We gaan over een paar minuten via Enschede naar Apeldoorn. Maar waar kom je vandaan en wat heb je in Holland te zoeken?'

Ik vertelde hem in een paar woorden mijn geschiedenis. Koerland. Twee maanden loopgraaf. Gewond geraakt. Familie een jaar niet gezien. Twee weken verlof...

'Wacht maar even hier, ik zal eens vragen.'

In spanning zag ik toe hoe hij zich bij de anderen voegde, naar me wees, het een en ander zei. Er werd geknikt, en verder van die kant geen aandacht meer aan me besteed.

'In orde. Je kunt mee tot Apeldoorn...'

Toen kwam een moeilijk moment. Want dit was natuurlijk nog maar de helft van het verhaal geweest. Ik vertelde dat ik geen papieren had om de grens te overschrijden. Die hadden ze me niet kunnen geven in het ziekenhuis, en waar ik die wél kon krijgen wist ik niet.

Hij keek me onderzoekend aan.

'Je weet welk risico je loopt?'

Ik haalde mijn schouders op.

'Je weet welk risico *ik* loop?'

Ik knikte.

Hij was misschien vijfendertig en officier. Ik was net twintig en matroos, minder nog dan niets. We waren door een onoverbrugbare kloof gescheiden, qua leeftijd, qua rang. Maar we dreven rond in één en dezelfde beerput die oorlog heette. En nu was *hij* het die zijn schouders ophaalde. Hij wees naar een van de met draaiende motor gereedstaande postwagens:

'Ga daar maar achterin liggen. Hou je gedeisd. We zien wel wat we doen aan de grens.'

Zo lag ik even later op een verende matras van postzakken en probeerde ik me de kaart van Duitsland voor de geest te halen. Van Hannover tot de grens. Twee-, driehonderd kilometer moest het zijn. En dan Apeldoorn, wanneer alles goed ging. Het was niet te geloven. Daar woonden een tante en een oom – de oom die me ooit een fiets bezorgd had voor mijn verjaardag... Ik had ze in jaren niet gezien, maar ze zouden me wel verder kunnen helpen.

Intussen was het niet langer dan een halve dag geleden dat ik als lopend patiënt uit een ziekenhuis was ontslagen. De motor bromde eentonig, en het duurde niet lang of ik viel in slaap.

Ik werd wakker doordat we stilhielden. De motor werd afgezet. Uit de geluiden leidde ik af dat we tankten. We gingen verder.

Ik werd opnieuw wakker. Dit keer bleef de motor stationair draaien. Stemmen. Voetstappen. Dit moest de grens zijn. Ik dook weg tussen de postzakken – maar er gebeurde niets. We vervolgden onze tocht. En ik sliep niet meer. Ik drukte mijn neus tegen het ruitje in de achterdeur: dit waren *Nederlandse* bomen, aan weerszijden van de weg... In Enschede hadden we een uur oponthoud, en toen ze me afzetten bij het station van Apeldoorn begon het al te schemeren. Alvorens mijn familie op te zoeken, leek het me raadzaam even te informeren hoe laat er een trein naar Utrecht ging. Vandaar zou ik een bus kunnen nemen. Het station wekte een uitgestorven indruk, maar buiten waren twee baanwerkers bezig. Ze keken argwanend op bij mijn nadering.

'De trein naar Utrecht?'

'Wat?'

'Hij vraagt hoe laat de trein naar Utrecht gaat,' herhaalde de eerste, alsof hij een kostelijke mop vertelde.

Het bleek dat er al maanden geen treinen meer reden. Ik vertelde dat ik bijna een jaar was weggeweest en geen enkel contact meer had gehad met mijn familie. Ik moest naar Oudewater. Ik kon moeilijk te voet gaan, met dat been van me... En weer had ik geluk. Een van de twee had een broer die in Linschoten woonde. Dat was wel niet Oudewater, maar 't was toch *vlak bij* Oudewater, en die geringe afstand bleek voldoende voor de tip dat er die nacht een munitietrein zou lopen naar het westen, via Amersfoort naar Utrecht. Wanneer ik tegen middernacht bij het seinhuis stond zou hij me misschien verder kunnen helpen.

Toen ik na een halfuur lopen – meer hinken dan lopen – eindelijk voor het huis van mijn oom en tante stond, bevond ik me weer om de hoek bij het station. Die voorbijganger had me blijkbaar de verkeerde kant op gestuurd... Het duurde een eeuwigheid voor er werd opengedaan, en ik wanhoopte al dat ze niet thuis zouden zijn. Maar eindelijk werd de deur toch op een kier geopend. Ik zag een oog en nam, in het schemerduister, maar aan dat ik me in dat oog niet vergiste:

'Tante, ik ben het. Jan uit Oudewater...'

'Goeie hemel, Jan! We dachten dat er een Duitser stond...'

Een paar uur later liep ik half op de tast in het aardedonker terug naar het station. Het margarinedoosje was aanzienlijk lichter geworden.

Ik was binnengelaten. Mijn oom en mijn neef, die van mijn leeftijd was, waren te voorschijn gekomen uit de kelder. Ze waren, net als mijn tante, sterk vermagerd. De situatie in Nederland, hoorde ik, was heel slecht geworden, vooral de afgelopen winter, die uitzonderlijk streng was geweest. Aan voedsel en brandstof viel vrijwel niet te komen. In de grote steden kwamen de mensen zelfs om van de honger. Van de familie in Oudewater hadden ze in tijden niets vernomen. Maar ik... Waar had ik uitgehangen? Ze hadden indertijd gehoord dat ik voor de Duitse marine getekend had, maar dat was tegelijk het laatste nieuws over me geweest. Iedereen, ook thuis, dacht dat ik dood was.

'Ik heb in Koerland gezeten, niet ver van de Oostzee, bijna tegenover Finland. Er waren uiteindelijk geen schepen meer over...'

'Hoe was 't daar?'

'Vreselijk koud. Het vroor 's nachts soms meer dan dertig graden...'

'Dertig graden vorst?' had mijn tante verbaasd uitgeroepen. En tot mijn oom:

'Nou vader, zó erg hebben wij 't hier toch niet meegemaakt...'

Waarop mijn neef:

'Hoe ben je gewond geraakt?'

'Door een granaatinslag. Ik had corveedienst, moest eten halen. Dat deden we te voet, in de avondschemering. Wat er precies gebeurd is weet ik niet.'

En mijn tante:

'Wat hadden jullie daar nou voor eten?'

Zo had zich een gesprek ontwikkeld, en al heel snel was het tot me doorgedrongen dat het me onmogelijk was ook maar iets duidelijk te maken van wat me werkelijk overkomen was. Ik kon de woorden niet vinden. Het was 'heel erg' geweest en 'heel koud'. Ik was er 'slecht aan toe' geweest en 'we' hadden ontzettend zware verliezen geleden. Het *zei* allemaal niets, en bovendien, dat 'we', dat gold hier niet... Want al snel kwam de onvermijdelijke vraag, een vraag waarop het antwoord, gesteld dat ik het ooit had kunnen geven, in een grijs verleden verborgen lag:

'Maar waarom heb je je eigenlijk bij die marine aangemeld...?'

Ja, waarom? Hoe was het gegaan? – Omdat ik weg wilde, weg wilde naar zee. Niet naar de Arbeidsinzet. *Hein*...

Welk antwoord ook, geldig of niet, het zou na alles wat er gebeurd was belachelijk hebben geklonken, in de eerste plaats in mijn eigen oren.

Ik had maar wat gemompeld en de inhoud van de margarinedoos had vervolgens voor een welkome afleiding gezorgd.

De volgende ochtend arriveerde ik bij het aanbreken van de dag in Utrecht. Ik had de hele nacht op het halfronde dak van een goederenwagon gelegen, me vastklampend aan beugels die bedoeld waren om camouflagenetten aan te bevestigen. Daarbij waren mijn darmen weer hevig gaan opspelen. Diarree. Een hoogst onaangename kwaal voor wie boven op het dak van een wagon in de snerpende vrieskou ligt.

Maar er was nog iets anders dat me bezighield, terwijl ik, mijn handen in een kramp rond hun houvast, nu eens stapvoets, dan weer sneller, door het duistere landschap reed. Dat was de gedachte aan een andere trein, een trein die we hadden laten ontsporen, lang geleden, in het verre Oostenrijk. En ik herinnerde me de woorden van Hein, tijdens een van onze korte ontmoetingen in de loopgraaf, vlak voor zijn dood – ik herinnerde me zelfs de toon waarop hij ze had uitgesproken:

'Waarom heeft ze ons godverdomme niet meegenomen. Dan hadden we nu in Joegoslavië gezeten, bij de partizanen...'

Ik had die gedachte onmiddellijk verdrongen.

Ze hád ons nu eenmaal niet meegenomen... En Hein was een week na dat gesprek dood geweest.

Munitietrein. Sabotage. En nu lag ik *erop*.

Vlak voor Amersfoort klonk er een enorme klap en mijn hart stond stil. Maar bij die ene klap bleef het. En toen we na een eindeloos oponthoud verder gingen bleek, zo viel op te maken uit de wrakstukken, dat we in het aardedonker boven op een vrachtauto waren gereden.

Tenslotte was ik zo stijf geworden van de kou, dat ik, eindelijk op mijn plaats van bestemming gearriveerd, bijna geen kans zag om van die wagon af te komen. Mijn margarinedoosje en wandelstok lagen al beneden naast de rails. Nu ik...

Nog niet half bekomen van de sprong was ik al omgeven door soldaten. Papieren! Ik toonde wat ik bezat, en gaf, even later voor de stationscommandant geleid, de verklaring dat ik de rest onderweg was kwijtgeraakt: Hannover, bombardement. Diens belangstelling voor mijn persoon was gelukkig gering. Hij gaf me te verstaan dat ik blij mocht zijn dat hij me niet overleverde aan de Feldgendarmerie, en beter kon maken dat ik wegkwam voordat hij zich bedacht.

Dat bleek gemakkelijker gezegd dan gedaan, want ook de bus naar Oudewater reed niet meer. Er zat niets anders op dan te gaan lopen, meer dan twintig kilometer, ondanks mijn been. Buiten de stad vormde zich een trieste colonne van mensen met tassen, kinderwagens, handkarren, op zoek naar voedsel bij de boeren. Mijn margarinedoos werd lichter en lichter, het lopen ging desondanks steeds moeilijker. Er kwam me een paard en wagen achterop. Ik stak mijn hand op, het boertje stopte onmiddellijk. Niet uit vriendelijkheid bleek, toen ik vroeg of ik mee kon rijden:

''t Is verdikkeme nog een Hollander ook!' reageerde hij op mijn verzoek op te mogen stappen. 'Wat moet jij in dat rare pakje, jochie! Nou ja, stap maar op...'

Hij klakte met zijn tong, en verder ging het, zo snel het kon. Hij moest, vertelde hij, voor de wolken optrokken zien thuis te zijn. Wanneer het helder was liep je het risico door Engelse jagers van de weg geveegd te worden. Ik volgde zijn turende blik naar boven, minder gerust dan toen ik naast hem op de bok had plaatsgenomen. Ik zag me, na alles wat ik achter de rug had, al dood, boven op een melkkar, in het zicht van de haven.

Maar we bereikten zijn bestemming, Heeswijk, zonder noodlottige gebeurtenissen. Nog zes kilometer. In het tempo dat ik met moeite aan kon houden, hinkend, steunend op mijn stok, betekende dat nog minstens drie uur te gaan. Maar ik zag ze al in de verte: de stompe toren van de Grote Kerk, de spitse van de Roomse... Tien minuten later stond ik aan de rand van Oudewater.

Ik had een personenauto aangehouden, tot mijn schrik gevuld met hoge militairen.

'Was machst du hier! Papiere!'

Ik toonde wat ik had, en wees:

'Daar moet ik heen. Oudewater...'

'Bek houden. Instappen.'

Daar zat ik, achterin, dicht tegen een zwart uniform aangedrukt. En die pet daarboven, nooit had ik zo'n hoge stijve pet gezien... En weg stoven we. Ik linea recta naar de cel. Maar het laatste wat ik verwacht had gebeurde tóch. Bij de IJsselbrug werd er krachtig op de rem getrapt. Portier open. En daar stond ik.

Noorderkerkstraat. Arminiusplein. Ons huis. Niet de vertrouwde verflucht maar de inmiddels vergeten geur van tabaksextract. De deur staat aan. Ik klim de trap op naar boven. In de keuken staat mijn moeder. Of beter: *stond* mijn moeder. Ze was in haar volle lengte onderuitgegaan. De deur van de huiskamer zwaait open. Mijn vader, de pijp recht tussen de tanden. Hij ziet mijn moeder. Hij ziet mij. En hij moet zich staande houden tegen de deurpost, de hand tegen de hartstreek gedrukt.

Ik was terug.

Tussen komen en gaan

Ik kwam, en twee weken later ging ik. De eerste van m'n familie die me in het oog kreeg, mijn moeder, viel flauw. En ook de laatste, een van m'n zusjes, ging onderuit, zij het dat er in haar geval meer nodig was dan alleen wat vlugzout, want ze kwam met haar achterhoofd op een verwarmingsradiator terecht. Tussen die twee gebeurtenissen, tussen Oudewater en Amersfoort, waar dat zusje als verpleegster werkte, lagen veertien dagen van verwarring. Mijn oude omgeving was veranderd en hetzelfde gebleven, ikzelf was veranderd en hetzelfde gebleven. En mijn terugkeer was één groot misverstand tussen die twee.

Het was al begonnen met de aanblik van het stadje. Geen puin, geen rook. Alles stond nog overeind – alsof er niets gebeurd was, elders. En vervolgens, toen ik de IJsselbrug gepasseerd had, de voorbijgangers:

'Hé, jij bent toch Jan Montyn?'

'Ja...'

'Ga je varen, jochie?'

'Nou, ik kom net terug...'

'O, ajuu dan maar.'

En een volgende:

'Hé Jan! Hoe is 't met je vader?'

'Weet ik niet. Ben nog niet thuisgeweest...'

'O. Nou, als je 'm ziet, doe hem de groeten...' – Alsof ik nog wist van *wie*!

En daarna. Mijn moeder, weer bijgebracht, nog wat bleekjes op een stoel:

'Jan, ben je terug...'

Mijn vader, onzeker achter die stoel, alsof hij niet goed raad wist met zijn figuur, mager, met plooien in zijn wangen, de pijp uit gewoonte tussen de tanden – leeg, want tabak was niet meer te krijgen:

'Zo jongen...'

Op de achtergrond mijn zusjes en het kleine broertje, verlegen, zich vergapend. Jan was terug...

Ik had de restanten uit het margarinedoosje maar op tafel uitgestald. Boter. Worst. Koffie. *Echte* koffie. Een zwaar Duits brood. Tabak. – Nooit had ik mijn vader zo bekoord gezien door de geneugten van het aardse. Hij had de pakjes nog niet in het oog of er was er al een opengescheurd. Hij had er nog niet aan geroken, met een verzaligde blik in de ogen, of zijn pijp was al gestopt. – Maar voordat er lucifers verschenen was ik de kamer al uit, naar boven.

In mijn kamertje was het steenkoud. Ik ging op het afgehaalde bed zitten. Niets was van zijn plaats. Daar hing de smalle en de brede weg. Foto's ernaast, ooit geknipt uit geïllustreerde tijdschriften, vergeeld, verweerd. Vlootschouw in Den Helder. De Duitse inval in Polen: *moderne pantservoertuigen tegen lansiers te paard.* Zes jaar geleden was dat geweest. Toen was ik veertien. Nu was ik twintig. Ik stond op. Krabde de bloemen van de ruit. Daar lag de tuin, kaal, troosteloos, de grond hardbevroren en berijpt. 't Was januari, ook hier. Wat had ik dan verwacht?

Er klonken voetstappen op de trap. Moeder verscheen in de deuropening, maar ze zette geen stap over de drempel.

'Ben je terug, jongen...'

'Ja, maar ik moet wel weer weg. Ik ben alleen maar op verlof.'

'O jongen toch. Ik zal gauw koffie zetten.'

Waarop ze weer verdween, mij achterlatend met een plotseling besef. Ze waren bang voor me. Ze meden mijn blik. Ze zagen in mijn ogen wat ik had gezien en wisten zich geen houding te geven...

Beneden begon een ketel te fluiten. Ik was weer op het bed gaan zitten. Was opnieuw opgestaan, had de kastdeur geopend. Een kist met tinnen soldaatjes. Ik had met mijn adem het wak te midden van de ijsbloemen bewasemd, met mijn mouw de condens weggeveegd. De tuin, een andere tuin dan die uit mijn herinnering. Mijn kamertje, het kamertje van een ander, iemand die ik niet meer kende. Je kunt niet teruggaan in de tijd. Terug thuis. – Maar vanwaar ik kwam, bestond geen terug.

Alles was veranderd en hetzelfde gebleven. Ikzelf was veranderd en hetzelfde gebleven.

Gebleven was het surrogaat dekblad in de werkplaats. Gebleven was de kast met stichtelijke lectuur. Er had zich tijdens mijn afwezigheid zelfs nog een kerkscheuring voltrokken. De dominees Schilder en Greidanus. Iets met Artikel 31, iets heel belangrijks met het *doopsel* – terwijl de wereld in brand stond. Gebleven was het bijbellezen. En het onvermijdelijke gebed, daarna:

'... En we danken God dat hij onze zoon Jan beschermd heeft voor bekende en onbekende gevaren en in ons midden heeft teruggebracht...'

Veranderd waren de oorlogsomstandigheden. En dat het om meer handelde dan schaarste en ongemak merkte ik al meteen de eerste dag, een halfuur na het middageten:

‘Ik ga straks even naar dokter Van Praag,’ kondigde ik aan. Het verband rond mijn hoofd moest nodig ververst worden. Maar dat bleek niet zo vanzelfsprekend als ik het voorstelde.

‘Je zult naar een ander moeten,’ zei mijn vader, terwijl hij zijn pijp stopte. ‘Dokter Van Praag mag z’n praktijk niet meer uitoefenen.’

‘Waarom niet?’

‘Alle joodse artsen hebben een beroepsverbod opgelegd gekregen.’

‘Waarom?’

‘Ja jongen, dat weet ik ook niet. Een Duitse maatregel, dat geldt al heel lang.’

Dat mocht zo zijn, ik hoorde het voor het eerst. En ik was absoluut niet van plan me eraan te storen. Dokter Van Praag was tenslotte van oudsher onze familiearts, en hij had me vroeger vaak de hand boven het hoofd gehouden wanneer ik in conflict lag met mijn ouders. Hoe vaak was ik niet naar hem toe gegaan, alleen maar om te praten? – Trouwens, ik had helemaal geen zin me aan een vreemde toe te vertrouwen...

‘Je doet maar hoor. Je bent nog niet thuis of je vráágt alweer om moeilijkheden!’

Het doktershuis aan de markt stond er nog als vanouds, alleen het bordje naast de deur was verwijderd. Ik belde. De dokter zelf deed open, de deur op een kier. Ik noemde voor de zekerheid maar gauw mijn naam, anders was er misschien weer iemand onderuit gegaan. Hij was grijs geworden, dokter Van Praag, tot zijn puntige sikje toe. Maar het waren de vertrouwde ogen die me door het kleine brilletje aankeken:

‘Jan, ben jij het...’

‘Kan ik even binnenkomen, dokter. Ik wou graag dat u even naar me keek.’

'Dat kan niet, jongen. Ik mag mijn beroep niet meer uitoefenen. 't Is zelfs verboden dat je hier binnenkomt.'

Na lang aandringen ging hij me toch voor naar de spreekkamer. Daar stond alles nog zoals ik het voor het laatst gezien had. Ik vroeg hem wat er eigenlijk aan de hand was. Waarom mocht hij niet meer werken? Hij ging achter zijn bureau zitten, en het viel me op hoe oud hij geworden was sinds de laatste keer dat ik bij hem was geweest. Het scheen hem moeite te kosten om de woorden voor een antwoord te vinden.

'Er is veel gebeurd, Jan. De joodse mensen hebben het erg moeilijk gehad de laatste jaren, vooral in de grote steden. De familie Vos is vorige zomer als laatste weggehaald door de Duitsers. Alleen wij en de familie Meyer zijn er nog. Maar daar zul je toch wel iets van gehoord hebben?'

Ik schudde het hoofd. Wel herinnerde ik me dat er in de weersportkampen, en later in Mannheim ook wel, door bepaalde fanatiekelingen was afgegeven op de joden, zoals ze dat ook deden op de kapitalisten of bolsjewieken. Maar ik had daar nooit veel aandacht aan besteed, laat staan dat ik het in verband gebracht had met dokter Van Praag of de familie Vos uit Oudewater.

'Maar waarom is dat allemaal?'

'God Jan, dat is zo moeilijk uit te leggen. Laten we daar maar niet te veel over praten...'

We zwegen. En ik werd bekropen door een onaangenaam gevoel, een gevoel dat me de daarop volgende dagen niet verlaten zou. Ik was Jan, dezelfde Jan die hij, dokter Van Praag, ter wereld had helpen brengen. Maar tegelijk was ik een ander, want ik zat daar gebrandmerkt door het groene uniform van de Duitse marine.

Dokter Van Praag was overeind gekomen:

'Maar laat ik eens naar je kijken, want zo te zien ben jij ook niet zonder kleerscheuren uit de strijd gekomen...'

Een halfuur later stonden we samen buiten. Hij had me, terwijl hij mijn hoofd en knie van een vers verband voorzag, verteld dat hij de straat niet op mocht, en dat had me het toppunt geleken. Wanneer ik dan toch dat uniform aanhad...

Zo liepen we naast elkaar, in het laatste licht van een januaridag, door de vertrouwde straatjes, en werden om de beurt gegroet:

'Dag dokter...'

'Hé Jan, leef jij nog?'

Er was veel veranderd in bijna vijf oorlogsjaren, maar even, tien minuten lang, koesterde ik me in de illusie dat alles bij het oude was.

Mijn terugkeer hing aan elkaar van tegenstrijdigheden. Voor de een was ik Jan uit Oudewater, voor de ander was ik Jan in het Duitse uniform.

Ik zat in de tuin voor het prieel in een waterig winterzonnetje. De konijnenhokken en de duiventil waren leeg, een varken knorde er niet meer. Alleen een paar kippen scharrelden nog rond. – Maar er hing een zeer bekende geur. De geur van mest. Van *eigen* mest...

Opeens kwamen twee jongens aangehold vanuit het griend, jongens die ik nog kende van school, buiten adem. Bij het zien van de Jan in uniform deinsden ze terug. Toen herkenden ze de Jan uit Oudewater.

'Jan! De Landwacht zit achter ons aan!' – Waarop de Jan uit Oudewater ze in het gereedschapsschuurtje verborg, terwijl de Jan in uniform even later twee Landwachters de verkeerde kant op stuurde.

Een zekere Groen werd een paar dagen later door mijn

vader thuis uitgenodigd. Hij had iets te maken met de 'Ondergrondse' – een nieuw begrip. Of hij 'ns wilde komen praten. Hoe moest het nu verder met Jan?

Daar stond Groen, hier stond ik. De Jan in uniform werd met afgrijzen bekeken, de Jan uit Oudewater, die hij van kindsbeen af kende, kreeg een hand.

'Nou, daar ben je d'r weer, jongen. Ben je gewond? 't Is toch wat, Montyn, 't is toch wat...'

Veel wijzer was ik niet geworden, toen hij een minuut of twintig later afscheid nam:

'Nou Montyn, we spreken elkaar nog wel. Dag Jan. 't Is toch wat...'

Ik zou na de bevrijding gestraft worden, dat stond wel vast. Of ik weer terug moest, had mijn vader gevraagd, wanneer mijn verlof verlopen was. Tja, ik moest wel weer tetug. Maar ik moest beloven dat ik niet tegen de Engelsen of Amerikanen zou vechten.

'Die helpen wij hier een handje. Houden jullie nou in het oosten de communisten tegen...' – Want Rood gevaar bleef Rood gevaar.

De volgende dag legde ik een bezoek af aan het gezin van de schoenmaker in de Breestraat. Daar hadden ze intussen al een brief ontvangen. Ik herkende de handtekening van Carstens. Hun zoon was een heldendood gestorven, heette het, en ik zou de laatste zijn om het tegen te spreken.

'Heeft hij geleden?' informeerde zijn vader voorzichtig.

'Nee, 't was een verdwaalde kogel. Hij was op slag dood...'

En zijn moeder:

'Hij bad toch wel?'

'Er was iedere zondag een kerkdienst. Er werd gebeden na het eten...'

'Hoe is hij begraven?'

Daarop bleef ik het antwoord maar liever schuldig.

Tegenstrijdigheden. Alles hing aan elkaar van tegenstrijdigheden. Daar had je de reactie van Knier, de NSB'er die me de beide benen zou hebben gebroken wanneer ik zijn zoon geweest was.

Teruggegaan? Of ik nu helemaal gek geworden was: 'Zorg dat je voorlopig verdwijnt!' Verdwijnen, jazeker. Maar hoe en waar? Daar wist niemand me een antwoord op te geven.

Dan waren er de leeftijdgenoten. In hun ogen had ik toch maar mooi een heel stuk van de wereld gezien... Daar zou ik wel spannende verhalen over kunnen vertellen. Waar had ik gezeten? Op wat voor schip had ik gevaren? Hoe was ik gewond geraakt? Was het waar dat de Tataren met kromme zwaarden vochten en reden de kozakken echt nog op kleine paardjes?

Maar ik had geen spannende verhalen te vertellen. Ik wist alleen van angstgeschreeuw, verwondingen, honger, dood. En daarover kon ik geen woord over mijn lippen krijgen.

Het waren uitersten. Die ene jongen, een paar jaar ouder dan ik, naast wie ik als kind wel in de kerk had gezeten:

''t Was erg, hè?'

'Ja...'

'Moeilijk zeker om erover te praten...'

En die boerenzoon die zijn spijt erover uitsprak dat hij het niet *gedurfd* had. Hij had gewild, maar had het niet gedurfd! En straks was het allemaal voorbij! Maar ik moest beslist een kijkje komen nemen bij hem thuis...

Daar, op zijn kamer, trof ik een uitdragerij van oorlogsattributen. Insignes, wapens, uniformstukken. Kaarten aan de muur. Frontlijnen, met vlaggetjes aangegeven.

'Waar heb je nou precies gezeten?'

'In Koerland.'

'Ja, dat zei je. Maar wáár in Koerland?' – Waarbij hij een omvattende beweging maakte over een schiereiland dat ik voor het eerst in zijn totaliteit op een landkaart zag.

'Aan het front ken je alleen je eigen sector. Verder weet je niks...'

'Wie was jullie bevelhebber?'

'Weet ik 't. We zijn niet aan hem voorgesteld.'

Hij wist het! Hij luisterde naar de Duitse en Engelse radio. Hij hield alles bij met vlaggetjes. En even later was hij me voorgegaan naar de zolder. Daar, verborgen onder het hooi, stond een compleet stuk snelvuurgeschut, onderdeel voor onderdeel gesloopt uit een neergeschoten Engelse bommenwerper, onderdeel voor onderdeel weer in elkaar gezet. Hij had het liefdevol van het hooi ontdaan, was erachter gaan zitten, met een rood hoofd van opwinding:

'Taktaktaktak!' – Ik was zelfs te verbijsterd om te kunnen lachen.

Diezelfde avond, de stem van mijn moeder, die in de huiskamer bij het schamele licht van een enkele carbidlantaarn met een mand verstelwerk zat:

'Hoe is het met die vriend van je, die Hein?'

Er was gegeten, er was uit de bijbel gelezen, er was gebeden, de afwas was gedaan, er werd koffie gedronken, de nieuwtjes waren de revue gepasseerd. Die en die had een maagzweer. Jan Hendriks was ook al tewerkgesteld in Duitsland. Bij boer zus-en-zo was varkenspest geconstateerd. Maartje Weet-ik-veel was afgelopen zondag niet in de kerk verschenen – zou ze ziek zijn? *Hoe is het met die vriend van je?* – Ik had mijn blik afgewend, en mijn stem had me zelf vals in de oren geklonken:

'Weet ik niet. Ik ben hem uit 't oog verloren. Hij zat bij een ander onderdeel...'

Wat had ik moeten zeggen? Dood? Geen 'schot naar huis'. Toch een longschot. Weg. Foetsie.

Daar en hier: het waren twee werelden waartussen geen contact mogelijk was. En ik, ik was niet daar en ik was niet hier. 's Nachts lag ik in dat zolderkamertje waar niets veranderd was. Ik lag met wijdopen ogen. Tot de morgenstond was ik in strijd gewikkeld met iets dat ik het minst kon verdragen. Stilte.

De oude onrust kreeg me weer te pakken. Ik hield het nergens langer dan tien minuten uit. Ik nam de fiets, sloeg weer aan het zwerven.

'Waarom blijf je nou niet één keer thuis...' – Mijn moeder.

'Beweging. Goed voor m'n been.'

Ik bezocht kennissen in Woerden, Gouda, Utrecht, alleen maar om onderweg te zijn, waarheen deed niet ter zake. Ik fietste naar Zeist, waar m'n zuster en zwager op kamers woonden. Ik zette mijn fiets tegen het hek, liep achterom door de tuin, als gewoonlijk. De gordijnen van de serre waren dicht tot op een kier. De achterdeur was open. – En hij ging zonder kloppen naar binnen, de Jan in uniform.

'Verdomme!' klonk het in het halfdonker. Er bewoog iets driftig, iets dat glansde. – Maar meteen daarop een stem:

'Stop! 't Is Jan uit Oudewater!'

Het voorwerp dat haastig onder een kussen werd weggemoffeld was een stengun.

Ik onderscheidde een tiental jongens, van mijn leeftijd en iets ouder. Ze namen me argwanend op.

''t Is in orde jongens, 't is mijn zwager Jan. Die zal ons niet verraden, daar sta ik voor in...' – En tot mij:

'Waar kom *jij* vandaan? We dachten dat je dood was...'

'Ik heb bij de marine gezeten, op de Oostzee. Daarna in Koerland, de loopgraven. Ik ben er gewond geraakt.'

'Hoe is de situatie daar?'

'Een slachting...'

Ik kreeg een stoel aangeboden, ging zitten, en voelde me hoogstongemakkelijk.

'Jan, je weet 't: wij zijn tegen de Duitsers...'

Ik knikte. Dit waren studenten, begreep ik vervolgens uit hun woorden. Ze waren ondergedoken, ze bereidden sabotageacties voor. Soesterberg, het vliegveld. Springladingen. Ze stelden hun leven in de waagschaal. – En ik zat in hun midden, in mijn groene uniform.

'Hoe ben je gewond geraakt?'

'Tegen een granaatscherf opgelopen.'

'En je been?'

'Ook een granaatscherf.'

'En wat nu?'

'Ik moet weer terug. Mijn verlof is verlopen.'

Ik stond op. Gaf iedereen een hand. Stond weer buiten, bij de achterdeur. En opnieuw die vraag:

'Waarom heb je toen getekend?'

Ik haalde mijn schouders op.

'Ik weet het niet. Ieder antwoord klinkt achteraf belachelijk. 't Is nu eenmaal zo gelopen...'

En één ogenblik had ik bij mijn zwager een aarzeling bespeurd. Trek dat pak uit! Ga niet terug! Maar hij had gezwegen. En ik ook. Ik was de tuin ingelopen, had niet meer omgekeken. In het stille Oudewater hoorde ik niet, in het halfduistere vertrek hoorde ik evenmin. Ik was niet een van hen. Ik moest terug. Omdat het zo gelopen was...

Een paar uur later dwaalde ik door de straten van Amersfoort. Een ouder zusje werkte er als verpleegster. Van haar had ik als laatste afscheid genomen. Ook zij had geleefd in de veronderstelling dat ik dood was: vijf krammen in haar hoofd, nadat ze, toen ze me in het oog kreeg, terecht was gekomen op een verwarmingsradiator. Mijn fiets had ik bij haar achtergelaten. Die haalde ik wel weer eens op. Wanneer ik terugkwam. *Als* ik terugkwam.

Nu liep ik door de straten. Heen en weer. Het werd drie uur. Vier uur. Om vijf uar vroeg ik de weg naar het station. Ik toonde mijn papieren.

'Ik moet naar Klagenfurt.'

Het was een luchtmachtofficier. Hij wierp een blik op de zwachtel rond mijn hoofd, op de stok in mijn hand. En tenslotte bekeek hij mijn papieren.

'Ja, daar had je gisteren moeten zijn...'

Hij nam me mee naar een kantoortje, ging achter een bureau zitten, draaide een formulier in een schrijfmachine.

'Wanneer je door de Feldgendarmerie gepakt was, had je de kogel gekregen.'

Hij overhandigde me een bewijsje dat mijn verlof met een week verlengd was omdat ik op medische gronden niet had kunnen reizen.

'Wacht even...'

Hij verliet het vertrek, kwam een paar minuten later terug met een pakje, in grauw papier gewikkeld. Of ik dat aan z'n vrouw wilde geven. Ik keek naar het adres. Klagenfurt...

Diezelfde avond nog zat ik in een trein. Het zoveelste transport. Militairen en burgers door elkaar. Bij iedere stop werd het voller. Maar ook verschenen er tassen en dozen. Daaruit kwam brood te voorschijn, worst, flessen bier. Er werd geruild, gedeeld. Er werd gepraat, gestaard, geslapen op de schouder van een ander.

Bij het aanbreken van de dag: een hoog gegier, knetterend mitrailleurvuur. Vliegtuigen. De trein kwam met een hartverscheurend gepiep tot stilstand. Iedereen eruit. Ze komen terug! Angstgeschreeuw, gehuil, gedrang. Snel! – Bejaarden werden ondersteund, kinderen door open raampjes aangereikt. En in dekking, plat in het gras van een spoorwegdijk, ergens midden in Duitsland.

En ze kwamen terug, die duikbommenwerpers. Het waren de eerste schoten die ik hoorde sinds Koerland. Twee weken van tegenstrijdigheden werden afgesloten met het toppunt van tegenstrijdigheid. Ik herademde. Er was een ijzige kalmte over me gekomen.

Aan de Oder

Waarom was ik gegaan? Waarom was ik opnieuw gegaan? – Het waren vragen waarover ik onderweg gepiekerd had. Ik herinnerde me letterlijk wat Hein gezegd had, toen ik hem vertelde van mijn angst, in Duitsland tewerkgesteld te zullen worden:

'Onderduiken? In het gootsteenkastje zeker! En zo krom als een hoepel weer te voorschijn komen... Man, dat is toch niets voor *ons*!' – Maar mijn zwager dan? Die wás ondergedoken, en tegelijk voerde hij sabotageacties uit... Gepiekerd had ik, tot de eerste salvo's verklonken waren. Toen was er geen ruimte meer voor vragen. Het was weer een situatie van leven of dood. Er moest gehandeld worden, ik kon weer gehoorgeven aan mijn reflexen – er *waren* weer reflexen. De een schreeuwde ik toe dekking te zoeken, een ander die verstijfd van schrik was blijven staan sleurde ik een greppel in. Ze kwamen een tweede keer. De wagons werden doorzeefd. Ze kwamen opnieuw. Daarna krabbelde ik overeind.

'Die komen niet meer terug.'

'Hoe weet je dat zo zeker?'

Ik haalde mijn schouders op. Ik wist het, zonder er een verklaring voor te kunnen geven. Drie keer, niet vier keer. – Terug kwamen ze niet. De locomotief was onbeschadigd, we konden op eigen kracht verder. Doden waren er niet gevallen, wel een aantal gewonden. We droegen ze de trein in. En verder ging het. Het noodverband kwam weer te voorschijn uit de borstzakken. Anderen werden gekalmeerd. Geen vragen meer. – Op de bodem van de wereld is geen tijd voor vragen.

We kwamen aan in Klagenfurt. Het was een concentratiepunt vanwaaruit nieuwe gevechtseenheden werden gevormd. We werden overgebracht naar een kazerne buiten de stad en moesten exerceren op de binnenplaats. Dat leverde een navrant schouwspel op. Het was alles door elkaar. Jongens van zestien, zeventien jaar, in zwarte korte broek. Huisvaders van middelbare leeftijd, met buikjes, volkomen ongetraind. Plus een ratjetoe, afkomstig uit min of meer reguliere legeronderdelen, in ons geval voornamelijk luchtmacht en marine. Maar de een miste een oog, een ander liep met zijn arm in een mitella of moest zich, zoals ik, behelpen met een stok.

Daar sjokten we, in rotten van vier, over het modderige exercitieterrein. Tweehonderdtwintig man, een compagnie. Niets klopte, behalve ons aantal.

Te midden van het allegaartje van leeftijden, uniformen en veelsoortige kwetsuren, was er één jongen die nogal opviel. Hij was een halve kop groter dan de rest, was breedgeschouderd, en had wonderlijk lichtblauwe, dromerige ogen. Hij heette Willy. Hoewel we in verschillende pelotons zaten sliepen we in dezelfde zaal. En terwijl de anderen 's avonds praatten over *thuis*, over verloofdes, vrouwen, kinderen of ouders, las hij een boek, terwijl ik, een paar britsen verder, bezig was een lichtgrijs vel papier met houtskool te bewerken.

'Wat teken je?'

Hij was me, zonder dat ik het gemerkt had, genaderd en keek over mijn schouder mee. We hadden tot dat moment niet meer dan een paar woorden gewisseld. Ik wist hoe hij heette, en dat hij, ondanks zijn luchtmachtuniform nooit in een cockpit had gezeten – hij had een kantoorfunctie gehad.

Ik wees:

'Dat zijn duikbommenwerpers die door de wolken breken. Dit is een trein op een spoordijk. Dat zijn menselijke figuren – ik ben niet zo goed in mensen...' Ik bladerde. Hij vroeg.

'Dit zijn loopgraven. Een lijkentransport op een slee. Prikkeldraadversperringen. Dat zijn ook lijken. Bevroren. Het was daar soms 's nachts wel dertig graden onder nul.'

'Wat een vreemde onderwerpen om te tekenen.'

'Wat zou ik anders moeten tekenen?'

Ik vroeg hem wat hij las. Rilke, luidde het antwoord. Ik vroeg waar 't over ging en dat bleek een domme vraag te zijn, want het was een dichter. En hij las het niet zozeer, hij leerde de gedichten uit zijn hoofd.

'Poëzie lezen,' verklaarde hij, 'is even mooi als luisteren naar muziek. Maar poëzie kennen, de regels kunnen proeven op je tong, is bijna zo mooi als het spelen van muziek.'

Hijzelf schreef ook gedichten. Hij had op het gymnasium gezeten en, tot hij opgeroepen werd, gestudeerd aan de universiteit. Germaanse filologie – dat had niets te maken met politiek, maar met taal. En ik? Wat deed ik?

Ik haalde mijn schouders op.

'Niets.'

'Helemaal niets?'

'Soldaat.'

Een week na onze komst, het was intussen half februari, werden we op transport gesteld, richting Berlijn. Weer een trein, weer het eindeloze wachten.

'Oorlog is wachten'. Maar ik had een gesprekspartner dit keer, al verliep de conversatie in het donker tamelijk eenzijdig en niet zonder protesten van onze dommelende coupégenoten. Willy streek een lucifer af, las hardop een paar regels, en ik herhaalde ze:

'Gib mir noch eine kleine Weile Zeit:
ich will die Dinge so wie keiner lieben.'

Het leken me weinig toepasselijke regels, onze omstandigheden in aanmerking genomen. Maar daar was hij het niet mee eens. Het ging volgens hem in de poezië om het verlangen en niet om de vervulling.

'Wanneer er geen verlangen meer is kun je net zo goed dood zijn...'

'Overleven,' zei ik. 'Dat is mijn enige verlangen.'

'Maar *waarom* overleven?'

'Om niet dood te zijn...' – Waarop het dringende verzoek klonk om tenminste voorlopig even *stil* te zijn.

Leven en dood. We zouden ermee geconfronteerd worden, die komende nacht. Maar vooral met dood.

We stonden op een rangeerterrein bij Dresden. Er werd luchtalarm gegeven. Zuchtend en vloekend kwamen we overeind. *Alweer* luchtalarm. We bevonden ons op open terrein, er viel weinig anders te doen dan onder de wagons te kruipen. We lagen tussen de bielzen op de kiezels. En wachtten.

Nog lag daar een stad, een stad met een schitterend silhouet van vele torens. Maar in de verte naderde een gebrom, een gebrom dat onheilspellend aanzwol. Ze kwamen. Het ene eskader bommenwerpers had, niet gehinderd door enige luchtafweer, zijn vernietigende lading nog niet laten vallen of het volgende kwam al dreunend over. Eerst een stortvloed van zware brisantbommen, de ene golf na de andere. Het weerlichtte. Droge, allesverscheurende explosies, soms zo snel op elkaar dat ze zich tot één gedaver verenigden dat van alle kanten leek te komen. De aarde sidderde. Boven ons stonden de wagons te schudden op de rails. Verderop werden volledige huizenblokken opgetild, een paar meter verplaatst, om langzaam in te zakken, te midden van een wolk van kalk.

Maar daarmee was het niet gebeurd. Nieuwe eskaders volgden, met een nieuwe lading. Brandbommen. Fonteinen brandende fosfor waaierden in grillige, kerstboomachtige vormen, uit boven de ruïnes. De stad was in een oogwenk veranderd in een zinderende hel van rook en vlammen. Over straatlengten loeide en knetterde het achter de vensters waarvan de ruiten gesprongen waren.

En nog was het niet genoeg. De formaties bleven maar overkomen, met brullende motoren, hoog gierend wanneer de lading was afgeworpen. Het ene bommentapijt was nog niet tot ontploffing gekomen of het volgende kwam alweer, haarscherp uitgelicht door de zacht dalende vuurbakens en de vlammen op de grond. Het vuur zoog alle zuurstof naar zich toe. Er ontstond een storm. Bomen knapten af, de kruinen rolden om en om, de oven tegemoet.

Hoewel we misschien wel een halve kilometer van de stadsrand lagen, moesten we af en toe naar adem happen en was de gloed zo verzengend dat we onze ogen en huid moesten afdekken. We lagen daar, zo verlamd door de aanblik van die allesvernietigende vlammenzee dat er in onze gedachten zelfs geen ruimte was om ons ook maar bewust te zijn van onze kwetsbare positie op het kale rangeerterrein, een doelwit bij uitstek. – Uren leek het te duren, en misschien duurde het ook wel uren. Eindelijk bleef het stil in de hoogte. Ze waren ook niet meer nodig, de bommenwerpers. Het sein veilig werd gegeven. De stad Dresden was voor onze ogen omgekeerd.

Pas na een paar uur was de buitenkant van de vulkaan benaderbaar. Bevelen klonken. We naderden schoorvoetend.

In groepjes werden we door de burgerwacht naar verschillende punten gedirigeerd. Daar verschenen weer de plattegronden waarop de schuilkelders waren aangegeven. Maar waar was wat? Het puin lag soms twee, drie etages dik. – Toch begonnen we, zij aan zij. Met scheppen, houwelen, met de blote hand, het gezicht beschermd met natte doeken. De turbulenties waren nog zo hevig dat het vuur soms letterlijk een hoek om kwam. De *lucht* brandde. Stenen brandden. Alles brandde. En, het was onvoorstelbaar, er liepen ook nog mensen rond, verdwaasd, overdekt met brandwonden, in een stad waarin niets meer herkenbaar was.

We zwoegden, van de ene laag puin naar de volgende. Uren telden niet, vermoeidheid telde niet. We zwoegden om maar niet te hoeven zien, niet te voelen, niet te denken.

Leven troffen we onder de bouwvallen niet meer aan. De schuilkelders waren ovens geworden waaraan alle zuurstof door de vlammenzee erboven onttrokken was. Ze waren overvol geweest. Bejaarden, vrouwen, kinderen. Verschrikkelijk veel kinderen. Er viel niets te verrichten dan ze naar buiten te dragen, ze naast elkaar te leggen, in onafzienbaar lange rijen, zodat ze geïdentificeerd konden worden. Dat was wat we deden, met handen die geen tastzin meer bezaten.

Maar opnieuw begonnen de alarmsirenes te huilen. Opnieuw naderde in de hoogte het gedreun. En weer daalden de bommen neer. Ontploffingen. Ver weg, vlakbij.

We gingen door. We waren zelfs te murw om dekking te zoeken.

De stad met de vele torens was binnen één etmaal veranderd in een massagraf. De dood was zo massaal aanwezig dat het leven, de radeloze activiteit van de geblakerde reddingsploegen te midden van rook en puin, een spookachtig aanzien had. Op pleinen, op open plekken omringd door de skeletten van gebouwen, werden brandstapels opgericht, op roosters van rails. – Er zouden besmettelijke ziekten uitbreken, ratten zouden aangetrokken worden. Ze begraven was ondoenlijk, het waren er te veel. Hoeveel, in een stad die overspoeld was geweest met vluchtelingen, zou niemand ooit weten, niet eens in duizendtallen. Niemand kon zeggen hoeveel er in de rivier de Elbe gesprongen waren om aan de vlammen te ontkomen, mensen die niet zwemmen konden, die te gewond waren, moeders met kinderen in de armen, niemand kon zeggen hoeveel er nog lagen te sterven, verminkt, aangeraakt door dat verschrikkelijke fosforrubber dat, nadat je het gedoofd meende te hebben, meteen weer opvlamde en door alles heenvrat wanneer het met de zuurstof in contact kwam, niemand kon zeggen hoeveel er nog onzichtbaar bedolven lagen onder het puin.

Het was nacht. Het werd licht. De avond viel weer. Een nieuwe dag. Een nacht. En nog een dag. – Drie etmalen, zeventig uur. Toen keerden we terug naar het spoorwegemplacement. De stad die we achter ons lieten brandde nog steeds. Maar daar, onwerkelijke aanblik, stond onze trein. Onbeschadigd. We kropen naar binnen. Daar lagen onze spullen, precies op de plek waar we ze achter hadden gelaten. Mijn plunjezak. Die van Willy. Erbovenop een opengeslagen bundel poëzie:

'Gib mir noch eine kleine Weile Zeit...'

We zaten, staarden verwezen voor ons uit, te moe om te kunnen slapen. Seinen versprongen, wissels knarsten, een stoomfluit klonk. Voor ons ging alles door. Maar wat er ook gebeuren zou, voor niemand zou het leven kunnen worden als voorheen.

Ten noorden van Berlijn werden we overgeladen in vrachtauto's en verder getransporteerd naar Mecklenburg, de stellingen langs de rivier de Oder. Daar hoorde ik mijn naam, uitgesproken door een bekende stem. Het was Carstens. Ook hij bleek, even na mij, gewond uit Koerland afgevoerd. Administratief hoorden we nog steeds bij hetzelfde onderdeel, al was de oorspronkelijke bezetting gedecimeerd tot drie: nog twee jongens waren aan de loopgraven ontkomen. Nog steeds was hij mijn compagniescommandant. Hoe groot de chaos overal mocht zijn, de bureaucratie werkte met onverminderde stiptheid. Maar hij was veranderd, Carstens.

Hij was nog steeds gekleed in een wonderlijk allegaartje van uniformstukken, hij rookte nog steeds de ene sigaret na de andere – maar zijn oude flegma was verdwenen. Nadat hij het miserabele troepje dat hem was toegeschoven in ogenschouw had genomen, vertelde hij dat het sinds de terugtocht uit Rusland de vijfde keer in anderhalf jaar was dat hij bevel over een vrijwel compleet vernieuwde eenheid kreeg. Hij moest met andere woorden zo'n duizend man overleefd hebben – duizend man voor wie hij zich verantwoordelijk had gevoeld. Een paar dagen later liet hij zich ontvallen dat hij in Hamburg zijn ouders niet meer had teruggevonden. De hele straat was weggebombardeerd.

Hij was veranderd – ook ik was dat. Hij had iets niet teruggevonden omdat het was weggevaagd, ik had iets niet teruggevonden omdat het in geen enkel opzicht beantwoordde aan het beeld dat ik me ervan gevormd had. Oudewater, de tuin, de omslotenheid van het gezin: ik was teruggeweest, het was verleden tijd geworden. Ik was volledig teruggeworpen op mezelf. Maar ik klampte me aan het leven vast, met nog meer verbetenheid. Overleven ter wille van het overleven, zonder toekomstbeeld. Ook aan de Oder lagen we, ingegraven achter de dijk langs de sterk gewassen rivier, in de voorste linie van het front, maar daarmee hield de vergelijking met Koerland op. De stellingen, die in een eerder oorlogsstadium waren aangelegd, waren minder primitief. Het landschap was open en vlak. De rivier voor ons was misschien wel een kilometer breed, overdekt met eilandjes. En er lag een groene zweem over de wilgen. Het begon voorjaar te worden.

De Russen lagen op de andere oever, die vrijwel permanent verborgen ging achter een heiige waas. Maar aan hun aanwezigheid hoefde geen moment getwijfeld te worden, net zomin als aan het feit dat ze bezig waren voorbereidingen te treffen om de rivier over te steken.

Zowel qua geoefende mankracht als bewapening was hun overmacht overweldigend. Wanneer ze een goed inzicht hadden gehad in onze zwakte zouden ze vermoedelijk geen dag gewacht hebben met hun invasie. Ze beschikten over stalinorgels, automatisch snelvuurgeschut met een buitengewone vernietigingskracht. Wie daaronder kwam, was ten dode opgeschreven. Het vuur kwam met de snelheid van een stormvloed op je af, geen vierkante meter werd overgeslagen. Bovendien hadden ze uitzonderlijk zware artillerie. Granaten met het kaliber van een bom. Wanneer er daar één dreunend als een trein van overkwam, wist je dat je een beschieting van uren te wachten stond. Ze werden betrekkelijk ongericht afgeschoten, maar met de dodelijke regelmaat van de klok. Iedere halve minuut één, op de seconde nauwkeurig. Een druppende kraan, maar dan waterdruppels die kraters sloegen, zo groot dat je er een huis in kon optrekken. Kwam je fysiek ongeschonden door een dergelijk bombardement heen, dan waren toch in ieder geval je zenuwen aan flarden geschoten – en dat was ook precies de bedoeling. Iedere dertig seconden. Honderdtwintig inslagen per uur, op een frontlijn van enkele kilometers breedte. Je voelde dat er weer een aankwam, maar waar hij terecht zou komen was onvoorspelbaar; het viel ook niet af te leiden uit zijn oorverdovende nadering. Om de halve minuut kon je laatste ogenblik zijn aangebroken, iedere halve minuut opnieuw. Wanneer, na uren, het gedreun eindelijk uitbleef, klonk het nog na in je oren. Je hield even je adem in, om de dertig seconden, terwijl je hart oversloeg. – En de volgende dag opnieuw. Alleen: niet om de dertig, maar om de vijfentwintig seconden... Vier uur op, twee uur af. Hier was het niet de Russische koude, hier was het de Russische vuurkracht – de verliezen waren er niet minder om. Het was een kwestie van wachten en overleven, iedere dag, elk uur, elk ogenblik, of je nu bezig was stellingen te herstellen waarvan je wist dat ze binnen een paar dagen weer in puin zouden worden geschoten, of je nu op wacht stond, of in een kazemat lag te rusten, met altijd gespitste oren.

Het westelijk front was bezig in te storten. Dat hoorden we van Carstens, die de beschikking had over een radio. Op een dag meldde hij dat de Amerikanen de Rijn overgetrokken waren. Ze zaten in Koblenz, in Worms, Darmstadt, ze waren doorgestoten tot Frankfurt. Vanaf dat moment werd ons verblijf een gevecht tegen de tijd.

Vooral niet krijgsgevangen gemaakt worden door de Russen, dat was onze laatste en enige interesse. Het ging er uitsluitend nog om, ze tegen te houden tot de Engelsen en Amerikanen zouden verschijnen. Officieus was er geen ander parool – zelfs circuleerde het gerucht dat we ons na een eenzijdige Duitse capitulatie bij de geallieerden aan zouden sluiten en het vervolgens gezamenlijk tegen de Russen zou gaan.

Maar de toekomst telt niet wanneer de dood je op de hielen zit. Het enige dat telt is overleven. Per dag. Per uur.

De rivier was hier het niemandsland. Hier geen prikkeldraad en mijnen, het schaakspel, over en weer, werd gespeeld op de eilandjes. Ze werden bezet en weer ontruimd, van beide kanten, soms een paar uur later, soms de volgende dag.

Op een nacht kregen we, twee pelotons, honderd man, de opdracht zo'n eilandje te bezetten, een paar honderd meter van onze oever verwijderd. Er moest de volgende dag een artilleriewaarnemingspost worden gevestigd.

We roeiden er heen, in rubberboten, zo geruisloos als we konden. Het was doodstil, aardedonker, alleen het gefluister van het water. De stilte was drukkend. Maar kort van duur. We waren nog niet aan land of de hel brak los. Lichtkogels, vanaf de overliggende oever afgeschoten, zetten ons in een oogverblindend schijnsel. We zaten in de val. Het eiland was vergeven van de Russen. Ze hadden ons rustig laten oversteken, rustig laten landen – het leek bijna doorgestoken kaart. Een afgrijselijke slachting was het resultaat. Massaal geweervuur, handgranaten, mitrailleurs, we liepen er recht op in, we werden neergemaaid. Het gras kleurde zich donker van het bloed.

Slechts een handjevol wist, in het wilde weg hollend zonder enige dekking, het andere einde van het eilandje, waar we in geval van alarm opgepikt zouden worden, te bereiken. En de rubberboot doemde op uit het duister. Als razenden roeiend, terwijl het lekgeschoten bootje langzaam leegliep en om ons heen een regen van kogels tegen het water sloeg, slaagden we erin de oever te bereiken. We waadden door het riet. En aan de voet van de dijk gekomen kregen we tot slot een gordijn van spervuur boven ons. Op handen en voeten kropen we omhoog, te midden van het gedreun en de opflitsende explosies. Tenslotte zaten we in de commandobunker. Negen man, doorweekt, trillend over alle leden. Een paar merkten op dat moment pas dat ze verwondingen hadden opgelopen. Ze keken met verbijsterde blik naar het bloed dat aan hun vingers kleefde, naar de doorweekte plek op hun tuniek.

Rapport uitbrengen was overbodig. Carstens had de gebeurtenissen met het blote oog kunnen volgen, niet bij machte ons steun te verlenen of onze terugtocht zelfs maar te dekken. Hij bracht verslag uit aan de staf die kilometers landinwaarts over een stafkaart gebogen opdracht had gegeven tot onze noodlottige manoeuvre. Hij legde de veldtelefoon neer, en zei:

'Wahnsinn...'

De volgende dag keerden we terug. De Russen hadden het eilandje inmiddels ontruimd. Hun artillerie zweeg. Meer dan tachtig doden troffen we aan. Het waren de Hitlerjugend-jongens, het waren de huisvaders. De verbijstering lag in een laatste kramp over hun gelaat. Ze werden aan land gebracht om achter het front begraven te worden. Een tiental moest als vermist worden geregistreerd. Misschien waren ze door de Russen krijgsgevangen gemaakt, waarschijnlijk was dat de rivier ze had meegevoerd. Een van hen dook diezelfde dag nog op, kilometers en kilometers stroomafwaarts. Het was een jongen die 'de dichter' genoemd werd maar die Willy heette. Hij was zwemmend ontkomen, had zich een halve nacht lang met de stroom mee laten voeren, en was bij de dageraad, naakt tot op zijn onderbroek, nog bijna door eigen mensen neergeschoten.

Maar die nacht begon Willy hartverscheurend te hoesten. De volgende dag had hij hoge koorts. En twee dagen later was hij dood. Via Carstens kreeg ik een opgevouwen stukje papier. Het was een pagina, gescheurd uit een poëziebundel. Twee regels waren onderstreept:

'Und meine Hände, welche blutig sind
vom Graben, heb ich offen in den Wind...'

In de kantlijn was geschreven: 'Dresden, 13/14 februari 1945', en onder de bladspiegel: 'Van Willy, voor Jan.' Ik draaide het papiertje om en om. Ik schaamde me.

We hadden elkaar amper meer gesproken, na die vooravond in de trein, alweer meer dan zes weken geleden. Teruggeworpen op mezelf. Ik had Willy gemeden. Van mijn maats kende ik amper de naam. Geen vriendschap meer. Wie niets bezit kan niets verliezen.

Vrijwel dagelijks werden op de rivier verkenningspatrouilles uitgevoerd, in razendsnelle motorbootjes. Soms met een paar man, soms een man alleen. Opdracht was, op een eilandje, zo dicht mogelijk bij de tegenoverliggende oever, aan land te gaan, om met een sterke kijker iets gewaar te worden van de troepenbewegingen aan de overkant. Dat de Russen bezig waren een oversteek voor te bereiden was bekend, maar niet op welke punten dat precies te wachten stond. Soms kreeg je, terwijl je op het water zat, mortiervuur. Vermoedelijk schoten ze alleen maar om de tijd te doden, want het was bijna onmogelijk zo'n wendbaar bootje te raken. Maar meestal bleef het rustig tijdens zo'n verkenningstocht, al kon je ervan overtuigd zijn dat je van beide zijden scherp in het oog werd gehouden. Dan was het een eigenaardige sensatie: in je eentje, te midden van het uitbottende groen op de eilandjes, op die brede, traag stromende rivier. De zon kwam op, watervogels snaterden – niets verried het blote oog dat de oevers voorste linies waren en het water frontlijn.

Hoe vaak had ik een dergelijke opdracht uitgevoerd zonder dat er iets voorviel?

Ik had het bootje gecamoufleerd met rietstengels en gras, en was aan land gegaan – aan de andere kant van het eilandje moest een Russische soldaat op precies hetzelfde moment precies hetzelfde gedaan hebben. Ik was, het geweer op de rug, de kijker op de borst, door het hoge gras omhooggekropen. Hij ook. Ik keek behoedzaam over het hoogste punt – ook hij. We keken elkaar recht in het gezicht, niet meer dan tien meter van elkaar verwijderd.

Hij daar, ik hier. Hij met zijn wapen, ik met het mijne.

En allebei doken we weg. Ik liet me langs de glooiing naar beneden rollen, dook weg achter een struik. Het was hij of ik.

Ik drukte me tegen de grond. Een kogel floot rakelings over me heen. Hij wist waar ik zat. Maar hij had gemist en ik wist nu ook waar hij zat.

We kropen door het riet, doken weg achter struiken, wachtten tot de ander zich zou verraden, richtten ons voorzichtig op, zagen elkaar of zagen iets aan voor elkaar, en schoten. Ik schoot en miste. Hij schoot en miste. En we verplaatsten ons weer.

Het duurde een kwartier, een halfuur. Ik had hem intussen wel drie keer in het vizier gehad. Maar mijn handen hadden zo getrild dat ik niet zuiver had kunnen richten.

Het duurde bijna een uur.

Toen had ik een omtrekkende beweging gemaakt, over de volle lengte van het eilandje. Ik kroop omhoog. Ik kreeg hem in het oog. Hij verwachtte me van de andere kant, ik had hem van opzij. Ik legde aan – hij zag me. Ook hij legde aan. Maar ik schoot eerder, en dit keer mochten mijn handen niet trillen. Hij veerde op. Toen zag ik hem niet meer. Ik wachtte. Het bleef stil. Ik stond op, naderde. Hij lag roerloos op zijn buik. Ik sleepte hem naar zijn bootje, waarom wist ik niet. Ik keerde terug naar het mijne. De motor sloeg onmiddellijk aan.

De lange vlucht

Het wachten duurde precies twee maanden. Op de vroege ochtend van de twintigste april trokken de Russen, na een kort maar vernietigend bombardement, de Oder over. We konden hun landingsvaartuigen met het blote oog onderscheiden, een vijftal kilometer links en rechts van ons. Er kwam geen eind aan. Op veel tegenstand schenen ze niet te stuiten, want binnen een paar uur hadden ze bruggenhoofden gevormd. Het kon niet lang duren of de oevers zouden met pontonbruggen met elkaar verbonden zijn: hun genie was er ongehinderd mee bezig. Onze positie aan de dijk begon met het uur hachelijker te worden.

Het leek of we vergeten werden. Carstens zat onafgebroken aan de veldtelefoon. Wanneer we bleven waar we zaten zouden we ingesloten worden. Maar eindelijk kregen ook wij, zoals we aan weerszijden van ons hadden zien gebeuren, toestemming terug te trekken. We moesten, zo luidde het bevel, positie innemen in de tweede linie. Wat dat precies inhield, bleef onduidelijk. Die tweede linie bestond vermoedelijk alleen op de kaarten van de generale staf. We trokken door het open veld, troffen niets aan dan kapotgeschoten voertuigen en verlaten bunkers en kazematten. Bij een dorpje, een kilometer of tien van de rivier, hielden we halt. – Het was een afstand die ik die dag drie keer af zou leggen.

Ik kreeg van Carstens opdracht op verkenning uit te

gaan bij het rechterbruggenhoofd. Van mijn knie had ik, na twee maanden betrekkelijke rust, geen hinder meer, en met de ervaring, opgedaan in twee weersportkampen, moest het mogelijk zijn in dit golvende terrein. Maar ik ging wel alleen. En ongewapend, met het vaste voornemen me bij het minste geringste over te geven. Ik kreeg vijf uur de tijd.

Zo holde ik gebukt door greppels, snelde ik door bosjes, kroop ik op m'n buik door het gras. Een paar keer raasden Russische colonnes rakelings langs me heen, maar opgemerkt werd ik niet. Ik slaagde erin het concentratiepunt tot op een paar honderd meter te naderen. Op het hoogste punt van een glooiing, aan het oog onttrokken door een paar struiken, maakte ik een schetsje van de situatie. Ze waren bezig zich in te graven, er werden tenten opgericht, er stond lichte artillerie, pantserwagens, via de pontonbrug naderde een onafzienbare colonne door paarden getrokken huifkarren: hun aanvoerlijn kwam op gang. Ik maakte schattingen van de aantallen en vervolgens was het zaak dat ik maakte dat ik wegkwam.

Toen ik aan het eind van de middag weer in het dorp arriveerde was de evacuatie al in volle gang. Veldkeukens en een veldhospitaal werden afgebroken, burgers waren bezig schaarse bezittingen op karren te laden. Alles liep door elkaar. Ik bracht verslag uit, Carstens belde de gegevens door. Die wezen er volgens hem op dat ze nog die avond een gordel zouden leggen tussen de twee bruggenhoofden. – En wij zaten daar nog steeds tussenin.

Rond zes uur werden we, onder dekking van een paar lagen zandzakken, bewapend met een mitrailleur, drie geweren en een nachtkijker, bij de invalsweg naar het dorp geposteerd, met de opdracht die plek tot negen uur in handen te houden. Dan zou aan de andere kant van het dorp een motorfiets met zijspan verschijnen om ons op te pikken. De anderen zouden in de tussentijd gelegenheid hebben flink afstand te nemen. *We* waren drie man... Een Deen van een jaar of drieëntwintig, ook uit de marine afkomstig, een jongen van de Hitlerjugend die niet ouder leek dan vijftien, en ikzelf. Drie man, één mitrailleur. Daar stonden we, de doodsangst in het hart, en tuurden. Links open veld. Dan de weg, steenslag, afbuigend tussen de heuvels. Rechts glooiend bos.

Anderhalf uur lang gebeurde er niets. – Toen kwamen de Russen. Het leek wel een compleet leger dat daar in de schemering langs de bosrand aan kwam zetten. Het waren er honderden en nog eens honderden. Maar stil. Zwijgend. Niets te horen dan het duizendvoudig geritsel van bladeren, zwiepende takken, gekraak van laarzen. We gooiden lukraak handgranaten, we schoten in het wilde weg met alles wat kon vuren – om maar zoveel mogelijk lawaai te maken en aldus de schijn te wekken dat de verdediging van het dorp meer omvatte dan één lichte mitrailleur, twee matrozen en een scholier in korte broek. – Het was bijna ondenkbaar dat ze zich erdoor lieten misleiden. Niettemin trokken ze zich terug tussen de bomen en te zien kregen we ze niet meer. Wel kwam er af en toe mortiervuur. Eerst een paar missers. Toen een voltreffer. Ik werd met kijker en al tegen de grond geslingerd. Verdoofd krabbelde ik overeind. Ik was ongedeerd. De granaat moest precies tussen mijn twee metgezellen in terechtgekomen zijn. Van de mitrailleur restte niets dan verwrongen schroot. Versuft bleef ik zitten. Het was opeens heel stil. En het begon donker te worden.

Om halfnegen hield ik het niet langer uit. Ik holde door het verlaten dorp naar de afgesproken plek. De motorrijder stond er. Vragen werden niet gesteld. Met volgas stoven we weg en in minder dan een halfuur hadden we ons bij de anderen gevoegd. En verder ging het te voet, de hele nacht door.

Zo begon onze terugtocht in westelijke richting. Richting Elbe. Richting Amerikanen.

Het was hoogst eigenaardig: nadat wij helemaal voorin het front hadden gelegen, maakten we nu opeens de achterste linie uit. We vluchtten. 'Vertragende opmars', werd het officieel genoemd. Russische tanks en infanteristen zaten ons dag en nacht op de hielen. Soms waren ze een paar kilometer van ons verwijderd, af en toe niet meer dan enkele honderden meters. Het was onze taak hun opmars te vertragen door voortdurend voeling met ze te onderhouden. Maar dat hadden we ook wel gedaan wanneer het niet onze opdracht was geweest: het was de enige methode om uit hun handen te blijven. Want er kleefde een beperking aan deze vlucht: het was hollen wat we hollen konden, maar we mochten ook weer niet te *hard* hollen.

Wie te veel haast had liep het risico op een patrouille van de Feldgendarmerie te stuiten. Nog steeds was die fatale grens van kracht, wie hem overschreed was deserteur. Wat er dan met je gebeurde viel af te leiden uit de gehangenen in de bomen. – Vóór ons de Feldgendarmerie, achter ons de Russen.

Af en toe waren ze zo dicht genaderd dat we ze zagen of het geratel van de rupsbanden hoorden. Dan gaven we wat vuur af met onze lichte mortieren of gooiden in het wilde weg een paar handgranaten. Meestal kwam hun colonne daarmee wel een ogenblik tot stilstand. Ze stuurden dan verkenners vooruit en wanneer die terugkeerden om het sein veilig te geven was er toch weer een halfuur overheen gegaan – een halfuur waarin wij afstand konden nemen. Bij uitzondering groeven we ons in, maar tot een rechtstreeks treffen kwam het zelden. Niemand had de behoefte te ver zijn nek uit te steken, deze laatste dagen. En dat gold voor beide kanten.

Toch werden we in deze laatste stuiptrekkingen van de oorlog nog een keer in verhevigde mate geconfronteerd met de verschrikkingen en absurditeiten van het geweld.

We leden met de dag verliezen, hoe kundig Carstens ons ook door de mêlee manoeuvreerde. Het was een voortdurende heksenketel van beschietingen en bombardementen, waarbij we soms niet eens de gelegenheid kregen in dekking te gaan liggen uit angst ingelopen te zullen worden. Het groepje werd met de dag kleiner. Sommigen trapten op een mijn, anderen konden het eenvoudigweg niet meer bijbenen – er waren erbij van tegen de zestig jaar. Ze werden overmand door de vermoeidheid, slaapgebrek, honger. Het was niet eens een kwestie dat we ze achterlieten, ze waren domweg verdwenen wanneer we een moment halthielden om op adem te komen en ons te hergroeperen. Vermoedelijk waren er ook die overliepen, en we konden ze geen ongelijk geven. Het was overleven, ieder voor zich, op welke wijze ook...

De verschrikkingen en de absurditeiten. Op plundering stond officieel de doodstraf. Maar er was geen andere mogelijkheid om aan voedsel te komen dan het je toe te eigenen. De wegen werden gecontroleerd door de Feldgendarmerie en in beslag genomen door de onvoorstelbare stoet van vluchtelingen. Honderdduizenden moesten het zijn, op boerenkarren, fietsen, te voet met enorme bundels op de rug, zwaarbeladen kinderwagens voortduwend – of uitgeput in de berm, met holle ogen, in afwachting van wat komen ging, omringd door bezittingen waarvan het transport de laatste krachten gevergd had. Wij trokken door het veld. De boerderijen die op ons pad kwamen waren bijna altijd verlaten. Soms zo kort tevoren dat de pannen nog warm op het fornuis stonden. Dan hoefden we het vuur maar op te rakelen. Een paar haastige happen – en verder ging het weer.

We troffen een grote herenboerderij verlaten aan. Een paar verdwenen in de provisiekelder, ik nam met een paar anderen een kijkje in de slaapkamer. We waren vervuild, we zaten weer onder de luizen. De gedachte aan schoon ondergoed, aan één moment zonder jeuk, was een obsessie geworden, krachtiger dan de honger. In de slaapkamer troffen we twee heuse hemelbedden aan. En in een kleerkast een weelde aan zijden ondergoed. – Maar juist op dat moment klonk in de verte het geratel van tanks. We gristen een willekeurig kledingstuk uit de kast, sjorden onze tuniek eroverheen. En naar buiten, zo snel je voeten je konden dragen. Je voeten…

Eerst krijg je blaren. Die blaren gaan stuk. Je voetzolen worden bloederig en het is of je over glasscherven loopt. Tenslotte wordt je voet één gloeiende, rauwe massa. Dan durf je je schoenen niet meer uit te trekken wanneer er even rust is, uit angst dat je ze niet meer aan zult kunnen krijgen. Toch loop je door. Je voelt ze niet meer, je voeten, want alles doet pijn. Iedere ademtocht snijdt door je borst. Je raakt in trance, je bewegingen zijn als van een robot. Maar je loopt.

De absurditeiten. Overal troffen we achtergelaten vrachtauto's, pantserwagens, motorfietsen aan. Droog, zonder benzine.

We kwamen bij een dorpje, het dorpsplein overvol

vluchtelingen. Daar stond ook de Feldgendarmerie, de afschrikwekkende, glimmende schildjes op de borst. Carstens maakte ze duidelijk dat de Russen ons op de hielen zaten, dat ze beter konden maken dat ze wegkwamen. – Was dat de volgende dag? Twee, drie dagen later? We hadden elk tijdsbesef verloren.

Vier man kregen opdracht wat eten bij elkaar te zoeken. De overigen groeven zich razendsnel in langs de weg.

Waren we toen nog met veertig man? Met zestig? Dertig? We vonden een bakkerij. De ovens, in het souterrain, waren nog warm, het beslag stond nog in de potten.

'Wij gaan pannenkoeken bakken!'

Waarop ik mijn tuniek uitdeed en de anderen begonnen te lachen. De absurditeiten. – Want daar stond ik opeens in een hemelsblauwe nachtjapon die ooit toebehoord had aan een boerin. Zuivere zijde, met kant en lubben. Ik had er geen moment meer aan gedacht...

En de verschrikkingen. Want terwijl we, zwaaiend op onze benen van uitputting, bezig waren een stapel pannenkoeken te bakken klonk buiten de oorverdovend jankende nadering van Russische duikbommenwerpers. Enorme explosies op ooghoogte, achter de vensters van het souterrain. Gegil, gekerm. Nergens dekking. Vrouwen, kinderen, ze werden neergemaaid. Een gruwelijk bloedbad.

En de absurditeiten. Want hier stond ik, onder de beschutting van een gemetseld gewelf – en bakte pannenkoeken.

Zes dagen en nachten. Zeven dagen en nachten. Acht. We hadden al tijden geen radiocontact meer met de commandopost gehad. Misschien *was* er helemaal geen commandopost meer. De stafkaarten die we hadden, bestreken niet langer het gebied waar we ons bevonden. We hadden geen idee waar we zaten. We liepen maar, vooruitgejaagd...

Maar op de negende dag hoorden we in de stilte van de avond het doffe gedreun van artillerie in de verte. En het was niet achter ons maar vóór ons. Wanneer het Russisch vuur was waren we, zoals we steeds gevreesd hadden, met een tangbeweging ingesloten. Wanneer het de Amerikaanse artillerie was waren we bijna gered. Alles of niets – we gingen verder, eropaf.

In de vroege ochtend bereikten we een bosrand. Daar, beneden bij een boerderij, zagen we een voertuig dat we nooit eerder gezien hadden, met een witte ster op de motorkap. Een jeep. Er zaten soldaten in met vreemde helmen op. Niet Russisch en niet Duits...

De absurditeiten. Oostfront en Westfront waren samengevallen tot één lijn. Wij waren de allerlaatste Duitse post geweest. Voordat de bondgenoten contact met elkaar hadden kunnen zoeken lagen we zij aan zij met drie Amerikaanse soldaten midden in een laatste Russische beschieting.

De verschrikkingen. Tijdens die laatste beschieting werd Carstens vol geraakt door een mortiergranaat.

Met tweehonderdtwintig waren we uit Klagenfurt vertrokken. Met zeventig lieten we de Oder achter ons. Met zes man bereikten we de Amerikaanse linie. En het waren er vijf die zich over konden geven.

We leverden onze wapens in. Op de rug van onze tuniek werd met witte verf de letters POW gekwast. Krijgsgevangene. *Prisoner Of War*.

We hadden het gehaald.

Een paar dagen later. Motregen daalt neer op een onafzienbare menigte krijgsgevangen soldaten op een open, modderige vlakte ergens in Noord-Duitsland. Ze schuilen onder primitieve sheltertjes, onder een dienstjas die ze, zwaar van het vocht, over hun hoofd getrokken hebben, of ze bezitten niets om onder te schuilen. Hier en daar kringelt een pluimpje rook boven een vuurtje van een paar gelukkigen die wat brandstof bij elkaar hebben weten te scharrelen. Een grauwe, traag deinende zee van mensen. Zijn het er vijftigduizend? Honderdduizend? Ze zijn vervuild, bebaard, gehuld in lompen van wat ooit uniformstukken geweest zijn die op exercitieterreinen op hun smetteloosheid werden geïnspecteerd. Grijs, groen, bruin, zwart. Ze hebben hun insignes afgerukt. Hun ogen staan hol, apathisch van uitputting en voedselgebrek.

Eén van hen was ik.

Ik lag onder een canvas zeiltje, in een gat dat ik meteen na mijn aankomst gegraven had. Er mochten dan geen bommen en granaten meer te duchten zijn, open en bloot op het maaiveld voelde ik me onbeschermd – het ingraven was me een tweede natuur geworden.

De eerste dagen had ik niets gedaan dan slapen, want daarvan had ik weken in te halen. Maar inmiddels begon ik weer enigszins bij m'n positieven te komen en me rekenschap te geven van de situatie waarin ik me bevond. Hoe moest het nu verder? Hoe lang zouden we hier vastgehouden worden? Nieuws kwam uitsluitend bij geruchte. En geruchten deden dagelijks de ronde. Dat we zouden kunnen tekenen voor de nog voortdurende strijd tegen Japan, marinemensen in de eerste plaats. Dat het zou komen tot een conflict tussen de Amerikanen en de Russen, dat ook wij daarbij zouden worden ingezet. Vanwaar anders die belangstelling van onze overwinnaars voor de Russische tactiek en strategie van oorlogsvoering?

Complete slagvelden werden nagebootst in kamergrote zandbakken. Miniatuurtanks, kanonnen, tinnen soldaatjes, alles op schaal. Hoe legde het Duitse, hoe het Rode Leger mijnenvelden? Ze wilden alles weten, niet alleen van de officieren, maar ook van Jan Soldaat, die tot zijn nek in de modder had gezeten met niet meer overzicht dan zijn eigen frontsector. Daar was de voorste Russische linie, daar stond hun lichte artillerie, hier lagen wij, daar, in die sector zat ikzelf. Een fragmentje Koerland in vogelperspectief.

Maar hoe meer ik bij mijn positieven kwam, des te groter werd mijn verwarring. Er was bij het appèl gevraagd of er iemand letters kon schilderen en ik had me gemeld. Vervolgens stond ik de hele dag in een grote bivaktent cijfers en letters te zetten op munitiekisten met aan het eind van de middag een extra gamel dunne soep en wat *cakes* als beloning. Een van de bewakers, een sergeant die zich met zijn kortgeknipte haar in niets van de anderen onderscheidde, bleek oorspronkelijk uit Nederland te komen: ik hoorde een knetterende Hollandse vloek toen hij zijn vinger openhaalde aan een spijker. Ik sprak hem aan.

'Ben jij een Nederlander?' antwoordde hij verbaasd. Hij nam me nieuwsgierig op. Dat er landgenoten aan Duitse zijde hadden meegevochten was hem, ofschoon een paar jaar voor het uitbreken van de oorlog naar Amerika geëmigreerd, bekend, maar een dergelijk product had hij nog niet in levenden lijve onder ogen gekregen. Hij wilde weten hoe de situatie in Holland geweest was, met name in Harlingen, waar hij vandaan kwam. Wat had me ertoe bewogen in Duitsland dienst te nemen? Over de situatie in Holland kon ik hem niet veel vertellen, over die in Harlingen al helemaal niets. Wel deed ik in het kort mijn verhaal. Vlucht voor de Arbeitseinsatz. Marine. Koerland. Daarna terug naar huis. Dan Klagenfurt en naar de Oder. Bij dat laatste schoot zijn verstand tekort:

'En toen ben je nog teruggegaan ook?'

Ik knikte.

'Maar had je je snor niet kunnen drukken?'

Ik wist het hem niet duidelijk te maken. Hoe ik die twee weken radeloos had rondgezworven, verscheurd door tegenstrijdigheden. Iedere dag een dag. De angst als deserteur tegen de lamp te lopen. En het gevoel van ontheemding, omdat ik daar niet meer thuishoorde, in het Oudewater waar niets veranderd was, omdat ik niet kon wennen aan nachten van stilte en dagen zonder spanning. Maar waar ik geen melding van maakte, was dat ene moment, bij een keukendeur in Zeist, toen ik bij mijn zwager een aarzeling bespeurd had, dat ene moment dat ik het gevoel had dat ik op een tweesprong stond. Het was nu eenmaal zo gelopen...

'Nou, je hebt je wel vies in de nesten gewerkt,' besloot hij.

Van hem was het dat ik een verhaal hoorde dat daarop het laatste restje vaste bodem onder mijn voeten wegmaaide. Een verhaal over concentratiekampen, waarvan hij er een mee had helpen bevrijden, over de vernietiging van de joden. Ik kon het niet bevatten. Hij toonde me afgrijselijke foto's in de *Stars and Stripes*, het Amerikaanse legerblad. Bergen schoenen, immens als puinkegels naast een kolenmijn, bergen brillen, bergen naakte lijken, verbrandingsovens. Overlevenden, vel over been, met glanzende ogen diep in de kassen. Hij had het gezien, hij was er getuige van geweest – en ik zat volkomen verlamd tegenover hem, niet in staat een woord uit te brengen. Ik herinnerde me opeens wat dokter Van Praag gezegd had, die laatste keer in Oudewater. Ik herinnerde me een brief van mijn jeugdvriendje Chiel. Hij had me geschreven, niet lang nadat ze verhuisd waren naar Amsterdam. Ze gingen weg, schreef hij, ze gingen naar Polen – om daar te werken.

'Maar daar moet je toch iets van geweten hebben?'

Ik schudde het hoofd. En mijn eigen stem klonk me bijzonder weinig overtuigend in de oren toen ik antwoordde:

'Ik hoor dit echt voor het eerst. Ik geloof niet dat iemand van ons daar iets van geweten heeft.'

Ik tastte radeloos mijn geheugen af. Wanneer dit gebeurd was, en er was geen enkele reden om aan te nemen dat dat niet het geval was, moesten we er toch *iets* van gehoord hebben. Had iemand er op gezinspeeld? Maar waar? Wanneer? Ik kon het me niet herinneren.

'Hoe kan dat nou?'

Ik werd rood. Er klonk te veel ongeloof in zijn stem. Ik *wist* niet hoe dat kon. Zou Carstens het geweten hebben? Die was officier. Maar nee, ik kon het me niet voorstellen. Dit alles moest zich achter de coulissen hebben afgespeeld. En, hoe onloochenbaar het ook bleek, het was niet mogelijk me er een voorstelling van te maken. Miljoenen mensen...

'Maar hebben ze zich dan niet verzet?'

Dat begreep hij ook niet helemaal:

'Ze gingen niet tegelijk, natuurlijk...'

Het deed er ook niet toe. Net zomin het ertoe deed of

we het geweten hadden of niet: we waren handlangers van beulen geweest. We hadden hun daden, gewild of niet, gedekt. – Alles wat ik had meegemaakt werd in een flits vergiftigd door die gedachte. Ik had het overleefd. *Maar met welk recht?*

Ik keek naar de foto's, een waas voor de ogen. Dit was een wetenschap, zo ingrijpend dat ik niet in staat was haar volledig tot me door te laten dringen, laat staan dat ik haar onder woorden kon brengen.

'En wat nu?'

Ik haalde mijn schouders op. Ik wist het niet.

Een paar dagen later werd hij overgeplaatst, deze Amerikaanse sergeant van Hollandse afkomst, maar niet zonder dat hij me gedag was komen zeggen. Hij gaf me zijn adres. Ik moest beslist een keer bij hem langskomen, 'wanneer ik in de buurt was'. Ik beloofde het, al kon ik me met geen mogelijkheid voorstellen nog ooit een leven te betreden waarin die belofte geen absurditeit was.

Deel 5

Legionair

'Beschwindelt, dat is wat we zijn. *Beschwindelt.* We hebben ons voor een karretje laten spannen...'

Hij heette Luc en hij had een speciale voorliefde voor dat woord: hij voelde zich door alles en iedereen bedrogen.

Luc was lang, en mager als een lat. Hij had donker krulletjeshaar en bruine, beweeglijke ogen. Wanneer hij eenmaal aan het woord was, viel er niet snel een stilte. Hij was een Belg. Hoewel hij uit Wallonië kwam en dus Franstalig was opgevoed, sprak hij redelijk Nederlands. Ik kon me intussen aardig behelpen in het Duits, maar het was toch steeds weer een opluchting voor me wanneer ik me van mijn moedertaal kon bedienen. Luc had, net als ik, meteen na zijn komst in het krijgsgevangenenkamp een dekkingsgat gegraven: daarin kenmerkten zich de voormalige frontsoldaten. Hij was iets ouder dan ik, had zich als student voor de Waffen-SS gemeld:

'Echt een idealist,' zoals hij er zelf spottend aan toevoegde. Hij had twee jaar aan het Oostfront gezeten, maar daar sprak hij nauwelijks over. Des te meer over zijn achtergronden. Hij was doorkneed in politiek. Het was dankzij hem dat begrippen als communisme, socialisme, nationaal-socialisme voor het eerst enige inhoud voor me kregen. Hijzelf kwam uit een fascistisch milieu. Mussolini, en later in mindere mate Hitler, hadden bij hem thuis het denken bepaald. Zijn vader was partijlid en had het tijdens de bezetting gebracht tot burgemeester. Wanneer hij het over hem had, werd hij bleek van woede:

'Een parvenu, een baantjesjager van het zuiverste water. Wanneer ik die nog een keer tegenkom vermoord ik hem...'

Hij was furieus, op zichzelf, op zijn verleden, juist omdat hij er zelf in geloofd had, omdat hij getekend had, samen met een jongere broer, ter wille van de denkbeelden die hun als vanzelfsprekend waren bijgebracht. 'En wanneer je die eerste stap gezet hebt, is het te laat. Je hebt niets meer in te brengen, je bent een werktuig geworden.'

'Wanneer heb je getekend?'

'In '42.'

'En wanneer Duitsland de oorlog nou gewonnen had?'

'Onzin. Een oorlog wordt alleen maar gewonnen in de geschiedenisboekjes. In werkelijkheid zijn er alleen maar verliezers: zoveel aan de ene kant, zoveel aan de andere. Vraag het maar aan m'n broer toen hij op die mijn stapte. De rest is pure quatsch, holle woorden, vlaggen, vaandels. Ik heb m'n portie gehad – ik heb er nog achteraangelopen ook.'

We zaten naast elkaar onder een tentzeiltje te midden van de tienduizenden, Luc en ik. We aten ieder met een vork uit het blik *corned beef* dat hij had bemachtigd, en daarna rookte hij de ene sigaret na de andere. Hoe hij dat allemaal wist te organiseren, vlees, sigaretten, soms zelfs bier of coca-cola, was me een raadsel. Het was aan meer te danken dan zijn talenkennis, hoe indrukwekkend die ook was: hij sprak niet alleen Frans en Nederlands, maar ook vloeiend Duits en Engels. Hij liet zich door niemand imponeren. Zonder schroom sprak hij officieren aan alsof het zijns gelijken waren. Mij beschouwde hij als een provinciaal, en het feit dat ik nog geen vol jaar eerder getekend had voor de Duitse marine als het toppunt van stompzinnigheid. – Maar er was één verlangen dat ons bond en samendreef: de drang te ontsnappen.

Volgens Luc waren er een paar miljoen krijgsgevangenen. We zouden berecht worden, dat stond voor hem vast, en alleen al met het wachten daarop konden jaren heengaan. Ontsnappen...

'Maar wat dan?'

'Een koud kunstje. We zien in Straatsburg te komen, in de Franse bezettingszone. Daar tekenen we voor het Vreemdelingenlegioen. Ze vragen je niets, niet eens je naam. Je bindt je voor vijf jaar...'

'Weet je dat zeker?'

'Natuurlijk weet ik dat zeker...'

Ik aarzelde geen moment, en ik had ook niet geaarzeld wanneer hij gezegd had het *niet* zeker te weten. Na twee weken rust waren mijn krachten teruggekeerd, maar ook een kwelling waarmee ik eerder, tijdens mijn verlof in Oudewater, had kennisgemaakt. Ik was niet bestand tegen de stilte, ik kon niet slapen wanneer ik niet fysiek uitgeput was. Mijn hoofd herbergde een slangenkuil. Zo gauw ik mijn ogen sloot en wegzakte, lag ik te schudden onder een trommelvuur van angstbeelden. Ik werd gek in dat gat in de grond. We zouden veroordeeld worden – maar ik was al veroordeeld, tot de straf die ik het slechtste kon verdragen: lijdelijk wachten, passiviteit.

De eerste de beste maanloze nacht waagden we het erop, en *wagen* bleek een te groot woord. De bewaking stelde niet veel voor, en het passeren van een paar rollen prikkeldraad leverde geen problemen op. Zo lieten we, gedekt door duisternis en grondmist, de mensenzee achter ons, waarin we gedobberd hadden, hij drie weken, ik twee. Het was een vlucht – een vlucht voor mezelf, voor het verleden. Maar ik herademde. Er was weer beweging.

We liepen de hele nacht dwars door velden en akkers. Tegen de dageraad verscholen we ons met uitzicht op een kleine, alleenstaande boerderij. De zon kwam op en het duurde niet lang of het leven ontwaakte. Een meisje van een jaar of vijftien kwam naar buiten, het gezicht nog dik van de slaap. Ze verdween achter het huis, om terug te keren met een bundel hout in de armen. Even later verscheen een vrouw, het haar in de bekende vlecht, een emmer in de hand. De ketting van de put ratelde.

'Ik geloof dat hier geen pappie is, en ook geen waakhond,' zei Luc. En toen er rook uit de schoorsteen begon te kringelen:

'Jan, het ontbijt staat klaar...'

We klopten aan, Luc deed het woord. Hij beantwoordde de wantrouwende blik van de vrouw met een buiging.

Of ze misschien ook Gefreiter Müller kende, dat wil zeggen: diens familie, die hier ergens in de buurt, hoe heette het hier ook alweer – o ja, precies – moest wonen, want die had ons op het hart gedrukt vooral de groeten te doen aan zijn verwanten, met de boodschap dat hij godzijdank gezond was en nog in het bezit van al zijn ledematen – enzovoort. Nee, een Müller kende ze niet, maar we moesten maar eens een dorp verderop proberen, daar woonden verscheidene Müllers. Och nu ja, zo'n haast had het nu ook weer niet. We hadden drie dagen en drie nachten gelopen om het blijde nieuws te brengen, dus dat kon evengoed nog wel een uurtje velen – misschien mochten we éven binnenkomen?

Aldus geschiedde, en even later zaten we achter een groot bord pap met bruine suiker. Of de vrouw enig geloof hechtte aan het steeds ingewikkelder wordende verhaal van mijn metgezel viel niet op te maken. We kregen, zonder dat er vragen gesteld werden, toestemming te gaan slapen in de schuur, en ze stak ons, toen we tegen de avond weer naar buiten kropen, in de burgerkleren.

We vervolgden onze tocht, ik met een glimmend vestje over mijn hemelsblauwe nachtjapon, en daarover een oude overjas, Luc in het donkere zondagse pak dat ongetwijfeld ooit de heer des huizes als trouwkostuum gediend had, en dat aan alle kanten slobberde, ondanks de omgeslagen pijpen en mouwen. In het donker hoefde ik maar af te gaan op de lucht van mottenballen. Vanaf dat moment waren we twee Franse vluchtelingen die in Duitsland gedwongen arbeid hadden verricht. Dat ik geen woord Frans sprak was geen bezwaar – zolang ik mijn mond maar hield.

Aanvankelijk liepen we 's nachts door de velden zuidwestwaarts, om overdag te schuilen in een hooiberg of een schuur, rammelend van de honger. Maar op die manier schoten we niet erg op, en de vier-, vijfhonderd kilometer indachtig die we nog voor de boeg hadden, werden we steeds roekelozer. Tenslotte liftten we overdag mee met militaire transporten en bedelden we bij veldkeukens om voedsel. We zagen er wonderlijk uit, ik in mijn lange jas, hij in zijn te wijd bemeten pak, maar dat viel niet op in een land dat in volslagen ontreddering verkeerde, en waarin in alle richtingen een ware volksverhuizing van vluchtelingen en daklozen plaatsvond. Wanneer mij iets gevraagd werd antwoordde Luc in mijn plaats. Ik was niet helemaal in orde, beduidde hij, op zijn voorhoofd tikkend:

'Un peu tralala...'

En ver bezijden de waarheid was dat niet. Ik liep achter hem aan als een hond achter zijn baas. Het ene moment was ik opgewekt omdat we weer wat eten hadden bemachtigd, omdat de zon doorbrak – en die won naarmate we zuidelijker kwamen aan kracht –, omdat we in de laadbak van een vrachtauto mochten kruipen en verder afstand namen – maar afstand waarvan eigenlijk? Want het volgende ogenblik sloeg mijn stemming weer om in doffe radeloosheid. Dan moest ik strijden tegen de aanvechting om aan de kant van de weg te gaan liggen, en verder alles op zijn beloop te laten. Vormeloze herinneringen welden op: angst, verdriet, beklemming, paniek – alles door elkaar. Het was nog maar drie weken terug dat Carstens een mortiergranaat voor zijn voeten had gekregen, een maand terug dat we met z'n drieën de wacht betrokken hadden bij een dorp en een leger op ons af hadden zien komen, het was twee maanden terug dat ik op een eilandje in de Oder op een Russische soldaat gestuit was, drie maanden terug dat we in een hel hadden verkeerd die Dresden heette. En zo verder, het maakte niet uit. In het diepste van een scheepsruim te midden van de mijnen, een oude veerboot die getorpedeerd werd, in de sneeuw: de laatste klap, de dood van Hein... – En zo verder. Het maakte niet uit, want *niets* had de tijd gekregen.

'We hadden een compagniescommandant. Die kreeg op het allerlaatste moment nog een mortiergranaat op zijn kop.'

'Dat is pech hebben,' zei Luc.

''t Was een goeie vent...'

'Tja,' zei Luc. 'Die gaan altijd 't eerst...'

Ik keek hem aan. Hij trok aan zijn peuk tot hij zijn vingers schroeide.

Er was iets dat me in hem tegenstond. Waren het zijn wenkbrauwen die doorliepen, boven zijn neuswortel? Waren het zijn lippen? *Was Carstens er nog maar*. Of Hein...

'Carstens heette hij, en hij viel juist als *laatste*...'

Luc wierp me, verbaasd over mijn plotselinge stemverheffing, een verstrooide blik toe, maar meteen daarop kreeg hij een bord in de wegberm in het oog:

'Morgen zijn we er. Nog maar tachtig kilometer. Dat hebben we 'm verdomd snel gelapt.'

Het was inmiddels een week geleden dat we de grauwe mensenmassa op de vlakte achter ons hadden gelaten.

De weinige keren dat we controle hadden gekregen waren we dankzij een fantastisch verhaal van mijn metgezel ongemoeid gebleven. Van wat er in het Frans precies gezegd werd, verstond ik geen woord, maar ze gingen steeds bijna als oude bekenden uiteen, Luc en zijn ondervrager. De laatste etappe legden we zelfs af in een jeep van de Franse militaire politie.

'Het is heel simpel,' verklaarde hij zijn truc, 'je laat gewoon een veel voorkomende naam vallen. Er is altijd wel iemand in een geboortedorp of legeronderdeel die zo heet, en die ken jij dan toevallig óók...'

In Straatsburg meldden we ons bij een wervingsbureau, en toen bleek althans één verhaal uit de mond van mijn reisgenoot op waarheid te berusten. Het Vreemdelingenlegioen bestond echt. En inderdaad, er werd ons niets gevraagd, we werden zelfs met open armen ontvangen. We kregen een *permis*, met vrij reizen tot Marseille.

Daar arriveerden we samen met een vijftigtal anderen, vrijwel allemaal Duitsers, vrijwel allemaal minderjarig, al de volgende dag. We werden medisch gekeurd en geschikt bevonden, we zetten onze handtekening. Vanaf dat moment luidde mijn naam Jean Montin, en dat zou, wanneer ik in de tussentijd het leven niet liet, gedurende minstens vijf jaar zo blijven.

Legio patria nostra, het Legioen is ons vaderland. Je bent een huurling. Vechten is je ambacht. Je naam doet niet ter zake, je nationaliteit doet niet ter zake. Je bent een nummer.

Sidi bel Abbès, Algerije. Weer een kazerne. Kale gangen, kale zalen. Weer een ander uniform, een andere vlag die 's ochtends gehesen werd op de binnenplaats. Opnieuw te midden van een groep onbekenden. Opnieuw onder krijgstucht, en harder dan ik eerder had meegemaakt. Want, zo werd ons voorgehouden, nu dienden we in het enige *echte* leger dat er bestond. De voertaal was Duits, alleen de bevelen werden in het Frans gegeven. Over het verleden werd niet gesproken, we werden geacht geen verleden te bezitten. Onze toekomst lag in Azië, in Indo-China dat nog door Japan bezet was, en zou daar voor velen van ons ongetwijfeld ook eindigen. We hadden de ene oorlog overleefd om te sneuvelen in de volgende.

De eerste weken kregen we een keiharde infanteristenopleiding. Dagmarsen van tachtig kilometer door het gloeiende woestijnzand, met een minimaal rantsoen aan water. Er waren er die flauwvielen, er waren er die aan een hartaanval bezweken. Als recruten mochten we de poort niet uit, maar 's avond was iedereen zo moe dat niemand het betreurde. We waren soms zelfs te moe om te eten, te moe om ons uit te kleden.

Het Legioen had dringend versterkingen nodig en de instructieperiode was tot een moordend tempo opgeschroefd. Er was geen rustig moment, geen ogenblik om je gedachten te verzamelen, om de nieuwe omgeving van witte huizen en palmen werkelijk tot je door te laten dringen, of zelfs maar te twijfelen aan het bedrijf waarin je je begeven had. Het was looppas, van 's ochtends zes tot 's avonds zeven.

Zelfs de meest doorgewinterde veteranen vervloekten het moment waarop ze getekend hadden. Maar een weg terug was er niet. Op desertie stonden zware straffen. Desertie betekende wegkwijnen in een cel – of erger. Iemand probeerde het. Hij werd gepakt en in een kuil gezet. Twee nachten waarin de temperatuur tot onder het nulpunt zakte, twee dagen waarin het kwik tot boven de veertig graden steeg. Het wrak dat van hem restte, werd weer in genade aangenomen.

Drie weken na onze aankomst werden we geïnstalleerd. We kregen de witte kepie, de ronde, platte pet van het Vreemdelingenlegioen. We kregen onze soldij: één nacht van bodemloze dronkenschap, één nacht naar de hoeren...

Lucs weg en de mijne scheidden zich daarop. Hij bleef bij de infanterie, ik koos voor de para's. Tien parachutesprongen, tien keer de angst voor de diepte, tien keer de overwinningsroes wanneer ik behouden op aarde was teruggekeerd. – Toen zat mijn opleiding erop. Ik was klaar voor Indo-China. Klaar voor de volgende vlucht naar een volgend front.

Maar niet lang voor het definitieve vertrek naar het Verre Oosten werd ik samen met een paar andere manschappen van mijn afdeling aangewezen om een transport te escorteren van een honderdtal recruten die voor herkeuring naar Marseille moesten. En nadat we ze hadden afgeleverd kregen we avondpermissie. Passagieren in de stad. Café in, café uit, in uitgaanstenue. Wonderlijke sensatie: we werden er verwelkomd als gevierde bevrijders van het Duitse juk...

Het Legioen had roemrucht meegevochten aan geallieerde zijde, beseften we opeens. Het kan verkeren. *Wij* lieten het misverstand voor wat het was...

Aanvankelijk hield ik, niet gewend aan de plotselinge bewegingsvrijheid, nog aansluiting met het groepje. Toen zonderde ik me af. Ik sloeg een zijstraatje in, stemmen en voetstappen van de anderen stierven weg, ik was alleen. Ik bleef staan, in het halfdonker, luisterde naar het koortsachtige bonzen van mijn hart. Ik nam mijn kepie in de hand. Het was alsof ik hem voor het eerst echt zag. Ik zette hem weer op, bekeek mezelf in de spiegeling van een winkelruit. Ik was het die daar stond, Jan Montyn. Jan Montyn uit Oudewater. Maar tegelijk was het een vreemde die ik zag, van al mijn hoedanigheden ontdaan, even doorzichtig als het glas waarin hij zich spiegelde. Ik keek omhoog. Sterren. Ik keek voor me uit. Steegjes, straten, mensen, een stad vol leven.

Het was voor het eerst sinds ik me kon heugen dat ik werkelijk *alleen* was. Geen slaapzaal, geen groep, geen tucht, geen metgezel. Even kon ik gaan en staan waar ik wilde zonder met iemand rekening te houden of verantwoording af te hoeven leggen. De deur van mijn cel stond nog een paar uur open. Dan zou hij dichtklappen, definitief.

'Wat is er aan de hand, soldaat?'

Het duurde een moment voor het tot me doordrong dat de vraag gericht was tot mij, en vervolgens duurde het nog verscheidene momenten voordat het me duidelijk was wat er met me aan de hand was.

Ik was een kleine, halfdonkere bar binnengegaan.

Door het raam had ik gezien dat het er stil was. Ik wilde nadenken. Eentonige Arabische muziek kwam me tegemoet. Achterin zaten een paar mannen te kaarten, zonder op te kijken bij mijn binnenkomst. Ik was op een kruk gaan zitten, had mijn kepie op de bar gelegd. De kastelein keek me vragend aan, en ik zocht in mijn zakken. En dan was er nog dat meisje, klein, exotisch, met schitterende bruine ogen. Zij had de vraag gesteld. – Terwijl ik zocht, binnensmonds vloekend. De ene na de andere zak van mijn splinternieuwe, stijfgeperste uitgaanstenue bleek leeg. Zelfs geen stofje. Borstzakken, zijzakken, broekzakken. Leeg. Mijn prachtige bankbiljetten! Mijn kleurige, knisperende bankbiljetten! Waar had ik ze gestopt? Opnieuw alle zakken. *Niets.* – Waar was ik geweest? We hadden verschillende cafés aangedaan. In het laatste had ik een rondje gegeven. Daar moest het gebeurd zijn. En het wisselgeld had ik gul op het tafeltje achtergelaten, ellendige stomkop die ik was...

'Een legionair die zich laat uitschudden!' – Om dat te kunnen begrijpen was het niet nodig de woorden te verstaan. Maar ik kon de humor ervan met geen mogelijkheid inzien. Zij wel. Ze lachte, met blikkerend witte tanden. Ook de kaarters vonden het heel leuk. Alleen de kastelein vond het niet leuk. En ik dan. Ik stond daar met een kop als een boei – als een legionair met een kop als een boei. Als de eerste de beste buitenman – Holland ja, Oudewater ja – had ik me de zak laten rollen. Ik kon m'n laatste avond wel vergeten. Mijn maats vond ik in deze warwinkel van straatjes en stegen nooit en te nimmer terug. Ik zag mezelf al terugkeren naar de kazerne, om me vervolgens uit de slaap te laten houden door de anderen, die druppelsgewijs terugkeerden en niet op konden houden over hoeveel drank wel niet, en hoe mollig de vrouwen.

'Wat drink je, legionair?' Het meisje was naast me komen zitten. Ik wees beduusd op het glas dat ze in haar handen koesterde en kreeg tot mijn verbazing thee. Dan maar thee. Een ongeluk komt nooit alleen, zo zegt het spreekwoord. Maar een ander gezegde wil, dat er geluk bij ongeluk komt. Zo kan het noodlot alle kanten op.

''t Is stil vanavond,' zei het meisje, alsof ze voor zichzelf een verklaring gaf waarom ze haar tijd verdeed met een legioensoldaat die platzak was. En ik, ik keek haar aan, van heel dichtbij, en besloot dat dit het mooiste meisje was dat ik ooit gezien had. Er ontspon zich een gesprek waarin met heel weinig woorden, tien Franse, tien Engelse en vijf Duitse, toch veel gezegd werd. Hoe oud we waren bijvoorbeeld. Ik dus twintig. Zij tweeëntwintig. Waar ik vandaan kwam. Holland. Zij uit Algiers. Hoe ik heette. *Jean*... Haar naam was onverstaanbaar:

'Maar hier noemen ze me Loulou...'

Ze was getrouwd. Haar man was heel oud. Veertig. Hij had haar in Algiers opgepikt toen ze zestien was. Hij was weg, op zee. Soms wel voor een halfjaar. Ze spaarden. Wanneer ze genoeg hadden overgehouden zouden ze een cafeetje kopen. Dat was haar ideaal. – Zo spraken we. En intussen was er steeds een angstig voorgevoel. Dat er iemand binnen zou komen. Iemand die wél geld had. Iemand met wie ze mee zou gaan naar boven, naar een heel klein kamertje waar alleen maar een bed stond. Maar die angst was ongegrond. Wel kwam er iemand binnen, herhaaldelijk zelfs. Misschien was daar ook díé iemand bij. Maar zij bleef rustig zitten waar ze zat. En dat was naast mij.

We dronken vele glazen thee, nooit had ik zoveel glazen zoete thee gedronken. En ver na middernacht liepen we door een subtropische zomernacht over straten en door stegen. Haar huisje, aan het eind van een stikdonkere wenteltrap, kwam me voor als het toppunt van vrouwelijkheid. Overal felgekleurde lappen, kussens, poefs. Ze kookte. We aten couscous. Intussen praatte ze op me in. Ik had haar, voorzover mijn woordenschat het toeliet, verteld dat ik een halfjaar aan het front gezeten had, dat we de volgende dag zouden terugkeren naar Algerije, om vandaar naar een volgend front getransporteerd te worden. Ze verklaarde me voor gek – complètement *fou*! – dat ik voor het Legioen getekend had. Ik was gek dat ik me naar Indo-China liet sturen. Ik loste er niets mee op. Ik zou er doodgeschoten worden, dat wist ze zeker, dat voelde ze.

'Niet doen, Jean. Niet gaan. Ik wil het niet...' – Ze herhaalde het vele malen.

'Maar ik heb getekend. Wanneer ik niet ga is dat desertie. Ze zullen me gaan zoeken...'

Waarna ze opstond, resoluut de gordijnen dichttrok en zei:

'Je blijft hier!'

Zij zou me wel verbergen, zorgen dat ik burgerkleren kreeg, papieren desnoods. Bij haar was ik veilig, de hele buurt werd gecontroleerd door het *milieu*, de onderwereld. De politie waagde zich er niet.

'Hier heb je eten en drinken en een dak boven je hoofd. Ik zal voor je werken. Je kunt hier net zolang blijven tot je weet wat je gaat doen...'

Ik stond op zonder een woord te zeggen, zocht mijn kepie. Ze schrok. Ik klakte op klassiek Pruisische wijze mijn hakken tegen elkaar, salueerde:

'Oui, mon capitaine...'

Vervolgens werd ik, zoals ik daar stond, ceremonieel ontkleed door de zachtste handen die me ooit beroerden.

Het zandkleurige jasje, het hemd, de broek. Schoenen, sokken. Eerst de linker, toen de rechter. Er viel iets uit die sok. Het waren een paar plat samengevouwen bankbiljetten. We lieten ons op het bed vallen, slap van het lachen.

Om zes uur in de ochtend werd ik gewekt door een innerlijke wekker. Het was het tijdstip waarop mijn nachtpermissie afliep. Ik lag in een bed, een klein zacht lichaam in mijn armen. – Het was de eerste keer in mijn leven dat ik de nacht met een vrouw had doorgebracht.

Om twaalf uur ontwaakte ik opnieuw. Ik was alleen. Ook het uniform op de vloer voor het bed was verdwenen. Rond dit uur vertrok de veerboot naar Algiers. Zonder mij. Want ik lag hier. En draaide me nog eens om.

Ik was een kleine, donkere bar binnengegaan met de bedoeling na te denken. Ik was tegen iemand aangelopen, en de beslissing was gevallen voordat ik er zelf besef van had. Voor de zoveelste keer. Maar dit was, meende ik, wel het beste besluit sinds jaren.

Drie weken bleef ik bij Loulou. We leefden 's nachts. Ze ging om vijf uur 's middags naar haar werkterrein, keerde pas na tweeën 's nachts terug. Dan had ze boodschappen bij zich, eten, een fles wijn, een paar geïllustreerde blaadjes voor mij. Ze kookte, we aten, praatten wat, sliepen in wanneer het licht werd. Rond drie uur 's middags stonden we op. En dan was het voor haar alweer snel tijd om te verdwijnen. Mijn uren van wachten achter het raam namen een aanvang. Tegen zessen werd het druk in het straatje. Rond achten sloten de winkels. Het werd donker. De buitenwereld bestond nog slechts uit flarden rumoer die opklonken achter de openstaande deuren van de cafeetjes. Na elven werd het stil. Nog drie uur voordat ik haar vertrouwde stap zou horen...

Wanneer ze 's nachts thuiskwam, was haar eerste gang naar de geciseleerde geelkoperen pot die op de schoorsteenmantel stond. Daarin bewaarde ze haar spaargeld. Uit het bedrag dat aan het totaal werd toegevoegd kon ik afleiden hoeveel klanten ze zo ongeveer gehad moest hebben die avond. Het was iets waar ik maar liever niet over nadacht. Zij sprak er niet over, niet uit schaamte, maar omdat het voor haar de gewoonste zaak van de wereld was. Iedere nacht telde ze haar geld na, iedere nacht opnieuw met het puntje van haar tong tussen haar tanden. Stapeltjes Franse francs, dollarbiljetten, per tiental bijeengehouden door een speld.

'Ben je niet bang dat ik ermee aan de haal ga?' vroeg ik een keer.

'Nee, want dat doe je niet.'

Al die dagen bleef ik binnen. Het enige zonlicht dat ik zag was de weerkaatsing op de huizen aan de overkant van het straatje. Ik kon jaloers zijn op een poes die zich koesterde, daar op die vensterbank, op de kanaries, kwetterend in hun kooitjes die naast de ramen hingen. Mijn huid werd met de dag bleker, maar overdag waagde ik me niet buiten. Een paar keer maakten we in het holst van de nacht een wandelingetje. Dan troonde ze me mee naar vriendinnen die, zoals zij, een nachtleven leidden. Het waren mijn enige verzetjes.

Ik had willen nadenken – daarvoor was nu tijd te over. Zo kon het niet eeuwig voortduren, dat was wel duidelijk. Dat haar man op een gegeven moment weer zou opduiken zag ze niet als een probleem. Die gaf ze eenvoudigweg de bons. Het ingelijste fotootje van een bebaarde veertiger dat ik die eerste nacht naast het bed had aangetroffen was de volgende dag al verhuisd naar een lade. Maar ik kon toch bezwaarlijk de rest van mijn leven op driehoog boven een straatje in Marseille slijten. Ik moest terug, ik moest schoon schip maken. Ik had een misstap begaan, zou daar ongetwijfeld voor moeten boeten. Maar pas dan zou de mogelijkheid geschapen zijn om werkelijk opnieuw te beginnen.

Ik sprak erover, en ze knikte, al stond het huilen haar nader dan het lachen. Dit was geen leven, dat begreep ze wel. De volgende dag verscheen ze met een verfomfaaid paspoort. Een opgetrommelde kennis maakte, terwijl we allebei buiten het raam hingen ter wille van het licht, een foto, en zorgde voor de vervalsing van het stempel. – Ik was opeens zeeman, negenentwintig jaar oud. En ik had de Zweedse nationaliteit. Holland of Zweden: dat was één pot nat.

Op een nacht bracht ze me weg, door de buitenwijken van de stad. Ze wees. Daar, verderop, was de grote verkeersweg naar het Noorden. We omhelsden elkaar in het besef dat we elkaar niet terug zouden zien. Ik keek haar na tot ze om een hoek verdwenen was. Omkijken deed ze niet.

Toen begon ik te lopen, langzaam, in de aangegeven richting, terwijl ik, zonder te weten waarom, mijn passen telde.

In een greppel wachtte ik tot de sterren begonnen te verflauwen. Tegen die tijd kwam het verkeer langzaam op gang. Ik stelde me op aan de kant van de weg. De eerste de beste vrachtauto stopte, zonder dat ik zelfs maar een teken had gegeven.

'Waar moet je naartoe?'

'Naar Straatsburg...'

Via Straatsburg had ik geprobeerd het verleden te ontvluchten, via Straatsburg zou ik proberen een toekomst te hervinden.

Tussen twee oorlogen

Met veertien man stonden we te wachten op het einde. De eerste was met de kolf van een geweer naar buiten geslagen. De deur van de barak viel dicht. Het was weer stil. We stonden naast elkaar, roerloos, de handen op de rug gebonden. Af en toe klonk er gekuch, meer niet. Geen woord. Niemand waagde het een ander aan te kijken, uit angst zich te zullen laten kennen. Het leek wel of we ons schaamden de laatste ogenblikken in elkaars gezelschap door te moeten brengen.

Buiten klonk het geblaf van bevelen. Even niets. Dan één afgemeten kreet, onverstaanbaar, maar de betekenis kon geraden worden. Bijna onmiddellijk volgde een salvo. Droog, zonder de minste echo. Dat was het dus. Er ging even overheen voor de deur opnieuw werd opengesmeten. Daarop werd de volgende afgevoerd, met samengeperste, bloedeloze lippen, half hollend, half vallend onder de slagen. Hoe lang duurde het? Ik telde. Eenentwintig, tweeëntwintig, drieëntwintig, vierentwintig... – Niet dat het er iets toe deed.

Wat ging er door me heen, terwijl ik daar stond? *Dat was nu juist wat ik mij afvroeg.* Geen verheven gedachten. Hoop noch wanhoop. De angst me niet te kunnen beheersen. Een zeker ongeduld. Laat het dan nu maar zo snel mogelijk gebeuren. O ja, *de datum.* Die kwam me eensklaps zeer belangrijk voor. Achter een vervuild bovenraam schemerde een vierkantje blauwe lucht. Het was augustus en het moest een donderdag zijn. Van dat laatste was ik zeker, al wist ik niet waarom. Maar de datum... Was het de tiende augustus? De elfde? De negende? – Niet dat het er iets toe deed.

Weer een salvo. Gebroken dit keer, niet zo gelijk als het vorige.

De volgende verdwijnt. Nog één, dan ik. Minder dan een minuut, wanneer ik niet te snel geteld heb. Laat het maar de elfde zijn. Elf augustus. En laten ze voortmaken.

Dan is het mijn beurt. Ik slaag erin, ondanks mijn gebonden handen de geweerkolf te ontwijken zonder mijn evenwicht te verliezen. Verblind door het zonlicht word ik de binnenplaats over gejaagd. Daar is de muur, het witgeschilderde pleisterwerk op vele plaatsen geperforeerd door de inslagen van kogels. De gaten lijken op bomkraters in de sneeuw – niet dat het er iets toe doet. De blinddoek. De bevelen. Ook nu weer die korte stilte na het voorlaatste bevel. Ik hoor opeens het getsjilp van mussen, ik zie in een flits een polderlandschap voor me. Dan die ene afgemeten kreet. Het gaat snel, het gaat vanzelf. Ik zet me schrap. De knal.

Vier kogels. Ze sloegen precies gelijktijdig in. In mijn borst, hart, longen. Ik werd door de kracht ervan tegen de muur achter me geslagen. Alles werd zwart. Maar daarna rood. – Want vreemd, mijn benen bleven me dragen. Of verbeeldde ik me dat? Ik voelde niets meer. Geen pijn. Niets. Alsof ik niet meer bestond, alsof ik mijn lichaam had verlaten. – En meteen daarop: stemmen, gelach. Van ver. Van dichterbij...

De blinddoek werd afgerukt, tegelijk met een pluk haar. Dat voelde ik. Oogverblindend zonlicht.

Ik kreeg een duw. Ik viel. Ik krabbelde overeind. Viel weer.

Ik werd naar een deur aan de overzijde van de binnenplaats gesleept. Mijn broek kleefde aan mijn benen. In het halfduister onderscheidde ik het drietal dat me was voorgegaan. De een zat op een lage bank, staarde uitdrukkingloos voor zich uit, de ander zat voorovergebogen, zijn schouders schokten.

De derde lag op de grond, met weggedraaide ogen, zijn mond vol bloed. Hij had zijn tong afgebeten.

Ik was zonder veel hindernissen in Straatsburg aangekomen. Het paspoort dat Loulou voor me georganiseerd had, had ik weggegooid. Ik was er verschillende keren een controle mee doorgekomen, het had zijn werk gedaan. Bij de eerste de beste militaire post had ik me aangegeven: 'Ik ben Nederlander. Ik heb vrijwillig bij de Duitse marine gediend en ben uit een krijgsgevangenenkamp ontsnapt...'

Na een nacht in een cel te hebben doorgebracht werd ik op transport gesteld naar Neuengamme, het voormalige concentratiekamp. Daar zaten tienduizenden krijgsgevangenen, onder wie veel niet-Duitsers, ondergebracht in barakken en tenten. De bewaking was in Engelse handen. De behandeling, hoorde ik meteen na mijn aankomst van mijn kamergenoten, was slecht. Daar merkte ik aanvankelijk niet veel van, afgezien van de eindeloze nachtappèls, want meteen de eerste ochtend werd ik er door een Engelse officier uitgepikt om hem als huisknecht te dienen. 's Ochtends vroeg verdween ik naar het officiersverblijf, 's avonds keerde ik terug. Ik poetste schoenen, veegde de vloer, zette thee. Aan voedsel geen gebrek. En ik genoot heimelijk van iets dat voor iedere soldaat, krijgsgevangen of niet, een ongekende luxe was: ik zat uren in het bad. Maar toen mijn beschermer me daarin een keer betrapte, maakte de ene schrik plaats voor een andere. Hij was niet boos. Integendeel. Hij was aangenaam verrast.

De volgende ochtend liep hij weer keurend, zijn stokje onder de oksel geklemd, langs de gelederen, mij negerend. Een ander viel de eer te beurt, en ik marcheerde even later voor het eerst samen met mijn barakgenoten het kamp uit, naar een buitenwijk van de naburige stad Hamburg, om er puin te ruimen. Daarbij werd er door onze bewakers fanatiek op los geslagen, want iedere Duitse bom die boven Engeland was afgeworpen moest vergolden worden. Het waren leeftijdgenoten die sloegen tot je er beurs van was, het waren slagen waartegen je je niet kon verweren. Tegen een dergelijk gevoel van machteloosheid is geen schuldbesef bestand: ik vervloekte het moment waarop ik besloten had om terug te keren.

En op een dag wankelde onze kameroudste krijtwit naar binnen. We moesten in onze barak blijven. Die middag kwamen we voor het vuurpeloton. We zouden gefusilleerd worden. En zo geschiedde. Met losse flodders. Maar de salvo's, en het hoongelach daarna, zouden nog lang in onze oren klinken.

Een paar dagen later verscheen er een eenheid Nederlandse marechaussee in het kamp, tot ieders opluchting, zeker van de anderen, want die hadden er al maanden geïnterneerd gezeten. Alle Hollanders moesten aantreden. We werden in veewagons geladen en belandden na een barre tocht in Vught, ook een oorspronkelijk door de Duitsers ingericht kamp. We werden kaalgeschoren, kregen een baan oranje verf over onze schedel. Gestoken in gestreepte gevangeniskledij werden we ondergebracht in een afgezonderd kamp binnen het kamp.

Daar zaten de wapendragers: zij die onder Duitse vlag gevochten hadden. We werden als de zwaarste gevallen beschouwd, en er waren bewakers, leden van de Binnenlandse Strijdkrachten, tijdens de oorlog uit het verzet ontstaan, die ons dat met een kennelijk genoegen aan den lijve lieten voelen. Vooral op onze dag van aankomst moesten we het ontgelden – we werden bij tientallen bewusteloos geslagen. Het zou opvallend blijken dat bewakers die afkomstig waren uit reguliere eenheden, de Prinses Irenebrigade die zij aan zij met de geallieerden gevochten had, en de Canadezen die in het kampt Vught gelegerd waren, niet aan de mishandelingen deelnamen, en soms zelfs probeerden excessen tegen te gaan.

Kwam het doordat de eersten, als burgers, meer geleden hadden in de bezettingsjaren, en dat nu op ons afreageerden – of was het zo dat sommigen, en over onze ergste kwelgeesten hoorden we dat ze pas bij het verzet waren gegaan toen de oorlog in feite al afgelopen was, met ons als doelwit nog eens moesten bewijzen hoe heldhaftig ze wel niet waren? – Heldhaftig genoeg om in het wilde weg een geweer leeg te schieten in een barak vol gevangenen bijvoorbeeld. Misschien was die gevolgtrekking niet terecht, wij hielden het erop.

Het wachten op onze berechting nam een aanvang.

In oktober mochten we een briefkaart naar huis schrijven. Ik leef. Ik zit in Vught. Jan.

Het was mijn eerste levensteken sinds ik in februari vertrokken was naar Klagenfurt.

Een paar weken later kreeg ik bezoek. Mijn moeder en m'n middelste zusje. We mochten tien minuten met elkaar praten, onder een nauwlettend oog en oor van een bewaker en met inachtneming van een meter tussenruimte zodat er niet stiekem iets overgereikt kon worden.

'We dachten allemaal dat je dood was...'

'Hoe is het met pa?'

'Goed. Hoe is het met jou?'

'Ook wel goed.' Stilte. – Het is opmerkelijk hoe weinig een mens bij zo'n gelegenheid te zeggen weet. Zeker wanneer een bewaker voortdurend op zijn horloge staat te kijken.

Gaandeweg werd het regiem in het kamp wat milder. Ik bezocht iedere zondag trouw de heilige mis. Niet omdat ik me tot het katholieke geloof bekeerd had, maar omdat ik dan naast Pim kon zitten, het schoolvriendje uit Oudewater dat later naar Bergen op Zoom verhuisd was. Ik had zijn naam horen roepen en had hem aanvankelijk niet herkend. Mager, met een stoppelbaard en rimpels naast zijn ogen. Geen jongen maar een man. We hadden een paar woorden kunnen wisselen, gescheiden door een hek. Hij was ook lid geworden van de Jeugdstorm, maar had zich vervolgens gemeld voor de Waffen-SS.

'En hoe ben jij hier verzeild geraakt?'

'Ik heb bij de Kriegsmarine gezeten. Eerst op zee, daarna in de loopgraven in Koerland.'

'Dan hoeven we elkaar niets te vertellen,' zei Pim.

Overigens kregen we van de aalmoezenier te horen dat het nog wel meeviel met ons. Het communisme bevechten was zo erg nog niet. Maar dat was nu niet precies de gedachte die ons door het hoofd speelde toen we geconfronteerd werden met Amerikaanse documentaire films over de vernietigingskampen. Auschwitz, Bergen-Belsen, Majdanek. Er was een enkeling die het afdeed als oorlogspropaganda. Er waren er die volhielden dat *zoveel* eenvoudigweg niet kon. De meesten stommelden naar buiten, bleek, ontdaan. – Een paar keer brandde het me op de tong Pim te vragen of hij er iets van geweten had. Ik durfde het niet.

Januari '46 – twee maanden na mijn 21ste verjaardag – werd ik voor verhoor overgebracht naar Gouda. Daarna Den Haag, de Cellenbarakken. Met vijf man in een ruimte van een paar vierkante meter. Daar, op de binnenplaats, liepen de voormannen van de NSB. Mussert, Blokzijl, hoe ze verder mochten heten. De eerste veroordelingen kwamen los. Een aantal SS'ers werd terdoodveroordeeld. Anderen kregen vijftien jaar. Er was voor ons geen reden iets anders te verwachten.

'Maar jij was toch niet bij de SS, en hoe oud was je nou helemaal toen je je meldde...'

'Ja, dat zeg *jij*.'

Tenslotte kwam ik terecht in het Scheveningse kamp Duindorp, een met prikkeldraad afgezette huizenwijk die onderdak bood voornamelijk aan jeugdgevallen.

Daar zaten we, vijftienhonderd in getal, te wachten op onze uiteindelijke berechting. De vonnissen waren intussen milder geworden. De doodstraf zou ik niet krijgen en vijftien jaar gevangenisstraf evenmin. Gedetineerden die tijdens hun oorlogsdeelname minderjarig waren geweest kwamen voor de jeugdrechter. Drie à vijf jaar heropvoedingsgesticht was de standaardstraf. Iedere dag kregen enkele tientallen hun veroordeling te horen, iedere dag werd Duindorp leger. Er moet altijd één de laatste zijn. En die laatste was toevallig ik.

De dagvaarding werd voorgelezen. Of ik nog iets te zeggen had, vroeg de vrouwelijke rechter. Nee, dat had ik niet. Zoals zij het had voorgelezen was het. De zaak was duidelijk, leek me – daarom had ik ook een advocaat geweigerd. Kort tevoren had ik bezoek gekregen van de dominee van Oudewater, niet van 'onze' kerk, maar van de hervormde. Hij probeerde de twee jongens die ik een jaar eerder uit de handen van de Landwacht had weten te houden, te bewerken om voor mij te getuigen. Maar ook dat vond ik onzin. Wat ik gedaan had had ik gedaan.

Een hamerklopje. Drie jaar, luidde het vonnis, met aftrek van de periode dat ik geïnterneerd had gezeten. De lichtste straf.

Ik liep voor het laatst door de uitgestorven straatjes van Duindorp om afscheid te nemen van de oude heer Van Weerlee.

Hij was restaurateur van schilderijen, was lid van de NSB geweest, had een atelier toegewezen gekregen in Duindorp om toch door te kunnen werken. Een formidabel vakman – hij had zelfs Rembrandts *Nachtwacht* onder handen gehad – en een hoogstonaangenaam mens. Hij was klein, humeurig, niet in staat één zin uit te brengen zonder te vloeken. Het was godverdomme voor en godverdomme na. Toch was ik elk vrij moment te vinden in zijn werkplaats. Hij had gemerkt dat ik verstand had van verven en pigmenten, daarom duldde hij me. Zelfs was hij zo genereus dat ik vrijelijk mocht knoeien met zijn materialen, want omtrent het leerproces had hij maar één stelregel:

'Zelf doen, godverdomme!'

Ook hielp ik hem wel bij het verdoeken van oude schilderijen. Ik had daar weleens van gehoord, maar hoe het mogelijk was een oud schilderij op nieuw linnen over te brengen had ik nooit begrepen. Ik was er al snel handig in. De beschilderde zijde van het doek wordt voorzichtig beplakt met ragdun papier dat in een lijm van roggepap gedrenkt is, laag voor laag, tot er een centimetersdikke, keiharde koek ontstaat. Het oude, halfvergane doek wordt vervolgens met een oplosser zacht gemaakt en met een pincetje draadje voor draadje verwijderd.

Echt monnikenwerk, des te lastiger naarmate de verflaag dunner is. Tenslotte zit het schilderij zonder drager met de beeldzijde op de dikke papierlaag, en kan de 'achterkant' van de verflaag worden schoongemaakt. Het nieuwe doek wordt tot slot met een strijkbout in die achterzijde van het schilderij gedrukt en gaat zich hechten, waarna het papier weer laagje voor laagje kan worden afgeweekt.

Maar daarbij bleef het niet. Van Weerlee leerde me oude, bruin geworden vernislagen te verwijderen zonder de verflaag zelf aan te tasten. Oorspronkelijke kleuren bloeiden zo, plekje na plekje op. Van Weerlee maakte me vertrouwd met de toets van de oude meesters, Pieter de Hooch, Jan Steen, Ruysdael. Ik leerde het recept van een vernis die in craquelé opdroogt, waardoor het lijkt of een schilderij de eeuwen getrotseerd heeft. Ik leerde, kortom, oude schilderijen restaureren – en vervalsen.

Ik trof hem aan, gebogen over een middeleeuws paneeltje dat hij sinds kort onder handen had.

'Meneer Van Weerlee, ik vertrek. Ik heb drie jaar gekregen. Ik ga naar het heropvoedingsgesticht in Katwijk.'

'Godverdomme,' zei Van Weerlee.

Anderhalf jaar bracht ik door in het in een voormalig klooster gehuisveste heropvoedingskamp in Katwijk, en vervolgens nog een jaar in een soortgelijke instelling in Nunspeet. Waarin nu precies het heropvoedende element gelegen was, bleef onduidelijk. Het waren open internaten, overdag werkten we buiten de deur, ik als schildersknecht. De weekenden mochten we naar huis, maar ik trok meestal naar Amsterdam, de 'poel des verderfs', zoals het vroeger thuis genoemd werd. Ik hing er rond in de kunstenaarscafés aan het Leidseplein.

Daar heerste na vijf bezettingsjaren nog steeds een bevrijdingsroes. Iedere zaterdagavond werd er wel ergens een groot feest gegeven, en het kostte, al kende ik niemand, nooit moeite aansluiting te vinden bij de groepjes die erheen togen. Er werd onmatig gedronken, er werd gedanst op muziek die 'negerjazz' genoemd werd. Ik hield me altijd wat afzijdig, maar genoot van de vrijmoedigheid die er heerste. En op een avond raakte ik op zo'n feestje in contact met een man wiens woorden nog maandenlang door zouden klinken. Hij stond in een hoek van het vertrek, praatte nu eens met de een, dan weer met de ander. Het natuurlijk overwicht dat hij uitstraalde had me geïmponeerd vanaf het moment dat ik hem in het oog kreeg. Uit de flarden van gesprekken die hij voerde maakte ik op dat hij belangrijk geweest moest zijn in het verzet.

Ik vroeg iemand wie dat was, die man daar in die hoek. Hij bleek hoofdredacteur te zijn van *Vrij Nederland*, een weekblad dat uit de illegaliteit ontstaan was. Toen hij een moment alleen stond, stapte ik op hem af, beschroomd, nog niet goed wetend wat ik moest zeggen. 'U kent mij niet,' begon ik, 'maar u bewijst mij een grote dienst wanneer ik even met u mag spreken...'

Hij knikte.

'Ik zit in een jeugdkamp in Nunspeet. Ik heb drie jaar gekregen vanwege dienstname bij de Duitse marine. Over een paar maanden kom ik vrij, maar hoe moet 't nou verder, ik moet toch weer doorgaan op de een of andere manier...'

Zelden had ik me zo kwetsbaar en misplaatst gevoeld.

Wanneer hij zich op dat moment had omgedraaid had hij een oordeel over me geveld waartegen geen gerechtelijk vonnis op kon wegen. Maar hij draaide zich niet om. Zijn blik verstarde een moment – toen wees hij op twee stoelen die wat afgezonderd stonden. We gingen zitten. Hij vroeg waar ik vandaan kwam, en liet me, zonder me te onderbreken, vertellen hoe het met me gelopen was. Hij vroeg me of ik geweten had wat er precies aan de hand geweest was. Ik zei van niet, echt niet. Tenslotte zei hij:

'Ik geloof je. Jij hebt het niet geweten. Maar anderen hebben het wél geweten. Jij moet zo goed mogelijk gaan onderzoeken wat er gebeurd is, zodat je het een volgende keer *wel* herkent, en je moet meehelpen een maatschappij op te bouwen waarin dit soort dingen niet meer voor zullen komen. Je bent nog jong, je moet verder, maar je mag het niet vergeten...'

En hij stond op, groette, mengde zich weer in het gezelschap.

De daaropvolgende tijd las ik alles wat los en vast zat en over de oorlog handelde. Ik sprak met mensen uit het verzet, met mensen die in concentratiekampen hadden gezeten. Ik ging naar het niet ver van Nunspeet gelegen Putten, het dorp dat zo zwaar geleden had. Niemand wees me de deur, hoewel ik 'fout' geweest was. En ik leerde dat juist de mensen die zich het moedigst hadden gedragen, of het meest geleden hadden, als eerste bereid waren me te accepteren en verder op weg te helpen.

Op vijf mei 1948, drie jaar na de Duitse capitulatie, kwam ik vrij. Ik was drieëntwintig. Terug naar Oudewater. Terug bij vader in de zaak. Uithuilen en opnieuw beginnen. De burgermaatschappij in.

Zo stond ik weer te plamuren, te schuren, te gronden en te lakken, zes dagen per week. Ik sliep weer in het zolderkamertje van weleer. En in de wintermaanden: op naar Utrecht, naar de School voor Meesterschilder. Op zaterdagavond naar cafés. Veel bier drinken en de streek onveilig maken met een groepje leeftijdgenoten: jongens die ook in Duitsland hadden gezeten, of juist in het verzet – jongens die net als ik hun draai niet meer konden vinden. Want de oorlogsherinneringen mochten dan in een sluimering zijn weggezakt, mijn onrust was gebleven. Daar waren geen goede voornemens tegen bestand.

'Jan is toch zo'n steun in het bedrijf...'

Ik werkte hard, en dat was nodig ook, want de zaak was na een lichte hartaanval van mijn vader enigszins in de versukkeling geraakt. Hij keek reikhalzend uit naar de dag dat hij zich er volledig uit terug kon trekken. Huis- en decoratieschilder: mijn voorland.

'Jan moest maar eens aan trouwen gaan denken...'

Ik had verkering met een meisje dat Marietje heette. Maar toen haar vader ervan hoorde kreeg ze huisarrest. Niet omdat ik fout geweest was, maar omdat ik niet katholiek was. Dat was Oudewater: de hoofdstad van mijn voorland.

Bij vlagen ging het goed, soms maanden achtereen. Maar dan was het opeens alsof er een schakelaar bij me werd omgedraaid. Dan kneep ik ertussenuit, van het ene op het andere moment, soms zonder een cent op zak. Naar Amsterdam, op de fiets, of naar Antwerpen. Of liftend naar Parijs, waar in halfduistere kelders het existentialisme bedreven werd. En verder weg, naar Griekenland. Op de Winterschool kregen we kunstgeschiedenis, en meester Flipse had verteld van de Griekse beschaving, onze culturele bakermat. Ademloos had ik zitten luisteren. Die godenleer – dat was nog eens iets anders dan die hardvochtige God der Wrake. Schitterende tempels, schitterende beelden. Apollo. Odysseus. Plato. Knapenliefde: het toppunt van vrijmoedigheid. – Dat moest ik zien.

Liftend trok ik door Europa. Duitsland, Italië, Joegoslavië. En tenslotte, te voet door een kurkdroog berglandschap, Macedonië, Griekenland. Ik was op zoek naar de Helleense beschaving – die ik meende te zullen aantreffen ongeveer zoals meester Flipse het verteld had – en ik trof een klein dorpje, brandend, half uitgemoord.

Wat er aan de hand was, begreep ik niet. Ik sprak geen enkel woord Grieks. 'Bandieten', dat was wat ik opving, en dat was ook wel duidelijk, want niet alleen was van tientallen mensen het hoofd van de romp gescheiden, ook hadden ze alle kinderen met zich meegevoerd. – Pas later leerde ik dat er sprake was van een burgeroorlog tussen communistische partizanen, en een andere groepering, die gesteund werd door de geallieerden. Maar welke van de twee partijen nu zo huisgehouden had, dit keer hier, een paar dagen later daar, bleef me volmaakt duister, want in praktijk vielen ze niet van elkaar te onderscheiden. Het was een strijd die wreder was dan ik ooit ervaren had: een strijd van burgers tegen burgers, zonder discipline, zonder hiërarchie, waarin zelfs een kind als vijand gold. Ik liep erdoor. Ik keek. Ik wist wel wat van eerste hulp. Ik had een grote bedrevenheid in het aanleggen van noodverband. – Ik verkeerde weer in oorlogstijd. Drie weken lang en ongewild.

Maar waar ligt de grens tussen gewild en niet-gewild?

Er was intussen de naam van een ver land in het wereldnieuws gekomen: Korea. In het zuiden heerste een westers georiënteerde regering onder Syngman Rhee, het noorden was een communistische volksrepubliek en lag binnen de invloedsfeer van China. In 1950 vielen de Noordelijken Zuid-Korea binnen. En voor het eerst in de geschiedenis ging een volkenbond, de Verenigde Naties, ertoe over een gewapende macht te zenden om tussenbeide te komen. Vijftien landen leverden troepen, de zaak stond onder Amerikaans bevel. Een vredesleger, zo heette het tenminste.

Ook in Nederland verschenen oproepen voor vrijwilligers in de kranten.

Waarom ging ik? Omdat ik niet meer voluit kon ademhalen, na twee jaar Oudewater. Omdat ik nog een schuld te vereffenen had. Omdat de onrust me geen ogenblik werkelijk verliet, de smeulende frontervaringen, diep weggedrukt in mijn herinnering, ervaringen waarover ik met niemand kon spreken. Omdat het een nieuw avontuur was.

Het waren al die factoren samen.

's Ochtends had ik op karwei bij een klant de oproep in het ochtendblad gezien. Nog voor het middagmaal had ik mijn vader op de hoogte gesteld van mijn besluit – hij protesteerde niet. En 's avonds hadden we het schildersbedrijf verkocht, want zonder opvolger had het in zijn ogen geen zin dat voort te zetten.

De volgende dag zat ik in een keuringslokaal in Den Haag te wachten, omringd door een vijftigtal leeftijdgenoten. Onze achtergrond was verschillend. Er waren er die in de oorlog bij het verzet geweest waren. Er waren oud-SS'ers bij die op deze wijze hun Nederlanderschap terug konden verdienen, maar ook jongens die bij de Prinses Irenebrigade hadden gezeten. Weer anderen hadden tijdens de politionele acties in Indonesië gevochten.

Maar één ding hadden we gemeen. En dat was het gevoel van ontheemding dat we met één oogopslag in elkaar herkenden.

Ik werd goedgekeurd. Mijn Haagse oom, referendaris ten departemente, kwam me hoogstpersoonlijk de hand drukken:

'Jan, gefeliciteerd met deze *koene* stap!' – Zijn woorden.

Korea

Een militaire training volgde, de opleiding tot commando dit keer, in het Brabantse Roosendaal. Voor de zoveelste keer werd ik door de mangel gehaald. Daarna werden we met enig ceremonieel ingescheept in een uit de Tweede Wereldoorlog daterend, voor troepentransport omgebouwd libertyschip. De tocht zou meer dan zes weken duren. Eerst ging het naar Southampton, vervolgens werd Frankrijk aangedaan, daarna Griekenland. Steeds kwamen nieuwe detachementen aan boord om hun bijdrage te leveren aan de grote spraakverwarring. Zo zag ik dan toch nog iets van het Griekenland van meester Flipse. De Acropolis beantwoordde aan de afbeelding die ik ervan kende, maar daarmee hield het op. Athene was een gloeiendhete heksenketel waar meer zakkenrollers rondliepen dan filosofen, laat staan goden.

Turkije volgde. We lagen drie dagen in een onooglijk klein havenstadje, met straatjes vol van de dikste hoeren die ik ooit zag. Op het appèl voor het vertrek bleken vijftien man te ontbreken. Maar de commandant van het Turkse contingent zag daar geen enkel probleem in. Er werd eenvoudigweg een straat afgezet en vijftien jongens die voldeden aan de gewenste leeftijd werden bij hun kraag gepakt. Zo klopte het aantal toch. Het militaire bedrijf zou ze onderweg wel bijgebracht worden.

En verder ging het. Port Said, het Suezkanaal, woestijn, de piramiden.

Als een van de ouderen was ik ingedeeld bij de MP, de militaire politie die tot taak had aan boord en in de havensteden waar gepassagierd werd de orde te handhaven. We liepen de hele dag te patrouilleren, met groepjes van een man of vijf, bewapend met lange houten knuppels. En dat was geen overbodige luxe, want op het schip, afgeladen met zo'n tweeduizend jongens die van nature toch al niet tot het meest bezonnen deel der natie hoorden en bovendien in spanning zaten over wat hun boven het hoofd hing, waren vechtpartijen aan de orde van de dag. Het leek wel of in deze smeltkroes van volkeren, vredesmacht genaamd, alle internationale vetes uit heden en verleden, met de vuist, en desnoods met de blanke bajonet, moesten worden beslecht.

We staken de Indische Oceaan over, deden Colombo en Singapore aan. En verder ging het, van haven naar haven.

Het was een reis vol tegenstellingen. 's Avonds scheidde ik in cafés met de knuppel een kluwen vechtersbazen, 's ochtends bezocht ik boeddhatempels. Van de achtergronden van het boeddhisme wist ik niets, maar dat was ook niet nodig om te kunnen delen in de sereniteit die er heerste. Hier geen zwaarmoedigheid, geen angst voor een toornende God. Hier geen stijve, zwarte pakken, geen weeë lucht van eau de cologne. Hier werden geen beschuldigende vingers in de lucht gepriemd, hier had het gezwollen stemgeluid van een voorganger nooit geklonken. – In deze tempels zaten monniken te mediteren, in kleurrijke gewaden, er werd wierook gebrand en overal lagen bloemen. Gelijkmoedigheid en rust in plaats van innerlijke verscheurdheid en doem... Ook dat bleek mogelijk.

Mijn kennismaking met de tropen was als de begroeting van een oude bekende. Ik zat op een simpel houten vlondertje achter de open pui van een klein eethuisje. Ik liet mijn ogen gaan over de mensenmenigte in een straat van aangestampte aarde: sierlijke, fragiel gebouwde vrouwen, in sarongs, in wijde zwarte broeken, strooien punthoeden op het hoofd; mannen, in kleurige, loshangende shirts, die zich soepel voortbewogen, zonder haast, een glimlach rond de lippen; kinderen die zich voor me verdrongen, vol verbazing over mijn uniform, maar zonder angst toen ik ze op schoot nam. En ik had de gewaarwording dat ik daar al eens eerder gezeten had, precies op diezelfde plek, ooit, in een droom, in een vroeger bestaan. Ik zoog de lucht diep in me op, mengeling van rottingsgeur, van voedsel, bloesem, kruiden – en ik *herkende* die lucht. Ik leunde achterover: laat het zo maar blijven. Geen haast, geen spanning, geen verbetenheid. Geen erfzonde, geen *schuld*.

Ik kreeg een kommetje aangereikt: een handvol rijst, wat groente, een stukje vis. Ik proefde. Er werd me iets gevraagd in een taal waarvan ik geen woord verstond. Ik beantwoordde een lach.

'Lekker,' zei ik. 'Very nice...'

En ik wist: hier kom ik terug. Dit is de natuurlijke staat. Dit is vrede. Hier kom ik terug – ik, die op weg was naar een oorlog.

In Poesan, de Zuid-Koreaanse havenstad, debarkeerden we en werden we ondergebracht in een reusachtig kampement. Wij Hollanders zouden een frontsector overnemen van Amerikaanse mariniers. Een paar dagen later werden we op transport gesteld. Een eindeloze colonne vrachtauto's kroop door het macabere, zwartgeblakerde landschap. Overal granaattrechters, dode, afgeknapte bomen, gekookt door de napalm, uitgebrand materieel. Het beeld van alle oorlogen. We zaten, heen en weer geschud, naast en tegenover elkaar, onze geweren tussen de knieën. Er werd gekettingrookt. Er werden opmerkingen gemaakt, de een nog flauwer dan de ander. Er werd gegiecheld. Wanneer er maar even een stilte viel, ging er een dominee voorbij. We waren gespannen, zenuwachtig als schoolmeisjes op weg naar hun eerste bal. Sommigen van ons zouden niet terugkeren, anderen zouden verminkt of gewond raken. – Soldaten op weg naar het front. Onze stelling lag ter hoogte van de 38ste breedtegraad, de oorspronkelijke demarcatielijn tussen Noord- en Zuid-Korea. We zaten ingegraven op een heuvel, op de tegenoverliggende helling zaten de Noord-Koreanen en de Chinezen, de vallei was niemandsland. 'Land van de morgenstilte' betekent de naam Korea, en nu begrepen we waarom. Door de gesteldheid van de bodem wordt geluid geabsorbeerd, de atmosfeer is twinkelend, helder als glas. Een ander fenomeen: de echo's. Het was bijna onmogelijk te bepalen uit welke richting de geluiden kwamen, en dat werd door onze tegenstanders uitgebuit. Wanneer ze aanvielen, bliezen ze op koperen trompetjes één hoge toon. Door de echowerking was het of ze van de andere kant kwamen. Zíj waren vertrouwd met het terrein, wij beschikten over de modernste wapens. Zij hadden een overvloed aan mensen, wij onuitputtelijke arsenalen. Zij beheersten het veld, wij bewaakten de wegen. Oorlogvoering, *American way*.

Veel was hetzelfde, veel was nieuw. Hetzelfde was de dodelijke regelmaat van wachtlopen en rusten, met altijd gespitste oren, het vier uur op en vier uur af. Hetzelfde was de trance die slaapgebrek en oververmoeidheid brachten, de vervuiling, de modder, de kou, hoog in de bergen. En het wachten, het eindeloze, gedachteloze wachten. Een gat in de grond. Een gat in de tijd.

'Waarom heb je getekend?' – Niet om na te denken. Misschien juist om *niet* na te hoeven denken.

'Ik hield het thuis niet uit.' – Ben je bang? Natuurlijk ben ik bang. Iedereen is bang in een stilte die elk moment verscheurd kan worden. Maar tegelijk kan ik geen rust vinden die niet gekoppeld is aan angst. Hier moet ik *direct* reageren. Dit is de werkelijkheid in geconcentreerde vorm. Dit leven is *overleven*.

'De een vlucht in veiligheden, de ander in gevaar...' – Ik had een nieuw woord geleerd. Escapisme.

Veel was hetzelfde, veel was nieuw. Nieuw was het moderne oorlogstuig. Straaljagers, raketten. De dood naderde sneller dan het geluid. Maar ook in die omstandigheden ontwikkelde je een intuïtie. Je liet je op de grond vallen, en één tel later wist je pas waarom. Nieuw was dat ik me in een compleet vrijwilligersleger bevond. Iedereen had dit lot zelf verkozen. Nieuw was het alcoholmisbruik. Munitiegebrek werd minder gevreesd dan een tekort aan whisky. Het waren ruwe klanten. *We* waren ruwe klanten.

Onze eerste werkelijke gevechtsactie was weinig succesvol. We kregen opdracht het plateau waar de twee hellingen samenkwamen, een mortiernest dat veel onheil aanrichtte, te bezetten, nadat er eerst een allesvernietigend bombardement op was uitgevoerd. We naderden in linie, zonder dat er vuur kwam. Niets bewoog. Alles moet daar wel dood zijn, dachten we. Dachten we. Want toen we bijna boven waren en onze dekking minimaal was, barstte het onweer los.

Hoe ze het overleefd hadden, was een raadsel, want we hadden het daar onder de raketten zien koken en zieden, maar nu was het hun beurt, of, vanuit een ander gezichtspunt, *onze.* Het liep uit op een verschrikkelijke slachting.

Een van de eersten die geraakt werd was luitenant Pieterse, onze compagniescommandant. Hij was getroffen in zijn been. Half vallend, half glijdend slaagde ik erin hem in veiligheid te brengen. Daarna moest ik spoorslags terug om zijn plaatsvervanger te melden dat het commando nu bij hem berustte. Toen was het raak bij mij. Precies op het moment dat de straaljagers terugkeerden om ons te dekken sloeg een mortierscherf een gat in mijn helm. En achter dat gat moest een ander gat zijn. In mijn hoofd.

Ik kwam weer bij in een geïmproviseerd veldhospitaal vlak achter de eerste linie. Ik had een hoofdwond, alweer. En weer een hersenschudding. Dit keer was het een Amerikaanse arts die bij mijn brits stond. Hij had mijn helm in zijn hand, twee vingers door het rafelige gat gestoken. Hij zei iets over de verbazende hardheid van sommige menselijke schedels.

Na drie weken hospitaal keerde ik terug naar mijn onderdeel. Mijn hoofdwond was geheeld, er waren een aantal granaatsplinters verwijderd uit mijn borst, maar aan de hersenschudding had ik een evenwichtsstoornis overgehouden. Af en toe werd het me duister voor de ogen en moest ik me aan iets vasthouden om niet onderuit te gaan. Dat zou wel minder worden, zei men.

Het duurde niet lang of we werden afgelost door een bataljon Turken. We gingen 'op rust', ver achter het front, in het zuidelijk deel van het land. Dorpjes van stro, golvende, weelderig begroeide heuvels, valleien met glinsterende beekjes: een landschap als een Chinese prent.

We werden in een andere frontsector ingezet. Het bleef er rustig, weken achtereen. We doodden de tijd met kaarten, drinken, praten – over de toekomst. Sommigen overwogen na hun vrijwillige dienstname beroepsmilitair te worden, anderen waren van plan te gaan emigreren, naar Australië of Nieuw-Zeeland. Ik wist het niet. Ik was inmiddels zevenentwintig geworden: een veteraan, overdekt met littekens. Waar en hoe ik nog zou kunnen aarden – ik kon me er geen voorstelling van maken.

Na drie maanden Korea hadden we recht op *R and R*, op 'Rest and Recuperation'. Vijf dagen verlof. We werden overgevlogen naar Tokio, en daar, in het Rode-Kruiscentrum, werden we allereerst in bad gestopt, want we waren weer eens vervuild zoals alleen frontsoldaten vervuild zijn. Dan, schoon als baby's, een handdoek om, eten en drinken tot je niet meer kon, en daar hing vervolgens voor iedereen een splinternieuw, perfect passend uitgaansuniform. We kregen dollars, een heleboel dollars zelfs, dankzij de gevarenpremie die boven op onze normale wedde kwam. En de stad in. Er waren er die een bordeel indoken en daar vervolgens vijf dagen later door de MP uitgesleept moesten worden, platzak, murw van de drank, maar in ieder geval voor even bevrijd van de angsten en spanningen van de oorlog. Ik nam me voor toch ook *iets* van de omgeving te gaan zien: de tempels, de befaamde Zen-tuinen waarover ik gehoord had.

We waren ondergebracht in een compleet afgehuurd hotel. Daar was het feest, dag en nacht. Het was een voortdurend komen en gaan, van militairen, van betaalde meisjes, maar ook van verpleegsters van alle nationaliteiten. En van Japanse studenten: de jongere generatie die in de ban was geraakt van het amerikanisme en dweepte met jazzmuziek, spijkerbroeken, kauwgom en coca-cola. En daar ontmoette ik Yoshika. Het was liefde op het eerste gezicht.

Yoshika was klein en tenger. Ze had ravenzwart haar en donkere ogen waaruit, ondanks haar zeventien levensjaren, een innerlijk evenwicht sprak zoals ik nooit eerder was tegengekomen. Ze studeerde Engels, woonde nog bij haar ouders. Haar vader was kolonel geweest in het keizerlijke leger, telg van een oud geslacht van militaire adel, de samoerai. Hoe jong ze ook was, in haar maakte ik kennis met de Aziatische vrouw: hoe ze zich volmaakt kunnen voegen zonder hun distinctie te verliezen, afstandelijk en toch warm.

Een relatie met een westerling was in haar milieu, van oudsher het bolwerk van vreemdelingenhaat, taboe, maar Yoshika probeerde zich los te maken van de oude tradities. Toch kostte het de grootste moeite haar te overreden naast me te lopen op straat, en niet een meter achter me. Ik, van mijn kant, moest weer aan andere zaken wennen. Dat het woordje 'nee' in Japan niet bestond bijvoorbeeld. Wanneer ik botweg iets ontkende of weigerde leek het alsof ik haar een klap in het gezicht verkocht. Het kon me tot wanhoop brengen.

'Maar hoe moet ik dan duidelijk maken dat ik het met iets niet eens ben?'

'Dan begin je ermee de ander gelijk te geven, en van daaruit probeer je zijn standpunt te ondergraven, waardoor het begrip "nee" vervangen wordt door een motivatie.'

Yoshika liet me de beroemde Zen-tempels zien. Een ervan was omringd door op westerse leest geschoeide nieuwbouw.

'Wat lelijk,' zei ik.

En ook bij dat woord kromp ze ineen alsof ik een liederlijke vloek had laten vallen. Het moest zijn: 'Pijnlijk om te zien.'

En zo moest ik, een Hollandse rabauw die een paar maanden eerder nog groepsgewijs de dancings in de buurt van Oudewater mee onveilig had gemaakt, een frontsoldaat die een paar dagen eerder nog in een schuttersput op wacht had gestaan, me proberen te verplaatsen in een ander. Maar ik leerde.

Dat ze een nacht van huis weg zou kunnen blijven was ondenkbaar. Maar, wat ouders van alle landen en alle tijden altijd schijnen te vergeten: de liefde kan ook overdag bedreven worden. Dat deden we dan ook, langdurig en met overgave. En het was een andere liefde dan ik tot dusver had leren kennen. Dit was de cultuur van het beminnen, ontspannen en bewust. Alle hemelen openden zich. Jubelend verscheen ik voor Gods aangezicht – al was het op een andere wijze dan ik ooit in een kerkgebouw had horen propageren.

Ze waren snel verleden tijd, die vijf dagen verlof.

We hadden alscheid genomen met de belofte elkaar niet uit het oog te verliezen, Yoshika en ik. En we zouden elkaar sneller terugzien dan we konden vermoeden, maar niet bepaald onder de omstandigheden die we voor ogen hadden gehad.

Direct na onze terugkeer in Korea werd onze eenheid ingezet bij een kort, penetrerend offensief. We liepen patrouille. Een smal in de rotsen uitgehakt paadje. Naast ons gaapte een ravijn. Ik had al eerder last van een duizeling gehad, maar had mijn evenwicht weten te bewaren. Opeens werd er geschoten. Waren het de onzen? Was het een hinderlaag? – Wat er precies gebeurd was wist ik niet. Het was me zwart voor de ogen geworden. Heel even maar. Ik was gestruikeld en gevallen. En weer bijgekomen, onmiddellijk daarop, nog tijdens mijn val.

Hoe lang duurt een val van tien, twintig meter, langs een vrijwel loodrechte rotswand? Onwaarschijnlijk kort en tegelijk onbegrijpelijk lang. Hoe lang duurt een moment? Een moment waarop alles stilstaat duurt een eeuwigheid. De zintuigen geven één gillend alarmsignaal, één schrille kreet van angst. De maag draait zich om. *Nu ben ik verloren.* Eén vervloeking. Het is je eigen schuld geweest. Eén verwensing, vanwege die onmogelijke reeks van botte stommiteiten, uitmondend in een eenparig versnelde val. Die opeenvolging van korte broeken, van vlaggen in de wind, van zogenaamde zeemansromantiek, het eeuwige soldaatje spelen. Je bent er steeds weer met open ogen ingetuind! Nooit zul je iets leren! Vrijwilligers gevraagd? – En ja hoor: jij weer! Verslaafd aan de gokzaal van het quitte of dubbel, aan het spotten met het noodlot juist om het te slim af te zijn, welnu, alle escapes zijn voor niets geweest, hier heb jij je quitte! Ik viel. Dan de finale klap. *Het is met me gebeurd.* Eén flits. Dan heel lang niets.

Maar het was niet met me gebeurd.

Een ijskoude motregen daalde op me neer. En ik was niet dood. Weer eens niet dood. Nog niet dood. Mijn voet was afgekneld, mijn rug was gebroken, mijn ogen verblind door het bloed, geen rib was heel. Ik kon geen vin verroeren, ik kon niets zien, mijn tong was slap. Maar ik leefde. Ik kon horen. Vanuit de hoogte klonk een stem.

'Jan! We komen...'

Ik lag ruggelings op de rotsbodem. Boven mij torende onpeilbaar hoog een kathedraal. Donkere muren, zuilen. De wind speelde door de kapotte ramen. Brokstukken van kleuren. Het dak was weg, heel in de hoogte gloorde vuilwit licht. Motregen daalde erdoor neer. De grond was ongelijk, hard en koud. Granieten zerken met reliëf moesten dat zijn. De orgelpijpen ruisten. En er klonk een stem, van boven. Nee, het was de echo van een stem.

'Jan! We komen...'

Meerdere stemmen nu. Dichtbij. Ver weg. Een steen rolt weg. Gehijg. Iemand haalt zijn neus op, spuugt.

'Gooi dat touw eens!'

En van boven:

'Is ie dood?'

'Nee. Kom op met dat touw!'

Voorzichtig! wil ik roepen. In godsnaam! Raak me niet aan! Maar mijn lippen gloeien en mijn tong is slap. Ik word op een brancard gehesen, omhoog getrokken. Aan het deinen voel ik dat ze lopen. Dan ruik ik benzinelucht. Geklik. Een deur slaat toe.

Veel later stond er een dokter over me gebogen. Schel licht scheen in mijn ogen. Hij had een fijn naaldje in zijn hand. Daarmee, zag ik, prikte hij in mijn bovenbeen.

'En hier?'

Steeds hoger prikte hij. Tenslotte in mijn arm, mijn schouder.

'En hier?' – Zijn stem, bezorgd, vlak boven me. Pas op dat moment drong de betekenis door van het feit dat ik wel gezien maar niet *gevoeld* had dat hij prikte.

Nadat ik per vliegtuig was overgebracht naar het militaire hospitaal in Tokio volgde er een periode van ellendige onderzoeken, en daarna een periode van niet minder ellendige behandelingsmethoden. Wat er nu precies de oorzaak van was, een hersenbeschadiging of een gekwetste zenuw in mijn rug, bleek niet met zekerheid uitgemaakt te kunnen worden, maar de rechterzijde van mijn lichaam bleef geheel gevoelloos en verlamd.

Ik kreeg bezoek van een Hollandse aalmoezenier. Hij wierp een blik op mijn medische status:

'Zo Montyn... Jaja, ik heb er al van gehoord. 't Is een wonder dat je lééft, jongen. Dáár moeten we God voor dankzeggen...'

Het mocht in zijn ogen een wonder zijn, het was er toch niet een waarvoor ik op mijn knieën ging liggen van dankbaarheid. Want vervolgens gaf hij me in bedekte termen te kennen dat ik me er maar liever geestelijk op moest voorbereiden de rest van mijn dagen in een rolstoel te zullen slijten. Het leven van een plant.

'Wanneer dat zo is, maak ik er een eind aan.'

'Montyn toch! Zo mag je niet spreken! Het leven heeft nog zoveel andere zaken aan schoons te bieden, denk eens aan het geestelijke...'

Ik wilde een gebaar maken van: ga nu maar. *En dat kon dus niet.*

Een paar dagen later ging het met een stel andere gedoemde rolstoelklanten per omgebouwde bus naar een speciaal voor invaliden ingerichte bar. Daar waren meisjes, daar waren alle denkbare soorten drank in onbeperkte hoeveelheid: de Amerikaanse therapie om een geestelijke klap te verwerken. Af en toe verscheen er een psychiater om een oogje in het zeil te houden en te praten met wie dat wilde. Maar de spanning verliet me geen moment, al was ik dronken, drie dagen en drie nachten achtereen. Voor mij hoefde het niet meer. Dat bewustzijn viel met geen drank te ondermijnen.

Het enige lichtpuntje in mijn bestaan was Yoshika. Ze bezocht me iedere dag. Haar liefde was ongeschonden en mij restte niets dan dat. Ze zat uren naast me, streelde, praatte.

'Wanneer je de moed opgeeft, ben je verloren. En je geeft de moed niet op...'

Hoe vaak zei ze dat, in steeds weer andere bewoordingen? Misschien wel duizend keer, mijn dode rechterhand in de hare. Aan haar was het te danken dat ik de strijd aanging, de strijd tegen een geheimzinnige, verborgen tegenstander, met geen ander wapen dan mijn wilskracht. Ik werd dag aan dag behandeld met elektroshocks, ik deed urenlang oefeningen die aanvankelijk uit niets bestonden dan dat ik me tot het uiterste concentreerde op spieren die zelfs niet te kennen gaven dat ze nog bestonden.

Het duurde weken en weken. Eerst hield ik Yoshika voor de gek, om althans bij haar de hoop intact te houden, en vervolgens had ik het idee dat ik mezelf voor de gek hield.

Maar een tweede wonder voltrok zich, al had dat begrip uit de mond van aalmoezenier Jansma een andere betekenis dan uit de mijne. Tergend langzaam, maar toch onmiskenbaar, keerde er gevoel terug in mijn rechterbeen en arm. Eerst niet meer dan een tinteling, een lichte, alleen door mijzelf bespeurbare tractie van de spieren – maar er was vooruitgang. Een derde wonder volgde.

Yoshika werd zwanger. En het was geen onbevlekte ontvangenis, want die lichaamsfunctie was gebleven. We trouwden in een zaaltje van het hospitaal. Kosten twaalf dollar. Mijn linkerhand moest de rechter leiden. Maar ik was toch alweer in staat om mijn handtekening te zetten. Hoewel ik nog steeds gekluisterd was aan de rolstoel werd ik inmiddels als lopend patiënt beschouwd. Yoshika nam me mee naar buiten, stelde me voor aan haar vrienden.

Vaak was ik ook in haar ouderlijke woning te vinden, een groot huis, met een schitterende tuin, zo stil en vredig als alleen een Japanse tuin kan zijn. Haar moeder accepteerde de vreemde indringer, maar haar vader weigerde rechtstreeks het woord tot me te richten. Hoewel hij vloeiend Engels sprak, verliep de communicatie via een tolk: een van zijn zoons, een personeelslid of Yoshika zelf. Ik was dan wel geen Amerikaan, ik droeg toch het uniform van de overwinnaars, en dat was de enige reden dat hij mij, gewoon soldaat, geen officier, onder zijn dak duldde. Maar spreken, dat deed hij niet tegen een lid van een lagere kaste.

Langzaam keerde de kracht terug in mijn ledematen. Ik liep nu met twee stokken. We gingen vaak gedrieën de stad in, het toekomstige nageslacht niet meegerekend. Want Yoshika was steeds vaker te vinden in het gezelschap van een medestudent, Imazu, een aardige jongen, met wie ook ik het uitstekend kon vinden. En het ontging me niet dat er iets groeide tussen die twee.

Imazu was van goede familie, net zoals Yoshika. Het waren families waarin het van oudsher de gewoonte was dat de kinderen op jeugdige leeftijd al uitgehuwelijkt werden. De liefde kwam later wel. En die twee bleken, zonder dat ze het aanvankelijk wisten, indertijd voor elkaar bestemd. De liefde was intussen al geboren, ik had het zonder bitterheid geconstateerd. Naarmate ik me beter kon bewegen, lokte een toekomst in Japan steeds minder. Ik hoorde daar toch niet, nog los van het feit dat ik niet wist hoe ik er in mijn levensonderhoud zou moeten voorzien. Het kon niet lang meer duren of ik zou ontslagen worden uit het ziekenhuis. Bovendien zaten de negen maanden waarvoor ik getekend had er vrijwel op. Ik zou vervolgens wel afgekeurd worden, zei men. Ik maakte een afspraak met Imazu, vertelde hem van mijn plan terug te keren naar Europa. Een paar weken later deden ze me in Yokohama uitgeleide. Ons huwelijk was in alle vriendschap ontbonden. Kosten acht dollar. Het hunne zou spoedig gesloten worden. Imazu had beloofd het kind als het zijne te accepteren.

'Pas goed op elkaar...' – Gevolgd door twee omhelzingen.

'Yoshika, wanneer jij er niet geweest was, had ik hier niet gestaan. En dat bedoel ik letterlijk. Good bye, ik zal je nooit vergeten...'

Weer een zeereis van zes weken. Dit keer niet op een smerig, overvol troepentransportschip, maar op de *Edinburgh*, een van alle comfort voorzien Engels hospitaalschip. Het werd bijna een pleziertocht, voor mij tenminste, want veel anderen, die rechtstreeks van het front kwamen, waren er beroerd aan toe. Mijn revalidatie werd aan boord voortgezet. Steunend op twee stokken had ik het schip betreden, steunend op één stok stapte ik in Liverpool aan wal.

Vandaar werden we met z'n zevenen door een Nederlandse militaire dakota opgepikt. En na negen maanden, waarvan ik er meer dan zes in hospitalen had doorgebracht, zette ik in Valkenburg weer voet op vaderlandse bodem. Tijden kunnen veranderen. Want daar stond een ontvangstcomité op ons te wachten. Er werden toespraken gehouden, er werd eremetaal met lintjes uitgereikt, voor al dan niet bewezen heldendaden. Eentje namens Hare Majesteit de Koningin, eentje namens de president van de Verenigde Staten zelf.

En daar verscheen Jan weer eens in Oudewater. Voor de tweede keer steunend op een stok, maar dit keer gehuld in tropenuniform. Na mijn ouders begroet te hebben was mijn eerste gang die naar het café. Daar trof ik mijn oude vrienden. Die wilden best vernemen hoe het me vergaan was. Daar voegde een stadgenoot die ook, bij een ander onderdeel, in Korea had gezeten en rechtstreeks per vliegtuig was teruggekeerd, zich bij ons.

In datzelfde café zaten we de volgende middag nog steeds, weer dronken, of nog steeds dronken. We waren er 's ochtends in een hoek wakker geworden, die andere Korea-ganger en ik. Men had ons in een oud tapijt gerold.

Opeens rinkelde de telefoon. De kastelein nam op.

'Jan, voor jou. Je vader.'

Het kostte enige inspanning me de werking van een telefoontoestel te binnen te brengen. Niet het spreekgedeelte aan het oor dus. Tenslotte:

'Jongen, ben je daar? Je bent toch niet dronken? De harmonie staat voor de deur, de burgemeester is hier, om jullie te huldigen...'

Beroepsmilitair

Het was een nacht van zaterdag op zondag. Buiten woedde een vliegende storm. Vroeg in de ochtend, het was nog ruimschoots donker, ging de telefoon. Mijn moeder schudde me wakker:

'Jan, je moet naar Rotterdam, de dijken in Zeeland zijn doorgebroken.'

De stand van zon en maan hadden gezorgd voor springtij, een noordwester storm van orkaankracht had het water van de Noordzee de engte van Het Kanaal binnengedreven. In Rotterdam, waar de lager gelegen buitenwijken blank stonden, waren de ratten uit kelders en riolen naar buiten gekropen.

Niemand wist precies wat er aan de hand was. Zeeland, een deel van Brabant en de Zuid-Hollandse eilanden stonden onder water. Vrijwel alle verbindingen waren verbroken. De situatie moest rampzalig zijn, maar was nog catastrofaler geweest wanneer een dijk bij Schiedam, ijlings versterkt die nacht, het begeven had. Dan was heel Holland, een gebied met drie miljoen inwoners overstroomd.

Samen met marinemensen, opgetrommeld als wij, werden we verdeeld over de beschikbare schepen en bootjes. Ik kwam met drie man op een motorvlet terecht. Er stond nog steeds windkracht tien, met windstoten waarin je je amper staande kon houden, en die zondag bleek het niet mogelijk met het kleine bootje het open water te trotseren. Twee keer voeren we uit, twee keer moesten we, hozend wat we konden om niet te zinken, terugkeren. Maar de volgende ochtend slaagden we erin het Haringvliet over te steken. Door een stroomgat in een dijk bereikten we het ondergelopen land. Het eiland Flakkee was veranderd in een binnenzee.

Drie dagen waren we van zonsopgang tot zonsondergang verbeten in de weer om mensen uit bomen, van zolders, van daken te halen. Het was oorlog. Het was weer de shocktoestand van het front, waarin geen vermoeidheidsgrens meer geldt. Het was één ijskoude, amorfe nachtmerrie. Bij opkomend tij spoelde het water allesvernietigend door en over de afgekalfde dijken, met eb spoelde het even vernietigend weer terug. Op sommige punten bleef het water metersdiep staan, elders veranderde de zee in een desolate modderpoel, doorsneden met kreken, overdekt met plassen waarvan de diepte moeilijk te peilen viel. Voortdurend liepen we vast op afrasteringen vlak onder de waterspiegel. En overal mensen, in de ijzige kou, mensen die twee, drie, vier nachten eerder overvallen waren door een metershoge muur van water, mensen die zich vastklampten op daken van huizen die elk ogenblik konden instorten onder de golfslag en de kracht van de getijden. Geschreeuw in de dorpen, wapperende lakens op de nok van boerderijen verderop, stipjes van mensen in de verte, ingesloten op een dijkgedeelte dat boven water was gebleven, zwaaiend met een kledingstuk.

Het was avond. Ik lag op een biljart in een café in Ouddorp, het uiterste puntje van het eiland dat dankzij de duinen gespaard was gebleven. We waren te moe geweest om te eten, we waren te moe om te slapen. Ik lag, verkleumd tot op het bot, ondanks de cognac die ik naar binnen had gegoten, ondanks de dekens die ik over me getrokken had. Ingespannen tuurde ik naar het plafond boven me, bruin van de rook. Mijn ogen durfde ik niet te sluiten, want dan verschenen er beelden waarvan ik niet wist hoe lang ze me zouden blijven achtervolgen.

Beelden van wanhoop en ontreddering.

De eindeloze terugtochten met de tergend trage vlet, die je wel naar voren had willen *vloeken*, naar de enige twee vlekken op het eiland die droog waren gebleven. Lijf aan lijf met mensen die voor hun ogen buren of bloedverwanten hadden zien verdrinken, die machteloos hadden moeten toezien hoe hun vrouw, hun kinderen waren bezweken onder de kou en de ontberingen – mensen tegen wie niets te zeggen viel, voor wie we niet meer konden doen dan we op dat moment deden.

De volslagen wanhoop, wanneer je je slachtoffers ergens aan een dijk had afgeleverd – en waarheen nu?

Het verschrikkelijke dilemma wie achter te laten wanneer het armzalige bootje vol was, niet wetend of je in de vallende schemering nog een keer terug zou kunnen keren, niet wetend hoe lang de huizen die je achter je liet nog stand zouden houden.

De man met het dode kind in zijn armen.

Het jongetje, niet ouder dan zeven, dat we oppikten van een provisorisch vlot. Een dag en een nacht had hij rondgedreven. De een na de ander had hij in de diepte zien verdwijnen. Ik wikkelde hem in een deken en het volgende moment sliep hij. Hij sliep door alles heen, loodzwaar op mijn schoot. En toen ik hem overgereikt had, had ik niet durven vragen of hij nog leefde.

Ik was ingeslapen op een biljart. Ik was wakker geschrokken, doorweekt van het zweet. Ik had gedroomd. Wanneer had ik voor het laatst gedroomd? Na drie dagen van allesdoordringende kou had ik gedroomd van een allesverzengende hitte. Van handen, ruw van de ontvellingen, wit van de kalk. Handen die brokken puin overgaven, van het ene handenpaar naar het andere. Bewegende handen, machinaal aanvattend en overreikend.

Het puin van Dresden. – Voor het eerst.

Ik lag te rillen op een biljart in Ouddorp, onder een deken die klam was van het zweet.

Ik zag een breedgeschouderde jongen voor me, met wonderlijk lichtblauwe ogen. Ik, die me *niets* herinnerde, wist zelfs hoe hij heette, die jongen. Willy. Willy las gedichten in de trein. Ik wist zelfs hoe de dichter heette die hij las. Rilke.

Het puin lag wel een verdieping hoog. Het had misschien wel twee verdiepingen dik gelegen. We waren uren bezig, met twintig, dertig man. Een levende ketting. Om ons heen brandde het nog. Rook, stank van zwavel en fosfor. – Maar dat alles was vaag. Onmogelijk het terug te halen. Alleen dat ene moment was helder. Ik reik Willy een steenbrok aan, het zoveelste, het duizendste. En het valt. Willy staat bevroren van schrik, nee, van verbijstering – en ik zie wat hij ziet, op hetzelfde moment. Het is een kat. Een poes. Te voorschijn gekropen uit het puin. Gehavend, de vacht verschroeid. Maar *levend*. Miauwend. Trippelend over het puin. – Dat was alles. Alleen die kat.

Ik lag op een biljart in Ouddorp en buiten begon het eerste licht te gloren.

Na drie dagen was er geen hoop meer nog overlevenden aan te zullen treffen. Desondanks voeren we uit, op zoek naar degenen voor wie de redding te laat was gekomen.

Alleen al in het dorp Oude Tonge moesten driehonderd lijken geborgen worden.

Overal dreven koeien, de buiken opgeblazen door rottingsgas, de poten stram. Twee weken lang voeren we af en aan, met achter ons een sleep kadavers, koeien, paarden, varkens. Ze werden op het vasteland afgevoerd naar een destructiebedrijf om verbrand te worden. We maakten kennis met het onwaarschijnlijke gewicht van een log dood dier.

Bijna drie weken vochten we zonder ons rust te gunnen tegen het water, en toen we tenslotte terugkeerden naar de vaste wal, niet omdat we daartoe de opdracht hadden gekregen, want er werden en waren geen opdrachten gegeven, maar omdat we óp waren, toen was onze huid door de voortdurende aanraking met het vocht gaan rotten aan ons lijf.

Vijf weken later verhuisde ik naar Weert, de Onderofficiersschool, uitverkoren om opgeleid te worden tot onderofficier bij het Wapen der Infanterie. Maanden waren eroverheen gegaan, sinds mijn terugkeer uit Korea, voor die beslissing afkwam. Afkeuren wilden ze me niet, want dan kwam ik in aanmerking voor een invaliditeitsuitkering. En iemand met mijn frontervaring moest tenslotte als instructeur toch bruikbaar zijn...

Weert, tien jaar eerder had ik er als arbeidsdienstplichtige in oorlogstijd de heide ontgonnen, nu was ik er, samen met een paar oud-Indiëgangers en andere Koreaveteranen, de oudste te midden van achttien- en negentienjarigen. Het kan verkeren: nog niet zo lang geleden was ik wegens krijgsdeelname veroordeeld tot drie jaar jeugdkamp, nu gold het bijna als een positieve aantekening in mijn staat van dienst. Ik had dan toch maar mooi tegen de communisten gevochten. Twee keer zelfs. Ja, maar de eerste keer aan Duitse zijde. – Aan de zijde van een huidige bondgenoot dus. Het tijdperk van de Koude Oorlog was aangebroken.

Veel opleidingen had ik achter de rug, maar het was altijd in ijltempo gegaan. Ik was inmiddels vertrouwd geraakt met de Duitse, de Franse, en de Amerikaanse tactiek van oorlogvoeren. Maar wat ik nu leerde kennen was nieuw voor me: het kazerneleven, vierentwintig uur per etmaal, zeven dagen per week. Wéér met veertig man op een zaal, wéér om zes uur op voor het ochtendappèl – de kazerne, voor de zoveelste keer, maar dit keer niet als voorbereiding op actie, dit keer was het voorgoed, met het vooruitzicht van een waardevast pensioen. Velddienst, avonddienst, nachtdienst, exercitie. Alles even gedisciplineerd, alles even saai, alles buitengewoon model. En vooral ook knopen poetsen, vooral ook een messcherpe vouw in je broek... Moesten wij niet het goede voorbeeld geven, later, de rest van ons leven?

'Zet die bril af militair! Waar is godverdomme je baret?!'

Waarop ik het briefje van de dokter toonde dat ik wegens aan het front opgelopen verwondingen met een donkere bril mocht lopen, en dat ik geen hoofddeksel kon verdragen.

De hoofdpijn was gebleven, maar overigens was ik fysiek weer opgekrabbeld. Ieder vrij moment was ik in trainingspak in de omgeving van Weert te vinden, in m'n eentje. Veldlopen door de bossen, langs de vennen, die uitgroeiden tot ware marathons. Ik zocht er de grenzen van mijn kracht, ik ontvluchtte de omslotenheid van de kazernemuur. Het waren de schaarse momenten dat ik me gelukkig voelde.

De hoofdpijn was gebleven, en er was iets bijgekomen, een spookachtige, nachtelijk kwaal. Soms ging het weken achtereen goed, maar dan werd ik opeens weer 's ochtends wakker met ontvelde knokkels, overdekt met blauwe plekken en bloeduitstortingen. Ik had weer amok gemaakt die nacht. Zes kamergenoten hadden me maar met moeite in bedwang kunnen houden. Ik slaagde er bijna niet in overeind te komen. Overal pijn.

'Godsamme. Wat is er gebeurd met me?'

'Je was vannacht weer behoorlijk bezig, Jan.'

'Maar wat was er dan?'

'Ah, laat maar zitten...'

Ik werd geconfronteerd met de resultaten van een aanval van razernij, maar van de aanval zelf kon ik me niets te binnen brengen. Mijn maats waren zuinig met hun mededelingen. Ik was een beetje 'raar'. Ze maakten er geen melding van, dat zou mijn vooruitzichten kunnen bederven. 'Het ging wel over...'

Ik werd wakker om tot de ontdekking te komen dat de massieve spijlen van mijn brits uiteengebogen waren, met reuzenkracht, alsof ze van ijzerdraad waren. Wie anders kon dat gedaan hebben dan ikzelf? Had ik gedroomd? – Ik wist het niet. Ik ging naar de dokter en kreeg pillen. Slaappillen. Maar dat was het probleem niet, slapen. Het werd erger. Ook overdag kreeg ik soms zo'n mysterieuze aanval.

Ik loop door een bos en alles wordt onwezenlijk voor mijn ogen. De bomen lopen, ik sta stil. De stammen dringen zich dreigend op, in een gesloten front, ik word van alle kanten ingesloten... Ik houd halt, grijp naar mijn hoofd. Achter mijn slapen bonkt het. – Ik kom weer bij bewustzijn, gekromd op het mos, aan de voet van een beuk. Duizelig, versuft. Hoe lang ik daar gelegen heb weet ik niet. Wat er gebeurd is weet ik niet. De afschuwelijke druk, van binnenuit, in mijn hoofd is weggeëbd tot een flauwe herinnering. Maar mijn handen zijn geschramd en beurs, twee vingers zijn gebroken. Er kleeft bloed aan de stam. Ben ik die boom te lijf gegaan?

Het was in die tijd dat ik weer begon te tekenen en te schilderen. Eerst in mijn schaarse vrije tijd: frontsituaties, zo nauwkeurig als ik kon, maar ook pittoreske hoekjes Limburg – en die vonden tot mijn verbazing gretig aftrek à raison van vijfentwintig gulden. Mijn activiteit op dit gebied bleef niet onopgemerkt. Het duurde niet lang of ik werd vrijgesteld voor een aantal vakken. Ik kreeg een grote kamer toegewezen en daar zat ik uren te werken, ongestoord, alleen. Een eigen kamer was een ongekend privilege waarin zelfs de officieren niet deelden. Want privacy wordt in het leger schadelijk voor het moreel geacht. Alleen de commandant had een eigen kamer.

En nu ik dan. Ik vervaardigde er instructietekeningen, lesmateriaal voor de school. Van bazooka's tot mijnen, van mitrailleurs tot handgranaten, compleet met situatieschetsen van hoe ze te gebruiken in de praktijk. Die kamer werd mijn toevluchtsoord. Mijn laatste eigen plek was mijn zolderkamertje in Oudewater geweest. Gevolgd door een onafzienbare reeks kazernes, ziekenhuiszalen, barakken, kampementen, plaatsen waar je hoogstens een brits en een niet-afsluitbaar kastje het jouwe kon noemen. Ik was in tien jaar niet alleen geweest.

De tijd ging verder. Ik werd bevorderd tot soldaat eerste klas, tot korporaal, tot korporaal eerste klas, en tenslotte tot sergeant: de ruggengraat van ieder leger.

Ooit had ik het ouderlijk huis achter me gelaten, om veel redenen. Maar onder meer om het avontuur. En wat ik uiteindelijk gevonden had was sleur. Ik haatte het kazerneleven waarin iedere handeling op een vast tijdstip was voorgeschreven, ik haatte het groepsverband waarin al het eigene met argusogen werd bekeken, ik haatte de verhoudingen die door rang en leeftijd werden bepaald, ik haatte de mensen die me omringden, met hun petten en hun lintjes. Ik was een van hen. Ik haatte mezelf in de eerste plaats.

Sergeant-instructeur Montyn viel de eer te beurt ingedeeld te worden bij het garderegiment der Grenadiers te Vught. Iedere zes weken werd ik geacht een nienwe lichting recruten de grondbeginselen van het militaire bedrijf bij te brengen:

'Voorwáárts mars! Over de schouder gewéér! Op de plááts rust!' – Mijn stemgeluid.

Twee lichtingen recruten gingen door mijn handen. Drie maanden van toenemende radeloosheid. Mijn kamer was ik kwijt, en het kon niet lang duren of ik was ook mezelf kwijtgeraakt. Drie maanden in het vooruitzicht van jaren.

Toen werd ik bij de regimentscommandant geroepen, Van Tuyll van Serooskerken, baron en kolonel.

'Zeg Montyn,' zei Tuyll, 'jij bent een nogal artistiek type heb ik gehoord. Ik zou jou een voorstel willen doen...'

Hij vertelde dat er voor de oorlog in Den Haag een historische collectie was geweest van de Grenadiers en van het zusterkorps, de Jagers. Van oude uniformen en wapens tot schilderijen en documenten. Die verzameling was, om te voorkomen dat zij in Duitse handen zou vallen, verspreid onder verschillende oud-officieren. De vraag luidde, of ik ervoor voelde die objecten weer op te sporen om, aangevuld met wat ik noodzakelijk achtte, er een historisch museum mee in te richten op de zolders van de kazerne. Ik zou vrijgesteld worden van reguliere dienst. Ik kreeg een atelier. Ik kreeg de beschikking over een dienstauto met chauffeur. Ik moest maar zeggen of ik ervoor voelde.

Ik werd beurtelings warm en koud, nam stram de houding aan.

'Kolonel! Hier staat uw man!'

Zo was ik museumconservator, van de ene op de andere dag. Het was een functie die binnen de hiërarchie van het leger in feite niet bestond – precies de reden waarom zij mij zo op het lijf was geschreven. Ik kon cr zelf naar believen inhoud aan verlenen.

Ik verdiepte me grondig in de geschiedenis van de garderegimenten, de Grenadiers, de Jagers en de voormalige Prinses Irenebrigade, de eenheid Nederlandse militairen die in de Tweede Wereldoorlog aan de geallieerde invasie had deelgenomen, eveneens tot erekorps verheven. Ik maakte mezelf wegwijs in oude boeken over krijgs- en wapenkunde. Ik bezocht de tachtigjarige jonkheer Van Eeghen, die voor de oorlog commandant van de Grenadiers geweest was, en kreeg van hem een reeks namen van gepensioneerde officieren bij wie na de capitulatie objecten uit de oorspronkelijke collectie waren ondergebracht, stuk voor stuk heren die best wilden weten dat ze in hun jongere jaren bij een gardekorps gediend hadden, heren ook met wie het uitstekend tafelen was.

Ik plaatste oproepen in dagbladen en militaire organen, waarop van alle kanten schenkingen aan de verzameling toe begonnen te stromen: oude uniformen en uitrustingsstukken, antieke kaarten, vuurwapens, insignes. Ik bezocht antiquairs, bij wie al spoedig de rode loper werd uitgerold wanneeer ik als een vorst achterin mijn dienstauto-met-chauffeur aan de horizon verscheen: ik had een onbeperkt budget. Ik catalogiseerde, rubriceerde. Ik liet vitrines maken. Ik koos me uit elke nieuwe lichting recruten een nieuwe assistent. Ik bezocht vergelijkbare historische collecties in het buitenland – ieder uitstapje heette eensklaps dienstreis – om de aanpak te bestuderen. Ik ruilde een aantal oude wapens die veelvoudig in de verzameling aanwezig waren tegen een motorfiets, een *Harley*, niet voor het museum maar voor mezelf – dus tóch voor het museum. Ik toverde de zolders van de kazerne om in expositieruimte, in magazijnen, plus, het allerbelangrijkste, een riant atelier voor eigen gebruik. – Ik had, kortom, een leven als een luis op een zeer hoofd.

In het atelier herstelde ik de oude, halfvergane uniformstukken, poetste en oliede ik de antieke achterladers en voorladers, restaureerde ik de schilderijen, van veldslagen tot portretten van illustere officieren, die vaak in slechte staat verworven of geschonken waren. De kennis die ik van de oude heer Van Weerlee in mijn Scheveningse interneringstijd had opgedaan, kwam me nu uitstekend van pas. Mijn ster als restaurateur van schilderijen steeg snel, ik kreeg opdrachten van andere musea, tot de collectie van het Koninklijk Huis toe. Ook op het gebied van Krijgsgeschiedenis hoefde men mij spoedig niets meer wijs te maken. Ik zat regelmatig als jongste disgenoot in het Amsterdamse Amstelhotel aan tafel met de Hoogmogende Heren Museumconservators. En het viel niemand op dat het Jan de Behanger was die daar zat...

Maar Van Weerlee had mij meer geleerd dan alleen schilderijen restaureren.

Er stond een klein paneeltje, olieverf op oorspronkelijk, trekvrij gestoken wagenschot, op de ezel in het atelier. Voor eigen genoegen vervaardigd. Een grenadier met berenmuts, rustend in de schaduw van een oude eik, naar de regelen der kunst geschilderd in achttiende-eeuwse stijl. Het patina der eeuwen, compleet met craquelé, was stijl-Van Weerlee. Ik had er een paar dagen eerder de laatste hand aan gelegd.

'Hoe oud is dat dingetje nou?' vroeg een van onze officieren, van adel, niet onbemiddeld, die eens een kijkje op zolder kwam nemen.

'Ik zou zeggen rond de tweehonderd jaar, majoor. Te oordelen naar het uniform eerder 1750 dan 1800.' – En dat laatste klopte.

'Van wie is het?'

Hij had het bewonderend op de hand genomen.

''t Is een onbekende meester...'

Hij kuchte. Het was een soort kuchen dat ik in de daarop volgende tijd feilloos zou leren herkennen. Hij was aangeraakt door begeerte.

'Hoeveel moet zoiets nou kosten?'

'Dat zou ik aan de eigenaar moeten vragen,' antwoordde ik met droge mond, want een weg terug was er niet meer.

''t Kan zijn dat die er afstand van wil doen...'

'Zeg hem maar dat ik duizend gulden bied. Wat denk je, komt dat in de richting?'

'Dat lijkt me een heel billijk bedrag, majoor,' antwoordde sergeant Montyn, wiens wedde honderdtwintig gulden per maand bedroeg.

Zo begon het. Zo ging het verder. En dat was nodig ook.

Want in het leven dat ik leidde komt een mens met honderdtwintig gulden per maand niet ver.

Dubbelleven

Jan Montyn – er waren twee personen met die naam, en die twee verdroegen elkaar in afnemende mate.

De een werkte gestaag aan de opbouw van een historisch verantwoorde museumcollectie, hield als wapendeskundige lezingen door het hele land, dronk sherry met het militaire adeldom, werd, ofschoon de jongste van het gezelschap, gekozen tot praeses van de onderofficiersclub, verwierf zich een reputatie als tafelredenaar, voerde op hoogtijdagen in groot tenue, de berenmuts op het hoofd, bevel bij erewachten.

'Jan maakt carrière in het leger', zo heette het thuis in Oudewater. Het was toch nog goedgekomen met me. Ik had zelfs verkering.

Cécile was blond en vierentwintig. Ze droeg het haar opgestoken en liep op hoge hakken in knisperende petycoats. Ze was apothekersassistente, dochter van een belastingconsulent te Vught. Op zaterdagavond gingen we naar de bioscoop, op zondagmiddag werd er gewandeld.

We waren wát een mooi paar, zoals we daar stijfgearmd stonden, in de weerspiegeling van de etalageruit van een meubelmagazijn. Na haar derde glaasje port mocht ik haar op schoot nemen, bij dansfeestjes in de onderofficiersmess. Maar onder haar cocktailjurk een hand op haar knie mocht niet:

'Dat is voor later, Jan...'

De ene Jan Montyn werd voorgesteld aan haar ouders.

Hij zat een hele avond in een huiskamer waar kruisbeeldjes boven de deuren hingen, en zware pluchen fauteuils stonden met antimakassars, en rookstandaards, en salontafeltjes met gewelfde poten en een geslepen glazen blad om het geloogde eikenhout tegen kringen te beschermen.

Modern-klassiek heette zo'n interieur, en daar hield Cécile zelf ook zo van. Haar jongste broertjes vergaapten zich aan mijn uitgaansuniform met decoraties, haar vader raakte niet uitgepraat over zíjn militaire diensttijd. De mooiste jaren van zijn leven, hij was met spijt afgezwaaid. Maar ter zake. Waar kwam ik vandaan? Wat deed mijn vader voor de kost? Was ik gelovig, en zo niet, was ik dan bereid in het geval van kinderen een fatsoenlijke katholieke opvoeding niet in de weg te zullen staan? En gebruikte ik suiker en melk in mijn thee?

De ene Jan Montyn kreeg tot slot in het portiek een kusje omdat hij het er zo goed had afgebracht die avond, de andere met diezelfde naam stapte even later in burgerkleren op zijn geheime Harley en verdween volgas in het duister. Het was nog lang niet goedgekomen met die ander.

De aanvallen van agressie, waarvan ik het bestaan 's ochtends af moest leiden uit de verwoestingen die ik gedurende de nacht had aangericht, kwamen steeds regelmatiger terug. De hoofdpijn bleef me onverminderd kwellen. Bovendien werd ik bezocht door angstdromen, zo hevig en langdurig dat ik vaak niet durfde gaan slapen. Dan werkte ik hele nachten door, soms drie, vier nachten achtereen, om tenslotte, zoals ik zat achter de schildersezel, aan tafel gebogen over een naslagwerk, in uitputting te verzinken en 's ochtends aangetroffen te worden door de schoonmaakploeg. Dat ging nog. Maar ook begon ik steeds vaker toevlucht te zoeken in de alcohol. Ik ging me te buiten aan nachtenlange doorzakpartijen. Al was ik een goede klant, ze zagen me tenslotte liever gaan dan komen, in de cafés vlak over de Belgische grens, die onbeperkt openbleven. Eén verkeerd gekozen woord kon voldoende zijn om mijn blinde woede op te wekken, en niet alleen het barinterieur moest het dan ontgelden – soms was ik met vijf man nog niet in bedwang te houden.

Het was alsof er, in een steeds terugkerende cyclus van een paar weken, een voltage in mijn hoofd tergend langzaam werd opgevoerd, tot de spanning zo ondraaglijk werd dat het leek of mijn hoofd het elk moment zou kunnen begeven onder de druk. Dan ging ik het gevaar opzoeken. Dan zocht ik spanning, juist om die spanning te lenigen. 's Avonds vertrok ik op de motorfiets naar Amsterdam of Antwerpen, smeet er met geld in kroegen en bordelen zonder te kunnen vinden wat ik zocht. In het holst van de nacht keerde ik terug, op de verlaten wegen beproevend hoe lang men het met zijn ogen dicht op een motorfiets in volle vaart uit kan houden.

Altijd weer iets langer dan ik gemeend en misschien ook wel gehoopt had... Daarna lag ik een paar uur in het bedauwde gras van een berm, tot de morgenstond, in een toestand tussen slapen en waken: een vagevuur van rust. *Mijn* rust. De angst van het heden had de angst van het verleden even op de achtergrond gedrongen. Voor zolang het duurde. Ik stalde de motorfiets in een schuurtje dat ik gehuurd had, even buiten de stad, want niemand mocht weten dat ik die had. Een sergeant bezat nu eenmaal niet een splinternieuwe Harley-Davidson. Ik pakte de fiets en kwam aan bij de kazerne, waar juist het ochtendappèl, waarvan ik vrijgesteld was, plaatsvond. Sergeant Montyn present. Daar liep ik, met mijn donkere bril mijn roodomrande drankogen aan het zicht onttrekkend, zo kaarsrecht als ik kon, langs de troep – me niet bewust van de aanblik die ik bood. Op zolder gekomen ontdekte ik pas dat witte, blote been. Mijn rechterbroekspijp ontbrak. Finaal afgescheurd ter hoogte van het kruis. Ik had niet kunnen vertellen waar en hoe ik hem verspeeld had.

Het spel met het noodlot werd beloond met korte perioden van ontspanning, waarin ik me ongehinderd kon wijden aan mijn werk – want ook dat vond doorgang. De collectie groeide gestaag. Haast had ik niet, want het was onduidelijk wat er met me zou gebeuren wanneer mijn taak erop zat. Ik verwierf enkele pronkstukken: het etenskoffertje van Koning Willem I, het stokje van Chassé, generaal tijdens de Tiendaagse Veldtocht: ebbenhout met een massief gouden knop. Ik restaureerde schilderijen, vervalste op steeds groter schaal om mijn schulden te kunnen voldoen. Ik gaf officieren instructielessen wapenleer, van de antieke ruiterpistolen en voorladers tot de meest geavanceerde toe. Ik deed kortom in velerlei opzicht mijn plicht.

Maar dan nam de cyclus weer zijn aanvang, werd de hoofdpijn met de dag ondraaglijker, werd ik weer nacht aan nacht gekweld door angstdromen – en hield mijn destructief gedrag gelijke tred.

Twee personen Jan Montyn. Twee werelden. In de ene was het niet toegestaan iemand van het andere geslacht in het zwembad op minder dan anderhalve meter te benaderen. Dat was onzedelijk gedrag. Dan kreeg je een bekeuring. – En een andere wereld, hemelsbreed misschien maar een paar kilometer verwijderd van datzelfde zwembad. In die wereld organiseerde ik op Romeinse leest gescheoide feesten. Ook dat is, als zoveel, een kunst. En dat ik die verstond, had zich als een lopend vuurtje verspreid door de zuidelijke contreien – bakermat van de dubbele moraal.

Met steeds grotere regelmaat werd ik opgebeld, steeds vertoonde het voorspel hetzelfde patroon:

'Zeg Montyn, je kent ons niet, maar we hebben over je gehoord. We zitten hier met een paar man bij elkaar. We hebben een feestje in ons hoofd, en iemand vertelde ons dat jij ons uit de nood kunt helpen, dat jij de weg kent...' Dan wist ik het al. Ik zou het niet tegenspreken. – Waarop de onbekende stem vervolgde:

'Wanneer we volgende week nou eens gezellig ergens een hapje gingen eten...'

En daar verscheen sergeant Montyn in zijn inmiddels op staatskosten aangeschafte Citroën *Traction Avant*. Eerst liet ik me de locatie tonen waar het feest gehouden zou worden: grote, afgelegen landhuizen en kasteeltjes, omringd door hagen, verscholen in het bos. Ik nam notitie van het aantal kamers, inspecteerde de keuken, bekeek tuin en stallen. En daarna gingen wij dat traditionele hapje eten, de ambtsdragers, de advocaten, de hoge officieren, de gefortuneerde fabrikanten, en ik, hun onbezoldigde majordomus. Zij hadden het geld, ik had de warenkennis. Ik huurde de kok en het extra personeel, ik hield oog op het koude buffet, ik regelde de wijn. En ik regelde nog meer. Want steevast luidde het, na een aarzelende stilte:

'Zeg Jan, er komen nogal wat heren... zeg jij nou 'ns wat! 't Moet een beetje *leuk* worden, hè...'

'Allicht ja. Hoeveel meisjes hadden jullie zelf gedacht?'

En dan sloeg ik de daaropvolgende dagen aan het bellen met de madammekes in Antwerpen en Brussel. Ze kenden me daar wel. Soms hing ik om de twee weken aan de telefoon. Dertig meisjes, veertig meisjes. Niet te oud, niet ál te jong. Liefst ook niet ál te ordinair. En het belangrijkste: alsjeblieft gezond...

''t Zijn geen heren van de vlakte die daar komen, dus laten ze zich een beetje chic in de kleren steken.'

Soms werden er feestgangers verwacht met speciale wensen:

'Zeg Jan, onze vriend Pierre is ook van de partij. Die is je-weet-wel...'

Volgde het bekende gebaar met het handje. En ook daarin kon worden voorzien:

'Tante Roos, stuur ook een paar jongens. Beetje vrouwelijke types.'

Op de afgesproken dag was ik, in smoking of rokkostuum gestoken, al rond het middaguur aanwezig om de bestellingen te controleren. Zoveel kisten champagne, zoveel flessen cognac, zoveel kaviaar. Op een gulden meer of minder werd niet gekeken: ik deed de bestellingen carte blanche, de rekeningen gingen rechtstreeks naar mijn opdrachtgever – dat was de afspraak. Het ingehuurde personeel werd met een gebaar van 'sleutel op de mond' geïnstrueerd. De vereiste discretie werd met een fikse fooi beloond. Kamers en sanitair werden nog even op zindelijkheid geïnspecteerd. – Het feest kon een aanvang nemen.

Tegen vijf uur reden de eerste auto's voor, particuliere auto's, maar ook dienstauto's met chauffeur, in rangen en standen. Keurige heren waren het, sommigen nog jong, met een beginnend grijs aan de slapen, anderen ouder, kaalhoofdig en met buikje, maar allemaal uitstekend gesoigneerd, in krijtstreeppak met vest, een blosje van opwinding over wat komen ging op de wangen. Er werd kennisgemaakt, er werd geklonken, er werd geconverseerd over commerciële of industriële aangelegenheden, over zaken van staats-, provinciaal of gemeentelijk belang.

De ruimten, versierd met boeketten en kamerpalmen, boden de aanblik van een staande receptie. Het koude buffet werd op dienwagens binnengereden en men deed zich te goed. Flessen oude cognac werden ontkurkt, sigarenkistjes gingen open. De speeltafels werden van hun stofhoezen ontdaan. En de ruimten boden de aanblik van een klein casino. Rond tienen kwamen de meisjes ten tonele, trippelend op hoge hakken. Blondines en brunettes, negerinnen, halfbloed, Indisch of Chinees – alle maten en soorten. In lange jurk met hoge split, in korte rok, gedecolleteerd en mollig, of juist slank, met hooggesloten hals en parelketting, alle soorten en maten.

De stemming was nog wat onwennig in het begin. De heren waren onder de indruk van de meisjes – zovéél meisjes – en de meisjes van de heren – échte heren. Er werd *gepraat*. De heren met de heren. De meisjes met de meisjes. Maar lang duurde dat niet. De champagne vloeide. Er werd geloerd en gelonkt. En ook Pierre was niet vergeten:

'Pierre, ga maar eens gauw boven kijken. In de kamer aan het einde van de gang wacht je een verrassing...'

En Pierre, die ongetwijfeld degelijk getrouwd was voor het oog van de wereld, en van wiens geheime wensen alleen zijn beste vrienden op de hoogte waren, hij zou die avond niet meer beneden worden gesignaleerd – beneden, waar de ruimten inmiddels de aanblik boden van een bordeel in vol bedrijf. De jasjes waren uitgegaan, de vestjes hingen los. Er was gekeurd en gekozen, men lachte en men dronk, er werd gedanst en op de schoot getrokken, en naar believen trok men paarsgewijs naar boven – en vervolgens deed men ook dat niet meer. Wat een overbodige moeite, helemaal naar boven! Wat een overbodige moeite om je aan en uit te kleden! Wat omslachtig om uit een glas te drinken, het kan ook uit de fles! – Een orgie, dat was de aanblik die de ruimten boden.

Drie dagen en nachten waren we doorgegaan. Op vrijdag waren we begonnen. De beklagenswaardigen die thuis huwelijkse plichten te vervullen hadden, vertrokken in het holst van de nacht en keerden 's middags terug. Anderen hadden ter wille van de hoogmis op zondag een kleine pauze ingelast. En 's maandags, het was al licht, de vogels floten, verschenen de dienders. – Ontucht plegen met minderjarigen, het scheelde niet veel of de doodstraf stond erop. En daar zat ik, in de tuin, zo dronken dat ik niet eens gemerkt had dat het pijlsnel stil geworden was om mij heen. Ik zat midden in de vijver op de sokkel van een beeldje, in niets gehuld dan een purperen gordijn dat ik bij wijze van mantel om mijn schouders had geslagen. Op mijn ene knie zat een meisje, op de andere een jongen. Beiden duidelijk minderjarig, duidelijk naakt. En achter me, eveneens in de vijver, eveneens in zéér kennelijke staat, speelde de blaaskapel een opgewekte welkomstmelodie.

Maar de dienders waren nog heviger geschrokken dan de *in flagrant delicto* betrapte hoogwaardigheidsbekleders. De doofpot was groot. Proces-verbaal werd niet gemaakt.

Het begon echt een beetje uit de hand te lopen. Feesten. Doorzakken in cafés over de Belgische grens. Op zondagochtend wakker worden in de goot van het Antwerpse havenkwartier, uitgeschud, onder de blauwe plekken en het geronnen bloed. Uren zoeken naar mijn motorfiets – een motorfiets die ik al snel total loss reed tegen een boom. Slalom door het bos. Veertig kilometer per uur. Vijftig. Zestig. – Wanneer ik *tegen* die boomstam was geschoten en niet erlangs was ik dood geweest. Eindelijk dood. Mijn smoking, glimmend, stijf van het vuil, droeg ik nu al meer dan twee weken, dag en nacht. Onder mijn oksel hield ik het generaalsstokje van Chassé geklemd, het echte, want het stokje dat elders in een vitrine lag was een replica. Donker ebbenhout met massieve gouden knop.

'Weet je wat zwaarder is: een pond veren of een pond goud?' Even zwaar? Vergeet het maar. – Wie het niet geloven wilde mocht de knop van mijn stokje gerust even wegen op de hand. Zo zwaar dus.

We zaten in de bar van Hotel Brabant in Den Bosch. Middelpunt van het vrolijke groepje was de oude baron Van Voorst, een nicht als een paard, altijd in het gezelschap van twee hazewinden. Hij had een vaste kamer in het hotel. Voor het geval dat. En het was zeer vaak het geval dat. Met hem was ik nu al langer dan een etmaal ononderbroken doorgezakt op roze champagne. Want de baron was verzot op roze. Maar nu was het drie uur, de bar ging dicht. Geen nood. Iemand wist een feestje in de buurt van Eindhoven. Op naar Eindhoven.

Mijn Citroën, verlengd model, bood plaats aan negen man. De motor was opgevoerd. De topsnelheid lag boven de honderdveertig kilometer per uur. Verder wilde het wijzertje van de snelheidsmeter niet wijzen.

Plankgas ging het door de duisternis. De weg tussen Den Bosch en Eindhoven is recht, dat wist ik. En daar hield ik mij ook aan, het zweet van inspanning op mijn voorhoofd. Maar er waren een paar kleinigheden die me ontgingen tijdens de rit. Dat de weg wegens werkzaamheden was afgezet en gedeeltelijk opgebroken bijvoorbeeld. Ook mijn passagiers hadden daar helemaal geen erg in. Net zomin als in het feit dat we achtervolgd werden door twee politieauto's – maar wij waren sneller.

De weg tussen Den Bosch en Eindhoven is recht, maar vertoont toch één flauwe bocht, ter hoogte van Boxtel. En ik had nu juist al mijn aandacht nodig om die wagen *recht* te houden. Het ging zeer snel. We raakten tweemaal een boom en botsten vervolgens frontaal tegen een muur. Ik werd wakker in een celletje, onder de blauwe plekken, met de ergste kater van mijn leven. Wat was er in vredesnaam gebeurd? Het bovenstaande. Maar dat hoorde ik pas een dag later, want die eerste vierentwintig uur achtte men het terecht verspilde moeite me aan een verhoor te onderwerpen. Ik was niet in staat één stom woord uit te brengen.

Ze hadden nog, letterlijk *gillend van angst*, geprobeerd ons bij te houden. Maar dat was onmogelijk gebleken, laat staan dat ze ons hadden kunnen passeren om ons aan te houden. Het was een wonder dat er geen doden en gewonden gevallen waren onder de wegwerkers. Die hadden voor hun leven moeten springen, terwijl de planken van de wegversperringen en de rode petroleumlampen hun om de oren vlogen. We waren uit het zicht verdwenen.

Ter hoogte van Boxtel hadden ze het wrak ontdekt. Eén verfrommelde hoop schroot. Ze hadden op afstand een beetje bedremmeld staan kijken. Wat zich *in* dat wrak ophield, dood of levend, moest verschrikkelijk zijn om aan te zien...

Maar toen was opeens tot hun verbijstering het restant van een portier omhooggegaan, en er was iemand naar buiten gekropen, iemand die zich met geen mogelijkheid staande had kunnen houden – en dat niet vanwege zijn verwondingen. En vervolgens was er nóg iemand naar buiten gekomen, ook op handen en voeten, en nóg iemand, en nóg iemand. Ze hadden elkaar aangekeken met een verwilderde blik: ben ik nu gek geworden, of zie jij misschien hetzelfde? Want er waren negen man uit het wrak te voorschijn gekomen, onder de builen en de schrammen, maar verder ongedeerd. En na die negen man twee hazewinden.

Die twee personen Montyn: het ging niet goed met ze. Ze werden beiden veroordeeld tot vier weken gevangenisstraf. Maar de een kon in de cel vanwege zijn angstdromen niet slapen, terwijl de ander overdag tussen die vier muren werkte als een bezetene. Dat museum moest eindelijk eens open.

De ene Jan Montyn recipieerde niet lang daarna. Groot feest. De plechtige openstelling van de historische collectie van de garderegimenten der Grenadiers en Jagers, alsmede van de voormalige Prinses Irenebrigade, werd verricht door de inspecteur-generaal van het Nederlandse Leger, Z. K. H. Prins Bernhard. Sergeant Montyn ontving uit handen van Zijne Majesteit een gouden aansteker met inscriptie. Er waren speeches, er was een banket. Eenieder was zeer opgetogen. En later op de avond klonk de stem van Kruls, generaal der Mariniers.

'Montyn,' sprak Kruls, 'wij van het Korps Mariniers hebben een veel oudere traditie dan jullie godverdomde zakken...' – Dat was waar.

'Zo'n museum wil ik ook!'

Dat kon geregeld worden. Ik werd benoemd tot adviserend conservator, toegevoegd aan het Korps Mariniers. En alles ging door. De angsten 's nachts, de *fake* van overdag. De drank tot er wel een delirium op moest volgen. Zoeken naar vergetelheid. Spelen met het noodlot. – Die andere Montyn was bezig stapelgek te worden.

Ik sloop in het donker door de velden. Keer op keer. De spoorweg tussen Den Bosch en Eindhoven werd druk bereden en lag op niet meer dan een halfuur gaans. Ik klom de spoordijk op, wachtte, misselijk van nervositeit, reikhalzend als een frontsoldaat naar het moment van aanval – omdat hij dan verlost is van dat wachten. Daar verscheen in de verte al een flauwe krans van licht. Met wildkloppend hart legde ik mijn gloeiende voorhoofd op het koele, gepolijste loopvlak van de rail. Twee gele koplampen kwamen naderbij, met honderdtwintig kilorneter per uur. De rail begon te zingen. Eén toon, hoger en hoger, luider en luider. Ieder moment fragmenteerde zich tot een oneindig aantal kortere momenten. Alles trilde. Eén stampende muur gedreun. – En dan, op het *allerlaatste* moment, maar niemand kan weten welk moment het allerlaatste is, trok ik mijn hoofd terug.

De wielen daverden mijn ene oor in, het andere weer uit, draaistel na draaistel, wiel na wiel, wagon na wagon, een stormwind loeide door mijn haren. Met honderdtwintig kilometer per uur schoot de laatste wagon langs mij heen, de wielen op handbreedte afstand, de achterlichten werden kleiner, het gedreun verstierf, de rail zong, lager en lager, tot een vaag gebrom. En het was stil.

Ik liet me van de spoordijk rollen. Beneden bleef ik liggen, doorweekt van het zweet, rillend in de nacht. Maar de spanning was geweken.

Twee keer Jan Montyn. De een zou zich verloven met een zekere Cécile, een keurig meisje dat al voor haar uitzet spaarde. De ander werd verliefd op Ank.

Ank had ravenzwart haar en donkere, wilde ogen. Maar ze was pas zestien, en ze was de dochter van een collega-sergeant. Ze had thuis ruzie gehad, ze was weggelopen. Ik verborg haar in het schuurtje waar het wrak van mijn motorfiets nog stond. Dagen, nachten.

Haar foto verscheen in de kranten. Haar vader liep over de binnenplaats met van vermoeidheid roodomrande ogen.

Ik bracht haar eten. Sliep met haar. En wanneer ik weer vertrok deed ik de deur op slot. Verborg ik haar of had ik haar daar opgesloten? – Wat was het verschil. Ze was van mij. Ze was mijn eigendom. We lagen in elkaars armen. Bevend. Zij begreep mijn angsten. Ik hield van haar. In haar ogen herkende ik de waanzin. Haar waanzin. Mijn waanzin.

H.M. Gekkenhuis

Het gebeurde volmaakt onverwachts, van het ene moment op het andere, zonder een enkel waarschuwingssignaal, zonder dat er een directe aanleiding viel aan te geven. Natuurlijk, het ging bergafwaarts met me, maar het ging al heel lang bergafwaarts. En ik had hoofdpijn op het bewuste ogenblik. Maar ik had bijna altijd hoofdpijn.

Ik stond op het station van Den Haag, waar ik inmiddels als adviseur een eigen kamer had op het Ministerie van Defensie, te wachten op de trein naar Den Bosch. – Of nee... Er was wel degelijk iets aan voorafgegaan, hoe futiel schijnbaar ook. Ik had immers op de klok gekeken! Mijn trein ging om even over halfzes. Ik had gekeken hoe laat het was. Maar die klok was stuk. De minutenwijzer stond vrijwel op het halve uur – de kleine wijzer was verdwenen... Was dat het? Nee, dat kan niet. Dat kan toch geen verklaring zijn. Maar wat dan? Wat gebeurde er precies?

Het was als een elektrische schok. Een droge, echoloze knal, zonder dat ik in feite iets hoorde. Er knapte iets, daarboven bij me, en het perron werd week onder mijn voeten. Ik greep in paniek naar mijn hoofd, omvatte het met beide handen. *Dit kan niet!* Deze pijn kan ik niet verdragen! Het was alsof mijn ogen uit hun kassen werden gedrukt, van binnenuit, alsof de aders in mijn slapen knapten, mijn trommelvliezen scheurden... – Mijn hoofd werd opgeblazen als een luchtballon. Het groeide en groeide, werd groter en groter, met hoeveel stomme kracht ik het ook omklemde, duizelend van de pijn. Onverdraaglijke pijn. En *dwars door* die pijn zeurde de blikken stem van een luidspreker, dreunde het geschuifel en gedruis van duizend mensen, scheurde het gepiep van remmen. Het geluid zwol aan tot oorverdovend en verstierf meteen weer tot gefluister. Alles kwam in golfslag op me af en werd weer weggezogen. Alles draaide. En ik stond daar en omklemde mijn wanstaltige hoofd radeloos met beide handen.

Hoe ik in die trein belandde wist ik niet. Dat het achteraf de juiste bleek moest toeval zijn.

'Bent u niet goed?'

'Mijn hoofd...'

Dat was het enige dat ik wist uit te brengen, met een stem die van heel ver weg klonk, een stem die in niets leek op de mijne. Mijn hoofd. Raak mij niet aan! Mijn hoofd zal knappen als een zeepbel!

'Maar wat is er dan met uw hoofd?'

Botsend en struikelend slaagde ik erin de wc te bereiken. In de spiegel een lijkbleek gezicht, uitpuilend, onherkenbaar, met bloeddoorlopen ogen. Het gedreun van de wielen op de rails zwol aan, zakte weer weg. Daar doorheen een stem die van boven leek te komen, een stem, neutraal als van een nieuwslezer van de radio:

'Caissonziekte evenzeer gevreesd... De longen scheuren, bloed vloeit uit neus en oren, de schedel knapt als een eierschaal...'

Ik rukte in paniek aan het waterkraantje. Zonder resultaat. Pas toen ik op de toiletpot ging zitten ontdekte ik een voetpedaal. Het water spoot me recht uit de ontwrichte buis in het gezicht. Eén wanhopige gedachte.

Laat ik in godsnaam niet doodgaan in een trein-wc... – Eén bundeling van krachten.

Wanneer ik nu maar eenmaal die trein verlaten heb... Ik slaagde erin om heelhuids uit de trein te komen. En ik herkende het perron.

Wanneer ik nu maar eenmaal in een taxi zit... Ik slaagde erin op eigen kracht een taxi te bereiken. Maar toen was het gedaan. Tot het opgeven van een adres was ik niet meer in staat. Ik kreunde maar wat.

'Mijn hoofd...' – Dat was het enige dat ik nog wist uit te brengen.

'Mijn hoofd...'

Ze dachten dat ik niets wist, maar ik wist alles. Ik had in voldoende hospitaals gelegen om haarscherp te weten waar ik me bevond. Dit was het kamertje dat men niet geacht wordt levend te verlaten. Ze dachten dat ik in coma lag. Zes dagen al. Maar ik hoorde alles. En ik kende genoeg medische termen om te begrijpen dat men mij had opgegeven. Mijn moeder had gehuild. Mijn zuster had nachtenlang aan mijn bed gewaakt, het goeie mens. En ik was niet dood. Nog steeds niet dood. Ik zweefde in het water van een bodemloos diep meer. Beneden heerste duisternis. Boven me was licht. Ik leefde. Hoe dat kon, begreep ik niet. Maar ik leefde. Me bewegen kon ik niet. Ik wilde het ook niet. Iets zeggen kon ik niet. Er viel ook niets te zeggen.

Na zes dagen en zes nachten opende ik mijn ogen. Er stond een verpleegster over me gebogen, een Indisch meisje met het liefste gezicht dat ik ooit zag.

'Bent u wakker?' fluisterde ze.

'Ja...'

'Wilt u iets hebben?'

Ik knikte. Of verbeeldde ik me dat? Ze boog zich dieper over.

'Biefstuk...' fluisterde ik. 'Kan ik een biefstuk krijgen?'

'De keuken is dicht, maar ik zal het proberen,' antwoordde ze met een ernstig gezicht. Ze verliet het vertrek. Ik sloot mijn ogen. Hoe lang het duurde wist ik niet.

Ze zat weer naast mijn bed, een bordje in haar hand. Eén, heel klein stukje biefstuk maar. Het was de heerlijkste biefstuk die ik ooit proefde.

'Nu ga ik slapen...' – Waarna ze opstond, en op gedempte toon vroeg:

'Uw familie staat buiten op de gang. Wilt u nog afscheid van ze nemen....?'

Ik schudde het hoofd.

De volgende dag zat ik rechtop in bed. Ik was vel over been, maar ik had het overleefd. De spanning in mijn hoofd was weggevloeid. Geen hoofdpijn meer.

Wat me nu precies gemankeerd had, wisten ze me niet te vertellen. Bijna een week in coma, bijna een week meer dan 41 graden koorts. Evenmin had men een verklaring voor het feit dat de spanning in mijn hoofd geweken was. Wel vernam ik dat ze ervan overtuigd waren geweest dat ik met dat vragen naar biefstuk een laatste opleving voor de dood had doorgemaakt. Mijn familie had ik niet meer willen zien. Ook nu niet. Ook de komende tijd niet. Wekenlang lag ik in een witgelakt ziekenhuisbed te worstelen met mijzelf. Bezoek kon ik niet verdragen. Ik was verwikkeld in een strijd met het verleden die ik met niemand kon delen. De film werd teruggedraaid.

Ik hing weer aan de voorplecht van die duikbootjager. Omhoog, omlaag, op de golfslag. Een van de jongens was door de explosie gewond geraakt. Hij lag vastgeklemd, vlak aan de waterlijn. Omhoog, omlaag. Iedere golf die terugvloeide over het dek kleurde door een wolk van bloed. Niemand bewoog. Hij stierf voor onze ogen. Zwart en wit. De loopgraven in Koerland. De modder en de sneeuw. Het gebrul in de nacht. De benen afgerukt. Ogen die smeken om het genadeschot. Een hoofd dat weggeblazen wordt. Hein... Hein, je ontglipt me! Laat me hier niet alleen! Ik grijp zijn hand. – Dan explosies, urenlang, fonteinen van modder. *Maar zonder geluid.* Iedere minuut een inslag, iedere minuut brengt de dood. Een Rus veert op, zakt zonder geluid ineen. De echo van een schot. – Het wachten op de laatste klap. De absolute verlatenheid, de absolute eenzaamheid van het wachten. Dresden. Een rosse mist. Daardoorheen menselijke figuren. Schimmen. Stemmen. Geschreeuw van pijn. Wanhopig huilen.

Overdag lag ik in een ziekenhuisbed, 's nachts lag ik in een scheepsruim, de oren gespitst, omringd door muren van water. Eén droge tik zal voldoende zijn. En ik tel de seconden, de minuten af.

Dan opeens een beeld waarvan ik niet begrijp dat het zo nadrukkelijk in mijn geheugen is blijven steken. Een venster aan het einde van een gang. Buiten is het donker. Natte sneeuw kleeft tegen het glas. Ik zit op een verwarmingsradiator, kijk naar de smeltende vlokken. En ik ervaar een gevoel van intense tevredenheid. Ik voel geen pijn. – Het is de gang van het ziekenhuis in Flensburg, aan de Deense grens.

Overdag lag ik in bed. 's Nachts demonteerde ik mijnen. Een eindeloze herhaling van één en dezelfde handeling, nu eens traag, dan weer koortsachtig gehaast. Bijvoorbeeld het afbinden van een slagaderlijke bloeding.

En steeds scheurde het, dat vervloekte surrogaat verband. En steeds die stem, vlak bij mijn oor:

'Schiet op Jan. Schiet godverdomme op!'

Het volgende moment stond ik weer voor het executiepeloton, geblinddoekt. De bevelen, steeds weer de bevelen. Het afschot, keer op keer. De inslag in hart en longen. *Maar ik voel niets.* – En dan weer de bevelen.

Overdag lag ik. 's Nachts kroop ik op mijn buik door niemandsland, holde ik van muur naar muur, dook ik weg in greppels, roeide ik onder een regen van kogels, rolde ik me op mijn buik, op mijn rug, mijn zij, veerde ik op, sprong ik, viel ik. – Ik viel in een ravijn en brak mijn rug. O ja. Korea.

Ik was vel over been. Overdag at ik kolossale biefstukken, kreeg ik room, eieren. Een overdadig rantsoen, bedoeld om aan te sterken. Zes weken lang, iedere dag. En na die zes weken was ik precies een kilo aangekomen. Overdag at ik, 's nachts werd ik verteerd.

Hoe het mogelijk was dat ik na die zes weken uit het ziekenhuis ontslagen werd? Omdat ik tegen niemand met één woord gerept had over mijn nachtelijke strijd.

Ik verhuisde weer naar Vught. Het museum. Rondleidingen. Instructie. Een adviseurschap bij de Mariniers. Mijn atelier. Restauraties. En de rest. Alles ging door. De kratten bier onder mijn bed. En iedere nacht oorlog.

Het duurde maanden. Maanden waarin ik met de dag radelozer werd. Het was een zich versnellend proces. Ik sloeg iemand vijf tanden uit zijn mond. Ik barricadeerde de deur van het atelier, kwam dagenlang niet te voorschijn. Ik sprak hoge officieren aan bij hun voornaam. Ik dwong recruten me als meerdere in hun bed te dulden. Wie gooide ik toen van de trap? Ik wist niet eens meer wie. Ik kroop als een beest op handen en voeten over de binnenplaats, hoestend van kots en slijm. Het werd erger en erger. Het duurde maanden. En niemand zei iets.

Ik moest praten. Maar met wie? Ik moest tot rust komen. Maar hoe?

Toen brak de dag aan waarop de marechaussee verscheen. Eindelijk.

'Zo Jan. Je moest maar eens met ons meekomen. Ik geloof dat jij het een en ander te vertellen hebt...'

Iemand had een aanklacht ingediend. Eindelijk. Ik was weer eens dronken bij een recruut in bed gekropen, midden in de nacht. En dit keer bij een die daar heel erg van geschrokken was. Niet dat ik me dat kon herinneren. Ik kon me zoveel niet herinneren. Het zou wel waar zijn. Ik sloot de deuren af en volgde. Ik was doodmoe. Ik was werkelijk aan het eind. Ik volgde, bijna opgelucht.

In de marechausseekazerne sliep ik vervolgens een nacht, een dag, en nog een nacht – aan één stuk. Ik kon weer slapen, ik voelde me ontslagen van verantwoordelijkheid. Tenslotte kreeg ik papier en potlood, want praten lukte niet. Ik moest maar eens opschrijven wat ik op mijn kerfstok had. De oude wachtcommandant klopte me bemoedigend op de schouder:

'Doe dat nou. 't Zal allemaal wel meevallen...'

'Ik schrijf alles op waarvan ik meen dat ik ermee in overtreding ben geweest,' zei ik. Dat deed ik. En het viel niet mee...

Ik begon met alle verkeersovertredingen die ik me te binnen kon brengen. Het verkeerd parkeren van mijn auto. Te hard gereden. Meer passagiers vervoerd dan volgens mijn rijbewijs was toegestaan. Door rood licht gereden. Geen gevolg gegeven aan stopsignalen. Rijden onder invloed. Rijden met de ogen dicht op motorfietsen.

Alles zo mogelijk met plaats en datum.

Ik vulde vel na vel. Openbare dronkenschap. Niet groeten van meerderen. Mishandeling. Het in gevaar brengen van het treinverkeer. Onzedelijke handelingen met minderjarigen van beiderlei geslacht. Het aanzetten tot ontucht. Het onttrekken van minderjarigen aan de ouderlijke macht. Het verduisteren van rijkseigendommen. Valsheid in geschrifte. Oplichting. Vervalsing van schilderijen. Insubordinatie.

'Plus wat ik vergeten ben...'

'Jezus, Jan...' stamelde de wachtmeester, de eindeloze waslijst strafbare feiten in de hand, 'was *jij* de kidnapper van Ank van Galen?'

Dat was ik dus. Ik had haar na een week losgelaten. Of was ze weggegaan? Ze was teruggegaan naar huis, volledig in de war. Maar noch tegenover haar ouders, noch tegenover de politie had ze iets losgelaten over haar verblijfplaats.

'Ja, dat was ik. Jullie moeten naar dat meisje toe. Ze moet hulp hebben, het gaat niet goed met haar.'

Nee, het viel niet mee. Dezelfde dag nog werd ik overgebracht naar de strafgevangenis in Den Bosch. Daar in de cel maakte ik het werk af dat ik onder handen had. De restauratie van een klein schilderijtje van Van Ostade, uit een Duitse collectie. Na tien dagen bezeten arbeid was het klaar. Ik liet het weghalen. Ook mijn spullen gingen mee. Ik hoefde niet meer, ik kon niet meer.

De cel, en dat in het vooruitzicht van misschien wel jaren, was te veel. Ik wilde dood.

Ik had voedsel en water kunnen weigeren, en ik was gestorven van honger en dorst. Ik had mijn adem in kunnen houden, en ik was gestikt. Ik had nog wat krachtiger met m'n hoofd tegen de muur kunnen bonken dan ik al had gedaan. – Ik deed het met een hoekje van een scheermesje dat ik 's ochtends uit het waslokaal gesmokkeld had.

Maar dat hoekje sneed niet diep genoeg.

'Ik ben jouw psychiater,' zei de man met de krakende stem, terwijl hij zijn lorgnet oppoetste. Een ogenblik later lag hij in een hoek van het vertrek, en het ogenblik daarop had ik vier ziekenbroeders op mijn nek.

Ik kwam bij in een dwangbuis. Zelden was ik zo versuft geweest. De deur van de kamer ging open. Er kwam een man van mijn leeftijd binnen, zonder witte jas, zonder lorgnet.

'Ik heet Mertens,' zei de man, terwijl hij naast me ging zitten. 'Ik heb jouw conduitestaat gelezen, en ik verzeker je één ding. Jij gaat niet terug naar de cel. Daar sta ik persoonlijk borg voor.'

Een halfuur later liep ik naast dokter Mertens door de tuin van mijn nieuwe verblijfplaats, Harer Majesteits Psychiatrische Inrichting te Utrecht. Hijzelf had me uit de dwangbuis losgemaakt. Ik vertelde hem van de nachtelijke aanvallen van agressie en de black-outs die jaren eerder, tijdens mijn opleiding in Weert, de kop al hadden opgestoken. Hij vond het onbegrijpelijk dat men me al die jaren zonder hulp had laten doormodderen. O ja, ik had een keer slaaptabletten gekregen.

'Maar ik heb er ook nooit met iemand over gesproken...'

'Ik wil je iets voorstellen,' zei Mertens tenslotte. 'Je hoeft niet met me te praten wanneer je dat niet wilt, maar ik zou het op prijs stellen wanneer jij je levensverhaal op schrift stelde.'

De volgende dag zat ik achter een tafeltje in een zonnige kamer die uitkeek op een tuin. Alles wat je je kunt herinneren, had Mertens gezegd. Doe er net zolang over als je nodig acht.

En vreemd, ik die geen geheugen had, bleek me gaandeweg alles te kunnen herinneren. Het verleden was jarenlang een donker gat voor me geweest: een sinister hol waaruit in mijn slaap slangen te voorschijn kropen die zich een weg vraten door mijn hersenpan. Wanneer ik terugkeek blikte ik in totale duisternis. In Oudewater was ik geboren. Hein was mijn vriend geweest, in Koerland was ik zwaargewond geraakt. Dat waren feiten. Ik kende ze zoals ik mijn geboortedatum wist. Maar het had ook een ander kunnen zijn, iemand met dezelfde naam. *Ikzelf* ontbrak eraan. De angsten die me jarenlang gekweld hadden waren de angsten geweest van iemand die een vreemde voor me geworden was. *Hem* zocht ik terug. Ik begon bij mijn vroegste jeugdherinneringen. Onweer in de nacht. In nachthemd in de werkplaats. Een roffel van regen tegen de ruiten. Oogverblindend weerlicht. Vader op de knieën, luid biddend, de zusjes huilend. De tuin. Geur van open aarde, van mest en stro. Konijnen. Duiven. En mijn vriendjes. Pim en Chiel. Piet die dood zou gaan aan polio. Mijn eerste fiets, symbool van vrijheidsdrang. De meidagen van '40. Een breuklijn. Nooit zou het weer worden als het was. De eenzaamheid thuis: ik, een verdoemeling. De verdachtmakingen buitenshuis: moffenvriend. De arbeidsdienst. Voor het eerst van huis. Een machinefabriek in Waddinxveen. Weggelopen. Een voettocht over de Veluwe. Wuivend, zondoorstoofd gras. De lucht van rubber gympjes. Hein. Een arm om mijn schouder. De weersportkampen. Een halve nacht duizelend op een rand boven een ravijn. Een vrouw die Monika heette, een trein ontspoorde, en Monika verdween.

Ik volgde de dagen, uur na uur, soms zelfs minuut na

minuut. *Alles was er.* Mannheim, Ludwigshafen. Bootsman Heyne, met uitpuilende ogen te midden van het puin, een baby in zijn armen:

'Ik wist het. Godverdomme, ik wist het...' – Zijn stem. De stoppels van zijn baard wit van het kalk, zijn mouw gescheurd, zijn wangen onder het roet.

Ik schreef. Vel na vel. Wanneer ik een pakje vol had, legde ik het op een afgesproken plek. Daar haalde Mertens het op. Over het geschrevene werd met geen woord gesproken. Ik schreef. De nachtoefeningen in de klei van Pommeren. Hemelvaartcommando. Kadaverdiscipline, *ohne Rücksicht auf Verluste.* De eerste landmijn die gedemonteerd moest worden. Dan opeens, alsof de zon doorbreekt, een havenstad aan de Oostzee. Danzig in. Passagieren. Maar ook een meisje. Marika. Haar naakte benen, de knieën nog van een kind. Haar kleine borsten, oneindig teer, haar buik, doorschijnend bleek in het harde schijnsel van een kaal elektrisch peertje. Haar ouders waren omgekomen, of haar broertje nog leefde wist ze niet. Oorlog. Grijze ogen, en een stem die zegt:

'Kom Jan...'

Een smoezelige matras. En de mateloze eenzaamheid daarna.

Duikbootalarm. De uren bij het waterdichte schot van een mijnenveger, benedendeks. *Stel je koud.* Gustav en Erich. Zij waren de eersten geweest. Het water had zich boven hen gesloten. En ik lag in mijn hangmat. Een gedachte. Hoe kom ik *hier* uit... Getorpedeerd. Op de voorplecht van een duikbootjager. Op en neer op de golfslag. Klinknagels springen. En daarna Koerland. De loopgraven, weken, maanden. De eerste inslag:

De eerste inslag zal je maatstaf zijn. Iedere volgende zal je er aan afmeten. Dichterbij of verder weg. Behalve de laatste. Want die zal je niet meer horen. – Dat schreef ik.

Iedere dag is een dag die je overleefd hebt. Hein kreeg een schot naar huis. Toch stierf hij voor mijn ogen. En er knapte iets bij me.

Maar verdriet kon je daar niet hebben. Er was geen ruimte voor verdriet. Het verdriet kan later komen. Maar ik leerde het niet kennen: later. Al die jaren was er geen moment om tot mezelf te komen.

Dan de klap die toch niet de laatste was. Een nacht in de sneeuw. En toch gevonden. Hoe vaak had ik niet geluk gehad? Of bestaat er zoiets als intuïtie voor geluk? Kan overlevingsdrang zo sterk zijn dat het noodlot wijkt?

Dokter Schneider was marinearts in Libau. Hij riep me terug naar het leven. We werden getorpedeerd, nog maar net buitengaats. Mischien wel duizend man gingen mee de diepte in. Ik had tussen hen gelegen, hulpeloos, handen en voeten in dikke zwachtels. Schneider was het die me naar dat reddingsvlot droeg. Waarom *mij?*

Ik had met Hein geslapen. We bevredigden elkaar. Maar wat biseksualiteit was wist ik niet. Dat woord had ik nog nooit gehoord. Ik wist zoveel niet. Pas in '45 legde iemand me uit wat nu eigenlijk het verschil was tussen socialisme en nationaal-socialisme. Politiek had me nooit geïnteresseerd. Maar ik had het kúnnen weten. Daarom is niet-weten geen excuus.

Luc was het geweest die me inwijdde in de politieke termen: de Waalse jongen met wie ik ontsnapte uit het krijgsgevangenkamp. Maar zover was het nog niet. Ik zat nog lang niet in dat krijgsgevangenkamp. Eerst moest ik nog op een brancard naar beneden gedragen worden, diep het ruim in. Op de Oostzee, een log schip, machteloos dobberend te midden van de mijnen. – Die nacht duurde een mensenleven lang. Eerst moest ik nog terug naar Oudewater, achter in een postwagen, boven op een munitietrein, steunend op een stok te voet, op een melkkar, – en het laatste stukje in een auto vol ss'ers. En na Oudewater moest ik me melden in Klagenfurt. Een trein. Dan Dresden. Een zee van vlammen. Ik zag alles, hoorde alles, rook alles. Voor het eerst. Toen had ik het meegemaakt, nu maakte ik het door. Terwijl ik schreef. Terwijl ik daarna in bed lag onder een spanlaken, schreeuwend. Tot ik een spuitje kreeg. Maar ieder vel, iedere regel, elk woord bracht opluchting. Want nóg een keer hoefde niet...

Ik beschreef de situatie aan de Oder. De stellingen, de kazematten. Welk geschut waar, welk kaliber. De stalinorgels. De inslagen, elke dertig seconden één, urenlang. Met honderd man moesten we een eilandje bezetten, negen keerden terug. En Willy die zwemmend ontkomen was. Maar die kreeg longontsteking. Het briefje. Waar ik het was kwijtgeraakt wist ik niet, maar ik had het nog steeds in mijn bezit. *Van Willy, voor Jan.* Plus twee dichtregels. – Die kreeg ik niet uit mijn pen.

Van een ander eilandje tekende ik de plattegrond. Daar was ik aan wal gegaan. Daar was ik omhooggekropen. Daar had dat andere bootje gelegen, van die Russische soldaat. Naast zijn bootje had ik hem achtergelaten. En ik schreef:

Dat was het meest schokkende. Het was hij of ik. Het had de schijn van een duel. Maar hij was zonder twijfel dienstplichtig soldaat. Ik niet. Ik bevond mij daar voor eigen verantwoordelijkheid. Daar zit ik fout.

De terugtocht naar de Elbe. Een Deen, een Hitlerjugend-jongen, één mitrailleur, en ik. Geritsel van bladeren, gezwiep van takken. Een leger in aantocht. Ik was even later achter op een motorfiets gesprongen. Die andere twee niet. Waarom ik wel? – Pannenkoeken bakken in een hemelsblauwe nachtjapon: de waanzin. Luchtaanvallen, beschietingen, mijnen: de verschrikkingen. Met zeventig man lieten we de Oder achter ons, vijf konden zich tenslotte overgeven. Waarom ik wel? Waarom Carstens niet? En ik schreef:

Na Hein is hij de enige op de hele wereld die ik terug zou willen zien.

En daarna kon ik dagenlang niet schrijven. Ik kwam dokter Mertens op de gang tegen. Hij hield me tegen. Hij had al een tijdje geen vellen papier meer aangetroffen op de afgesproken plek. Was ik klaar?

'Nee. Het begint pas.'

Daarop liep ik naar mijn kamer. Pakte een vel papier en schreef:

In het krijgsgevangenkamp vertelde een Amerikaanse officier van Nederlandse afkomst me wat er gebeurd was met de joden.

En ik schreef verder. De ontvluchting met Luc. Het Vreemdelingenlegioen. Desertie. Drie weken bij Loulou op een kamertje. Straatsburg. De schijnexecuties in Neuengamme. Internering. Jeugdkamp. De wilde jaren, terug in Oudewater. En dan Korea, de val in het ravijn. Maanden in een rolstoel. Yoshika.

Tenslotte stelde ik mijn carrière als beroepsmilitair te boek en het langzame proces van gek worden. – En wonderlijk: hoe dichter ik naderde in de tijd, hoe moeilijker het me viel me alles te herinneren en op schrift te stellen.

Bijna een jaar lang schreef ik. De angstdromen werden minder, de nachtelijke aanvallen bleven steeds langer uit. Het spanlaken kon in de kast blijven, geen spuitjes meer om te kunnen slapen. Vel na vel had ik gevuld.

Hoeveel wist ik niet, want ik nummerde ze niet. Overlezen kon niet, want ik gaf ze af. – Uiteindelijk belandde ik bij mijn arrestatie. De eindeloze lijst strafbare feiten. Mijn zelfmoordpoging. Overgebracht naar Harer Majesteits Gekkenhuis in Utrecht. Mertens' verzoek om alles op te schrijven...

Dat had ik nu gedaan. Ik was klaar. En ik schreef:

Dit was mijn leven tot nu toe.

Daaronder zette ik mijn naam: *Jan Montyn*. En de datum: *22 maart 1957*.

En onder dat alles zette ik een dikke streep.

Deel 6

De tijd staat stil

April '75. Ik loop door de vertrekhal van Bangkok-Airport. Tien uur in de ochtend. Over een paar minuten de dagvlucht naar Frankfurt. Dan een overstap naar Amsterdam.

Een canvas schoudertasje is mijn enige bagage. En ook dat niet meer voor lang. Iedere stap die ik zet is definitief. Want ik weet: dit is de laatste keer

'Over twee weken ben ik terug,' heb ik gezegd. 'En dan nooit weer. Het zit erop.'

Er zijn beslissingen die je neemt op grond van overwegingen. Er zijn er die je neemt in een impuls. De rekenschap komt later.

Ooit had ik in een gevangeniscel een eind aan mijn leven willen maken. Het was niet gelukt, het afgebroken hoekje van een scheermes sneed niet diep genoeg. Daarna had ik een jaar lang geschreven en rekenschap afgelegd: duizend dichtbeschreven vellen papier. Ze zouden hun stoffelijk bestaan beëindigen in een potkachel, tegelijk met het uniform van sergeant der Grenadiers. Toen was ik tweeëndertig, nu ben ik vijftig. Wat ik toen achter me had liggen was oorlog, en weer is het een oorlog die achter me ligt. Toen zat ik in een kamer die uitkeek op een ommuurde tuin, nu zit ik in een comfortabel eersteklas compartiment op tienduizend meter hoogte in het luchtruim – en weer leg ik rekenschap af. Een vol jaar is niet nodig, en schrijven hoeft ook niet. Ik heb voldoende aan herinneringen. Achttien uur duurt deze vlucht. Het is de laatste keer. Opnieuw een afscheid van wie ik was. En dan nooit weer.

De jumbojet van Singapore-Airlines heeft Bangkok achter zich gelaten. En ik, *in* die jumbo, heb inmiddels Utrecht, de psychiatrische inrichting, verruild voor een bestaan in Amsterdam. – O nee, ik vergeet iets. Voor het zover was moest er nog iets afgehandeld worden. Een kleinigheid. Een formaliteit, meer niet...

Ik had, een jaar lang schrijvend, afgerekend met het verleden, er bleef intussen een instantie geduldig wachten tot ik weer aanspreekbaar werd geacht, een instantie die een zeker onderdeel van dat verleden allerminst als afgeschreven beschouwde. Op een ochtend verschenen er twee marechaussees. Ze overhandigden me een envelop. Daarin zat een dagvaarding. Ik moest voorkomen. De Krijgsraad in Den Bosch.

'Wanneer ze me willen opsluiten maak ik amok. Ik ga de cel *niet* in!'

Mertens probeerde me gerust te stellen. Hij vertelde dat ik wegens geestelijke onstabiliteit een S-5 gekregen had: 'Je bent officieel afgekeurd voor de militaire dienst en verminderd toerekeningsvatbaar. Daar zullen ze in de strafmaat rekening mee houden...'

Ik was er allerminst gerust op.

'Zal ik met je meegaan?' vroeg Mertens de bewuste dag. Nee, dat wilde ik niet. Ik wilde ook geen ziekenbroeder om me te begeleiden. Ik ging alleen, in burger. Volgens voorschrift diende ik in groot tenue, met eretekens en al, te verschijnen. Dat weigerde ik pertinent. Mijn haar, dat me tot de schouders reikte, had ik af laten scheren. Ik ging in een zwarte broek en een zwarte sweater. – Ze moesten me maar nemen zoals ik was, in het zwart, met kale kop.

Blijf maar lachen, had Mertens me aangeraden. Maar het lachen verging me toen ik in het wachtlokaal hoorde dat niet lang tevoren twee officieren voor veel mindere vergrijpen door dezelfde Krijgsraad veroordeeld waren tot celstraffen van vier en zes jaar. Ze hadden het weinig op met zedendelicten, daar in Den Bosch. En dan durfde ik niet eens te denken aan de verduisteringen, de vervalsingen, laat staan de kidnapping die de dagvaarding vermeldde...

'Hé Jan...'

Het was Tuyll, nog steeds officieel mijn commandant, die me op de gang staande hield.

'Kerel, wat heb ik toch allemaal over je gehoord! Waarom ben je nooit naar me toe gekomen met je problemen? Dan waren we samen gaan *sporten*...'

De zaak-Montyn begon. Achter gesloten deuren, vanwege het onzedelijke karakter van sommige delicten. Het Hof verscheen. En wie schetste mijn verbazing: onder die hoge officieren herkende ik twee heren die indertijd zéér genoten hadden van mijn Romeinse feestjes... Ze zaten er wat besmuikt bij, terwijl de aanklacht werd voorgelezen, een waslijst, zo lang, dat de auditeur-militair er niet in slaagde zijn gezicht in de plooi te houden. Of ik de feiten toegaf.

'Ja.'

Of ik nog iets ter verdediging had op te merken?

'Ja.'

En het ontging me niet dat twee heren, stijf van de decoraties, ineenkrompen achter de groene tafel.

'Heren, ik zal het kort houden. Ik zal me beperken tot één ding. En dat ene is: s-5. Dank u.'

Het hof trok zich terug voor beraad. Ik moest wachten. Het langste uur van mijn leven. Alweer. Want in dat krankzinnige leven van mij waren al heel wat uren het langste uur geweest... Toen mocht ik weer binnenkomen. Het vonnis werd voorgelezen.

Ik werd ontslagen uit de militaire dienst. Niet eens oneervol ontslagen, naar ik begreep. Ik kreeg een gevangenisstraf van drie weken, met aftrek van het voorarrest. En ik had precies drie weken in voorarrest gezeten!

Ik wachtte. Nu moest het komen... Maar er kwam niets meer.

Dat was alles. Wanneer ik hoger beroep wenste aan te tekenen, moest ik dat binnen vierentwintig uur kenbaar maken. – Maar dat laatste hoorde ik amper meer. Ik stond al buiten. De eerste die me feliciteerde was de goede oude Tuyll.

'En wat nu, Jan?'

'Een groot glas bier drinken, kolonel. Ik ben vrij!'

Wat nu precies de achtergrond was van mijn absurd lage straf zou ik nooit te weten komen. Op dat moment was het ook wel het laatste dat me bezighield...

En dan toch: *Amsterdam*. – Terwijl tienduizend meter beneden me het golvende groen van de oerwouden van Birma plaats heeft gemaakt voor het gele, door droge rivierbeddingen doorsneden mozaïek van velden. India.

'Wat doet u voor de kost?' vroeg een hospita in spe. Ik was op zoek naar woonruimte. Een annonce in de krant had me op haar spoor gezet.

'Ik ben kunstschilder,' aldus mijn antwoord. Dat was beslist een mooi besluit. Maar naar die kamer kon ik fluiten.

In de inrichting was ik op aanraden van dokter Mertens weer aan het tekenen en schilderen geslagen. Ik maakte portretten van medepatiënten, van de verplegers, ik schilderde de tuin, de binnenplaats. Tekenen en schilderen, ik had het met tussenpozen eigenlijk mijn hele leven al gedaan, maar nu was het voor het eerst dat ik het gevoel had dat waar ik mee bezig was ook iets te maken zou kunnen hebben met een zo onbenaderbaar begrip als *kunst*.

Een ander zou het intussen een zorg zijn wat we deden voor de kost. Dat was tante Aal. Samen met haar zuster, tante Dirkje, dreef ze een roemrucht café annex bordeel aan de Zeedijk. Ze kenden me daar nog wel uit mijn militaire jaren. Wij moesten ook een dak boven ons hoofd hebben, vond ze – wij, dat waren Hans, een jongen die ik in Utrecht had leren kennen, Loek, die ook net met schilderen was begonnen, en ik. Ze wees ons op een reusachtig pakhuis, om de hoek, aan de Oudezijds Kolk. Het was eigendom van de bakker die ernaast zat, en het stond leeg zolang zij ervan wist, en dat was lang, want tante Aal was de zeventig al ruimschoots gepasseerd.

Zo waren ze begonnen, de jaren aan de Kolk.

Zes verdiepingen telde het pand, met een totale vloeroppervlakte van meer dan duizend meter. *Leeg* kon men het overigens niet noemen, want op alle vloeren lag een halve meter vuil. Elektra was er niet, water evenmin, de trappetjes waren steil als ladders, het wemelde er van de ratten. Maar het was een eigen plek, voor het eerst. Ik zou er werken, ik zou er leven. Ik deed geen oog dicht, die eerste nacht.

Wekenlang waren we bezig het vuil af te voeren, per vuilnisschuit, want het pakhuis, dat via een smalle loskade bereikbaar was, stond met de voorgevel in het water van de gracht. We sleepten oude meubels weg bij het Leger des Heils, vergaarden het voor ieder ander onbruikbare afval dat na zes uur achterbleef op de rommelmarkt.

Want we hadden geen cent. Er werd gehamerd en gezaagd, en toen het huis, althans naar onze maatstaven, bewoonbaar was gaven we een feest. De hele buurt liep uit: de hoertjes, de pooiers, de madams, de caféhouders, plus de rest. De een verscheen met een fles jenever onder de arm, de ander zeulend met een krat bier, een derde met een dampende pan soep. En tante Aal met aaltjes. Met het huis aan de Kolk werd een nieuw begin geschapen. Zestien jaar lang had ik in gesloten gemeenschappen geleefd. Opeens was ik vrij, en onbeschermd tegelijk, in een maatschappij die vijandig stond tegenover alles wat een spijkerbroek droeg en outcast was. Buiten de ons welgezinde, rosse driehoek tussen Zeedijk en Oudekerksplein waagde ik me zelden, drukke winkelstraten meed ik. Aan alles moest ik wennen. Geen superieur meer boven me, geen vastgestelde dagindeling. Een pond zout bleek opeens acht cent te kosten. Zoveel zout voor acht cent! – Ik had nooit boodschappen voor een huishouding gedaan.

We werkten in de marge van de officiële kunst, we leefden aan de zelfkant van de maatschappij. Honger hadden we eigenlijk altijd, want bijna al ons geld ging op aan schildersmateriaal. We leefden van de buurt. Wanneer er bij een vechtpartij een caféruit aan diggelen was gegaan, waren wij het die het glas vervingen. En ikzelf was het letterzetten niet verleerd. Eén gulden per letter, vast tarief. Alleen al de woorden *Volledige vergunning* leverden een week leeftocht op. En we verkochten. Zwarte Hennie, Finse Josje, Apache-Alie – zij waren de eerste collectioneurs van ons werk. De klanten van het bordeel van tante Aal waren verplicht een lootje te kopen. Van de opbrengst werden onze schilderijtjes afgenomen. – Wij moesten ook leven, vond tante Aal. En we waren met velen.

Het huis aan de Kolk, niet meer dan honderd meter verwijderd van het politiebureau Warmoesstraat, werd een wijkplaats voor alles wat niet mocht. Het wemelde ervan. Er zouden jongens en meisjes die uit opvoedingsinstituten waren weggelopen op De Kolk verborgen worden gehouden. En zo was het. Een dubbele muur die we gemetseld hadden, diende hun als schuilplaats. Er zou op De Kolk ontucht worden gepleegd met minderjarigen. En zo was het. Drie bonzen op de vloer betekende: zedenpolitie voor de deur...

Het huis aan de Kolk, ik hoef mijn ogen maar te sluiten of vijftien, zestien jaren worden overbrugd door een mengeling van beeld en geur: de scherpe lucht van vernis en terpentijn, van petroleum voor de lampen, de grondlucht uit de gracht – en in de kachel knettert aanmaakhout. Ik zie een laag plafond van zware balken, een ruwe houten vloer. Kleine, smalle raampjes in muren die meer dan een halve meter dik zijn. In een baan zonlicht zit een poes, *mijn* poes. Links staat de hoge schildersezel, rechts de etspers. – Want ik was gaan etsen in die tijd. En etsen zou het blijven, tot op de dag van vandaag. Vijftien jaar etsen. Tienduizend prenten.

Maar ook dat niet meer. Genoeg gewerkt, genoeg geëtst, het reservoir is leeg. Ik heb niets meer mee te delen, en ik stel het zonder weemoed vast.

Of ik champagne wil, vraagt de stewardess. Geef mij maar koffie op dit uur. Of nee, geef toch maar een glas champagne. Want op de Kolk ontmoette ik Thom...

En dan is er toch weemoed.

Maar eerst nog de tussenlanding in Delhi, vliegveld van grote zwarte kraaien, van dunne lange mannen met een snor. En dan, tot de volgende stop in Teheran: Thom.

Ter gelegenheid van de jaarwisseling 1960-'61 werd er op de Kolk volgens de traditie een groot feest aangericht waar een paar honderd mensen aan deelnamen. Een van de aanwezigen was een jongen, niet ouder dan een jaar of achttien, die binnengekomen was in het gezelschap van twee mannen die ik niet kende. Hij fascineerde me, die jongen, terwijl ik hem van een afstand gadesloeg. Hij was uitgelaten, een charmeur, hij palmde iedereen, man of vrouw, voor zich in, en intussen voelde ik dat hij langs de rand van een afgrond balanceerde. Ik hoorde hem lachen, het hoofd in de nek, en ik wist dat dat lachen elk ogenblik kon omslaan in een bodemloos verdriet. – Ik kwam te weten dat hij Thom heette. Hij was achttien, weggelopen uit een opvoedingsgesticht, en hij zat sinds een tijdje ondergedoken bij het tweetal. Hij sprak me aan, Thom. Woorden die altijd na zouden blijven klinken in mijn oren:

'Zijn dat jouw schilderijen?'

'Ja, ik woon hier.'

'Ik vind ze mooi. Zo zou ik ook willen werken...'

'Dan moet je 't doen. Wanneer je wilt zou ik je misschien op weg kunnen helpen.'

'Kun jij schaken?' – Ik knikte.

En daarop schaakten we, de ene partij na de andere, zonder verder nog te spreken, te midden van een deinende mensenmassa, een massa die langzaam dunner werd, want het feest liep af. Tenslotte was de ruimte leeg. Op de twee mij onbekende mannen na. En Thom. En ik.

'Zeg Thom, we wilden eens opstappen. Ga je mee?'

Waarop Thom opstond, naar zijn jas liep, een sleutel uit de zak haalde en zei:

'Hier is de sleutel terug. Ik blijf hier. Is dat goed, Jan? Kan ik bij je blijven?'

'Dat is goed...' zei ik, in het volle bewustzijn van de consequenties. En op hun aarzeling:

'Jullie hebben het gehoord. Hij blijft hier.'

Waarop het tweetal vertrok. En Thom bleef.

Wat ik verwacht had gebeurde. De deur was beneden nog niet in het slot gegooid of de jongen barstte in tranen uit, onstuitbaar, en naarmate het grauwe ochtendlicht naar binnen begon te vallen drong het tot me door hoe beroerd hij er ook fysiek aan toe was: broodmager, lijkbleek, bevend. We kenden elkaar nog maar een paar uur en hadden amper een woord gewisseld, maar hij drukte zich tegen me aan alsof ik zijn laatste steunpunt was. We praatten. Het werd ochtend, middag, het werd avond. Thom was joods. Zijn ouders waren in de jaren dertig uit Duitsland naar Nederland gevlucht. Hij was in '42 geboren en als baby ondergebracht bij zijn latere voogd, een Haagse advocaat. Zijn ouders waren zowel geestelijk als lichamelijk geknakt uit het concentratiekamp teruggekeerd, en er waren jaren overheen gegaan voordat ze zich in staat hadden geacht de opvoeding van hun zoon zelf ter hand te nemen. Pas toen leerde hij, tot dat moment van alles onkundig gehouden, zijn werkelijke achtergrond kennen. Zijn afkomst, de oorlog, het lot van de joden, dat alles was hem sindsdien in toenemende mate gaan achtervolgen. Hij was met de jaren onhandelbaarder geworden, werd van scholen afgestuurd, was na een paar winkeldiefstalletjes onder voogdij gesteld en in een opvoedingsgesticht geplaatst. Hij was er verschillende keren weggelopen, twee weken terug voor het laatst.

En ditmaal was hij vastbesloten niet weer terug te keren:

'Wanneer ze me pakken maak ik er een eind aan...'

Het zou, zo jong als hij was, niet zijn eerste zelfmoordpoging zijn: hij voelde zich misplaatst in het leven, hij voelde zich verstoten door de maatschappij.

Thom vertelde zijn geschiedenis. En ik vertelde hem de mijne. Ik *praatte*. Voor het eerst... – En vreemd, hij die op het scherp van leven en dood op de wereld was gekomen, accepteerde mij en mijn verleden als een vanzelfsprekendheid.

Die nacht sliep Thom in het logeerbed achter de dubbele muur, en de volgende dag sliep hij nog steeds. Hij sliep zo vast dat ik keer op keer ging kijken of hij nog wel leefde.

Maar hij werd wakker, en bekeek de wereld met een ander oog: een nachtelijke wereld, want zolang hij op de politietelex stond waagde ik me niet bij daglicht met hem buiten.

Drie weken zat Thom verborgen op de Kolk. Hij werkte.

Ik had hem leren etsen en het was verbluffend hoe snel hij vorderingen maakte. Al na een paar dagen drukte hij zijn eigen prenten, trefzeker van lijn, ontroerend mooi.

'Dit is wat ik zocht, hiermee wil ik doorgaan ...'

Het was voor het eerst van zijn leven dat hij iets deed dat hem bevredigde omdat hij er een doel in zichzelf in vond. En ik, ik raakte volledig verweven met zijn lot. Ik deelde in zijn vreugde, deelde in zijn angst: de vreugde om wat hij gevonden had, de angst dat het weer zou worden afgenomen. Want hij kon toch moeilijk de drie jaar die hem scheidden van de meerderjarigheid in een donker pakhuis blijven bivakkeren...

Ik besloot zijn voogd te bellen, anoniem, vanuit het café van tante Aal:

'U kent mij niet. Ik wil praten over Thom...'

'Wie bent u?'

'U weet dat ik dat niet kan zeggen. Ik houd hem verborgen, ik ben strafbaar. Maar het kan niet eeuwig zo voortduren.'

'Maar wat wilt u dan?'

'Thom moet vrij. Hij werkt, daar moet hij mee door kunnen gaan.'

Dat bleek een ongekend bericht. Thom werkte! Hij die nooit iets kon, nooit iets wilde...

'Wat is uw voorstel?'

'We spreken af op een neutrale plaats. U bent er als voogd, de psychiater van de inrichting waaruit hij ontsnapt is moet er ook zijn – en ik ben er. Ik zal u vertellen waarom ik vind dat Thom deze kans moet krijgen...'

Een paar dagen later ging ik de stationsrestauratie van Utrecht binnen. Daar zaten twee heren in pak met vest. Hier kwam ik, in mijn schone spijkerbroek, mijn speciaal voor de gelegenheid aangeschafte ruitjesoverhemd...

'Mijn naam is Montyn. Ik woon aan de Oudezijds Kolk in Amsterdam. Thom zit bij mij ondergedoken...'

Ik wachtte even. Nu wisten ze waar hij zat. Wanneer de ontmoeting doorgestoken kaart was zou dit het geijkte moment zijn om me in de kraag te laten grijpen. Maar er gebeurde niets. Ik ging zitten, vertelde waar Thom mee bezig was, hoe het werk dat hij nu deed hem een andere blik op de toekomst had gegeven.

'Het is ongelooflijk hoeveel hij in die paar weken geleerd heeft, hij is werkelijk begaafd. Ik weet dat ik hem als alleenstaande niet officieel kan adopteren, toch moet hij bij me blijven...'

We namen afscheid. Ze zouden zijn zaak bepleiten. Ze zouden komen kijken naar onze leefomstandigheden. Het opsporingsbevel werd voorlopig ingetrokken.

Ze kwamen, ze bewonderden Thoms werk, de eerste, prille pogingen. En na een week van spanning kwam er een bruine dienstenvelop. Thom mocht blijven.

Hij was achttien, ik was zesendertig: oud genoeg om leermeester, jong genoeg om vriend te kunnen zijn.

Zijn komst betekende een omslag in mijn leven. Die eerste jaren aan de Kolk had ik een bestaan geleid als een schorpioen onder een steen: teruggetrokken en argwanend. Hij was het die me in het zonlicht trok. Het verleden lag opeens achter me, ik was ervan bevrijd, het heden werd een *nu*. Ik legde mijn defensie af, ik durfde me te geven, voor het eerst. Via hem hervond ik de onbevangenheid van de jongen van achttien, met wie ik, in even zoveel jaren oorlog, nasleep, schuld, het contact verloren had. Het was een nieuwe start.

Ik gaf het schilderen eraan. Het zacht op zacht van kwast op linnen voldeed niet meer. Ik durfde eensklaps te vertrouwen in de abstractie, in de bijna automatische beweging van mijn hand. Wat voorstelling was werd boodschap. Grote etsen ontstonden in die tijd. Hard op hard. Een etsnaald kervend in metaal. Onverdund zoutzuur op het zink. In één keer goed. Of niet. – Alles of niets: dat was de aanwezigheid van Thom. Want hoezeer ook in zijn angsten en depressies beangstigend dicht bij een zelfgekozen dood, hij had ook het vermogen om het leven als een feest te vieren. We waren samen, dag aan dag, we werkten hard, we gingen uit, vertoonden ons. Hij, uitdagend en briljant, ik, zijn schaduw – in de tergende wetenschap van de afgrond van vertwijfeling die naast hem gaapte. Want zoals hij, waar hij ook was, de wereld uit kon dagen tot er een grens was overschreden en hij afgewezen werd, zo daagde hij het leven uit. – En hij, Thom, redde het niet.

Ik zit in een vliegtuig en de tijd staat stil. Westwaarts gaat het, met negenhonderd kilometer per uur. De zon verandert niet van stand. Beneden me, kaal en onherbergzaam, ligt Afghanistan, korrelig, roestbruin. Ooit legde ik dit traject in tegengestelde richting over de grond af. Muilezels, lemen hutten, en tweeduizend jaar daarboven, in de transparante blauwe lucht: een streep condens, een zilverwitte stip. En ik verbeeldde me dat ik daar ook was, hoog in het luchtruim, op hetzelfde moment, en naar beneden keek – precies zoals ik nu doe. Nooit waren plaats en tijd zo relatief...

Ik bestijg de trappen van de Kolk weer, en moet me geweld aandoen om mijn stap niet te versnellen. Trappen, steil als ladders, met in plaats van leuningen een glimmend, polsdik touw. Steeds weer bestijg ik die trappen, al die jaren, en steeds is er die angst. Eénhoog, tweehoog, driehoog. En dan die deur. Daarachter is ruimte, een gat van schemerduister. – En Thom duikt eruit op. *Hij is er en hij leeft.* Hij klimt tegen me op. Zijn armen om mijn nek. 'Hai Thom...'

Ik draag hem naar binnen, licht als een veertje. Ik druk hem dicht tegen me aan.

'Kijk wat ik gemaakt heb, Jan!'

Op tafel ligt een prent, de inkt nog nat. Links een compacte massa, ongecontroleerd, dreigend. In de leegte rechts twee ijle figuurtjes. Maar op het vlak heerst evenwicht. De massa wijkt, deinst terug. Hij wijst:

'Dat zijn wij...'

Ja dat zijn wij: bedreigd. De provocaties, de agressie op straat. Het onbegrip over *dat enge homojongetje.* Met je rug tegen de muur. *Jou pakken we nog wel.* En de angst, sluipend, ondermijnend, omdat alles ervan doordrongen was dat het tijdelijk zou zijn, een uitstel van het onvermijdelijke.

'Is het goed, Jan?'

Het was goed, en het ging goed. Precies anderhalf jaar lang. Stormachtige tijden. Thoms talent werd ongelooflijk snel herkend. We hielden exposities, we verkochten. We trokken naar Parijs, legden contacten met galerieën, keerden terug met grote plannen.

Toen ging het fout. Ik werd ziek.

Acute vergiftigingsverschijnselen, spoedopname. Dagen en nachten worstelde ik met de koorts, zonder dat mijn lichaam reageerde op enig medicijn of tegengif. De aard van mijn besmetting bleef onduidelijk. Het konden de ratten zijn, waarvan het wemelde op de Kolk. Het konden de dampen zijn van het onverdunde zoutzuur die vrijkwamen bij het etsen. Misschien was het een verlate nasleep van mijn oorlogsverwondingen. – Misschien was het alles bij elkaar. Het duurde een week, het duurde tien dagen: tien dagen waarin ik één keer bezoek van Thom ontving. Hij was bij de deur blijven staan, krijtwit, had een moment gekeken, was zwijgend weer verdwenen. En op de elfde dag kreeg ik het bericht dat Thom weg was, al een paar dagen. Na zijn bezoek aan het ziekenhuis had hij wat spullen gepakt. Op de Kolk was hij niet meer gesignaleerd.

Vanaf dat moment kende ik, hoe ziek ik ook was, geen rustig ogenblik.

'Ik moet weg,' meldde ik de dokter. 'Ik moet Thom zoeken.'

'Dan ga je dood.'

'Dan maar dood.'

Ik was vastbesloten. Het was hij of ik, of wij alle twee. Desnoods dan maar alle twee... – Ik kreeg één raad:

'Ga niet terug naar dat afschuwelijke pakhuis. Zie dat je een tijdje in een warm land terechtkomt!'

Drie dagen strompelde ik wanhopig door de stad. Ik moest ondersteund worden. Ik sliep niet, ik at niet, ik leefde op cognac. Waar was Thom? Niemand had hem gezien. Ik belde naar Parijs. Ook daar niet. Hij leek van de aardbodem verdwenen – en dat was precies mijn angst, de angst die me anderhalf jaar lang beheerst had, iedere keer wanneer ik hem uit het oog verloor, iedere keer dat ik thuiskwam. – Het was gebeurd. Ik had een nederlaag op het leven geleden.

Maar de vierde dag kwam er een telegram. Uit Malaga, Spanje. Van Thom.

Links en rechts leende ik geld en een paar uur later zat ik in het eerste het beste vliegtuig zuidwaarts. De vlucht was een marteling. Ik vloog, en tegelijk hallucineerde ik dat ik vloog. – Eindelijk daalden we. Palmen, de warmte van de zon. En daar, oneindig klein, oneindig jong, bevend als een blad, stond Thom. We omhelsden elkaar en het was alsof mijn bloed weer begon te stromen.

'Hoe staan we tegenover elkaar, Thom?'

'Laat het weer worden zoals het geweest is, Jan. Ben je boos op me?'

Nee, ik was niet boos. Niet boos omdat hij me in de steek gelaten had, niet boos omdat hij van mening was geweest dat ik het was die hém in de steek liet: want ik was ziek geworden, ik zou doodgaan. En dan stond hij weer alleen. – Ik was niet boos, maar het zou ook niet meer kunnen worden zoals het geweest was. Want ik wist opeens: die nederlaag op het leven zal ik lijden. Van nu af is iedere dag meegenomen. Ooit zal ik terugblikken op deze tijd, met weemoed in het hart. Omdat het voorbij is.

Bangkok ligt tien uur achter me, maar licht is het nog steeds, en dat zal het tot diep in West-Europa blijven. We zijn allang geland in Teheran, vliegveld tussen de straten, vliegveld van de taxfree kaviaar. We zijn weer opgestegen. We vliegen boven de eindeloze woestijn, het grensgebied van Irak en Syrië. Straks het groen van de cederen van de Libanon. En ik ben nog lang niet klaar met Thom. Er zijn te veel vragen waarop nooit meer een antwoord zal komen.

Van Malaga staken we over naar Marokko, Thom en ik. Daar bleven we bijna een jaar, en het was het gelukkigste jaar van mijn leven. Hadden we in Marokko moeten blijven – *was dat het?* Maar we gingen terug. En in Amsterdam volgde een proces van afbrokkeling. Je ontglipte me. Had ik je toen vast moeten houden – *was dat het?* Als achttienjarige was je gekomen, toen je ging was je eenentwintig. Meerderjarig. De vogel vloog uit. Jij ging verder met een ander, en het ging mis, ik werd verliefd op Sonja, en het ging niet mis – *was dat het?*

Op een oudjaarsfeest was Thom in mijn leven gekomen, op net zo'n oudjaarsfeest, drie jaar later, zou ik hem voor het laatst zien. En hij was even buitensporig uitgelaten als die eerste keer, zo uitgelaten dat ik mijn hart vasthield, opnieuw. Hij stoof op me af toen we elkaar in het oog kregen, hij kroop tegen me op...

'We hebben het gemáákt, Jan!'

Ik had net mijn eerste grote eenmanstentoonstelling achter de rug, hij had een overheidsbeurs gekregen om een jaar te gaan werken in Parijs en New York. Binnen een paar dagen zou hij vertrekken.

Ik rilde van zijn kus. Ik keek hem na.

'Dat gaat niet goed...'

'Maar hij is zo vrolijk!'

'Ja, té vrolijk...'

Twee dagen later werd ik in de vroege ochtend gebeld door de politie. Ze hadden hem aangetroffen op de keukenvloer. Het gas stond open. Thom was dood.

Misschien was de schok nog groter juist vanwege mijn voorgevoel. Hetzelfde voorgevoel als toen. Maar wat had ik moeten doen? De Thom van nu was niet de Thom van toen geweest, Thommetje, ontsnapt uit het opvoedingsgesticht. En ik was niet meer de Jan van toen...

Maar de vragen bleven, tot op de huidige dag, omdat er nooit een antwoord komt. En later zou het tergende vermoeden volgen dat hij het gered zou hebben wanneer hij het een paar jaar langer volgehouden had. Dan zou hij, verwoed vechtend voor een acceptatie van al zijn hoedanigheden, maar steeds gefnuikt door een intolerante wereld, door het tijdsbeeld zijn ingehaald. *Je was te vroeg, Thom.* Hectische dagen braken aan, van kaarten schrijven, van regelen en bellen. Dan de crematie, die geheel in Thoms geest historisch uit de hand zou lopen. Dan het grote zwarte gat.

En daarna heel lang stilte...

Het huis op de Kolk werd opgedoekt. Weg uit Amsterdam, dat opeens door een sinistere golf van zelfmoorden werd overspoeld, weg van Thom die niet meer leefde. We verruilden van de ene op de andere dag de levendigheid van de stad, het opgewonden nachtleven van kroegen, dancings, clubs, voor het isolement van de Provence. We trokken naar Frankrijk, Sonja en ik, en bouwden er een huis.

Zij was twintig, ik was bijna veertig. Zij woonde nog bij haar ouders thuis, ik had bijna drie jaar samenzijn met Thom achter de rug en was daar nog lang niet los van. Ik had haar ontmoet bij de opening van een tentoonstelling. Ze was binnengekomen, tenger, donker, jong, en ik wist: zij zal het zijn of niemand. Ze was het geworden, ondanks alle hindernissen. In mijn omgeving vond mijn overgang van een jongen naar een meisje niet bij iedereen evenveel begrip, terwijl haar vader er niet bepaald mee ingenomen was toen hij merkte dat zijn dochter een relatie onderhield met iemand van zijn leeftijd. Hij bleek er zelfs toe overgegaan te zijn mijn gangen na te laten lopen door een privé-detective:

'Aangevraagde Montyn schildert doeken die het overgrote deel der mensen als een dooreenmengen van potten verf ziet, die tegen het doek worden gegooid...' – aldus het rapport dat ze in de brandkast van haar vader aantrof. Dat ik het met iemand van hetzelfde geslacht gehouden had, was de speurder ontgaan. Het was al erg genoeg zo. Sonja kreeg huisarrest. Maar geen verbod bleek weer eens zo stimulerend als het liefdesverbod van ouders: twee weken later stond ze met haar koffertje voor mijn deur. In arren moede het huis uitgezet. En niet lang daarna zaten we in Zuid-Frankrijk, op een steen, te midden van de krekels, en moesten vaststellen dat we elkaar eigenlijk nog maar amper kenden. Maar het lukte.

We begonnen met een enkel vertrek van drie bij vier meter, gevormd door de enige vier muren die nog overeind stonden van de ruïne, op zeshonderd meter hoogte, midden in het niets, die we van een kennis gratis ter beschikking hadden gekregen. Elektra was er niet, stromend water evenmin, de dichtstbijzijnde boerderij lag op een uur lopen, het eerste dorp op twee uur lopen afstand maar we waren omringd door een overweldigende natuur, puur en ongerept. We bouwden een huis, tegelijk bouwden we aan elkaar en aan onszelf. Opnieuw een begin.

Thom was de rusteloosheid en het rumoer van de stad geweest, de cultuur – van kunst tot decadentie. Sonja werd de natuur, de stilte en het innerlijk evenwicht, het leven op het land, in eenzaamheid, zonder bezit.

Aarde, water, vuur: de elementen herkregen hun betekenis. Opstaan met de zon. Water halen uit de put. Vuur maken. En dan stenen zoeken, het juiste formaat, de juiste vorm. Bouwen, met geen ander gereedschap dan een emmer en een troffel. Muren die een meter dik zijn, gemetseld in de eeuwigheid. Je handen het werk laten doen, urenlang, tot het zweet je in de ogen loopt en je gedachten gestold zijn tot het puurste goud. Want een eigen huis bouwen is alchemie bedrijven...

Mijn broekriem was mijn maat, mijn schietlood was mijn oog. Niets stond recht of waterpas. Maar het dak waarop die eerste herfst de regen roffelde was *ons* dak...

Het huis dat we bouwden... – Het is ochtend. Een smalle, langgerekte baan zonlicht valt door het raampje op de muur boven het bed. De plek naast me is nog warm. Buiten ratelt de putketting langs de katrol. De emmer wordt piepend opgehaald. Gebonk van zink op steen. Sonja komt binnen, het haar los, op blote voeten. Ze verlegt de blokken in het vuur. De schoorsteen trekt aan. De grote, zwartberoete ketel wordt plenzend gevuld. Twee aardewerken borden belanden met een droge tik op het massieve eiken tafelblad. Dan de driftige halen van de broodzaag door een zwaar rond brood. Het water zingt... – En ik sta op.

Vier jaar lang bouwden we: vier betoverende lentes, vier zomers van verzengende Provençaalse hitte, viermaal een grillige herfst, viermaal een winter met sneeuw en in de ochtend dekens die kraakten van de vorst. Toen was het klaar, ons vreemdsoortige paleis, omringd door bloemen en cipressen. Linksvoor was de metselaar begonnen, rechtsachter was hij opgehouden. Alles stond schots en scheef, maar geen storm kon er vat op krijgen. Slaapkamers, een woonkamer die elf meter lang was. En een atelier, ook dat. Want ik was eindelijk weer gaan tekenen en etsen. Een nieuwe fase, gekenmerkt door een geprononceerder kleurgebruik: ze kwamen nog steeds van pas, de potjes met natuurlijke pigmenten, in een grijs verleden gemalen in Oudewater, bij vader in de werkplaats. De eerste grote series prenten ontstonden en tentoonstellingen volgden.

Een tijd van reizen en trekken brak aan. De zomers brachten we door in Zuid-Frankrijk, de winters in Parijs of Amsterdam, waar mijn etspers nog steeds stond en waar Sonja als fotomodel begon te werken. En verder weg: de reis naar Marokko, waar we, aan de rand van de Sahara, te midden van een Berberstam een paar maanden in de Middeleeuwen leefden. En nog verder weg, toen een bevriende luchtvaartemployé vroeg of we er niet voor voelden af en toe een transport adoptiekinderen te begeleiden. Het leverde een gratis ticket op, en de mogelijkheid een tijdje rond te kijken in Zuidoost-Azie. – Unicef, Holt Adoption of Terre des Hommes waren de organisaties, Japan Airlines, Air France of KLM waren de luchtvaartmaatschappijen, en de kinderen waren de weggooikinderen uit Seoul, baby's die, soms nog maar een paar uur oud, 's ochtends gevonden werden op de vuilnisbelten, het waren de kinderen uit Vietnam, van wie de ouders dood of zoek waren, het waren de kinderen uit Bangladesh. De ene keer met zes kinderen naar Stockholm of Kopenhagen, de volgende keer met twintig kinderen naar Oslo of Parijs, met tweehonderd kinderen naar New York of Rio de Janeiro.

Zo begon het. Zo eindigde het, met Sonja en mij. En zo eindigt het nu met mijzelf.

Eens, op weg naar een oorlog in Korea, had ik, aan een straat achter de open pui van een eethuisje zittend, het onmiskenbare gevoel gehad eerder op die plek geweest te zijn. En ik had me voorgenomen: hier kom ik terug, dit wordt mijn thuisbasis. Nu hernieuwde ik de kennismaking, en werkelijk, het leek een thuiskomst na jaren van afwezigheid. Weer snoof ik die lucht op, de lucht van de tropen, mengeling van rottingsgeur, van houtskoolvuurtjes, van vruchten, kruiden, bloesem. En dit keer wist ik: hier blijf ik. Zo werd de driehoek Thailand, Laos en Cambodja, die ik eerst samen met Sonja als toerist zou bereizen, en die ik later, na de verwijdering die er tussen ons kwam – zij trok meer en meer naar het Amsterdam dat uitgeroepen was tot 'Magisch centrum' van de wereld – als werkterrein exploreerde, mijn tweede vaderland. Of nee: was dat altijd al geweest, zonder dat ik er weet van had...

Zes jaar. Het lijkt oneindig lang geleden, en tegelijk is het vlakbij, omdat het jaren waren waarin iedere vaste tijdsorde ontbreekt. Jaren zonder kalender, waarin de tijd nu eens koortsachtig voort zou ijlen, dan weer vrijwel stil zou staan.

Maandenlange tochten door een sprookjesachtig landschap, vaak te voet, waarbij niet de tijd maar de afstand maatgevend is. In een kampong blijven hangen, waar de tijd zo regelmatig en traag verloopt dat de herinneringen eraan vervloeien tot één dag, van zonsopgang tot zonsondergang, en een nacht, door een dakje van palmbladeren gescheiden van de tropenhemel. Daarna Bangkok in: het uitgaansleven dat zich aan geen uren stoort.

Dan weer naar Frankrijk, beladen met een pak schetsen en dagboekbladen. Koortsachtig werken aan etsen, om het vast te leggen en te vermenigvuldigen: niet de tijd telt, maar het resultaat. Vervolgens naar het mondaine Parijs of naar het Amsterdam van de vele vrienden. Exposities, diners, besprekingen. Een volle agenda en een horloge om de pols. Terug naar Thailand, vandaar naar Cambodja, Laos of Vietnam: de oerwouden, de savannen, de heuvels en de bergen, het moerasland met de gele, traagstromende rivieren – waar geen tijd maar kringloop heerst.

Wekenlange retraites in boeddhistische kloosters, met als enige klok de afwisseling van dag en nacht. De kindertransporten, met weeskinderen naar Scandinavië of Parijs, met gewonde kinderen naar Tokio of Singapore, soms eens in de drie maanden, dan weer drie keer in één maand. Achtenveertig uur op de been. Zeventig uur op de been. Maar met een wanhopig huilend kind in je armen duurt één minuut een eeuwigheid.

En tenslotte: de kortste tijdseenheid, de *split second* tussen leven en dood, de flits waarin je je op de grond laat vallen vóór de granaatinslag. En het tijdloze wachten in een mollengang onder een heuvel, zo nauw dat je zelfs je hoofd niet op kunt richten, happend naar zuurstof die buiten door een vuurzee van napalm wordt weggezogen, wachten, drie uur lang, zes uur lang, zestien uur lang: uren die alleen maar achteraf bestaan... Want de wereld waarin ik, zwervend door wouden die niet door mensenhanden waren aangeraakt, opgenomen in dorpsgemeenschappen waar in eeuwen niets veranderd was, in kloosters waar ik eindelijk een koers voor mijn denken vond, een wereld waarin ik een nooit eerder gekende vrede ontmoette – die wereld werd het terrein van oorlog.

Zes jaar. In '69 kwam ik. Het lijkt oneindig lang geleden doordat er zoveel veranderd is: de nederzetting waar ik een paar weken had doorgebracht, was twee jaar later een guerrillaversterking en weer twee jaar later restte er niets van dan een plek verschroeide aarde, de vrienden die ik gemaakt had in een kampong droegen een jaar later voor het eerst van hun leven een geweer en weer een jaar later vond ik ze niet terug, de rijstvelden waar ik ooit had helpen oogsten, waren veranderd in uitgedroogde woestenijen, de teakwouden waarvan ik eens het lijnenspel geprobeerd had vast te leggen in mijn etsen waren door fragmentatiebommen te gronde gericht, de beboste hellingen die me eens schaduw hadden geboden, waren gekookt onder de chemicaliën.

Zes jaar. Ik moet het jaartal erbij halen om het te weten. Het lijkt een eeuwigheid geleden, en tegelijk is het een zucht. Er is zoveel gebeurd, in zo'n razende opeenvolging, dat iedere herinnering meteen verdrongen wordt door een volgende. Want het was weer oorlog, voor de zoveelste keer in mijn leven. Maar dit keer had ik geen wapen in de hand, en kon ik me onbelemmerd bewegen, niet gebonden aan een legeronderdeel. Voor het eerst had ik de vrijheid om eruit te treden, maar ook om een keus te maken – en iets te doen.

Zes uur plaatselijke tijd is het. We zijn geland in Beiroet, het vliegveld in de zee. Na uren bruin en geel van de woestijn: eindelijk het groen van Libanon. Het is de laatste tussenstop. Achttien uur duurt deze vlucht, en achttien jaar zijn er verlopen sinds ik van de inrichting in Utrecht verhuisde naar Amsterdam. Ieder uur een jaar. Nog zes uur zal het duren voor we in Frankfurt landen: het zijn de zes jaar Zuidoost-Azië.

Maar die terugblik heeft al plaatsgevonden.

Vier weken geleden is dat nu. Ik liep over een marktpleintje in Vientiane. En ik ontmoette Ted. Ted, de voormalige kolonel van de Amerikaanse luchtmacht, die eens met een druk op de knop zijn bommen uitwierp, hoog boven de plek waarvan hij niets wist dan de coördinaten die hem op de luchtbasis waren opgegeven. Ted, die zijn kolonelsuniform opgegeven heeft voor een schortje, en nu een restaurantje drijft aan de oever van de Mekongrivier.

We hadden elkaar nooit eerder gezien, maar we waren, na een blik van verstandhouding gewisseld te hebben, samen opgelopen. We hadden gepraat, een middag en een avond lang. Ik had hem verteld van mijn werk als graficus en van de kindertransporten die ik begeleidde. Hij had me aangekeken en geknikt, een halve knik die het midden hield tussen bevestigen en ontkennen...

'Maar dat is niet alles,' had hij aan die hoofdknik toegevoegd.

En daarin had hij gelijk. Er was meer.

Ted had zijn verhaal gedaan: hoe hij neergeschoten was en het er dankzij zijn schietstoel levend had afgebracht. De weken krijgsgevangenschap waarin hij voor het eerst kennis had gemaakt met de tegenstander die hij bevochten had. Zijn verwarring toen tot hem was doorgedrongen dat die vijand in de eerste plaats uit een burgerbevolking bleek te bestaan, gemobiliseerd door een Bevrijdingsfront waarvan hij merkte dat het méér idealen koesterde dan politieke doctrines die hij niet deelde. En zijn verbijstering over de ongebroken wilskracht, ondanks de miljoenen bomkraters, de honderdduizenden doden, de ontelbare gewonden en ontheemden. Hoe hij ontsnapt was, en, terug in Saigon, het militaire bedrijf vaarwel had gezegd. Nooit meer die druk op de knop. *Geflipt*, werd dat genoemd. Maar toen hij was gaan praten over wat hij gezien had, hadden ze hem liever zien gaan dan komen, hoe verder weg hoe beter. Want praten was niet goed voor het moreel. En gegaan was hij. Niet terug naar huis, niet terug naar de *States*, waar een vrouw en drie kinderen op hem wachtten, maar naar Laos, om er, samen met de twee jongens met wie hij samenleefde, een eethuisje te beginnen...

Ted had zijn verhaal verteld, en ik het mijne.

Hoe het begon met een tocht over de Vlakte der Kruiken. Ik zou niet eens kunnen zeggen waar en wanneer het precies was, vier, vijf jaar geleden: het weerzien met de oorlog.

Ik had niets opmerkelijks gezien of gehoord, die dag. Het landschap lag er vredig bij en ongerept, en aan de kleine nederzetting die ik tegen het vallen van de schemering naderde viel niets bijzonders op te merken. Ik werd op een veranda genodigd, kreeg iets te drinken aangeboden.

De gebruikelijke ingehouden verbazing over de komst van een westerling. Waar ik vandaan kwam, werd er gevraagd. Waar ik naartoe ging. – Alles was uiterlijk normaal. Maar ik voelde iets.

Er heerste een spanning die me deed vragen wat er aan de hand was. Ze antwoordden niet, ze brachten me naar een bamboehutje. En daar, in het flakkerende licht van een olielampje, lagen twee jongens. Ze waren vreselijk toegetakeld. De een, niet ouder dan zestien, bewoog niet meer. De ander moest een paar jaar ouder zijn. Zijn linkerbeen was afgerukt. Hoewel de wond nog vers was glansden zijn ogen al van de koorts. Ze verdrongen zich achter me, ze keken me vragend aan. Ze hadden die jongens naar binnen gedragen, ze hadden een olielampje aangestoken, en verder wisten ze niet wat ze moesten doen. – Ze hadden misschien nooit eerder een vliegtuig gezien, laat staan een laagvliegende straaljager, sneller dan het geluid, die raketten afschoot.

Wat ziekte was, wisten ze. En ook wat ouderdom was. En dood. Je kon gebeten worden door een slang en je kon verdrinken in de rivier. Maar dit kenden ze niet: een vliegtuig dat over de boomtoppen scheert en al vóór de explosie die hij aanricht uit het zicht verdwenen is. Het gekerm dat dan opklinkt, is een gekerm dat je nooit eerder gehoord hebt en nooit meer zult vergeten. Je ene zoon is opeens dood, het been van je andere zoon ligt erbij en hij zal ook binnen een paar uur doodgaan. Zomaar. Misschien omdat een onbekende piloot een spade voor een vuurwapen had aangezien en een strohoed voor een helm. Misschien zelfs dat niet.

Misschien alleen maar omdat het oorlog was, ver weg in Vietnam, een land waar ze nooit geweest waren, een oorlog waarvan ze amper gehoord hadden.

Ze keken me vragend aan. *Zij* wisten het niet. En ik, ik wist het. Maar ik wist niet of ik het nog kon, en ik wist niet of ik het nog durfde. Wanneer je een vinger uitsteekt aanvaard je de verantwoordelijkheid... Ik durfde hem niet aan te raken, toch raakte ik hem aan. Ik stond al naast hem, zijn pols in mijn hand. Ik maakte een gebaar dat ze het lampje hoger moesten houden, ik kleedde hem voorzichtig uit, ik sprak hem bemoedigend toe in een taal waarvan hij geen woord verstond, ik bette zijn voorhoofd, ik bevochtigde zijn lippen, ik maakte de wond schoon, en mijn hart stond stil van schrik toen hij van de pijn in coma raakte.

Ik voelde zijn pols opnieuw. Hij hád nog pols. Toen

scheurde ik een hemd in repen en bond ik zijn been af – en terwijl ik dat deed moest ik me schrap zetten om mijn handen niet uit het oog te verliezen, die, onder het bloed, in een bezeten tempo bezig waren handelingen te verrichten die ik blijkbaar nog kende: zolang ik er maar niet bij nadacht. – Een kloof van bijna dertig jaar viel weg, van het ene op het andere moment.

Mijn handen waren nog dezelfde handen. Hier waren het niet de loopgraven in de modder en de sneeuw, hier was het een door een flakkerend lampje verlicht bamboehutje in een tropennacht. Maar het waren dezelfde handelingen, en ik voerde ze uit in dezelfde trance als toen, een trance die *voorbij* het denken gaat. En toen ik klaar was moest ik naar buiten, zwaaiend op mijn benen, doorweekt van het zweet. Het kotsen daarna, dat was ik vergeten. Tenslotte waste ik mijn handen, haalde ik een paar keer diep adem, en nam me heilig voor om voortaan beter geoutilleerd op stap te gaan...

Een paar weken later zat ik in Hué, dat niet lang tevoren door de Amerikanen en Zuid-Vietnamezen op het Bevrijdingsfront heroverd was. Er werden vrijwilligers gevraagd. Een naburig dorp had onder vuur gelegen. Er zouden vele tientallen gewonden zijn. Burgers. Die moesten worden opgehaald om verzorgd te kunnen worden.

We vertrokken met drie vrachtauto's: drie artsen, vijftien vrijwilligers. Maar na een paar uur rijden werden we opeens door mortieren beschoten, door wie wisten we niet eens. Een loodrecht neerkomend spervuur. Zo snel we konden: de auto's uit. In dekking liggen in de goten naast de weg. Links en rechts ontploffingen, gefluit, opspattende fonteinen modder. En alles was vertrouwd. Zesentwintig jaar na de terugtocht van de Oder naar de

Elbe, twintig jaar na Korea: de eerste granaatinslag. – Die eerste inslag zal voortaan je maatstaf zijn. Iedere volgende komt dichterbij of verder weg. Behalve de laatste. Maar die laatste zul je niet horen...

En, weer een paar weken later, terug in Europa: die Franse arts die transporten adoptiekinderen coördineerde. Hij vroeg of ik de eerstvolgende keer dat ik ging een paar pakketten medicamenten mee kon nemen. Voor waar het nodig was. En de keer daarop kwam hij met geld, een aanzienlijk bedrag aan dollars. Van particulieren. Voor waar het nodig was. En bitter nodig was het bij voortduring in het grensgebied van Vietnam, Laos en Cambodja, waar de Ho Tsji Minh-route liep, de aanvoerlijn in de strijd tegen de grootmacht van het onuitputtelijke materieel. Maar daar lagen ook de mijnenvelden en de booby-traps, daar konden de paden door valkuilen ondermijnd zijn, daar lag ook het brandpunt van de bombardementen en kon de wereld schudden onder de explosies terwijl ik in het binnenste van een heuvel lag, samen met de mensen die een uur eerder nog hun akker hadden bebouwd, een akker die vervolgens nog jarenlang onbruikbaar zou blijven.

Zo begon het, en zo breidde het zich uit, naarmate de Vietnamese oorlog escaleerde en zich als een olievlek verspreidde over Zuidoost-Azië.

Heen en weer. Heen met kinderen, met gewonden, terug met pakketten medicamenten, met geld dat door een groeiend netwerk van anonieme donateurs werd opgebracht. Maar er tussendoor ook werken – en vreemd, in afwisseling met de perioden waarin ik de meest massale en gruwelijke vormen van geweld ontmoette, ontstonden de meest serene prenten. Harmonie, geen innerlijke verscheurdheid meer. Alle lijnen van mijn leven kwamen in die zes jaar samen: oorlog en vrede waren in balans geraakt.

We hadden een middag en een avond gepraat, Ted en ik, terwijl we op de vlonder van zijn restaurantje zaten, met uitzicht over de Mekongrivier, en, vaag aan de overkant, de heuvels van Thailand. Ted had zijn verhaal verteld, en ik het mijne: mijn activiteiten in Zuidoost-Azië. *Voor het eerst.* Want in al die jaren had ik er nooit met meer dan een paar woorden over gesproken. We hadden thee gedronken, daarna bier, tenslotte whisky. Hij had me af en toe iets gevraagd, maar niet naar een *waarom*...

'Het is niet de eerste keer dat ik in een oorlog zit,' besloot ik, 'en als je ouder bent kun je er beter mee overweg.'

'Dat zag ik meteen. Korea?'

'Ook Korea. Maar daarvoor in de Tweede Wereldoorlog bij de Duitse marine. Oostfront.'

Hij keek me aan. En ik voelde dat hij mijn woorden opvatte als het antwoord op die niet gestelde vraag. Misschien wás het ook zo. Alleen, het was een vraag die ik mezelf al jaren niet meer stelde.

We namen afscheid van elkaar, nu vier weken geleden. Ik beloofde hem in zijn restaurantje op te komen zoeken wanneer ik weer in Vientiane was.

'Pas goed op jezelf,' riep hij me na – en dat was precies een raad die ik in de wind zou slaan, of nee, zonder het me bewust te zijn al in de wind geslagen *had*.

Daar, vier weken geleden, op de vlonder van een restaurantje aan de Mekongrivier, begon het einde. Nu weet ik dat, terwijl ik, nog steeds levend, nog steeds in het bezit van al mijn ledematen, in een vliegtuigstoel zit, hoog boven de Middellandse Zee – en terugblik. Want ik had mijn verhaal verteld, voor het eerst. En ik had het verteld alsof het iets van *vroeger* was...

Vier weken. De laatste vier weken van zes jaar. Vier weken waarin het zou lijken alsof ik met mijn schild van jarenlang zwijgen tegelijk een beschermend schild had afgelegd. Vier weken waarin ik twee keer te ver zou gaan.

Eén keer met het noodlot. Eén keer met mezelf. – Het is zo recent dat alleen nog maar de naakte feiten en niet de emoties een plaats hebben gevonden in mijn herinnering. Want de emoties zijn nog geen verleden tijd.

We zakten de Mekongrivier af: een patrouille van drie lange, platte bootjes. Dertig man, jongens en meisjes eigenlijk nog. De oudste was misschien twintig, de jongste een jaar of vijftien, maar de machinegeweren van Chinese makelij hadden voor geen van hen geheimen. Een politieke instructeur van begin dertig stond aan het hoofd.

Mijn contactman in Vientiane had hevig met hem moeten debatteren om hem van mijn betrouwbaarheid te overtuigen. Hij toonde de pakketten die ik had afgegeven, de pakketten uit Parijs. Waarom wilde ik mee? Omdat ik in Laos niets meer te zoeken had, omdat ik tóch naar Vietnam wilde. En omdat ik het nooit eerder zo gedaan had, omdat het me interesseerde hoe het ging – maar dat zei ik er niet bij. Of ik wist dat het gevaarlijk was? Ja, dat wist ik. Maar ik was een paar keer over land gegaan en dat was minstens zo gevaarlijk. – We spraken de plek af en het uur.

’s Nachts voeren we, peddelend, door stroomversnellingen laverend, losdrijvende bomen ontwijkend. Alles met zo min mogelijk gerucht, want zelfs het gesnater van een opgeschrikte vogel kon voldoende zijn om onze aanwezigheid op de rivier te verraden. En dat viel niet mee vanwege de loodzware containers die met touwen onder de bodem vastgesjord waren. Bij de ochtendstond werden de bootjes aan land getrokken en met bladeren gecamoufleerd. De rest van de dag hielden we ons schuil in de jungle. De rantsoenen rijst werden rondgedeeld, wie geen wacht had probeerde wat te slapen, de instructeur gaf fluisterend zijn voor mij onverstaanbare lessen waarin ongetwijfeld een zaligmakende toekomst voorspeld werd. Ik zat wat te schrijven of te tekenen in het dagboek dat ik bijhield. En wanneer de duisternis viel, ging het weer verder.

Vier dagen en vier nachten verliep alles zonder incidenten. Geen vliegtuigen of helikopters, geen patrouilleboten, overdag noch 's nachts. We zagen geen levende ziel.

Maar de vijfde nacht, de laatste voordat we de rivier achter ons zouden laten, ging het fout. En daarna ging meteen ook *alles* fout. Ik voelde het, maar een weg terug was er niet. We werden opeens vanaf de oever beschoten. Knetterende salvo's in het donker, wie het waren zou onduidelijk blijven. Het vuur werd niet beantwoord, we peddelden wat we konden, zo diep mogelijk gebukt boven de waterspiegel. Toen we buiten het schootsveld waren bleek een van de drie bootjes verdwenen. Twee gingen er verder. Bij de dageraad begroeven we drie doden. Twee gewonden konden niet op eigen kracht verder en werden naar een naburige kampong getransporteerd. Toen scheidden onze wegen. Zij gingen over land zuidwaarts, ik moest naar het oosten, richting bewoonde wereld.

Ik zag ze verdwijnen, achter elkaar, de containers op de schouders. Het geritsel stierf weg, en ik was alleen, alleen in het gefilterde schemerduister van het woud, alleen met de geluiden van vogels en aapjes, met andere geluiden, die ik niet thuis kon brengen, in een hitte die me als een lauwe dweil omvatte, met niets bij me dan een schoudertasje waarin een paspoort, een schetsboek, een scheerapparaat met uitgeputte batterijen, een tandenborstel en wat zouttabletten tegen overmatig zweten. Daar stond ik. *En ik raakte in paniek.* Voor het eerst.

Minutenlang tuurde ik met ingehouden adem om me heen, de oren wijd open, vruchteloos speurend naar een bron van dreiging die op dat moment niet buiten me, maar *in* me zetelde. Ik kende het gevaar: ik was mijn zelfvertrouwen kwijt. Tevergeefs bracht ik me vergelijkbare situaties te binnen waarin ik *niet* in paniek was geraakt, hield ik mezelf voor dat het pad dat zich voor mijn voeten uitstrekte, ergens heen moest voeren zoals ieder pad. Het gevoel van beklemming verliet me niet. Er hing me iets boven het hoofd, en ik wist niet wat het was.

Onwillekeurig begon ik te lopen, maar al na een paar passen schrok ik op bij de gedachte aan valkuilen: de kuilen met de naaldscherpe bamboestaken die alles perforeren, tot een leren schoenzool toe... Ik besloot náást het pad te gaan lopen, maar opnieuw een paar passen verder bleef ik stokstijf staan bij de gedachte aan gifslangen. – En dat had ik óók nog nooit gehad.

Maar ik moest verder en ik ging. Ik liep drie volle dagen achtereen. Drie nachten bracht ik door in bomen.

Toen pas gebeurde het. Het was geen valkuil of een booby-trap, het waren vier jonge jongens met machinepistolen op de heup. Witte helmen met een rode band. Zuid-Vietnamese militaire politie. De gevaarlijksten, de onverschilligsten. Die niets meer te winnen hadden in een oorlog die allang verloren was. – Ik zag hen, zij zagen mij. Zij naderden. Ik naderde, met benen die slap waren van de angst.

Wat ik daar uitvoerde. Ik was verdwaald. Of ik niet wist dat ik me in een frontgebied bevond. Nee, ik wist niet waar ik was. Waar ik vandaan kwam. Da Nang. Of ze mijn paspoort mochten zien. Ik gaf het – en op hetzelfde moment wist ik dat ik gloeiend fout zat. Het was zo stompzinnig dat het me moeite kostte een zenuwlach te onderdrukken. En ja hoor. Waarom er geen stempel in mijn paspoort stond. Een stempel van de douane in Da Nang. Hoe was ik Vietnam binnengekomen? – Vijf nachten in een bootje, drie nachten in een boom. Ik was uitgeput. Ik had geen weerstand meer. En het scheelde één ademtocht of ik had gezegd: over de Mekong, met een patrouille van de Pathet Lao. Zet me maar tegen die boom, schiet maar. Laat het nu alsjeblieft voorbij zijn allemaal...

Maar ik vermande me. Nog één keer. De laatste keer.

Wanneer ik hier levend uitkom is het *afgelopen*. En ik zei op goed geluk:

'Toen we in Da Nang landden werd het vliegveld juist beschoten. Er was geen paspoortencontrole, 't was een puinhoop. Ik ben gaan lopen en raakte de weg kwijt, ik ben oorlogscorrespondent...'

Ik toonde overijverig mijn schetsboek. En dat was opnieuw een blunder. Want weliswaar dateerde ik de bladen uit voorzorg nooit, en waren de schetsen van de afgelopen dagen abstract genoeg om overal gemaakt te kunnen zijn, géén stempel in mijn paspoort en op de koop toe tekeningen maken, voorzien van notities in een taal die ze niet konden lezen – dat kon in hun ogen maar één ding betekenen. De blik van verstandhouding die ze wisselden liet er geen twijfel over bestaan. Ik was een spion.

Ze boeiden me, na zich ervan vergewist te hebben dat ik ongewapend was, en voerden me mee. Ik moest wel een vette buit zijn, dat ze die moeite namen...

Binnen een paar uur bereikten we een vrij groot dorp. Ik werd opgesloten in een hut met de mededeling dat ik die nacht op transport zou worden gesteld voor nader verhoor. Daar zat ik, in het halfdonker, in de stellige wetenschap dat het nu heel snel met me gebeurd zou zijn. Ik voegde mijn stront toe aan de stront van hen die voor mij opgesloten hadden gezeten. De middelen waarmee de Zuid-Vietnamese MP gevangenen aan een verhoor onderwierp waren me niet onbekend...

Met het vallen van de schemering werd ik opgehaald. Samen met een vijftal Vietnamezen, van wie ik er twee als noorderling herkende, werd ik geblinddoekt. De handen op de rug gebonden werden we in de open bak van een vrachtauto gegooid, en daar gingen we, op en neer, heen en weer, de hele nacht. En daarna nog een dag. Toen werd de blinddoek afgedaan. In het laatste daglicht zag ik een witstenen MP-kazerne. En ervoor zag ik een boomloze vlakte, een vlakte overdekt met gaten, gaten die met bamboe traliewerk waren afgedekt. We werden naar zo'n gat getrapt. Het traliewerk ging open. En ik daalde af, langs een laddertje, kokhalzend van de weeë stank die me tegemoetkwam, en ik zag ogen, in het halfduister, ogen waaruit ieder blijk van leven geweken was. We stonden met elf man in een rond gat, drie meter onder de grond, tot onze enkels weggezakt in modder van urine en diarree. We stonden de hele nacht, zonder dat er één woord gesproken werd. Het begon licht te worden, de hitte nam toe, en de stank. Uit de geluiden boven ons viel af te leiden dat de dagelijkse activiteiten een aanvang hadden genomen. Geschreeuw. Wegstervend gegil. Het geratel van een machinepistool. Af en toe een enkel pistoolschot.

Om de zoveel tijd werd er iemand van ons opgehaald.

Zonder groet klom hij de ladder op naar boven. Terug zagen we hem niet. Nieuwkomers namen de opengevallen plaatsen in. Af en toe werden een paar in bananenbladeren gevouwen rantsoenen rijst naar beneden gegooid. Wie er een te pakken kreeg, deelde hem niet met anderen. Ook ik niet. Af en toe verscheen een bewaker boven de rand. Hij knoopte zijn gulp open en piste naar beneden. Wie er onder stond nam niet de moeite de straal te ontwijken. Ook ik niet.

Het duurde een nacht, een dag, opnieuw een nacht, en nog een halve dag. Toen was het mijn beurt.

Ik werd een wachtlokaal van de kazerne binnengevoerd. Daar, achter een tafeltje, zat een Amerikaanse officier van de inlichtingendienst. Hij nam me op.

'Jij bent er vies bijgelapt,' zei hij. – En ik wist dat mijn enige kans gelegen was in de houding die ik aan zou nemen. Mijn houding, plus geluk.

'Bullshit,' zei ik. 'ik weet niet eens wat er aan de hand is!'

'Je bent clandestien Vietnam binnengekomen.'

'Helemaal niet. Toen we in Da Nang landden, werd het vliegveld beschoten. Er was geen controle, ik kon zo doorlopen. Dat is mijn schuld niet!'

'Wanneer was dat dan?' – Die vraag had ik verwacht, en ik had twee etmalen de tijd gehad om over het antwoord na te denken.

'Ruim een week geleden. 't Was een maandag. Ik weet bij god niet de hoeveelste het is vandaag.'

'Vorige week maandag dus?'

'Ja, dat moet wel.'

Hij stond op en verliet zonder iets te zeggen het vertrek.

Belde hij met Da Nang, of deed hij maar alsof? Hij kwam terug:

'Je hebt geluk. Maandag kan kloppen.' – Hij lette op mijn reactie, dat voelde ik. Geluk gehad zei hij.

'Wat nou geluk! Ik zit twee dagen en twee nachten midden in de Vietnamese *shit*, man! Wat gaat er met me gebeuren?'

'Daar heb ik niets over te zeggen, dat hangt helemaal van de Zuid-Vietnamezen af. Wanneer ze volhouden dat je een spion bent ga je tegen de muur.'

Ik werd teruggeleid. Het duurde een halve dag, een nacht, opnieuw een halve dag.

Twee MP's kwamen me halen. Plus diezelfde Amerikaanse officier. Het was het een of het ander.

'Je gaat naar Saigon,' zei hij. 'Op het vliegveld krijg je je papieren terug. Je gaat op een vliegtuig naar Thailand...'

En weer was ik ervan overtuigd dat hij mijn reactie peilde.

'Jammer,' zei ik. 'Ik had voor m'n werk nog wel wat in Vietnam willen blijven...'

Ik werd achter in een jeep gezet, en nog steeds geloofde ik het niet. Pas toen het vliegtuig, afgeladen met bepakte en gezakte Zuid-Vietnamezen die de wijk namen voor het te laat was, zich van de grond verhief, besefte ik het echt.

Het was *waar*. Ik was erdóór... – En ik herhaalde mijn belofte: nu is het afgelopen.

Een paar uur later keek ik in een spiegel: een levend lijk met blauwomrande, bloeddoorlopen ogen. In die ogen een volkomen lege blik.

Vijf nachten in een bootje, drie nachten in een boom, één nacht in een open laadbak, drie nachten in een gat onder de grond. Twaalf nachten. Maar er zouden nog twee nachten overheen gaan voordat ik kon slapen.

Twee weken zijn sindsdien verstreken. Dagen van apathie. Nachten vol dromen. Ik was mijzelf volkomen bijster.

En toen nog één keer. Opnieuw een laatste keer. De kinderen van Pnom Penh.

Hunter had het gehoord, een Amerikaanse civiele piloot. Vlak bij het vliegveld van Pnom Penh in Cambodja lagen wel honderd gewonde kinderen in een school. Er was geen enkele verzorging, het was daar een chaos, ze moesten weg. Andrews belde me op, een Engelse oorlogscorrespondent. Of ik niet een leeg vliegtuig wist. Dat was negen uur in de ochtend. Ik belde Lindsay, die op de Australische ambassade werkt. Een halfuur later zat ik naast hem aan de telex. Nog een halfuur later hadden we een lege charter die in Saigon stond, naar Bangkok moest, en in Pnom Penh een tussenlanding kon maken. Hunter regelde *ons* vervoer daarheen. Andrews zorgde ervoor dat er in Bangkok medische hulp op het vliegveld klaar zou staan. Lindsay zou intussen proberen een bestemming te vinden voor die kinderen.

Nog voor het middaguur zaten we, inmiddels met acht man, in een Amerikaans transportvliegtuig, ingericht om parachutisten te droppen. Ingesnoerd met riemen zagen we onder het gat in de bodem vlak onder ons de boomtoppen wegschieten. Pnom Penh was aan alle kanten ingesloten, maar beschoten werden we niet. We landden en vonden het schooltje snel, een halve kilometer van het vliegveld. Bijna negentig kinderen lagen er, tussen de vijf en tien jaar oud. Sommigen met wonden die nog niet eens verbonden waren.

Hoe ze daar gekomen waren was volmaakt onduidelijk. Er waren een paar vrouwen bij, maar die waren óf compleet over hun toeren, óf apathisch door een shock.

Brancards waren nergens te bekennen, we moesten ze op omgekeerde tafels naar het vliegveld dragen – en dan is in de hitte van de tropen een halve kilometer heel erg ver. Omstreeks twee uur arriveerde het chartervliegtuig uit Saigon. Om drie uur hadden we alle kinderen ingeladen en konden we de lucht in.

Toen pas hadden we de gelegenheid naar ze om te kijken, maar veel meer dan ze water geven was er niet bij.

Om vijf uur landden we in Bangkok. Daar stond een ander vliegtuig klaar. Er waren twee artsen en een paar verpleegsters. Lindsay had voor elkaar gekregen dat Australië de kinderen op zou nemen, een ziekenhuis in Perth werd in gereedheid gebracht. Hunter ging mee, ik ging mee. Binnen het uur stegen we alweer op.

Tijdens de vlucht waren we als bezetenen in de weer. De artsen hielden zich met de ernstigste gevallen bezig en gaven aanwijzingen. We desinfecteerden wonden, legden verband aan, gaven injecties.

Maar het was in het vliegtuig niet mogelijk noodoperaties uit te voeren, er was geen zuurstof, er kon geen bloed gegeven worden.

Tien stierven er tijdens de vlucht. We droegen ze naar de achterste stoelen. Eerst één. Een jongetje van een jaar of zes. Toen een meisje. Uiteindelijk tien. Tien kleine mensjes. – En dat was onvergeeflijk. We zouden het onszelf niet vergeven, hoe machteloos we ook waren, we zouden het de tijd niet vergeven, die nooit uitstel biedt, we zouden het de wereld niet vergeven, omdat die het gebeuren liet...

's Avonds droegen we in Perth het transport over aan een medisch team. Onze artsen en verpleegsters gingen mee naar het ziekenhuis. Hunter zocht een hotel op. Ik wilde terug.

Met veel moeite wist ik een stoel te bemachtigen in een chartervliegtuig naar Bali. Het zat propvol uitgelaten toeristen. Op Bali had ik nog net aansluiting op de lijnvlucht naar Jakarta. Verder kon ik niet die nacht. En ik mocht zonder visum niet van het vliegveld af. Uren zat ik in de uitgestorven vertrekhal op een bank. Kapot. Ik wist niet meer wat ik aan moest met mezelf.

Kinderogen, vertroebeld door de koorts. Een mond half open. Hijgen. En de wetenschap: *die haalt het niet.* Een roerloos lichaam in mijn armen. Naar achteren. Die ene flits: hier loop ik met *mezelf*... – Hoe lang al? Al die jaren... Jaren waarin ik de ene onverwerkte ervaring compenseerde met de volgende, waarin ik zo bezeten voortjakkerde om het noodlot te ontlopen dat ik het in feite op de hielen zat. Terwijl de schuld blijft.

En ik zei: ik kan niet meer. Het is op. Ik kap ermee.

In Bangkok aangekomen kocht ik diezelfde dag een ticket voor de eerste de beste vlucht naar Amsterdam.

Dat was gisteren.

En het was vanochtend om tien uur dat ik vertrok. Achttien uur geleden. Achttien jaar in achttien uur. *Fasten your seatbelts.* We gaan landen in Frankfurt. Over een uur ben ik in Amsterdam. Voor het laatst. En ik ben opgelucht. Want ik ben klaar.

Slot zonder einde

Ik was naar Europa gegaan om er een punt achter te zetten. Definitief. Het huisje dat ik gedurende al die jaren als pied à terre in Amsterdam had aangehouden, doekte ik op. Zo ook het huis in Frankrijk. M'n spullen konden weg. Bezit was niet meer nodig. Ook de kunst hoefde niet meer. Wat ik te zeggen had, was gezegd. De kindertransporten hoefden niet meer. Wat ik had kunnen doen, was gedaan. Ik was aan m'n eind – de zaak waarin ik verwikkeld was eveneens: Da Nang stond op het punt te vallen, Saigon was ingesloten. De Vietnamese oorlog zou afgelopen zijn. – En ik ging een klooster in, een boeddhistisch klooster, in Laos of Thailand, en nu niet voor een paar weken of maanden, dit keer voorgoed. Ik had het allemaal gehad. Nooit meer oorlog.

Laat in de avond arriveerde ik in Amsterdam. De volgende ochtend ging ik naar mijn galeriehouder om hem op de hoogte te stellen van een onherroepelijk besluit. Maar hij was er niet. Wel was daar een assistente, een meisje van Indo-Chinese afkomst. Ik kende haar niet. Een halfuur lang keek ik vanuit een hoekje toe hoe ze een bezoeker te woord stond. Het waren mijn etsen die ze toonde: mijn tekens, ooit in zink gegrift. Ik zag dat ze ze *las.* Ze verstond de taal...

En ik verdween, zonder een woord met haar gewisseld te hebben, zonder haar naam zelfs maar te weten.

Diezelfde middag vertrok ik naar Frankrijk. Maar ik

ging niet langer om er het huis op te doeken. Ik maakte het er schoon. Er wachtte me een ticket voor Seoel. Ik ging. Ik keerde terug via de Pool. In Kopenhagen leverde ik zes Koreaanse baby's af. Ik vloog naar Amsterdam.

Opnieuw de galerie. Ze was er. En dit keer sprak ik haar aan. Ze heette Hi-en. Ze was zevenentwintig. Ze studeerde Spaans.

Die zomer zouden we samen in Frankrijk zijn, die herfst zou ze haar studie voltooien, in december zouden we trouwen, onze huwelijksreis zou naar Zuidoost-Azië gaan, we zouden Indonesië bezoeken, haar geboortegrond, we zouden samen kindertransporten begeleiden, van Tokio naar Stockholm, van Korea naar Parijs, niet lang daarna zou het tijd worden om naar een grotere woning uit te zien, een huis met meer modern comfort dan het zelfgebouwde paleis... – Maar dat alles wisten we toen nog niet.

En op een stralende augustusmiddag, in een ziekenhuiskamer met uitzicht op de Middellandse Zee, zou jij geboren worden, Carolynne.

Een dochter. Je werd me aangereikt, ik hield je op. Je ogen waren even helder en blauw als de hemel en de zee die ze spiegelden.

Dit is de wereld, Carolynne.

We zullen ons best doen dat je het goed krijgt.

L'enfant d'une infirmière

*

L'héritier du Paz Memorial

TINA BECKETT

L'enfant d'une infirmière

Traduction française de
MARIE-JOSÉ LAMORLETTE

BLANCHE

HARLEQUIN

Collection : Blanche

Titre original :
THE NURSE'S ONE-NIGHT BABY

HARPERCOLLINS FRANCE
83-85, boulevard Vincent-Auriol, 75646 PARIS CEDEX 13
Service Lectrices — Tél. : 01 45 82 47 47 - www.harlequin.fr
ISBN 978-2-2804-9197-6 — ISSN 0223-5056

Composé et édité par HarperCollins France.
Imprimé en juillet 2023 par CPI Black Print (Barcelone)
en utilisant 100% d'électricité renouvelable.
Dépôt légal : août 2023.

FSC www.fsc.org
MIXTE
Papier issu de sources responsables
FSC® C159065

Pour limiter l'empreinte environnementale de ses livres, HarperCollins France s'engage à n'utiliser que du papier fabriqué à partir de bois provenant de forêts gérées durablement et de manière responsable.

Prologue

Les lumières stroboscopiques jouaient des tours aux perceptions de Serena Dias, imprégnant tout ce qui l'entourait d'une aura de sensualité. Cette sensation lui arrivait par flashs et lui faisait voir des étoiles. Et chaque fois qu'un flash se produisait, les gens s'étaient déplacés. Avaient bougé. Dansé.

À l'exception d'un couple qui semblait figé dans le temps, les deux danseurs se serrant l'un contre l'autre tandis que le monde tourbillonnait autour d'eux.

Ce n'était pas tout à fait ce qu'elle avait attendu de sa nuit de célébration.

Elle avait perdu de vue depuis longtemps sa cousine Amilda, mais de toute façon Ami l'avait prévenue de ne pas s'attendre à ce qu'elles quittent le bar ensemble. Et Serena la connaissait assez bien pour la croire sur parole. Ce qui la laissait seule dans l'un des quartiers les plus chauds de sa ville natale de Cozumel.

Néanmoins, c'était parfait. Cela allait comme un gant à son humeur.

Le temps qu'elle avait passé dans l'école d'infirmières ressemblait beaucoup à ça, dans son esprit. Pas au bar lui-même, mais à l'atmosphère syncopée. Ses souvenirs du parcours épuisant pour se qualifier et passer ce dernier examen lui donnant son diplôme lui venaient sous forme de vignettes rapides et figées qui décrivaient le passage des années. Et ce voyage au Mexique célébrait le fait qu'elle pouvait maintenant utiliser légalement le titre convoité d'infirmière diplômée d'État aux États-Unis d'Amérique.

Elle avait travaillé tellement, tellement dur. Elle méritait sûrement de se lâcher pour une nuit ?

Peut-être aurait-il mieux valu pour elle qu'elle reste à San Diego et sorte dîner avec son génial colocataire, qui venait d'être diplômé aussi. Là, au moins, elle aurait pu prétendre qu'elle avait quelqu'un de spécial dans sa vie, même si Avery et elle étaient juste de bons amis.

Ah, au diable ces histoires. Elle pouvait fêter son succès toute seule aussi facilement qu'elle l'aurait fait avec Ami, Avery ou n'importe qui d'autre. Elle prit une dernière gorgée de sa margarita glacée et la posa fermement sur le bar. Elle était là pour danser et elle allait danser. Avec ou sans partenaire.

Son premier pas fut un peu vacillant, seulement parce que Ami l'avait convaincue de porter ses hauts talons aiguilles à la place de ses sandales plus raisonnables. Au deuxième pas, cependant, elle décida qu'elle allait se montrer à la hauteur de ses chaussures.

Avant qu'elle puisse le faire, un homme croisa sa route et s'arrêta net, la reluquant de la tête aux pieds avec un sourire libidineux qui lui indiqua de façon certaine ce qu'il avait à l'esprit. Serena haussa le menton et secoua la tête, bougeant pour le dépasser. Sauf que l'un de ses talons choisit ce moment pour heurter le sol de travers et se mit à glisser de côté.

Oh ! juste ciel. Elle allait tomber. Lentement.

Mais quelqu'un la rattrapa par-derrière. Pas l'inconnu lubrique, qui n'avait pas bougé.

Quelqu'un de très solide et de très stable. Il avait passé les bras autour de sa taille, et elle avait le dos pressé contre lui.

Oh ! là, là.

Serena ferma les yeux une seconde, ne voulant pas se retourner et être déçue par un autre inconnu lubrique. Mais elle devait au moins un merci à son sauveur.

Elle parvint à se redresser. Puis elle pivota et battit des cils, se retrouvant face à une chemise blanche. Elle renversa la tête en arrière et son regard remonta le long des boutons jusqu'à un cou bronzé, un fort menton carré et pour finir des yeux d'un bleu stupéfiant.

Sa bouche s'assécha et elle perdit complètement le fil de ses pensées.

— Je… je… oh…

Elle se rappela finalement dans quel pays elle était.

— *Muchas gracias.*

Il dit quelque chose qu'elle ne put pas saisir.

— Pardon ? fit-elle en anglais.

Mince. Elle avait recommencé. Elle avait vécu si longtemps aux États-Unis que maintenant l'anglais lui venait naturellement, même si l'espagnol était sa langue maternelle.

— Je disais, je vous en prie, répondit-il dans la même langue.

Il regarda par-dessus son épaule, avant de se pencher vers elle.

— Aimeriez-vous danser quelques minutes ?

Il avait dû approcher ses lèvres de l'oreille de Serena pour se faire entendre par-dessus la musique, et sa voix grave lui donna le frisson.

Elle comprit qu'il essayait de l'aider à éviter une situation désagréable avec l'homme qui l'avait reluquée un instant plus tôt. Dans la lumière syncopée, elle l'étudia une seconde ou deux et fut satisfaite de ce qu'elle lut sur son visage. Il voulait vraiment lui venir en aide.

Elle hocha la tête et le laissa la conduire dans la foule, abandonnant l'autre homme derrière elle. Dieu merci.

Sauf qu'à la seconde où elle voulut poser les mains sur le torse de ce nouvel arrivant, celles-ci coulèrent d'elles-mêmes derrière son cou et s'y nouèrent. S'il remarqua son geste, il ne le commenta pas, et ses yeux d'une beauté à se pâmer croisèrent les siens avant qu'il se penche de nouveau vers elle.

— Êtes-vous solide sur vos pieds ?

Demandait-il si elle était ivre ? Ha ! Sûrement pas.

Serena haussa les sourcils.

— Suffisamment solide.

Comme pour le prouver, elle fit un pas en arrière, et sa main droite glissa le long du bras de son cavalier jusqu'à ce qu'elle trouve ses doigts – un signal tacite pour qu'il la fasse tourner. Et il la fit bel et bien tourner. Par bonheur, son cerveau réussit à faire faire à ses pieds exactement ce qu'elle voulait. Quand la rotation fut complète et qu'elle se retrouva contre son torse, elle le regarda d'un air triomphal, criant presque pour se faire entendre par-dessus la musique.

— Vous voyez ? Très solide.

Aussi solide que les mains de cet homme, son regard… son corps à la fois musclé et élancé.

— C'est ce que je vois, répondit-il avec un sourire en coin.

Ils restèrent là un moment, sans bouger, tandis que les lumières, la musique, les gens continuaient à tournoyer sans faire attention à eux.

Mais elle remarqua ce qui se passait, elle.

Et soudain, elle sut exactement quel genre de célébration elle voulait. Celle qu'il lui fallait. Elle se mordilla la lèvre, essayant de deviner à quel point il serait choqué si elle l'embrassait.

Pas terriblement, décréta-t-elle. Il était torride. Manifestement libre… et tout près d'elle.

Elle voulut se mettre sur la pointe des pieds, mais ses chaussures la surélevaient déjà au maximum. Et d'une manière quelconque, il parut savoir ce qu'elle voulait. Car, tandis que les lumières fusaient autour d'elle, il prit son menton dans sa paume. Il sembla poser une question à laquelle elle n'était que trop avide de répondre.

— Oui.

Et alors sa bouche fut sur la sienne. Il passa un bras dans son dos pour la presser contre ses hanches. Ce fut tout ce qu'il fallut pour sceller la décision de Serena.

Cet homme.

Cette occasion.

Cette nuit.

1.

Tobias Renfro avait pris la bonne décision. Pour lui-même. Pour tout le monde.

Quatre semaines après la pseudo-lune de miel qu'il s'était imposée, il était revenu aux États-Unis convaincu que la seule chose à laquelle il avait besoin d'être marié était son travail. Du moins pour le moment. Et peut-être même pour toujours. Tout ce qui lui manquait, c'était une bague au doigt pour sceller cet engagement.

Le fait que des doutes à propos de son mariage lui avaient bourrelé le ventre les six derniers mois, suivi par la découverte que sa fiancée Tanya l'avait trompé avec son témoin, lui avait bien fait comprendre qu'il devait vraiment écouter ses instincts.

Et actuellement, ses instincts lui disaient de se tenir à bonne distance des femmes. De toutes les femmes. Mais en particulier de celles avec qui il travaillait, comme Tanya. Une fois lui avait suffi pour la vie.

Dieu merci, Tanya et Cliff avaient décidé d'aller s'installer à San Francisco, et il n'aurait pas à les voir tous les jours.

Tout compte fait, c'était une bonne journée. Pendant qu'il était au Mexique, il avait fait ses adieux à ses erreurs passées de la meilleure façon possible. Et s'était juré de ne pas les répéter. Jamais.

Parcourant le service pour faire sa ronde matinale, il jeta un coup d'œil vers le bureau des infirmières et aperçut un vif tourbillon de cheveux noirs tandis que quelqu'un se tournait et se précipitait dans le couloir comme en réponse à un Code bleu – un cas d'extrême urgence. Or aucun n'avait été annoncé. Et quelque chose dans la façon dont la femme bougeait déclencha des alarmes d'un autre type dans sa tête. Il s'arrêta net, puis il regarda la surveillante Jacelyn Webber qui entrait des données dans un ordinateur et se dirigea vers elle.

— Avons-nous une nouvelle infirmière ?

— Oui. Je vous en ai parlé, vous vous souvenez ?

Jacelyn leva les yeux et jeta un coup d'œil derrière elle.

— Enfin… Nous en avions une. Il faut espérer qu'elle n'est pas partie en courant en vous voyant.

Elle sourit pour atténuer le mordant de ses paroles.

— Vous pouvez paraître très intimidant, quand vous le voulez.

— Ah oui ?

Toby marqua une pause et secoua la tête.

— Je ne pense pas avoir fait fuir quelqu'un, jusqu'à présent.

À part Tanya, peut-être. Il serra les dents. Non, il ne l'avait pas fait fuir. Elle était partie. Avec Cliff.

Le sourire de Jacelyn s'élargit, et il vit pourquoi elle avait tant de succès avec ses petits-enfants. Chaud et empathique, son sourire spontané était contagieux, et elle avait également du succès après des patients du service.

— Je plaisante.

Elle regarda derechef vers le couloir.

— Quelqu'un a dû l'appeler. Quoi qu'il en soit, son nom est Serena Dias et je pense qu'elle sera un formidable ajout à notre service. Elle sort juste de l'école d'infirmières et elle est très enthousiaste.

Serena ? Quelque chose se fraya péniblement un passage sous le crâne de Toby, et il batailla pour ramener son attention sur Jacelyn qui parlait toujours de la jeune femme, laquelle débordait manifestement de nouvelles idées.

La surveillante était responsable des embauches dans leur service, et jusqu'alors elle n'avait pas commis d'erreur. Mais si, sans le savoir, elle avait fait resurgir un souvenir de Cozumel ? Un souvenir torride.

Quelles étaient les chances que… ?

Elles étaient infinitésimales. En revanche, il était très probable que ce prénom et la femme brune qu'il avait aperçue aient produit un déclic dans sa mémoire et l'aient fait paniquer un instant.

Non, elle n'était pas *sa* femme mystérieuse. Celle-ci était à des milliers de kilomètres de là. Au Mexique.

Il se força à se détendre.

— C'est bon à entendre.

— Oui. En fait, elle revient juste de Cozumel, où elle est allée voir sa famille. Cet endroit fait partie de mes destinations de rêve. Serena a eu la chance d'y naître.

Chaque muscle de Toby qui s'était détendu se crispa de nouveau.

— Cozumel ? Vous êtes sûre ?

— Oui. Cozumel, au Mexique.

Le crissement dans sa tête devint si fort qu'il ne put plus entendre autre chose. Les muscles de son visage esquissèrent un sourire, il ne sut comment.

— Je sais où se trouve Cozumel.

En fait, il n'avait dit à personne où il allait, un mois plus tôt, préférant que l'on ne fasse pas la relation avec la destination initiale de sa lune de miel. Il avait déjà été assez difficile d'empêcher les gens de lui adresser des paroles de sympathie pour l'annulation soudaine de son mariage. S'ils avaient su qu'il s'était rendu seul à l'endroit prévu pour son voyage de noces, il aurait eu droit à encore plus de pitié – ce dont il ne voulait pas. Sapristi, il en aurait eu de la peine pour lui-même. Ce qui lui était arrivé, en fait. Jusqu'à… elle.

Un mouvement accrocha son regard et il vit la femme – vêtue d'un uniforme – qui remontait le couloir en traînant les pieds, avec l'air de vouloir être n'importe où sauf là. L'estomac de Toby se noua d'appréhension. Mais il aurait beau maudire les impulsions qui les avaient conduits dans ce lit d'hôtel, cela ne changerait rien. Parce que, en dépit des faibles chances que cela arrive, et bien qu'il ait essayé de se convaincre que cela ne pouvait pas être elle… ça l'était bel et bien. Il se souvenait de cette femme.

En détail.

Depuis le minuscule papillon tatoué sur le côté de son sein gauche à la façon dont elle avait enfilé brusquement ses habits peu après leur étreinte, disant qu'elle devait partir, que sa famille s'inquiéterait si elle ne rentrait pas de la nuit.

Autant de signes dont il avait déduit qu'elle vivait à Cozumel, malgré l'anglais impeccable auquel elle était passée bien plus aisément qu'il ne s'y était attendu.

Là, elle hésita avant de hausser le menton et d'achever de rejoindre le bureau. Elle se tint près de Jacelyn, qui lui jeta un coup d'œil.

— Oh ! bien. Je me demandais où vous étiez allée. Serena, j'aimerais vous présenter l'un de nos chirurgiens traumatologues. Vous travaillerez de près avec lui et ses patients, comme je sais que vous avez passé beaucoup de temps à vous former aux procédures chirurgicales.

La surveillante haussa une épaule.

— En tout cas, voici le Dr Renfro. L'un des meilleurs parmi nous.

Malgré ses efforts, les lèvres de Toby s'incurvèrent de leur propre chef. Il put dire à la mine de la jeune femme qu'elle aussi, aurait voulu être ailleurs.

— En fait, Serena et moi nous sommes déjà rencontrés, laissa-t-il tomber.

Les yeux de Serena s'élargirent et il aurait pu jurer qu'elle secouait la tête, même si Jacelyn ne le remarqua pas.

— Vraiment ?

La surveillante regarda l'un et l'autre.

Il y eut une autre minuscule hésitation avant que Serena tende la main.

— Oui. Nous, euh, nous sommes rencontrés à peu près au moment où j'ai passé mon diplôme. Je ne savais pas que le Dr Renfro travaillait ici. Heureuse de vous revoir, docteur.

Il ne faisait aucun doute que sa fuite précipitée du bureau des infirmières avait été due au fait qu'elle l'avait reconnu, se dit Toby. Mais, si elle s'inquiétait qu'il crie sur les toits ce qui s'était passé entre eux, elle n'en avait pas besoin. Moins de gens sauraient qu'il était allé au Mexique, mieux ce serait. Toutefois, prétendre qu'ils ne se connaissaient pas ? Il était plus simple de l'admettre et d'aller de l'avant.

— Content de vous voir aussi. Est-ce votre premier jour au Paz Memorial ?

Il pressa ses doigts en réponse à son salut, et ce contact le ramena directement au moment où il l'avait conduite sur cette piste de danse, un mois plus tôt. Bon sang, pourquoi fallait-il qu'elle soit ici, entre tous les endroits possibles ?

— Oui. C'est mon premier jour.

Lâchant sa main, Toby garda un sourire impartial, comme si la toucher ne l'avait pas traversé d'une étrange impulsion qu'il avait promptement réprimée.

Elle ne lui avait pas décoché de regard aguicheur, ne lui avait pas laissé entendre qu'elle aimerait reprendre les choses où ils les avaient laissées. Il en fut reconnaissant. Plus de romances à l'hôpital, pour lui. Moins les gens en sauraient sur leur rencontre, mieux ce serait. Et, vu la façon dont elle avait fui le bureau des infirmières en le voyant arriver, il doutait qu'elle risque de faire courir des rumeurs.

Non pas qu'ils aient fait quelque chose de mal. Mais sapristi, s'il avait su qui elle était dans ce bar, les choses se seraient terminées très différemment.

Oh ! il ne lui aurait pas tourné le dos si le sale type qui s'était campé devant elle avait causé des ennuis. Mais il n'aurait définitivement pas passé la nuit avec elle. Aussi belle qu'elle ait été. Et même si son corps avait été en parfaite symbiose avec le sien sur cette piste de danse. Toute la soirée avait eu un caractère irréel, comme si elle avait été arrachée à un rêve.

Mais la voir debout là était la preuve vivante que ce qui s'était passé n'avait été que trop réel.

Il se força à reprendre la parole et à terminer cet entretien d'une façon professionnelle qui donnerait le ton de leurs futures rencontres.

— Eh bien, j'espère que le temps que vous passerez au Paz Memorial s'avérera être un bon départ pour une longue carrière. Si vous avez des questions, je suis sûr que Jacelyn ou n'importe lequel des autres membres du personnel seront plus qu'heureux d'y répondre.

Il se laissa à dessein en dehors du lot.

Jacelyn leur sourit.

— Voulez-vous montrer les salles d'opération à Serena,

Toby ? Nous ne sommes pas allées jusque-là ce matin. À moins que vous ne soyez pris par ailleurs…

Elle pencha la tête comme pour déchiffrer son expression. Et lui qui avait voulu jouer la détente. Il pouvait simplement dire qu'il devait commencer sa ronde, ce qui était vrai. Mais, s'il se montrait trop anxieux de s'éloigner de Serena, la surveillante se demanderait s'il y avait eu plus lors de leur première rencontre que ce qu'ils avaient admis.

Si seulement elle savait.

— J'en serais heureux, répondit-il en mentant.

Il décocha un sourire poli à Serena et lui fit signe d'aller à gauche.

— C'est par là.

À la seconde où ils tournèrent au coin du couloir, elle lui chuchota :

— Pourquoi lui avez-vous dit que nous nous étions déjà rencontrés ?

— C'était le cas. Essayer de prétendre autrement n'aurait fait que rendre les choses plus difficiles, en fin de compte.

Mais Toby commençait à s'interroger à ce sujet. Il aurait pu faire comme s'il avait été trop ivre pour se rappeler quoi que ce soit de cette nuit. Toutefois, à un moment donné, l'un d'eux laisserait forcément échapper quelque chose, se dit-il. Et à propos de rumeurs malvenues, il y en aurait une flopée si quelqu'un surprenait quelque chose qu'il ne fallait pas.

— Plus difficiles pour qui ? demanda-t-elle.

— Pour nous deux.

Il s'arrêta pour lui faire face et vit son expression.

— Écoutez, je suis désolé si mon assertion vous a mise mal à l'aise.

Serena s'appuya au mur derrière elle et renversa la tête en arrière. Ce geste fit ressortir la longue ligne de son cou. Les yeux de Toby ne purent résister à l'envie de la regarder une seconde, et le souvenir d'avoir pressé des baisers sur cette peau douce le fit déglutir péniblement.

— C'est plus que ça, dit-elle. Je… je… j'ai toujours voulu

être infirmière, d'aussi loin que je m'en souvienne. Je ne veux pas que quoi que ce soit mette mon métier en péril.

Ses paroles ramenèrent Toby sur terre, durement.

— Vous pensez que je ferais ça ?

— Pas intentionnellement.

Elle écarta sa tête du mur et leva les yeux vers lui.

— Je préférerais juste que personne ne sache ce qui s'est passé à Cozumel.

— Croyez-moi, dit-il avec ferveur, je préférerais que personne ne sache que j'étais au Mexique, pour commencer.

Cette fois, Serena plissa les yeux.

— Pourquoi ?

Il était hors de question qu'il avoue la raison de son séjour. Mais il ne voulait pas non plus qu'elle pense qu'il était embarrassé d'avoir été là-bas. Et quelque chose dans sa voix indiquait qu'elle se demandait précisément cela.

Il tendit la main pour toucher la sienne.

— J'ai mes raisons. Mais je vous assure qu'elles n'ont rien à voir avec le pays ou avec vous.

Elle l'étudia une seconde avant de hocher la tête.

— D'accord. Alors nous allons juste dire aux gens que nous nous sommes rencontrés par hasard et nous en tenir à ça.

— Exactement.

Elle lui pressa la main et la lâcha.

— Nous ferions mieux de rejoindre les salles d'opération avant que quelqu'un nous voie et se demande s'il y a quelque chose de plus entre nous.

Elle avait raison. Si Jacelyn arrivait dans le couloir et les trouvait ainsi, elle se poserait probablement des questions.

— D'accord, allons-y.

Ils reprirent leur chemin, tous deux silencieux. Toby soupira intérieurement. Oui, travailler avec elle allait être inconfortable pendant un moment. Au moins durant cette période initiale où ils batailleraient pour trouver un moyen de traiter normalement l'un avec l'autre.

Et ces échanges seraient purement professionnels. Du moins de son côté à lui. Et d'après la posture pleine de raideur de Serena, tandis qu'elle marchait près de lui, il était assez sûr qu'elle serait tout aussi heureuse de le suivre sur ce terrain.

Peut-être s'était-il porté la poisse en se disant que cette journée commençait bien. Parce qu'elle avait viré au chaos et prouvé qu'il avait raison : ses rapports avec les femmes semblaient toujours le rattraper et se retourner contre lui.

Ce qui était exactement pourquoi il allait s'assurer que ses actions et sa conduite ne suggéreraient aucunement à Serena qu'il désirait poursuivre ce qu'ils avaient commencé au Mexique. Parce que, pour lui, ce n'avait pas été le début de quoi que ce soit. Cela avait été un baiser d'adieu à son passé, et le signal d'un nouveau départ à partir duquel il consacrerait sa vie à son métier.

De moins pour le moment. Cela changerait peut-être un jour, mais il ne pensait pas que ce soit pour bientôt. Et certainement pas avec Serena ou une autre collègue de travail.

C'était un serment sur lequel il ne reviendrait pas. Ni maintenant ni jamais.

Toby s'était montré très distant cette dernière semaine, depuis leur rencontre inattendue au bureau des infirmières. Il n'avait rien de commun avec l'homme que Serena avait connu dans ce bar de Cozumel. Mais c'était une bonne chose. Une très bonne chose.

Cela valait mieux que s'il avait essayé de se faufiler jusqu'à elle en lui offrant de continuer ce qu'ils avaient commencé en douce. Ce qu'il n'avait pas fait du tout. Mais ce contact entre eux dans le couloir avait emballé le pouls de Serena, comme le côté intime de leur conversation. Même s'il n'avait pas du tout laissé entendre qu'il voulait autre chose d'elle qu'une relation purement professionnelle.

Mais à ce moment-là, s'il s'était penché un peu plus près et avait…

Elle chassa cette pensée. Elle ne le voyait pas agir ainsi. C'était l'une des choses qui l'avaient attirée chez lui cette nuit-là. Elle avait senti que les aventures d'un soir lui étaient aussi étrangères qu'à elle. Et qu'il était aussi anxieux qu'elle de placer cet épisode derrière lui. C'était pourquoi il avait pu sans peine la conduire sur la piste de danse, alors que l'autre homme l'avait laissée de marbre.

Heureusement, la vie dans le service chirurgical s'était avérée trop occupée pour qu'elle reste assise à ruminer des souvenirs de cette nuit. En tout cas, elle ne l'avait pas fait trop souvent.

Il lui avait demandé, alors, si elle était solide sur ses pieds. Elle commençait à se poser la question, car elle se sentait déstabilisée chaque fois qu'elle était près de lui. Elle ferait mieux de trouver un moyen de dominer cette faiblesse, et vite.

Mais au moins, il ne semblait pas vouloir la prendre en grippe ou essayer de la pousser subtilement vers la sortie.

Et pourquoi ferait-il ça ? Ils n'avaient vraiment rien fait de mal. Quelque chose d'improbable ? Peut-être. En tout cas pour elle. Mais il avait établi clairement qu'il n'était pas marié et qu'il ne recherchait pas une relation, ce qui avait été parfait pour elle, car ce n'était pas son cas non plus. L'école d'infirmières avait consumé sa vie durant les dernières années. En fait, sa dernière relation semi-sérieuse s'était produite lors de sa première année à la fac. Mais la remarque de Parker lui reprochant d'être trop dévouée à sa future carrière avait rapidement éteint ses sentiments pour lui.

Le père de Serena avait empêché sa mère de faire ce qu'elle voulait dans la vie, et le ressentiment de cette dernière avait été plus qu'évident pendant des années. Serena n'avait jamais compris pourquoi elle avait accepté ça. Elle savait que sa mère ne croyait pas au divorce, mais dans certaines circonstances elle l'aurait envisagé.

Quand son père était mort brusquement cinq ans plus tôt, Gracia Dias avait enfin eu la chance de sortir de son cocon et de prendre son envol. Et elle ne s'en était pas privée. Elle était devenue une écrivaine à la fois drôle et poignante, et même si elle écrivait de la fiction en espagnol, Serena pouvait très bien repérer les parties de ses livres qui touchaient à la réalité. Toutefois, bien qu'elle soit heureuse pour sa mère, elle aurait aimé que son père encourage davantage ses talents quand il était encore en vie.

En secret, elle s'était fait tatouer un papillon en un endroit qu'on ne voyait pas, pour se rappeler sa mère et le fait qu'elle devait comme elle changer ses rêves en réalité et leur permettre de l'emporter plus loin. Et c'était ce qu'elle faisait maintenant.

Alors elle n'était pas pressée de se lier avec un homme, quel qu'il soit. Elle avait un tas de choses à accomplir, et elle n'allait certainement pas laisser ses émotions prendre le pas sur son cerveau. Non. Elle était plutôt prête à tout analyser et suranalyser.

Même si Toby avait essayé de la faire partir, elle ne se serait pas inclinée sans se battre. Elle ne perdrait pas sa carrière à cause d'une impulsion d'une nuit. Mais il n'avait montré aucun signe qu'il voulait en arriver là. Ce qui était un immense soulagement.

En tournant au coin du couloir, elle tomba précisément sur l'homme auquel elle pensait. Ils marchaient l'un vers l'autre. La vue de son polo mauve et de son pantalon noir la troubla. C'était différent du jean noir et de la chemise boutonnée qu'il avait portés au club de Cozumel. Et il était étrange que bien qu'il soit en tenue de bureau il paraisse moins formel que cette nuit-là. Peut-être à cause de la façon dont il avait regardé de haut l'individu qui avait voulu l'embêter.

— Bonjour.

Sa voix lui parut légèrement altérée, et elle se crispa à ce son. La dernière chose qu'elle souhaitait, c'était qu'il pense qu'elle avait une sorte de béguin pour lui. Ce n'était pas le cas. Même si le temps qu'ils avaient passé ensemble avait pris les couleurs d'un rêve qui menaçait de s'incruster dans son esprit.

— Bonjour. Comment allez-vous ?

— Bien, merci. Et vous ?

Jusque-là, tout allait bien. C'était aussi impersonnel que possible.

— Je vais bien.

Il fronça légèrement les sourcils.

— Vous rendez-vous dans la chambre de Mabel Tucker, par hasard ?

— Oui. Il est temps de vérifier ses constantes vitales et de voir comment elle va après l'opération.

Serena n'avait pas encore partagé une salle d'op avec lui, mais elle avait déjà été au bloc. Elle avait assisté plusieurs chirurgiens et découvert qu'elle aimait beaucoup l'atmosphère chargée qui régnait en ce lieu. Elle supposait que Toby avait sa propre équipe avec laquelle il préférait travailler.

Ou peut-être ne voulait-il pas travailler avec elle après leur dernière conversation.

Ce qui lui convenait très bien. Même s'il était inévitable qu'ils travaillent ensemble un jour, pour finir. Alors elle devrait simplement prendre sur elle et assurer. Mais ce qu'elle devait vraiment faire, c'était cesser de remarquer chaque petit détail concernant cet homme. Comme ses yeux d'un bleu glacé. Et ces cheveux courts qui lui avaient paru incroyablement chauds et soyeux cette nuit-là, entre ses doigts.

Oh ! Seigneur.

Était-ce ce qui était arrivé à sa mère ? Était-elle tombée amoureuse avant d'avoir eu le temps d'apprendre à connaître l'homme qui deviendrait son mari ? Serena se racla la gorge et réalisa que cela s'était entendu.

Toby pencha légèrement la tête de côté.

— Cela vous ennuie, si je me joins à vous ?

Elle se raidit.

— Pardon ?

— Mme Tucker ?

Bien sûr, c'était ce qu'il avait voulu dire. Elle avait besoin de veiller à ses réactions. Si elle se montrait troublée ou hésitante, il allait le remarquer et se demander pourquoi. Sauf qu'au départ il allait dans la direction opposée à la chambre de leur patiente.

Victime d'un conducteur ivre, celle-ci avait eu la rate perforée et avait dû être opérée d'urgence tard dans la nuit.

— Bien sûr que non. Mais ce n'est pas vous qui l'avez opérée, la nuit dernière ? Je suis surprise de vous voir ici.

Il haussa une épaule, un geste qu'elle trouva péniblement familier. Il avait eu le même lorsqu'elle avait dit qu'elle devait quitter sa chambre d'hôtel, sinon sa famille allait s'inquiéter. Il n'avait pas essayé de la convaincre de rester plus longtemps, ni de passer toute la nuit avec lui. Un geste qui disait « C'est comme ça », et qui indiquait que la chose n'avait pas d'importance pour lui.

Comment quelque chose d'aussi simple pouvait causer à la fois du soulagement et de l'irritation ?

Peut-être parce que cela rappelait à Serena la réaction de sa mère quand, adolescente, elle était tombée sur un classeur qui contenait les occupations rêvées de Mme Dias. Il y en avait une vingtaine, et infirmière arrivait en premier lieu. Serena avait été choquée. Elle avait toujours cru que la décision de rester à la maison et de les élever, son frère et elle, avait été le choix de sa mère. Pour la première fois, elle s'était rendu compte que la tendance de son père à tout contrôler n'avait pas concerné que Sergio et elle.

Lorsqu'elle était allée trouver sa mère avec le classeur et lui avait demandé si elle souhaitait toujours pratiquer l'un de ces métiers, Mme Dias avait juste haussé une épaule, avant de lui prendre le classeur et de le porter dans sa chambre. Serena ne l'avait plus revu. Mais cela l'avait poussée à accorder plus d'attention au comportement de son père. Et les petites choses qu'elle avait remarquées l'avaient tourmentée plus qu'elle n'avait voulu l'admettre.

— Elle souffre beaucoup. Mme Tucker, je veux dire.

Toby lui jeta un rapide coup d'œil et elle se tendit de nouveau. Évidemment, il savait de qui elle parlait. Il lui fallait se ressaisir. Elle s'était sentie légèrement à côté de la plaque depuis qu'elle s'était réveillée, ce jour-là, et elle ne savait pas pourquoi.

Le chirurgien pivota, et ils se mirent à marcher vers la chambre de la patiente. Serena constata qu'elle avait une conscience aiguë de sa présence. Elle disséquait tout à son propos, de son odeur fraîche à la façon souple et fluide dont il se déplaçait. Franchement, le voir si reposé et si frais, sans montrer qu'il avait passé la nuit à opérer, l'agaçait. Les jours où elle travaillait tard, c'était évident pour tout le monde. Elle avait de grands cernes sous les yeux et bâillait sans arrêt.

Mais pas lui. C'était comme s'il était la perfection incarnée. Seulement il ne l'était pas. Quelque part en lui, il y avait des défauts. Des manies comme ce demi-haussement d'épaules. Il fallait juste qu'elle s'en souvienne.

Ils atteignirent la chambre de Mme Tucker trente secondes

plus tard, et Toby la laissa entrer la première et prendre les choses en main.

Un homme se leva aussitôt.

— Bonjour, je suis Tom, le mari de Mabel.

— Heureuse de vous rencontrer, répondit Serena. Et heureuse de vous revoir, Mabel. Comment vous sentez-vous, ce matin ?

On lui avait donné une dose supplémentaire d'antalgiques une heure plus tôt, et Serena avait surveillé son rythme cardiaque chaque fois qu'elle passait au bureau des infirmières. Le service était très occupé, ce jour-là. Ils avaient deux autres patients du même accident de la circulation, et cinq de plus avaient été transférés dans d'autres hôpitaux.

Tom se rassit au chevet de sa femme, lui tenant la main.

— J'ai très mal au ventre, dit Mabel. Et à la tête.

Sa voix était faible, et ses cernes étaient dus au traumatisme de l'accident. Elle avait confié à Serena qu'elle avait tourné la tête en apercevant la voiture qui allait la heurter, et que, sous le choc, son crâne avait tapé dans la vitre du conducteur, lui cassant le nez et causant une commotion cérébrale. La violence de la collision avait provoqué plusieurs blessures internes, dont sa rate était la plus critique.

— Eh bien, j'ai amené le Dr Renfro avec moi. Il va vous examiner quand j'aurai vérifié vos constantes vitales.

Consciente que Toby l'observait, Serena fut heureuse que ses mains soient plus stables que ses nerfs. Elle ne savait pourquoi elle était aussi ébranlée. Elle avait déjà été avec des médecins dans une chambre de malade – y compris durant ses études – et cela s'était toujours bien passé.

La tension de Mabel était un peu basse et son rythme cardiaque élevé, ce qui se comprenait : elle avait perdu beaucoup de sang à la suite d'une hémorragie interne.

Serena annonça les résultats à haute voix pour Toby et les enregistra sur sa tablette. Puis elle s'écarta pour le laisser s'avancer et procéder à ses examens. Normalement, elle aurait vérifié l'incision et les bandages de la patiente, mais comme il allait le faire, elle se contenta de l'observer.

Il se montra méticuleux pour examiner les pupilles de Mabel

et la grosse bosse qu'elle avait sur le front. Puis il passa à son ventre. Lorsqu'elle était arrivée, elle était en état critique et ils avaient dû lui ôter sa rate le plus vite possible, car elle répandait du sang dans la cavité abdominale.

Il lui demanda où elle avait mal, et elle répondit que l'incision la faisait souffrir, mais aussi que l'intérieur de son ventre était douloureux. Toby hocha la tête.

— Cela se peut. Laissez-moi regarder. Ce sera un peu désagréable, mais cela ne durera pas longtemps.

Le mari de Mabel lui prit la main et lui dit de serrer la sienne aussi fort qu'elle le voudrait.

Toby releva sa chemise en douceur et ôta le pansement avec précaution. Il examina la zone de ses yeux bleu glacé qui avaient dû voir des milliers d'incisions. Elle était rose et normalement gonflée. Pas de suintement. Et les points étaient impeccables. La ligne de suture était parfaitement horizontale ; sauf complications, la cicatrice se verrait à peine.

— C'est là que vient le plus dur, annonça-t-il. Essayez de détendre vos muscles.

Serena se retrouva en train de suivre ses instructions, ce qui la fit sourire. Toby la surprit et l'interrogea en silence. Elle secoua vivement la tête pour dire que ce n'était rien.

Revenant à sa patiente, il appuya sur les tendres tissus de son ventre et elle grogna, crispant ses paupières.

— Le ventre est souple. Pas de trace d'un vaisseau qui saigne.

Il se redressa.

— C'est fait, Mabel.

Elle ouvrit les yeux et lâcha un souffle tremblant.

— Tout va bien ? J'ai rêvé que mon ventre se remplissait de sang. Et quand je me suis réveillée, j'avais si mal que j'ai craint…

Le traumatisme subi par son esprit était aussi réel que celui subi par son corps.

Toby approcha le tabouret sur roulettes et s'assit à côté de Mabel. Ce geste toucha Serena. Il aurait été plus rapide pour lui de rester debout pour énoncer ses conclusions, mais il préférait visiblement être au même niveau que sa patiente. Elle en fut impressionnée. Tous les médecins n'agissaient pas ainsi.

— Je ne vois rien qui puisse me faire penser à une hémorragie. Si c'était le cas, je vous ferais passer un scanner. Mais je veux que vous notiez le niveau de la douleur. Vos infirmières pourront m'appeler à tout moment. De jour ou de nuit.

Les yeux de Mabel s'emplirent de larmes et elle desserra son emprise sur la main de son mari.

— Merci beaucoup.

— Je vous en prie. Je reviendrai vous voir avant de partir ce soir, d'accord ?

— D'accord.

La jeune femme sembla s'enfoncer dans son matelas, tandis que ses muscles se détendaient. Son mari demanda s'il pouvait rester avec elle, et Toby lui répondit que oui. Il lui indiqua même que le fauteuil pliant était très confortable. Serena proposa de lui donner une couverture.

— Merci beaucoup. Mabel était en route pour venir me chercher à l'aéroport quand l'accident a eu lieu. Je suis content qu'elle puisse se remettre.

Serena sourit.

— Nous le sommes tous. D'autres questions ?

Ils firent signe que non.

— Eh bien, essayez de vous reposer. Tous les deux, dit Toby. On va venir vous lever dans un petit moment, alors dormez tant que vous le pouvez.

Ils prirent congé de Mabel et de son mari, et il tint la porte pour laisser sortir Serena.

— Merci, Toby.

Trop tard, elle réalisa qu'elle l'avait appelé par son prénom. En fait, elle pensait à lui sous ce nom depuis leur première rencontre au bureau des infirmières. Après Cozumel, il paraissait idiot de penser à lui en tant que Dr Renfro.

Mais, même si la plupart des membres du personnel s'appelaient par leur prénom, elle avait fait de son mieux pour s'adresser à lui de façon plus formelle. Jusqu'à maintenant. Et il était impossible de faire marche arrière.

Seulement, à présent qu'elle avait enfreint cette première règle, elle devrait s'assurer de ne pas en enfreindre d'autres. Ou bien elle se retrouverait comme à Cozumel : dans les bras de Toby, faisant des choses qui les rendaient fous. Et cela ne pouvait pas se reproduire. Au Mexique, elle n'avait pas su qui il était, alors elle pouvait se pardonner d'avoir couché avec lui.

Mais maintenant qu'elle le savait ? Il n'y avait plus d'excuses.

Elle devrait donc faire en sorte de réprimer strictement toute attirance qu'elle pourrait ressentir pour cet homme. Aussi difficile que cela puisse se révéler.

2.

Toby rentra chez lui et se laissa choir dans un fauteuil, son chat se lovant sur ses genoux tandis qu'il inspirait profondément. Il était épuisé. Même plus que la normale. Il caressa le pelage ras du félin en essayant de comprendre ce qui se passait.

Sa fatigue n'était pas simplement due aux opérations qu'il avait pratiquées, même s'il avait été debout pendant près de vingt-quatre heures d'affilée. Ce qui n'avait rien de nouveau pour lui.

Alors pourquoi cette profonde lassitude qui semblait l'engloutir dans le tissu de son grand fauteuil ?

C'était parce que chaque fois qu'il avait vu Serena dans le service, ce jour-là, il avait semblé se contracter à cause de souvenirs qu'il valait mieux laisser où ils étaient. Sauf que cela s'avérait impossible. Et se trouver dans la même chambre qu'elle ? Sapristi, il avait dû batailler pour garder son esprit rivé sur sa patiente. Et cela ne lui ressemblait pas. Du tout.

Il avait toujours été capable de compartimenter sa vie. Comme ses parents semblaient experts pour le faire. Seulement le compartiment correspondant aux démonstrations d'affection envers leur fils avait été pratiquement non existant. Alors que Toby ait eu du mal à contenir sa vive excitation, quand il avait été confronté au fait que Serena travaillait au Paz Memorial, était inattendu. Et complètement malvenu.

Que se passerait-il la première fois où ils seraient ensemble dans une salle d'op ?

Rien. Parce qu'il allait se ressaisir et voir comment travailler côte à côte avec elle. Sans l'excitation. Ou l'envie poignante de répéter la nuit de Cozumel.

Et c'était une partie du problème. Il ne s'était agi que d'une nuit. Et même pas d'une nuit entière, par-dessus le marché.

Il avait été à même de contenir ses sentiments pour son ex au travail, et il avait été lié à Tanya pendant presque trois ans avant qu'ils ne se fiancent. Il connaissait Serena depuis combien de temps ? Une semaine ?

Enfin… une semaine et une partie d'une nuit. Une nuit dont étaient faits les rêves.

Mais pas ses rêves à lui. Du moins, pas ceux qui duraient. Pourquoi était-elle tombée avec tant d'ardeur dans ses bras ? Était-ce son habitude ? De lever des hommes dans des bars pour de brèves rencontres ?

Non. Il avait vu le malaise dans ses yeux lorsqu'elle avait été confrontée à cet homme qui n'avait visiblement qu'une chose à l'esprit. Alors pourquoi lui, Toby ? Pourquoi passer la nuit avec lui ? Pas toute la nuit. Elle s'était enfuie de sa chambre comme une chauve-souris fuyant l'enfer, et pas comme ce petit papillon tatoué sur son sein qu'il avait tracé de ses lèvres. Et léché avec délice.

Il prit dans ses doigts la racine de son nez. Bon sang. Ce n'était pas la seule chose qu'il avait goûtée.

Et c'était une partie du problème. Ils s'étaient retrouvés ensemble de façon chaotique. Et si rapide. Et cependant, chaque seconde de leur rencontre était gravée au fer rouge dans son cerveau. Comme écrite avec une encre indélébile dont il savait qu'elle marquerait sa psyché pendant longtemps.

Mais il ne savait pas très bien comment séparer cette nuit des jours qu'il allait passer à travailler avec elle.

Des jours qui seraient nombreux. Ils s'étendaient à l'infini devant lui. Et savoir qu'il ne pourrait plus jamais la toucher comme il l'avait fait cette nuit-là…

Sapristi, cela ne devrait pas être aussi dur.

Il allait devoir trouver une solution. Et vite. Mais dans l'immédiat, il décida qu'il était trop fatigué pour bouger. Trop fatigué pour prendre une douche. Trop fatigué pour regarder la télévision.

Et, il fallait l'espérer, trop fatigué pour se représenter d'autres scènes où Serena aurait la vedette.

À la place, il allait s'autoriser à faire quelque chose qu'il ne se permettait presque jamais. Et il ne s'agissait pas de sexe, ni de tatouages, ni de boisson. Il allait mettre ses pensées sur pause et s'endormir dans ce fauteuil. Avec son chat. En espérant que lorsqu'il s'éveillerait, une solution serait née comme par magie sous son crâne.

Sérieusement ?

Il était bel et bien certain que tout ce qui se produirait, c'était qu'il se réveillerait courbatu et ankylosé, en regrettant de ne pas avoir pris le temps de s'allonger dans son lit.

Mais c'était comme ça. Et, pour ce soir, il accepterait que les choses en restent là.

Alors que Serena venait de se lever et de poser le pied par terre, durant une brève seconde le monde parut pivoter sur son axe. Il se remit d'aplomb presque tout de suite, mais cela la surprit. Elle cligna des paupières et resta là, la main tendue, attendant que la sensation revienne.

Ce devait être ce rêve idiot.

Elle avait rêvé de ces stupides lumières stroboscopiques dans le bar de Cozumel. Et pas d'une façon érotique ou sexy. Non pas que c'eût été mieux. Non. Elle avait couru pour sauver sa vie. Elle fuyait quelque chose qui était juste derrière elle, mais restait invisible. Chaque fois qu'elle se tournait pour regarder, elle n'apercevait qu'une ombre.

Elle souffla et s'obligea à esquisser un pas vers la salle de bains.

Rien ne bougea. Bon. Ce n'étaient que les restes d'un cauchemar, et elle était contente qu'il soit fini. Il était temps qu'elle se prépare pour aller travailler.

Elle éprouva un sentiment d'anticipation qui n'avait pas été là la veille. Peut-être parce que la réalité de travailler avec Toby n'avait pas été aussi traumatisante qu'elle aurait pu l'être.

Il était juste un garçon comme un autre. D'accord ? Un garçon follement sexy et très concentré, mais beaucoup de chirurgiens étaient comme ça. Cette nature expliquait aussi la précision avec laquelle il l'avait tenue sur le fil du rasoir à Cozumel, au bord de l'orgasme. S'y reprenant encore et encore, il l'avait presque amenée au comble du plaisir pour se retirer chaque fois à la dernière minute. Une chaleur intense la traversa à ce souvenir.

Oh ! Seigneur.

Elle pouvait entendre Avery, son colocataire, dans la cuisine. Des couverts s'entrechoquaient, et cela la ramena à la normalité. Elle avait eu besoin de trouver quelqu'un pour partager ses dépenses, quand elle était à l'école d'infirmières, et tomber sur lui avait été un cadeau du ciel. Ils s'entendaient à merveille, d'une façon purement platonique, ce qui l'avait aidée à survivre au rythme frénétique de ses études. Avery l'avait même convaincue de ne pas abandonner, une fois, et elle lui en vouait une gratitude immense. Parce qu'elle était finalement là où elle devait être. Au Paz Memorial, comme lui.

Après une douche rapide, Serena se sécha, s'habilla, mit du mascara sur ses cils et appliqua un gloss transparent sur ses lèvres. Elle laissa ses cheveux détachés, leurs mèches ondulées encadrant son visage. L'humidité estivale rendait impossible de discipliner leur épaisseur. Ils redevenaient vite indomptables. Son ex, Parker, disait que ce qu'il préférait chez elle était sa chevelure.

Elle ne comprenait pas. Du tout. Mais du fait de la forte personnalité de Parker, elle s'était retrouvée à essayer de lui plaire, inconsciemment, avant de s'apercevoir avec horreur que cela devenait une habitude. Une habitude dangereuse, qui avait abouti pour sa mère à la perte de son autonomie et de son indépendance. Et garder son indépendance était maintenant hyper important pour Serena.

Lorsqu'elle s'était rendu compte qu'elle sombrait dans un puits de complaisance, avec Parker, elle s'était mise à lutter contre ses boucles, les lissant jusqu'à en user son fer plat. Elle s'était rendue dans un magasin pour le remplacer, puis, après avoir longuement regardé l'appareil, elle l'avait reposé. Cela n'en valait pas la peine. *Il* n'en valait pas la peine. Personne d'autre non plus.

Elle avait mis fin à leur relation peu de temps après ça. Elle n'aurait pas bien su dire pourquoi, sauf qu'elle ne voulait pas être avec quelqu'un qui lui donnait l'impression de devoir se battre pour rester elle-même. Parker lui rappelait un peu trop son père. Était-elle hypersensible ? Oui, elle pouvait l'admettre. Et jusqu'à ce qu'elle puisse y voir clair, elle n'avait pas besoin d'être dans une relation quelconque.

Elle avait besoin de travailler à ce qui comptait le plus pour elle : sa carrière.

Les moments qu'elle avait passés à Cozumel avec Toby avaient été parfaits, en ce sens qu'elle savait maintenant qu'elle pouvait coucher avec quelqu'un sans se sentir lié à lui pour toujours. Non pas qu'elle veuille sortir en boîte régulièrement. Mais savoir qu'elle pouvait se lâcher, s'amuser et ensuite trancher le léger fil qui la reliait à l'autre pour continuer gaiement sa route la soulageait étrangement.

D'un autre côté, elle ne se serait jamais attendue à revoir la personne concernée. Et il s'avérait que cela était plus difficile à gérer qu'elle ne l'avait escompté.

Elle enfila ses sabots, sortit de sa chambre et trouva Avery avec une poêle grésillante à la main.

— Qu'est-ce qui sent si bon ? demanda-t-elle.

— Une omelette. Il y en a plus qu'assez pour deux.

Elle fronça le nez.

— Tu es sûr ?

— Certain. En outre, je t'ai à peine vue de toute la semaine. Il serait bon de prendre quelques minutes pour faire quelque chose de normal. Qui ne soit pas une question de vie ou de mort, pour une fois.

— Je suis d'accord.

Serena s'assit et le regarda partager l'omelette, puis la servir.

— Dis-moi que je ne devrais pas m'attendre à ce que tu fasses ça tous les jours. Même si on t'appelle « Monsieur Rayon de Soleil » au travail.

Avery fit une grimace.

— Je ne sais pas d'où vient ce surnom. Et ne t'inquiète pas : je ne fais même pas ça pour *moi* tous les jours.

— Compris. Je suppose que l'activité du service Cardio est aussi dingue que celle de Chirurgie ?

— Et comment ! Nous ne nous asseyons même pas pour

manger. C'est pour ça que le Paz Memorial est un hôpital aussi populaire. Il a une réputation impeccable de soins de haute qualité.

— Et à part ça, comment vas-tu ?

Il contempla son assiette un moment avant de relever les yeux vers Serena et de hausser les épaules.

— Ça va. Quelques nids-de-poule sur la route, mais rien que je ne puisse régler. Et toi ?

— Quelques nids-de-poule aussi.

Elle n'ajouta pas, comme Avery, qu'elle pouvait faire avec, car elle n'en était pas sûre. Elle adorait travailler en Chirurgie. Elle n'aurait pas su dire si c'était la période « lune de miel » du métier ou si elle aimait vraiment ça pour de bon. Mais le fait que Toby y travaille aussi était un gros hic.

Elle était à la moitié de son petit déjeuner, quand ses mâchoires cessèrent de bouger. L'étrange sensation qu'elle avait eue en se levant recommença, et avec elle un drôle d'effet dans le ventre.

— Hé, ça va ? demanda Avery.

Serena se remit à mâcher tandis que le phénomène se dissipait.

— Oui. Juste fatiguée.

— Tu vas avoir un jour de repos, non ? Assure-toi de dormir.

— J'en ai bien l'intention.

Il porta son assiette dans l'évier et se mit à la rincer pour la mettre dans le lave-vaisselle.

— Laisse, Avery, dit-elle. Tu as fait la cuisine, à moi de débarrasser. En outre, je n'ai pas à être au travail avant une heure.

Et, en vérité, s'occuper l'empêcherait de trop penser à certaines choses… ou à Toby. Avery avait raison. Ce n'étaient que des nids-de-poule. Une fois qu'elle les aurait dépassés, la route s'aplatirait sûrement, et elle serait prise par la routine. En attendant, elle veillerait à ne pas laisser deviner que leur nuit à Cozumel lui trottait encore dans la tête.

— Tu es sûre que ça ne te fait rien ?

La voix de son colocataire la tira de ses pensées.

— Oui. De temps en temps, ça fait du bien de faire quelque chose qui n'exige pas de réfléchir à toute allure.

— Bon, eh bien j'y vais. À plus tard.

— D'accord. Passe une bonne journée. Et ne fonce pas trop sur ces nids-de-poule.

— Je n'en ai pas l'intention.

Avery referma doucement la porte d'entrée.

Serena se leva avec précaution, espérant qu'elle ne couvait pas quelque chose. Elle n'aurait pas besoin de ça. Mais rien ne se produisit. Elle se sentait bien et l'omelette avait été délicieuse. Elle rinça les assiettes et les mit dans le lave-vaisselle. Elle venait de finir quand son portable sonna. Espérant qu'il ne s'agissait pas de l'hôpital, elle se détendit en voyant que c'était sa mère.

— *Hola, mamá. ¿ Como estas ?*

Elle écouta d'une oreille pendant que Mme Dias racontait son voyage de recherche en Grèce, et se sentit sourire. Sa mère préparait son dernier livre, et elle adorait l'entendre en parler. Sa passion transparaissait dans sa voix, et Serena savait que ses yeux brillaient. L'appel dura un quart d'heure. Ce n'était pas parce qu'elles n'avaient plus rien à se dire, mais c'était leur rythme habituel. Elles se parlaient presque tous les jours. Mme Dias savait combien sa fille était occupée et disait qu'elle ne voulait pas monopoliser son temps. Ce qu'elle ne faisait pas. Et elle vivait pleinement sa vie, maintenant.

Serena glissa son téléphone dans sa poche, attrapa ses clés et sortit à son tour de la maison. Elle espérait que ce jour-là serait une bonne journée. Elle avait *besoin* que ce soit une bonne journée.

Toby bataillait. Le mari de sa patiente tentait de lui expliquer quelque chose, mais son espagnol n'était pas terrible. Surtout quand l'autre personne parlait à toute allure. La femme inconsciente était arrivée aux urgences et avait été tout de suite envoyée en Chirurgie avec une profonde blessure au bras. Alors qu'elle voulait couper du poisson surgelé, son couteau avait glissé et lui avait entaillé la peau et les muscles. Il ignorait si elle s'était évanouie à la vue de son propre sang ou si elle était prédisposée à ça.

Il attendait l'interprète de l'hôpital, qui aidait quelqu'un d'autre pour l'instant. Si elle n'arrivait pas bientôt, il devrait se fier à ses instincts et commencer le traitement.

Il aperçut Jacelyn qui faisait signe à Serena de s'avancer.

Celle-ci inspira profondément et vint vers lui. Était-elle si réticente de travailler avec lui ? Si oui, ils allaient devoir s'asseoir ensemble et régler cette question. Il ne pouvait pas risquer de nuire aux soins de ses patients simplement parce qu'ils avaient en commun des choses personnelles qui avaient besoin…

— Serena parle espagnol. Elle peut peut-être aider.

Bien sûr. Toby l'avait presque oublié.

Enfin. Non. Certains des petits mots et des phrases qu'elle avait murmurés de façon si fluide lorsqu'elle était dans ses bras avaient glissé sur lui comme de la soie.

Ce n'est pas le moment, Toby.

Sans s'adresser à lui, Serena se tourna vers l'homme et commença à parler, hochant la tête et répondant avant de refaire face au chirurgien.

— Sa femme a été agressée il y a plusieurs années et frappée avec un couteau. Il pense que lorsqu'elle s'est coupée, cela a fait resurgir ces terribles souvenirs. Pour lui aussi. Il l'a entendue crier, et quand il est arrivé dans la cuisine, elle était allongée par terre, avec du sang partout.

— Demandez-lui si elle présente des particularités médicales que nous devrions connaître.

Serena traduisit la question. L'homme hocha la tête.

— *Lucinda está embarazada.*

C'était une phrase que Toby comprenait. La jeune femme était enceinte. Il se raidit.

— J'ai compris. Autre chose ?

L'homme fit signe que non. Mais il souhaitait savoir évidemment si le bébé allait bien.

— Jacelyn, voulez-vous appeler Gary, du service Obstétrique ?

— Je le fais tout de suite.

Il aurait pu le demander à Serena, mais il avait besoin qu'elle reste avec lui, s'il avait d'autres questions à poser. Et il lui était reconnaissant de son aide. Il la regarda, un vrai soulagement courant dans ses veines.

— Merci. Vraiment.

— Je vous en prie. Vraiment.

Le petit sourire qui joua au coin de ses lèvres le fit avaler sa salive. Mais au moins, elle semblait moins tendue.

— Pouvez-vous obtenir qu'il signe un consentement, et lui expliquer que nous devons opérer sa femme pour réparer son bras ? Apparemment, il n'y a pas de problème de nerf ou de tendon, alors cela devrait être simple. Je veux juste que Gary lui jette un coup d'œil, aussi.

Serena se retourna vers l'homme, qui s'appelait Pedro, et expliqua ce qui se passait pendant que Toby posait une autre couche de gaze sur la plaie pour absorber le sang.

L'obstétricien arriva avec un appareil à échographie portable. Il sourit à Pedro, se présenta et passa aisément à l'espagnol. Toby se dit qu'il devait vraiment apprendre cette langue. Quand Pedro et Serena rirent à une réflexion de Gary, il se sentit exclu de leur cercle. Ce qui n'aurait pas dû l'ennuyer, mais l'ennuya quand même. Peut-être parce qu'il avait souvent éprouvé cela chez lui, enfant, par rapport à ses parents. Un sentiment qui lui avait donné envie d'aller voir ailleurs.

Lucinda gémit et ses paupières frémirent. Pedro prit sa main indemne et écarta ses cheveux de son visage, lui parlant à voix basse.

— *¿ El bebé ?* demanda-t-elle en le regardant.

Gary lui dit quelque chose, tira l'appareil jusqu'au lit et l'installa. Ils trouvèrent bientôt les battements de cœur de l'enfant, qui allait bien. L'obstétricien rassura les parents, en traduisant tout en anglais pour Toby.

Mais au moins, tout était normal. Ils pouvaient administrer un léger sédatif à la blessée, pour l'opérer sans avoir recours à une anesthésie générale.

— Pouvez-vous m'assister pour l'opération ? lança Toby à Serena.

L'avoir dans la salle d'op lui éviterait de recevoir des messages de seconde main. Ce serait leur première opération ensemble. En fait, jusque-là, il n'avait pas essayé de l'écarter de ses interventions. C'était tombé comme ça, voilà tout.

— Oh… bien sûr, répondit-elle.

Mais, à sa voix, elle ne semblait pas super contente. Ce qu'il comprenait. Il était lui aussi moins que transporté par cette situation, mais ils allaient devoir faire avec. Et cela ne pourrait pas être plus difficile que les derniers jours où il avait travaillé avec Tanya, en sachant ce qu'elle avait fait avec son témoin.

Jacelyn revint.

— Le bloc 1 est prêt pour vous.

Ils transférèrent la blessée en salle d'op. L'équipe les attendait déjà. La sédation fut facile à faire, en prenant en compte que l'opérée était enceinte. Ils ôtèrent avec précaution les couches de gaze ensanglantée et découvrirent une vilaine plaie irrégulière.

— Irriguons la plaie, pour que je puisse voir ce qui doit être fait.

Toby s'équipa de ses loupes. Serena paraissait anticiper ce qu'il voulait avant qu'il en fasse la demande. Il en fut impressionné, d'autant qu'elle n'avait pas l'expérience de la plupart des autres infirmières du service. Elle était aussi visiblement intéressée par tout ce qui se passait dans la salle. Ce qui montrait que tout était encore neuf et fascinant pour elle. Il souhaita avoir encore ce sens de l'émerveillement.

Il annonça qu'il allait recoudre par couches. Par chance, la blessure concernait un endroit du bras qui ne bougeait pas beaucoup. Elle devrait bien guérir.

Il sentait plus qu'il ne la voyait Serena qui l'observait, les instruments chirurgicaux bien rangés sur le plateau posé devant elle. Il expliqua comment il allait s'y prendre, étant donné que la plaie était irrégulière et béante. Jetant un coup d'œil de son côté, il la vit hocher la tête.

— Compris. J'ai entendu parler des sutures en retrait à l'école, mais je n'en ai jamais vu faire.

Il y avait une trace de regret dans sa voix.

— Je vous appellerai quand j'aurai un cas où je devrai m'en servir, d'accord ?

Il se demanda pourquoi il avait proposé ça, à part le fait qu'il aimait apprendre et enseigner aux autres.

— Ce serait super.

Les cheveux de Serena étaient relevés sous une coiffe chirurgicale, mais il savait depuis le Mexique que lorsqu'elles étaient libres, ses boucles étaient brillantes et magnifiques. Un peintre l'aurait trouvée fascinante. Pas seulement à cause de sa beauté, mais aussi pour la façon dont son visage bougeait lorsqu'elle parlait, mettant en relief chacune de ses émotions.

Comme cette nuit-là à Cozumel.

Pour l'instant, il percevait chez elle un mélange d'intérêt et de nervosité qui était compréhensible. Mais cette nervosité ne lui nuisait pas. Ses mains étaient stables, et elle suivait ses requêtes sans hésitation. Dans d'autres circonstances, il aurait pu prendre plaisir à travailler avec elle.

En fait, il y prenait plaisir, et cela l'agaçait.

Elle était superbe mais, bonté divine, il ne voulait pas être attiré par elle. Pas après ce qui s'était passé avec Tanya. Celle-ci travaillait déjà à l'hôpital quand il était arrivé, venant d'un petit hôpital de Lancaster. À ce moment-là tout avait semblé si simple, si facile. Ils avaient commencé à sortir ensemble. Puis ils étaient allés travailler ensemble, comme leurs deux appartements étaient proches. Ensuite, ils s'étaient fiancés et installés ensemble. Ils étaient d'accord pour attendre quelques années avant d'avoir des enfants, ce qui convenait très bien à Toby qui n'était pas pressé.

Du moins, ils avaient été d'accord pendant les deux ou trois premiers mois. Puis Tanya s'était mise à parler d'enfants lors d'un dîner un soir, de façon inattendue, en mentionnant une amie qui venait d'avoir un bébé. Ces remarques étaient devenues de plus en plus fréquentes, jusqu'à ce qu'une paternité imminente se change en litanie dans la tête de Toby. Et à trente-cinq ans, avait fait observer Tanya, il était déjà plus âgé que la plupart des pères qu'elle connaissait.

Cela avait pris la forme d'une accusation.

Toby n'était pas complètement sûr de vouloir avoir des enfants, parce qu'il n'aurait pas juré, avec sa propre drôle d'enfance guindée pour seul exemple, d'être armé pour s'occuper de quelqu'un. Encore moins d'un enfant. Après la dispute avec Tanya au sujet de son âge, il s'était mis à éviter ces conversations désagréables. Ce qui était revenu bientôt à éviter presque toute conversation avec elle.

C'était à ce moment-là que son meilleur ami – qui devait être son témoin – était venu en ville pour une visite et avait occupé leur chambre d'amis. Comme Toby était en train de gérer un cas compliqué au travail, Tanya avait offert à Cliff de lui servir de guide.

De façon évidente, une chose en avait entraîné une autre, et la situation s'était rapidement détériorée.

Alors non. Attiré ou pas par une collègue, son erreur lui avait servi de leçon. Et franchement, c'était un soulagement d'écarter pour de bon la paternité.

En outre, il avait son chat, Côte de Porc, le seul vestige qu'il avait gardé de sa relation. Ce félin était ce qui se rapprochait le plus de l'enfant qu'il était susceptible d'avoir. Et cela lui suffisait.

Il ramena son attention sur la procédure en cours et se rendit compte que Serena le regardait d'un drôle d'air.

— Désolé. Vous avez dit quelque chose ?

— Rien d'important. Je vous demandais si vous faisiez souvent des sutures en retrait.

— Pas très souvent, mais il y a des situations où je sens qu'elles fonctionnent mieux pour des plaies béantes. Seulement elles mettent plus longtemps à cicatriser, et il faut veiller à la bonne tension des points.

Une demi-heure plus tard, ils avaient terminé et Lucinda se réveillait de sa sédation. Sa première question concerna le bébé, et bien sûr Serena dut traduire. Sa deuxième question fut un peu plus délicate. Elle demanda si l'hôpital avait un psychologue qui pourrait l'aider à travailler sur son agression. Elle ne voulait pas avoir la même réaction si, par exemple, son enfant se coupait d'une façon ou d'une autre.

— Dites-lui que je vais voir. Sinon, je pourrais peut-être lui donner un nom.

Il tendit à Lucinda une de ses cartes professionnelles.

— Appelez-moi plus tard dans la journée et je vous informerai.

En fait, il était allé parler à quelqu'un après sa rupture avec Tanya, et le conseil de cette psychologue avait été de ne pas prendre de décisions majeures pendant l'année à venir. Il s'était juré de faire passer le délai à cinq ans. Il lui restait quatre ans et neuf mois pour atteindre ce but.

Ha ! Coucher avec Serena n'était probablement pas ce que sa

psy avait eu à l'esprit. Mais c'était une bavure qui ne se répéterait pas, il fallait l'espérer.

Il remplaça l'expression « il fallait l'espérer » par quelque chose qui avait plus de force.

Définitivement.

Cette nuit avec Serena ne se reproduirait *définitivement* pas.

3.

Serena avait fait deux opérations de plus avec Toby au cours des deux jours suivants. Et contrairement à ce qui s'était passé avec Lucinda, quand il avait semblé heureux de répondre à ses questions et lui avait même offert de lui montrer une suture particulière, il s'était montré réservé. Silencieux. Il avait répondu à ses questions sans s'étendre.

Elle avait été surprise qu'il ait le nom d'une psychologue dans son téléphone, mais elle ne savait pas très bien pourquoi. Et, alors qu'elle n'aurait pas dû être curieuse à ce sujet, elle l'était bel et bien.

Après avoir vu un patient, elle alla au bureau des infirmières et y trouva Toby en train de parler à Jacelyn. Elle arriva au moment où la surveillante lui disait : « Juste une info, Toby. Tanya est passée ici ce matin. Elle a dit qu'elle se rendait aux Ressources humaines pour prendre une lettre de recommandation. »

Jacelyn pinça les lèvres.

— Elle a demandé de vos nouvelles.

Les yeux de Toby croisèrent ceux de Serena avant de revenir à l'autre infirmière. Elle aurait juré y avoir vu passer de la culpabilité.

— D'accord, merci.

Ce fut tout. Il s'éloigna sans lui jeter un autre regard.

Avant de pouvoir se retenir, elle lança :

— Qui est Tanya ?

Ce n'était pas une question vraiment indiscrète, se dit-elle en guise d'excuse. Si cette femme avait été virée parce que Toby l'avait accusée de quelque chose ? Mieux valait être préparée.

Mais elle n'était pas préparée à la réponse de Jacelyn.

— La fiancée de Toby.

La surveillante plissa le nez avec dégoût.

— Je devrais dire son ex-fiancée. Elle l'a trompé et est partie avec son témoin.

Serena en éprouva un choc. Pour une raison quelconque, elle ne pouvait se représenter Toby fiancé. Il paraissait totalement à son aise en étant célibataire. Et il ne semblait pas être du genre à afficher ses émotions.

Bien sûr, il avait été différent au Mexique. Plus ouvert. Plus spontané. C'était peut-être ce côté de lui que son ex avait eu l'habitude de voir.

Elle ne trouva rien à dire, sauf :

— C'est affreux.

— Oui. J'espère juste qu'elle n'a pas réalisé son erreur et décidé de venir renifler par ici. Ils étaient censés passer leur lune de miel au Mexique.

Au Mexique.

D'une voix pleine d'appréhension, Serena demanda :

— Quand devait avoir lieu le mariage ?

— Il y a un mois environ.

Une vague de nausée l'envahit. Un mois. C'était quand elle avait appris qu'elle avait réussi tous ses examens et décroché le poste au Paz Memorial. Quand elle était allée fêter ça à Cozumel. Quand elle avait rencontré Toby.

Juste ciel. Avait-elle été une remplaçante de cette Tanya ? Elle ignorait pourquoi, mais cette pensée l'horrifiait.

— À quoi ressemble Tanya ?

— Jolie. Les cheveux bruns, un peu comme vous. Mais définitivement pas une bonne personne.

D'une manière quelconque, Serena détourna la conversation, changeant rapidement de sujet pour parler de travail. Mais cela ne voulut pas dire que son esprit avait cessé de ruminer ce qu'elle venait d'apprendre.

Toby avait-il consulté une psychologue après la trahison de sa fiancée ? Est-ce que coucher avec elle, Serena, avait été sa forme de vengeance ?

Sauf qu'il l'aurait sans doute plutôt fait sous le nez de cette Tanya, non ?

Laisse tomber, Serena. Tu ne sauras rien de certain à moins de le lui demander.

Mais elle ne ferait jamais ça. Jamais. Non seulement parce qu'il ne semblait pas avide de parler de leur nuit ensemble, mais aussi parce qu'elle pourrait être mortifiée de sa réponse. Non pas qu'elle ait souhaité qu'il lui exprime son amour éternel. Non. Son ascension de l'échelle des infirmières se faisait mieux toute seule. Peut-être que lorsqu'elle aurait été au sommet deux ou trois ans, elle se remettrait à sortir avec des hommes. C'était un grand « peut-être ». Pour l'heure, le mariage et les enfants étaient des choses nébuleuses qu'elle pourrait décider de vouloir un jour. Mais pas maintenant. Pas quand elle avait encore tant à apprendre sur elle-même et sur ses propres ambitions.

Et si, quand le moment viendrait de fonder une famille, elle n'était avec personne ? Bon. On n'était pas obligé, de nos jours, d'être dans une relation pour avoir des bébés.

Dieu merci.

Mais cela pouvait attendre quelques années de plus.

Cette pensée à l'esprit, elle chassa de sa tête le malaise de sa découverte au sujet de Toby et retourna travailler.

Jacelyn vint la trouver quelques minutes plus tard.

— Hé, Mabel Tucker demande à vous voir.

La patiente à qui on avait enlevé la rate.

— Va-t-elle bien ?

— Oui. Ils envisagent de la libérer plus tôt que prévu, peut-être, car elle a travaillé dur à sa rééducation. Elle voulait s'assurer de vous voir avant de rentrer chez elle.

— Ce sont d'excellentes nouvelles. Je vais y aller, si vous n'avez pas besoin que je fasse autre chose avant.

Lucinda reviendrait le lundi pour se faire enlever ses points. Serena était surprise de voir combien vous pouviez vous attacher rapidement à certains patients. Elle comprenait pourquoi on leur avait seriné qu'elles devaient rester objectives, à l'école.

Elle se pliait à cette règle en ne montrant pas ses émotions durant les traitements. Mais il était sûrement naturel de se réjouir d'heureux dénouements, non ? Elle n'en était pas sûre.

D'un autre côté, la surveillante n'avait pas paru agacée qu'une patiente ait demandé à la voir.

— Non, répondit Jacelyn. Pourquoi n'iriez-vous pas déjeuner après l'avoir vue ? Ce matin a été une vraie folie.

En effet, pensa Serena. Elle avait assisté à trois opérations depuis son arrivée. Une appendicite, un patient qui s'était présenté avec un pied partiellement amputé et un chauffard ivre souffrant d'une hémorragie cérébrale.

Il était intéressant de travailler avec différents médecins. Et de voir tant de types différents de blessures. Mais c'était aussi harassant, mentalement, et elle constata qu'elle traînait les pieds de fatigue, alors qu'il était à peine midi.

— Merci, dit-elle. Je le ferai.Parvenue devant la chambre de Mabel, elle se força à afficher un sourire avant d'entrer. Sa patiente était assise dans son lit, les bleus autour de ses yeux commençant à virer au jaune.

— Il paraît que vous allez sortir aujourd'hui. Je suis désolée de ne pas être venue plus tôt. Comment allez-vous ?

— Mieux. Les médicaments contre la douleur font enfin effet.

— Je pense que votre corps joue son rôle, aussi.

— Je l'espère.

Mabel parut hésiter à continuer.

— Tom et moi avons parlé de... Nous songeons à fonder une famille. Nous sommes mariés depuis cinq ans et nous attendions le moment idéal. Mais après l'accident...

Son menton trembla.

— Est-ce qu'il y a un moment idéal ? On ne sait jamais ce que la vie peut vous réserver.

— En effet, acquiesça Serena.

Une vague de compassion la traversa, ainsi qu'une aspiration inattendue à avoir elle aussi des enfants. Certes, elle pensait avant tout à sa carrière et voulait être bien installée dans la vie avant de prendre ce genre de décision. Mais que se passerait-il si elle attendait trop longtemps ? Mabel était plus jeune qu'elle, même si elle-même n'avait rien d'une vieille fille.

— Pensez-vous que je suis folle ? demanda Mabel.

— Non, pas du tout. Je me dis toujours qu'il est bon d'évaluer régulièrement ce qui est important pour soi.

— Est-ce que le fait de ne plus avoir de rate va affecter mes chances de porter un bébé jusqu'à son terme ?

Serena hésita. Elle ne voulait pas lui donner des informations incorrectes.

— Je vais demander à votre chirurgien, s'il est disponible.

Prenant son portable, elle appela Jacelyn.

— Le Dr Renfro est-il en train d'opérer ?

— Non. Avez-vous besoin de lui ?

Serena éprouva un choc à cette question, avant de se ressaisir. La surveillante voulait dire sur un plan professionnel, évidemment.

— Je suis avec Mabel Tucker, qui voudrait savoir si elle peut tomber enceinte malgré son ablation de la rate.

— Ah, je vois. Je vais l'appeler. Ou vous pouvez le faire.

Non, Serena n'en avait aucune envie. Pas si tôt après avoir pris son poste.

— Je préfère vous laisser faire. Il peut m'appeler directement, s'il le veut.

— D'accord. Je vous rappelle s'il n'est pas disponible.

— Merci.

Une minute plus tard, son portable sonna, et elle déglutit en voyant s'afficher le nom de l'hôpital. Elle décrocha.

— Serena Dias à l'appareil.

— Serena, c'est Toby. Vous êtes avec Mabel ?

— Oui.

— J'arrive tout de suite.

Il raccrocha. Il n'avait pas dit à Serena s'il voulait qu'elle reste ou non, alors elle hésita. Mais il ne lui semblait pas bien d'annoncer soudain à Mabel qu'elle s'en allait, alors elle s'occupa, prenant ses constantes vitales.

Elle venait de finir quand Toby arriva. Il regarda la patiente, et pas elle. Mais pourquoi la regarderait-il ? Il sourit.

— Vous avez encore meilleure mine qu'hier. J'ai bien fait de vous garder un jour de plus.

Mabel rit.

— Peut-être, mais vos menus mériteraient d'être améliorés !

— Je l'ai entendu dire.

Il se tourna enfin vers Serena.

— Vous pouvez m'appeler sur mon portable à tout moment, vous savez.

Elle déglutit, puis elle le remercia et lui rapporta la question de Mabel. Il s'assit sur le tabouret et l'approcha du lit.

— Vous devriez pouvoir tomber enceinte, mais il faudrait que nous vous suivions de près. Il y a des risques, néanmoins la plupart d'entre eux peuvent être enrayés.

Il expliqua que la rate agissait comme un filtre pour le système vasculaire. Le foie allait prendre la relève, mais il fallait être prudent et éviter les infections. Des précautions qu'elle devrait respecter toute sa vie.

Mabel parut s'enfoncer dans son oreiller.

— Mais je peux avoir des enfants ?

— Je ne vois pas pourquoi vous n'en auriez pas. Toutefois, j'aimerais que vous voyiez notre obstétricien. S'il ne peut pas vous recevoir avant votre départ, je m'arrangerai pour qu'il vous voie quand vous viendrez faire les examens de contrôle.

Elle hocha la tête.

— Oui. Mais je souhaiterais que Tom soit avec moi, pour qu'il entende ce que ce médecin dira.

— Je comprends très bien. Je vous tiendrai au courant. Puis-je vous examiner, pendant que je suis ici ?

— Bien sûr.

Toby se montra aussi méticuleux que lors du premier examen postopératoire. Lorsqu'il eut fini, il déclara :

— Tout va très bien. Vous êtes une patiente modèle. Nous allons continuer dans ce sens.

— Je ne sais comment vous remercier. Vous m'avez sauvé la vie.

— Croyez-le ou non, vous avez joué votre rôle. Vous êtes jeune et forte, et votre corps s'est battu pour vous garder en vie le temps que les premiers secours vous amènent à l'hôpital.

Serena admira la façon dont Toby s'occupait de sa patiente, en se montrant direct, sans condescendance et sans impatience. Il était vraiment un excellent chirurgien.

Il lui fit encore quelques recommandations, en précisant qu'elle devrait porter toute sa vie un bracelet d'alerte stipulant qu'elle n'avait plus de rate.

— Mon Dieu. Et tout ça à cause d'un chauffard ivre.

— Je sais. Je suis désolé.

Toby lui pressa rapidement la main.

— N'hésitez pas à avertir Serena ou une autre infirmière si vous et votre mari avez d'autres questions.

— Merci encore.

— Je vous en prie.

Serena lui adressa un signe de tête et attendit une minute ou deux après son départ pour faire ses adieux à Mabel. Elle n'aurait pas voulu qu'il croie qu'elle avait envie de bavarder avec lui.

Une fois hors de la chambre, elle se rendit à la cafétéria de l'hôpital et prit un sandwich et une salade. Puis elle décida de déjeuner dehors, dans le jardin, au lieu de rester enfermée.

Dès qu'elle sortit dans la chaleur extérieure, elle poussa un soupir de soulagement. Elle appréciait l'air conditionné, comme tout le monde, mais cela faisait toujours du bien de respirer le « vrai air ».

L'endroit carrelé de terre cuite était plein de verdure, et des tables et des bancs en béton étaient répartis sur tout le tour. Serena parcourut le patio des yeux… et se figea.

Elle ne s'était pas attendue à ce que Toby soit là. Il tenait une tasse de café et consultait son téléphone. Elle fit un pas en arrière, se disant qu'elle allait manger à l'intérieur, finalement. Mais il leva les yeux à cet instant précis et la regarda un moment.

— Vous voulez vous joindre à moi ?

Sa voix grave résonna dans l'espace vide. Que pouvait-elle dire ? Refuser paraîtrait grossier. Alors elle força ses jambes à aller jusqu'à sa table et s'assit sur le banc en face de lui. Elle n'avait aucune envie de manger devant lui. Pour une raison quelconque, elle se sentait embarrassée, ce qui ne lui plaisait pas du tout.

Elle releva le menton et ôta la cellophane qui entourait son sandwich. Elle sentait que Toby l'observait.

— La plupart des gens ne s'aventurent pas ici en cette saison, dit-il. Ils ne supportent pas la chaleur.

Serena déglutit. Là, elle avait du mal à supporter la chaleur, elle aussi. Mais c'était surtout celle qu'elle éprouvait intérieurement.

— Je viens du Mexique, alors j'y suis habituée.

Mince. Elle n'avait pas eu l'intention de mentionner son pays d'origine devant lui. Il savait qu'elle était mexicaine, certes, mais elle ne voulait pas évoquer ce qu'ils avaient fait là-bas. Et elle ne voulait pas non plus qu'il sache que Jacelyn lui avait dit pourquoi il était au Mexique ce jour fatidique.

— Oui. La chaleur était intense, là-bas. Je ne m'attendais pas à vivre une telle expérience.

Ses mots lui coupèrent le souffle. Elle le regarda fixement. Quand elle le vit froncer les sourcils, elle comprit qu'il parlait de la température, et pas de leur nuit ensemble.

Dios. Il fallait qu'elle soit prudente. La dernière chose qu'elle souhaitait était qu'il se rende compte que tout ce qu'il disait était perçu, pour elle, à travers le prisme de cette unique nuit passionnée. Surtout quand quelque chose en elle lui murmurait qu'elle pouvait connaître de nouveau cela, si elle se laissait aller.

Non. Il n'était pas bien de penser ce genre de chose. Et ce n'était pas parce qu'elle voyait tout à travers un filtre déformant qu'il avait le même point de vue. En fait, il était évident que ce n'était pas le cas. C'était elle qui percevait dans ses paroles des inflexions qui n'y étaient pas.

Serena mordit dans son sandwich et changea complètement de sujet.

— Mme Tucker semble très bien s'en sortir.

— Oui. Peut-être un peu trop bien. On a découvert que l'ablation de la rate entraînait toute une série de complications.

— Je sais. Je me suis documentée sur le sujet, comme c'était la première fois que je voyais ce cas de figure. Mais je n'ai pas pensé à regarder les problèmes posés par une grossesse. En revanche, j'ai vu que certaines personnes ont une deuxième rate qui peut se substituer à la première si celle-ci est endommagée.

— Je suis impressionné. Malheureusement, Mabel n'a pas de rate supplémentaire.

Il ne se montrait pas sarcastique, comme elle l'avait redouté. Son visage exprimait seulement de la curiosité. Soudain, Serena s'aperçut qu'elle avait mis ses coudes sur la table et qu'elle s'était penchée vers lui en parlant. Elle se rassit en arrière et mordit dans son sandwich pour s'empêcher d'en dire plus.

— Elle devra être surveillée pendant un certain temps, reprit Toby. Et prévenir tous ses médecins qu'elle n'a plus de rate. Mais en dehors de ça, en faisant attention, elle peut mener une vie normale. Avoir des enfants. Si c'est ce qu'elle veut.

Serena haussa les sourcils.

— À vous entendre, on dirait qu'avoir des enfants est une mauvaise chose.

— Non, pas mauvaise. C'est juste que ce n'est pas pour tout le monde.

Il semblait être l'une de ces personnes. Tanya et lui n'étaient-ils pas d'accord sur la question des enfants ?

— Parlez-vous en général, ou d'un point de vue personnel ?

Pourquoi avait-elle posé cette question ? Ça ne la regardait pas.

— En général, mais je ne vois pas vraiment d'enfants dans mon avenir, non plus. Et vous ?

Touché, docteur Renfro.

Il avait tous les droits de lui retourner sa question.

— Je pense que j'aimerais peut-être avoir des enfants à un moment donné, mais pas avant un certain temps. Et je me dis que c'est quelque chose que je préférerais faire seule. Les relations homme-femme sont… compliquées.

Toby porta sa tasse à ses lèvres, but son café et la reposa sur la table.

— C'est certain. Qu'elles durent des années ou seulement une nuit. Comme pour l'opération de Mabel, elles apportent leur lot de répercussions.

Cette fois, il ne faisait aucun doute qu'il parlait de leur rencontre à Cozumel. Ils se dévisagèrent à travers la table.

Serena se mordit la lèvre. Cet homme était vraiment très séduisant. Avec ses yeux d'un bleu électrique et sa mâchoire ombrée de barbe, elle supposait qu'on se retournait sur lui partout où il allait. Mais ce n'était pas seulement dû à son physique. Quelque chose en lui dépassait sa beauté. C'était une combinaison dangereuse.

Il pourrait sans doute avoir une aventure d'un soir ou sortir toutes les semaines avec une nouvelle femme, s'il le souhaitait. Sauf qu'apparemment il était d'accord avec elle sur le fait que ce genre de relation n'était pas aussi simple qu'il aurait dû l'être.

Avant que Serena puisse faire un commentaire, il se leva.

— Bon, je devrais y aller. Je suis resté ici plus longtemps que je ne l'aurais dû.

Avait-il pris trop de temps pour déjeuner, ou pour être avec elle ? Elle ne pouvait pas le demander. Alors elle hocha la tête et dit :

— Merci de m'avoir laissée me joindre à vous.

— Pas de problème.

Mais elle sentait qu'il y en avait un, et elle ne savait pas trop que faire à ce sujet.

Il se dirigea vers la porte, et Serena comprit que le chapitre de cette conversation était clos. Et elle ne tenait pas à le rouvrir, car elle était convaincue qu'elle tordrait ses paroles dans un sens et dans l'autre, essayant d'y trouver une signification cachée. Alors qu'elle était perdue dans ses pensées, son estomac se contracta et l'œuf et la salade qu'elle avait mangés pesèrent lourdement dessus, tout en s'agitant désagréablement. Ce qui lui rappela le malaise qu'elle avait éprouvé ces derniers jours.

Pour la deuxième ou la troisième fois, elle espéra qu'elle ne couvait pas quelque chose.

Mais, quoi qu'il se passe, à partir de maintenant elle allait éviter les sujets personnels avec ses collègues chaque fois que ce serait possible.

En particulier avec un certain Tobias Renfro.

4.

Toby ne savait pas très bien comment le sujet des enfants et des relations homme-femme était venu sur la table, mais ce n'étaient absolument pas des choses qu'il souhaitait aborder. Avec personne.

En particulier quelqu'un avec qui il avait couché. Cela le mettait mal à l'aise d'une façon bizarre. Il était certain que Serena ne cherchait pas à obtenir quoi que ce soit ; il s'était juste agi d'une conversation innocente qu'elle aurait pu avoir avec n'importe qui, mais pour une raison quelconque cela avait touché chez lui un nerf sensible. Peut-être à cause de l'apparition inattendue de Tanya, suivie par le désir de Mabel de tomber enceinte.

On dit que les choses arrivent par trois, non ? Eh bien, à partir du moment où cette histoire de grossesse ne le concernait pas, cela n'avait pas d'importance.

Il s'était protégé, quand ils avaient été ensemble. En fait, lorsqu'ils avaient atterri dans cette chambre d'hôtel et étaient tombés pêle-mêle sur le lit, Serena lui avait demandé s'il avait un préservatif. Il était certain qu'elle ne l'aurait pas fait si elle avait envisagé de l'utiliser comme donneur de sperme. Bien qu'elle ait mentionné qu'elle voudrait avoir des enfants seule, plus tard.

Ces idées étaient ridicules. Elle lui avait *demandé* d'utiliser un préservatif, ce qu'il avait eu l'intention de faire, de toute façon. Il ne se montrerait jamais assez irresponsable pour ne pas se protéger. À moins que la femme ne le dispense de le faire, parce qu'elle s'en chargeait. Et encore. Il n'était pas enclin à fuir ses responsabilités. S'il mettait une femme enceinte, et qu'elle choisisse de poursuivre sa grossesse, il se sentirait tenu de subvenir aux besoins de cet enfant.

Tenu de subvenir…

Quelque chose protesta dans ses entrailles. Il imagina ses

parents disant quelque chose de similaire. Subvenir à ses besoins physiques avait paru capital pour eux. Ses besoins émotionnels, pas autant. Même à présent qu'il était adulte, ils se contentaient d'envoyer des cartes d'anniversaire et d'appeler pour Noël.

Et si son attitude à lui ne consistait qu'à remplir des obligations, comme c'était le cas pour eux, il ne voyait pas ce qu'il pourrait ajouter de positif à la vie d'un enfant.

Il rumina ces pensées pendant une demi-heure, dans son bureau, avant de finir par passer à autre chose. Ce qui ne fut pas si facile. Apparemment, il y avait des bébés partout, en ce moment.

Et puis il y avait la question de Tanya. Pourquoi venir en personne à l'hôpital ? Et pourquoi se procurer soudain une lettre de recommandation ? N'était-elle pas satisfaite de sa vie à San Francisco ? De sa vie avec Cliff ? Sapristi, il espérait qu'elle l'était, et qu'elle ne songeait pas à essayer de revenir avec lui. Parce que leur histoire s'était terminée à la seconde où elle lui avait avoué qu'elle avait couché avec son meilleur ami. Son amour était mort brutalement – en fait, il était en survie même avant ce moment. Rien ne le ressusciterait.

Leurs disputes au sujet des enfants et ses regrets de s'être fiancé à elle, pour commencer, lui faisaient penser qu'il n'avait pas ce qu'il fallait pour maintenir une relation. Comme s'il souffrait d'une carence de la personnalité qui l'empêchait de nouer des attachements durables. Voulait-il vraiment élever un enfant, dans ces conditions ? Voulait-il être le genre de père qu'il avait eu ?

Non.

Mais s'interroger là-dessus était sans intérêt. Les choses étaient terminées avec Tanya. Pour toujours. Il fallait espérer qu'elle était rentrée à San Francisco avec sa lettre et qu'il ne la reverrait plus.

Et pour l'heure, il devait se sortir Tanya et Serena de la tête pour s'occuper de la sortie de Mabel Tucker. Il s'inquiéterait du reste plus tard.

Et seulement si cela devenait nécessaire.

Serena adorait le parc de Balboa. C'était l'un de ses endroits favoris dans tout San Diego. Elle y venait tous les matins pour une séance de yoga qui avait lieu à l'ombre de palmiers majestueux. Elle déroula son tapis et se joignit aux autres personnes qui s'étiraient doucement en prévision du cours d'une demi-heure. Elle aurait pu faire ces mouvements chez elle, mais la motivation posait un problème. Il était plus facile dc trouver des choses à nettoyer que de prendre du temps pour soi. Et elle aimait partager cette expérience avec d'autres.

Leur coach, Veronica, disposait d'un micro juste assez fort pour se faire entendre par-dessus le bruit apaisant d'une fontaine voisine. Au fur et à mesure des postures, le travail de ses muscles et de ses tendons faisait du bien à Serena. Elle avait été stressée, cette semaine, et son estomac n'allait toujours pas très bien. Elle avait mis des tampons dans son sac, pensant que cela faisait peut-être partie de son problème, même si ses règles n'avaient jamais été régulières.

Ils exécutèrent les mouvements les plus difficiles, puis passèrent à une phase de relaxation. Serena n'avait jamais le temps de courir chez elle après le cours, mais le parc n'était pas loin de l'hôpital et elle allait travailler en tenue de yoga, pour se changer au vestiaire.

Se sentant plus redynamisée que ces deux dernières semaines, elle décida que ce jour-là allait être une meilleure journée. Et qu'elle essayerait de ne pas se laisser toucher par quoi que ce soit. Y compris par Tobias Renfro. Sa rencontre avec lui lors de sa pause-déjeuner l'avait déstabilisée, pour le moins. Une minute il disait qu'il ne voulait pas d'enfants, et la suivante il faisait une référence voilée à leur nuit ensemble. À moins qu'elle ne voie plus de choses dans ses paroles que ce que la situation l'impliquait. Ce qui était fort possible. Comme il se pouvait qu'elle développe une obsession malsaine pour cet homme.

Le cours terminé, elle roula son tapis et le rangea dans son sac de plage. Elle bavarda un peu avec des habitués, puis se mit en chemin, empruntant une des allées principales en se tenant sur le côté pour laisser passer les coureurs.

Elle avançait d'un pas vif tout en admirant la beauté du parc.

Elle était tombée amoureuse de San Diego et était heureuse de s'y être installée. Cette ville avait tout : des plages, des parcs et une vie nocturne sensationnelle. En outre, elle n'aurait troqué pour rien au monde son amitié avec Avery.

Il avait occupé une grande place dans sa vie ces dernières années. Et même s'ils se voyaient moins, maintenant qu'ils travaillaient tous les deux, Serena savait qu'elle pouvait tout lui dire et que cela n'irait pas plus loin. Mais elle ne lui avait pas encore parlé de cette nuit à Cozumel. Non parce que cela l'embarrassait, mais parce qu'il était agréable d'avoir une petite partie de sa vie bien à elle. Et elle n'avait eu aucune raison de lui confier son écart.

Elle avait été doublement contente de ne lui avoir rien dit quand elle s'était rendu compte qu'elle allait travailler avec l'homme avec qui elle avait couché.

Peut-être devrait-elle revenir à un moyen de contraception, pensa-t-elle. Par chance, Toby avait pris soin de s'en occuper lors de leur nuit ensemble. Elle n'aurait jamais de relation sexuelle non protégée, de toute façon, et un diaphragme ne ferait pas de mal comme protection supplémentaire. Elle avait mal supporté la pilule quand elle était avec Parker, mais il ne s'était pas montré intéressé par cet aspect de leur relation. En fait, elle avait eu l'impression qu'il aurait été heureux qu'elle tombe enceinte. Pour mieux la contrôler ? De plus en plus, quand elle repensait à leur relation, elle réalisait qu'elle l'avait probablement échappé belle. Il y avait eu des signes avertisseurs qu'elle avait ignorés, se disant qu'elle réagissait trop vivement. Mais la dernière goutte, cela avait été quand il lui avait demandé de moins s'impliquer dans sa carrière. C'était sans doute ce qui s'était passé avec ses parents.

Juste ciel, elle n'avait pas pensé à Parker depuis un bon moment. Et dès qu'elle avait rompu avec lui et quitté leur appartement, elle avait mis une annonce pour trouver un autre endroit où habiter. Quand Avery avait répondu tout de suite, lui offrant une chambre chez lui, elle avait hésité à partager de nouveau un espace avec un homme. Mais il l'avait vite mise à l'aise et elle n'avait jamais regretté sa décision.

Elle était tellement plongée dans ses pensées que lorsqu'un

joggeur arriva à sa hauteur, il lui fallut un instant pour réaliser qu'il avait réduit sa vitesse à dessein. En jetant un coup d'œil de côté, elle vit Toby et ferma les yeux une seconde. Elle pouvait faire une croix sur le bien que lui avait fait son cours de yoga.

Il était en tenue de course, de la sueur coulait le long de ses tempes et mouillait le devant de son T-shirt gris. Les manches du vêtement avaient été coupées et laissaient voir ses bras bronzés et la courbe de ses biceps.

Ouh là ! Il était encore plus superbe quand il avait chaud et transpirait que lorsqu'il portait son uniforme à l'hôpital. Le mot *torride* prenait soudain un nouveau sens.

Serena serra les dents et bougonna :

— Je ne savais pas que vous couriez dans le parc.

C'était vrai. Et si elle l'avait su, elle aurait peut-être été moins encline à faire du yoga en cet endroit.

Non, se dit-elle. Elle n'allait pas changer ses habitudes pour lui faciliter le fait de courir ici. Sauf qu'il ne le lui avait pas demandé. Elle était ridicule !

— Et je ne savais pas que vous… marchiez ici.

Cela la fit sourire.

— Je fais du yoga. Il y a un cours dans le parc.

— Ah, je vois.

Elle se mit sur la défensive.

— C'est plus dur qu'il n'y paraît.

— Je ne disais pas le contraire. C'est juste que j'ignorais l'existence de ce cours.

— Vous devriez essayer. Plusieurs participants y viennent pour s'échauffer avant de courir.

Serena referma vivement la bouche. Au nom du ciel, pourquoi avait-elle dit ça ? La dernière chose qu'elle souhaitait, c'était qu'il vienne à un de ses cours et perturbe son chi.

— Sérieusement ?

— Oui, sérieusement. Vous devriez venir voir avant de vous moquer.

Il fronça les sourcils.

— Je ne me moquais pas. J'ignorais juste que les joggeurs utilisaient cette technique. Quand ont lieu vos cours ?

Elle prenait mal tout ce qu'il disait, pensa-t-elle. Et elle ne savait pas pourquoi.

— Tous les matins à 6 heures.

Peut-être avait-elle sauté sur ces conclusions parce qu'il la rendait nerveuse. Et parce que Parker avait pris le yoga de haut. Pour ces raisons, elle l'avait quasiment mis au défi de suivre un de ses cours.

Et quel mal cela pouvait-il faire s'il venait ? Cela l'aiderait peut-être à voir un autre aspect de lui qui la pousserait à le respecter encore plus. Car elle le respectait, comme tout le monde, parce qu'il était un leader mais n'abusait jamais de son pouvoir.

Mais était-ce une bonne idée ? Le respect ne pouvait-il pas se changer en autre chose ?

Pas si elle ne le laissait pas faire.

— Combien de temps durent les cours, et est-ce que je peux porter ça ?

Il écarta les bras pour la laisser regarder sa tenue. Ce qu'elle fit. Mais cela la fit se souvenir exactement de quoi ce grand corps avait l'air quand il était nu. L'endroit de son tatouage la picota tandis qu'un souvenir particulier la submergeait, et elle pressa un bras sur sa poitrine pour empêcher cette sensation de se répandre. Son soutien-gorge souple était super pour le yoga, mais beaucoup moins efficace pour cacher des tétons dressés.

Elle détacha les yeux de Toby.

— Oui. Les cours durent une demi-heure, et les gens portent ce qu'ils mettent après pour courir.

— Mais pas vous.

Elle ramena son regard sur lui.

— Pardon ?

— Vous ne courez pas, après ?

— Non. J'ai fait quelques semi-marathons, mais courir est une activité solitaire et j'aime la compagnie. Alors les cours de yoga sont parfaits pour moi.

— À quelle heure devez-vous être au travail demain matin ?

Serena battit des cils, surprise.

— Mon service commence à 9 heures, mais j'aime aller

directement à l'hôpital après le yoga. C'est une courte marche, cela me permet de me changer et de préparer mon esprit au travail.

— Je vais vous dire : je viendrai faire du yoga si vous venez courir avec moi après. Je pourrai voir si le yoga me convient, et vous pourrez courir avec quelqu'un. On peut ne le faire qu'une fois, inutile de se mettre la pression.

Quoi ? Il lui demandait de courir avec lui ? Pourquoi ?

Peut-être parce qu'elle avait suggéré qu'il vienne à son cours, et qu'il ne voulait pas être en reste.

— Marché conclu.

Impulsivement, elle tendit la main pour serrer la sienne.

Il accepta son geste et saisit sa main. Ses doigts étaient frais sur sa peau, et cependant ce contact la brûlait d'une manière qui indiquait que son soutien-gorge allait définitivement la trahir. Elle le sentait déjà…

Elle déglutit et leurs yeux se croisèrent. Alors elle put voir qu'il savait. Seigneur ! Il savait exactement ce qu'elle éprouvait.

Mais il ne la lâcha pas. Et elle non plus. Ils restèrent là un long moment, tandis que la peau des bras de Serena la picotait – comme si elle avait envie qu'il fasse glisser sa paume dessus.

Des mèches de ses cheveux se rabattirent sur ses joues dans la brise chaude, et le regard si bleu de Toby se fixa sur sa bouche. Elle prit conscience qu'elle *voulait* qu'il l'embrasse. Comme il l'avait fait à Cozumel.

Ce serait un désastre total. Pour eux deux.

Comme s'il avait lu dans ses pensées, il lâcha sa main et se tourna pour se remettre en route.

— J'ai une opération dans une demi-heure. Cela vous ennuie si je prends les devants et termine ma course ?

Si cela l'ennuyait ? Non. Elle en serait soulagée. La dernière chose qu'elle souhaitait était qu'ils fassent le chemin ensemble et arrivent de concert à l'hôpital. Être avec lui lui posait assez de problèmes sans que des ragots s'en mêlent.

— Bien sûr que non. Allez-y.

— D'accord. À tout à l'heure.

— À tout à l'heure.

Là-dessus, il se remit à courir, lui offrant une vue fantastique de son dos puissant et de ses muscles fessiers qui se contractaient et se relâchaient à chaque pas. Et comme il ne pouvait pas voir qu'elle le fixait, elle en profita, sachant que c'était tout ce qu'elle ferait. Peut-être devrait-elle renoncer à courir avec lui.

Mais s'il venait au yoga et qu'elle lui dise subitement : « Désolée, je ne vais pas avec vous », elle devrait trouver une excuse qui se tienne. Et qui ne dérape pas sur des phrases comme : « N'aurez-vous pas envie de vous mettre au lit avec moi, après ça ? » Ou : « Hé, souhaiteriez-vous partager une cabine de douche ? »

Berk. C'était ce qui l'avait mise dans cette situation, pour commencer. Laisser son inconscient s'emballer lors de cette soirée au club.

Cela montrait une chose : laisser libre cours à ses impulsions n'était pas une si bonne idée.

Mais au moins, ce n'était pas elle qui avait suggéré qu'ils courent ensemble. Ou si, indirectement ? Elle avait lancé cette balle, en l'invitant au cours de yoga. Et maintenant la balle dévalait la colline et allait probablement s'écraser contre le premier obstacle venu.

Sapristi, ces pensées lui mettaient de nouveau l'estomac sens dessus dessous. Cela faisait une semaine qu'il la travaillait et elle n'avait pas eu d'autres symptômes, alors il était douteux qu'elle ait attrapé un rhume, la grippe ou même le Covid-19. Mais qu'est-ce que ça pouvait être d'autre ?

De la nervosité ? Ses règles qui allaient arriver ?

Combien de temps avant Cozumel avait-elle été indisposée ? Deux ou trois semaines ? Elle avait tendance à ne pas s'en soucier, tant son cycle était irrégulier. Bon. Disons quinze jours avant Cozumel. Puis quatre semaines avant qu'elle ne commence à l'hôpital. Et elle était au Paz Memorial depuis deux semaines, ce qui faisait… deux plus quatre plus deux – huit semaines en tout.

Huit semaines depuis ses dernières règles. Avait-elle jamais eu autant de retard ? Elle ne le pensait pas. Cinq ou six semaines, oui, cela arrivait tout le temps. Mais huit ?

Les tampons dans son sac semblaient la narguer. Elle avait couché avec Toby six semaines plus tôt.

Non, non, non…

Ça ne pouvait pas être ça. Ce serait inimaginable. Terrifiant, même. Elle n'était pas tombée enceinte avec Parker durant les six mois où ils avaient vécu ensemble. Même si Parker ne voulait pas utiliser de préservatifs.

Mais Toby en avait utilisé, lui. Et en aucune manière il n'aurait fait sciemment quelque chose qui l'aurait mise en danger. Il n'y avait qu'à voir l'opinion qu'il avait des enfants.

Une bouffée de panique la traversa. Elle ne pensait pas avoir passé huit semaines sans avoir ses règles. Jamais.

Elle s'arrêta à l'entrée du parc comme ses jambes se mettaient à trembler et que son qi la désertait complètement. Elle alla jusqu'au banc le plus proche, s'assit et se courba en deux, respirant lentement et profondément. En partie pour contrôler la nausée qui menaçait de la dominer et en partie pour ralentir son cœur emballé.

Au nom du ciel, comment allait-elle faire face à Toby au travail, tout à l'heure ? Ou pire, demain matin, quand il viendrait au yoga ?

Il fallait qu'elle fasse un test de grossesse pour en avoir le cœur net. Mais pas ce soir. Pas quand elle savait qu'elle devrait lui parler le lendemain. Il lirait la vérité sur son visage.

Mais n'allait-il pas la voir de toute façon ?

— C'est bon, c'est bon. Réfléchis une seconde, Serena, marmonna-t-elle pour elle-même. Il n'a pas besoin d'être au courant. Même s'il s'avère que tu es enceinte, tu pourrais le laisser vivre sa vie sans savoir qu'il a engendré un enfant.

Pouvait-elle faire ça ? Est-ce que ce serait moral ? Était-elle assez stupide pour penser qu'il ne comprendrait pas ?

Elle ne savait plus rien du tout. Pour l'instant, tout ce qu'elle pouvait faire était de rester assise sur le banc d'un parc et de respirer, encore et encore.

5.

Le lendemain matin, Serena contempla fixement le petit bâtonnet posé sur le meuble de la salle de bains, incapable d'en détacher les yeux, tandis que mille et une craintes tourbillonnaient autour d'elle. Enceinte.

Elle se dévisagea dans le miroir. Comment pouvait-elle être enceinte ? Ils n'avaient fait l'amour qu'une fois. Une. Fois.

Combien de femmes s'étaient demandé la même chose ? Une fois suffisait.

Sauf qu'ils avaient pris des précautions.

Mais elle savait que même les meilleurs contraceptifs échouaient de temps à autre.

Après toutes les fois où Parker et elle avaient fait l'amour, il lui paraissait insensé qu'une aventure d'une nuit ait fait arriver l'impensable.

Elle détacha les yeux du test qui semblait maintenant vaciller d'un côté à l'autre et se courba pour poser sa tête sur le frais granit du comptoir. Toby avait dit que même une seule nuit pouvait avoir des répercussions. Mais elle n'aurait jamais imaginé que cela puisse être l'une d'entre elles.

Elle pouvait se débarrasser du bébé. Il n'en saurait jamais rien. Il n'aurait jamais besoin de le savoir. Ses instincts de fuite lui disaient de s'éloigner de cette situation le plus vite et le plus loin possible.

Réprimant une nouvelle sensation de nausée, et se demandant comment diable elle allait faire face à Toby un peu plus tard, à ce maudit cours de yoga, elle se força à se doucher et à s'habiller comme si c'était n'importe quel jour.

Seulement ce n'était pas le cas. Et elle ne pouvait pas se cacher éternellement dans sa salle de bains. Avery attendait dans l'autre pièce le résultat du test. Et si elle trouvait dur de sortir de là et de lui annoncer à lui qu'elle était enceinte, elle pouvait seulement imaginer ce que ce serait de le dire à Toby.

Elle n'était pas sûre de pouvoir le faire.

Mais elle devait bouger. Faire quelque chose. Peut-être que son colocataire aurait une idée pleine de sagesse qui briserait la glace qui coulait dans ses veines.

Prenant une grande inspiration et laissant le test dans la salle de bains, elle ouvrit la porte de sa chambre et sortit.

Avery scruta son visage une minute avant de lui éviter la peine d'extirper le mot fatal de sa gorge nouée.

— Il est positif, n'est-ce pas ?

Serena hocha la tête et se laissa choir dans le fauteuil en face de son ami, assis sur le canapé. Elle était rentrée avec un test de grossesse, la veille, et lui avait fait part de ses craintes sans dire *qui* ni *où*. Elle aurait voulu faire le test tout de suite, mais il l'avait convaincue d'attendre le matin, où il serait plus précis. Et même s'il ne devait pas aller travailler avant 9 heures, il s'était levé aux aurores pour attendre le résultat.

— Oui. Quel cauchemar.

Même M. Rayon de Soleil ne pouvait lui faire voir le côté positif de cette situation.

— Je ne vais pas te demander si tu en es sûre, parce que tu as dû fixer ce bâtonnet pendant un bon quart d'heure, en état de choc. Que vas-tu faire ?

— Je ne sais pas.

— Mais tu sais qui est le père.

Elle eut un rire étranglé. Elle se dit que quelqu'un, à l'hôpital, allait être au courant de son aventure avec Toby, finalement. Mais Avery garderait son secret, comme elle avait gardé le sien.

— Me croiras-tu si je te dis que j'ai passé une folle nuit à Cozumel avec l'un des chirurgiens traumatologues de l'hôpital ?

— Reginald Miller ?

Un coin de la bouche d'Avery se releva d'une façon qui la fit éclater de rire. Peut-être que son ami pouvait déployer sa magie, après tout. Le Dr Miller avait soixante-cinq ans et devait prendre sa retraite dans quelques mois.

— Idiot. Non pas que le Dr Miller n'ait pas le charme des tempes argentées. Mais non, ce n'est pas lui. C'est Toby Renfro.

— Waouh ! Je ne m'en serais jamais douté.

— Je sais. Je l'ai rencontré dans le parc hier matin, et je l'ai accusé en gros d'être trop macho pour participer à mon cours de yoga.

Avery posa une cheville sur son genou.

— Voilà qui n'est pas malin, Dias.

Il l'appelait la plupart du temps par son nom de famille. Et Serena aimait ça. Ça scellait leur amitié, en quelque sorte.

— Je le sais. Maintenant. Mais je n'avais pas les idées claires. Et je pense que je vois pourquoi, à présent. Quand c'est trop tard.

Cela expliquait aussi pourquoi elle avait eu un vertige en se levant trop vite, deux ou trois fois, et pourquoi son estomac avait été si capricieux les deux dernières semaines.

— Tu vas le lui dire ?

— Je ne sais pas si je peux. Il m'a pratiquement déclaré qu'il ne voulait pas d'enfants.

— Vraiment ?

Elle secoua la tête.

— Alors que nous parlions en déjeunant d'une patiente qui voudrait tomber enceinte, il m'a dit qu'il ne voyait pas d'enfants dans son avenir.

— Parfois, les gens changent d'avis.

Elle plissa le nez.

— Je ne le vois pas faire ça.

Elle enroula une boucle autour d'un doigt tandis qu'une vague de désespoir la submergeait.

— En fin de compte, peu importe ce qu'il veut ou ne veut pas, dit Avery. Qu'est-ce que tu veux, toi ?

Elle tournicota ses pensées comme elle le faisait avec ses cheveux. Elle savait ce qu'elle *pouvait* faire. Ce qu'elle *devrait* probablement faire. Mais si cela était un signe de l'univers, lui indiquant que c'était le moment ou jamais d'avoir un enfant ? Elle se rappela les paroles de Mabel. « Y a-t-il jamais un moment idéal ? On ne sait jamais ce que la vie nous réserve. »

C'était très vrai. Serena ne se voyait pas mettre sa carrière ou sa vie sur pause pour avoir un enfant. Mais elle avait joué avec l'idée d'avoir une grossesse, plus tard. Et elle ne serait pas forcément obligée de tout arrêter pendant neuf mois ou plus. Elle pourrait travailler presque jusqu'au terme, et prendre six semaines de congé après la naissance.

Et ensuite ? Comment allait-elle les faire vivre tous les deux sur son salaire ? Comment ferait-elle garder le bébé quand elle travaillerait ?

Elle déglutit. Mais est-ce qu'elle ne se demanderait pas toujours ces choses-là ? Elle avait déjà dit à Toby que ce pourrait bien être quelque chose qu'elle ferait seule.

Si elle choisissait d'interrompre cette grossesse inattendue, devrait-elle plus tard courir jusqu'à la clinique de fertilité la plus proche et entamer les processus compliqués d'insémination artificielle ou de fécondation in vitro ?

Elle était déjà enceinte. Ne pouvait-elle pas aller jusqu'au bout ? Les mères célibataires le faisaient tout le temps.

Et elle respectait Toby. Beaucoup. Il y avait des choses bien pires que d'avoir un enfant qui lui rappellerait un moment joyeux de sa vie. Un moment unique de spontanéité et de folie.

Elle répondit enfin à la question d'Avery.

— Je pense que je vais avoir ce bébé.

Il y eut une longue pause pendant laquelle il l'observa, avant de sourire.

— Je le pense aussi. Félicitations. Tu vas être une maman formidable.

— Je l'espère bien.

Serena souffla, tandis que la réalité de la situation s'imposait à elle.

— Garde cela pour toi, d'accord ?

— Pas de soucis sur ce point. Je ne trahirais jamais ta confiance.

— Je sais.

Elle se mordit la lèvre.

— Si tu étais Toby… voudrais-tu savoir ?

Avery soupira et posa son pied par terre. Puis il se pencha en avant.

— Je ne suis pas Toby. Et je ne suis pas toi, alors je ne peux pas te dire quoi faire. Mais si c'était moi… oui, je voudrais savoir.

— Même après avoir dit que tu ne voulais pas d'enfants ?

Avery hocha la tête.

— Ce sera sans doute dur à avaler, pour lui. Peut-être te facilitera-t-il les choses en disant qu'il ne veut pas être impliqué.

— Et peut-être me demandera-t-il d'avorter.

— Penses-tu vraiment qu'il le ferait ?

Elle réfléchit une minute.

— Non, je ne pense pas.

Tout le problème était là. Mais elle pouvait imaginer Toby souhaitant secrètement qu'elle avorte. Et comme une partie de l'ADN du bébé serait la sienne, serait-il juste d'avoir cet enfant même si elle savait que cela allait contre ses désirs ?

Elle n'en avait aucune idée. Toutefois, elle pensait qu'Avery avait entièrement raison. Toby avait le droit de savoir et de décider par lui-même ce qu'il voulait faire. Devrait-elle le lui dire après le cours de yoga, ce matin ? Rien que d'y penser, elle fut prise de nausée et porta le dos de sa main à sa bouche.

Il faudrait qu'elle voie si une ouverture se présentait. La dernière chose qu'elle souhaitait était de lâcher la nouvelle sans avoir une chance de mesurer ses mots.

Peut-être ferait-il ce qu'Avery avait dit et la laisserait-il s'occuper de tout. Elle savait déjà qu'elle ne le mettrait pas au défi de reconnaître cet enfant et qu'elle ne lui demanderait rien. Avoir ce bébé était sa décision à elle. Et elle était parfaitement disposée à en assumer toutes les conséquences.

Seule.

Même si ce serait la chose la plus difficile qu'elle aurait jamais faite.

Oui, Serena avait raison. Le yoga était beaucoup plus dur qu'il ne le paraissait. Soudain, Toby sentait chacun de ses trente-cinq ans.

Mais il serra les dents et laissa les mouvements lui brûler les muscles. Il voyait très bien pourquoi les coureurs voulaient faire du yoga avant de courir, pour éviter les blessures. Mais il voyait aussi comment son orgueil pouvait le pousser à forcer plus qu'il ne le devrait…

Pour en mettre plein la vue ?

Sapristi, non. Du moins, ça ne devrait pas être sa motivation.

Il observa Serena discrètement. Allongée à plat ventre, elle faisait quelque chose que la prof avait appelé « la posture de l'arc ». Les jambes pliées, elle s'arquait et attrapait ses chevilles avec ses mains. Bon sang. Il voulait bien plier les jambes et arquer le dos, mais mettre les mains aux chevilles ? Impossible.

— Ne faites que ce qui ne vous demande pas d'effort. Votre souplesse s'accentuera, dit la prof.

Parlait-elle pour lui ? Toby jeta un œil autour de lui et vit qu'il n'était pas le seul à ne pas réussir l'exercice. Environ la moitié des participants n'y arrivaient pas. Bon. Il se sentit moins déplacé. Mais Serena semblait avoir du mal à croiser son regard, aujourd'hui.

Était-ce à cause de cette poignée de main prolongée, hier ? Il n'avait pas eu l'intention de la faire durer, mais il avait d'une manière ou d'une autre oublié où il se trouvait. Et il était certain qu'en cet instant Serena l'avait oublié aussi. Elle avait humecté ses lèvres et il aurait pu jurer qu'elle avait réagi à son contact – même s'il avait fait de son mieux pour ne pas laisser ses yeux se poser sur l'endroit où était caché ce petit papillon.

Ce matin, comme elle portait un débardeur, il en avait eu des aperçus alléchants quand elle s'étirait sur le côté. Elle ne se doutait probablement pas que son tatouage pouvait être vu. Alors il avait opté pour regarder droit devant lui, sans laisser sa vision périphérique enregistrer ce qu'elle faisait. Mais c'était sacrément dur.

— Mettons-nous sur le côté gauche, dit la prof d'une voix apaisante.

Dans cette position, Toby était face au dos de Serena. Heureusement, aucune des postures ne les avait fait se mettre ensemble. Parce que même ainsi, il trouvait la situation périlleuse.

Ils continuèrent les exercices. Toby ferma les yeux et se concentra sur ce que son corps ressentait. C'était très agréable. Il reviendrait peut-être. Mais il n'était pas sûr de pouvoir partager cet espace tous les jours avec Serena. Depuis la veille, il était bien trop conscient d'elle, des instants de leur nuit ensemble le surprenant quand il ne s'y attendait pas. Courir était plus facile. Il était plus difficile de penser quand vous étiez essoufflé et faisiez des efforts pour avancer.

La prof mit fin au cours en leur recommandant de rester allongés jusqu'à ce qu'ils se sentent prêts à se lever. Sans se presser. Puis elle espéra les voir le lendemain.

Hum, se dit-il. Elle aurait sans doute un élève de moins. Il pourrait toujours trouver un autre endroit où faire du yoga.

Il se leva lentement et attendit que Serena en fasse autant. Elle roula son tapis et alla le remettre à la prof, lui montrant ainsi qu'elle était prête à aller courir.

— On y va ? lança-t-elle en revenant.

— Vous n'avez pas envie de savoir ce que j'ai pensé du yoga ?

— Si, bien sûr.

— Étonnamment, ça m'a plu. Ce n'est pas quelque chose que je m'imaginais faire, mais… c'est peut-être le genre de gageure que l'on doit relever, justement.

Elle eut un drôle d'air et le fixa un long moment avant de détourner les yeux.

— Parfois, cela dépend de ce que c'est.

Il ne comprit pas ce qu'elle voulait dire, et lui demanda si elle était prête à courir.

— Je vais essayer. Quelle distance allons-nous parcourir ?

— Dix miles ?

Lorsqu'elle ouvrit des yeux ronds, il rit.

— Je plaisante. Disons que nous courrons une demi-heure, ça vous va ?

Elle souffla.

— Ça me semble beaucoup plus faisable pour une néophyte.

Ils commencèrent lentement, et elle le regarda.

— Ne ralentissez pas votre allure à cause de moi. Si vous allez trop vite, je vous le dirai.

Ces mots le transportèrent aussitôt à Cozumel, lui rappelant les paroles qu'elle avait chuchotées d'un ton frénétique. « Pas si vite. Seigneur, je ne veux pas que cela s'achève. Pas encore. »

Aussitôt, il était allé plus lentement, même si son corps lui avait crié d'en finir. Sauf que Serena avait eu raison : retarder leur plaisir avait été merveilleux. Et cela avait rendu la chose d'autant plus difficile à oublier.

Repoussant ces pensées à l'arrière de sa tête, il accéléra et vit qu'elle le suivait. Il n'était pas un sprinteur ; il préférait courir à une allure modérée. Juste assez pour que ses muscles sentent qu'ils étaient bien entraînés.

Comme cette nuit-là ? Non. Il ne devait pas y penser.

Dix minutes plus tard, Serena dit d'une voix essoufflée :

— J'ai un point de côté, alors je vais ralentir, mais vous pouvez continuer.

— Pas question.

Il ralentit ses pas.

— Vous avez dit que vous n'aimiez pas courir parce qu'il fallait le faire seul. Je ne vais pas vous imposer ça.

Elle ne dit rien, et lorsqu'il la regarda, il vit qu'elle tenait son bras en travers de son estomac.

— Ça va ? demanda-t-il.

Elle hocha la tête sans un mot, et il vit trembler son menton. Il lui prit le poignet et s'arrêta, la faisant s'arrêter aussi. Puis il se tourna face à elle et toucha sa joue.

— Serena, qu'y a-t-il ?

Une larme roula sur sa joue. Il avait raison. Quelque chose n'allait pas.

— Vous avez mal au ventre ?

Elle ferma les yeux et eut un rire étranglé.

— Non. Oui. Non.

— Est-ce que je peux faire quelque chose pour vous aider ?

De son pouce, il essuya sa larme, ce qui le troubla. Elle rouvrit vivement les yeux.

— Non. S'il vous plaît, ne me demandez rien. Pas maintenant. J'essaye juste… d'absorber une nouvelle. Il faut que je prenne une décision.

Bon, elle avait eu de mauvaises nouvelles. Ou alors elle s'efforçait de décider quelque chose. Une pensée le frappa.

— Allez-vous donner votre démission ? Je sais que vous m'avez dit de ne rien vous demander, mais…

— Non, je ne m'en vais pas.

Elle le regarda dans les yeux.

— Cela n'a rien à voir avec le travail, je vous le promets. C'est juste quelque chose de personnel.

Toby l'étudia une seconde avant de décider de ne pas l'ennuyer avec d'autres questions. Mais pourquoi avait-il été soudain si important pour lui de savoir si elle allait quitter ou non le Paz Memorial ?

— Compris.

Il marqua une pause.

— Eh bien, j'espère que la décision que vous avez à prendre s'avérera la meilleure pour toutes les personnes concernées.

— Oui. Moi aussi.

Elle relâcha son souffle.

— Cela vous ennuie de continuer sans moi ? Merci d'être venu au yoga. Si je m'arrête, ce n'est pas à cause de la course. Ni de vous.

La sincérité dans sa voix planta une écharde dans la poitrine de Toby. Il avait envie de l'aider. Mais si elle voulait qu'il sache ce qui la perturbait, elle le lui dirait. Et, bien qu'il ne lui plaise pas de la laisser en plan, il était certain qu'elle souhaitait être seule, en cet instant.

— Une autre fois ? lança-t-il.

Cela la fit sourire et elle eut l'air soulagée.

— Vous pouvez y compter.

— D'accord, à tout à l'heure au travail.

Là-dessus, il se tourna et se remit à courir, s'éloignant de Serena et de son problème, quel qu'il soit.

Parce que si elle ne voulait rien lui dire, cela ne le regardait pas.

Mais, en reprenant son allure habituelle, il se dit que Serena avait raison : courir était plus agréable avec quelqu'un à côté de vous.

Ils eurent une opération ensemble dans l'après-midi, et Serena parut complètement remise de ce qui n'était pas allé dans la matinée. Elle se montra professionnelle, mais pas froide.

— Une suture de quatre en nylon, s'il vous plaît.

Elle lui tendit une aiguille enfilée de la parfaite longueur de fil. Ils opéraient un foie endommagé à la suite d'une chute d'une échelle. Ils en étaient déjà à trois heures de travail, mais Toby voulait être sûr que rien ne se rouvrirait lorsqu'il aurait fait la dernière suture.

Prenant son temps pour refermer la peau, il jeta un coup d'œil à son équipe. Les gens qui partageaient chaque victoire avec lui. Et déploraient chaque perte. Il avait vraiment beaucoup de chance d'être où il était, avec cette équipe formidable. Il n'avait jamais douté que le Paz Memorial était l'endroit fait pour lui. Dès l'instant où il avait mis le pied dans le service, quelque chose s'était ancré en lui. Même cette histoire avec Tanya et Cliff ne lui avait pas donné envie de changer. Et même si Tanya était restée, il aurait trouvé un moyen de travailler avec elle. Comme Serena et lui l'avaient fait après le choc initial de se revoir.

Ils avaient même passé un peu de temps ensemble hors du travail – mais ce n'était pas une habitude qu'il voulait prendre. Essuyer cette larme, ce matin, avait forgé entre eux une sorte de lien émotionnel dont il voulait se libérer. Il luttait pour le faire. Il lui fallait continuer à l'éliminer, quel que soit le temps que cela prendrait. Il ne pensait toujours pas que des romances au travail soient une bonne idée. Pour lui, en tout cas. Il n'imposerait jamais ces règles à quelqu'un d'autre. Mais il avait vu au premier chef la douleur que cela pouvait causer aux personnes concernées.

Il savait aussi qu'il portait une partie du blâme dans ce qui était arrivé avec Tanya. Sa soudaine envie d'avoir un enfant l'avait fait s'éloigner d'elle. Ce retrait émotionnel semblait être un vestige de son enfance qui s'était transmis à sa vie d'adulte. Aussi était-il plus que surpris par l'attrait qu'il éprouvait pour Serena. Était-ce juste dû à cette nuit mexicaine ? Ou s'agissait-il d'autre chose ? En tout cas, ce qu'il savait, c'était qu'il ne se fiait pas à lui-même pour tenir bon dans une relation.

Soupirant intérieurement, il plaça la dernière suture et vérifia tout de nouveau.

— Vous avez utilisé des sutures en retrait.

L'observation de Serena l'étonna un instant. Il contempla l'incision et se rendit compte qu'il l'avait fait sans réfléchir. Il sourit.

— Oui. Finalement, vous avez pu en voir faire.

— Je suis contente. Regarder une vidéo n'est pas la même chose.

— En effet.

L'intérêt était de retour dans ses yeux bruns qui pétillaient, et Toby s'en sentit heureux pour quelque étrange raison. Il ne voulait pas connaître ses problèmes personnels, mais il aimait la voir excitée par leur travail. Cela lui donnait de l'énergie et le rendait heureux d'être chirurgien.

— À propos de sutures, Mabel Tucker doit revenir avant 5 heures pour se faire enlever ses points. Voulez-vous y assister ?

Serena hésita, se mordant la lèvre.

— Cela dépendra de ma charge de travail. Puis-je vous le dire un peu plus tard ?

— Bien sûr.

Sur ce, elle redevint la personne pensive et silencieuse qu'elle avait été pendant leur course. Toby découvrit que cette régression lui déplaisait. Bien qu'elle lui ait dit que sa préoccupation n'avait rien à voir avec lui, ni avec son travail.

Il s'était persuadé qu'il n'avait pas envie de savoir ce que c'était. Mais à présent, il n'en était plus aussi sûr.

Il était certain d'une chose, cependant. Ce n'était pas simplement un vague sentiment de malaise. Il y avait une raison spécifique qui l'avait fait pleurer ce matin. Elle l'avait pratiquement reconnu.

Mais, à moins qu'elle ne veuille lui dire ce que c'était, il devrait se contenter de ne rien savoir.

Aussi difficile que ce soit.

6.

— Est-ce qu'ils servent tout le temps ces déjeuners ?

Serena avait aperçu Avery dans la file qui menait au buffet de la cafétéria et elle l'avait rejoint, heureuse de voir un visage familier.

En revanche, elle n'avait pas vu Toby. Cela faisait deux jours qu'il était venu à son cours de yoga. Il n'était pas apparu dans le parc depuis lors. Du moins, elle ne l'avait pas repéré. En tout cas, elle ne l'avait pas vu courir après son cours. Et du coup, elle se sentait encore plus mal. Peut-être craignait-il qu'elle ne craque de nouveau, comme elle l'avait fait durant leur course.

Si c'était vrai et s'il l'évitait à cause d'une larme, comment réagirait-il si elle lui disait qu'elle était enceinte ? Seigneur ! Elle ne voulait même pas y penser.

Elle n'avait pas eu l'intention de pleurer. Surtout pas devant lui. Mais lorsqu'elle avait dit qu'elle avait besoin de ralentir et qu'il lui avait répondu comme il l'avait fait, cela lui avait porté un coup. « Vous avez dit que vous n'aimiez pas courir parce qu'il fallait le faire seul. Je ne vais pas vous imposer ça. »

L'émotion qui avait débordé en elle, à ce moment-là, n'avait rien eu à voir avec la légère nausée qu'elle ressentait. Maintenant encore, se rappeler la façon dont il avait prononcé ces mots – et dont il avait essuyé sa larme – pouvait la faire se remettre à pleurer.

Parce que la réalité, c'était qu'elle voulait avoir quelqu'un avec elle. À la fois pendant sa grossesse et après.

Elle n'aimait pas courir seule. Et elle pensait qu'elle pourrait élever un enfant toute seule ?

Avery la regardait d'un drôle d'air.

— Quoi ? demanda-t-elle.

— Tu n'as pas répondu à ma question.

Elle souffla, en se creusant la cervelle.

— Désolée, Ave. C'était quoi, la question, déjà ?

Il haussa un sourcil.

— Je demandais s'ils servaient toujours ces déjeuners.

Elle rit.

— Bien sûr. Oh ! là, là. Mon cerveau ne travaille pas comme il le devrait, en ce moment.

— J'ai remarqué. Cela a-t-il à voir avec cette… décision de dire quelque chose à une certaine personne ?

— Oui. Et il va falloir que je me décide bientôt. Il a déjà deviné que quelque chose n'allait pas.

Le regard d'Avery se porta au-delà d'elle.

— Il est là.

Serena n'eut pas besoin de demander de qui il parlait. Elle ne tourna pas la tête.

— Ai-je une chance de m'esquiver sans qu'il le remarque ?

— Comme il nous observe, je dirais que non.

Elle jeta un coup d'œil derrière elle et vit que Toby la regardait, en effet. Il se dirigeait même vers eux.

— Veux-tu que je reste avec toi ? demanda Avery.

— Non, c'est bon. Peut-être faut-il que je prenne cette décision maintenant.

— Entendu, Dias. Bonne chance. Et quoi qu'il advienne, ça ira pour toi.

Il sourit.

— Rappelle-toi, tu n'es pas seule.

— M. Rayon de Soleil est de retour. Je vois pourquoi ce surnom te va si bien.

Elle afficha un grand sourire, pour commencer, mais subitement ses yeux s'emplirent de larmes et elle saisit la main d'Avery pour la presser. Puis elle se haussa sur la pointe des pieds et l'embrassa sur la joue.

— Merci, Avery. Tu es un bon, bon ami. Le meilleur.

— N'oublie pas : je suis là pour t'aider.

Là-dessus, il s'en alla, juste comme Toby arrivait. Il scruta Serena.

— Quelqu'un de spécial ?

— Pardon ?

— L'homme avec qui vous parliez.

Elle avait l'impression que son cerveau était plein de coton.

— Oh.

Elle regarda du côté d'Avery qui était déjà en train de parler à quelqu'un d'autre, affichant son sourire habituel.

— Oui, Avery est très spécial. Nous avons fait nos études ensemble. Il m'a convaincue plusieurs fois de ne pas laisser tomber.

La mâchoire de Toby se contracta.

— Je vois.

Il paraissait presque en colère.

— Vous vouliez me parler de quelque chose ? demanda Serena.

Il considéra un instant la salle avant de ramener les yeux sur elle.

— Vous avez oublié de m'envoyer un texto pour Mabel.

Flûte. Oui, elle avait oublié. Ou peut-être refusé d'y penser, pour ne pas avoir à parler de quelque chose qui n'avait pas trait au travail. Peut-être ne voulait-elle pas chercher une ouverture pour lui dire la vérité, au fond.

— Vous avez raison. J'ai oublié. Est-elle déjà passée ?

— Oui. Elle va vraiment bien. Elle m'a dit de vous dire que Tom et elle ont décidé d'avoir un enfant dès qu'elle pourra le faire.

Cette conversation à propos du moment idéal pour décider d'une grossesse semblait remonter à une éternité. Et il était incroyable que Serena soit tombée enceinte avant leur patiente. En outre, le timing était loin d'être parfait.

Mais peut-être que Mabel avait eu raison, en disant qu'il n'y avait jamais de moment parfait pour tomber enceinte. Et il n'y aurait pas non plus de moment parfait pour informer Toby de sa grossesse. Ou pour ne pas lui en parler. Mais, quoi qu'il en soit, il fallait qu'elle prenne cette décision.

Elle scruta son âme. Pourrait-elle vivre avec elle-même si elle essayait de le tenir dans l'ignorance ? De cacher la vérité à son bébé ? Si elle restait au Paz Memorial, Toby aurait tôt fait d'ajouter deux plus deux et il finirait par lui demander ce qui se passait. Et si elle partait, elle aurait à faire face à d'autres problèmes tout aussi difficiles à régler.

Son bébé grandirait et la questionnerait un jour au sujet de son père. Que lui dirait-elle ? Elle n'imaginait pas un scénario où cette question ne serait pas soulevée. Et alors Toby verrait un jeune adulte de vingt ans surgir de nulle part et lui dire : « Salut, papa, tu ne savais pas que j'existais, mais je suis ton enfant. »

Serena frémit. Non. Toby aurait tous les droits de la haïr parce qu'elle l'aurait privé de son enfant, ou de la possibilité de décider s'il voulait ou non être impliqué dans la vie de ce dernier. Alors quitter le Paz Memorial ne réglerait pas ses problèmes. Et en vérité, elle n'avait pas envie de partir.

Elle réalisa soudain qu'il était toujours en train de la regarder, et elle lâcha précipitamment :

— C'est super pour Mabel.

Puis elle ajouta après une pause :

— Pourrais-je vous parler ? En privé ?

— Bien sûr. Dans mon bureau ?

— Parfait. Merci.

Bien que ce soit son choix, il sembla à Serena que chaque pas l'approchait de plus en plus du désastre. Surtout parce qu'elle n'avait aucune idée de la façon dont il allait réagir.

Mais après tout, ce n'était pas comme si elle avait décidé de tomber enceinte. Et elle n'était pas la seule à avoir provoqué cette situation. Toby portait autant de responsabilité qu'elle.

Sauf qu'il ne serait pas celui qui, pour finir, déciderait de ce qui se passerait à partir de maintenant. Cela reposait entièrement sur elle. Et malgré ce qu'il avait dit pendant leur course, elle était seule. Et elle seule supporterait les conséquences de cette décision.

Lorsqu'ils atteignirent son bureau, il ouvrit la porte et la laissa entrer la première. Sans demander, Serena ferma la porte à clé pour qu'ils ne soient pas dérangés. Puis, comme ses jambes lui semblaient être en gélatine, elle se laissa choir dans le fauteuil le plus proche et attendit qu'il contourne son bureau. Mais il ne le fit pas. Il tira un fauteuil à côté d'elle et s'assit.

Il ne lui laissa pas l'occasion de parler la première.

— Je dois reconnaître que je suis un peu sonné, là.

Bon sang ! Il n'avait pas l'air content. Avait-il déjà compris ?

Personne n'avait pu le lui dire, car seul Avery était au courant de sa grossesse, et il n'en aurait jamais parlé.

Elle déglutit.

— Sonné ?

Il s'adossa à son fauteuil et la considéra un moment avant de relâcher bruyamment son souffle.

— J'ignorais que vous étiez avec quelqu'un, quand je vous ai rencontrée dans ce bar de Cozumel.

Le choc empêcha Serena de penser pendant quelques secondes.

— Avec quelqu'un ?

— Serena. Voyons.

— Je ne vois pas du tout de quoi vous parlez. Si vous vous référez à ce type dans le bar, je ne le connaissais même pas.

Il fronça les sourcils.

— Non. Pas lui. Le garçon de la cafétéria, tout à l'heure. Celui qui est « très spécial » pour vous.

— Mais…

Elle comprit qu'il avait mal interprété ses paroles.

— Avery est très spécial, en effet. Mais nous ne sommes pas amoureux l'un de l'autre. Nous sommes colocataires. Seulement colocataires. Et de très bons amis.

Elle éprouva une pincée de colère.

— Vous avez vraiment cru que j'aurais couché avec vous si j'avais été avec quelqu'un ?

— On ne peut pas dire que cela n'arrive jamais.

Ce que Jacelyn lui avait dit à propos de sa fiancée qui l'avait trompé revint à l'esprit de Serena, et elle ressentit de la compassion pour lui. Elle se pencha et lui prit la main.

— C'est possible. Mais ce n'est pas quelque chose que je ferais. Je ne tromperais jamais quelqu'un.

Il serra ses doigts autour des siens et la regarda un moment dans les yeux.

— Non, je ne pense pas que vous le feriez. Je suis désolé d'avoir eu cette idée.

— Je comprends qu'elle ait pu vous venir.

Il n'était pas étonnant qu'il ait sauté sur cette conclusion. Et elle avait mal pour lui. Il devait être horrible d'être trompé par quelqu'un en qui vous aviez confiance. Parker avait peut-être des défauts, mais au moins il ne l'avait jamais trompée.

Toby lâcha sa main.

— Ce dont vous vouliez me parler, est-ce que cela a un rapport avec ce moment où vous avez été bouleversée, dans le parc ?

Serena réfléchit encore et encore, mais les mots ne voulurent pas venir.

— Cela serait tellement plus facile si aucun de nous ne rappelait à l'autre cette nuit à Cozumel.

Elle ferma les yeux et chuchota :

— Tellement plus facile. Pour nous deux.

La pièce sembla vaciller une seconde pendant que Toby continuait à enregistrer le fait qu'elle n'avait pas triché avec lui. Lorsqu'elle avait dit qu'Avery était « très spécial » pour elle, il avait été en colère. Furieux, même, qu'elle l'ait utilisé pour tromper cette personne. Cela lui avait rappelé comment il avait appris la conduite de Tanya avec son témoin.

Seulement, penser que Serena avait trompé quelqu'un avec lui l'avait heurté tellement plus fort, et il ne voyait pas pourquoi.

Et maintenant, elle se comportait comme si Cozumel avait eu si peu d'importance qu'ils auraient pu oublier que l'autre existait ?

Il la regarda fixement. Puis, de façon inattendue, un coin de sa bouche se releva.

— Vous pensez que je pourrais jamais oublier cette nuit ? Ou vous ?

— Oh.

Elle se mordit la lèvre.

— Je… je ne voulais pas dire…

— Je me souviens de tout. De chaque détail. Y compris d'un certain petit papillon.

Son corps réagit à ce souvenir. Quand il l'avait vue avec cet homme, au réfectoire, il avait été si certain qu'ils étaient amants. Leur façon de se toucher, de se regarder, le baiser… L'idée de ce garçon embrassant son tatouage lui avait fait chavirer l'estomac.

Il avait décidé sur-le-champ que cet individu avait quelque chose à voir avec ce qu'elle avait dit au parc ce jour-là. Avec la larme qui lui avait échappé, et sa requête qu'il ne lui en demande pas plus.

Le soulagement qu'il éprouvait en découvrant qu'ils n'étaient qu'amis était totalement hors de proportion avec la situation. Pourquoi cela lui importerait-il ?

Il se pencha en avant et prit sa joue dans sa paume.

Tout bon sens parut se retirer à l'arrière de son cerveau tandis qu'un besoin soudain se mettait à pulser en lui, et que son sang s'accélérait dans ses veines.

Parce que, bonté divine, c'était vrai. Il se rappelait tout de cette nuit, y compris la satisfaction sauvage de sentir sa chair se refermer autour de lui et le serrer fort jusqu'à ce qu'il…

Il voulait connaître ça de nouveau. Il avait envie de l'allonger sur son bureau et de lui faire ressentir ce qu'elle lui avait fait ressentir cette nuit-là.

Les lèvres de Serena s'entrouvrirent légèrement.

Ses cheveux étaient ébouriffés, comme la plupart du temps. Mais c'était sexy. Tellement sexy. Elle semblait avoir juste quitté son lit. Et la sensation qu'il avait eue en rassemblant entre ses mains cette chevelure luxuriante, bouclée, soyeuse…

— Toby…

Il n'aurait su dire si c'était une question ou une supplication, mais l'aspiration qui tremblait dans sa voix le balaya comme un typhon, renversant tout sur son passage. Leurs fauteuils étaient sur roulettes et il attira le sien à lui d'un geste brusque, ses genoux se coinçant entre ceux de Serena d'une façon qui lui coupa le souffle.

Sa bouche était à quelques centimètres de la sienne et il hésita une fraction de seconde. Juste assez pour rendre le premier contact encore plus suave avant de céder aux exigences de son corps. Il empoigna les bras de son fauteuil tandis que des charbons ardents le léchaient de l'intérieur, allumant un brasier de désir. Lorsqu'elle toucha de sa langue le coin de sa bouche, il fut perdu. Ses mains quittèrent les bras du fauteuil pour se glisser autour de ses hanches et s'emparer de ses fesses. D'un mouvement sec, il la fit passer sur ses genoux, savourant son petit gémissement lorsqu'elle se cala contre lui.

Oui.

Il enfouit son visage dans son cou, sentant le battement endiablé de son pouls sous ses lèvres, ce qui lui donna envie de jeter toute prudence par la fenêtre.

C'était là la femme qu'elle avait été au Mexique : transportée par l'évidence de son désir viril. Avide de le toucher et d'être touchée.

Il enfonça les mains dans sa lourde chevelure et ramena sa bouche sur la sienne. Sa langue n'hésita pas. Elle plongea dans la bouche de Serena, et ce premier contact l'envoya au septième ciel. Il la désirait puissamment.

Il avait besoin d'elle.

Quel qu'en soit le prix à payer.

Comme si elle percevait ses pensées, Serena libéra sa bouche de la sienne, se mit à genoux sur lui, et il empoigna ses hanches pour l'aider à garder son équilibre. Lentement, elle remonta sa jupe blanche sur ses cuisses, ses boucles brunes dansant autour de son visage tandis qu'elle baissait les yeux vers lui.

Il déglutit.

— Sapristi, Serena. Vous êtes si belle.

— Je pourrais vous en dire autant.

Se mordant la lèvre de cette façon séduisante qu'elle avait, elle murmura :

— Défaites votre fermeture Éclair et je vous ferai voir mon papillon.

Elle fit pivoter lentement ses hanches, ce qui fit penser à Toby que ses paroles avaient plus d'un sens.

Il l'attira à lui et embrassa son ventre.

— Donnez-moi une seconde.

Il eut à peine la place d'enfiler sa main dans sa poche arrière pour en sortir son portefeuille et prendre quelque chose dedans. Puis il défit sa fermeture Éclair et libéra son sexe. Il glissa une main sous le corsage de Serena et trouva un sein qu'il caressa et malaxa. Elle ferma les paupières. Il porta à sa bouche la pochette qu'il avait sortie, la déchira et parvint à enfiler le préservatif sur son sexe durci.

Cela fait, il faufila ses mains dans le dos de Serena et la

débarrassa de son corsage, qu'il fit passer par-dessus sa tête. Un soutien-gorge en dentelle, qui couvrait ce qu'il voulait voir, apparut. Il le dégrafa et le laissa tomber.

Enfin. Du bout des doigts, il effleura les ailes du petit papillon, puis les traça lentement de sa langue. Il pressa Serena contre son torse et sa bouche passa du tatouage à la pointe de son sein. Lorsqu'il la suça, ce fut si délicieux. Si sexy. Mais les bruits qu'émettait Serena menaçaient de le faire jouir bien avant qu'il soit prêt. Il saisit ses hanches et l'incita à le chevaucher. Il n'y avait plus entre eux que la petite culotte de la jeune femme. Elle se balança contre lui, et il se servit de sa langue, de ses lèvres, de ses dents pour lui donner autant de plaisir qu'elle lui en donnait.

Mais il voulait davantage. Il voulait tout. Faisant glisser le sous-vêtement de côté, il appuya sa main sur son pubis et son pouce toucha ce qu'elle avait de plus intime. Puis il enfonça ses doigts en elle, dans sa chaleur moite et tellement érotique. Il avait envie de plonger en elle et de s'y perdre. Mais il se rappelait exactement combien il avait été satisfaisant pour lui de se tenir au bord de la volupté. De se forcer à attendre. Et à attendre encore.

Le côté follement intime de leur position… Il grogna. Ils étaient si près l'un de l'autre qu'en touchant Serena il se touchait lui-même. Et c'était plus torride que tout ce qu'il avait fait jusqu'alors avec une femme.

— *Dios… Ahora, Tobias… Ahora.*

Il comprit instinctivement ce qu'elle lui murmurait en espagnol. Elle le suppliait de la prendre « maintenant ». Saisissant son sexe dans une main, il se mit en position, mais elle n'attendit pas. Dès qu'elle le sentit, elle se poussa sur lui avec force, ses mains agrippant ses épaules, sa tête rejetée en arrière.

Toby emplit ses mains de ses courbes et ajusta son rythme au sien, se haussant vers elle chaque fois qu'elle descendait sur lui.

— *Tobias…*

Ses mouvements se firent plus frénétiques, et à chaque élan elle l'entraînait plus près de ce qui lui semblait être le bord d'une falaise. Une falaise dont il avait envie de sauter, tout en se retenant de le faire.

Puis elle s'assit complètement sur lui.

— Aaah !

Il la sentit se crisper autour de lui. La tenant contre lui, il la prit d'assaut encore et encore, jusqu'à ce que l'extase le dépouille de tout, le laissant vulnérable et exposé. Mais il continua à bouger, chaque mouvement un peu plus lent, un peu plus repu. Et puis il s'immobilisa, le souffle haché, le cerveau emporté dans un tourbillon.

Il lui fallut une seconde pour réaliser qu'elle était penchée en arrière, le regardant, et qu'elle lui avait parlé.

Et elle le contemplait d'une façon qui emplit de tension ses muscles ramollis. Une tension étrange, qui indiquait que quelque chose était sur le point de changer pour toujours.

Serena attendit que Toby réagisse. Qu'il réponde à ce qu'elle venait de lui dire. Elle était horrifiée d'avoir fait l'amour avec lui au lieu d'avoir la conversation difficile pour laquelle elle était venue. Mais elle ne pensait jamais droit quand elle était avec lui. Et avoir lâché qu'elle était enceinte tout de suite après une deuxième relation sexuelle avec lui… Rien ne se passait comme elle l'avait souhaité.

Mais maintenant qu'elle l'avait dit, elle ne pouvait pas reprendre ses paroles.

Il battit des cils comme s'il ne savait pas très bien que dire.

— Pardon ?

Il la fit changer de position, sortant d'elle. Elle détesta cette sensation, mais comprit qu'il était probablement en état de choc. Peut-être devrait-elle faire marche arrière et essayer de nouveau. Autrement.

— Je… je…

Elle prit une grande inspiration.

— Je ne me suis pas sentie très bien ces deux dernières semaines, et je ne comprenais pas pourquoi.

— Vous ne paraissiez pas aller bien du tout, quand nous avons couru ensemble. Et s'il faut y ajouter ce que vous avez dit avant qu'on se sépare…

Serena grinça des dents tandis qu'elle essayait de rassembler le courage de répéter ce qu'elle devait dire.

— Je n'ai pas pu prendre sur moi de vous révéler ce qui n'allait pas, ce jour-là.

— Et maintenant vous voulez le faire.

Il paraissait nager en pleine confusion. Peut-être n'avait-il pas entendu ce qu'elle avait déclaré une minute plus tôt. Elle n'avait pas vraiment crié la nouvelle.

— Oui. Comme je le disais, je ne me sentais pas bien et j'ai réalisé que mes règles étaient en retard… plus qu'elles ne l'avaient jamais été. Alors… j'ai décidé de faire un test de grossesse.

— Je vois.

Il était calme. Trop calme.

Un sentiment d'horreur et un mauvais pressentiment la submergèrent.

— Je suis enceinte. Et comme vous le savez maintenant, Avery n'est pas le père. Même si je suis sûre que vous pourriez souhaiter qu'il le soit.

— Vous êtes enceinte ?

Ces mots furent proférés avec le même étrange calme, tandis que le cerveau de Serena essayait encore de se remettre d'aplomb après ce qu'ils venaient de faire.

Pourquoi la fixait-il comme s'il ne comprenait toujours pas ce qu'elle disait ? Il répéta sa question, avant de battre des cils.

— Bonté divine. *Je suis* le père ?

Cette fois, sa voix n'était plus monocorde. Et, même s'il n'avait pas crié, ses paroles la frappèrent avec la force d'une massue.

Elle se dégagea de lui et se remit sur ses pieds.

— Je suis vraiment désolée. Mais j'ai pensé que vous deviez le savoir.

Elle se lécha les lèvres, debout devant lui, en plein désarroi. Elle se rendait à peine compte qu'elle était nue depuis la taille.

— Je n'aurais jamais dû…

Elle désigna le fauteuil dans lequel il était toujours assis.

Elle n'aurait jamais dû quoi ? Le laisser lui faire l'amour ?

Oui. Exactement. Mais quand il lui avait dit qu'il ne pourrait jamais oublier cette nuit, ni elle, elle avait été incapable de penser clairement. Elle avait été ensorcelée par lui, comme dans le bar de Cozumel. Mais il n'y était pour rien. Elle n'aurait jamais dû avoir une relation sexuelle avec lui avant qu'il connaisse la vérité.

Et il était impossible de revenir en arrière. Même s'il avait dit très clairement, avant cela, qu'il ne voulait pas être père. Du moins, pas à ce moment de sa vie.

Et peut-être jamais.

Toby regarda fixement Serena en essayant de s'éclaircir l'esprit. Il ne voulait pas être père. Ne voulait être lié avec personne. Il ne se sentait pas capable de maintenir quelque relation que ce soit, et encore moins celle de père à enfant. Et cependant, il venait juste de…

Avec des mouvements saccadés, Serena arrangea ses vêtements et enfila son soutien-gorge et son corsage. Des parties du corps de Toby qui s'étaient engourdies frémirent une seconde, avant qu'il n'en reprenne le contrôle.

Sapristi ! Dis quelque chose !

Mais il ne voyait pas ce qu'il aurait pu dire. Et il avait beau souhaiter effacer ce qui se passait, il ne le pouvait pas. C'était réel.

Serena passa les mains sur sa jupe.

— Même si j'ai eu le sentiment que vous deviez savoir la vérité, croyez-moi quand je dis que je n'attends rien de vous. Que je ne veux rien de vous. Je suis totalement préparée à assumer ceci toute seule. Je le *veux*.

Et pourtant, pensa-t-il, elle ne voulait pas courir seule… Il n'avait toujours aucune idée de ce qu'il devait lui dire. Il n'arrivait même pas à croire que cela se passait vraiment. Les mots qu'il finit par prononcer furent aussi déplacés qu'insultants.

— Vous avez dit qu'Avery et vous n'étiez pas ensemble, je le sais, mais est-ce qu'il n'y a eu personne d'autre ? Vous êtes sûre que cet enfant est de moi ?

Elle aurait dû le gifler. Lui crier après. L'injurier. Mais elle ne le fit pas. Elle resta là, à le dévisager. Et sa question, quand elle la posa, fut si basse qu'il faillit ne pas l'entendre.

— Qu'en pensez-vous ?

Il fut pris de remords.

— J'ignore pourquoi j'ai dit ça. Je n'ai pas d'excuse, à part le fait d'avoir été pris de court.

— Ne vous en faites pas.

Elle marcha vers la porte, puis se retourna pour le regarder.

— Et nous n'aurons plus jamais à parler de ça.

Elle désigna les fauteuils.

— Ni de ce qui s'est passé dans cette pièce, ni de ce qui s'est passé à Cozumel. Ni ce qui va arriver à partir de maintenant.

Là-dessus, elle sortit du bureau et referma la porte derrière elle.

La douleur de cette dernière rencontre allait-elle jamais se dissiper ? Cela faisait trois jours qu'ils avaient été ensemble dans le bureau de Toby, et elle était toujours là. Elle bourrelait toujours le ventre de Serena chaque fois qu'elle y pensait.

Elle avait joué avec l'idée de donner sa démission et d'essayer de trouver un autre poste ailleurs, mais comment expliquerait-elle à un futur employeur qu'elle partait moins d'un mois après avoir été engagée ? Cela se présentait mal. Et le temps qu'elle trouve autre chose, sa grossesse serait encore plus avancée.

Le Paz Memorial était son travail de rêve. Mais, à cette heure, elle ne pouvait envisager de travailler avec Toby tous les jours ou presque. Elle adorait travailler en traumatologie, adorait observer ses talents de chirurgien. Mais dans sa tête, elle entendait toujours sa voix choquée, quand il lui avait demandé si elle était sûre que le bébé était de lui. Il était évident qu'il y avait un doute, pour lui.

Parce qu'il ne voulait pas de cet enfant.

Cela revenait à ça. Elle ne s'était pas attendue à ce qu'il soit fou de joie et commence à choisir des prénoms. Mais, même sans le vouloir, il l'avait profondément blessée par ses mots, et elle n'était pas sûre de pouvoir s'en remettre.

La meilleure façon de procéder serait peut-être d'attendre que le bébé soit né, puis de donner sa démission et commencer à chercher un autre poste. Mais il fallait pour cela qu'elle ait un peu plus de temps pour réfléchir. Et, pour le moment, elle se sentait seulement fatiguée, triste et pas dans son assiette.

Mais elle réussirait à dépasser ça.

À son crédit, Toby n'avait pas demandé ce qu'elle allait faire, mais il avait probablement réalisé qu'elle voulait garder le bébé. Et si elle avait prévu d'avorter, elle ne lui aurait même pas parlé de sa grossesse.

Il n'était pas venu travailler la veille, ni ce jour-là. La pensée que c'était peut-être lui qui partirait la perturba. Elle ne le voulait pas non plus. Il était à sa place, ici. Il était évident qu'il était apprécié et respecté.

Après la relation qu'ils avaient eue dans son bureau, Serena avait fini son service, puis elle était rentrée et avait pleuré sur l'épaule d'Avery. Le lendemain matin, la tête un peu plus claire, elle s'était dit qu'elle pourrait retourner voir Toby et le rassurer de nouveau. Lui répéter qu'il n'avait pas à s'inquiéter. Qu'elle savait qu'il ne voulait pas d'enfants, et qu'elle n'avait pas l'intention d'essayer de lui en faire assumer un.

Mais comment pouvait-elle lui expliquer qu'ils aient fait l'amour, alors qu'elle ne pouvait même pas se l'expliquer à elle-même ? Lorsqu'il l'avait saisie, elle avait été si soulagée qu'il ait envie d'elle qu'elle s'était laissé déborder par ses émotions. Et peut-être même avait-elle rêvé que tout se termine bien pour eux…

Mais sa mère n'avait pas connu ce genre de fin heureuse, alors pourquoi s'attendrait-elle à la vivre, elle ? En tout cas, quoi qu'il advienne, elle ne serait pas complètement seule. Elle avait sa mère, justement, et quelques bons amis, dont Avery. Elle aurait besoin de leur affection et de leur soutien, plus que jamais. Ils seraient son filet de sécurité quand les choses seraient difficiles. En fait, lorsqu'elle avait appelé sa mère pour lui dire qu'elle attendait un bébé, Mme Dias avait été à la fois transportée de joie et compatissante. Elle lui avait même proposé de venir s'installer à San Diego.

Serena lui avait dit que ce n'était pas la peine. Si quelqu'un devait changer de lieu d'habitation, ce serait elle. Mais c'était une décision qu'elle prendrait plus tard. Qui sait ? Elle pourrait faire une fausse couche. À cette pensée, elle posa une main protectrice sur son ventre.

Cela pourrait résoudre quantité de problèmes, mais elle ne voulait définitivement pas perdre ce bébé. Elle s'imaginait déjà à quoi il ressemblerait. Ce qu'elle éprouverait en le tenant dans ses bras…

Elle acheva de voir ses patients, puis elle se rendit au bureau des infirmières pour faire quelques papiers. Alors qu'elle se choisissait un ordinateur, elle leva les yeux en entendant tinter l'ascenseur. Les portes s'ouvrirent et Toby en sortit. Il la regarda, et au début elle crut qu'il allait passer près d'elle sans rien dire, mais il se dirigea vers le bureau.

— Pourrais-je vous dire un mot, quand vous aurez le temps ?

Serena réprima un sentiment de panique.

— Oui, dès que Jacelyn reviendra de sa pause. Voulez-vous que je vienne dans votre bureau ?

La mâchoire de Toby se contracta et il secoua la tête.

— Pouvez-vous m'envoyer un texto quand vous serez libre, et me retrouver dans la cour ?

Pensait-il qu'elle allait lui sauter dessus, dans son bureau ? Non, bien sûr que non. Elle était ridicule. Et elle ne devrait pas aspirer à le rencontrer dans un lieu privé, après ce qui s'était passé la dernière fois. Mais de toute façon, à voir sa mine, la dernière chose qu'il voulait d'elle était du sexe.

— Oui, je le ferai.

— Merci.

Seigneur, il avait cet air abattu qui la faisait se crisper. Cela ravivait sa blessure. Mais peut-être projetait-elle sur lui ses propres sentiments.

Sauf qu'elle ne se sentait pas abattue, soudain. Elle allait avoir un bébé. Un bébé qui serait désiré et aimé, ne fût-ce que par elle, sa famille et une poignée d'amis. Mais ce serait suffisant.

Elle avait bien fait de parler à Toby. Elle n'y pouvait rien, s'il ne voulait pas de cet enfant. Et elle n'avait pas souhaité que le test de grossesse soit positif, non plus. Au début. Mais maintenant ?

Elle était heureuse. Pas de la façon dont cela s'était passé, mais du fait que la décision de choisir le « bon moment » lui avait été évitée. Parce que, si cela n'avait tenu qu'à elle, elle n'aurait peut-être jamais sauté le pas.

La surveillante revint une demi-heure après et lui dit qu'elle pouvait s'en aller. Serena avait pris rendez-vous avec l'obstétricien qu'elle avait rencontré pour Lucinda, Gary Rollings. Il lui avait vraiment plu. Elle avait songé à se rendre dans un autre hôpital pour préserver son intimité, mais à quoi bon ? Il serait vite évident qu'elle était enceinte. Et elle avait déjà une réponse pour ceux qui l'interrogeraient sur le père : il ne faisait pas partie du tableau.

Parce que c'était vrai. Et en vérité, c'était très bien. Essayer de bâtir une relation de force à cause d'un bébé se terminait par un désastre, en général. Et la dernière chose qu'elle désirait était que Toby cherche à faire « son devoir » vis-à-vis d'elle. Parce que ce ne serait pas ce qu'il fallait. Ni pour l'un, ni pour l'autre.

Mais pourquoi avait-elle fait l'amour avec lui, de nouveau, et avec un tel empressement ?

Elle avait une réponse à cela, aussi : il était un bon amant. Et peut-être avait-elle eu l'impression qu'ils n'en avaient pas terminé, après Cozumel. Eh bien, maintenant, c'était fait.

Elle sourit. Il lui avait laissé entendre qu'elle était inoubliable. C'était probablement pourquoi elle était retombée dans ses bras.

Elle tapa un message sur son portable.

Je me rends dans la cour.

Une seconde plus tard, Toby lui répondit qu'il y serait dans une minute.

Une fois sur place, elle n'eut plus qu'à attendre.

7.

Il avait fallu deux jours à Toby pour réfléchir à la situation. Et cela s'était ramené à des faits très basiques.

Fait n° 1 : il ne voulait pas être père.

Fait n° 2 : il allait être père qu'il le veuille ou pas.

Fait n° 3 : ce n'était pas la faute de Serena, ni celle du bébé.

Fait n° 4 : il n'allait pas laisser Serena assumer cela seule.

Ce dernier fait était la clé, et ce dont il voulait parler. Le reste n'avait pas d'importance. Ce qui comptait, c'était ce qu'il allait faire à partir de maintenant. Si elle voulait bien l'écouter.

Si elle refusait… eh bien, il ne pourrait pas la forcer à accepter son aide, mais il voulait la lui offrir de façon honnête et sincère. Alors il espérait vivement qu'il n'allait pas semer la pagaille comme il l'avait fait la dernière fois où ils s'étaient parlé.

C'était en partie la raison pour laquelle il voulait que leur rencontre ait lieu dans un endroit public. Cette femme lui faisait tourner la tête et touchait chez lui des endroits qu'il avait pensé fermés à double tour et verrouillés. Eh bien, il avait renforcé ces verrous, maintenant, et en avait tiré de bonnes leçons.

Il sortit de l'ascenseur et alla chercher un café à la cafétéria. Il prit un déca pour elle, à tout hasard, et y rajouta toute sorte de compléments en espérant que quelque chose lui plairait.

Lorsqu'il poussa la porte extérieure et pénétra dans l'intense chaleur de San Diego, il l'aperçut immédiatement. Et devant elle, il y avait une tasse de café en carton. Cela le fit sourire.

Il la rejoignit et s'assit sur le banc incurvé face à elle, avec une impression de déjà-vu. Quand s'étaient-ils assis là pour déjeuner ? Cela ne faisait pas si longtemps, et pourtant cela lui semblait remonter à une éternité.

— Bonjour. Je vous ai apporté quelque chose, mais je vois que vous avez déjà du café.

Elle haussa les sourcils.

— Oh ! mon Dieu. Je ne mets pas tant de choses dedans. Je l'aime noir.

Cela surprit Toby. Avait-il des préjugés concernant les adeptes du yoga ? se demanda-t-il. Il leva les mains.

— D'accord. Caféiné, ou décaféiné ?

— Normalement je le prends entier, mais les choses ont changé pour moi. J'aime toujours le goût du café, toutefois.

— Au moins, je ne me suis pas trompé.

Il se pencha en avant et la regarda.

— J'ai mal négocié les choses, l'autre jour. Je tiens à vous faire savoir que j'en ai conscience.

— Non. Je suis certaine que nous ne nous attendions ni l'un ni l'autre à ce genre de chose. Autant à Cozumel que dans votre bureau. Mais j'étais sérieuse en disant que je n'attends rien de vous. Et bien que je n'aie aucunement projeté de tomber enceinte, je ne peux pas me résigner à le regretter.

Elle marqua une hésitation.

— J'aurais dû le dire tout de suite quand nous sommes entrés dans votre bureau. Avant que les choses ne dérapent.

— Ni vous ni moi n'étions préparés à ce qui s'est passé.

Le sourire de Toby faiblit un peu.

— Je suis ici pour vous demander comment je peux aidcr.

— Aider ?

— Je veux être là pour vous. Pour le bébé. Nous pouvons nous en occuper tour à tour et…

— Absolument pas.

Choqué, il resta muet une seconde.

— Pardon ?

— Vous avez dit très clairement que vous ne vouliez pas avoir d'enfants, la dernière fois où nous étions dans cette cour.

Elle haussa les épaules.

— Si je vous en ai parlé, ce n'est pas parce que j'attends que vous preniez des responsabilités parentales. Simplement, ça ne me semblait pas bien de garder le secret vis-à-vis de vous. Un jour, cet enfant voudra peut-être savoir qui est son père. Mieux vaut que vous soyez choqué maintenant plutôt qu'à ce moment-là.

Toby fronça les sourcils.

— Et vous pensez qu'il sera correct de parler à cet enfant d'un parent qui n'a joué aucun rôle dans son éducation ? Dont il pensera qu'il n'a pas voulu de lui ?

— Eh bien, vous n'en voulez pas, alors…

— Vous avez raison, Serena. Je ne voulais pas avoir d'enfant et ne m'y attendais pas. Pas tout de suite, en tout cas. Mais là, je vais en avoir un.

Il s'arrêta pour inspirer.

— De la même façon que vous ne pensiez pas attendre un bébé, mais que vous *choisissez* de le garder, je *choisis* de jouer un rôle dans la vie de cet enfant. Ce n'est pas par devoir ou obligation. Je veux être là.

Elle ne dit rien pendant un long moment.

— Et si vous changez d'avis ?

— Je n'en changerai pas. Vous découvrirez que je suis quelqu'un de simple. Je ne veux pas nouer de relation. Je ne peux pas vous offrir ça. Mais j'aimerais être un père pour cet enfant.

— Je n'ai jamais escompté que nous ayons une relation. Je ne le veux pas non plus. Mes parents n'ont pas eu un bon mariage, et franchement je préfère être seule que de me lier pour les mauvaises raisons. Ou avec la mauvaise personne.

— Je suis d'accord avec vous. J'ai déjà donné, et ce n'a pas été une expérience formidable.

Il eut un rire peiné.

— En fait, Cozumel était censé être mon voyage de noces.

— Je l'ai entendu dire. Je suis désolée.

Sa bouche se releva d'un côté.

— J'aurais dû me douter que quelqu'un vous le dirait. Quoi qu'il en soit, je suis allé là-bas pour prendre un engagement : consacrer ma vie à mon métier et rien d'autre.

— Et alors vous m'avez rencontrée, avec les conséquences que l'on sait.

Serena ouvrit de grands yeux.

— Je parle de la grossesse, pas d'une éventuelle relation sentimentale.

— J'avais compris.

— Je n'ai jamais eu l'occasion de vous remercier d'être intervenu entre cet homme et moi, au bar.

— Il n'y a pas de quoi.

Il sourit.

— Alors, pouvons-nous essayer de définir comment nous allons nous y prendre ?

— Oui. Mais je préférerais vraiment que personne à l'hôpital ne sache qui est le père, pour le moment. Si je fais une fausse couche, cela pourrait rendre les choses encore plus embarrassantes.

Toby fronça les sourcils.

— Vous avez eu des symptômes ?

— Non. Mais certaines grossesses n'aboutissent pas pour une raison ou pour une autre. Il n'y a pas de garanties.

L'idée qu'elle puisse perdre le bébé le perturba à un niveau qui l'étonna.

— Vous avez vu un médecin ?

— Non, mais j'ai un rendez-vous avec Gary Rollings dans quinze jours.

— Gary est quelqu'un de très discret. J'aimerais venir avec vous, mais je comprendrai si vous préférez que je m'en abstienne.

Serena parut surprise.

— Puis-je y réfléchir ?

— Bien sûr. Prenez le temps qu'il vous faudra.

Il ne pouvait la blâmer. C'était une chose de le laisser faire partie de la vie de leur enfant. Mais il concevait qu'elle ait besoin de marquer son territoire et de s'y tenir.

— J'ai une question, dit-elle. Je n'allais pas le demander, mais puisque vous êtes là... Devrais-je être informée d'éléments génétiques, du côté de votre famille ?

Ce n'était pas venu à l'esprit de Toby. Comme beaucoup d'autres choses.

— J'ai eu une tante qui a eu un cancer du sein, mais je ne vois rien d'autre.

— D'accord. Merci.

— Autre chose ?

Il voulait savoir si elle avait d'autres réserves ou d'autres questions. Cette rencontre s'était mieux passée qu'il ne l'avait escompté, et cela l'inquiétait un peu. Il s'attendait à moitié à ce que quelque chose se mette en travers.

— Juste une chose.

Il se raidit.

— Laquelle ?

— J'aimerais choisir le nom du bébé.

C'était si loin de ce qu'il avait craint que cela le fit rire. La tension s'évacua de son corps.

— Eh bien, à partir du moment où vous ne choisirez pas quelque chose comme Figue ou Arbre, je ne pense pas que nous ayons un problème.

Elle lui rendit son sourire.

— J'imagine que je peux trouver quelque chose qui vous conviendra.

Les trois jours suivants parurent très bien se passer. Même si Serena n'avait pas posé la question qui lui tenait à cœur, parce qu'elle n'avait pas osé. En fait, elle voulait savoir s'il considérait qu'ils pouvaient continuer à travailler ensemble, ou pas, étant donné les circonstances.

Mais il n'avait donné aucune indication que c'était insurmontable pour lui. Elle l'avait assisté par deux fois en salle d'op, depuis qu'il était revenu, et il s'était montré courtois et respectueux – tout en étant un peu raide.

Elle ne pouvait le lui reprocher. Ils avaient fait l'amour dans son bureau, juste ciel, et ils allaient avoir un enfant ensemble. Pourtant, objectivement parlant, ils ne se connaissaient pas très bien.

Mais après tout, avait-elle vraiment connu Parker ? Oh ! elle avait cru le connaître, mais il s'était avéré qu'elle avait de lui une vision romantique qui n'avait pas tenu à l'usage. Et il avait probablement ressenti la même chose à son sujet.

Elle devait aussi décider si elle voulait que Toby vienne à ses visites prénatales ou pas. Son instinct lui dictait de préserver cette partie d'elle-même. Le laisser venir… ce serait peut-être un peu trop intime, même s'ils avaient eu par deux fois une relation sexuelle. Mais le sexe était différent de l'intimité, comme elle l'avait appris avec Parker. En outre, il serait bien plus facile de garder son secret si personne, pas même son gynécologue, ne connaissait la vérité en dehors d'eux deux. Et d'Avery, bien sûr.

Elle n'avait pas dit à Toby qu'Avery était au courant. Mais il savait qu'ils étaient des amis proches, alors il s'en douterait sûrement.

Pour l'heure, cependant, elle ne pouvait se tracasser pour ces choses-là. Il fallait qu'elle se concentre sur le fait de rester en bonne santé. Jusqu'ici, ses nausées matinales n'avaient pas été très gênantes, une des raisons pour lesquelles elle n'avait pas réalisé au début qu'elle était enceinte.

Son portable sonna. Elle fronça les sourcils. C'était Toby.

— Allô ?

— Bonjour, êtes-vous toujours de service ?

Elle hésita.

— Oui, mais je m'apprête à partir. Y a-t-il une urgence ?

— Non. J'allais me rendre à la plage, et j'ai pensé que vous aimeriez peut-être venir avec moi.

Serena fut très surprise par cette invitation, et une alarme se déclencha dans sa tête. Il avait peut-être changé d'avis sur tout.

— Une raison particulière ? s'enquit-elle.

— Le vendredi est le jour où je vais à la plage. J'aime m'asseoir et écouter le bruit des vagues. C'est quelque chose que j'aimerai peut-être faire avec le bébé. Mais je comprendrai si vous ne voulez pas venir.

— En fait, cela me semble une bonne idée. La journée a été rude.

Il y eut une pause.

— Tout va bien ? demanda-t-il.

Elle fut touchée de le sentir inquiet.

— Oui, c'était juste une journée très occupée.

— Bon. Je vous retrouve à l'entrée du parking ?

— Il ne faut pas de maillot de bain, n'est-ce pas ?

— Suggérez-vous ce à quoi je pense ?

Elle rit pour la première fois depuis qu'ils s'étaient parlé dans la cour.

— Je ne suggère rien du tout. Donnez-moi environ un quart d'heure, d'accord ?

— D'accord.

Elle raccrocha, éprouvant un soulagement qui lui fit presque tourner la tête. Peut-être que tout cela allait marcher, finalement.

Trente minutes plus tard, ils étaient dans le SUV de Toby, roulant dans les rues de San Diego.

— Vous allez vraiment à la plage tous les vendredis ?

Il hocha la tête.

— C'est mon yoga à moi.

— Je comprends. C'est comme ça que vous rechargez vos batteries.

— Exactement.

Serena s'attendait à moitié à ce qu'il lui reparle de venir chez l'obstétricien avec elle, mais il ne le fit pas. À la place, ils discutèrent de cas sur lesquels ils avaient travaillé ensemble ou séparément. Cela ressemblait à ce qu'Avery et elle faisaient à l'occasion. Mais cet homme n'était définitivement pas Avery.

Alors qu'elle sentait qu'elle pouvait être totalement elle-même avec son colocataire, elle n'avait pas ce genre de relation facile avec Toby. Et c'était peut-être à cause de Cozumel. Ce qu'elle avait cru être un moment d'amusement sans attaches dans une chambre d'hôtel s'était changé en quelque chose de plus compliqué que tout ce qu'elle aurait pu imaginer.

C'était déconcertant. Et cela la terrifiait, sans qu'elle sache exactement pourquoi.

Elle avait parlé à sa mère, sans donner aucun nom. Mais le seul conseil de Mme Dias avait été de suivre son cœur. C'était ce qu'elle avait fait aussi, dans sa jeunesse, et ça ne s'était pas très bien fini, avait pensé Serena. Mais elle était plus sage, maintenant. Elle ne s'était pas précipitée dans une nouvelle relation, et cela faisait cinq ans que le père de Serena était mort. Peut-être ne se fiait-elle plus à ses instincts.

Un peu comme elle ? Parker ne l'avait pas marquée à vie, mais il l'avait rendue prudente. Elle se méfiait de ce qui se cachait juste sous la surface chez tous les hommes susceptibles d'éveiller son intérêt.

Y compris Toby. Il s'était montré pétri de contradictions, d'une certaine façon. Et cependant il semblait solide comme un roc dans son travail. Mais, comme elle, il avait dans son passé une relation qui n'avait pas marché.

Elle relâcha son souffle sans bruit. Elle ne pouvait pas réfléchir à ça pour l'instant.

— On y est presque, dit Toby.

Il avait peut-être entendu son soupir.

— Très bien. Mais je ne sais toujours pas pourquoi vous m'avez invitée à venir avec vous.

— J'ai pensé qu'il serait bon que nous nous connaissions un peu mieux, étant donné que nous allons pas mal nous voir en dehors du travail.

— À cause du bébé.

— Oui. Et j'aimerais que vous sachiez quel genre d'homme je suis hors de l'hôpital.

Il voulait donc la rassurer, lui montrer qu'il n'était pas un tueur en série ? Elle devait se rappeler qu'il ne s'intéressait pas à elle, personnellement. Que les circonstances les avaient rapprochés et qu'il essayait de faire au mieux. Alors la moindre des choses était d'en faire autant.

Elle lui jeta un coup d'œil.

— Dites-moi quelque chose que je ne sais pas sur vous.

— Hum… j'ai un chat.

— Sérieusement ?

— Oui. J'en ai hérité, pour ainsi dire. À vous.

Serena eut un grand sourire.

— J'aime la musique country. Et danser en ligne.

Il haussa les sourcils.

— Je trouve ça plus surprenant que le yoga.

Elle ne put s'empêcher de rire.

— Vous voulez dire que vous n'êtes pas fan ?

— Non. J'aime toute sorte de musiques.

Il s'enfila dans un parking et trouva une place. Serena n'aurait pu choisir un meilleur endroit.

— J'adore Mission Beach, dit-elle.

C'était l'une des plus grandes plages de la région, avec une longue étendue de sable. Comme Toby avait dit qu'il aimait venir s'asseoir au bord de l'océan, elle supposa qu'il n'appréciait pas l'intense vie nocturne que l'endroit offrait aussi. Elle non plus. Ce qui rendait d'autant plus curieux qu'ils se soient rencontrés dans un dancing mexicain.

— C'est mon endroit préféré, dit-il.

Ils s'avancèrent sur la plage. Il était encore tôt, mais certains adorateurs du soleil commençaient à ramasser leurs affaires et ils n'eurent pas de mal à trouver une place sur le sable. Ils n'avaient pas de serviettes, mais ce n'était pas grave. Il était agréable de s'asseoir à même le sable.

— Alors comment s'appelle votre chat ? demanda-t-elle.

— Côte de Porc.

Elle le dévisagea, cherchant à voir s'il disait la vérité. Il sourit.

— C'est vrai. Il est arrivé avec ce nom-là.

— Arrivé d'où ? D'un élevage de cochons ?

Toby rit, et elle aima ce son.

— Non, il venait d'un refuge. Et il a sur le côté des poils plus foncés qui ressemblent à une côte de porc.

— C'est trop drôle.

Ils restèrent quelques minutes sans parler, et Serena sentit ses muscles se détendre avec le bruit des vagues. Elle s'allongea sur le dos et ferma les yeux, écoutant ce qui se passait autour d'elle. Il y avait de la musique et des bruits de voix, et les cris des mouettes dans le ciel. Lorsqu'elle rouvrit les paupières, elle vit que Toby l'observait.

— Quoi ? demanda-t-elle.

Il ne répondit pas, mais tendit la main pour écarter une mèche de cheveux de son front. Ce geste la fit frissonner. Puis il dit :

— Merci de m'avoir informé.

Ces simples mots touchèrent quelque chose de profond en elle, menaçant de faire surgir des sentiments qu'elle préférait garder enfouis en elle. Elle ne pouvait définitivement pas les affronter maintenant. Plutôt que de s'attarder là-dessus, elle regarda Toby et répondit :

— Je vous en prie.

À ce moment-là, un cri aigu provint du ponton en bois qui se trouvait derrière eux. Serena se redressa vivement. Toby était déjà sur ses pieds. Le cri se reproduisit.

Ils coururent jusqu'à la promenade et aperçurent un homme âgé allongé par terre, avec des gens qui s'attroupaient autour de lui.

— Appelez le 911, commanda Toby en se frayant un chemin jusqu'à l'homme, disant qu'il était médecin.

Pendant que Serena appelait les secours, il se mit à examiner la tête du blessé, qui saignait abondamment.

— Il paraît qu'il a voulu éviter quelqu'un en rollers et a perdu l'équilibre, indiqua-t-il. Sa tête a heurté ce mur en béton.

Serena frémit. Toby sortit son portable et alluma la lampe pour examiner les yeux de l'homme. Il jura doucement.

— L'une de ses pupilles est dilatée.

Il regarda autour de lui.

— L'un d'entre vous le connaît ?

Les gens secouèrent la tête, puis quelqu'un déclara :

— Je crois qu'il est SDF. Je l'ai déjà vu marcher par ici.

Le cœur de Serena se serra, alors qu'elle entendait le bruit d'une sirène, à distance. Prenant soin de ne pas bouger le blessé, Toby tapota ses poches, espérant trouver une carte d'identité. Il fit signe qu'il n'y avait rien.

Les ambulanciers arrivèrent quelques minutes après avec une civière, et Toby leur expliqua qu'à son avis l'homme souffrait d'une fracture du crâne. Ils lui mirent une minerve, glissèrent la civière sous lui et le chargèrent dans l'ambulance.

Tout s'était passé si vite ! Serena avait du mal à le croire. Une minute ils étaient sur la plage, détendus, et la suivante ils étaient face à une urgence.

— Voulez-vous les suivre ? demanda-t-elle à Toby.

— Non. Ils ont déjà appelé l'hôpital et une équipe de traumatologie va l'attendre.

Elle frissonna, serrant ses bras autour d'elle.

— Je déteste savoir qu'il était tout seul. Il paraissait si petit, si frêle…

— Oui.

Toby lui jeta un coup d'œil.

— Personne ne devrait jamais être aussi isolé.

Parlait-il toujours du blessé, ou de leur propre situation ? Serena se sentit soudain terriblement lasse. Tant de choses s'étaient passées ces dernières semaines. Tant de changements s'étaient produits dans sa vie. Elle se sentait accablée.

— Cela vous ennuie que l'on retourne à l'hôpital ? demanda-t-elle.

— Vous allez bien ?

— Oui, je crois. Je suis juste fatiguée. Je pense que je vais monter dans ma voiture et m'en tenir là pour ce soir.

La nuit n'était pas encore tombée, mais il lui semblait qu'elle pourrait dormir pendant huit jours. Elle avait été tellement remuée quand Toby s'était penché sur elle, la remerciant de l'avoir informé de sa grossesse…

Elle ne l'avait jamais vu aussi vulnérable et elle ne savait pas très bien comment gérer ça. Car, d'une manière quelconque, il avait réussi à se frayer un chemin dans son cœur à son insu et maintenant il s'y installait.

Et de deux choses l'une : ou bien elle le chassait, ou bien elle apprenait à accepter sa présence.

8.

Toby ne s'était pas attendu à ce que le vieil homme blessé s'en sorte, mais lorsqu'il arriva au travail le lendemain matin, il apprit qu'il était en soins intensifs, et bien vivant.

Il décida d'aller le voir, comme le service était tranquille pour le moment. Lorsqu'il franchit la porte, il fut frappé par le calme qui régnait là. On s'y battait aussi pour sauver des vies, mais d'une manière bien différente qu'en Chirurgie.

Au bureau, on lui dit qu'on appelait l'homme « Patient Doe », pour l'instant. Jusqu'ici, personne n'avait cherché à le retrouver. Et il n'avait pas de document d'identité. L'infirmière fit un signe de tête vers sa chambre.

— Il a du succès, aujourd'hui.

Toby fronça les sourcils et entra. Serena était assise sur une chaise près du lit. Il n'aurait pas dû être très surpris qu'elle l'ait coiffé au poteau.

— J'aurais dû m'en douter, dit-il.

Elle se tourna pour le regarder.

— Il fallait que je vienne le voir. On m'a dit que personne ne s'était manifesté, pour le moment.

— Je suis sûr que l'on fait des recherches pour voir si quelqu'un le connaît. Et les services sociaux seront avertis pour l'assister, s'il est vraiment seul.

— Vous travaillez, aujourd'hui ? lança Serena.

— Oui. Et vous ?

— Je suis de repos, en fait. Oh ! et si vous voulez venir avec moi pour ma première visite prénatale, vous le pouvez. Si vous êtes libre, bien sûr.

Qu'est-ce qui l'avait fait changer d'avis ? se demanda Toby. Il aurait parié qu'elle lui dirait non.

— Envoyez-moi le jour et l'heure par texto, quand vous le pourrez, et je le noterai sur mon agenda.

Même s'il devait déplacer certaines choses, il allait faire de son mieux pour être là.

— Entendu. Pourrez-vous me faire savoir s'il y a un changement dans l'état de ce pauvre homme ?

Serena était venue voir leur « John Doe » alors qu'elle était en congé. Elle aurait pu se contenter d'appeler, mais elle s'était déplacée. Une curieuse émotion se logea dans la poitrine de Toby.

— Je le ferai. Il faut espérer qu'il s'en sortira.

— Oui. Comment va Côte de Porc ?

— Bien.

Elle sourit.

— J'ai presque cru que vous me faisiez marcher, hier.

— Non.

Toby sortit son portable et chercha des images de son chat. Il lui tendit l'appareil, pour qu'elle le voie.

— Oh ! mon Dieu. Il a vraiment une tache qui ressemble à une côte de porc.

— Je vous l'avais dit.

— Bon. Là-dessus, je vais rentrer chez moi. Je vous enverrai cette date par texto.

Il hocha la tête.

— Merci.

Il la regarda partir, ses hanches se balançant légèrement sous sa jupe blanche – celle qu'elle avait portée dans son bureau. Puis il contempla la photo du chat, le seul être envers qui il avait un engagement, actuellement, et espéra vivement faire ce qu'il fallait en acceptant de prendre un enfant en charge.

Il s'agissait là de vraies vies. De vies qui pouvaient être blessées. Ou déçues. Il avait déjà déçu une femme. Il ne voulait certainement pas en décevoir une autre, parce que celle-ci entraînait avec elle des conséquences bien plus lourdes que la fin d'un amour.

Il s'agissait aussi de l'avenir d'un enfant. Et il allait devoir trouver un équilibre avec ça pendant les dix-huit prochaines années, et au-delà.

Son téléphone tinta. C'était un texto indiquant le jour et l'heure du rendez-vous avec Gary Rollings dans son cabinet privé. Faisant le calcul, il s'aperçut que c'était seulement dans une semaine et demie. Alors une horloge interne se mit en route en lui, entamant un compte à rebours en égrenant les secondes. Sans arrêt, une après l'autre.

Cela était réel. Bien trop réel. Il s'assit sur la chaise et contempla le corps silencieux de John Doe, se demandant comment il allait assumer un enfant alors qu'il ne savait pas du tout comment s'y prendre.

En arrivant au travail le lendemain, Serena s'arrêta au bureau du service chirurgical pour s'assurer que rien de critique ne nécessitait son attention. Le service était calme et elle était un peu en avance, alors elle décida d'aller voir le vieil homme. Juste comme elle se tournait vers l'ascenseur, Toby sortit du couloir où se trouvait son bureau.

— Bonjour. Je m'apprêtais à descendre voir John Doe.

Il secoua la tête et son expression la fit battre des cils.

— Qu'y a-t-il ?

— Il ne s'en est pas sorti. Il a eu une importante hémorragie cérébrale.

— Mais il était stable, quand je suis partie !

— Je sais. J'étais encore dans sa chambre quand il a fait un arrêt cardiaque. On n'a rien pu faire.

— Vous voulez dire hier soir ? Vous aviez dit que vous me préviendriez si son état changeait !

— Je sais. Mais vous n'auriez rien pu faire. Et vous étiez sans doute encore en train de rentrer chez vous.

Serena se cabra.

— Je ne vous aurais pas demandé de m'avertir si je n'avais pas voulu savoir.

Toby pencha la tête de côté, ne saisissant probablement pas pourquoi elle était si contrariée. En vérité, elle ne le savait pas elle-même. Était-ce à cause de la mort de cet homme, ou parce que Toby n'avait pas fait ce qu'elle lui avait demandé ?

— Je comprends. C'est pour cela que j'ai attendu que vous

arriviez ce matin pour vous le dire en personne. Je ne voulais pas que vous appreniez son décès par texto ou téléphone.

La colère de Serena se dissipa aussitôt.

— Désolée, dit-elle.

Il garda le silence, comme s'il escomptait qu'elle s'explique davantage. Mais que pouvait-elle dire ? *J'ai cru que vous vous comportiez comme mon père, en décidant à ma place ?*

Il ne l'avait pas fait. Mais elle s'était attendue à ce qu'il le fasse, peut-être parce que Parker avait eu ce genre de comportement une fois qu'ils s'étaient installés ensemble. Ce qui ne voulait pas dire que Toby lui ressemblait.

Serena se tourna et s'appuya de la hanche au bureau des infirmières, qui était vide pour le moment.

— J'aurais vraiment voulu qu'il s'en sorte.

— Je sais. Moi aussi.

Il jeta un coup d'œil à ses vêtements.

— Pas de yoga, aujourd'hui ?

Elle ne put retenir un sourire, malgré sa tristesse.

— J'y suis allée, mais je me suis changée. Pas de jogging ?

— Pareil pour moi.

— Apparemment, nous avons nos habitudes.

Toby la rejoignit au bureau, croisant les bras sur sa poitrine.

— On dirait.

— A-t-on découvert son identité ?

— Non.

D'une certaine manière, c'était encore plus triste que sa mort. C'était comme s'il avait disparu sans laisser de trace.

Elle toucha son ventre. Avait-on des enfants, en partie, pour s'assurer que quelqu'un garde le souvenir des générations précédentes ?

Elle chassa cette pensée morbide et jeta un coup d'œil à Toby.

— Qu'y a-t-il au programme, aujourd'hui ?

Il lui parla du patient blessé au foie, qui allait sortir dans l'après-midi. Et de Mabel Tucker, qui devait venir le lendemain pour un contrôle de routine.

— De bonnes nouvelles, dit-elle.

Les yeux bleus de Toby se plongèrent dans les siens, et son ventre frémit comme chaque fois qu'il la regardait ainsi.

Quelqu'un l'appela alors par son nom, et elle se détourna pour voir sa mère sortir de l'ascenseur et marcher vers eux. Oh ! Seigneur. Elle n'avait pas besoin de ça.

Serena n'avait pas parlé de Toby à Mme Dias, sans trop savoir pourquoi. Se hâtant à sa rencontre, elle lui demanda en espagnol pourquoi elle était là.

Sa mère jeta un coup d'œil à Toby et répondit en anglais.

— Depuis quand ai-je besoin d'une raison pour venir voir ma fille unique ?

On pouvait compter sur elle pour jouer sur la culpabilité.

— Tu n'en as pas besoin, bien sûr. Mais j'aurais pu te laisser une clé de l'appartement.

— J'étais dans le coin, et je me suis dit que j'allais m'arrêter.

Elle regarda de nouveau Toby.

— Tu ne me présentes pas ?

— Oh ! si, bien sûr. Toby Renfro, voici ma mère, Gracia Dias. Toby est chirurgien traumatologue ici.

Gracia jeta à sa fille un long regard scrutateur.

— Ah oui ?

Toby, ignorant ce qui se passait entre la mère et la fille, tendit la main.

— Oui, je travaille à l'hôpital. Serena m'a dit que vous étiez écrivaine ?

Oh ! non. Il allait renforcer les soupçons de sa mère.

— Je l'ai dit à pas mal de gens, déclara-t-elle vivement.

Il fronça les sourcils, perplexe. Elle était ridicule. Pourquoi évitait-elle de dire à sa mère qui il était ?

Parce qu'elle ne voulait pas être blessée. Et, surtout, elle ne voulait pas donner à Gracia Dias des raisons d'espérer qu'elle et Toby puissent avoir une relation sentimentale. Parce que ce ne serait pas le cas.

Elle le lui expliquerait, mais pas là. Pas à l'hôpital.

— Je commence juste mon service, maman, alors je suis désolée, mais je ne peux pas t'accompagner à l'appartement.

Elle sortit son trousseau de sa poche et en détacha une clé.

— Je ne sais pas si Avery sera là ou pas, aussi sonne avant d'entrer.

— Bon. Je préparerai le dîner. À quelle heure termines-tu ?

— 5 heures.

— Et vous ? demanda Gracia à Toby.

Elle le fixa d'un air décidé. Serena aurait pu jurer qu'elle avait deviné la vérité, mais comment ? Ils n'avaient même pas échangé un regard, et ils n'étaient pas près l'un de l'autre.

— Maman, Toby ne souhaite sûrement pas dîner avec nous.

— En vérité, je n'y verrais pas d'inconvénient, dit-il avec un sourire qui aurait fait fondre du beurre. Enfin, si vous êtes d'accord, Serena.

Oh ! il allait le lui payer.

— Parfait. C'est donc réglé, dit Gracia. Le dîner sera à 7 heures, mais venez dès que vous aurez fini ici.

Elle n'attendit même pas que Serena donne son accord ou pas. Était-ce là la femme qui se laissait manipuler par son mari quand son frère et elle étaient enfants ? Elle avait définitivement pris de l'assurance. Et Serena ne pouvait pas lui en vouloir. Elle était fière de sa mère. Même si elle préparait un repas pour Toby et allait sans doute la bombarder de questions.

Finalement, elle remit Gracia dans l'ascenseur juste au moment où Jacelyn arrivait, souriante.

— Vous êtes venue tôt, Serena.

Oui, et elle était déjà épuisée par cette scène avec sa mère. Mais comme la surveillante était là, elle ne put s'en prendre à Toby de s'être laissé inviter. Et elle connaissait Gracia : elle mettrait des fleurs, des bougies, et les petits plats dans les grands.

— Bon, je vais faire ma ronde, annonça Toby.

Il lui décocha un sourire malicieux.

— À plus tard.

Jacelyn le salua d'un signe de la main, tandis que Serena lui lançait un regard noir. Elle était exaspérée. La dernière chose qu'elle souhaitait était avoir sa mère et Toby dans la même pièce, ce jour-là. Mais apparemment c'était exactement ce qui l'attendait, qu'elle le veuille ou non.

Quand Toby arriva à la maison, il croisa le colocataire de Serena qui en sortait.

— Docteur Renfro ?

— Oui. Et vous devez être Avery.

— En effet. Entrez. Moi, je me rends à l'hôpital. Et profitez bien de votre dîner. Ça sent super bon.

— Merci.

Que le jeune homme soit ou non au courant pour lui resta un mystère. Mais Toby commençait à regretter son impulsion d'avoir accepté cette invitation pour taquiner Serena. Manifestement, elle n'avait pas parlé de lui à sa mère. Il supposait néanmoins que celle-ci était au courant de la grossesse. Et à son avis, c'était ce qui l'avait amenée à San Diego. Elle voulait probablement voir par elle-même que sa fille allait bien. Qui pouvait l'en blâmer ? Mais c'était une attitude si différente de celle de ses parents… Ils avaient donné une complète autonomie à leur fils dès son adolescence. Il pouvait rentrer à l'heure qu'il voulait, et ils ne regardaient jamais dans sa chambre pour s'assurer qu'il était là.

Il se rendait compte que ce n'était pas comme ça que Serena avait été élevée, et cela le fit se crisper. Était-il certain de pouvoir répondre à ses critères ?

Lorsqu'il franchit la porte, il reconnut la voix de Serena qui parlait à sa mère d'un ton échauffé. L'échange avait lieu en espagnol, mais il entendit Gracia prononcer son nom plusieurs fois. Bonté divine. Accepter cette invitation avait bel et bien été une erreur.

Il entra dans la pièce et se racla la gorge pour les avertir de sa présence. Serena le vit la première et ses yeux s'élargirent.

— *Mamá !* s'exclama-t-elle.

Sa mère ne parut pas embarrassée le moins du monde. Elle alla à la rencontre de Toby, se haussa sur la pointe des pieds et l'embrassa sur la joue.

— C'est une tradition, dit Serena, gênée.

— Pas de problème.

Il sourit à Gracia, se sentant réchauffé par son geste même si ce n'était sans doute qu'une formalité.

— Je suis ravi de vous revoir. Merci beaucoup de m'avoir invité.

— C'est très volontiers.

Gracia décocha à Serena un sourire entendu.

Avery avait raison. Cela sentait très bon. Et la table était mise avec soin. De hautes bougies rouges étaient disposées au milieu, avec un bouquet de fleurs. Un mélange de marguerites et de roses.

— Asseyez-vous avec Serena, pendant que je termine, dit Gracia.

Serena jeta un coup d'œil à Toby en le conduisant jusqu'au canapé, et murmura « Désolée ».

— Tout va bien, dit-il en la regardant avec attention. Est-elle au courant, pour moi ?

— Oui. Et je ne lui ai même pas dit. Mais le nier aurait été mentir, et je n'en avais pas envie. Elle savait déjà pour la grossesse, mais pas pour le reste.

— Et Avery ?

— Il le sait aussi. Je suis désolée. Je dis que je veux garder le secret, et c'est moi qui vends la mèche.

— Si vous faites confiance à Avery, moi aussi. Et votre mère ne fréquente pas les mêmes cercles que nous.

Une pensée lui vint à l'esprit et il fronça les sourcils.

— Alliez-vous lui parler de moi, ou non ?

Elle détourna les yeux.

— Ainsi, vous ne vouliez pas le faire.

— Pas tout de suite. Ma mère est une incorrigible romantique, dit Serena avec un petit rire.

— D'où les bougies et les fleurs…

— Elles n'ont pas pour but de vous séduire, je vous le promets. Pas encore, en tout cas. Maman aime juste préparer une belle table. Et les marguerites sont mes fleurs préférées, alors elle m'en achète toujours.

Toby enregistra l'information, sans trop savoir pourquoi. Il ne savait pas grand-chose de ses goûts. Il savait qu'elle aimait Mission Beach. Et le yoga. Et qu'elle buvait son café noir. Et aussi qu'elle pouvait déplorer la mort de quelqu'un qu'elle ne connaissait pas.

En vérité, il y avait beaucoup de choses à aimer chez Serena Dias.

— Je pense que nous sommes prêts, annonça Gracia en revenant dans la pièce.

Toby se leva et alla jusqu'à la table avec Serena, attendant qu'elle lui dise où s'asseoir. Elle désigna les chaises.

— Asseyez-vous où vous voulez. Il n'y a pas de place attribuée.

Il choisit une assiette au milieu de la table. Il y avait quatre couverts. Gracia avait dû penser qu'Avery resterait.

— J'ai croisé votre colocataire dans l'entrée.

— Oui, il a dû aller travailler. Maman va lui garder assez de nourriture pour demain et probablement plusieurs autres jours.

Son ton de conspiratrice le fit sourire. Gracia resta debout et les servit. C'était un énorme repas, et Toby se demanda comment elle avait préparé tout ça en si peu de temps. Il y avait des enchiladas, des haricots et du riz, du guacamole, de la salade, des tomates et deux ou trois autres plats qu'il ne reconnut pas.

Serena poussa un grognement.

— Je ne pense pas aller au yoga demain, après ce repas.

— Vous pourrez toujours courir.

Elle lui fit une grimace.

Ce côté-là de Serena lui plaisait. Elle se montrait joueuse et un peu narquoise, ce qui lui allait très bien. Curieusement, en dépit de la personnalité débordante de sa mère, Toby se sentait plus détendu qu'il ne l'avait été depuis longtemps. Peut-être un peu trop détendu.

Tandis qu'ils mangeaient, Gracia l'interrogea sur son métier, sur ce qui lui plaisait dans son activité et ce qu'il aimait moins.

— J'ai été très fière de Serena quand elle a poursuivi son rêve, ajouta-t-elle. J'aurais voulu être infirmière, moi aussi. Mais…

Elle haussa les épaules.

— Tu as poursuivi un autre rêve, maman.

— Oui, et j'adore ce que je fais.

Il y eut une brève pause dans la conversation, puis Gracia regarda Serena.

— Est-ce que vous choisissez déjà des noms pour le bébé ?

— C'est encore trop tôt. Nous… euh… je m'en occuperai plus tard.

— Trop tôt ? Jamais de la vie. J'avais choisi ton nom avant

même que tu sois conçue. J'ai toujours su que tu t'appellerais Serena. Cela veut dire « sereine ». Ça lui va bien, non ?

Toby était certain que Serena ne se sentait pas en accord avec son nom, en cet instant. Elle paraissait agitée et consternée.

Ses propres parents n'auraient jamais invité ses amis à dîner. Ce n'était pas qu'ils s'en moquaient. Ils avaient toujours pris soin de lui physiquement. Mais maintenant qu'il était adulte, il se rendait compte que ses besoins émotionnels étaient tombés dans les oubliettes. Cela avait instillé en lui une indépendance farouche. Compter sur quelqu'un d'autre pour répondre à ce qu'il lui fallait lui était totalement étranger. Et la réciproque était vraie aussi. Il lui était difficile de répondre aux besoins émotionnels d'une autre personne. Parce qu'il ne savait pas toujours très bien les définir. Ce qu'il savait, c'était qu'il ne voulait pas que son enfant grandisse en pensant qu'il ne se souciait pas de lui. Quel genre de parent serait-il, finalement ? Chaleureux, avenant et un peu bulldozer, comme Gracia ? Ou bien détaché et réservé comme ses parents l'avaient été ?

Ne devrait-il pas réfléchir à des choses dans ce goût-là ? Laisserait-il son enfant choisir ses vêtements, ou non ? L'obligerait-il à manger ses légumes, ou pas ?

Comme Serena l'avait dit, il était encore tôt. Mais dans sa tête, il pouvait déjà entendre le tic-tac des secondes qui passaient.

Elle n'a même pas encore eu sa première visite prénatale.

Alors oui. Il était encore très tôt.

— Où vivent vos parents, Toby ? demanda Gracia.

— Ils sont à Lancaster, d'où je viens.

Elle lui offrit de le resservir, mais il secoua la tête.

— Je suis repu, merci.

— Vous avez gardé de la place pour le flan, j'espère.

Apparemment, il n'avait pas le choix. Serena haussa une épaule.

Une minute plus tard, Gracia revint avec un dessert parfait présenté sur un plat rond. Elle découpa des parts avec précision et les nappa d'un jus doré avant de les servir. La première bouchée que prit Toby lui fondit dans la bouche, le sucre caramélisé allant parfaitement bien avec la texture moelleuse du flan.

Quand il eut fini, il refusa de se laisser resservir. Il ne se rappelait pas la dernière fois où il avait mangé autant.

— Je vais vous en emballer une part, pour que vous l'emportiez, déclara Gracia.

— Ce n'est pas nécessaire.

Elle sourit.

— Peut-être pas, mais cela me fera plaisir.

Toby était assez surpris qu'elle n'ait mentionné le bébé que pour demander s'ils avaient choisi des prénoms. Et rien n'avait été dit concernant le fait qu'il était le père. Mais il n'était pas encore parti.

Il consulta sa montre, surpris de voir qu'il était presque 9 heures.

— Je dois rentrer bientôt. Je commence de bonne heure, demain matin.

Serena parut soulagée. Par le fait qu'il s'en allait ?

Gracia revint avec un grand sac.

— C'est pour votre déjeuner, demain.

Puis elle l'embrassa de nouveau sur la joue.

— Merci.

Refuser aurait été vexant, et de toute façon il se demanda s'il serait autorisé à quitter l'appartement sans ces provisions.

— Je vais vous raccompagner jusqu'à la porte, dit Serena à voix basse.

Lorsqu'ils y furent, Toby la regarda.

— Eh bien, cela a été beaucoup moins pénible que ça aurait pu l'être. Elle n'a pas posé de questions délicates.

Il y eut une longue pause avant qu'elle finisse par répondre.

— Oui, je l'ai remarqué. Et pour être honnête, ça m'inquiète assez.

9.

Toby retrouva Serena dans le cabinet de Gary. Il avait eu raison : le gynécologue était discret. Lorsqu'elle lui avait dit que Toby assisterait au rendez-vous, il s'était arrangé pour les faire passer par une autre entrée et pour les faire attendre dans une salle d'examen.

Serena lui en fut reconnaissante. Elle savait qu'elle devrait suivre des cours d'accouchement sans douleur et de préparation à la naissance et, même si Toby venait à ce premier rendez-vous, elle ne savait pas encore si elle voulait qu'il soit son partenaire pour la suite.

Elle ne savait même pas s'il accepterait ce rôle, de toute façon.

Elle n'avait pas voulu faire des vagues, parce que les choses ne se passaient pas trop mal entre eux, pour le moment. Mais elle avait le sentiment que c'était parce qu'ils se comportaient bien. Un peu comme Parker durant les premiers jours de leur relation.

Pourquoi avait-elle pensé à ça ? se demanda-t-elle. Toby et elle ne sortaient pas ensemble. Ils n'étaient pas dans une relation.

Mais ils allaient avoir un bébé ensemble.

Elle lui jeta un coup d'œil et vit qu'il fixait quelque chose sur le mur. Quand elle regarda ce que c'était, elle aperçut un grand poster qui montrait le développement du bébé aux différents stades de la grossesse. Il y avait en lui une tension qui la mit mal à l'aise. Une tension qu'elle n'avait pas sentie lors du dîner avec sa mère. Avait-il des doutes sur tout cela ?

— Vous n'êtes pas obligé d'être ici, vous savez.

C'était lui qui avait choisi de venir, mais peut-être que tout arrivait trop vite pour lui. Et ce n'était pas comme si elle pouvait ralentir les choses. Mais sa tension se communiquait à elle, et elle n'était pas sûre de vouloir passer par ce genre de malaise à chaque rendez-vous.

— Je sais.

Ce n'étaient pas les paroles rassurantes qu'elle aurait pu espérer. Comme : « Je suis là parce que je veux y être. » Il faudrait peut-être qu'elle lui parle, après la visite.

Et lui dire quoi ? Qu'il devait se ressaisir et paraître heureux et détendu, sinon il ne pourrait plus venir ?

La dernière chose qu'elle voulait de lui était qu'il fasse semblant. Elle avait déjà vécu ça et pouvait s'en passer. Elle voulait que sa grossesse soit un émerveillement où elle anticiperait chaque nouveau stade – comme sur ce poster où la future mère souriait. Elle n'avait aucune envie que ce soit une source de stress, la faisant se demander sans cesse si Toby regrettait sa décision de participer. Elle se posait la question déjà chaque jour qui passait. Et aujourd'hui il lui donnait encore plus de raisons de s'interroger.

Il pouvait être drôle et charmant. Mais il pouvait aussi se montrer distant, rendant difficile de communiquer avec lui. Comme à présent.

Il pouvait être incroyablement sexy, et il pouvait aussi se refermer à une vitesse qui lui donnait le tournis.

N'était-elle pas comme ça, elle aussi ?

Peut-être. Mais pas en ce qui concernait sa grossesse. Elle était anxieuse de voir ce que cette visite donnerait. Elle voulait tout savoir. La taille du bébé. Comment il allait. S'il se développait normalement.

Et elle voulait connaître son sexe dès que ce serait possible.

Toby le voulait-il également ?

Serena décida de lui poser cette question en premier, parce que Gary le leur demanderait.

— Voudrez-vous savoir si c'est un garçon ou une fille, le moment venu ?

Il lui jeta un coup d'œil, puis regarda de nouveau le mur. Il remua deux ou trois fois le pied qu'il avait posé sur son genou avant de se calmer.

— Comme vous voudrez.

Elle battit des cils. Que voulait-il dire ?

Sapristi, elle réfléchissait trop à tout. Mais c'était comme si Toby aspirait toute la joie qui régnait dans la pièce. Toute la joie qu'elle éprouvait.

Elle décida de ne plus rien lui demander. Peut-être reprendrait-il du poil de la bête quand Gary arriverait.

Ou peut-être pas. Mais pour l'heure, elle regrettait de l'avoir laissé venir au rendez-vous.

Une infirmière entra dans la pièce, prit ses constantes vitales et l'emmena dans le couloir pour la peser. Toby choisit de rester où il était, sans même lui offrir de l'accompagner. Ce qui se comprenait, étant donné qu'ils voulaient rester discrets. Mais, lorsque Serena revint, elle s'attendit à moitié à le trouver parti.

Il était toujours là. Toujours aussi maussade, même s'il lui décocha un sourire en demi-teinte. Il continuait à agiter son pied sur son genou. Elle sentit son cœur s'emballer pour suivre son rythme.

Le temps que Gary arrive, elle était pétrie de sentiments conflictuels. Peut-être ne faisait-elle pas ce qu'il fallait en ayant ce bébé. Peut-être devrait-elle…

Non. C'était la chose à faire. Pour elle. Mais peut-être pas pour Toby. Ils n'avaient pas vraiment parlé de cette visite durant la semaine et demie qui avait précédé, et franchement il avait semblé être d'accord. Jusqu'à maintenant.

Le gynécologue entra dans la pièce, jeta un coup d'œil à Toby et demanda :

— Tout va bien ?

Ainsi, Serena n'était pas la seule à avoir remarqué la mauvaise humeur du futur père. Elle en fut contente et en même temps elle le regretta. Elle avait espéré être trop sensible pour son bien.

— Oui.

Toby se leva et serra la main de Gary.

— Merci de nous avoir fait passer par l'autre entrée.

Elle sentit qu'elle se tassait sur sa chaise. Était-ce de cela qu'il s'agissait ? Était-il embarrassé qu'elle porte son enfant ? Même si elle avait souhaité autant que lui ne pas laisser savoir qu'il était le père – du moins pour le moment –, cela semblait différent.

— Pas de problème.

Le médecin se tourna vers Serena et Toby reprit son siège,

posant de nouveau son pied sur son genou et le faisant sauter de plus belle. Finalement, elle tendit la main pour le toucher.

— Pourriez-vous arrêter de faire ça, s'il vous plaît ? Ça me rend nerveuse.

— Entendu.

Il décroisa les jambes et s'assit en avant, les coudes sur les genoux. Ce n'était pas mieux, se dit Serena. Elle décida de l'ignorer.

— Vous êtes prêts à voir ce qui se passe avec ce petit ? demanda Gary.

— Oui. Plus que prêts.

Elle se força à sourire. En cet instant, elle était juste prête à en finir et à sortir de cette pièce. Pour s'éloigner de Toby.

— Allongez-vous sur la table, s'il vous plaît.

Serena était déjà vêtue de la chemise d'hôpital qu'on lui avait donnée à son arrivée. Et elle fut très heureuse de constater qu'un rideau empêchait Toby de la voir se déshabiller, ce qui était ridicule. Soudain elle se sentait gênée et ne savait pas pourquoi.

Elle se glissa sur la table et subit d'une manière quelconque l'examen pelvien, tout en regrettant de plus en plus la présence de Toby dans la pièce. Il n'essayait pas de se montrer négatif, se dit-elle. Il était simplement… silencieux. Trop silencieux.

Elle repensa avec nostalgie à l'amusement du cours de yoga qu'ils avaient suivi ensemble, et au moment qu'ils avaient passé assis sur la plage – là, le silence n'avait pas été pesant, ne lui avait pas donné l'impression désagréable qu'il aurait souhaité être n'importe où plutôt qu'ici.

Elle se rappela ses paroles, quand il avait dit qu'il ne voyait pas d'enfants dans son avenir. Eh bien, l'avenir était déjà là et il était trop tard, maintenant. Son monde avait été mis sens dessus dessous en un instant.

— Bon, je vais faire une échographie, même si nous ne pourrons pas voir grand-chose à ce stade, dit Gary. Et certainement pas le sexe du bébé, si vous avez envie de le connaître.

Comme vous voudrez.

C'était ce qui n'allait pas. Normalement, ce n'aurait pas dû être comme elle voulait. S'il souhaitait être impliqué dans la vie de leur enfant, elle désirait qu'il participe. Pas seulement à ça, mais à un tas de choses. Le voir assis là, présent sans l'être, était une sensation horrible. Une sensation qu'elle ne voulait pas que leur enfant éprouve.

Gary lui passa du gel réchauffé sur le ventre et plaça l'appareil au milieu. Elle entendit tout de suite des bruits statiques. Elle craignait de regarder Toby, de peur de le voir toujours contempler ce poster en souhaitant être ailleurs.

— Bon, nous y allons, annonça Gary.

Serena porta son attention sur l'écran, où elle vit un cercle noir. À l'intérieur de ce cercle se trouvait une petite créature repliée sur elle-même. Elle reconnut immédiatement la tête. Les membres minuscules qui commençaient à se former. Et elle se figea quand un son emplit la pièce.

Toc-toc, toc-toc, toc-toc.

— Nous avons un fort battement de cœur, dit Gary en lui souriant.

Soudain, elle ne se soucia plus de ce que Toby ressentait ou pas. Un sentiment tout-puissant d'amour l'envahit, s'étendant pour inclure ce minuscule début de vie. Mais il ne s'arrêta pas là. Il dépassa les limites de son ventre et s'étendit encore pour inclure… Toby.

Les yeux de Serena s'élargirent. Non, c'était juste l'émerveillement de voir leur bébé pour la première fois, se dit-elle. Il était naturel qu'elle éprouve de l'amour pour tous ceux qui se trouvaient là.

Néanmoins, elle n'aimait pas Gary Rollings de cette façon-là.

Quelque chose dans son cœur lui dit que l'amour qu'elle éprouvait pour Toby était différent de celui qu'elle éprouvait pour leur bébé. Et que c'était un sentiment qui avait grandi en elle d'une façon aussi irrévocable que cette petite vie qu'elle portait.

Elle garda les yeux rivés sur l'écran, même si son cœur pleurait sur l'impossibilité de la situation.

Elle voulait ce bébé. Mais elle le voulait aussi, lui.

Toutefois, il avait été clair. Très, très clair. Alors qu'il acceptait d'envisager l'idée d'être papa – quelque chose sur quoi il pourrait très bien revenir, maintenant –, il avait déclaré très nettement qu'il ne voulait rien de plus que ça.

Il lui avait dit qu'il ne pouvait pas lui offrir une relation. Et elle l'avait rassuré, disant que c'était bon pour elle. Qu'elle n'en attendait pas une, et n'en souhaitait pas.

Ce qui n'avait pas été un mensonge. Sur le moment. Mais cela pourrait très bien en être un maintenant.

— Voulez-vous que j'imprime une image ? demanda Gary. Cela rend très bien. Plus tard, vous pourrez voir le visage du bébé.

— J'aimerais en avoir une, merci.

Serena ne demanda pas à Toby s'il en voulait une, et Gary ne le lui demanda pas non plus. Il était clair qu'il était en état de choc… ou d'autre chose.

Elle était joliment choquée elle-même. Pas par sa grossesse. Mais par la découverte qu'elle était amoureuse de lui.

Et elle n'avait absolument aucune idée de ce qu'elle devait faire à ce sujet. Une chose était certaine. Elle n'allait pas le faire asseoir, comme pour la grossesse, et lui asséner la nouvelle. Elle n'était pas sûre, non plus, de pouvoir venir s'asseoir dans cette salle d'examen mois après mois en essayant de lui cacher ses sentiments. Dans le service Chirurgie, c'était autre chose. Ils étaient très occupés et il n'y avait guère de temps pour l'introspection.

Mais ici… Elle craignait qu'en observant le développement de son bébé, elle ne voie se développer aussi ses sentiments pour Toby.

Peut-être fallait-il qu'elle fixe des limites et qu'elle réduise le temps qu'ils passeraient ensemble en dehors du travail et des visites prénatales.

Ce qui signifiait plus de promenades à Mission Beach. Et cela la rendit triste.

— Connaissez-vous la date de l'accouchement, pour que j'essaye d'ajuster mon programme ?

C'étaient les premiers mots que Toby prononçait depuis le début de l'échographie. Et ils indiquaient bien ce qui était important pour lui : ajuster son programme.

Le fait qu'il semble confirmer qu'il souhaitait toujours faire partie de la vie de leur bébé aurait dû rendre Serena heureuse. Mais elle avait espéré une réaction émotionnelle de sa part, plutôt que quelque chose d'aussi détaché.

— Connaissez-vous la date de la conception ? demanda Gary.

Toby répondit sans hésitation.

— Le 16 mai.

Waouh. Elle ne s'était pas attendue à ce qu'il se rappelle si vite la date. Et bien sûr son cerveau brodait déjà sur cette information. Cette date était-elle mémorable à ce point, pour lui ? Ou était-ce un jour qu'il aurait aimé effacer ?

Elle ne le saurait pas à moins de le lui demander. Et elle ne pouvait pas le faire. Ne le ferait pas. Pas avec ce qu'elle éprouvait à présent.

Gary vérifia quelque chose sur l'échographie.

— Cela correspond à la taille du fœtus, dit-il. Ce qui donne autour du 6 février comme date d'accouchement.

Le 6 février. Hou là. Cela paraissait soudain tout près.

Serena jeta finalement un coup d'œil à Toby et vit qu'il regardait son téléphone, tapotant sur l'écran. Avait-il seulement suivi l'échographie ?

Une sensation de malaise se mit à envahir son ventre. Cela n'allait pas. Elle sut, le cœur gros, qu'elle ne pourrait pas revivre ça.

Il était évident que Toby n'était pas content d'être là. Et en cet instant, elle aurait préféré qu'il soit n'importe où ailleurs.

Elle n'allait pas continuer ainsi. Pas de cette façon.

Ce n'était même pas elle qui lui avait demandé de venir. C'était lui qui avait demandé s'il pouvait l'accompagner.

Les gens changent, tu sais…

Comme s'il réalisait que quelque chose n'allait pas, Gary ajouta :

— Mais les dates d'accouchement ne sont pas inscrites dans le marbre. Elles sont juste une indication.

Ils terminèrent l'examen, ce qui sembla prendre une éternité. Tout ce que Serena souhaitait, c'était sortir de cette pièce. S'éloigner de Toby. Et réfléchir à fond. Elle n'écarterait jamais le bébé de Toby s'il voulait vraiment faire partie de sa vie. Mais elle balayerait de la table tout ce qui la concernerait, elle.

Comme elle était justement assise sur une table, cette pensée lui donna envie de rire. Et elle pouffa, ce rire durant quelques secondes de trop. Toby et Gary la regardaient comme si elle avait perdu l'esprit.

— Pardon, dit-elle. Quelque chose m'a paru drôle.

Sauf que ce n'était pas drôle. Pas pour le moment, en tout cas. Et elle ne les voyait pas rire à ce sujet dans l'avenir proche, non plus.

Alors elle allait se ressaisir et quitter cette pièce avec toute la dignité qu'elle pourrait rassembler.

Toby n'avait jamais eu de crise de panique, auparavant. Mais alors qu'il était assis avec Serena dans cette salle d'examen, la veille, il avait bien failli en avoir une. Les murs avaient semblé se resserrer autour de lui, et ce poster avait fait paraître encore plus forte la sensation du temps qui s'écoulait. Soudain, février avait l'air tout proche.

Et il n'était pas prêt pour ça. Pour rien de tout ça.

Il devrait sans doute aller en parler à Serena. Il avait espéré qu'elle ne remarquerait pas que quelque chose n'allait pas, mais elle l'avait remarqué à coup sûr. Il avait à peine dit deux mots. Et quand Gary avait imprimé une image de l'échographie pour la tendre à Serena, il n'en avait pas demandé une pour lui.

Les images affichées sur ce mur étaient gravées dans sa tête. Le bébé grandissait et il passerait bientôt par tous ces stades. Et alors les choses ne seraient plus hypothétiques, ou abstraites. Elles seraient concrètes, quand un être humain glisserait dans les mains tendues de Gary.

À ce moment-là, sa vie entière changerait de façon qu'il ne pouvait probablement même pas imaginer.

Des façons qu'il avait essayé d'éviter.

Chaque visite dans ce cabinet renforcerait ce fait. Encore et encore.

Pourtant, l'alternative n'était pas acceptable. Qu'il choisisse de se montrer égoïste et continue de ne vivre que pour lui-même.

Les choses n'étaient pas aussi tranchées, en réalité, mais il avait tendance à les voir ainsi.

Pour couronner le tout, Tanya l'avait appelé la veille au soir pour lui dire qu'elle était enceinte, elle aussi. Mais elle lui avait assuré que le bébé était de Cliff, et pas de lui. Pour le cas où il en entendrait parler par les ragots. Mais il ne voyait pas comment ce serait possible. Le Paz Memorial avait bien ses potins, mais ils ne s'étendaient généralement pas aux hôpitaux voisins, et encore moins aux hôpitaux situés dans d'autres villes.

Il avait dit à Tanya qu'il était heureux pour elle. Et il l'était. Sa vie semblait s'être stabilisée, contrairement à la sienne. Elle était manifestement dans une relation d'amour, ce qui rendait vraisemblablement les choses plus faciles.

Il était certain que s'il avait offert le mariage ou une autre sorte d'engagement à Serena, elle aurait refusé.

Elle l'avait à peine laissé venir à son rendez-vous. Et l'idée d'aller au prochain… Eh bien, cela lui faisait peser un poids sur l'estomac ; un poids qui n'était pas près de disparaître.

Il ne pensait pas qu'il pourrait le faire. Être un partenaire de jogging était une chose. Être un partenaire en tant que futur parent en était une autre.

Il allait devoir le lui dire. Ou du moins, essayer de lui expliquer pourquoi il s'était comporté de la sorte à son rendez-vous. Le fait que Gary ait demandé si tout allait bien indiquait que sa panique avait été aussi visible qu'il l'avait pensé.

Il ne voyait pas très bien comment il allait parler de tout ça à Serena. De la boule de peur suspendue au-dessus de lui. Du fait qu'il avait raison à propos de la paternité : il n'y était pas prêt du tout.

Mais cela allait arriver. Qu'il soit prêt ou non.

Et d'une manière ou d'une autre, il allait devoir trouver le moyen de s'y adapter.

Le lundi matin, la chirurgie fut une chirurgie de routine. Un motard avait couché sa moto sur la route et avait une fracture ouverte du fémur. Et cependant, tandis que Serena tendait les instruments à Toby, elle avait l'impression que c'était tout sauf de la routine. Il lui semblait qu'elle planait au-dessus d'elle-même, observant l'opération qui se déroulait sans en faire vraiment partie.

Elle réalisa alors que c'était probablement ce que Toby avait éprouvé lors de ce rendez-vous. Il avait été là sans l'être.

Cela l'attrista et l'inquiéta. Elle ne voulait pas qu'il fasse machinalement ce qu'il fallait en ce qui concernait la vie de son enfant. Elle voulait quelqu'un qui soit totalement investi. Quelqu'un qui sente qu'ils étaient partie prenante dans ce qui arrivait. Et ce n'était pas un jeu. C'était très réel. Et bien trop important pour le prendre à la légère.

Alors elle allait suggérer à Toby de se tenir à l'écart de sa grossesse pendant deux ou trois mois, puis de voir ce qu'il éprouverait après cette coupure. S'il se sentait soulagé, elle lui ferait une faveur et lui demanderait de s'extraire de la situation, point final. En le rassurant sur le fait qu'elle irait bien. Elle s'était mise à envisager d'élever son bébé seule, mais sa mère et Avery lui avaient dit qu'elle ne serait pas vraiment seule. Il y avait des gens qui souhaitaient l'aider. Qui souhaitaient véritablement être là pour elle. Et c'étaient ces gens-là dont elle désirait s'entourer pour remplir sa tâche de mère. Elle ne voulait pas de quelqu'un qui puisse concevoir du ressentiment vis-à-vis d'elle et du bébé.

Serena traversa d'une manière quelconque le reste de l'opération, puis s'esquiva dès qu'elle fut terminée pour réfléchir. Elle pourrait continuer à le faire tout en s'occupant de ses patients et en poursuivant sa journée. Elle aurait une dernière opération en fin de journée, mais ce ne serait pas avec Toby. Ce serait avec l'un des orthopédistes qui se spécialisait dans la chirurgie de la main. Quelque chose qui était nouveau pour elle. Normalement, elle était heureuse de pouvoir participer à ce genre de cas, car ils lui apprenaient beaucoup.

Mais cette fois, elle n'éprouvait aucune curiosité. Elle avait l'impression d'être dans des limbes, coincée entre deux mondes et essayant de décider celui qu'elle voulait choisir. Celui qu'elle *devait* choisir.

Faire en sorte que ce bébé tire Toby en avant, afin qu'il l'accompagne de manière effective, ou demander à sa mère de venir l'accompagner à sa place.

Elle savait ce qu'elle souhaitait. Mais elle refusait que cela implique un individu qui disait qu'il serait là, mais qui, au fond de son cœur, n'en avait pas envie.

Alors, quand elle en aurait fini avec cette dernière opération, elle appellerait Toby et lui proposerait de le rencontrer. Pour mettre les choses à plat, afin qu'il n'y ait pas de malentendu. De la part de qui que ce soit.

Toby se rendit à la plage. Il avait besoin du bruit de l'océan pour le bercer et le ramener en un endroit qui ne soit pas plein de tensions.

Sauf que lorsqu'il arriva à Mission Beach, il ne put se rappeler que les appels à l'aide et cet homme âgé gisant sur le ponton.

Il s'assit quelques minutes, avant de se lever et de marcher jusqu'à l'endroit de l'accident. Des gens en rollers et des piétons affluaient autour de lui, la plupart d'entre eux ayant probablement oublié ce qui s'était passé là un peu plus d'une semaine auparavant. L'homme avait disparu depuis longtemps de leur mémoire.

Mais pas de la sienne. Et pas de celle de Serena, non plus.

Les jours de sa grossesse seraient oubliés aussi, pour finir. Et cependant, pour l'instant, ils étaient incroyablement douloureux et réveillaient toutes ses insécurités. Si cette grossesse avait été planifiée, peut-être aurait-il d'autres sentiments. Mais Serena, elle, semblait totalement à l'aise avec sa décision.

Alors pourquoi pas lui ?

Cherchant son téléphone dans sa poche, il s'aperçut qu'il l'avait laissé chez lui. Ce qui mit un terme à ses plans de régler cette affaire. Il fallait qu'il rentre et s'assure qu'aucune urgence ne requérait son attention.

Il monta dans sa voiture et roula jusqu'à son appartement. À la seconde où il arriva, Côte de Porc l'accueillit à la porte et s'enroula autour de ses chevilles, réclamant à manger. Il l'avait déjà nourri, mais le chat mendiait toujours, quoi qu'on lui ait donné dans la journée.

— Attends une seconde, mon garçon. Je dois d'abord vérifier quelque chose.

Il alla prendre son téléphone sur son bureau et fit défiler plusieurs messages avant de se rendre compte que son cerveau en avait sauté un ou deux.

Il revint en arrière et vit qu'il avait manqué un appel de Serena. Deux appels, en fait, à une heure d'intervalle.

Bon sang ! Est-ce que quelque chose n'allait pas ? Pour elle ou le bébé ?

Ignorant son chat pour le moment, il recomposa le numéro et attendit pendant que le téléphone à l'autre bout sonnait une fois, deux fois… Puis une voix tremblante répondit.

— Allô ?

10.

Serena devait retrouver Toby à la plage le lendemain, et elle lui dit qu'elle viendrait avec sa voiture. Elle ne le voyait pas la raccompagner chez elle après ce qu'elle avait à lui dire – même si, franchement, elle pensait qu'il en serait en partie soulagé.

La pensée de le rencontrer à l'hôpital, même dans la cour, lui était insupportable. Même l'assister dans ses opérations était difficile, maintenant. Cela lui rappelait qu'elle tenait à lui d'une manière qui n'avait rien à voir avec le fait qu'ils étaient des collègues de travail. Il avait été honnête et lui avait dit la vérité sur ce qu'il éprouvait, et elle le respectait pour cela. Elle n'aurait pas voulu qu'il lui mente.

Le plus étrange, c'était qu'elle s'était attendue à ce qu'il se comporte d'une façon et qu'il s'était comporté de la façon opposée – ce qui la tracassait. Alors que Parker et son père avaient tendance à dire ce qu'ils voulaient sans mâcher leurs mots, Toby n'avait pas exprimé le moindre intérêt pendant qu'ils étaient dans le cabinet de Gary. Même lorsqu'elle avait plaisanté en disant qu'elle voulait être celle qui choisirait le nom du bébé, il avait été d'accord.

Il n'avait pas demandé une copie de l'échographie. Et, bien qu'il ait programmé la date probable d'accouchement dans son téléphone, il l'avait fait comme s'il s'agissait d'un simple rendez-vous d'affaires.

Le nombre des signes indiquant qu'il n'était pas intéressé grandissait rapidement. Et Serena ne pouvait pas prétendre que cela n'avait pas d'importance quand il était là, à côté d'elle, rendant évident qu'il ne voulait pas de véritable engagement.

Mais leur enfant méritait mieux que cela de lui. Et elle n'accepterait rien de moins qu'un véritable engagement, justement. Sinon, rien.

Cette fois-ci, elle avait apporté une serviette et s'assit dessus pour attendre l'arrivée de Toby. Il n'était pas en retard ; c'était elle qui était en avance. Elle avait voulu s'assurer d'être le plus calme possible. Elle avait même dans son sac un pense-bête, pour se rappeler tous les points à aborder. Mais elle n'imaginait pas Toby discuter ce qu'elle suggérerait.

Retourner au travail serait difficile. L'impulsion de donner sa démission et d'aller ailleurs était forte. Vraiment forte. Mais elle y avait déjà réfléchi et tranché : elle ne prendrait pas de décision avant la naissance du bébé.

Elle avait réussi à travailler avec Toby après avoir couché avec lui. Cela ne serait pas différent, n'est-ce pas ?

Cinq minutes plus tard, Toby la trouva étudiant ses notes, qu'elle fourra vivement dans son sac.

Il se laissa tomber sur le sable à côté d'elle et la regarda.

— Pourquoi n'avez-vous pas pu me dire de quoi il s'agit par téléphone ?

— Parce que je pense qu'il vaut mieux que je vous le dise en personne.

Elle se rendit compte qu'elle utilisait le même argument que lui à propos de la mort de John Doe. Il avait eu raison, se dit-elle. À ce sujet, du moins.

— Bon.

Il prononça ce mot d'une manière qui indiquait qu'il n'était pas d'accord.

Mais cela n'avait pas d'importance. Elle avait déjà pris sa décision. Et elle allait faire porter la discussion sur elle-même, plutôt que sur ce qu'il avait ou n'avait pas fait.

— Je pense que j'aimerais aller seule à mes rendez-vous restants.

Toby ferma les yeux un instant, avant de la regarder de nouveau. Et, oui, elle aurait pu jurer qu'il paraissait soulagé.

— Une raison particulière ?

— Des tas de raisons. Mais elles débouchent toutes sur la même chose : vous avoir avec moi me met mal à l'aise.

Elle ne dit pas que c'était à cause de sa raideur.

— Je suis désolé si j'ai…

— Je pense que j'aurais ressenti la même chose quoi qu'il se soit passé.

Il marqua une longue pause.

— Et le bébé ? Allez-vous toujours me laisser intervenir dans sa vie ?

— Nous, je veux dire vous et moi, ensemble, pourrons en décider lorsqu'il sera là. En attendant, je veux que vous réfléchissiez longuement et sérieusement à ce que vous voulez, parce qu'il s'agira de vous décider. Je n'ai pas le choix d'être mère ou pas… enfin, si, mais je ne veux pas en entendre parler. Vous, vous pouvez choisir d'être parent. Je sais que vous avez dit que vous vouliez vous impliquer, mais en ne venant pas à mes visites, vous aurez une chance de réexaminer vos motivations. Quelles qu'elles soient, il ne faut pas que vous agissiez par culpabilité. Parce que ce ne serait pas juste pour le bébé.

Toby ne l'interrompit pas. Ne la corrigea pas. Il la laissa aller jusqu'au bout. Puis il hocha la tête.

— Voyons voir si j'ai bien compris. Vous ne voulez plus que je vienne à vos rendez-vous. Et vous voulez que je mette ce temps à profit pour décider si je veux vraiment être impliqué dans la vie du bébé, ou non.

— Oui.

— Vous viendrez toujours travailler, n'est-ce pas ?

Elle le regarda.

— Est-ce un problème pour vous ?

— Non. Mais à vous entendre, on dirait que vous ne voulez pas que l'on soit ensemble jusqu'à la naissance du bébé, et peut-être même après.

— Nous ne nous voyons pas tout le temps au travail. Alors je ne projette pas d'aller ailleurs.

Il fronça les sourcils.

— Je ne me souviens pas de vous l'avoir demandé.

— D'accord. Je voulais juste m'en assurer.

Serena marqua une pause.

— Avez-vous quelque chose à dire ?

Si elle avait espéré qu'il discute avec elle, qu'il dise que ce n'était pas du tout ce qu'il voulait, elle fut bien déçue. Car son seul commentaire fut :

— Vous me ferez savoir comment vont les choses ?

— Je pense qu'il vaut mieux que nous ne parlions pas du tout du bébé, au travail.

— Alors je devrais juste me dire « pas de nouvelles, bonnes nouvelles » ?

Elle hésita.

— Si jamais je… je perds le bébé, dit-elle avec difficulté, je vous le ferai savoir.

Elle n'en fut pas sûre, mais elle pensa qu'il pâlissait à ses paroles. Ce qui n'avait pas de sens. Elle avait accepté qu'ils ne soient pas ensemble – du moins, elle espérait avec ferveur l'avoir fait –, mais elle devait admettre que comme des gens divorcés avec des enfants, ils seraient toujours dans la vie l'un de l'autre, sous quelque forme que ce soit, à cause de cet enfant.

À moins qu'il ne décide qu'il ne voulait pas être impliqué du tout. Une partie d'elle aimerait que ce soit le cas. Parce que alors elle pourrait rester à l'hôpital ou en partir, ou même quitter la ville, sans avoir à se préoccuper de lui.

Il contemplait l'océan mais, lorsqu'elle prononça ces mots, il se tourna pour la regarder, ses yeux bleus la fixant intensément.

— Je veux que vous sachiez que quoi qu'il advienne je ne souhaite pas que vous perdiez ce bébé. Je veux que ce petit soit en bonne santé et qu'il ait une vie heureuse. C'est juste que je ne suis pas…

Il ne finit pas sa phrase, mais cela n'eut pas d'importance. Rien de ce qu'il pourrait dire ne rendrait sa pensée positive, se dit Serena. Mais au moins elle obtenait de lui une certaine honnêteté. Et, quoi qu'il en soit, « pas » était au centre de ses arguments.

Pas… fait pour être père.

Pas… prêt à engendrer un enfant.

Pas… décidé à s'impliquer.

Tout cela signifiait en gros la même chose.

— C'est bon, Toby. Et c'est pour cela que c'est mieux ainsi. Vous me ferez savoir quand vous aurez pris une décision, dans un sens ou dans l'autre.

— Je vous ai dit que vous n'auriez pas à traverser cela seule.

Ces mots furent comme un javelot la frappant en pleine poitrine. Elle y avait pensé, mais cette première visite l'avait amenée à considérer son offre de plus près.

— Parfois, vous êtes seul même lorsqu'il y a des gens autour de vous.

Il détourna les yeux, contemplant de nouveau l'eau.

— Je suis désolé si vous avez ressenti ça.

Elle haussa les épaules.

— C'est simplement plus facile de rester seul que de…

Que de s'inquiéter de savoir si l'autre personne redoute d'être là. Mais elle ne le dit pas. Il avait saisi son point de vue. Mieux valait en rester là.

Elle se mit debout et secoua sa serviette.

— Bon. C'est tout ce que je voulais dire. À plus tard au travail.

— Oui.

Il ne se leva pas et ne lui offrit pas de la raccompagner à sa voiture. Il resta juste assis là, regardant droit devant lui.

C'était plus facile ainsi. Elle n'avait pas besoin d'avouer ses sentiments ou d'insister pour qu'il continue à venir à ses rendez-vous. La première de ces deux choses était trop horrible à imaginer. Trop douloureuse. Elle rappelait trop à Serena tout ce qu'elle désirait, mais ne pouvait avoir.

Elle s'éloigna vers sa voiture. Sa vision était brouillée, et sa tête était soudain bourrée d'arrière-pensées, et de souhaits qu'il ait pu y avoir une autre solution.

Il n'y en avait pas eu. Et Toby avait semblé le confirmer par sa réaction.

Il était soulagé. Même si elle était loin de l'être.

Serena était fidèle à sa parole. Elle voyait Toby au travail, mais ne faisait pas d'effort pour bavarder avec lui. Elle le traitait comme n'importe quel autre médecin avec qui elle travaillait. Et peut-être même d'une manière un peu plus formelle. Parce qu'il remarquait qu'elle discutait avec ses collègues. Mais avec lui elle se contentait d'opiner et de faire son travail, en gardant la tête basse autant que possible.

Et elle le regardait rarement dans les yeux. Il constata que c'était ce qui lui manquait le plus.

Sapristi, il n'aurait pas dû s'en soucier. Elle avait indiqué très clairement qu'elle ne voulait pas de lui dans sa vie. Du tout. Elle avait dit que c'était à lui de décider, mais elle n'avait pas eu l'air de le penser. Aussi se préparait-il à ce qu'elle le chasse complètement de sa vie. Et de celle de son enfant.

Il avait cru que c'était ce qu'il voulait aussi, assis dans cette salle d'examen. Mais il avait de la bile dans la gorge depuis une semaine, maintenant. Cela faisait une semaine qu'ils avaient parlé sur la plage. Une semaine et deux jours qu'ils étaient allés à sa première visite.

Mabel Tucker devait venir ce jour-là pour sa troisième et dernière visite de contrôle. Il n'en informa pas Serena, parce qu'elle ne souhaitait pas le fréquenter. Elle avait été très claire là-dessus. Alors il doutait qu'elle veuille être là s'il y était aussi. Même pour une patiente qu'elle aimait bien.

Il était assis dans son bureau et regardait le fauteuil sur lequel ils avaient fait l'amour. Il l'avait fait nettoyer, en demandant que ce soit fait périodiquement. Mais peu importait combien de fois il le ferait faire. Il se représenterait toujours Serena agenouillée sur lui, son tatouage bien visible.

Peut-être devrait-il se débarrasser de ces fauteuils et s'en procurer de nouveaux. Des fauteuils qui ne la lui rappelleraient pas.

« Parfois vous êtes seul, même quand il y a des gens autour de vous. » Il n'avait pas compris ce qu'elle voulait dire. Jusqu'à maintenant. Jusqu'à ce qu'il se soit tenu dans une salle d'op avec elle et se soit senti complètement déconnecté d'elle. Complètement seul. Comme il l'avait éprouvé dans son enfance. Et il avait réalisé en grandissant tout ce qu'il avait manqué.

Le vieil homme du ponton lui vint à l'esprit. Il y avait eu une foule autour de lui, et cependant il avait été totalement, terriblement seul. Inconnu de ces gens. Inconnu de lui. De Serena.

Était-ce vraiment ce qu'il voulait être ? Quelqu'un que les gens reconnaissaient, mais ne connaissaient pas vraiment ?

On frappa à sa porte et son cœur s'emballa une seconde, pour se calmer lorsqu'il ouvrit et trouva Mabel et Tom sur le seuil. Quelque chose avait dû se lire sur son visage, car Tom demanda :

— Sommes-nous à l'heure ?

— Oui, bien sûr. Désolé.

S'était-il vraiment attendu à voir Serena, venue lui dire qu'elle regrettait et qu'elle souhaitait vraiment qu'il vienne à ses rendez-vous, finalement ?

Il en éprouva un léger choc. Oui, il s'y était plus ou moins attendu. Sinon, pourquoi son cœur aurait-il réagi ainsi ?

Il était idiot. C'était lui qui devrait aller à elle et lui demander pardon, pas le contraire. C'était à cause de lui qu'elle s'était sentie seule et pas soutenue. Peut-être qu'après cette consultation il irait la trouver et verrait s'il ne pouvait pas arranger les choses.

Il fit entrer le couple dans son cabinet et ils s'assirent dans les fauteuils en face de son bureau, le faisant déglutir.

— J'ai un nouveau bijou bling-bling ! dit Mabel en secouant son poignet, et un bracelet en argent tinta.

Elle tendit le bras pour que Toby puisse le contempler.

— Il est joli, regardez.

C'était un bracelet d'alerte médicale, mais il était décoratif, et la plaque d'identité consistait en un ovale en argent, loin des versions utilitaires que Toby avait pu voir par le passé.

Il lut l'inscription sur la plaque. Toutes les informations nécessaires y étaient, écrites clairement, alors il ne pouvait pas se plaindre. Elles pouvaient être déchiffrées aisément par les services d'urgence.

— Il est très joli, en effet. Et je suis content de constater que vous le portez. Comment vous sentez-vous ?

Cela faisait plus de quatre semaines que Mabel avait été opérée.

— Beaucoup mieux que la semaine dernière. J'ai l'impression que j'ai finalement passé le cap.

— Vous pouvez vous sentir mieux, mais il est facile de trop en faire. Alors allez doucement pendant deux ou trois semaines, encore.

— Je m'y efforce. Mais ce n'est pas évident.

— Vous êtes-vous fait vacciner ?

Elle hocha la tête.

— Oui. La semaine dernière. Mais…

— Mais ?

— Avons-nous la permission de… euh… reprendre des rapports sexuels ?

— Oui, à partir du moment où vous n'avez pas mal.

Toby marqua une pause.

— Je sais que vous avez parlé d'avoir des enfants, mais j'aimerais que vous attendiez encore un mois ou deux, histoire de voir comment votre corps s'adapte à une vie sans rate.

— Nous n'avions pas l'intention de commencer à essayer tout de suite. L'idée que quelqu'un m'appuie sur le ventre pendant un examen me fait encore un peu peur.

— Je sais. Heureusement, nous n'aurons pas à le faire aujourd'hui, sauf si vous remarquez quelque chose d'anormal.

— Non, rien. Et la cicatrice commence à blanchir.

— C'est une bonne nouvelle.

Tom prit la main de sa femme et la pressa.

— Je suis si content qu'elle soit là, vivante et en bonne santé.

— Moi aussi.

Les yeux de Mabel n'étaient plus cerclés de noir et, à la voir, on n'aurait jamais deviné qu'elle avait frôlé la mort à la suite d'un accident de la route juste un mois plus tôt. Elle avait beaucoup de chance.

Et beaucoup de chance de ne pas avoir à se remettre seule, sans soutien émotionnel.

Les entrailles de Toby se nouèrent.

Oui, elle avait de la chance. D'avoir quelqu'un qui s'assure de son bon rétablissement. Quelqu'un qui n'avait pas quitté son côté et avait été présent d'une manière qui n'était pas que physique. Quelque chose que lui n'avait pas fait pour Serena. Ou son bébé.

Pourquoi ?

Il cligna des paupières, en comprenant soudain la raison. Parce qu'il était tombé amoureux d'elle. Et être avec elle le faisait désirer des choses dont il avait dit qu'il ne les voudrait plus jamais : un compagnonnage… une famille.

Était-ce pour cela qu'il avait été tellement frappé par ce poster, dans la salle d'attente ? Parce que les images de bébés se développant dans le ventre de leur mère lui rappelaient que même s'il était là pour son enfant, Serena ne voudrait probablement pas de lui auprès d'elle ?

Bon sang, elle l'avait établi très clairement sur la plage.

Mais peut-être que cela était plus lié à son attitude à lui qu'à celle de Serena. Elle avait été assez contente de l'avoir là, jusqu'à ce qu'elle voie comment il se comportait. Il avait été un idiot, dans le cabinet de Gary. Il s'était muré dans son silence au point de paraître grossier. Il n'avait pas été présent, émotionnellement parlant. Il s'était tenu en marge.

Pour se protéger et ne pas être blessé ? Parce qu'il redoutait que Serena s'en aille, comme Tanya ?

Peut-être. Et par peur aussi, sûrement. L'idée de devenir un père comme le sien le terrifiait toujours. Il craignait d'être le genre de parent qui vous faisait vous sentir seul, même quand il était là. Ce que Serena lui avait dit sur la plage.

Eh bien, sa peur s'était réalisée. Parce qu'il avait peur, il s'était tenu en retrait, jusqu'à ne plus être là du tout. Il ne blâmerait pas Serena de ne plus le vouloir dans le tableau.

Et s'il avait participé à ce rendez-vous, pleinement ?

Il était certain que les choses seraient différentes, maintenant. Serena n'était pas Tanya. Elle était du genre à rester et à tout encaisser avec cran. À partir du moment où elle savait que l'autre personne en ferait autant.

Le ferait-il ?

Tom le regardait, et il réalisa qu'il n'avait pas entendu ce qu'il avait dit.

— Pardon, je pensais à un autre cas. Que disiez-vous ?

— Je demandais s'il y avait autre chose à éviter.

— Eh bien, prenez soin de ne pas vous exposer à des maladies contagieuses. Et attendez au moins un mois avant d'essayer de fonder une famille.

— Ça semble assez facile.

En effet. Beaucoup de défis pouvaient être résolus par de simples démarches, pensa Toby. Mais les gens n'étaient pas toujours disposés à faire le travail.

Comme lui ?

Oui, comme lui.

Et en quoi consistait le travail ?

Dire à Serena qu'il tenait à elle. Qu'il tenait au bébé. Puis attendre et voir comment elle réagirait.

Pourrait-il le faire ?

La question n'était pas de savoir s'il pourrait le faire, mais s'il le *ferait*.

Les Tucker lui dirent au revoir et sortirent, main dans la main. Peut-être qu'il devait être assez courageux pour faire face à la vie, comme eux. Pour cela, il fallait qu'il aille trouver Serena et…

Et quoi ?

Il n'en était pas sûr. Mais il espéra qu'il le saurait dès qu'il poserait les yeux sur elle.

Fermant la porte de son bureau, il emprunta le couloir qui menait au bureau des infirmières… et vit une silhouette qui se précipitait vers lui. Serena. Son visage ruisselait de larmes, ce qui le fit frissonner. Il hâta le pas, et lorsqu'il l'atteignit il la prit par les bras.

— Qu'y a-t-il ?

Elle sanglotait, une main devant sa bouche.

— Toby, je… je crois que je suis peut-être en train de perdre le bébé.

11.

Le trajet jusqu'au cabinet de Gary s'effectua dans un silence complet. Toby agrippait le volant et se faufilait dans la circulation pour parcourir les deux blocs qui les séparaient du cabinet du gynécologue. Son cœur était bourrelé de regrets pour toutes les choses qu'il n'avait pas dites. Les choses qu'il était peut-être trop tard pour dire, maintenant.

Cette fois-ci, il ne prit pas la peine de passer par une entrée dérobée. Il prit Serena par la main et l'entraîna dans l'immeuble.

Dès que la réceptionniste vit son visage, elle décrocha son téléphone pour appeler quelqu'un. Quelques secondes plus tard, une infirmière leur fit signe de s'avancer, passant devant les autres personnes qui attendaient.

Gary apparut, le visage soucieux.

— Dites-moi ce qui se passe.

— Je saigne. Et j'ai peur de…

— De quelle importance sont les saignements ?

— Pas énormes, mais…

— Enfilez une chemise et allongez-vous sur la table. Si je suspecte que quelque chose ne va pas, vous retournerez tout droit à l'hôpital.

Il regarda Toby qui hocha la tête, paralysé par la peur.

— Compris, dit-il.

Gary quitta la pièce, et Toby aida Serena à se dévêtir, voyant par lui-même qu'il y avait du sang dans sa culotte. Il déglutit, une boule dans la gorge. Il voulait dire tant de choses, mais il savait que ce n'était pas le moment.

L'examen fut rapide. Gary décréta que le col de l'utérus paraissait intact, même s'il y avait une trace de saignement.

— Cela n'indique pas nécessairement une fausse couche,

dit-il. Cela arrive, mais je veux faire une autre échographie pour m'assurer que tout va bien à l'intérieur.

Une infirmière arriva pour tout préparer, puis Gary passa l'appareil sur le ventre nu de Serena.

Cette fois, quand Toby entendit les battements de cœur du bébé, un soulagement tout-puissant le submergea comme un tsunami. C'était complètement différent de la peur qu'il avait éprouvée la dernière fois dans cette pièce.

— Tout va bien ? lança-t-il avant de pouvoir se retenir.

— Tout semble aller bien, répondit Gary. Le rythme cardiaque du bébé est bon.

— Le ciel soit loué.

Toby ne put s'empêcher de se laisser choir sur une chaise et de se prendre la tête entre les mains. Il lui fallut un moment pour calmer son souffle erratique. L'adrénaline qui l'avait amené là le déserta complètement. Il avait l'impression que ses jambes étaient des blocs de ciment, et il se demanda comment il allait sortir de la pièce.

La voix de Serena lui parvint.

— Alors je ne fais pas une fausse couche ?

Il releva la tête, attendant le diagnostic de Gary.

— Il n'y en a aucun signe. Parfois, surtout avec de premières grossesses, nous voyons de légers saignements et ne parvenons pas à en découvrir la cause. Nous allons cultiver un échantillon pour nous assurer qu'il n'y a pas de trace d'infection, mais comme il n'y a plus de saignement, nous allons supposer que tout va bien. Je veux que vous rentriez chez vous et vous reposiez. Prévenez-moi si ça se reproduit.

— Merci. Je ne sais pas ce que j'aurais fait si…

Au tremblement de sa voix, Toby se leva en chancelant et lui saisit fortement la main.

Serena le dévisagea avec une expression confuse. Il ne put l'en blâmer. Il avait été un vrai crétin la dernière fois qu'ils avaient été là. Mais il voulait changer ça dès qu'ils sortiraient du cabinet.

Gary leur serra la main et leur dit de l'appeler s'il y avait d'autres saignements. Toby promit qu'ils le feraient.

Ils. C'est-à-dire tous les deux.

Parce qu'il espérait fortement que Serena lui donnerait une chance de s'expliquer. De dire qu'il avait pris une décision. Qu'il voulait être impliqué non seulement dans la vie du bébé, mais dans la sienne, aussi.

— Je vous ramène chez vous.

Elle hocha la tête, en se rhabillant rapidement.

— Je me sens tellement stupide.

— Il ne faut pas. Gary n'a pas pris ça à la légère, ce qui devrait vous indiquer que vous avez bien fait. J'ai été tellement content d'entendre ce battement de cœur !

— Vraiment ?

Elle s'arrêta pour le regarder.

— Oui, et je…

Le téléphone de Toby sonna et il vit que c'était l'hôpital.

— Répondez, dit Serena. Nous pourrons parler après.

Il prit l'appel.

— Ici Renfro.

Il écouta tandis qu'un médecin urgentiste lui demandait où il était et s'il pouvait revenir à l'hôpital le plus vite possible. Ils avaient une urgence et il était le seul chirurgien traumatologue prévu pour cet après-midi.

Il jeta un coup d'œil à Serena, qui avait dû voir quelque chose sur son visage.

— Allez-y, dit-elle. J'ai dit à Avery ce qui se passait, et il était censé me retrouver ici. Je n'ai pas pensé à le rappeler pour lui dire que vous aviez décidé de venir avec moi, alors il pourra me ramener à la maison.

C'était comme si elle ne s'était pas attendue à ce qu'il lui offre de l'accompagner. Bon sang, il devait s'excuser de tant de choses. Mais cela devrait attendre.

— Vous êtes sûre ?

Il répondit à l'hôpital qu'il serait là dans cinq minutes et raccrocha.

— Oui, absolument.

Il lui prit la main et la serra.

— J'aimerais vous parler, mais comme il est déjà 4 heures, j'ai le sentiment que ce ne sera pas avant demain, maintenant.

Je veux que vous vous reposiez, ce soir, et que vous ayez une bonne nuit de sommeil. Pouvez-vous me promettre de m'appeler si vous avez besoin de moi ?

— Je le ferai.

Il porta sa main à sa bouche et embrassa sa paume.

— Si nous nous retrouvions à votre cours de yoga, demain matin ?

Elle hocha la tête.

— Cela me plairait. Maintenant, allez-y, pour pouvoir vous occuper de cette urgence.

Son cœur lui paraissant un peu plus léger qu'il ne l'avait été toute la semaine, Toby sortit.

Des marguerites fleurissaient tout autour de la petite zone de Balboa Park où Serena s'était rendue pour son cours de yoga.

La veille au soir avait-elle été un rêve ? Toby avait paru si différent. Il avait dit qu'il voulait lui parler. Et lorsqu'il avait embrassé sa paume, elle avait presque espéré…

Elle n'avait pas pu s'arrêter d'y penser toute la nuit. Et elle était horrifiée de constater combien elle avait souhaité qu'il y ait plus dans ce baiser que ce qu'il paraissait.

Mais à présent il n'y avait aucun signe de lui. Et cet endroit ne semblait pas être le même. Il n'y avait aucun signe non plus d'un cours de yoga. Serena s'arrêta, son sac de plage avec son tapis et ses vêtements de rechange à l'épaule. Elle avait dû se tromper d'endroit.

Elle ressortit de cette zone et jeta un coup d'œil circulaire aux bancs voisins. Oui, c'était pourtant bien le bon endroit. Toby et elle étaient partis de là pour courir après le cours de yoga, ce jour-là.

Les cours étaient-ils interrompus ? Veronica lui aurait sûrement envoyé un texto pour la prévenir, si c'était le cas. En outre, Toby lui avait demandé de le retrouver ici. Avait-il changé d'avis ?

Elle retourna dans la petite zone et regarda derechef autour d'elle. Toujours personne. Et même si elle avait tendance à arriver tôt, elle n'était jamais arrivée là avant la prof.

Il y avait toujours des palmiers, mais les pots de marguerites étaient nouveaux. Ils voulaient peut-être en planter dans le coin.

Elle resta là une minute de plus, avant de réaliser qu'il y avait quelqu'un derrière elle. Se retournant vivement, elle vit Toby qui se tenait là, un autre pot de marguerites à la main.

— Où… où est mon cours de yoga ?

— Il est en train de se mettre en place, à quelques mètres d'ici. Ce que j'ai à dire, je veux le dire à vous seule.

Serena fit un petit pas en arrière, troublée. Il lui prit le poignet.

— Restez. S'il vous plaît.

Son contact était chaud et doux, et le glissement de son pouce sur l'intérieur de son poignet lui emballait le pouls.

Elle regarda le pot dans son autre main.

— C'est à vous que l'on doit ces fleurs ?

— Vous avez dit qu'elles étaient vos préférées.

Ainsi, il avait apporté toutes ces marguerites ? Et demandé que le cours de yoga ait lieu ailleurs ? Elle déglutit. Il n'avait sûrement pas fait ça pour la prof ou les autres participants. L'avait-il fait… pour elle ?

Pourquoi ? À moins…

Ce baiser sur sa paume.

Non. Cela ne se pouvait pas.

— De quoi s'agit-il, Toby ?

Sa voix trembla, mais elle ne pouvait rien y faire. Seigneur. Elle ne voulait pas qu'il dise quoi que ce soit, si ce n'était pas ce qu'elle commençait à espérer.

— Il s'agit de moi. Des excuses que je veux vous faire. En espérant que vous me pardonnerez.

— À cause d'hier ?

— Oui, mais pas parce que vous avez cru que vous perdiez le bébé. J'ai vu Mabel et Tom Tucker hier après-midi et j'avais déjà décidé d'aller vous trouver pour m'excuser.

Il ferma les yeux une seconde.

— Et alors vous êtes arrivée en courant dans le couloir, et j'ai cru que mon monde s'écroulait.

— Vraiment ?

Il hocha la tête, puis prit une grande inspiration.

— La première fois où je me suis trouvé dans le cabinet de Gary, je n'ai pas cessé de penser à toutes les raisons pour lesquelles je ne pouvais pas avoir une famille. Pour lesquelles je ferais un horrible père. Et c'est devenu ce spectre macabre qui m'empêchait de voir au-delà.

— Mais pourquoi ressentiez-vous ça ?

— Mes parents n'ont rien de commun avec votre maman, Serena. Ils sont… c'est difficile à expliquer. Ce ne sont pas des gens démonstratifs. Et quelquefois je me retrouve à être comme ça, aussi. À avoir du mal à convoquer mes sentiments et à les exprimer.

— J'ai remarqué ça dans le cabinet de Gary, la première fois. J'ai senti que vous ne vouliez pas être là. Mais hier…

— Hier, tout cela a changé. Et pas seulement parce que j'ai cru que vous perdiez le bébé. J'ai réalisé que je ne voulais pas vous perdre, *vous*.

— Et alors ?

— Je me suis rendu compte, lors du rendez-vous avec Mabel Tucker, hier, que je veux avoir ce que son mari et elle ont. Le compagnonnage qui signifie qu'ils n'ont jamais à se sentir seuls, même quand il y a d'autres gens avec eux.

— Mais vous ne pouvez avoir ce qu'ils ont que si…

— Que si j'aime l'autre personne ? Oui. Et j'ai compris à ce moment-là que… je vous aime, Serena. J'aime ce bébé, même si j'ai une peur bleue de ne pas être un bon père.

— Dites-vous tout ça parce que vous pensez que c'est ce que je veux entendre ?

Il secoua la tête.

— Non. Je le dis parce que c'est vrai.

Ses doigts qui enserraient toujours le poignet de Serena descendirent et glissèrent sur sa paume d'une manière qui la chatouilla à moitié et l'excita à moitié – lui rappelant la pression de ses lèvres fermes, la veille.

Cela pouvait-il vraiment arriver ? Elle n'avait plus voulu le voir, parce qu'elle s'était elle aussi rendu compte qu'elle l'aimait et que la situation était impossible.

Et cependant, il était la première personne vers qui elle

avait couru quand elle avait cru qu'elle perdait le bébé. Parce qu'elle l'aimait.

Elle regarda autour d'elle. Il y avait des dizaines de pots de sa fleur préférée.

— Comment avez-vous apporté tout ça ici ?

— J'ai loué une camionnette hier après-midi et je suis allé dans un marché aux fleurs.

— Sérieusement ?

Elle essaya de l'imaginer marchant dans ce coin du parc et cherchant un endroit pour les marguerites. Son cœur se gonfla à en éclater. Parce qu'elle le voyait vraiment faire ça. Du moins, le Toby qu'elle avait vu la veille dans le cabinet de Gary.

— Qu'envisagez-vous de faire de toutes ces fleurs, après ?

— Je les donnerai au parc, pour qu'ils les plantent par ici. Je souhaite qu'elles soient un rappel permanent de ce que je ressens pour toi chaque fois que nous viendrons faire du yoga.

— Nous ?

Il hocha la tête.

— Si tu veux de moi.

Il s'approcha d'un pas et lui prit le menton.

— Parce que je veux être là. Je veux être là pour tout. Tes visites prénatales. Tes envies… si tu en as.

— Oh ! j'en ai, crois-moi.

— Je veux être là pour la naissance de ce bébé et pour tout ce qui se passera après. Mais surtout, je veux être là pour toi. J'ai réalisé que je ne voulais pas être comme John Doe, seul au milieu d'une foule.

Serena hocha la tête.

— J'ai pensé la même chose à propos de John Doe. C'était l'une des raisons pour lesquelles je ne voulais pas que tu viennes à mes visites. J'avais décidé que je voulais forger des relations qui aient du sens, comme celles que j'ai avec Avery, ma mère et mon frère. Et quand je me suis dit que tu n'étais pas capable de me donner ça, ou que tu n'étais pas disposé à me le donner… je n'ai pas pu supporter l'idée de te voir là mois après mois, à jouer un rôle.

— Et maintenant ? Penses-tu que tu peux forger une relation qui ait du sens avec moi ?

Elle leva les doigts pour toucher son visage.

— Oui. Mais seulement si tu le penses vraiment.

— Je n'ai jamais pensé plus fortement quelque chose de toute ma vie.

Il sortit son tapis de yoga de son sac et l'étala par terre. Puis il l'incita à s'asseoir près de lui.

Les marguerites les entouraient. Magnifiques. Lourdes de sens. Et Toby avait fait ça pour elle.

Il l'embrassa.

— Je t'aime, Serena.

— Je t'aime aussi, Toby. Tellement.

Il glissa les doigts dans ses cheveux.

— Est-ce que je peux revenir à tes rendez-vous ?

— Oui. À condition que tu sois sérieux quand tu dis qu'ils ne te perturbent pas.

— Je ne peux pas promettre qu'ils ne m'affecteront pas. Mais j'imagine que ce sera d'une manière positive, à partir de maintenant.

— Cela veut-il dire que je dois retourner faire du jogging avec toi, aussi ?

— Seulement si tu en as envie.

Elle eut un grand sourire.

— Je crois que je vais aimer ça beaucoup plus, maintenant.

Toby changea de sujet.

— Si l'on ne retrouve pas la famille de John Doe, j'aimerais que nous nous occupions de lui. Afin qu'il ait un enterrement décent, avec une plaque.

— J'adorerais ça.

Serena hésita un peu.

— Et j'aimerais que nous appelions notre bébé Faith, si c'est une fille, comme « confiance ». Parce qu'il nous faudra beaucoup de confiance en la vie pour nous amener là où nous voulons aller.

— Faith. Ça me plaît. Mais si c'est un garçon ?

— Nous verrons le moment venu. Mais nous le baptiserons ensemble.

Toby posa ses marguerites à côté du tapis et se pencha pour l'embrasser. Elle frémit intérieurement tandis que ses lèvres se promenaient encore et encore sur les siennes. Grâce au ciel, ils étaient seuls…

— Excusez-moi. Savez-vous où le cours de yoga a été déplacé ?

La voix les fit se séparer vivement. Serena rit en voyant le regard désorienté que la femme jetait autour d'elle.

— Je vais vous y conduire, dit Toby.

Après avoir emmené la femme jusqu'à l'emplacement provisoire du cours de yoga, avec Toby, Serena sourit en regardant les participants qui travaillaient déjà à leurs postures. Plusieurs s'arrêtèrent pour applaudir lorsqu'ils la virent.

— Allez-vous vous joindre à nous ? demanda l'un d'eux.

— Pas aujourd'hui. J'ai d'autres choses à faire.

Jetant un coup d'œil derrière elle, elle vit que Toby l'avait suivie.

— Des choses qui incluent cet homme, là. Mais je reviendrai.

Toby haussa les sourcils, probablement en l'entendant admettre publiquement leur relation. Mais en cet instant, Serena avait envie que le monde entier soit au courant. Elle l'aimait. Et il avait dit qu'il l'aimait.

Ils abandonnèrent le cours de yoga et passèrent main dans la main près de l'autre endroit, celui où ils s'étaient rejoints un moment plus tôt.

— Oh ! attends, fit Serena.

Elle ramassa son tapis de yoga et le pot de marguerites que Toby avait tenu.

— Qu'est-ce que tu veux faire de ça ? demanda-t-il.

— C'est un souvenir d'aujourd'hui. Pour que demain matin, je ne me réveille pas en me demandant si tout ça est vraiment arrivé.

— Tu t'en souviendras, Serena. Parce que j'ai l'intention de me réveiller près de toi, demain. Et tous les autres jours. Pour le restant de notre vie. Si tu me laisses faire.

— Oh ! oui, je te laisserai faire, répondit-elle dans un souffle. Ça et tellement d'autres choses.

Cette fois, lorsqu'ils s'embrassèrent, ce fut un engagement. L'engagement qu'ils seraient toujours là l'un pour l'autre. Et la promesse qu'aucun d'eux n'aurait plus jamais à être seul.

Épilogue

La mère de Serena arrangea le voile de sa fille et posa un baiser sur sa joue. Puis elle se courba pour embrasser le toupet de cheveux qui émergeait du porte-bébé attaché sur la poitrine de la future mariée.

Toby et elle avaient décidé qu'il ne leur fallait pas un mariage traditionnel – pas en totalité, en tout cas. Ils avaient choisi d'attendre la naissance de Faith afin qu'elle fasse partie de la cérémonie. Et à la place d'une demoiselle d'honneur, Serena avait demandé à Avery d'être son garçon d'honneur. En outre, c'était sa mère qui la conduirait à l'autel.

C'était parfait. Jusque dans les moindres détails.

Toby et elle avaient dû tous les deux faire des sacrifices personnels pour que leur relation fonctionne. Il était complètement dévoué à elle et au bébé – ce qu'il prouvait chaque jour par ses actions. Et il déclarait que ce n'était pas du tout un sacrifice. Les futurs mariés avaient tous deux également consulté un psychologue, pour apprendre à s'écouter et à communiquer – et s'assurer que chacun avait les meilleurs intérêts de l'autre à cœur. Ils apprenaient encore, mais cela marchait pour eux.

— Tu es prête ? s'enquit Gracia.

— Plus que prête. Nous ferions mieux de procéder au mariage pendant qu'elle dort.

Gracia ajusta la traîne de la robe de mariée de Serena et attacha un peu plus fermement la petite fille dans le porte-bébé en tricot blanc qui avait été orné avec de la dentelle de son voile.

Puis elle ouvrit les portes de la chapelle de l'hôpital et elles entrèrent.

Toby se tenait à l'avant, magnifique dans son smoking noir. Il était accompagné par le chapelain du Paz Memorial et par Avery. Ils parlaient entre eux et n'avaient pas encore vu la mariée.

Une poignée d'amis et de parents étaient éparpillés sur les bancs de la chapelle, dont les parents de Toby et le frère de Serena. Il y avait des marguerites partout. Cela rappela à Serena le matin où elle était arrivée pour son cours de yoga et avait découvert que Toby avait placé des pots de fleurs partout parmi la verdure, en faisant un endroit plein de magie. Et d'amour.

Ce fut lui qui la remarqua le premier.

Tenant d'un bras le bébé contre elle et serrant la main de sa mère de son autre main, elle s'avança lentement vers le chœur, au son de la musique. Les incroyables yeux bleus de Toby se rivèrent sur les siens et il murmura « Je t'aime » tandis qu'elles approchaient.

Serena lui sourit, débordante de bonheur.

Ce mariage était beau, modeste et serein, exactement comme elle l'avait voulu.

Lorsqu'elle arriva à l'avant de la chapelle, Toby descendit une marche pour se tenir à côté d'elle, et attendit pendant que Gracia les embrassait tous les deux. Serena tendit son bouquet de marguerites, confectionné par sa mère, à Avery qui hocha la tête d'un air approbateur.

— Tu as les alliances ?

Avery chercha dans sa poche et en retira deux bagues. L'une était un solide anneau noir et l'autre une bague en or blanc rehaussée d'émeraudes.

Pendant que le chapelain lisait les termes de leurs promesses et attendait qu'ils les répètent tour à tour, Serena pouvait à peine croire que ceci arrivait bel et bien. Mais c'était bien vrai. Elle était la fille la plus heureuse de la planète.

Elle s'était attendue à avoir un bébé et à l'élever seule. Ce qui aurait suffi à son bonheur. Mais elle avait reçu tellement plus. Elle avait gagné un partenaire qui s'assurerait qu'elle ne fasse pas ce parcours toute seule. Il avait été là à chaque pas, à travers le bonheur et l'épuisement, la frustration et la joie. Et Serena n'aurait pas voulu qu'il en soit autrement.

— Par les pouvoirs qui me sont conférés par l'État de Californie, je vous déclare mari et femme. Vous pouvez vous embrasser.

Toby passa ses bras autour d'elle et du bébé et les tint contre lui pendant un long, long moment, chuchotant combien elle l'avait rendu heureux. Comment il n'avait pas su ce qu'il voulait réellement dans la vie, jusqu'à ce qu'il ait failli en être privé. Alors, et alors seulement, il embrassa doucement Serena sur la bouche, prenant son temps et faisant naître une chaleur intense dans son ventre.

Avery rendit les fleurs de Serena à Toby, comme elle n'avait pas assez de mains pour tout tenir, après quoi ils se tournèrent et firent face à leur famille et leurs amis. Ceux-ci lancèrent des vivats et réclamèrent qu'ils s'embrassent de nouveau. Serena fut heureuse de les obliger, et elle lâcha la main de Toby pour pouvoir lui faire baisser la tête. Elle mit tout dans ce baiser – tout son amour, tout son espoir et tous ses rêves.

Ils allaient tranquillement rejoindre l'appartement de Toby, nourrir Côte de Porc et commencer à vivre la vie dont ils avaient rêvé. Pas de lune de miel. Ils en avaient déjà eu une, en quelque sorte, dix mois plus tôt au Mexique. Pour le moment, ils n'avaient besoin que de l'un et de l'autre.

Ils redescendirent l'allée sous une pluie de pétales de roses lancés par le public. Et Faith choisit ce moment pour se mettre à gazouiller et à remuer dans le porte-bébé. Elle ouvrit ses yeux bleus, qui ressemblaient tant à ceux de son papa, et fixa sa maman d'un air qui disait qu'elles allaient être pressées. La nourrir dans cette robe allait être un vrai défi.

Tout allait bien. La vie elle-même était un défi. Mais elle était aussi bonne. Tellement bonne.

Serena projetait de passer chaque jour à se focaliser là-dessus. Et Toby serait là, avec elle. Tous les jours – aussi loin dans l'avenir qu'elle pouvait le percevoir.

Le bras de son mari se resserra autour d'elle et il l'emporta hors de la chapelle, hors de l'hôpital et dans le vaste, vaste monde. Où tout était possible. Et où l'amour était tout.

SCARLET WILSON

L'héritier du Paz Memorial

Traduction française de

MARIE-JOSÉ LAMORLETTE

BLANCHE

HARLEQUIN

Titre original :
NURSE WITH A BILLION DOLLAR SECRET

1.

La journée n'était pas censée commencer ainsi. Pas du tout. Le Dr Robyn Callaghan écarta ses cheveux de son visage pour la vingtième fois au moins et se demanda pourquoi l'air conditionné de l'hôpital semblait garder tout le monde au frais sauf elle.

Elle sentait de la sueur couler dans son dos tandis qu'elle montait l'escalier – deux marches à la fois – pour répondre à sa sixième alerte de la matinée. Son brunch était resté sur la table de la cafétéria avec son café. Elle n'avait pas eu le temps de le manger. Elle devrait se rappeler la banane qu'elle avait dans sa poche lorsqu'elle aurait enfin une minute.

Elle poussa les portes du service Cardiologie et fit trois pas avant que l'alerte sonne de nouveau. Non. Pas encore ! Elle n'écouta même pas le reste du message.

Elle leva les yeux en entendant l'écho d'une alerte similaire non loin de là et se mit à courir vers l'unité de Soins coronaires. Elle s'était déjà occupée de deux arrêts cardiaques dans cette unité ce matin.

Un homme grand et costaud surgit de la porte sur sa gauche et faillit lui rentrer dedans. Par chance, sa large carrure était trompeuse ; il pouvait se mouvoir comme un danseur. Il esquiva Robyn et lui décocha un sourire à demi amusé.

— Ce n'est pas par là, dit-il tandis que le reste de l'alerte était répété.

« Arrêt cardiaque. Porte principale, entrée de devant. »

Robyn jura presque à haute voix. Elle fit volte-face pour foncer derrière lui, tandis qu'il disparaissait par la porte de l'escalier. Si l'alerte avait sonné seulement trois minutes plus tôt, elle aurait pu éviter de monter pour rien.

Son cœur battait fort alors qu'elle essayait de rester à la hauteur de son athlétique collègue. Lorsqu'il arriva au rez-de-chaussée, il s'arrêta un instant et lui tint la porte ouverte.

— Merci, dit Robyn dans un souffle, tout en passant en courant et en s'élançant dans le couloir qui menait à l'entrée principale.

Elle pouvait déjà voir l'agitation devant eux. Un homme en costume gisait par terre, quelques personnes agenouillées autour de lui.

En s'approchant, elle réalisa qu'une infirmière était déjà en train de pratiquer sur lui une réanimation cardio-pulmonaire.

— Je vais chercher le brancard, dit-elle en se précipitant sur la droite, où se trouvait l'accueil des patients en consultation externe.

Le chariot d'urgence, rouge vif, était tout équipé. Robyn l'empoigna et retourna en courant à l'entrée principale, le cerveau en pilotage automatique. Elle prit le défibrillateur, ôta les protections des embouts et se plaça au-dessus de la personne qui faisait le massage cardiaque.

L'infirmière s'arrêta quelques secondes et ouvrit la chemise de l'homme, permettant à Robyn d'appliquer les embouts sur sa poitrine. Tout de suite, l'appareil lut son rythme cardiaque.

L'homme du service Cardiologie attrapa une poche d'oxygène et un masque, les mit en position et commença à ventiler de l'air dans les poumons du malade. Il était clair à son teint qu'il ne respirait pas par lui-même.

Tous les yeux étaient rivés sur le moniteur. Deux secondes plus tard, il s'éteignit. Robyn se pencha en avant et lui donna un coup. Elle n'avait jamais vu un défibrillateur s'arrêter. L'infirmière vêtue de rose semblait stupéfaite. Mais le grand costaud, le danseur qui portait l'uniforme vert du service Cardiologie, haussa les sourcils et se mit debout.

— Il y a une première fois à tout. Je vais en chercher un autre.

Il partit en courant, laissant Robyn et l'infirmière des consultations externes se regarder, décontenancées. Mais Robyn refusa de céder à la panique. Après tout, les défibrillateurs n'avaient pas toujours existé.

— Vous le ventilez. Je vais faire le massage, dit-elle à sa collègue.

Dans un monde idéal, elle essayerait d'avoir un accès veineux en insérant une canule, mais pour l'heure cela devrait attendre. En y pensant, où était l'anesthésiste ? Il y en avait toujours un qui répondait rapidement à une alerte, en général. Mais là, elle n'entendit personne arriver en courant.

Un porteur de l'hôpital sortit d'une pièce voisine, battit des cils et se pencha.

— Je vous amène un brancard, mesdames ?

Elles hochèrent la tête, tout en se mettant chacune à l'ouvrage.

— Savez-vous quoi que ce soit à propos de cet homme ? demanda Robyn à l'infirmière.

Celle-ci secoua la tête.

— J'allais juste prendre ma pause. Les autres doivent me croire à la cantine.

— Robyn Callaghan, se présenta Robyn. Je viens de commencer mon stage clinique en cardiologie.

— Monica Garske, dit l'infirmière. Il y a vingt ans que je suis aux consultations externes et je n'ai jamais eu d'arrêt cardiaque.

Elle sourit nerveusement.

Une main ferme s'abattit sur son épaule.

— Et vous faites du très bon travail.

L'homme en uniforme vert se mit à genoux. Il avait un autre défibrillateur dans les mains, et brancha les embouts d'un geste lisse. Il appuyait sur le bouton de l'appareil quand un homme plus âgé apparut, transpirant légèrement, et les observa. L'anesthésiste était enfin là.

— Dites-moi que l'on peut relever un peu cet homme, dit-il. Je ne pense pas que mon dos tienne le coup.

— Pas de souci, Joel, déclara le danseur. Ardo va arriver avec un chariot. Je vous le relèverai.

Les yeux de Robyn étaient fixés sur le moniteur.

— Fibrillation ventriculaire, dit-elle en même temps que l'homme en vert.

Leurs regards se soudèrent un instant et son souffle se coinça dans sa gorge. Il était peut-être agenouillé près d'elle, mais elle n'y avait pas encore vraiment prêté attention.

Et ce n'était certainement pas le moment.

Si elle avait le temps, elle pourrait se dire que le vert de son uniforme faisait ressortir celui de ses yeux. Sa peau hâlée et ses cheveux bruns un peu longs le faisaient ressembler à un mannequin italien faisant de la publicité pour de l'after-shave. Celui qui sortait de l'eau avec un maillot blanc très ajusté.

Si elle avait eu le temps, elle aurait peut-être pu s'attarder là-dessus. Mais le cerveau humain était étonnant, et tout cela ne fit que lui traverser l'esprit.

— On charge, dit-elle en regardant autour d'elle. Tout le monde s'écarte.

Les mains se levèrent et les gens présents reculèrent. Le corps de l'homme eut un sursaut, mais son rythme cardiaque resta inchangé.

Le chariot arriva. En cinq secondes, on glissa un fin tapis en plastique sous le malade et on le souleva sur le chariot. Le défibrillateur fut placé à côté de sa poitrine.

— On s'écarte, répéta Robyn en pressant de nouveau le bouton.

Dans un monde idéal, elle aurait eu le temps d'emmener le patient dans une pièce convenable et de l'examiner. Mais les arrêts cardiaques étaient embêtants, ils ne laissaient de temps à personne.

— On s'écarte, dit-elle encore, et la charge électrique fut appliquée directement sur les embouts enduits de gel.

De nouveau, il n'y eut pas de réaction. Elle augmenta l'intensité. En se retournant, elle vit que l'anesthésiste vérifiait les voies respiratoires du patient et que le « danseur » lui tapotait le bras, prêt à mettre une canule en place. Elle ne les connaissait pas, mais manifestement ils savaient ce qu'ils avaient à faire.

Elle attendit quelques secondes que la canule soit enfilée dans la veine. Ce n'était pas toujours facile, mais son collègue s'en tira à merveille.

Le défibrillateur était prêt.

— On s'écarte, ordonna-t-elle.

Le corps du malade s'arqua et après une pause éprouvante le tracé cardiaque changea, et il y eut quelques bips. Robyn retint son souffle.

— Rythme sinusoïdal, bradycardie, dit-elle pour signifier que les battements de cœur étaient faibles.

— Les urgences, ou les Soins coronaires ? demanda Joel.

— urgences, répondit l'uniforme vert, tandis qu'elle disait « Soins coronaires ».

Elle lui jeta un regard dur. Elle était le médecin à la tête de l'équipe de secours. C'était à elle de décider.

— Il n'y a pas de lits disponibles actuellement en Soins coronaires, expliqua-t-il avec un sourire d'excuse. Les urgences d'abord, et je monterai libérer un lit pour vous une fois que nous aurons stabilisé cet homme.

Il l'agaçait, maintenant.

— Et vous êtes ?

De nouveau, il haussa imperceptiblement les sourcils. Elle était impolie et elle le savait. Mais il ne s'était pas présenté.

— Avery Smith, infirmier à l'unité de Soins coronaires, répondit-il avec un grand sourire.

Et cela n'aidait pas. Parce que ce garçon était déjà plus beau que ce qui était convenable dans un environnement de travail.

— Robyn Callaghan, je suis votre nouveau médecin, déclara-t-elle d'un ton bref.

— Va pour les urgences, dit le porteur en se mettant à faire rouler le chariot.

Avery l'accompagna, relevant les barreaux de son côté et parlant à l'anesthésiste.

— Je ne savais pas que tu étais de service aujourd'hui, Joel.

— Je ne l'étais pas, mais la femme d'Emmanuel a décidé d'accoucher plus tôt que prévu. Il a dû partir. Je n'ai jamais vu un homme plus heureux.

— Pourquoi cette triste mine, alors ?

— J'ai perdu mon pari sur la date de la naissance.

Avery éclata de rire tandis que les portes automatiques des urgences s'ouvraient et qu'ils roulaient le chariot vers les salles de réanimation. Une femme à l'air stressé, et au chignon blond en bataille, les regarda en fronçant les sourcils.

— Qu'est-ce que c'est que ça ?

Robyn se hérissa à son ton acerbe et voulut répondre, mais Avery la devança. D'une façon beaucoup plus amène qu'elle ne l'aurait fait, il expliqua la situation et lui demanda si elle pouvait leur procurer un lit pour que Robyn puisse stabiliser le malade, pendant qu'il allait libérer une place dans son propre service.

Il dit « Robyn » comme s'ils étaient les meilleurs amis du monde. La femme leva les yeux au ciel et soupira.

— Bon. Par là, indiqua-t-elle d'un signe de tête. Mais ne soyez pas longs. Ça a été le chaos toute la journée, ici.

Elle lança un regard sévère à Robyn.

— Et je ne peux pas vous libérer une infirmière.

Cette fois, Robyn ne put se contenir.

— S'il avait fait son arrêt cardiaque à l'entrée des urgences, m'auriez-vous libéré une infirmière, alors ?

Elle put presque voir tourner les rouages cérébraux de la surveillante. Son accent écossais était toujours plus prononcé quand elle était contrariée, et là elle était carrément irritée.

— Bon, fit la femme en se tournant vers Avery. Mais je veux récupérer ma chambre dans une heure.

Elle pivota et sortit.

— Est-ce que tout le monde ici est toujours aussi aimable ? marmonna Robyn, tandis que son patient grognait.

Elle s'avança et lui parla lentement, lui expliquant qui elle était, où il était – au Leonora Paz Memorial Hospital – et lui demandant s'il se souvenait de quelque chose. L'homme attendit quelques instants, puis secoua la tête, l'air désorienté. Avery fit alors assaut de son charme.

— Je suis Avery, un infirmier. Vous êtes aux urgences. Puis-je regarder dans la poche de votre veste ? Nous voulons avoir votre identité.

L'homme fit un bref signe de tête et Avery sortit un portefeuille qui contenait ses papiers.

— Hal Delaney ?

Le malade opina. Avery donna le permis de conduire à un collègue derrière lui.

— Puis-je avertir quelqu'un que vous êtes ici ?

Hal soupira, toujours désorienté, et tapota les poches de son pantalon avant de réaliser que sa chemise était ouverte et qu'il avait des embouts sur la poitrine.

— Que s'est-il passé ? demanda-t-il.

Robyn n'était pas heureuse. Elle voulait s'occuper correctement de son patient, et les urgences bruyantes n'étaient pas l'idéal. Elle ôta doucement les embouts du défibrillateur, les remplaça par les électrodes d'un moniteur cardiaque, et passa un brassard à son bras pour prendre sa tension. Ensuite, à voix basse, elle lui expliqua ce qui s'était passé.

Les yeux de Hal s'élargirent ; il eut l'air terrifié. Robyn garda une voix calme.

— Étiez-vous venu ici pour voir quelqu'un ? Ou parce que vous ne vous sentiez pas bien ?

Il secoua la tête.

— Non. J'avais un rendez-vous.

— Aux consultations externes ?

— Non, avec M. Paz.

Une fraction de seconde, mais Robyn le remarqua, Avery se figea. C'était comme s'il avait été pris dans les phares d'une voiture.

Robyn était nouvelle, mais elle savait que l'hôpital avait été fondé en mémoire de l'épouse d'un homme d'affaires milliardaire mort quelques années plus tôt. Le nom de Paz était apparemment synonyme d'une fortune démesurée, dans la région de San Diego. Le M. Paz que Hal devait voir était sans doute le fils ou le petit-fils du fondateur.

Elle fit comme si elle ne voyait pas la raideur d'Avery et se tourna vers l'aide-soignante qui était derrière elle.

— Pouvez-vous appeler le bureau de M. Paz et dire à sa secrétaire que M. Delaney a fait un malaise et se trouve aux urgences ?

La jeune femme rayonna, enchantée d'avoir une mission aussi importante. Avery, lui, faisait de son mieux pour avoir l'air posé.

— Je monte, dit-il. J'appellerai quand le lit sera libre et que nous pourrons transférer M. Delaney.

Robyn aurait eu envie d'accorder plus d'attention au départ hâtif de son nouveau collègue, mais elle avait la tête pleine de tout ce qu'elle avait à faire pour traiter son malade. Ce qui arrivait à Avery, quoi que ce soit, devrait attendre.

— Bien, murmura-t-elle.

Elle demanda des analyses et s'assit à côté de Hal, prête à noter son historique médical. Son estomac gargouilla bruyamment et elle se souvint du brunch qu'elle ne mangerait jamais.

Le patient reprenait quelques couleurs. Il pressa une main sur sa poitrine.

— Ouille, elle est sensible.

Robyn hocha la tête.

— Les électrochocs. Ne vous inquiétez pas, nous nous assurerons que vous n'avez pas de côtes cassées.

Elle vérifia la tension sur le moniteur et la trouva étonnamment basse.

— Vous ne vous êtes pas senti bien, dernièrement ?

Elle posa rapidement les questions habituelles, essayant de définir pourquoi Hal avait fait ce malaise, mais avant qu'elle puisse terminer un grand homme à la large carrure parut sur le seuil, sans attendre la permission d'entrer.

— Hal, comment allez-vous ?

Robyn fut un peu interloquée. Elle se leva vivement.

— Je crains que M. Delaney ne puisse recevoir de visites, pour le moment.

Ce fut comme si elle n'avait pas parlé. L'homme l'ignora et contourna le lit pour prendre la main de Hal dans les siennes.

— Quelle façon d'échapper à une réunion d'affaires !

— Pardon, dit Robyn, mais je suis en pleine consultation. Vous devez attendre dehors.

Le directeur des urgences apparut à son tour et prit tout de suite un air agité qui ne lui ressemblait pas. Il jeta à Robyn un coup d'œil anxieux. Visiblement, il n'était pas ravi qu'elle soit le médecin présent.

— Jon, dit-elle avec raideur, je viens de réanimer M. Delaney à l'entrée principale. J'ai besoin de temps pour l'examiner et le traiter. Pourriez-vous escorter ce visiteur dehors, afin que je puisse faire mon travail ?

Il y eut un silence pesant. Un long, long silence. Puis Jon eut un rire nerveux.

— Robyn, docteur Callaghan, laissez-moi vous présenter à M. Paz, le président-directeur général de notre hôpital.

Robyn battit des cils. Elle hocha la tête.

— Ravie de vous rencontrer. Je suis sûre que vous comprenez qu'en cet instant il est essentiel que je prodigue les meilleurs soins à votre ami. Pour ce faire, je dois établir un historique complet, demander d'autres analyses et l'examiner minutieusement.

Jon était plus blanc qu'un linge. M. Paz était visiblement l'homme qui pesait lourd, là. Mais elle était médecin. Devait-elle cesser de traiter un patient pour laisser une relation d'affaires interrompre des soins qui pouvaient être critiques ? Comme cette pensée se formait dans son cerveau, son corps bougea automatiquement pour s'intercaler entre M. Paz et le malade.

— Pourquoi ne me laissez-vous pas vous rappeler lorsque j'aurai fini ? Dès que nos examens seront terminés et que M. Delaney sera stable, nous le transférerons dans l'unité de Soins coronariens. Je suis sûre que vous pourrez lui rendre visite là-haut.

Robyn arborait un sourire pas très amical, et tous ses muscles étaient tendus.

Ce n'était pas qu'elle n'aimait pas les gens riches. Ce qu'elle n'appréciait pas, c'était qu'ils se sentent tous les droits. Après avoir grandi dans un quartier pauvre de Glasgow, elle avait eu plus de chance que beaucoup. Elle avait eu de bons résultats à l'école et passé avec succès des entretiens pour entrer à la fac de médecine. Tandis que les frais de scolarité étaient couverts, la nourriture, le logement et les stages dans des hôpitaux de toute l'Écosse ne l'étaient pas. Quelques bourses avaient aidé, ainsi que toute une gamme de jobs à temps partiel. Elle avait livré des pizzas, travaillé dans une maison de retraite, un supermarché, une bibliothèque, une salle de sport et un bar.

Elle s'était formée en compagnie d'étudiants de riches familles. Tandis qu'elle travaillait à s'épuiser, en plus de ses études et de ses stages, juste pour survivre, ils paradaient dans leurs voitures voyantes, se vantaient de leurs appartements spacieux dotés des dernières technologies.

Robyn aurait pu vivre avec ça. Ce qu'elle n'avait jamais apprécié, ni supporté, c'était certaines attitudes hautaines des riches envers des gens moins fortunés qu'eux. Cela lui faisait bouillir le sang. Alors quand elle se trouvait avec quelqu'un visiblement plus riche que le roi Midas, elle devenait nerveuse.

La seule fois où elle s'était risquée à sortir avec un garçon très riche n'avait pas aidé. Elle s'était vite rendu compte qu'il n'était pas avec elle pour ses beaux yeux, mais parce qu'elle était plus intelligente que lui et pouvait l'aider dans ses études. Découvrir qu'il n'avait fait que s'amuser avec elle en attendant de trouver quelqu'un de plus riche, doté de meilleures relations, lui avait porté un coup amer. Cela n'avait fait qu'accroître son ressentiment envers les riches héritiers qui se croyaient au-dessus de tout, et son puissant désir de sortir de la pauvreté par son travail.

Il y avait du bon à être une Écossaise entêtée. Elle ne se sentait pas obligée à remplir le silence. Elle s'en tint simplement aux paroles qu'elle avait adressées à M. Paz. Elle était également très bonne pour faire plier quelqu'un du regard.

Jon toussa. Robyn fut soudain frappée par l'idée qu'elle ne se rendait peut-être pas service. Elle était nouvelle ici. Elle n'avait fait que croiser le directeur des urgences, et n'avait certainement jamais rencontré le P-DG de l'hôpital.

— Monsieur Paz, allons-nous permettre au Dr Callaghan de terminer avec votre ami ? suggéra Jon, brisant le silence.

M. Paz pressa de nouveau la main de son ami.

— Je vous verrai en haut, Hal, et je vais m'assurer que notre meilleur cardiologue prenne soin de vous.

Il décocha un regard dur à Robyn et quitta la pièce. Jon s'apprêta à le suivre, mais elle afficha un grand sourire.

— Pouvez-vous me donner une infirmière ? J'ai encore quelques choses à terminer, et cela ira plus vite si j'ai quelqu'un qui connaît tout ici.

Jon parut sur le point d'en dire long, mais ses yeux se fixèrent sur le dos de M. Paz qui s'en allait et il fléchit.

— Bien, marmonna-t-il en sortant.

Cinq heures plus tard, Robyn était claquée. Elle avait accompagné Hal dans l'ascenseur, aidé à le transférer dans le lit de l'unité de Soins coronariens, informé l'infirmière qui devait s'occuper de lui et commenté les différents tests et résultats avec le médecin senior au visage sévère.

Elle avait fait du bon travail, comme toujours. Mais elle ne pouvait s'empêcher de se demander si elle ne s'était pas desservie dans son nouvel environnement professionnel.

Lorsqu'elle se dirigea vers le bureau des infirmiers, elle aurait facilement pu s'asseoir et pleurer. Cela, ou agresser quelqu'un pour obtenir la moindre miette de nourriture qu'il pourrait avoir sur lui.

Elle finit de rentrer quelques détails finaux dans un dossier et regarda autour d'elle. En général, les bureaux des infirmiers étaient bien garnis en nourriture. Mais celui-ci était impeccable, sans même un paquet de biscuits entamé.

Robyn soupira et marcha vers la salle de traitement. Elle put entendre le murmure de voix.

— Nous avons le Dr Ronchon sur le dos pour six mois.

— Qui est le Dr Ronchon ?

— La fille aux cheveux roux. Elle est écossaise. Teint pâle. Assez jolie.

Robyn cessa d'avancer.

— Comment s'est-elle déjà gagné le surnom de Dr Ronchon ? Elle n'est pas ici depuis longtemps.

— Mon copain travaille au labo. Apparemment, elle était très nerveuse quand elle a commencé. Elle a heurté un plateau alors qu'elle observait une angiographie et il a fallu tout recommencer. Depuis, elle ne cesse de froncer les sourcils.

— Qui faisait l'angiographie ?

— Raul Hempur.

— Dracula ? Oh ! non ! Faire une bêtise avec lui serait mon pire cauchemar.

— Eh bien, c'est le sien, à ce qu'il semble.

Il y eut des rires et un bruit qui ressemblait à celui d'un paquet de bonbons que l'on ouvrait. Robyn avait commencé à reculer, décidant qu'il était temps de battre en retraite, mais juste comme elle levait la tête Avery Smith sortit de la chambre d'un patient.

Cette fois, ce fut au tour de Robyn de se figer et de se tasser.

Non, ce n'est pas possible.

— Docteur Callaghan ? Tout va bien ?

Elle n'avait pas l'intention d'assister à un cours d'humiliation pour les débutants, ce jour-là. Elle secoua la tête, pénétra dans la salle de traitement et regarda les trois membres du personnel dans les yeux.

— Dr Ronchon à votre service ! Je suppose que vous n'avez rien à manger, par ici ? La cafétéria est fermée et je meurs de faim. Je n'ai rien avalé de la journée.

Cela se reproduisit. Les trois cerveaux durent visiblement assimiler ce qu'elle avait dit, parce qu'elle était contrariée et parlait plus vite, avec un accent prononcé.

Elle pouvait sentir la présence d'Avery dans son dos. Trois paires d'yeux l'évitaient, leurs propriétaires ne sachant plus où se mettre devant elle. Il y avait une infirmière, une kiné et un technicien en cardiologie. Ce fut ce dernier qui lui tendit un paquet de bonbons à moitié vide, en haussant les épaules d'un air d'excuse.

— Voilà pour vous.

— Merci. Et mon nom est Robyn, à propos.

Une main légère lui toucha l'épaule.

— Si je vous montrais où se trouve la salle du personnel ? Vous pourrez vous asseoir cinq minutes et faire une pause.

Elle se hérissa, prête à dire à Avery Smith qu'elle n'en avait pas besoin. Elle savait qu'il essayait de maintenir la paix. Mais lorsqu'il ajouta « Nous avons une machine à café », les mots magiques la rendirent aussitôt plus souple.

Sans un regard pour ses trois autres collègues, elle sortit de la pièce.

— J'espère que c'est du bon café.

Il hocha la tête et la conduisit dans le couloir, jusqu'à une pièce de taille moyenne équipée d'une table et de chaises, de quelques placards, d'un évier, d'un four à micro-ondes, de fauteuils confortables et oui, d'une machine à café qui glougloutait et envoyait dans sa direction des arômes délicieux.

Robyn n'attendit pas qu'Avery lui montre quoi faire. Elle s'avança, ouvrit un placard, prit un mug et se servit du café. Elle sortit de sa poche deux sachets d'édulcorant et les mit dedans, puis se tint debout avec le mug dans les mains, laissant l'arôme monter autour d'elle. Elle ferma les yeux et huma.

Consciente du silence, elle finit par rouvrir les yeux. Avery Smith la fixait avec une expression amusée sur le visage. Maintenant, elle avait enfin une chance de mieux regarder ce garçon. S'il pouvait la fixer, elle était capable d'en faire autant.

Il aurait pu définitivement être le frère du mannequin pour l'after-shave. Son uniforme mettait en valeur ses larges épaules, son torse solide et ses membres élancés. Mais ses yeux vert clair étaient son trait le plus caractéristique. Ils étaient toujours rivés sur elle.

— Désolée, étais-je censée vous servir une tasse ?

Il rit et secoua la tête, ignorant sa remarque légèrement sarcastique. Il prit un mug, se servit du café, puis ouvrit un frigo près de l'évier.

— Du lait ? demanda-t-il.

Il renifla la bouteille et vérifia la date, ce qui fit rire Robyn.

Elle lui tendit son mug. Après quoi elle plongea la main dans le paquet de sucreries – il s'agissait en fait de bouchées au chocolat – et en sortit deux avant de se laisser choir dans l'un des vieux fauteuils.

Elle but une gorgée de café, croqua dans une bouchée et son estomac gargouilla bruyamment. Avery rit et elle sentit ses joues s'empourprer. Elle tapota son estomac.

— Je n'ai pratiquement rien mangé depuis hier soir. J'ai acheté un repas à la cafétéria, ce matin, mais l'alerte m'a empêchée de le manger.

Il lui décocha un regard curieux.

— Combien d'alertes avez-vous eues, aujourd'hui ?

Elle haussa les sourcils.

— Vous ne connaissez pas les règles ? On ne parle pas de ce qui fâche.

Le sourire d'Avery s'élargit. D'après l'expérience de Robyn, dès que vous parliez d'une alerte, vous vous portiez malheur et il y en avait une dans les minutes qui suivaient.

Elle mordit de nouveau dans sa bouchée.

— Six, répondit-elle.

— Autant ?

Il se pencha en avant.

— L'arrêt cardiaque à l'entrée principale a été mon premier, ce matin.

Elle fronça les sourcils.

— Je croyais que les infirmiers commençaient à 6 heures.

Il soupira.

— En effet. Officiellement, je suis de repos. Je suis censé travailler au dispensaire du centre-ville, aujourd'hui, mais quelqu'un ici s'est fait porter malade.

Il se renfonça dans son fauteuil.

— Et ne faites pas attention à ce que les autres disaient, tout à l'heure. Ils donnent des surnoms à tout le monde.

— Vraiment ? Quel est le vôtre ?

Avery remua, visiblement gêné, et fit une grimace.

— M. Rayon de Soleil, avoua-t-il.

Robyn grogna et ferma les yeux.

— Vous plaisantez, j'espère ! Alors vous êtes M. Rayon de Soleil et je suis le Dr Ronchon ? Pas question.

Il agita une main.

— Vous venez d'arriver. Ils ne vous connaissent pas encore.

Elle haussa un sourcil.

— Eh bien, attendez qu'ils me connaissent. Mon surnom sera dix fois pire que Dr Ronchon.

Elle plissa le nez.

— Et qui va vous remplacer au dispensaire, si vous êtes ici ?

Avery but son café.

— J'ai échangé avec un ami. Je travaillerai dimanche, à la place. Je ne voudrais pas les laisser tomber. Maintenant, parlez-moi un peu de vous. J'adore votre accent.

Robyn s'efforça de ne pas détourner son regard. Elle détestait les questions personnelles et essayait d'en dire le moins possible sur elle-même.

— Vous d'abord, dit-elle.

Avery se lécha brièvement les lèvres et hocha la tête.

— Je suis Avery Smith. J'ai vingt-six ans. J'ai fait une formation d'infirmier. Je suis né et ai été élevé à San Diego. J'ai choisi de travailler en Cardiologie parce que j'aime tout dans cette science. J'adore les transplantations, les opérations, les défibrillateurs, les pacemakers, le traitement des défaillances cardiaques, les angiographies, etc.

Il agita une main.

— Je pourrais continuer encore longtemps.

Robyn eut un petit sourire.

— Vous avez le cœur à ça, si je comprends bien.

Il sourit largement à sa pauvre plaisanterie.

— Lors de votre stage clinique, vous rencontrerez peut-être ma meilleure amie, Serena Dias. Elle travaille en Soins critiques. Nous avons fait nos études ensemble et avons partagé un appartement pendant un certain temps. Bien sûr, c'était avant qu'elle rencontre l'amour de sa vie, Toby Renfro. Il est l'un de nos chirurgiens traumatologues, et ils viennent d'emménager ensemble.

— Ainsi, vous avez été laissé en plan ?

Avery haussa les épaules.

— On peut le dire. Ou on peut dire que je suis ravi que ma meilleure amie ait trouvé le bonheur. Elle le mérite.

— Rayon de Soleil de nom et par nature ? Vous arrive-t-il d'être de mauvaise humeur ?

Avery termina son café.

— J'essaye de ne pas l'être. La vie est trop courte. Et ne pensez pas que vous allez vous en tirer sans me parler plus de vous. Soyez bonne joueuse.

Robyn se força à sourire.

— J'ai fait mes études de médecine à Glasgow, où je suis née et ai été élevée. J'ai passé ma première année dans un hôpital d'Aberdeen, puis j'ai rejoint un programme où l'on échange sa place avec quelqu'un d'un autre pays. Et je me suis retrouvée ici.

— Vous n'avez pas choisi de venir au Paz Memorial ? demanda Avery, l'air étonné.

— On ne peut choisir que le pays, pas un hôpital en particulier. J'ai d'abord fait un stage en Allemagne, et cette fois-ci c'est aux États-Unis.

Robyn essaya de déchiffrer son expression.

— La plupart des médecins ou des stagiaires qui viennent ici ont passé des sélections très rigoureuses, dit-il. Le Paz Memorial est renommé pour son service Cardiologie, ses chirurgiens et ses techniques. Certains tentent pendant des années de décrocher un poste dans cet établissement.

L'insinuation était claire : il ne l'approuvait pas, elle n'était pas assez bonne à ses yeux. Il était peut-être M. Rayon de Soleil pour tout le monde, mais pas pour elle.

— Comme vous ? demanda-t-elle, sarcastique.

— Seuls quelques-uns de mon école ont réussi à se faire engager ici.

— Et vous avez dû passer une sélection rigoureuse ? insista-t-elle avec agacement.

— Quatre entretiens, répondit-il sans hésiter.

Elle se pencha en avant, comme lui.

— Qu'est-ce qui vous fait penser que je n'en ai pas fait autant ?

Il battit des cils. Elle le laissa digérer ça quelques secondes.

— Le programme international comptait soixante-dix mille candidats dans le monde entier. Ils en ont pris cent.

Elle se leva.

— Hélas, je n'ai pas été la première choisie, mais la seconde.

Elle regarda les yeux d'Avery s'élargir à cette déclaration.

— Alors j'ai plus que mérité ma place ici. Et ne me parlez pas des procédures de sélection. J'ai passé ma vie à voir combien certaines sélections peuvent être injustes… à moins bien sûr que vous n'ayez un compte en banque bien garni.

Il pâlit, puis se leva à son tour.

— Qu'est-ce que c'est censé vouloir dire ?

— Je veux dire que souvent les gens issus des familles les plus riches obtiennent les meilleurs stages, ou les hôpitaux qu'ils veulent. C'était certainement comme ça quand j'étais en fac de médecine. Avec ce programme, c'est la première fois que j'ai eu la sensation que les choses étaient fondamentalement équitables. J'avais une chance d'être prise à cause de mes résultats, et non de mon argent.

Avery la fixait en fronçant les sourcils, comme s'il ne savait pas quoi dire.

La porte s'ouvrit et une infirmière entra. Elle leur jeta un regard, tourna les talons et ressortit. Robyn se sentit exaspérée. Elle agita une main.

— Je ferais aussi bien de mériter mon surnom.

Elle observa Avery qui prenait de longues inspirations pour se calmer, en se demandant ce qu'elle avait dit pour le perturber ainsi. Il leva les yeux vers elle.

— Je pense que nous sommes partis du mauvais pied.

Il posa une main sur sa poitrine.

— J'adore cet endroit. Il me passionne. Le Paz Memorial a une superbe réputation et il est important pour moi… pour des raisons que je ne peux pas vraiment expliquer. Je n'étais pas au courant de votre programme. La plupart des médecins doivent faire des demandes spéciales pour continuer leur formation ici. La compétition est rude.

Il hésita une seconde.

— Et je suis sûr que votre compte bancaire ne compte pas dans la procédure de sélection. Je suis désolé, je ne voulais pas me mettre ainsi sur la défensive.

— Je pense que nous sommes effectivement partis du mauvais pied, répondit vivement Robyn, tout en se demandant quelles étaient ces raisons qu'il ne pouvait pas expliquer. Mais bon, vous m'avez bel et bien laissée tomber aux urgences, tout à l'heure.

Elle mit ses mains sur ses hanches.

— Non, dit-il.

— Oh ! reconnaissez-le, Avery. Dès que ce grand ponte de l'hôpital est apparu, vous êtes pratiquement parti en courant. Pourquoi ?

Elle vit quelque chose passer dans ses yeux verts. De la colère ? De la contrariété ? De la peur ? Elle ne put le définir.

— Je n'ai rien fait de tel, se défendit-il. Je suis monté libérer un lit pour vous, afin que M. Delaney bénéficie des soins experts dont il a besoin.

— On croirait vous entendre lire la brochure publicitaire de l'hôpital.

Il secoua la tête. Elle renchérit.

— Et vous pensez vraiment que la meilleure chose que vous

ayez à faire, la première fois où vous rencontrez un nouveau médecin ayant à assurer une alerte, est de le laisser dans un environnement inconnu, avec du personnel qu'il ne connaît pas, et des procédures auxquelles il n'est pas habitué ?

Elle vit sa mâchoire se serrer.

— Je n'avais aucune idée que vous n'étiez jamais venue aux urgences auparavant. Et vous étiez avec le directeur du service ; vous ne pouviez pas être entre de meilleures mains.

Robyn avait toujours les mains sur les hanches. Six mois. C'était la durée de son stage dans cet hôpital. Elle voulait apprendre tout ce qu'elle pouvait de tous les membres de l'équipe. Pourquoi devrait-elle rester coincée avec cet homme ? C'était clairement un guignol. Tout le monde l'appelait M. Rayon de Soleil, mais elle n'était pas dupe une seconde.

Elle avait mal au dos. Elle n'avait pas dormi les deux dernières nuits, car la chambre que l'hôpital lui avait fournie donnait sur les cuisines, et il y avait des livraisons toute la nuit. Elle était fatiguée. Elle avait toujours faim. Et certains membres du personnel parlaient déjà d'elle en se moquant.Elle excellait peut-être dans le domaine médical, mais elle admettait volontiers que ses talents relationnels étaient toujours un peu plus difficiles à négocier. Elle soupira.

— De mon point de vue, vous vous êtes quasiment enfui des urgences. Vous n'étiez même pas sûr que notre patient était assez stable pour partir. Une chose que vous allez apprendre sur moi, Avery, c'est que j'appelle un chat un chat.

Il fronça les sourcils et tendit un bras.

— Vous ai-je libéré un lit ?

Elle grinça des dents, mais opina.

— Et le service de Cardiologie est-il le meilleur endroit pour M. Delaney, actuellement ?

Elle hocha de nouveau la tête.

— Alors tout s'est passé comme cela le devait. Vous vous imaginez des choses. Peut-être êtes-vous fatiguée. Peut-être avez-vous besoin de souffler un moment et de faire un vrai repas. On est facilement submergé, quand on arrive quelque part. Quant aux procédures, je peux prendre du temps pour les voir avec vous, si vous le souhaitez. Tout le personnel, ici, est disposé à aider nos nouveaux médecins. Tout ce que vous avez à faire est de demander.

— Il est dur de demander quand les gens sont trop occupés à faire des gorges chaudes et à donner des surnoms.

Avery prit une grande inspiration, acquiesça d'un signe de tête et leva sa main gauche.

— Vous avez raison. Je suis désolé pour ça. Je leur parlerai. Notre unité ne doit pas ressembler à un panier de crabes.

Il se montrait gentil, à présent. Mais cela n'aidait pas.

— Je suis une grande fille, dit Robyn en levant le menton. Je n'ai pas besoin de votre pitié.

Elle se tourna et marcha vers la porte, son estomac gargouillant de nouveau. Elle ralentit le pas et prit ce qui restait des bouchées au chocolat, consciente que les yeux verts d'Avery étaient toujours fixés sur elle.

Elle rejeta ses cheveux en arrière et sortit de la pièce, regardant sa montre et se dirigeant vers le bureau des infirmiers. Elle avait fini son service et elle ne pouvait attendre de partir.

Peut-être que venir à San Diego n'avait pas été une si bonne idée, finalement.

2.

— Tu as fait quoi ?

Serena rejeta la tête en arrière et rit.

Avery grogna en buvant son café.

— Arrête, tu n'aides pas. Je ne me souviens pas d'avoir jamais fait aussi mauvaise impression à quelqu'un.

— Non, tu es juste habitué à charmer tout le monde ici en affichant un grand sourire. Elle a peut-être le surnom de Dr Ronchon, mais il se pourrait qu'elle soit la fille qui te fasse travailler plus dur pour faire tes preuves.

Il posa sa cuillère et dévisagea son amie.

— Pourquoi dis-tu une chose pareille ?

Serena se mit à découper la prune et la pomme qu'elle avait achetées à la cafétéria. Ils étaient assis dehors, dans la cour centrale – d'ordinaire très chaude et très ensoleillée, mais ce jour-là le ciel était couvert. Elle était à l'écart de l'agitation de la cafétéria et offrait un peu plus d'intimité avec ses tables, ses bancs et son cadre de verdure.

Elle décocha un grand sourire à Avery. Elle n'avait pas encore répondu, mais il secouait déjà la tête.

— Tu es dans cette phase d'amour fou où tu vois tout en rose. Tu as envie de mettre tout le monde en couple et rêves de familles comblées. Crois-moi, notre Écossaise est plus susceptible de me courir après avec une hache qu'autre chose.

Serena appuya sa tête sur une main, l'air rêveur.

— Il n'y a rien de mal à être un peu heureux.

Avery acquiesça. Ils avaient partagé un appartement pendant plus de trois ans. Il connaissait Serena mieux que personne, et il ne l'avait jamais vue aussi épanouie que depuis qu'elle vivait avec Toby.

— Devine ce qui s'est passé, maintenant que tu es partie ?

— Quoi ?

— Le lave-vaisselle est tombé en panne. Il marchait toujours parfaitement avec toi, et jamais avec moi. Maintenant qu'il sait que tu n'es plus là, il s'est mis en grève.

Elle rit.

— Tu ne lui parles pas gentiment, c'est ce qui ne va pas. Mais apparemment, tu ne parles pas gentiment à d'autres personnes, non plus, ajouta-t-elle avec un sourire malicieux.

Avery grogna et se prit la tête dans les mains.

— J'ai fait de mon mieux.

Il prit une grande inspiration.

— Le fait que le patient que nous avions ranimé a eu un visiteur spécial, aux urgences, n'a pas arrangé les choses.

Serena mangea un bout de sa prune.

— Oh ! qui ?

— Leo Paz.

Elle cessa de mâcher, ouvrant des yeux ronds.

— Non !

— Si.

— Ton oncle t'a-t-il reconnu ?

— Il n'en a pas eu l'occasion. Je suis parti en quatrième vitesse, une autre raison pour laquelle Serena m'en a voulu. Elle m'a accusé de l'avoir abandonnée.

— Tu l'as fait, ou pas ?

Avery se crispa et leva les yeux au ciel.

— Non, enfin oui, peut-être…

— M. Paz.

Serena secoua la tête.

— Je ne l'ai jamais vu depuis que je travaille ici.

— Moi non plus. Enfin, je ne l'avais jamais vu.

Elle lui jeta un regard curieux.

— Que t'aurait-il dit, à ton avis, s'il t'avait reconnu ?

Avery se sentit malade à cette idée.

— Je ne sais pas. Il y avait tellement d'animosité entre ma mère et lui ! Si elle était encore en vie, je ne travaillerais certainement pas ici. Elle aurait détesté ça.

— Je n'en suis pas sûre. Ta mère avait une bonne relation

avec tes grands-parents. C'est seulement ses frères et sœurs qui causaient des problèmes.

Avery sourit.

— Oui, elle a fait un écart et est tombée enceinte d'un homme marié. Conduite scandaleuse. Mon oncle le lui rappelait chaque fois qu'il la voyait.

— Mais, en fin de compte, ça ne le regardait pas. Tu m'as toujours dit que tes grands-parents n'avaient jamais mal parlé de ton père. Il est juste dommage qu'il soit mort quand tu étais si jeune.

Avery soupira.

— L'argent et les familles compliquent tout.

Il leva les mains.

— Une partie de cet endroit est à moi depuis la mort de ma mère. Mais je me tiens caché pour une raison. Le reste de la famille sait que j'existe, mais ils n'ont aucune idée que je suis toujours à San Diego, et que je suis infirmier ici.

Serena posa une main sur la sienne.

— Ta maman a été tellement bien soignée, dans cet hôpital. Est-ce que travailler ici te rappelle des souvenirs ?

Il regarda au loin.

— Oui et non. Je ne suis jamais en Cancérologie, et sa leucémie a été si foudroyante.

Il soupira.

— Il y a encore des choses que nous ne pouvons pas guérir. Et nous devons tous vivre avec ça. Mais travailler ici m'aide à honorer la mémoire de mes grands-parents et de ma mère. Mon oncle n'est devenu P-DG qu'après sa mort, et j'étais encore jeune. J'ai toujours pensé qu'il était passé en force pour prendre ce poste, comme il l'a fait pour d'autres choses. J'ai changé de nom et me suis tenu éloigné de mes oncles et tantes sur le conseil de mon avocat. Il ne voulait pas que je travaille ici, il pensait que c'était trop risqué. Mais la dernière fois que mon oncle m'a vu, j'étais un jeune adolescent. Il n'a certainement pas été là quand ma mère est tombée malade, et elle était furieuse de la façon dont il avait écrabouillé le reste de la famille pour prendre les rênes de l'hôpital. Elle ne voulait pas que j'aie quoi que ce soit à voir avec tout ça. Elle voulait que je sois dégagé de tout ce mélodrame familial.

Serena se mordit la lèvre.

— Mais tu t'es formé comme infirmier pour une raison. Tu adores la cardiologie. Il est naturel que tu veuilles travailler dans cet endroit qui est renommé dans le monde entier.

Elle but à sa bouteille d'eau.

— Ce n'est pas ta faute si cet hôpital porte le nom de ta grand-mère. Si ton grand-père était encore vivant, les choses seraient différentes.

Avery leva les yeux au ciel.

— S'il était encore vivant, il aurait plus de cent ans.

Elle sourit doucement.

— Nous avons déjà eu des patients centenaires.

Elle tendit la main et pressa celle d'Avery.

— Tu as toujours su qu'à un moment donné tes collègues pourraient découvrir que ton nom est Paz, et non Smith. Il y a toujours un risque que tu croises ton oncle et qu'il te reconnaisse. Il faut que tu aies un plan dans cette éventualité.

Il finit son café.

— Eh bien, je suppose que je viens d'écarter la possibilité de m'enfuir en Écosse. Pourquoi pas la France ? Ou Hawaï ? J'ai toujours eu envie de travailler là-bas.

— Choisis-tu exprès des endroits où je devrai prendre un avion avec un bébé pour te rendre visite ?

— Tu me rendras visite ?

— *Nous* te rendrons visite. Moi, le bébé et Toby. Cesse d'essayer de t'éloigner de nous. Tu devras jouer les baby-sitters à l'occasion. Où que tu cherches à aller.

Avery, à son tour, lui pressa la main.

— Et j'en serai honoré. Mais en premier lieu, je dois essayer de me rabibocher avec le nouveau médecin de mon service.

Serena fronça les sourcils.

— Elle est ronchonne à quel point ?

Il leva une main et l'agita.

— Je ne sais pas très bien. Est-elle ronchonne, seulement ? Ou simplement rentre-dedans ? Si ce qu'elle m'a dit sur sa sélection est vrai, alors elle doit être un très bon médecin. Je pense que c'est peut-être juste quelqu'un qui ne mâche pas ses mots.

Il passa les doigts dans ses cheveux bruns.

— Mon problème, c'est que quand elle se met à parler vite, je bataille pour comprendre tout ce qu'elle dit, son accent est très fort, et d'une certaine façon je sais que ça ne va pas arranger les choses.

— Bon, tu sais comment résoudre ça, non ?

Il secoua la tête, se pencha, attrapa la pomme et mordit dedans.

— Non, comment ?

— Hé là !

Serena lui donna une tape.

— Ne touche pas à la nourriture d'une femme enceinte. Et tu vas prendre ta vie entre tes mains, là.

Elle le fixa d'un regard dur.

— Nous parlons beaucoup de ce nouveau médecin. À quoi ressemble-t-elle ?

— Qu'est-ce que ça a à voir avec le reste ?

— Intéressant, dit Serena, l'air amusé. Tout de suite sur la défensive. Maintenant, dis-moi comment elle est.

Il fit un geste évasif de la main.

— Elle a des cheveux roux, mais roux foncé, pas carotte. Des yeux bleus. Elle est à peu près de ta taille.

Il leva les yeux au ciel.

— Sans le ventre de femme enceinte.

Puis il prit un air pensif.

— Ou peut-être qu'elle l'a aussi. Mais si c'est le cas, ça ne se voit pas.

Serena pencha la tête de côté.

— Cela fait pas mal de détails. Tu as remarqué la couleur de ses yeux ? Je suis impressionnée. Et sa nuance exacte de roux ? Que t'est-il arrivé ?

Avery s'indigna.

— Je suis infirmier. Je dois être observateur. Tu l'as oublié ?

Le sourire qui se peignit sur le visage de Serena lui donna envie de changer rapidement de sujet. Il savait qu'elle allait passer le reste du temps à le taquiner. Elle tapota la table de ses doigts.

— Je pense que c'est autre chose.

Elle avait dit ça d'une voix chantante. Avery grogna et leva une main.

— Arrête. Revenons en arrière. Je résous comment le problème de son accent ?

— Oh ! c'est facile. Pour t'y habituer, il faut que tu sois davantage avec elle, tout simplement. Assure-toi de passer autant de temps que possible en sa compagnie. Et ne la *mets pas* en colère.

— Oh ! je n'en ai pas l'intention. Je pense qu'elle pourrait dire : « Vous ne m'apprécieriez pas quand je suis en colère. » Comme le super-héros vert que tout le monde adore.

— Tu es dur avec elle, dit Serena d'un air intéressé. M. Rayon de Soleil a-t-il envie de répandre sa lumière ?

Avery secoua la tête à son surnom.

— Je suis quelqu'un d'heureux, je n'y peux rien. Ma mère disait que je suis né en souriant.

Serena posa la main sur son petit ventre.

— Eh bien, sens-toi libre d'étendre ton soleil à celui-là. J'adorerais un bébé heureux.

Ils restèrent assis un moment dans un silence détendu, l'esprit d'Avery revenant à ce qui s'était passé avec Robyn.

Au bout de quelques minutes, il s'écarta de la table pour étirer son dos et ses bras. Ils étaient douloureux. L'hôpital semblait traverser une série d'arrêts cardiaques, et s'occuper d'arrêts cardiaques prolongés était fatigant pour tous ceux qui étaient impliqués.

— Six, murmura-t-il.

— Six quoi ?

— Alertes pour arrêt cardiaque. C'est ce que Robyn a eu à gérer pour son premier service.

— Non ! Que se passait-il, au nom du ciel ?

— Je ne sais pas.

— Eh bien, cela rendrait sûrement n'importe qui ronchon, dit Serena, d'un ton indigné.

— Pourquoi ai-je l'impression que tu vas soutenir l'équipe Robyn ?

— Parce que je soutiens naturellement l'équipe Filles. Imagine une journée pareille : être laissée en plan aux urgences, puis monter et entendre le surnom mesquin que l'on t'a donné. Si cela avait été moi, je me serais appelée fièrement Dr Ronchon.

Avery relâcha lentement son souffle.

— Je pige. Plus une nouvelle ville, un nouvel hôpital.

Il appuya la tête sur sa main.

— Et je n'ai vraiment pas arrangé les choses. J'étais sur les nerfs quand j'ai vu mon oncle. Puis je crois que j'ai mal interprété quelque chose qu'elle a dit, et j'ai été encore plus sur la défensive.

Serena inspira.

— J'étais sérieuse quand je te disais qu'il te faut un plan de secours pour le cas où la vérité sortirait au grand jour. Surtout s'il y a un risque que tu retombes de nouveau sur ton oncle.

Avery soupira.

— Je le sais. Je suis un adulte, plus un adolescent. Et j'ai des enjeux ici, des enjeux financiers et émotionnels, dans cet endroit que j'adore.

Il parcourut la cour du regard.

— Simplement, je ne sais pas si je suis prêt à me dévoiler. Prêt à franchir le pas et à redevenir un Paz.

Serena lui pressa l'épaule.

— Je ne peux pas te dire comment agir avec ta famille. Mais je peux te donner un tuyau pour Robyn.

— Vas-y.

— Il faut que tu lui achètes une douceur. Un gâteau. Du chocolat. Des friandises. Que mange-t-on, en Écosse ?

— Je ne sais pas.

Serena se leva.

— Eh bien, arrange-toi pour le trouver. Il est temps que tu commences à te racheter vis-à-vis du Dr Ronchon.

Robyn avait passé la dernière heure à s'efforcer de ne pas pleurer. Elle ne le ferait pas. Absolument pas. Mais chaque fois que les bruyants camions de livraison interrompaient son sommeil, son esprit retournait quelques jours en arrière. Elle repensait aux membres du service Cardiologie qui faisaient des ragots sur elle. Quant au différend avec Avery Smith, son cerveau ne lui permettait même pas d'y penser.

Elle avait envoyé un message à son amie Genevieve, qui travaillait en Écosse. Ginny la soutenait toujours, quoi qu'il se passe, et Robyn lui savait gré de ce soutien.

Son stage en Allemagne avait été plus facile que celui-ci. Au moins, elle pouvait dormir, là-bas. L'hôpital avait logé tout le monde dans des studios à cinq minutes à pied. Tous les autres médecins avaient commencé le même jour qu'elle, et une certaine camaraderie s'était instaurée entre eux.

Ici, elle avait commencé quelques semaines plus tard que les autres à cause d'un problème avec son visa de travail. Ses collègues s'étaient déjà liés d'amitié, avaient pris les meilleures chambres et s'étaient habitués à la ville.

Alors que le bip-bip d'un autre camion qui reculait se mettait à retentir, Robyn renonça à dormir et envoya promener l'oreiller qu'elle avait mis sur sa tête. Rien ne pouvait amortir le bruit autour d'elle. Et il était trop tôt pour aller travailler.

Elle se doucha, s'habilla et attacha ses longs cheveux. Elle n'avait aucune idée d'où elle irait, mais peut-être que si elle sortait faire un jogging, elle pourrait se familiariser avec la ville et prendre un petit déjeuner quelque part.

Le Paz Memorial Hospital n'était pas tout à fait au bord de la baie, mais il était assez près pour que l'on puisse voir les bateaux et elle alla dans cette direction. Il n'était même pas 6 heures, mais elle aperçut un certain nombre de joggers matinaux qui couraient le long de la marina. Le chemin dallé était large, et le matin clair et lumineux. Robyn y alla doucement, ne parcourant que deux kilomètres avant de changer de direction pour s'engager à petites foulées dans les rues. Le Gaslamp District, ou quartier du Réverbère, était tout proche et elle fut heureuse de voir que quelques magasins étaient déjà ouverts. Bientôt, elle sentit les arômes d'une boulangerie et rejoignit la petite queue dehors. Après les derniers jours, elle n'hésita pas à prendre deux cafés qui sentaient merveilleusement bon et trois miniviennoiseries.

Le temps qu'elle revienne à l'hôpital, elle avait bu un café et mangé les viennoiseries. Comme tous les hôpitaux, le Paz

Memorial était toujours animé. Alors qu'elle regagnait le vestibule, un certain nombre de membres du personnel arrivaient pour prendre leur service. Elle n'en reconnut aucun.

Son cœur se serra un peu. L'endroit était vaste, avec plus de six cents lits et un centre de traumatologie de niveau 2 pour la région. Elle savait qu'une foule de gens travaillait là, aurait-elle le temps de se faire des amis ?

Elle s'arrêta un moment, observant l'agitation ambiante. Sa chambre était trop petite pour s'y détendre confortablement. Elle allait reprendre une douche et se rendre à la bibliothèque. Il y avait là plein de procédures et de protocoles qu'elle pouvait étudier avant d'aller travailler. Elle pourrait peut-être même consulter les listes d'appartements disponibles dans le quartier.

Se sentant un peu réconfortée, elle pivota et fit un pas – quand quelqu'un lui rentra dedans. Son café jaillit de sa tasse et retomba autour d'elle. Elle lâcha une exclamation tandis que l'autre personne laissait tomber une grande boîte blanche qui s'écrasa par terre.

— Désolée, dit-elle vivement tandis que le café maintenant moins chaud dégouttait de sa tenue de sport.

L'homme jura doucement. Avery Smith portait une chemise blanche et un jean bleu. Non seulement il avait été aspergé de café, mais des taches de toutes les couleurs décoraient sa chemise. Robyn pencha la tête de côté.

— Au nom du ciel, qu'est-ce que vous portiez ?

— Un dessert, répondit-il d'un ton morne en ramassant la boîte abîmée et en en levant le couvercle.

Elle regarda à l'intérieur.

— Berk.

Les beignets à la confiture avaient explosé et la tarte aux pommes s'était mélangée au gâteau au chocolat.

— Est-ce l'anniversaire de quelqu'un ?

Il secoua la tête.

— J'apportais juste quelques gâteaux.

Il hésita une seconde.

— Je fais ça, parfois.

Pour une raison quelconque, Robyn ne le crut pas tout à fait. Il leva la boîte.

— Si nous trouvions des cuillères et mangions ce qui reste ?

Elle secoua la tête.

— Non. Pas pour moi, merci. Je viens de prendre mon petit déjeuner et je me rends à la bibliothèque avant de commencer mon service.

Ellc fit une grimace.

— Désolée pour vos habits.

— Ce n'est pas grave. Je vais mettre un uniforme, de toute façon.

Il regarda la boîte avec un petit sourire.

— À plus tard dans le service.

Il y avait de la résignation dans son ton. Était-il mécontent qu'elle travaille ce jour-là ? Peut-être n'avait-il pas du tout envie de collaborer avec elle.

Robyn se sentit aussitôt sur la défensive. Et irritée. Elle ne trouva rien à répondre, alors elle tourna les talons et s'éloigna.

Un peu plus d'une heure après, Avery essayait toujours de trouver un moyen de se racheter auprès de Robyn. En théorie, elle devrait en faire autant avec lui, mais d'une manière quelconque il savait que son cerveau ne fonctionnait pas ainsi. Les beignets avaient été un fiasco. Il n'avait même pas pu admettre qu'il les avait apportés pour elle afin de s'excuser – sur le moment cela lui avait paru stupide. Alors maintenant, il était de retour à la case départ.

Il avait parcouru deux fois tout le service de Cardiologie, avec ses différentes unités. Robyn n'était nulle part.

— Quelqu'un sait où est notre nouveau médecin ? demanda-t-il au bureau des infirmiers.

— Le Dr Ronchon ? fit l'une des kinés.

— Le Dr Callaghan, rectifia ostensiblement Avery.

La kiné n'y fit pas attention.

— Elle est aux urgences, pour un adolescent qui a peut-être des problèmes cardiaques. Je ne pense pas que le pédiatre voulait l'hospitaliser, mais elle ne se laisse pas faire. Aux dernières nouvelles, elle essayait d'appeler le Dr Anker pour la soutenir.

— Le Dr Anker ?

Avery haussa les sourcils et grogna. Tout le monde savait qu'il était le moins commode de leurs consultants.

— Pourquoi le choisir lui ?

— Parce qu'elle a un penchant pour la tragédie ? suggéra la kiné en haussant une épaule.

Bien sûr, il descendit aux urgences. Il ne prétendit même pas que c'était pour une autre raison que d'aider leur nouveau médecin. Une collègue hocha la tête, solidaire, mais une autre leva les yeux au ciel.

Les urgences étaient étonnamment chaotiques pour un milieu de semaine. Il vit un autre infirmier et alla le rejoindre.

— Michael, qu'est-ce que c'est que toute cette agitation ? Vous faites la fête, ou quoi ?

Son collègue était en train de prendre des fournitures en charge. Il se tourna et en mit dans les bras d'Avery.

— Nous avons eu une collision en chaîne sur l'autoroute et une maison de retraite contaminée par un norovirus. Un médecin et un urgentiste sont en congé de maladie. Tu es ici pour aider ?

— J'étais venu trouver notre nouveau médecin.

Avery se mit à marcher à côté de Michael.

— Mais je peux appeler en haut et leur dire que vous avez besoin d'aide pendant une heure.

L'autre infirmier hocha la tête.

— Super. Celle que tu cherches est en cabine 7 avec un gamin. Elle s'est disputée avec le pédiatre.

Il jeta un regard de côté à Avery.

— Elle me plaît. Elle est intelligente. Elle a aussi offert de voir quelques patients pour nous.

Il s'enfila derrière un rideau, déposa ses fournitures et fit signe à Avery de mettre les siennes sur un chariot voisin.

— L'aide est appréciée. Va au tableau d'affichage et prends ce qui te paraîtra raisonnable. Appelle si tu as besoin d'aide.

Avery déglutit. Il était toujours heureux d'aider, mais il avait conscience de ses limites. Il y avait relativement peu de temps qu'il était qualifié. Néanmoins, il savait qu'il pouvait voir quelques patients. Les personnes âgées atteintes du norovirus seraient probablement déshydratées. Il pouvait faire des prises de sang, donner des antiémétiques, installer des perfusions et faire en sorte qu'elles soient bien. Même si les malades cardiaques étaient sa spécialité, il ne rechignait pas à donner un coup de main ailleurs quand c'était nécessaire. Et apparemment, Robyn aussi.

Il se rendit à la cabine 7. Il entendit aussitôt l'accent écossais de Robyn. Il s'avança pour regarder entre les rideaux. Elle s'était changée et portait une robe rouge ceinturée à la taille, et des chaussures plates noires. La couleur le surprit, mais elle lui allait bien. Il se dit qu'il était ridicule de penser que les roux ne pouvaient pas porter de rouge. Ses cheveux étaient retenus par un bandeau noir. Aucune trace de sa blouse blanche.

Elle désignait l'écran de l'appareil à ultrasons.

— Ceci montre le flux de sang à travers votre cœur. Dites-moi quand vous vous êtes senti essoufflé, demanda-t-elle à l'adolescent.

Il répondit qu'il avait pris du poids, sans savoir pourquoi. Et qu'il jouait toujours au basket, mais qu'il n'avait pas la même énergie. Il était essoufflé au bout de dix minutes de jeu.

— Vous pouvez entrer, dit Robyn à voix basse, sans détourner la tête de son patient.

Avery sursauta légèrement, embarrassé qu'elle se soit rendu compte de sa présence. Il franchit les rideaux et adressa un signe de tête au jeune garçon.

— Bonjour, je suis Avery Smith, infirmier en Cardiologie.

Il se tourna vers Robyn.

— Je suis descendu voir si vous aviez besoin d'aide.

Elle lui décocha un sourire un peu nerveux.

— J'ai appelé le Dr Anker. Pouvez-vous vérifier s'il a répondu et s'il arrive ?

Avery hocha la tête et retourna au bureau des infirmiers, juste à temps pour voir arriver le Dr Anker en costume de golf. Il lui avait déjà vu cette mine irritée. C'était un bon cardiologue, mais il avait un certain âge et pouvait parfois se montrer assez macho.

Il salua Avery d'un signe de tête.

— Enfin quelqu'un de sensé. Lui avez-vous dit qu'elle ne devrait pas m'appeler ainsi à l'improviste ?

Avery se redressa.

— En fait, je pense que ce patient vous intéressera. Apparemment, il a une valvule défectueuse. C'est une découverte de notre nouveau médecin.

Le Dr Anker fixa Avery d'un regard dur pendant quelques instants. Puis il prit une grande inspiration et hocha la tête.

— Dans ce cas, laissez-moi voir.

Avery le guida dans le couloir. Alors qu'ils approchaient de la cabine, ils entendirent Robyn qui parlait à quelqu'un.

— Simon était-il malade, enfant ?

Le Dr Anker écarta les rideaux et fronça les sourcils. Robyn était en visioconférence avec une femme adulte. Avery devina qu'il s'agissait de la mère de l'adolescent.

Elle attendit d'avoir une réponse positive, puis se tourna vers les arrivants. Elle rougit, et Avery put voir qu'elle était nerveuse. Elle tendit une tablette au Dr Anker.

— Simon, voici le Dr Anker, le spécialiste dont je vous ai parlé. Il va vous examiner et voudra probablement parler à votre maman, aussi.

Le cardiologue passait en revue le dossier électronique.

— Radio de la poitrine, analyse de sang, électrocardiogramme.

Il leva les yeux, le regard incisif.

— Où est l'échocardiogramme ?

— Je viens juste de le faire, répondit vivement Robyn. Il est enregistré ici, si vous voulez le voir.

Le Dr Anker ôta son stéthoscope de son cou.

— Dans une seconde.

Ses manières bourrues disparurent. Il examina Simon, puis demanda à Robyn de rappeler sa mère. Avery offrit un sourire rassurant à sa collègue. Sa main tremblait-elle légèrement ? Elle avait tout fait correctement. Elle n'avait pas à s'inquiéter.

Le Dr Anker se tourna vers elle.

— Bon diagnostic, docteur Callaghan. Les maladies cardiaques peuvent facilement passer inaperçues chez les adolescents.

Il décocha un sourire éclatant à la mère de Simon.

— Vous êtes en route ? Bon. Je vais faire transférer Simon dans notre unité spécialisée. Quelqu'un qui s'occupe particulièrement des adolescents prendra soin de lui.

Il griffonna sur la tablette avec un stylo électronique et donna brièvement quelques autres instructions.

Robyn le suivit dehors pour avoir des détails et prit des notes rapides. Puis le spécialiste disparut promptement et Avery regarda Robyn.

— Le pédiatre et l'urgentiste voulaient vraiment le renvoyer chez lui ?

Elle hocha la tête.

— Ils disaient que son essoufflement était dû à son poids.

Avery essaya de ne pas paraître surpris.

— Eh bien ! Ils n'ont pas cherché plus loin ?

Robyn fit signe que non.

— J'étais descendue pour autre chose et je les ai entendus parler de Simon. Ses symptômes m'ont mis la puce à l'oreille. Je n'ai pas pu voir son échocardiogramme aussi longtemps que je l'aurais voulu, mais il a une valvule défectueuse. Je penche pour un rhumatisme articulaire aigu non diagnostiqué.

Avery hocha la tête.

— Je pense que vous avez raison. Nous avons eu quelques cas concernant de jeunes adultes, dans l'unité.

Robyn parut se calmer un peu.

— Bon, dit-elle comme pour se rassurer, en fermant les yeux quelques secondes. Tout le monde m'a dit de ne pas appeler le Dr Anker. Mais c'était pour moi la seule façon de persuader le médecin urgentiste que Simon devait rester. Quant au pédiatre, je ne pense pas qu'il me reparle.

— Ne vous inquiétez pas pour ça. Vous avez fait du bon travail.

Elle hocha la tête, regarda Avery un moment et finit par sourire.

— Merci. Je vais appeler l'unité pour faire transférer Simon en haut. À moins que vous puissiez le faire ? J'ai dit que j'allais rester ici pour donner un coup de main.

Avery sourit à son tour.

— Moi aussi.

— Oh.

Elle parut surprise, puis elle rit et secoua la tête.

— Alors je vais m'en occuper.

Durant les heures qui suivirent, Avery fut péniblement conscient de la présence de Robyn ici ou là. Chaque aperçu de cheveux roux ou d'une robe rouge semblait s'imprimer dans son cerveau. Elle provoquait sa distraction et il ne savait pas très bien pourquoi.

Il s'occupa de sept patients âgés de la maison de retraite, tous déshydratés, certains désorientés. Un norovirus n'était jamais agréable et était très contagieux. Avery prit soin de porter des vêtements de protection qu'il changeait entre deux patients. Il faisait chaud, aux urgences, et l'on y était mal à l'aise. Sa tenue n'arrangeait rien.

Il finissait d'enregistrer ses notes quand une des vieilles dames se mit à appeler. Elle tendit la main vers lui.

— Paul, murmura-t-elle d'une voix faible. Paul, où étais-tu passé ?

Avery savait qu'elle était désorientée par la déshydratation et par une infection urinaire. Il s'assit à côté d'elle et porta à ses lèvres un verre d'eau avec une paille.

— Je suis là, maintenant, dit-il doucement. Bois un peu d'eau.

Elle obéit et se calma, tenant une de ses mains et la caressant. Il ne voulut pas la détromper pour ne pas provoquer sa détresse. Alors il resta assis avec elle et lui parla, écoutant ses histoires. Au bout d'un moment, elle s'endormit.

Un instant, il crut voir passer une robe rouge et se demanda si Robyn avait terminé avec son patient. Mais il ne bougea pas pour ne pas réveiller la vieille dame. Plus tard, il alla s'assurer que tous ses malades étaient bien installés. Le temps qu'il ait fini, Michael apparut derrière lui.

— Tu as été un ange, aujourd'hui, dit-il. Je ne peux pas te dire à quel point j'apprécie ton aide. Beaucoup auraient été réticents à intervenir, surtout avec quelque chose de contagieux.

Avery leva les mains.

— Ils sont vraiment malades. J'ai été heureux d'aider. Il y a autre chose que tu veux que je fasse ?

Michael secoua la tête.

— Nous avons pris suffisamment de ton temps. Et du temps de ton médecin, aussi. Elle a été formidable. Elle vole d'un patient à l'autre.

Avery tiqua un peu. Certains verraient ceci comme un compliment. Mais d'autres ? Ils pourraient voir ça comme un signe de travail bâclé.

— Je vais aller voir où elle en est, dit-il distraitement, en regardant le tableau d'affichage pour savoir quel patient elle examinait.

Alors qu'il marchait vers Robyn dans le couloir, les choses se compliquèrent tout de suite. Elle parlait à un jeune homme à l'air dédaigneux ; il avait un carnet de notes à la main, un stéthoscope autour du cou et une blouse blanche immaculée. C'était visiblement un étudiant en médecine. Avery le salua d'un signe de tête et se présenta. L'autre lui jeta un coup d'œil indifférent et ne répondit pas.

— Revoyons les détails ensemble, dit Robyn.

L'étudiant prit la parole, sûr de lui.

— Le directeur des urgences nous a dit qu'environ trente pour cent des gens qui viennent aux urgences ne devraient pas y être. Ça coûte des millions de dollars chaque année. Nous devons les filtrer.

Avery vit l'intérêt s'allumer dans les yeux de Robyn.

— Continuez, dit-elle.

Il y avait quelque chose dans sa voix, dans son ton, qui échappa à l'étudiant, mais qu'Avery remarqua. Il eut envie d'avertir le jeune homme d'avancer prudemment, mais il était déjà trop tard.

— J'ai vérifié les symptômes de M. Runo. Ils sont vagues. Il dit juste qu'il ne se sent pas bien. Sa paupière droite tombe un peu, mais ce n'est pas prononcé. Il bouge normalement sa main, son bras et sa jambe droits. Rien n'indique qu'il a eu une attaque.

Il continua sa litanie de choses qui n'allaient pas tout à fait bien, mais qu'il ne jugeait pas graves. Il conclut en levant les mains :

— Tout cela m'a semblé un grand rien du tout.

— Ses pupilles étaient-elles identiques et réactives ? s'enquit Robyn, faisant paraître la question normale.

L'étudiant eut l'air surpris. Il tapota ses poches, se rendant compte qu'il n'avait pas de lampe torche. Avery lui tendit la sienne.

— Je n'ai pas vérifié, dit-il.

— Pourriez-vous vérifier maintenant ? demanda Robyn, dont la voix se faisait plus coupante.

Le jeune homme disparut derrière les rideaux. Avery décocha un regard prudent à Robyn.

— Nous avons tous été étudiants, dit-il posément.

— Étions-nous aussi de complets idiots ?

Avery leva une main.

— Vous êtes dure.

Elle fixait les rideaux avec impatience, attendant que l'étudiant ressorte.

— Que faites-vous ici, à propos ?

— J'étais venu voir si vous aviez besoin d'un coup de main, répondit Avery avec un grand sourire. Vous savez, vous m'avez dit que je vous avais abandonnée ici, la dernière fois. Et apparemment, je devrais rester pour servir de bouclier à cet étudiant dont j'ignore le nom.

Robyn lui lança un regard mauvais.

— J'ai assez attendu.

Elle écarta les rideaux et pénétra dans la cabine.

— Comment sont les yeux de M. Runo ?

L'étudiant pivota, l'air moins sûr de lui.

— C'est difficile à dire. Mais une de ses pupilles est peut-être légèrement rétractée.

— Je vois. Pouvez-vous nommer une maladie reliant les symptômes que vous avez trouvés aujourd'hui ?

Il battit des cils. Il ouvrit et referma la bouche, puis il secoua la tête.

— Rien ne semble assez clair pour établir un diagnostic définitif.

Avery vit quelque chose passer dans les yeux de Robyn. Elle prit une grande inspiration et sortit sa propre lampe torche de sa poche.

— Regardez et apprenez, dit-elle sèchement.

Avery suivit l'étudiant. Robyn se montra aimable et professionnelle avec le patient. Elle posa des questions sans l'alarmer, précisant les symptômes et leur durée et rassemblant autant d'informations que possible. Quand elle eut examiné M. Runo, elle s'assit sur une chaise au chevet du lit.

— Monsieur Runo, vous avez une maladie assez peu courante appelée syndrome de Horner ou parésie oculaire. Un des nerfs qui irriguent votre visage est affecté d'une manière quelconque. C'est pourquoi votre paupière tombe, votre pupille est contractée et que vous ne transpirez pas du côté droit de votre visage. Je suis contente que vous soyez venu aujourd'hui. Mon travail est de procéder à des tests pour découvrir pourquoi votre nerf est affecté. Une fois que nous le saurons, nous pourrons vous traiter.

Elle lui tapota gentiment la main.

— Vous devrez rester ici quelques jours. Peut-on contacter quelqu'un pour vous ?

Avery sortit un stylo et nota le nom et le numéro indiqués par le patient.

Ils quittèrent la cabine quelques minutes plus tard, et Robyn dirigea l'étudiant vers une salle de soins voisine.

— Dites-moi ce que vous savez sur le syndrome de Horner.

— Jamais entendu parler. Je sais juste ce que vous avez dit au patient.

Elle hocha lentement la tête.

— Et à votre avis, qu'est-ce qui peut causer un problème avec un nerf facial ?

Il cita plusieurs hypothèses, se raccrochant visiblement aux branches. Et il termina en disant :

— Cela paraît mineur. Les symptômes étaient difficiles à discerner.

Avery sentit son estomac se contracter. Le Paz Memorial était un hôpital universitaire renommé. Ils recevaient des étudiants de toutes disciplines. La plupart étaient agréables et désireux d'apprendre. Mais quelques-uns se montraient arrogants, pensant qu'ils en savaient plus long que tout le monde. Et Avery pouvait aussi détecter un certain machisme chez cet étudiant. Son langage corporel indiquait qu'il n'appréciait pas de recevoir des leçons d'une femme.

Avery n'avait peut-être fréquenté Robyn que quelques jours, mais il savait que cet incident risquait de mal se terminer, vu le franc-parler de sa collègue.

— Soyons clairs, dit-elle avec un accent prononcé. Vous auriez pu renvoyer M. Reno chez lui. Or vous devriez savoir qu'un syndrome de Horner peut être causé par différentes tumeurs, une artère carotide abîmée ou une encéphalite, pour ne citer que quelques cas. Si vous l'aviez renvoyé chez lui, les choses que vous avez remarquées sans y accorder d'importance auraient pu vous faire passer pas mal de temps dans les tribunaux et mettre en péril le diplôme que vous espérez obtenir.

Silence.

— Qui est votre superviseur ? demanda Robyn.

— Vous ne faites que dépanner aux urgences. Je ne devrais même pas travailler avec vous.

Les mots furent crachés avec indignation. Avery tressaillit.

Robyn leva une main.

— Arrêtez. Tout de suite, ordonna-t-elle d'une voix ferme et claire. J'allais suggérer à votre superviseur que vous utilisiez M. Reno comme un cas d'étude. Le syndrome de Horner est rare. Il y a beaucoup à apprendre. La plupart de vos camarades auraient été jaloux de votre chance.

Elle mit une main sur sa hanche.

— Mais il semble que je vais avoir une autre conversation avec lui, au sujet de votre attitude.

L'étudiant parut réaliser son erreur. Mais, au lieu de s'excuser, il garda une attitude supérieure et secoua la tête.

— Robyn, dit-il avec condescendance, comme s'il la connaissait, je pense que vous avez mal compris.

Avery se plaça entre eux deux.

— Je ne pense pas qu'il y ait eu un malentendu, indiqua-t-il. Pour réussir au Paz Memorial, vous devez avoir envie d'apprendre et montrer du respect envers vos patients et vos collègues. Il est temps pour vous de vous taire. Allez à la bibliothèque. Vous avez de la lecture à faire. Je dirai au directeur des urgences où vous êtes.

Un dédain évident se peignit sur le visage du jeune homme.

— Vous ne pouvez pas me dire ce que je dois faire. Vous n'êtes qu'un *infirmier.*

Il cracha ce mot comme s'il était déplaisant.

Avery resta calme. Il avait eu affaire à des patients ou des parents coléreux, par le passé, ils ne lui faisaient pas perdre contenance. Il avait aussi rencontré de tels étudiants. Quelquefois, l'arrogance était une façade chez des gens anxieux ou tourmentés. Mais là… En outre, il ne pouvait pas se défaire de l'impression que ce garçon avait quelque chose de familier.

Comme il serrait son badge dans sa main, Avery ne put voir son nom.

— Il faut que vous partiez, dit-il fermement.

Il faisait au moins dix centimètres de plus que l'étudiant. Et, alors qu'il ne se servait jamais de sa taille pour intimider quelqu'un, le fait qu'il fréquente la salle de sport plusieurs fois par semaine ne gâchait rien.

Le jeune homme pivota abruptement et partit dans le couloir d'un pas décidé.

— Il va se plaindre de nous, déclara Avery d'un ton détaché.

— Il devra être rapide pour me battre, dit Robyn.

Elle tourna les talons et prit à grands pas le couloir qui menait au bureau du directeur des urgences.

Elle frappa et entra. Le moment était mal choisi. La dernière chose qu'un directeur avait envie d'entendre quand son service était débordé, c'était qu'un étudiant posait problème.

Avery attendit dehors. Il n'était pas du genre à mettre de l'huile sur le feu, mais il était prêt à donner sa version des événements pour soutenir une collègue.

Deux minutes plus tard, Jon passa la tête par la porte.

— Vous êtes toujours là, Avery. Parfait. Cet étudiant a-t-il manqué le diagnostic ?

Avery hocha la tête.

— A-t-il été grossier ?

— Absolument.

Le directeur soupira et se passa la main dans les cheveux.

— Dois-je me débarrasser de lui ?

Avery fit signe que non.

— Il a besoin d'être supervisé de près. Il s'est montré trop sûr de lui. Et il manque de respect envers les infirmiers et le personnel féminin.

Il posa une main sur l'épaule de Jon.

— Bonne chance avec lui.

— Alors le Dr Callaghan ne réagit pas trop vivement ?

— Non. Définitivement pas.

Jon baissa la tête et mit ses mains sur ses hanches.

— Et il faut que ce soit lui…

Robyn vint les rejoindre.

— Qui ? demanda-t-elle.

— Peu importe, dit-il d'un air résigné. Merci de m'avoir informé. Je vais m'occuper de lui.

Tandis qu'ils longeaient le couloir, Robyn regarda Avery.

— Vous n'avez pas l'impression que Jon ne nous a pas tout dit ?

Il soupira.

— Je ne sais pas. Peut-être est-il simplement débordé. Allons déjeuner avant de remonter. Je n'ai pas envie de passer la journée sans me sustenter.

— Moi non plus, agréa Robyn.

Ils se dirigèrent vers la cafétéria. Avery voyait l'air sérieux de sa collègue. Robyn était jolie, mais elle fronçait souvent les sourcils. Il savait qu'il avait mieux à faire que de lui demander de sourire, alors il changea de sujet.

— C'était chouette que vous offriez d'aider aux urgences, aujourd'hui. Il n'y en a pas beaucoup qui auraient fait ça. Et vous avez posé deux bons diagnostics, l'ado et le syndrome de Horner. Tout le monde n'en aurait pas fait autant.

Elle sourit bel et bien tandis qu'ils poussaient la porte de la cafétéria.

— Je vous l'ai dit, je suis intelligente. Vous ne m'avez pas crue ?

Il repensa au nombre de candidats qui avaient postulé à son programme. Il l'avait crue, car elle lui donnait clairement l'impression d'être une personne très franche – elle ne perdrait pas son temps à des mensonges.

— Je vous ai crue, mais parfois croire et voir sont deux choses très différentes.

Elle souriait toujours quand ils prirent un plateau. Elle choisit une boisson de régime, une salade au thon et, après mûre réflexion, une barre chocolatée. Elle soupira.

— Mon chocolat anglais me manque. Les choses n'ont pas le même goût, ici.

Avery resta derrière elle, prit une bouteille d'eau, puis il grogna et attrapa un sandwich grillé au fromage. Robyn lui sourit.

— C'est quelque chose que l'on peut manger partout dans le monde.

— Je devrais prendre la même chose que vous, mais je n'ai pas pu résister à l'odeur du fromage grillé.

Ils payèrent et s'assirent à une table qui donnait sur la cour. Il y eut une légère brise et Avery perçut un parfum épicé, avec des relents d'orange. Ce devait être celui de Robyn.

— Avez-vous pu terminer vos notes sur le cas Horner ? demanda-t-il.

Elle hocha la tête.

— J'ai déjà envoyé un compte rendu aux deux médecins qui vont s'occuper de lui. Mais je reviendrai les surveiller. Simon sera plus facile à suivre, comme il sera dans notre unité.

Elle mangea un peu de salade et marqua une pause.

— Vous pensez que je me suis fait un ennemi du Dr Anker ?

Avery fit une grimace.

— Honnêtement, c'est difficile à dire. Il a un peu une double personnalité, et on ne sait jamais sur laquelle on va tomber. La plupart des infirmières du service essayent de l'éviter.

Il sourit largement.

— Mais le principal, c'est de ne jamais l'appeler quand il joue au golf, même s'il est de garde.

Robyn grogna.

— Un mauvais point pour moi, alors.

Avery leva une main.

— De deux choses l'une. Il a pu être impressionné par ce que vous avez fait en tenant tête au pédiatre. Il y a une chance que ça lui plaise. Sinon, il se souviendra juste de vous comme du médecin casse-pieds qui lui a fait perdre sa meilleure partie de golf. Vous aurez à faire tout le sale boulot pendant le reste de votre stage ici.

Robyn appuya sa tête sur une main.

— Je peux m'en arranger. Ce n'est pas si grave.

Avery rit.

— Le sale boulot du Dr Anker est légendaire. Mieux vaut ne pas l'agacer. Et il vous faudra attendre de voir s'il est Dr Jekyll ou Mr Hyde, quand vous aurez affaire à lui.

Robyn eut un petit sourire triste.

— La médecine serait formidable, si ce n'était les gens.

— Vous me faites penser à mon ancienne surveillante.

Elle leva les yeux, rencontrant ceux d'Avery. C'était la première fois qu'il la regardait vraiment. Ses cheveux roux foncé étaient lisses et brillants, sa peau claire, avec quelques taches de son sur le nez, et ses yeux bleu foncé mettaient le reste en valeur. Elle n'avait encore aucune ride. Elle était un peu maquillée, avec un rouge à lèvres assorti à sa robe.

S'il l'avait vue ailleurs, il l'aurait prise pour une actrice ou un mannequin. Mais non, elle était là, au Paz Memorial, dans sa ville natale.

Son accent était chantant. Il devait encore se concentrer, à l'occasion, pour comprendre tout ce qu'elle disait, mais le fait que l'on sache d'où elle venait dès qu'elle ouvrait la bouche lui plaisait.

— Que disait votre ancienne surveillante ?

— Oh ! Marie disait que le travail était super… sauf pour ce qui était de diriger le personnel. Elle détestait que les mélodrames et les querelles internes se mettent en travers des soins apportés aux patients. Elle a fini par prendre sa retraite de bonne heure. C'est dommage, parce qu'elle était une merveilleuse infirmière, formidable avec les patients et leur famille, et j'ai beaucoup appris avec elle.

— Comment va-t-elle ?

Avery se redressa.

— Qu'est-ce qui vous fait croire que je le sais ?

— Vous le savez, n'est-ce pas ? Vous l'aimiez et l'admiriez. Vous devez avoir de ses nouvelles.

Il hocha la tête.

— Elle fait un délicieux dîner du dimanche soir. Elle donne un coup de main dans une soupe populaire où je travaille aussi, ainsi qu'au dispensaire. Et elle paraît dix ans de moins.

— Je le savais, dit Robyn, l'air triomphant.

Avery se pencha et chipa un carré de son chocolat.

— Hé ! protesta-t-elle en plissant le nez. C'est dans vos habitudes ?

Il haussa les épaules.

— Peut-être.

Elle l'observa avec curiosité.

— Vous êtes venu aider aux urgences, vous aussi, dit-elle. Je vous ai vu avec certaines de ces personnes âgées.

— Bien sûr, que j'ai donné un coup de main. C'était de la folie, dans le service. J'ai de l'expérience, mais je ne suis pas un expert. Quand j'offre d'aider, je prends garde à rester dans les domaines que je connais. Aujourd'hui, je savais que je pouvais m'occuper de ces patients âgés.

— Je vous ai vu assis avec une vieille dame. Vous lui parliez et lui teniez la main.

Avery hocha la tête. C'était bien Robyn qui était passée à ce moment-là.

— Elle était perturbée. Elle est atteinte de démence sénile. Elle me prenait pour son mari. Il était naturel que je passe du temps avec elle.

Robyn lui jeta un regard pensif.

— Vous n'auriez peut-être pas dû vous spécialiser en cardiologie, mais en gériatrie.

— Je ne suis pas fait pour ça. Je trouve déjà assez difficile d'aider au dispensaire et à la soupe populaire. Avec les gens âgés ? Je m'attache trop et suis trop frustré par ce qui ne va pas dans ce secteur. Le manque d'investissements dans des services adaptés, d'aides pour les garder chez eux, sans parler de la façon dont on se débarrasse des vieux.

Robyn frémit, visiblement en accord avec lui.

— C'est pour cela que je n'ai pas pu choisir cette spécialité, reprit Avery. Ça me mettrait trop en colère. Et puis la cardiologie m'a toujours fasciné. Il y a tellement à apprendre, et ça évolue sans cesse. Et le Paz Memorial est renommé dans le monde entier comme un centre d'excellence. Pourquoi voudrais-je être ailleurs ?

Robyn étouffa un bâillement.

— Pardon, dit-elle vivement. Je n'ai pas eu une seule bonne nuit de sommeil depuis que je suis arrivée.

— Pourquoi ? demanda Avery, curieux.

Elle lui expliqua que comme elle était arrivée en retard, on lui avait attribué la dernière chambre disponible, et elle lui en décrivit les inconvénients.

— Si je n'arrive pas à dormir bientôt, conclut-elle, je vais tuer quelqu'un.

Elle regarda l'heure.

— Nous ferions bien de retourner travailler.

Comme ils se dirigeaient vers la sortie, elle jeta un coup d'œil de côté à Avery.

— Je ne tiens pas à être qualifiée de tire-au-flanc, en plus de ronchon.

Ses yeux bleus pétillèrent. Elle monta l'escalier devant lui et il s'efforça de fixer ses chaussures, plutôt que d'autres parties de sa personne beaucoup plus distrayantes. Robyn Callaghan se révélait plus qu'intéressante, et il avait le sentiment affreux que son amie Serena le connaissait mieux qu'il ne se connaissait lui-même.

3.

— Comment diable un étudiant en médecine peut-il s'en tirer indemne après ça ?

C'était quelques jours plus tard et Robyn allait rejoindre des membres du personnel en train de cancaner. Lia, une infirmière, levait les yeux au ciel.

— Personne n'a rien dit, mais je suppose que cela a à voir avec qui il est.

— Tu veux dire combien d'argent a sa famille et qui il connaît au conseil d'administration, commenta une autre infirmière.

Robyn ne put s'empêcher d'être intriguée, ce qui s'avéra être une erreur. Lia se tourna vers elle.

— Vous savez tout à ce sujet, Robyn. Dites-nous-en plus.

— Plus à quel propos ?

— L'étudiant en médecine qui a causé du grabuge aux urgences, mais qui continue à se pavaner partout en disant à tout le monde qu'il a besoin d'un minimum de supervision et que personne ne l'empêchera d'avancer.

Robyn attendit quelques secondes que sa rage s'apaise.

— J'imagine qu'il peut dire ce qu'il veut. Tous les étudiants font une boulette à un moment ou à un autre. C'est normal.

Elle se lécha les lèvres et croisa le regard inquisiteur de Lia.

— C'est ce qu'ils apprennent de leurs erreurs qui fait d'eux des médecins, ou non.

— Mais ce type raconte à tous les autres étudiants que son oncle est intervenu.

— Qui est son oncle ?

Tout le monde la fixa, les yeux ronds.

— Quoi ? Qu'est-ce que j'ai manqué ?

Lia lui tapota gentiment le bras.

— Son oncle est notre P-DG, M. Paz.

L'estomac de Robyn fit plusieurs culbutes, mais elle refusa de le laisser voir. Elle savait très bien rester impassible.

— Peu importe qui est son oncle. Il est étudiant et a besoin d'être supervisé, que cela lui plaise ou non.

Elle haussa une épaule.

— Le Paz Memorial a une formidable réputation comme hôpital universitaire. Cette réputation ne sera pas mise en péril par des influences extérieures, du népotisme ou de l'argent.

Elle secoua la tête.

— Je n'ai parlé de ça avec personne. Je ne répands jamais de ragots sur un étudiant qui travaille dans notre hôpital.

Elle surprit quelques échanges de regards embarrassés, et quelques coups d'œil hostiles.

— Je vais prendre un café. Quelqu'un en veut un ?

Elle n'était pas aussi cordiale, en général, mais elle essayait de rester pertinente. Tout le monde secoua la tête et Robyn commença à se diriger vers la salle du personnel, puis changea d'avis et descendit à la cafétéria. Au bar, elle se fit servir un expresso avec du lait. Son cœur battait déjà la chamade, alors un café ne ferait pas grande différence.

Ensuite, elle remonta et se réfugia dans un bureau pour revoir des notes sur des patients et demander des examens complémentaires. Lorsqu'elle eut fini, elle surfa sur Internet pour en savoir un peu plus sur la famille Paz.

C'était une famille étendue, avec de nombreuses branches, et elle ne put définir où l'étudiant en médecine pouvait se greffer. C'était peut-être juste des potins d'hôpital.

Son cœur grondait sourdement. Elle avait déjà attiré l'attention de M. Paz en lui faisant quitter une cabine aux urgences. Maintenant, si son parent se plaignait qu'elle l'avait dénoncé à son superviseur, elle pouvait se retrouver en difficulté.

La colère qu'elle avait facilement refoulée plus tôt se remit à bouillonner. Elle avait toujours été prompte à s'emporter, mais en général elle se contrôlait bien. Le seul cas où son courroux menaçait de déborder, c'était quand l'argent et les privilèges étaient en jeu.

— Hé, fit une voix venant de la porte. Pourriez-vous jeter

un œil à M. Burns pour moi ? Il a de la tachycardie et son taux d'oxygène a baissé.

Robyn fut sur ses pieds en un instant, ôtant déjà son stéthoscope de son cou. Elle suivit l'infirmière inquiète à travers le service Cardiologie. Elle savait que le patient avait eu une foule de problèmes cardiaques les dernières années et avait été admis de multiples fois dans l'unité.

L'infirmière avait raison. Le teint de M. Burns ne présageait rien de bon. Elle jeta un coup d'œil au moniteur. Rythme cardiaque 110. Taux d'oxygène 91.

Avery apparut à son côté.

— Que se passe-t-il ?

Elle savait qu'il connaissait bien le patient et s'était souvent occupé de lui. Il contourna le lit et redressa M. Burns pour qu'elle puisse écouter sa poitrine et son dos.

— Demandons une radio du thorax et faisons une prise de sang, dit-elle à l'infirmière. Ne vous inquiétez pas, monsieur Burns, nous allons vous soigner.

Elle griffonna quelques notes et alla au bureau des infirmiers pour téléphoner. Avery arriva alors qu'elle appelait le cardiologue habituel du patient. Il haussa les sourcils et elle sortit un petit bloc de sa poche, écrivant : EP ? Il grogna et hocha la tête. Il n'était pas rare pour des malades cardiaques de faire une embolie pulmonaire. Des caillots pouvaient se former partout, mais dans ce cas Robyn suspectait que c'était dans l'un des poumons, ce qui signifiait qu'il ne pouvait absorber correctement l'oxygène.

Elle parla à voix basse au cardiologue de M. Burns, lui disant ce qu'elle avait constaté et lui demandant quels examens il préférerait faire. Il la surprit en lui disant qu'il allait venir et décider sur place. Les spécialistes se déplaçaient rarement pour une urgence, mais apparemment le Dr Shad était différent.

— L'avez-vous déjà rencontré ? demanda Avery lorsqu'elle raccrocha.

Elle fit signe que non.

— Cet homme est un vrai rêve, dit une voix de l'autre côté d'elle.

Rue, une des kinés, souriait.

— Toujours agréable, et il fait toujours passer ses patients en premier. Si un jour j'échoue ici, je veux qu'il soit mon médecin.

— Je ne peux avoir de meilleure recommandation, répondit Robyn en souriant.

Elle regarda autour d'elle, se sentant soudain mal à l'aise. Une fois qu'ils auraient appris à la connaître, est-ce que ses collègues voudraient qu'elle soit leur médecin en cas d'urgence ? Elle déglutit, la bouche sèche. Elle l'espérait, mais elle n'en était pas sûre.

Avery, pendant ce temps, parlait à un patient qui venait d'appeler. Il arborait son grand sourire caractéristique. M. Rayon de Soleil. Cela semblait être naturel, chez lui.

On lui avait dit un jour, à elle, qu'elle avait « une tronche de peste ». C'était charmant. C'était venu de quelqu'un qui avait d'abord essayé de la charmer en lui faisant des compliments. Lorsqu'elle n'avait pas été impressionnée, il lui avait sorti ça. Elle en avait été complexée depuis ce moment-là. Et ça ne lui ressemblait tellement pas.

Elle ne put s'empêcher d'observer Avery pendant quelques minutes. Il était tellement bien dans sa peau. S'il savait combien il était beau, il ne jouait certainement pas là-dessus. Il était très pragmatique et s'efforçait de prendre le temps de parler aux gens. Elle n'avait jamais entendu quelqu'un dire du mal de lui.

En un sens, cela l'irritait un peu. Trop beau. Trop amical. Trop sexy. Trop gentil. Trop drôle. Et il était trop facile de lui parler. Robyn soupira et jeta un coup d'œil à la pendule. Elle aurait bientôt fini son service et elle avait vraiment, vraiment envie d'aller dormir. Mais il n'était pas question qu'elle s'en aille alors qu'un médecin senior allait arriver.

— Je vais voir d'autres patients, dit-elle à la surveillante. Pourrez-vous m'appeler quand le Dr Shad sera là ?

L'infirmière opina et Robyn alla vérifier quelques analyses, puis voir Hal Delaney, l'homme qui avait eu une crise cardiaque à l'entrée de l'hôpital.

Il était dans une luxueuse chambre privée, avec ses propres infirmiers et son propre chef cuisinier. Il voudrait probablement n'être vu que par son spécialiste, mais Robyn aimait toujours suivre les patients qu'elle avait déjà soignés.

Elle frappa à la porte et entra.

— Bonjour, monsieur Delaney. Je suis Robyn Callaghan, l'un des médecins qui se sont occupés de vous en bas. Je viens voir comment vous allez.

Il était en train de lire un journal. Il leva les yeux et posa le quotidien sur ses draps. Il pencha légèrement la tête sur le côté, et Robyn vit qu'il la reconnaissait. Il se mit à rire.

— Le dragon aux cheveux roux ! Je me demandais si je vous avais imaginée.

Elle battit des cils. On l'avait déjà traitée d'ange, mais jamais de dragon. Hal Delaney agita un doigt.

— C'est l'accent. Il s'est imprimé dans mon cerveau.

Il lui tendit la main.

— D'où êtes-vous, en Écosse ?

— Près de Glasgow, répondit-elle en lui serrant la main.

— L'Écosse.

Il soupira.

— Je crois que quelqu'un m'a acheté une pairie là-bas pour un anniversaire. Très beau pays.

Les cheveux de Robyn se dressèrent sur sa nuque. Elle s'était doutée que M. Delaney était riche, mais là elle en avait la preuve. Peut-être était-elle censée être amusée par l'anecdote, mais un homme riche qui achetait un domaine dans son pays comme une sorte de plaisanterie ne la faisait pas rire.

— Je suis contente de voir que vous allez bien, monsieur Delaney. Combien de temps encore pensez-vous rester ?

Elle ne savait pas très bien quel était le protocole pour les patients « spéciaux ». Il ne répondit pas, s'appuya à ses oreillers et continua à lui sourire en secouant la tête. Sur le moniteur à côté de lui, Robyn pouvait lire son rythme cardiaque et sa dernière tension. Elle aurait parié qu'il aurait bientôt un pacemaker.

— Je suis très excité de rencontrer quelqu'un qui a eu le cran de dire à Leo Paz de sortir. La plupart des gens sont terrifiés par lui.

— Ah oui ? fit Robyn, en s'efforçant de cacher un coup de gosier.

— Oh oui. J'étais malade, mais j'ai été ravi que vous l'envoyiez promener.

La porte s'ouvrit et un aide-soignant entra avec une cafetière.

— Est-ce du décaféiné ? demanda Robyn.

L'homme fit signe que non. Elle secoua la tête.

— Rapportez du décaféiné, s'il vous plaît.

M. Delaney se mit à protester, mais elle lui indiqua le moniteur.

— Vous avez des palpitations, non ?

Il fronça les sourcils, mais acquiesça.

— Votre médecin a-t-il suggéré un régime adapté jusqu'à ce que vous soyez stable ?

Fronçant toujours les sourcils, il hocha la tête.

— Mais je paye mon propre chef cuisinier.

Robyn se hérissa à ce privilège et au fait qu'il ignorait les instructions de son médecin. Mais elle décida de s'y prendre autrement. Elle lui sourit.

— Comme j'ai eu le cran de dire à M. Paz de sortir pendant que je vous soignais, j'ai le cran de vous dire de suivre les prescriptions de votre médecin durant les prochains jours. Votre rythme cardiaque est très irrégulier. Il va falloir traiter ça. Je n'ai pas envie de recevoir une nouvelle alerte pour vous.

Elle marqua une pause pour laisser les mots faire leur chemin.

— Il existe plein d'excellents cafés décaféinés, et je suis sûre que vous serez heureux de vous payer le meilleur.

Il marmonna, visiblement habitué à n'en faire qu'à sa tête.

L'aide-soignant revint avec une autre cafetière qui sentait aussi bon que la première.

— Merci, dit-elle.

M. Delaney la fixait d'un regard dur sous ses paupières lourdes. Elle croisa les bras sur sa poitrine.

— Sachez que quand j'étais petite, je gagnais toujours lorsqu'il s'agissait de défier quelqu'un du regard.

Il battit des cils et ronchonna.

— Est-ce que toutes les Écossaises sont comme vous ?

— Vous devriez le savoir. Ne possédez-vous pas une pairie ?

Il versa du café dans une belle tasse en porcelaine.

— Vous me plaisez, dit-il.

— C'est normal, j'ai aidé à vous sauver la vie. Prenez-en soin, monsieur Delaney. Je veux apprendre que vous aurez mené une longue vie heureuse, en bonne santé.

Elle lui adressa un signe de main et sortit de la chambre juste comme l'aide-soignant revenait avec une assiette de gâteaux tout frais, à l'air délicieux. Elle en prit un avec un clin d'œil et dit à l'homme surpris :

— Je l'aide à faire son régime.

Puis elle s'engagea dans le couloir en grignotant l'exquis biscuit à la framboise et la noix de coco.

Peu après, il apparut que les rumeurs étaient vraies : le Dr Shad était charmant et il convainquit Robyn que tous les médecins seniors n'étaient pas féroces et vaniteux. Lorsqu'elle eut terminé, tout ce qu'elle souhaitait faire était pouvoir s'allonger dans son lit.

Mais l'air du soir était étouffant, alors de retour dans sa chambre elle enfila un short et un haut fleuri et alla faire une promenade sur le front de mer, regardant les navires géants. Puis, après être passée se changer chez elle, elle pénétra dans le Gaslamp District. C'était vraiment l'un de ses quartiers préférés à San Diego. L'atmosphère y était toujours sympathique. Les gens paraissaient détendus. De la musique venait de quelques bars. Plusieurs restaurants avaient des tables dehors et les odeurs étaient appétissantes.

Robyn consulta mentalement son compte en banque. Elle survivait, mais ne dirait jamais qu'elle était à l'aise. Elle réussissait juste à joindre les deux bouts. Elle devait constamment aider ses parents, en Écosse, car ils n'avaient jamais eu de travail régulier. Tous les deux allaient d'un boulot mal payé à un autre, et étaient souvent renvoyés dans de très brefs délais.

Elle regarda quelques menus aux vitrines des restaurants. Entrer et manger seule ne la gênait pas. C'étaient les dollars qui se signalaient à son esprit. Elle pouvait prendre une bière. Une bière fraîche par un soir pareil serait agréable.

Elle continua dans la rue jusqu'à un bar qui ne semblait pas trop bondé et dont s'échappait un mélange de jazz et de soul music. Le serveur à la porte lui fit signe d'entrer, et en pénétrant dans la salle elle fut frappée par l'odeur de nourriture. Du poulet aux épices, de l'ail, d'autres condiments et cet arôme de bonne vieille purée maison avec du jus.

Son estomac grogna, et elle alla au bar pour acheter une bouteille de bière. Puis, comme elle ne voulait pas s'asseoir sur l'un des hauts tabourets, elle alla au fond de la salle et se glissa sur une banquette en bois. Là, les lumières étaient plus tamisées et elle put étudier le menu et les prix.

Elle s'était presque convaincue de ne pas céder, quand une silhouette prit place en face d'elle. Elle sursauta, prête à dire à l'inconnu qu'elle désirait rester seule, mais elle fut confrontée à un grand sourire sur de parfaites dents blanches et à de superbes yeux verts. Avery fit glisser vers elle une autre bouteille de bière.

— D'où venez-vous ? demanda Robyn.

Il indiqua la salle derrière lui.

— J'étais à une table avec quelques collègues de salle d'op. Je vous ai vue entrer.

Elle regarda autour d'elle, gênée, mais ne put voir les gens dont il parlait. Il portait un T-shirt blanc et un jean. Il était parfaitement décontracté, ses cheveux bruns plus décoiffés que d'habitude. Elle sentit un relent de son after-shave, ou de son déodorant, ou de son savon. Elle s'était mise à lui associer ce parfum. C'était une odeur propre, fraîche et étonnamment séduisante.

— Je ne suis entrée que pour boire une seule bière, dit-elle, se sentant maladroite.

Elle ne voulait pas finir avec une note qu'elle ne pourrait peut-être pas payer.

— Prenez-en deux, dit Avery en souriant. Il vous en faudra une avec le dîner.

— Je ne comptais pas dîner.

— Vraiment ?

Il fixa le menu devant elle.

— J'allais vous recommander le poulet aux épices et sa purée de pommes de terre au romarin.

Lisait-il dans son esprit ? C'était ce qu'elle avait regardé.

— Vous en avez déjà pris ?

Il soupira d'un air blasé.

— J'ai pratiquement essayé tout le menu. Cet endroit n'est

pas très loin de chez moi et disons que je ne suis pas très doué en cuisine.

Il se pencha vers elle à travers la table.

— Allez. Je n'ai pas envie de manger seul. Laissez-moi vous offrir mon poulet favori.

Robyn reconnut la facilité avec laquelle il prononça ces mots. C'était là un garçon qui n'avait jamais eu vraiment besoin de s'inquiéter pour l'argent. Il n'avait sûrement jamais dû penser au solde de son compte en banque avant d'acheter quelque chose. Et il n'avait certainement jamais compté la monnaie dans ses poches pour voir ce qu'il pouvait se payer.

Il n'avait jamais parlé d'argent devant elle. Mais elle avait été à l'autre bout de l'échelle financière – du côté de la pauvreté – pendant trop longtemps pour ne pas identifier « les autres ». Lorsqu'elle voyait un patient, elle se demandait tout de suite quelle était sa situation économique. La pauvreté affectait tant d'aspects de la vie des gens, et avait des liens directs avec leur santé. C'était d'ailleurs ce qui l'avait fait si bien réussir dans son programme. Le jury le lui avait dit. Peu de candidats avaient fait une recherche aussi fouillée, reliant directement les inégalités de santé aux deux bouts du spectre financier.

Ils ne l'avaient pas questionnée sur sa situation financière, lors de l'entretien. Elle portait ce jour-là des vêtements achetés dans une boutique solidaire de Glasgow. Elle savait qu'elle pouvait donner le change. Mais rien ne modifierait ce qui coulait dans ses veines. Et elle ne voulait pas que cela change.

C'est pourquoi ses doigts frémirent, et elle recula inconsciemment ses mains sur la table pour s'éloigner d'Avery. Ce n'était pas un acte délibéré. C'était comme si son corps s'était mis en mode protection.

— Je dois y aller, murmura-t-elle juste comme son estomac gargouillait bruyamment.

Son corps la trahissait, révélant tous ses secrets.

— Vous pourrez y aller dès que vous aurez mangé quelque chose.

Il s'adossa à la banquette, mettant de l'espace entre eux.

Comme pour gommer le fait qu'ils avaient paru jusqu'ici plus intimes qu'ils ne l'étaient vraiment.

— Je sais que je ne peux pas vous dire quoi faire, reprit Avery. J'ai une meilleure amie, elle m'a appris que je n'ai pas intérêt à agir ainsi. C'est une bataille que je perdrais de toute façon. Et je ne veux certainement pas que vous vous sentiez menacée.

Il prit une grande inspiration.

— Robyn. Vous êtes une collègue. J'espère qu'à un moment donné vous me considérerez comme un ami. Vous avez l'air fatiguée. Je sais qu'il est stressant d'arriver dans un nouvel endroit. Après toutes les alertes que vous avez eues à gérer récemment, vous devez fonctionner à l'adrénaline. Laissez-moi vous inviter à dîner. Sans la moindre pression. J'ai le sentiment que vous n'avez pas encore eu l'occasion de vous faire des amis à San Diego, et je veux que vous appréciiez de travailler ici.

Tandis qu'il parlait d'un ton à la fois lyrique et calme, la tension de Robyn commençait à s'évacuer de ses muscles. Ce devait être la façon dont il s'y prenait avec ses patients. L'attitude aisée, le point de vue détendu et raisonné.

Il lui avait dit qu'elle ne pourrait pas partir avant d'avoir mangé quelque chose, mais elle savait que la décision lui appartenait. Et il avait deviné ce qu'elle souhaitait prendre.

Elle ne se souvenait pas d'avoir été détendue depuis qu'elle était arrivée à San Diego. Il lui semblait qu'elle n'avait pas eu le temps de souffler. Elle ferma les yeux quelques secondes. Avait-elle vraiment besoin d'être aussi stressée en permanence ?

Lorsqu'elle rouvrit les paupières, Avery la regardait. Elle pinça les lèvres un instant, puis hocha la tête.

— J'adorerais essayer le poulet aux épices, dit-elle.

Il parut soulagé et fit signe à une serveuse pour passer leur commande. Puis il se réinstalla sur les coussins de la banquette.

— Quand travaillez-vous cette semaine ?

Robyn but une gorgée de bière.

— Je n'ai plus que deux services à assurer. J'ai commencé par douze jours d'affilée. Ça a été le baptême du feu, mais les choses semblent s'être calmées.

— Je suis content que vous soyez venue ici ce soir. Et vous savez, le chocolat que vous aimez ?

Surprise qu'il s'en souvienne, elle hocha la tête, un peu perplexe. Il eut un grand sourire.

— Je vous montrerai un petit magasin dans la rue voisine. C'est l'un des rares endroits où l'on ne vend pas le chocolat anglais à des prix exorbitants. Le propriétaire a des petits-enfants écossais.

— Vraiment ?

— Oui. Il vient d'Aberdeen. Quand il parle, je comprends à peu près un mot sur dix.

Robyn rit. Elle regarda la serveuse qui passait avec des assiettes pleines.

— Les odeurs sont vraiment délicieuses, ici.

— Je suis d'accord. Comme je le disais, je viens tout le temps.

— Vous habitez dans le coin ?

— Oui, j'ai un appartement pas loin d'ici, que je partageais avec Serena. Nous avons cohabité pendant nos études, et encore quelque temps par la suite.

— Ah, c'est l'amie dont vous m'avez parlé. Celle qui a emménagé avec l'amour de sa vie ? Elle est partie, donc ?

Avery hocha la tête.

— La maison est calme, maintenant. Et bien sûr, le lave-vaisselle est tombé en panne juste après son départ. Elle savait s'y prendre avec lui. Pas moi.

— Il doit être assez cher de vivre par ici, dit Robyn, en espérant paraître détachée.

Peut-être pourrait-elle demander aux administrateurs de l'hôpital de louer dans ce quartier ?

— Ça va, dit Avery avec aisance. Il y a des parties de la ville qui sont beaucoup plus recherchées. Nous avons eu de la chance, l'appartement donne sur la marina. Pas directement, mais on la voit des fenêtres. Il y a deux chambres et deux salles de bains, aussi nous avions chacun notre espace. Ça marchait bien. Je chercherai probablement un autre colocataire dans un moment.

Elle hocha la tête, pensive. Mais quand il chercherait quelqu'un, il voudrait certainement que cette personne reste plus de six mois. Et elle perdait l'esprit. Elle n'avait aucune idée du montant d'un loyer mensuel à San Diego.

— Vous avez déjà vu une bonne partie de la ville ?

— Non, pas avec mes horaires de travail. Mais j'espère faire un tour dans les prochains jours.

— Il faut que vous preniez le vieux trolley. Il fait un circuit et vous allez de l'autre côté de la marina, jusqu'à Coronado. Faites-le. La plage est splendide. En dépit de ce que disent certains, ce n'est pas qu'une base militaire.

— Ça paraît fantastique. Et j'imagine que la vue du pont doit être extraordinaire.

— Complètement. J'adore ma ville. Même quand elle est bourrée de touristes et de gens venus assister à des conférences. J'aime que l'on vienne la visiter.

— C'est la première fois que je vis aux États-Unis, avoua Robyn. J'espérais trouver de gigantesques centres commerciaux pour acheter une tenue de course à cinq dollars, mais le peu que j'ai vu pratique des prix normaux.

Elle se sentit rougir, se demandant si elle avait l'air d'une radine. Mais Avery sourit.

— C'est que vous n'avez pas trouvé les magasins d'usine. Je peux vous les montrer. Tous mes amis étrangers font des stocks, quand ils viennent ici. J'en ai un qui est devenu livide en se rendant compte qu'il devait acheter trois valises supplémentaires pour tout rapporter chez lui.

Robyn rit.

— Je veux juste remplacer ma tenue et mes baskets. Je ne cherche pas à faire des provisions pour cinq ans.

La serveuse apparut enfin avec leurs assiettes. Le fumet de la nourriture était délicieux. Robyn approcha son nez de son assiette et inspira avant de prendre ses couverts. La première bouchée fut divine.

Avery l'observait.

— Vous aimez ?

Elle hocha la tête et sourit.

— Dieu merci, dit-il. Imaginez que je vous aie recommandé quelque chose que vous détestez.

— J'avais envie de prendre ça, mais je ne voulais pas rester trop longtemps.

— Je peux vous raccompagner à l'hôpital, si vous êtes inquiète, proposa-t-il automatiquement.

Elle leva les yeux, croisa les siens et retint presque son souffle. Il y avait quelque chose d'étrangement hypnotique à être là avec lui. Les lumières tamisées, le bruit de fond, les arômes de la nourriture et de la bière, la façon dont les bras d'Avery étaient posés sur la table, faisant ressortir ses muscles et son torse large. Il ressemblait à une vraie star de cinéma. Et quand il montrait ses belles dents blanches… Pas étonnant qu'on le surnomme M. Rayon de Soleil.

Robyn se sentait curieusement gênée. Ses cheveux étaient rassemblés en queue-de-cheval et elle avait passé une robe d'été vert foncé. Il n'y avait rien à redire à son apparence, mais elle souhaitait s'être un peu plus maquillée et avoir mis un rouge à lèvres plus sombre. Ce qui était stupide, parce qu'elle était sûre qu'Avery s'en moquait. Mais elle, soudain, s'en souciait. Et elle avait du mal à le reconnaître.

Sa première réaction à la question d'Avery fut de répondre non. Mais quelque chose l'arrêta. Il ferait nuit quand ils auraient terminé leur repas, et même si l'itinéraire jusqu'à l'hôpital était bien éclairé, elle se laisserait volontiers accompagner en attendant de mieux connaître les lieux. Mais était-ce la seule raison ?

— Merci, répondit-elle en souriant, avant de pouvoir réfléchir davantage.

— Pas de problème. Y a-t-il autre chose que vous aimeriez voir à San Diego au cours des prochains jours ?

Son cerveau avait envie de s'excuser, de lui dire qu'elle ne voulait pas le déranger – elle se débrouillerait. Mais cet échange avait quelque chose de plaisant. De bienvenu. Elle secoua la tête.

— Le trolley touristique, Coronado et les magasins d'usine me paraissent assez pour le moment. Mais si je pense à autre chose, je vous le ferai savoir, dit-elle en plaisantant. Ce que j'ai vraiment besoin de faire, c'est d'essayer de dormir. Ma chambre me rend folle, avec des livraisons qui se succèdent toute la nuit. J'entends des signaux de recul dès que je ferme les yeux.

Avery la regarda un instant, puis inspira.

— Pourquoi ne vous installez-vous pas dans ma chambre libre, Robyn ? Je vous jure qu'elle est tranquille. Elle est à un étage élevé.

Robyn fut sidérée et ne sut pas très bien que dire. Son cerveau ne se concentrait que sur une chose : l'idée de dormir.

Il fallait vraiment qu'elle réfléchisse à ses comptes. L'argent qu'elle gagnait maintenant comme médecin était raisonnable. Le programme couvrait aussi certains frais. Mais elle ne pouvait pas gommer vingt-cinq années passées à compter chaque penny, à trouver le moyen de faire des économies, à toujours se demander quand le prochain désastre allait se produire.

Deux mois plus tôt, elle avait financé une chaudière neuve pour ses parents. Ils n'auraient jamais pu remplacer la leur. Elle devrait probablement les aider à passer l'hiver, avec les coûts de l'énergie qui augmentaient. Pourrait-elle le faire si elle louait une chambre chez Avery ?

— Si je vous la montrais, pour que vous puissiez voir ce que vous en pensez ? demanda-t-il.

Elle hocha la tête.

— Oui, ce serait super.

Ça lui laisserait aussi le temps de réfléchir. De calculer combien elle pouvait se permettre et de penser à ce qu'elle dirait si la chambre dépassait son budget. En fait, elle pourrait juste lui dire la vérité. Mais louer une chambre à un collègue de travail ? Ce serait peut-être un peu… bizarre.

— Vous voulez une autre bière ? demanda Avery.

Il arborait un grand sourire. Il était clair que l'invitation avait été facile pour lui, alors qu'elle faisait tourner en rond le cerveau de Robyn. Elle fit signe que non.

— Deux me suffisent amplement. Je ne bois pas beaucoup d'alcool, bien que je sois écossaise et qu'à ce qu'on dit il coule dans nos veines.

— Dois-je vous dénoncer ? plaisanta-t-il.

— Trop tard. Je suis une cause perdue.

— Je ne dirais pas ça. Allez, venez, je vais vous montrer mon appartement.

— Maintenant ?

— Pourquoi pas ? Ce n'est pas loin. Ma chambre est meublée et a l'air conditionné.

Il leva les deux mains.

— Sérieusement, si vous trouvez votre vie actuelle si dure et si vous avez besoin de sommeil, vous êtes la bienvenue chez moi.

Robyn eut du mal à répondre. En partie parce que son esprit vagabondait. Mais aussi parce que pouvoir dormir sans être réveillée serait divin. Elle avait envisagé de trouver un hôtel bon marché pour avoir la paix.

Elle se lécha les lèvres. Elle ne pouvait prétendre qu'elle n'était pas attirée par Avery et qu'elle n'aimerait pas vivre sous son toit – de préférence dans sa chambre, avec lui. Mais ce n'était pas la proposition. Était-elle frustrée ?

Elle finit sa bière, s'éclaircit la gorge et sourit.

— J'adorerais pouvoir dormir.

Des voix dans sa tête bataillaient pour se faire entendre. Que savait-elle vraiment d'Avery ? Elle était prête à envisager de vivre chez lui, mais pourquoi se sentait-elle un peu déçue qu'il ne lui offre qu'une amitié platonique ?

Au fond d'elle-même, elle savait qu'elle serait complètement en sécurité chez lui. Il n'arriverait rien sauf si elle le provoquait. Personne, au Paz Memorial, n'avait un mot méchant à dire sur lui. Et elle le comprenait.

Ils sortirent dans la rue et se frayèrent un chemin dans la foule.

— Je risque de dormir pendant une semaine, dit-elle alors qu'ils traversaient.

— Si vous avez besoin de rattraper du sommeil en retard, ça m'ira très bien. Dormez autant que vous voudrez.

— L'air conditionné…

Elle soupira de convoitise à cette idée.

— Oui. L'air conditionné. Et je pourrais même aller jusqu'à vous offrir quelques friandises écossaises, par-dessus le marché.

Il haussa les sourcils. Il plaisantait et elle rit, tandis que sa peau la picotait étrangement.

— Promesses, promesses, dit-elle.

Il la conduisit dans l'entrée d'un haut building. Le vestibule était luxueux. L'ascenseur les emmena presque jusqu'au dernier étage, et sur le palier il n'y avait que deux portes. Elle comprit lorsqu'il ouvrit la sienne que son appartement était plus grand que la moyenne.

Il avait des parquets clairs et des murs blancs. Mais le clou était les immenses baies. D'un côté on avait une vue de la ville, et de l'autre on pouvait apercevoir la marina. La cuisine et le salon étaient ouverts l'un sur l'autre. Robyn était frappée par l'espace. Avery indiqua une direction.

— La chambre de Serena et sa salle de bains étaient par là. Les miennes sont à l'autre bout du couloir.

— Waouh, vous aviez parlé de la vue, mais je ne m'attendais pas à ça, dit-elle en allant jusqu'à la baie la plus proche. C'est spectaculaire.

— Oui, la vue est agréable, dit-il en penchant la tête sur le côté. Même si vous devez plisser les yeux pour tout voir.

— Je suis surprise que vous n'ayez pas été submergé de demandes de la part du personnel de l'hôpital.

Une petite crainte se fit jour dans son esprit. Le prix était peut-être outrageux ?

Il soupira et pinça les lèvres.

— Je n'ai pas vraiment dit que je cherchais un nouveau colocataire. Mais depuis que Serena est partie, c'est un peu trop calme, ici. Non pas qu'elle ait été bruyante, mais parfois il est bon d'avoir quelqu'un à qui parler quand on rentre le soir.

L'estomac de Robyn fit un petit bond. Elle était bien d'accord. La solitude était souvent son lot. Elle savait que c'était sa faute – elle avait trouvé difficile de sortir avec un garçon depuis sa mésaventure de la fac de médecine. Et ce n'était peut-être pas de sortir avec quelqu'un, qui était dur, mais plutôt de faire confiance. Elle avait été si encline à se protéger et à protéger son cœur qu'elle s'était coupée de tous prétendants potentiels. Peut-être était-il temps pour elle de revoir sa copie ?

— Allez jeter un coup d'œil, pour voir ce que vous en pensez, dit Avery.

Elle perçut un peu d'anxiété dans sa voix. Pensait-il sincèrement qu'elle n'aimerait pas cet endroit ? Elle n'avait pas besoin d'en voir plus pour dire oui. Tout ce qu'elle avait à considérer était le prix.

Hochant la tête, elle emprunta le couloir et arriva dans une chambre aux murs blancs, décorée de quelques lithos colorées. Le lit était large et semblait avoir juste été fait. La porte de la salle de bains était ouverte et révélait des éléments blancs, une douche à l'italienne et des toilettes. Sa chambre à l'hôpital était moins grande que la moitié de cette pièce, coin toilette inclus. En comparaison, ceci était luxueux. L'air conditionné était délicieusement frais. Robyn aurait pu sur-le-champ sombrer sur le lit confortable et pleurer d'envie.

Elle alla à la fenêtre qui donnait sur la ville. San Diego était une cité vibrante, mais à cette hauteur on n'entendait rien. Puis elle abaissa le store en préparation d'une bonne nuit de sommeil.

Son cœur s'accéléra dans sa poitrine lorsqu'elle retourna rejoindre Avery.

— J'adore, dit-elle sans hésitation.

Puis, avant de trop réfléchir, elle posa la grande question :

— Combien ?

Avery hésita.

— En fait…

— En fait quoi ?

Il pinça les lèvres.

— Si nous partagions simplement les charges ?

Robyn fronça les sourcils et tendit les mains.

— Mais qu'en est-il du loyer ?

Il secoua la tête.

— Je bénéficie de circonstances particulières, ici. Sans rentrer dans les détails, je ne paye pas de loyer.

Le froncement de sourcils de Robyn s'amplifia.

— Vous êtes chez un ami ? Des parents ? Vous gardez simplement l'appartement ?

— Quelque chose comme ça, répondit-il sans s'engager.

Elle ne voulut pas insister, alors qu'il n'avait manifestement pas envie d'en parler.

— À combien se montent les charges ?

Il lui indiqua un chiffre qu'elle pouvait facilement assumer. Elle soupira de soulagement et retourna à la baie.

— C'est pour de vrai, n'est-ce pas ? Vous ne me faites pas marcher, en me laissant croire que je vais vraiment pouvoir dormir ?

Il sourit.

— Je ne vous fais pas marcher. Vous pouvez vous installer ce soir, si vous voulez.

Robyn revint vers lui et toucha son avant-bras. Son humeur n'avait jamais été aussi légère.

— Dans ce cas, il va falloir sortir vos muscles. Je vais avoir besoin d'aide pour monter mes affaires jusqu'ici.

Les yeux verts d'Avery pétillèrent. Il paraissait aussi heureux qu'elle l'était – et presque soulagé, quelque chose à quoi elle pourrait réfléchir plus tard.

— Vos souhaits sont mes ordres, répondit-il avec un grand sourire.

4.

Les derniers jours avaient été… étranges. Avery évitait Serena, parce qu'elle aurait été capable en un clin d'œil de voir qu'il était fébrile, et qu'elle l'aurait bombardé de questions jusqu'à ce qu'il n'en puisse plus. Or il n'était pas certain de pouvoir supporter un interrogatoire en règle, ou ce qu'il pourrait révéler.

Robyn avait sauté sur la chance de s'installer chez lui, et n'avait pas posé trop de questions concernant le loyer. Il détestait ne pas avoir été entièrement sincère avec elle au sujet du vrai propriétaire de l'appartement. Mais il voulait se faire une meilleure idée de l'état des choses, entre eux, avant de révéler un secret qui pourrait avoir un impact sur sa vie personnelle et professionnelle.

Partager l'appartement avec elle était plaisant. Plus que plaisant, pour être honnête. Il était conscient de l'électricité qui crépitait entre eux, mais il était déterminé à ne rien faire à ce sujet, et il aimait vraiment l'avoir à proximité. Il adorait son accent et la façon dont elle semait des mots écossais dans la conversation, l'obligeant à lever la main et à lui demander de les traduire. Il en avait déjà appris quelques-uns et se promettait de les utiliser à l'occasion.

Il voulait qu'elle se sente bien chez lui, et c'était le cas. Le premier matin, il avait été obligé de la réveiller. Cela l'avait fait sourire, et puis grogner en pensant à ce que Serena dirait quand il lui révélerait que Robyn avait pris son ancienne chambre.

Malheureusement, leurs jours de repos avaient été annulés parce qu'un certain nombre de leurs collègues avaient été touchés par un mystérieux virus, alors le tour de la ville devrait attendre un peu.

Les heures supplémentaires rendaient une bonne partie du personnel fatigué et mettaient les gens sur les nerfs. Il était soulagé qu'ils aient réussi à faire quitter à Robyn sa chambre à l'hôpital, pour qu'elle dorme correctement. Il avait parlé au directeur du service et demandé que le travail en plus soit noté et récupéré plus tard, quand les soignants malades reviendraient.

Robyn venait de finir avec un patient, quand il entendit sonner son bipeur. Elle répondit immédiatement et son front se plissa.

— Je ne comprends pas bien ce que vous me dites. Est-ce une patiente chirurgicale ?

Elle sortit son bloc et prit quelques notes.

— Oui, oui, bien sûr, je vais venir la voir. Attendez… Quoi ? A-t-elle fait un arrêt cardiaque ?

Quelques secondes après, elle partit en trombe dans le couloir, en disant à Avery qu'il s'agissait des urgences. Il la suivit, se demandant ce qui l'attendait. Il le sut quelques minutes plus tard. Leur patiente était en salle de réanimation. Un chirurgien était là et leur apprit rapidement qu'il s'agissait de Mabel Tucker, vingt-cinq ans, qui avait été opérée huit semaines plus tôt par Toby Renfro pour une ablation de la rate. Elle s'était bien remise, mais ce jour-là elle se présentait avec un taux d'oxygénation très bas et des difficultés pour respirer.

Avery échangea un coup d'œil avec Robyn.

— Une autre embolie pulmonaire ?

— C'est probable, répondit-elle.

À partir de là, tout se précipita. Robyn demanda un échocardiogramme et confirma la présence d'un caillot, ainsi qu'une dilatation du ventricule droit.

— Avery, préparez-moi des thrombolytiques.

Elle avait demandé qu'on appelle un cardiologue et quelqu'un lui annonça que le Dr Shad allait arriver.

— Je m'occupe de la perfusion, dit Avery. Concentrez-vous sur le reste. Quinze minutes ?

Elle hocha la tête.

— Vous vous en sortez très bien, dit-il à voix basse.

Il vit passer un éclair de panique dans ses yeux bleus, mais il disparut aussitôt. Elle resta calme. Pourtant, les chances de survie de Mabel étaient de moins de dix pour cent.

— Quelqu'un peut appeler la salle d'op de cardio du quatrième étage et leur dire de préparer le bloc d'urgence ? lança Robyn.

Une autre infirmière avait pris en charge le massage cardiaque.

— Continuez, dit Robyn.

Avery put voir son soulagement quand le Dr Shad arriva. Il lui demanda un compte rendu, qu'elle fit rapidement. Il resta calme et précis.

— Appelez en haut. Nous allons pratiquer une embolectomie pulmonaire pour donner une chance à cette jeune femme.

Tout le monde se mit en branle. C'était pour cela qu'Avery adorait son travail. Le cardiologue fit un signe à Robyn.

— Vous et moi, nous irons en salle d'op. Dites au Dr Renfro de nous rejoindre dès qu'il sera libre, demanda-t-il au chirurgien présent.

Comme le moniteur cardiaque était placé au côté de Mabel, Avery inspira.

— Docteur Shad, personne n'a eu l'occasion de parler au mari de Mabel, jusqu'à présent.

Le médecin hocha la tête.

— Faites-lui mes excuses. Conduisez-le au quatrième, assurez-vous que quelqu'un s'occupe de lui, puis rejoignez-nous en salle d'op.

Avery acquiesça, surpris. Il se douta qu'il y avait un manque de personnel en chirurgie, aussi. Dès que le chariot transportant Mabel quitta la salle et fut enfourné dans l'ascenseur, il se rendit dans la pièce réservée aux familles. Tom Tucker était rigide sur sa chaise. Avery détestait cette partie de son travail, mais il savait qu'elle était essentielle. Cet homme avait déjà subi deux gros traumatismes – l'accident de la route qui avait coûté sa rate à sa femme, puis l'opération périlleuse –, et il fallait lui en éviter un autre. Il s'assit à côté de lui et se présenta.

— Mabel est très malade, dit-il avec précaution. Nous pensons qu'elle a un caillot dans un poumon. L'air n'arrive pas correctement et son cœur a cessé de battre.

— Je vous ai vu vous occuper d'elle avec une femme rousse, dit Tom d'un ton monocorde.

Il était visiblement en état de choc.

— La dame rousse est le Dr Robyn Callaghan, l'un des médecins les plus compétents avec qui j'ai travaillé. Elle a donné les meilleurs soins à Mabel.

Avery expliqua ce qui allait se passer, en termes simples et clairs.

— Le Dr Shad n'est pas son médecin, dit Tom, mécaniquement. Son médecin est Toby Renfro.

Avery hocha la tête.

— Le Dr Renfro est prévenu. Nous espérons qu'il pourra rejoindre le Dr Shad en salle d'op.

Tom respira profondément pendant un moment, puis regarda Avery.

— Est-ce que je vais la revoir ?

Avery déglutit. Il était toujours honnête avec les patients et leur famille.

— Je l'espère, Tom, je l'espère vraiment. Son état est très sérieux, mais elle est entourée de soignants très qualifiés. Je vais vous accompagner au quatrième. Voulez-vous que j'appelle quelqu'un pour vous tenir compagnie ?

Tom fit signe que oui et lui tendit son téléphone.

— Prévenez Stephen, le père de Mabel, s'il vous plaît.

Avery s'écarta et appela. Le beau-père de Tom, atterré, accepta tout de suite de venir attendre avec son gendre.

Avery souhaitait monter le plus vite possible pour se rendre en salle d'op. Ils prirent l'ascenseur jusqu'au quatrième et il installa Tom dans une confortable salle d'attente, avec du personnel pour s'occuper de lui. Après quoi il alla se changer et se laver.

La salle d'opération était extrêmement silencieuse. Tous les yeux étaient rivés sur les appareils autour de la table. Il entendit un bip provenant du moniteur cardiaque. Apparemment, le cœur de Mabel essayait de fonctionner.

Il enfila une blouse et des gants stériles, et contourna la table d'opération. Le Dr Shad et Toby Renfro travaillaient côte à côte, parlant à voix basse. Robyn était à côté d'eux. Elle utilisait un rétracteur pour écarter la peau de Mabel. La surveillante qui faisait la même chose en face demanda à Avery de prendre sa place.

— Là ! dit soudain Toby Renfro à son collègue. Nous le tenons.

Le caillot était bien visible dans l'artère pulmonaire. Avery les observa tandis qu'ils passaient les minutes suivantes à essayer diverses méthodes. Il se rendit compte qu'il retenait son souffle, et croisa le regard de Robyn. Ses yeux bleus ne cillaient pas. Mais il la connaissait un peu mieux chaque jour. Il put voir qu'elle cachait bien sa panique. Il lui sourit sous son masque et vit le coin de ses yeux se plisser.

— Je l'ai eu, dit le Dr Shad.

Tous les regards se portèrent sur le moniteur cardiaque, qui repartait. Bip, bip, bip. Avery n'avait jamais été aussi soulagé de sa vie. Cependant, ce ne fut pas la jubilation dans la salle d'op. Tout le monde savait que l'état de Mabel était encore très sérieux. On ne connaîtrait le résultat de l'opération que lorsqu'elle se réveillerait.

Le Dr Shad referma minutieusement la plaie et décida avec Toby et l'anesthésiste que la patiente serait transférée en Soins cardiaques intensifs, et qu'elle serait ventilée pendant les prochaines heures. Les trois médecins l'examineraient dans six heures.

— Mabel a déjoué les statistiques, aujourd'hui, déclara-t-il. Les prochains jours vont être cruciaux, comme le mois à venir. Nous devrons faire de notre mieux pour qu'elle continue à avoir les meilleures chances de s'en sortir.

Avery voyait Robyn écouter chaque mot. Il était évident à son regard qu'elle appréciait les actions de ses collègues. Avery savait que Toby était un chirurgien méticuleux et attentionné. Il approuvait l'amour que Serena lui portait. Ils étaient parfaitement assortis.

Puis le Dr Shad et Toby décidèrent d'aller trouver le mari et le père de Mabel. Tandis que le reste de l'équipe quittait la salle, Avery et Robyn restèrent seuls. Ils ôtèrent leur tenue chirurgicale et la jetèrent dans une poubelle.

— Je ne viens pas en salle d'op, d'habitude, dit Avery. Il faut que je vérifie la procédure pour préparer le bloc à une autre intervention.

— Pas la peine, dit une voix venant de la porte, alors qu'un technicien arrivait. Je m'en occupe.

— Vous êtes sûr ?

L'homme posa une main sur son bras.

— Allez vous reposer. Tout le monde parle de ce qui s'est passé ici. Ce n'est pas rien.

— Merci, dit Avery, en faisant un signe de tête à Robyn. Vous venez ?

Il lui tint la porte ouverte. Lorsqu'ils furent à mi-chemin dans le couloir, il jeta un coup d'œil des deux côtés. Personne. Il ouvrit une porte, toucha le coude de Robyn et lui indiqua d'entrer. Il savait qu'elle avait besoin de se reprendre.

Si elle fut surprise, elle ne le montra pas. En fait, elle pénétra sans renâcler dans la réserve à linge, puis mit ses mains sur son visage.

Avery se figea une demi-seconde et fit ce que ses instincts lui dictaient : il l'enveloppa de ses bras. Elle se mit à trembler et il sut qu'elle pleurait. Mais, au lieu d'essayer de remplir le silence par des mots, il resta là, la tenant et la laissant pleurer.

D'une main, il lui frottait le dos. Lorsqu'elle cessa de trembler, il pencha la tête et lui chuchota à l'oreille :

— Qu'est-ce qui ne va pas ? Vous vous en êtes très bien sortie, aujourd'hui.

Pendant un moment, elle ne dit rien. Il la sentait juste respirer, sa poitrine se soulevant et s'abaissant contre la sienne. Puis elle leva la tête. Ses yeux bleus étaient rougis, et son mascara avait coulé. Ses cheveux s'échappaient autour de son visage, et il y avait de minuscules points roses sur ses joues pâles. Il ne l'avait jamais vue aussi vulnérable.

— Vraiment ? lança-t-elle d'une voix coléreuse. Mabel aurait pu mourir ! Si j'étais restée seule avec elle, elle serait morte. J'aurais dû être plus résolue. J'aurais dû agir plus vite.

Avery posa les mains sur ses épaules et la repoussa un peu pour pouvoir voir son visage.

— Vous avez pris des décisions. Vous avez pratiqué un échocardiogramme en salle de réanimation, sur une patiente qui avait fait un arrêt cardiaque. Vous avez diagnostiqué une embolie pulmonaire et avez agi en conséquence.

Elle secoua la tête.

— Mais j'aurais dû appeler plus tôt. Le temps que nous

arrivions en haut, il s'était écoulé trop de temps. Si Mabel a le cerveau endommagé parce que nous avons mis trop longtemps à ôter ce caillot de son poumon ?

— Vous aviez un anesthésiste avec vous. Mabel avait toutes les chances que de l'oxygène circule dans son organisme. La première chose à faire dans une embolie pulmonaire, c'est d'administrer des drogues pour dissoudre le caillot. Même en allant vite, cela prend un quart d'heure.

Il la sentait toujours trembler sous ses paumes.

— Trente et une minutes, murmura-t-elle.

Avery resserra son emprise sur ses épaules.

— Ne vous focalisez pas là-dessus.

Il secoua la tête et lui sourit.

— Robyn, vous avez bien agi. Le Dr Shad vous le dira. J'ai bien vu qu'il était impressionné par vos compétences. Savez-vous combien de fois un médecin junior est invité pour assister à une opération en urgence ? Jamais. Il vous a demandé de venir parce qu'il considérait que Mabel était votre patiente autant que la sienne. Je le connais. Il ne vous invite pas en salle d'op à la légère.

— Vraiment ?

Pour la première fois depuis qu'ils étaient dans ce placard, il vit poindre de l'espoir dans ses yeux.

— Vraiment.

Avery inspira à fond.

— Robyn, dit-il lentement.

Puis, sans prendre le temps d'y penser, il passa un doigt sur son front et le long de son nez. Elle bougea la tête, réagissant à son contact. Son regard bleu se connecta avec le sien. Ni l'un ni l'autre ne parla. Mais Robyn, comme au ralenti, se haussa sur la pointe des pieds et passa les bras autour de son cou.

Le premier frôlement de leurs lèvres fut hésitant. Toutefois, cela ne dura qu'une fraction de seconde. Le contact suivant fut clair et net. Sûr. Sans le moindre doute.

Le corps de Robyn était pressé de toute sa longueur contre le sien. Il pouvait sentir chacune de ses courbes. Il fit descendre une main sur son flanc, dessinant le contour de sa taille et de sa hanche. Ses lèvres étaient douces, elles lui répondaient.

Il inspira profondément, humant les restes de ce parfum épicé qu'il avait remarqué sur elle dès le début. Sa bouche alla de ses lèvres à son cou et à son oreille. Ses cheveux lui chatouillèrent la peau, tandis que sa respiration s'accélérait.

Son corps réagissait à celui de Robyn, et il s'arrêta une seconde, conscient de l'endroit où ils se trouvaient. Elle sentit sa réaction et inspira profondément, le laissant appuyer son front sur le sien. Elle lui sourit.

— Eh bien, voilà qui est venu de nulle part, dit-elle d'une voix altérée.

— Pas exactement.

Ses yeux bleus parurent briller plus fort. Elle se pencha en arrière, son regard rivé au sien, puis elle s'écarta.

— Nous devons retourner dans l'unité.

Il hocha la tête, ajustant son uniforme, sachant qu'il ne pourrait pas quitter pas ce placard avant quelques minutes. Robyn mordit sa lèvre inférieure et tendit le bras derrière lui pour attraper un uniforme propre.

— Je vais aller au vestiaire et prendre une douche, dit-elle. Après les urgences et la salle d'op, j'ai besoin de me rafraîchir.

Il hocha la tête et lui sourit, en particulier lorsqu'elle abaissa les yeux sur le bas de sa tunique.

— Je vous vois dans un moment ? demanda-t-elle.

— Absolument.

Elle rit et sortit dans le couloir. Avery s'adossa au chariot de linge. Au nom du ciel, que faisait-il ? Il avait toujours eu ses propres règles concernant le fait de sortir avec des collègues. Sa vie familiale était assez compliquée sans laisser sa vie professionnelle se compliquer aussi. Il se tenait toujours là quand on frappa à la porte d'un coup sec, qui fut suivi d'un rire très reconnaissable.

— Tu es décent ? lança la voix de Serena.

Il grogna.

— Ça changerait quelque chose, si je répondais non ?

— Rien du tout.

Elle poussa la porte et se tint sur le seuil, souriant largement.

— Toby m'a dit ce qui s'était passé et je me suis mise à ta recherche. Personne ne pouvait me dire où tu étais.

Il rejeta la tête en arrière. Il savait exactement ce qui allait suivre. Serena avait dans les yeux cette lueur qui annonçait qu'elle allait le taquiner sans pitié.

Elle mit une main sur sa hanche.

— Et alors, par quelque étrange coïncidence, j'ai vu Robyn sortir d'ici pour aller au vestiaire. J'ai pensé…

Elle plaça une main sous son menton.

— Attends une minute…

— Arrête, grogna de nouveau Avery.

— Aucune chance. Je me suis demandé, continua-t-elle en prenant un air faussement choqué, est-ce que mon bon ami Avery aurait par hasard pu se trouver dans un placard à linge avec la fougueuse Écossaise rousse, docteur de son état, qui le fait saliver ?

— Ce n'est pas vrai !

Elle fit claquer ses doigts et secoua la tête.

— Réponse trop rapide. L'homme proteste trop vivement. Vas-y, accouche.

— Absolument pas.

Elle croisa les bras, barrant le seuil du réduit.

— Je suis patiente, dit-elle fermement. Je peux rester là toute la journée.

Elle tapota son ventre.

— Et tu ne peux pas me pousser parce que je suis une femme enceinte.

— Arrête de faire ta fiérote. Et je ne veux pas que mon filleul ou ma filleule t'entende essayer de me bousculer.

Serena haussa les sourcils.

— Ce que mon enfant entend, c'est sa maman qui s'occupe de son pauvre oncle Avery, triste célibataire, pour l'aider à trouver le bonheur.

Avery leva les yeux au ciel.

— Tu n'as jamais été aussi insupportable avant de rencontrer Toby.

Elle désigna son visage.

— Je n'ai jamais été aussi heureuse, tu veux dire. Mais n'essaye pas de me distraire. Robyn avait une expression très intéressante en quittant ce placard. Veux-tu me dire pourquoi ?

Il fut aussitôt très curieux.

— Quel air avait-elle ?

Il vit que Serena envisageait de poursuivre ses taquineries, mais elle soupira.

— Un air heureux.

— Vraiment ?

Elle haussa une épaule.

— Je ne la connais pas bien. Mais de l'endroit où j'étais, le Dr Ronchon paraissait joliment content.

Avery ne put s'empêcher de sourire. Il n'avait même pas eu le temps de réfléchir à ce qui s'était passé entre Robyn et lui, mais en entendant Serena dire que Robyn paraissait heureuse, il sentit son cœur manquer quelques battements.

— Il se pourrait qu'elle ait emménagé chez moi, annonça-t-il prudemment.

— Quoi ?

Les yeux de son amie s'élargirent.

— Pas possible ! Même toi, tu ne vas pas si vite en besogne.

Il secoua la tête.

— C'est arrivé comme ça, et ce n'est pas ce que tu imagines. Elle ne pouvait pas dormir dans sa chambre à l'hôpital. Je lui ai proposé ton ancienne chambre.

Serena ouvrit la bouche et la referma. Il l'avait visiblement prise de court. Elle leva une main.

— Mais, mais…

— Mais rien du tout. Nous avons été seulement des colocataires ces derniers jours. Rien d'autre.

Il s'avança et se pencha pour parler au ventre de Serena.

— Bon, petit, dis à ta maman de me laisser passer. Oncle Avery a à faire.

Elle s'écarta avec réticence.

— À faire dans quel sens ? Sentimental, ou professionnel ?

Elle était manifestement encore sous le coup de ces nouvelles.

Avery se tapota le côté du nez.

— À moi de le savoir, et à toi de le découvrir.

Il s'éloigna dans le couloir, se dirigeant vers l'unité de Soins cardiaques intensifs.

— Tu sais que je le ferai ! lança derrière lui la voix amusée de Serena.

Avery ne se détourna pas. Il ne voulait pas qu'elle voie la largeur de son sourire. Il se contenta de lever la main et de l'agiter en poussant les portes du service pour aller retrouver Robyn, comme il l'avait promis.

5.

Robyn était en effervescence. Sa peau et ses lèvres étaient en feu, son cerveau en ébullition. Maintenant qu'elle dormait dans un appartement parfaitement paisible, ce n'étaient pas de bruyantes livraisons qui la tenaient éveillée.

La veille avait été l'un des meilleurs et des pires moments de sa vie personnelle et professionnelle. Et le plus étrange, c'était de voir comment toutes ces pièces s'entrecroisaient.

L'alerte pour arrêt cardiaque l'avait dévastée. Elle pouvait s'avouer combien elle avait été submergée par la panique. Elle avait regardé la jeune femme allongée sur le brancard à roulettes des urgences et s'était imaginée – ou avait imaginé chacune de ses amies – à sa place.

Un vrai élément de chance était intervenu. Le diagnostic d'embolie pulmonaire avait été purement instinctif. Mais elle aurait pu se tromper. Et si elle s'était trompée, elle ne savait pas très bien ce qui se serait passé – à part que Mabel serait certainement morte.

Avery avait été d'un calme olympien. Les quelques fois où il avait accroché son regard, elle avait presque pu l'entendre murmurer à côté d'elle : « Vous avez les choses en main. » Sa nature tranquille lui avait donné confiance dans ses prises de décision, et elle était si contente qu'il ait été là.

L'invitation du Dr Shad à assister à son opération était pour n'importe quel jeune médecin un rêve devenu réalité. Elle avait dû obliger ses mains à ne pas trembler, et son cerveau s'était efforcé d'absorber chaque geste, chaque commentaire, chaque technique se déroulant sous ses yeux. Elle analyserait tout cela pendant des jours.

Et puis il y avait eu la dernière partie. La partie qui impliquait Avery Smith.

Elle était allongée dans son lit et le seul fait de penser à son colocataire lui faisait fourmiller la peau. L'adrénaline courait tellement dans ses veines, à ce moment-là. Elle se rappelait son épuisement complet, et l'impact sur elle des puissantes émotions de la journée, tandis qu'elle longeait ce couloir d'hôpital. Sentir les bras d'Avery autour d'elle avait d'abord été une sensation bienvenue, puis séduisante.

Elle avait été consciente dès le début de l'atmosphère qui régnait entre eux, mais elle n'était pas sûre de la décrypter correctement. Bien sûr, il était beau. Bien sûr, il était taquin et flirtait. Il n'était pas surnommé M. Rayon de Soleil pour rien. Mais ce n'était pas tout… Il y avait eu l'ambiance de leur dîner. Sa suggestion décontractée de lui montrer la ville. La proposition de la chambre. Et il y avait cette attirance mutuelle grandissante maintenant qu'ils vivaient sous le même toit.

En revanche, elle était sûre d'avoir bien perçu leur connexion, dans ce placard, et la nature du baiser qu'ils avaient échangé. Cela avait été bel et bien réel. Et réciproque. Elle ne s'était pas jetée à sa tête. Cela avait été une rencontre mutuelle.

Ils étaient tous les deux retournés dans l'unité de Soins cardiaques intensifs. Mais il avait fallu se concentrer sur Mabel et le soutien à apporter à sa famille. Robyn avait dû empêcher son esprit de revenir sans cesse à ce baiser et se focaliser sur les soins complexes à donner à la patiente pour le reste de la journée et les semaines à venir. Elle avait été heureuse de rester tard et de prendre des notes. Elle était là pour apprendre.

Et rien n'était gagné pour sa malade.

Lorsqu'ils avaient fini, la veille au soir, Avery avait hésité près d'elle. Il y avait encore des collègues autour d'eux, certains à portée d'oreille. Alors il avait dit très doucement : « Je vais nous prendre une pizza en rentrant à la maison. »

Elle avait été trop surprise pour répondre. Il s'était contenté de sourire et de s'éloigner. À la maison.

Ces mots l'avaient traversée d'une petite onde de chaleur. Elle n'avait jamais nourri une grande affection pour le foyer de ses parents. Leurs relations avaient toujours été tendues et ils ne s'étaient jamais beaucoup intéressés à leur fille.

Mais rentrer à l'appartement avec Avery ? C'était comme vivre dans un autre monde. Un monde où la camaraderie existait. Elle était détendue comme elle ne l'avait jamais été auparavant.

Et ils étaient finalement de repos pour les prochains jours.

Elle ne pouvait se souvenir d'avoir eu l'esprit embrouillé à ce point par un homme. Jusqu'ici, ou elle sortait avec quelqu'un, ou elle ne sortait pas. Il n'y avait rien au milieu. Jamais rien de décontracté. Ce n'était pas son style. Mais Avery ne connaissait pas son style, et pourtant il semblait très bien savoir s'y prendre avec elle.

Pendant les heures suivantes, son cerveau continua à faire des montagnes russes. C'était ridicule. Elle avait besoin de sommeil. Mais elle ne put trouver la paix pour s'endormir.Elle grogna et s'assit dans son lit. Elle pourrait aussi bien sortir. Elle regarda par la fenêtre. C'était un magnifique petit matin à San Diego. Elle commençait la plupart de ses journées en courant, mais ce jour-là elle avait les yeux lourds et ses muscles étaient douloureux. Elle ne pourrait pas arpenter les trottoirs dans cet état.

À la place, elle enfila un short en jean et une chemise blanche qu'elle noua à la taille. Alors qu'elle attrapait son sac, elle eut une vision de gâteaux dans une boîte blanche.

Avery portait une boîte le matin où elle lui était rentrée dedans. Elle avait essayé quelques pâtisseries dans le Gaslamp District, mais il devait y en avoir une autre qu'elle n'avait pas encore trouvée. Elle espéra qu'ils vendaient aussi du café très fort. Elle pourrait leur acheter un petit déjeuner avant qu'ils sortent ce matin. Ce serait sympa.

Elle mit ce qu'il lui fallait dans son sac en bandoulière. Un peu de mascara, du rouge à lèvres et elle sortit de sa chambre.

— Salut.

Elle sursauta. Avery était assis sur le sofa, vêtu d'un jean et d'un T-shirt, et lui décochait son fameux sourire.

Elle regarda sa montre.

— Il est à peine 7 heures.

— Je sais. Si vous aviez tardé plus longtemps, j'aurais pu devenir grognon. J'ai besoin d'un café, bientôt.

— Et si j'avais décidé de faire la grasse matinée ?

Il sourit largement.

— Je vous aurais dit dans quel café me rejoindre et vous m'auriez trouvé déshydraté, grincheux et ratatiné par la chaleur.

Robyn éclata de rire.

— On ne peut pas tolérer ça. On croirait que vous êtes une plante verte que j'ai oublié d'arroser.

Il lui lança un regard faussement choqué.

— Vous êtes une meurtrière de plantes vertes ? demanda-t-il en roulant les *r* à la manière écossaise, et Robyn rit de plus belle. Heureusement que je n'en ai pas !

Elle se tourna vers la fenêtre.

— Il va faire très chaud aujourd'hui, n'est-ce pas ?

— Et comment ! Espérons que la climatisation tiendra le choc.

Elle ferma les yeux une seconde.

— Ne me rappelez pas ce que c'est que de dormir dans une chambre non climatisée.

Puis elle lui sourit.

— J'allais nous acheter un petit déjeuner.

Avery eut un grand sourire.

— C'est une bonne façon de commencer la journée. Mais allons-y ensemble. Qu'est-ce que ce sera ? Des viennoiseries, des beignets, des œufs ? Il faut me le dire, pour que nous allions au meilleur endroit.

Ils quittèrent l'appartement et prirent l'ascenseur.

— Mmm… N'y a-t-il pas un endroit qui fait les trois ?

— Vous voulez les trois médiocres, ou l'un des trois excellent ?

— Je veux des œufs. Avec un très bon café.

Ils sortirent de l'immeuble et marchèrent dans la rue, détendus. Il faisait une chaleur terrible. Avery emmena Robyn dans un restaurant à un étage qui donnait sur la marina. Là, elle put même choisir son café en grains et commander une omelette aux poivrons, jambon et fromage.

Ils s'assirent au rez-de-chaussée, les fenêtres ouvertes laissant entrer la brise. Avery avait remonté ses lunettes de soleil sur sa tête, et l'image du mannequin revint à l'esprit de Robyn. Elle s'efforça de ne pas sourire.

— Alors que faisons-nous, aujourd'hui ? demanda-t-il.

Nous pouvons faire l'une des choses dont je vous ai parlé, ou simplement nous balader en flânant.

Le serveur arriva avec un café odorant et une omelette mousseuse, et Robyn essaya de ne pas se dire que la journée allait être parfaite, même si le début en avait tout l'air. Mais elle ne voulait pas trop espérer. Il n'y avait eu qu'un baiser, après tout.

Un baiser à vous arrêter le cœur et à vous faire perdre la tête, alors il était difficile de rester rationnelle.

— Choisissez quelque chose, insista Avery.

— J'aimerais bien faire du tourisme et voir tout ce qu'il y a à voir, mais je voudrais aussi aller dans des magasins d'usine. J'ai certaines choses à acheter.

— Aucun problème, dit-il avec un sourire. Nous irons en trolley, il y a un arrêt pas loin d'ici. Vous voulez faire des affaires ?

La question était innocente, mais Robyn se mit à tousser et but une gorgée de café.

— J'aimerais changer mes chaussures, ma tenue de course et remplacer quelques basiques de ma garde-robe, mais je n'ai pas besoin de marques. L'essentiel est que ça m'aille.

Avery lui jeta un coup d'œil curieux.

— Quoi, vous ne voulez pas des créations de stylistes ? En général, quand j'emmène des amies dans ces magasins, elles ne veulent que des marques connues.

Robyn pinça les lèvres une seconde. La dernière chose qu'elle souhaitait était d'avoir l'air d'une radine. Elle décida de dire une partie de la vérité.

— Je n'avais pas grand-chose, en grandissant, alors je ne dépense pas d'argent pour des choses dont je n'ai pas besoin. J'attends que quelque chose soit usé pour le remplacer. Je n'aime pas gaspiller.

— Vous n'achetez jamais rien pour le plaisir ?

— Seulement dans mes rêves.

Avery se rendit compte qu'elle ne plaisantait pas. Robyn eut conscience du silence qui planait et essaya de le remplir.

— Mon plaisir, ce sont les livres. Si je veux me gâter, je m'achète un livre que je n'ai pas pu trouver à la bibliothèque ou en ligne.

Il hocha lentement la tête, l'air pensif.

— Je vous emmènerai dans ma librairie préférée, quand nous reviendrons.

La chaleur de fin d'été montait autour d'eux, et Robyn sentait de la sueur couler dans son dos. Elle écarta sa chemise de sa peau, un instant, en remarquant qu'Avery la regardait.

— On y va ? demanda-t-il.

Elle acquiesça et prit son sac pour payer, mais il fut le plus rapide. Il alla au comptoir, donna quelques billets et revint avec deux bouteilles d'eau glacée.

— J'allais payer, dit-elle.

— C'est moi qui invite.

C'était sans discussion, et Robyn pensa avec embarras qu'il avait déjà payé leur dîner, l'autre soir.

Ils marchèrent jusqu'à l'arrêt du trolley et elle acheta son billet dans une machine, mais quand elle voulut prendre celui d'Avery, il refusa. Le trolley arriva rapidement et ils purent s'asseoir. Le trajet dura une vingtaine de minutes.

Les magasins d'usine étaient à une courte marche, et Robyn sourit en voyant leur taille gigantesque. Les bâtiments étaient étendus, spacieux, avec des marques de créateurs sur les devantures.

— Vous avez besoin de quelque chose ? lança-t-elle.

— Je prendrai peut-être quelques trucs, répondit-il d'un ton détaché.

Robyn eut la sensation qu'il n'était venu là que pour lui faire plaisir.

— Restons ici seulement une heure ou deux, dit-elle vivement. Nous pourrons rentrer à l'heure du déjeuner et faire un peu de tourisme.

Il hocha la tête et sourit lorsqu'elle indiqua un magasin.

— Commençons par là.

Il ne lui fallut pas longtemps pour trouver les quelques articles qu'elle voulait. Elle n'était pas du genre à hésiter pendant des heures. Lorsqu'ils sortirent du magasin, Avery se mit à rire.

— J'aimerais que les femmes que je connais fassent des courses comme vous.

— C'est-à-dire ?

— Vous ne perdez pas de temps. Quand j'étais gosse, ma mère pouvait passer des heures dans une boutique. Et moi j'attendais sur un banc, avec un soda ou une glace.

— Vous en aimeriez une ?

— Une quoi ?

— Une glace.

— Ah. Peut-être, et je sais où aller.

Ils marchèrent côte à côte.

— Chez moi, mes amies m'appelaient « le scanner », dit Robyn.

— Le scanner ?

— Oui, elles disaient que j'entrais dans une boutique, que je la parcourais du regard, que j'allais droit aux affaires qui me plaisaient, que je les essayais et que j'étais prête à partir.

Elle haussa une épaule.

— Je crois que je les rendais dingues. Elles étaient plutôt du genre de votre mère.

Avery sourit, semblant évoquer un souvenir.

— Vous avez toujours votre maman ? demanda Robyn.

— Non, je l'ai perdue il y a un certain nombre d'années.

— Je suis désolée. Et votre père ?

— Il est mort quinze ans avant elle. Ils n'avaient pas une relation formidable – il était marié quand il a rencontré ma mère et ne le lui avait pas dit. Je le connaissais, mais je ne le voyais pas souvent.

Robyn hocha la tête.

— Et vous, vos parents ? s'enquit Avery.

— Ils vont bien, répondit-elle, même si ce n'était pas entièrement vrai. Ils vivent en Écosse. Mais ils ont eu tous les deux des problèmes de santé.

— Ils doivent adorer avoir une fille médecin, alors.

— Ils ne sollicitent jamais mon avis. Ils préfèrent écouter quelqu'un d'autre.

— Cela semble vous attrister.

— C'est compliqué, dit Robyn, se demandant ce qu'elle pouvait révéler de sa vie. Ils ne vivent pas dans le meilleur des quartiers. Ils sont pris dans l'engrenage de la pauvreté, qui affecte la santé. À cause de votre mauvaise santé, vous avez des problèmes pour trouver du travail, vous manquez d'argent pour bien vous nourrir, vous soigner et vous chauffer, vous tombez malade, et le cycle continue.

Avery avait ralenti le pas.

— Y a-t-il quelque chose que je puisse faire pour aider ?

Elle se figea et le regarda. Ses yeux verts étaient fixés sur elle, soucieux. Elle ne voyait pas très bien ce qu'il voulait dire, mais n'avait pas envie de le savoir.

Elle choisit ses mots avec soin.

— Je leur ai acheté une nouvelle chaudière il y a deux mois, et de temps en temps je paye leur facture de chauffage. Ils ne font pas très attention à l'argent. Et quand je sais qu'ils dépensent pour acheter des cigarettes ou de l'alcool, au lieu de se chauffer ou de s'acheter à manger, cela crée beaucoup de tensions entre nous.

Elle put voir qu'Avery était choqué, même s'il s'efforçait de le cacher.

— Allez-vous les voir souvent ?

Elle déglutit.

— Non, et quand j'y vais je ne reste pas chez eux. En vérité, je ne me sens pas « à la maison », et je ne m'y suis jamais vraiment sentie chez moi. J'essaye simplement d'aider quand je sais qu'il y a un problème. Mais pour être juste, ils ne demandent rien, en général. C'est moi qui dois poser les questions.

Avery lui prit la main et entremêla ses doigts aux siens.

— Les familles, c'est dur, dit-il. Je le sais. Et nos relations avec elles peuvent être compliquées. Je ne ferai pas de commentaire, parce que ce n'est pas ma place.

Il eut un sourire un peu raide.

— Ce que je déteste le plus, c'est quelqu'un qui commente une vie qu'il ne mène pas. Je crois très fort dans l'expression « Marche d'abord dans mes chaussures avant de donner ton avis. » Mais plus tard, si nous avons le temps, j'aimerais vous emmener dans un endroit où je travaille.

Robyn acquiesça.

— Ça me plairait.

Ils avaient atteint le magasin de glaces et ils restèrent côte à côte, à contempler l'éventaire. Robyn réfléchit aux paroles d'Avery, se demandant ce qu'elle ignorait sur lui. Il n'avait jamais parlé de sa famille, auparavant. Depuis qu'ils s'étaient rencontrés, il lui avait semblé être quelqu'un à avoir une famille choisie. C'était l'impression que donnait sa relation avec sa meilleure amie Serena. Et elle avait le sentiment qu'il ferait n'importe quoi pour ses amis.

Elle poussa un petit soupir en parcourant les noms des glaces.

— Je déteste le fait que le monde n'est pas juste. Je déteste le fait que si vous êtes né riche, quantité de problèmes vous sont évités. Alors que si vous êtes né pauvre, le moindre incident peut vous plonger dans une spirale infernale.

Avery la regardait avec prudence.

— Beaucoup de gens riches ont des problèmes, aussi. L'argent ne peut pas tout acheter, loin de là.

— Je sais, reconnut-elle, mais il peut résoudre plein de problèmes qui sont insurmontables pour d'autres. Pour moi, si les gens ont de l'argent, ils ne comprennent pas ce qu'est le revers de la médaille.

Il y eut un silence un peu contraint. Elle décida de le rompre.

— Je voudrais vivre dans le monde de *Star Trek, la prochaine génération*, où l'on n'a pas besoin d'argent. Où l'on a éliminé la faim, les inégalités et le besoin de posséder.

Il haussa un sourcil.

— Ce qui n'empêche pas le héros d'avoir des problèmes.

Robyn rit.

— Très juste.

Elle désigna la devanture.

— Bon. Je suis tentée par une glace à la mûre et au chocolat. Et vous ?

Avery parut se détendre un peu.

— Oh ! je suis classique. Menthe-chocolat avec des vermicelles au chocolat.

Elle sortit son portefeuille avant qu'ils ne franchissent le seuil du magasin et paya les glaces, prenant Avery de vitesse.

— Le shopping est fini ? demanda-t-il.

Elle hocha la tête en considérant ses quelques sacs. Même si elle avait besoin de ce qu'elle avait acheté et si les articles étaient meilleur marché qu'ailleurs, elle était un peu mal à l'aise d'avoir dépensé autant.

— Bien. Retournons au trolley, après quoi nous pourrons prendre un des trams pour touristes.

Avery regarda le ciel sans nuages.

— Il fait une journée magnifique. Si nous allons de l'autre côté de la marina, vous pourrez voir la plage de Coronado, et… je pense à quelque chose de spécial pour cet après-midi, ajouta-t-il avec un sourire.

Robyn acquiesça, et ils se mirent en marche. La légère tension entre eux parut se dissiper, mais elle ne pouvait s'empêcher de penser que c'était elle qui l'avait provoquée. Avery était immanquablement facile à vivre, et cependant, de temps à autre, elle voyait quelque chose assombrir ses yeux.

Elle était trop passionnée à propos des inégalités sociales, se dit-elle. L'argent d'un côté, la pauvreté de l'autre. La plupart du temps, elle s'efforçait de garder ses jugements enfouis en elle, mais parfois ça débordait. Elle ne serait jamais riche comme médecin – elle n'ouvrirait jamais un cabinet privé et retournerait probablement au Royaume-Uni pour travailler pour la Sécurité sociale. Mais elle espérait vivre au-dessus du seuil de pauvreté.

Elle ne voulait pas se souvenir d'avoir eu faim, d'avoir porté des chaussures trop petites, de ne pas être allée à l'anniversaire de ses camarades parce qu'elle ne pouvait pas apporter de cadeau, même petit.

Sa carte de bibliothèque avait été une bénédiction. C'était un endroit éclairé, où il faisait toujours chaud, avec des livres à profusion. Elle aurait voulu revenir en arrière et chuchoter à l'oreille de la petite fille de huit ans qu'elle avait été qu'un jour elle serait médecin, vivrait en Amérique, mangerait des glaces et visiterait des plages splendides en sentant la chaleur sur sa peau.

Cette petite fille ne l'aurait jamais crue.

Le trajet de retour à San Diego parut plus court et ils montèrent dans un tram orange pour faire le tour de la ville. Avery montra à Robyn l'endroit où se trouvait le dispensaire où il travaillait, ainsi que la soupe populaire. Elle regretta qu'ils n'aillent pas dans les parties les plus défavorisées de San Diego. Pourquoi les gens ne devraient-ils pas voir tous les aspects d'une ville ? Ils auraient peut-être alors une opinion plus nuancée des choses. En tout cas, elle, elle savait qu'elle voulait aider tout le monde, sans distinction.

Elle retint son souffle lorsqu'ils traversèrent le pont. La vue était réellement spectaculaire, avec tous ces bateaux – allant de navires militaires à de luxueux yachts de croisière. Le temps qu'ils atteignent Coronado, la chaleur augmenta encore. Robyn se passa de l'écran solaire et tendit le tube à Avery tandis qu'ils descendaient du tram.

— Coronado signifie « la ville de la couronne », dit-il comme ils se mettaient à suivre le trottoir.

Robyn regardait autour d'elle, impressionnée. L'atmosphère était vibrante. Ils se promenèrent à travers le marché des fermiers, goûtant des fruits frais ou des fromages, admirant les fleurs colorées.

La plage de sable blanc s'étendait sur trois kilomètres. On pouvait louer des matelas et des parasols. Des familles jouaient sur le rivage et dans la mer. Mais, alors qu'ils allaient plus loin, Robyn devint soudain toute excitée.

— Il y a une plage à chiens ? lança-t-elle avec un grand sourire.

Il hocha la tête.

— Oui, un endroit où ils peuvent courir sans laisse. Vous voulez y aller ?

— Essayez de m'en empêcher !

Il y avait des chiens de toutes les races et de toutes les tailles. Robyn demandait en souriant aux propriétaires si elle pouvait caresser leur animal et s'en donnait à cœur joie.

— Je ne savais pas que vous adoriez les chiens, observa Avery, amusé.

Lui-même était souvent à genoux dans le sable, laissant les chiens lui lécher les mains ou bondir sur lui.

— Oh ! je n'en ai jamais eu un à moi. Mais j'en suis folle.

— Et quel serait le chien de vos rêves ?

— Un labrador rouge, répondit-elle sans hésiter. Des chiens gentils, au bon caractère, et qui sortent de l'ordinaire par leur couleur.

Avery lui souriait toujours de toutes ses dents.

— En prendrez-vous un lorsque vous aurez fini votre formation et que vous vous installerez quelque part ?

Elle se mordit la lèvre inférieure.

— Le rêve des rêves ? Déniche une maison que je pourrais acheter, je me moque qu'elle soit petite, pourvu qu'elle soit à moi, et avoir un chien que je retrouverais le soir.

Elle leva une main.

— Mais il faudrait que je le fasse garder dans la journée, et cela reviendrait peut-être aussi cher que la maison.

Elle se pencha pour caresser un autre chien. Ils rirent en entendant une femme appeler sa chienne husky Glenda, et avant que Robyn ait le temps de réagir, Avery passa un bras sur ses épaules. Il baissa les yeux sur elle, et elle ressentit aussitôt une poussée d'adrénaline. Cela n'avait rien de gênant. Elle avait l'impression que c'était l'attitude la plus naturelle du monde.

— Vous semblez y avoir pas mal réfléchi, dit-il, souriant toujours.

Durant quelques secondes, elle fut perdue. Perdue dans la sensation de son corps près du sien, dans l'odeur de sa peau. Elle ne se souvenait pas d'avoir déjà ressenti ça. Bien sûr, elle était sortie avec des garçons. Mais rien d'important. Rien qui comptât, pas même son étudiant en médecine. Rien à voir avec ce qui se passait là.

Cette dernière pensée l'arracha à sa rêvasserie.

— À quoi ? fit-elle alors qu'ils se mettaient à marcher le long de la plage, ensemble.

— Au chien, répondit Avery avec un grand sourire.

Elle leva la main pour saisir la sienne, posée sur son épaule. Elle le sentait proche d'elle, comme il l'avait été toute la journée, et elle ne voulait pas que ça change.

— Oui. Dès que j'aurai un poste permanent quelque part, c'est ce que je veux faire.

Elle mit son autre main sur son cœur.

— Imaginez rentrer chez soi, le soir, et être accueillie par quelqu'un qui vous aime inconditionnellement. C'est mon idée du paradis.

Une fois ces mots prononcés, Robyn eut conscience de ce qu'ils semblaient vouloir dire. Avery ne pouvait pas savoir qu'elle n'avait jamais connu ces sentiments d'amour et de sécurité avec ses parents. Une partie d'elle se rétracta, priant qu'il ne pense pas qu'elle cherchait lourdement un partenaire qui l'aime de façon inconditionnelle.

Bien sûr, qu'elle en souhaitait un. Mais pour l'instant, elle parlait d'un chien.

— Le problème, ce sont les horaires, dit-il avec un brin de mélancolie.

— Oui, acquiesça-t-elle en soupirant et en passant son bras libre autour de la taille d'Avery. C'est la seule chose qui me retient. Je ne pourrais pas supporter l'idée de mon chien gémissant tout seul à la maison, et se demandant quand je rentrerai.

— Vous devriez organiser une garde alternée pour chien.

— Que voulez-vous dire ?

Ils arrivaient au bout de la plage et ils revinrent par le trottoir.

— J'ai des amis qui se partagent un chien. Ils en voulaient vraiment un tous les deux, mais ils ont des horaires dingues, alors ils ont décidé d'accorder leurs emplois du temps, leurs jours de repos et leurs vacances pour le prendre tour à tour. Ça marche bien.

Robyn sourit.

— Je n'ai jamais entendu parler de ça, mais la formule paraît super. Pour moi ce ne sera pas avant des années, mais j'y penserai. Merci pour l'idée.

Elle le regarda et il ralentit le pas.

— De rien.

Il se pencha et l'embrassa sur les lèvres en continuant à marcher. Leurs bouches ne firent que s'effleurer, mais cela suffit à accélérer le pouls de Robyn. Dans sa tête, elle se représenta comment les gens devaient les voir – comme des amoureux de longue date. Mais c'était tout neuf, et elle voulait le savourer. Le mettre en réserve quelque part, pour pouvoir s'en souvenir plus tard.

Son estomac se retourna. C'était comme si elle savait déjà

que ça lui serait enlevé bientôt. En règle générale, les bonnes choses n'arrivaient pas à Robyn Callaghan.

Sa place dans le programme avait été due à un travail forcené. Elle avait sué sang et larmes pour y arriver.

Mais ceci ? Des choses agréables. Une connexion simple et naturelle avec quelqu'un. Cela n'avait jamais vraiment figuré dans sa vie, alors elle voulait s'y cramponner des deux mains.

Et elle était cffrayée. Terrifiée, même.

La dernière chose qu'elle souhaitait était de se comporter comme une ado amoureuse. Si Avery se conduisait de la sorte avec elle, elle partirait probablement en courant. Mais elle ne pouvait s'empêcher de se sentir comme ça avec lui, et qu'était-elle censée faire de ce sentiment ?

Elle entendait dans sa tête les voix de gens qu'elle avait rencontrés au fil des années, dans différents hôpitaux. Des gens gentils, qui avaient réalisé combien elle était seule et isolée.

Profite. Prends un jour après l'autre. Laisse arriver les choses.

— J'ai une autre idée pour faire quelque chose de spécial, cet après-midi. Ça vous intéresse ?

Elle sentit le souffle chaud d'Avery sur sa joue.

— Oui.

— Vous êtes prête à reprendre le trolley ?

— Absolument.

Ils reprirent donc le trolley, et Robyn admira de nouveau la vue du pont. Ils s'arrêtèrent quelques arrêts plus loin.

— Il va falloir marcher un peu, annonça Avery avec un petit sourire contrit.

— Pas de problème.

Il lui saisit la main. Elle se rendit compte qu'ils s'éloignaient des quartiers les plus prospères de la ville. La zone qu'ils traversaient était assez délabrée, avec des magasins fermés ou vandalisés. Les habitations étaient plus pauvres. Les gens qu'ils croisaient les regardaient. Si Robyn n'avait pas tenu la main d'Avery, elle se serait sentie nerveuse. Mais d'une certaine manière, c'était comme revenir dans la partie de Glasgow où elle avait grandi. Son estomac se contracta. Elle connaissait ces gens. Elle en faisait partie.

Avery lui fit descendre les marches d'un immeuble en mauvais état en lui jetant un coup d'œil nerveux. Ils pénétrèrent dans un immense espace qui ressemblait à une ancienne cantine. Il y avait partout des chaises et des tables dépareillées. Les gens qui s'y trouvaient semblaient traverser des temps difficiles. De l'autre côté de la salle, une queue s'était formée.

— C'est la soupe populaire.

Elle le regarda. Il hocha la tête.

— Ça ne vous ennuie pas que je vous aie amenée ici ?

Elle lui pressa la main et lui sourit.

— Pas du tout. Comment puis-je aider ?

Avery aurait dû s'en douter. Il aurait dû savoir que Robyn relèverait ses manches et se mettrait tout de suite au travail.

Elle se comporta aussitôt comme un poisson dans l'eau. Et après ce qu'elle avait dit plus tôt au sujet des privations qu'elle avait connues et de ses relations avec ses parents, son estomac commençait à se crisper concernant le secret qu'il gardait.

Robyn ne cachait pas ses sentiments sur les inégalités. Elle détestait cordialement les différences entre les riches et les pauvres. Elle avait entièrement raison. Il était d'accord avec elle.

Mais cela ne changeait pas le fait qu'il venait d'une famille très riche, et qu'il avait hérité d'une immense fortune. Même s'il gardait profil bas, même s'il passait son temps libre à travailler à la soupe populaire et au dispensaire, il n'était pas sûr que cela le sauve aux yeux de Robyn.

Plus il passait du temps avec elle, plus elle lui plaisait. Il l'observa pendant qu'elle servait avec aisance de la nourriture aux sans-abri qui venaient manger là. Puis elle se déplaça parmi les gens, s'asseyant avec eux et leur parlant. Elle trouva un nouveau manteau pour un homme âgé, des chaussures pour un autre, piochant dans le stock des donations. Elle disparut même un moment pour soigner la blessure d'une jeune femme, lui faisant promettre d'aller au dispensaire le lendemain pour avoir des antibiotiques.

Rien ne semblait l'effaroucher. Avery avait eu un moment de doute avant de l'amener ici. Il s'avérait qu'il n'aurait pas dû.

— Inscrivez-moi pour des services réguliers ici, lui dit-elle en passant ses mains autour de lui, par-derrière.

Il se tenait dans une pièce annexe, triant des dons. Il s'appuya contre elle.

— Vraiment ?

— Absolument, affirma-t-elle avec conviction. J'aurais aimé connaître cet endroit plus tôt. Je peux travailler ici durant le reste de mon stage au Paz Memorial.

Il pivota face à elle, lui enlaçant la taille.

— J'adore que vous ayez dit ça.

Les yeux bleus de Robyn brillaient.

— Je suis curieuse, dit-elle. Vous m'avez dit que vous aidiez ici et au dispensaire. Avez-vous connu quelqu'un qui vous a donné envie de le faire ?

Avery s'efforça de ne pas déglutir trop fort. Il ne voulait pas lui mentir. C'était lui qui avait fondé la soupe populaire et le dispensaire, mais presque personne ne le savait et, considérant les opinions de Robyn, il ne savait pas comment le lui dire.

— J'ai juste eu envie de rendre ce que j'avais reçu, dit-il parce que c'était vrai. Quand je travaillais comme étudiant, j'ai vu beaucoup de sans-abri venir aux urgences. Il y avait eu une soupe populaire il y a des années, mais elle a fermé à cause du manque de volontaires et de moyens. Quand celle-ci a ouvert, j'ai été l'un des premiers à m'engager et j'ai encouragé plein de gens du Paz Memorial à venir aider.

Il regarda autour de lui.

— Mais plus de la moitié des volontaires n'ont rien à voir avec l'hôpital. Ils viennent parce qu'ils le veulent. Certains étaient sans domicile eux-mêmes, à un moment donné.

Robyn hocha lentement la tête.

— C'est une bonne chose à faire, dit-elle, et je suis très heureuse d'aider.

— Eh bien, au cas où vous ne le sauriez pas, vous êtes fabuleuse, lui murmura-t-il à l'oreille.

— Merci.

Il se rapprocha et demanda à voix basse :

— Je peux ?

Pour toute réponse, elle posa une main sur sa joue et toucha ses lèvres des siennes. La bouche d'Avery trouva son cou et son oreille. Robyn passa les mains dans ses cheveux, autour de ses bras et dans son dos.

— Nous devrions peut-être rentrer à l'appartement, chuchota-t-il.

Elle s'écarta.

— Peut-être.

Ses yeux bleus pétillaient. Il savait exactement où cela pouvait mener.

Il prit sa main dans la sienne et lui fit traverser la cantine, parlant à quelques volontaires et à quelques bénéficiaires avant de partir.

Il avait le plus grand mal à se concentrer. Il acheta une pizza et des bières en rentrant. Lorsqu'ils furent à l'appartement, Robyn ne perdit pas de temps. Elle se changea pour mettre un pyjama douillet et s'assit sur le sofa. Puis elle tapota le siège à côté d'elle et Avery posa leur repas sur la table basse, avant de passer un bras dans son dos.

— Bonne journée ? s'enquit-il.

— La meilleure, répondit-elle en effleurant ses lèvres des siennes.

Avery eut soudain un flash. Elle n'était là que pour six mois et un mois était déjà passé. Il sut tout de suite qu'il ne pourrait pas continuer à garder ses secrets vis-à-vis de Robyn pendant encore cinq mois. Pas quand il connaissait la force de ses convictions.

Pas quand il savait combien il commençait à s'attacher à elle.

Peut-être que ceci aboutirait à quelque chose, peut-être à rien. Mais la dernière chose qu'il souhaitait était de détruire leur lien avant qu'il ait eu une chance de grandir.

Il lui parlerait.

Il trouverait un moyen dans les prochains jours de lui dire qui il était en réalité, qui était sa famille et pourquoi il tenait tout cela secret.

Elle glissa les doigts dans ses cheveux et il grogna.

— Je vous ai perdu une seconde, dit-elle.

— Non, répondit-il vivement, ramenant toute son attention sur la femme qui était dans ses bras.

La femme qui semblait y être parfaitement à sa place.

— Je suis complètement à toi, dit-il en l'embrassant de nouveau.

6.

Au petit matin, Avery avait passé plusieurs heures à réfléchir : comment, et quand, pourrait-il dire à Robyn la vérité sur lui-même ? Il était allé la voir avant de partir courir et n'avait pas compris pourquoi son ventre le chatouillait ainsi en la regardant dormir, ses cheveux roux étalés sur ses oreillers blancs. Cette réaction l'avait fait courir plus dur et plus longtemps, tandis qu'il s'efforçait de tout rationaliser dans sa tête.

Lorsqu'il rentra, l'appartement lui parut étrangement silencieux. L'espace d'une seconde, il pensa qu'elle avait peut-être tout découvert, et qu'elle était partie.

Puis il entendit le bruit de la douche, fit comme si cet instant de panique n'avait pas existé et mit une capsule dans la machine à café.

Quand Robyn arriva pieds nus dans le couloir, ses cheveux empilés sur sa tête, portant un T-shirt rose et un short en jean, il éprouva la plus étrange des sensations.

Lorsque Serena partageait son appartement, ils étaient à l'aise l'un avec l'autre, bons amis et bons compagnons.

Ceci lui paraissait complètement différent. Il ressentait quelque chose qu'il n'avait jamais, jamais connu auparavant.

Ces simples pas, le sourire qui flottait autour de ses lèvres, ses yeux encore ensommeillés envoyaient un message à son cœur, directement.

Il voulait qu'elle reste plus de cinq mois.

Cela le désarçonna complètement.

La partie rationnelle de son cerveau essaya de le réprimander. Il ne la connaissait pas vraiment. Ils n'avaient travaillé ensemble qu'une courte période. Elle ne savait pas tout sur lui.

Mais apparemment ce message n'arriva pas jusqu'à ses pieds. Ils traversèrent l'appartement pour la rejoindre et il l'embrassa.

Elle rit. Robyn rejeta la tête en arrière et rit, avant de nouer les mains autour de son cou et de se presser contre lui.

Il la fit reculer. Reculer dans la chambre où ils s'étaient affalés la nuit dernière, pressés de s'aimer. Il promena un doigt le long de son nez.

— Tu es sûre ?

Elle eut un grand sourire.

— Oh oui, je suis sûre.

Et elle roula sur lui, lui faisant tout oublier des conversations qu'ils devaient avoir.

Lorsqu'ils émergèrent de la chambre d'Avery, Robyn disparut un moment, puis revint avec une pile de livres.

— Je peux ? demanda-t-elle en désignant une étagère à moitié vide.

Il lui montra une étagère qui contenait ses propres livres.

— Fais comme chez toi.

Cela lui rappela qu'ils avaient à peine emménagé ensemble avant d'aller plus loin dans leur relation.

— Désolé pour le manque de sommeil la nuit dernière, lui murmura-t-il.

Elle alla ranger ses livres sur l'étagère et le regarda en haussant les sourcils. Puis elle s'assit à côté de lui et sourit.

— Il faut que nous parlions de règles.

Il posa la tablette qu'il tenait.

— Voilà qui paraît terrible.

— Je vais devoir regarnir tes placards.

— Ouf ! Je pensais que tu allais me dire que je ne devais pas perturber ton sommeil.

Il lui jeta un regard suspicieux.

— Qu'est-ce qu'ils ont, mes placards ?

Elle haussa une épaule.

— Je suis une fille qui tient aux traditions. Il n'y a pas de pâtes. Pas de sauces pour les pâtes. Pas de pizzas surgelées pour les urgences. Pas de confiture. Et pas de réserve de chocolat.

— De la confiture ?

— J'aime la confiture de framboises sur mes toasts, le matin.

— Et tu manges des pizzas surgelées ? Je peux te faire des pizzas maison, moi.

Elle secoua la tête.

— J'ai des habitudes alimentaires bizarres, qui me restent de l'époque où j'étais étudiante en médecine. Tu ne voudrais pas que je te réveille à 3 heures du matin parce que je brûle de manger de la pizza ? C'est pour cela qu'il m'en faut des surgelées.

Avery hocha lentement la tête.

— Et une réserve de chocolat.

Robyn soupira et leva les mains.

— Il faut *toujours* qu'il y ait du chocolat de secours.

— Tu es un peu autoritaire, non ?

Un instant, elle parut soucieuse.

— J'essaye de ne pas l'être. Mais si je mets cartes sur table, on ne s'entendra que mieux, non ?

Il se pencha en avant et lui toucha le bras.

— Tu penses que nous pourrions ne pas nous entendre ?

Il arborait un grand sourire, et très vite les yeux bleus de Robyn se mirent à briller.

— Je pense que nous pourrions nous entendre à la perfection, dit-elle à voix basse.

Il enfouit une main dans ses cheveux roux foncé, les libéra de leur élastique et les fit crouler sur ses épaules. D'ordinaire, ses cheveux étaient tirés en arrière pour le travail. Mais lâchés, ils étaient magnifiques.

— J'espère que tu ne les feras jamais couper, murmura-t-il.

— Ils te plaisent, dit-elle, l'air coquin.

Elle promena une mèche sur le visage d'Avery.

— D'accord, grogna-t-il. Du chocolat, des pizzas, tout ce que tu voudras.

Elle se pencha en avant, l'embrassa, puis s'arrêta.

— Qu'est-ce qui nous arrive ? chuchota-t-elle.

— Je ne sais pas, répondit-il honnêtement. Je sais seulement que ça ne m'est jamais arrivé auparavant.

Elle le taquina de nouveau avec ses cheveux.

— Tu n'as jamais connu ça ? demanda-t-elle, sceptique.

Il lui prit la main et la posa sur son cœur, qui battait très fort.

— Je n'ai jamais connu *cela*, rectifia-t-il. Je sais simplement que ça paraît juste. Et je veux continuer. Je veux voir où ça nous mènera.

— Moi aussi, dit-elle dans un souffle, en s'efforçant de retenir ses larmes. Mais cette connexion entre toi et moi me terrifie.

Il comprenait. Très bien.

— Décidons d'être terrifiés ensemble, alors.

Il sourit.

Il était sincère. Mais il n'avait pas été totalement honnête… et il faudrait qu'il le soit avec elle. Une part de Robyn lui paraissait à vif – vulnérable, même. Il voulait avancer avec précaution avec elle. Certes, ils avaient cette conversation. Ils se disaient l'un à l'autre ce qu'ils ressentaient. Mais il y avait ce que chaque adulte apportait avec lui dans une relation : une histoire, un passé, des traumatismes, des expériences.

Ils avaient le temps. Ils avaient le temps d'apprendre l'un sur l'autre, ensemble. Il ne mettait pas en avant certaines parties de sa vie. Il ne l'avait jamais fait. Serena avait découvert la vérité par inadvertance, mais après la surprise initiale elle avait été capable d'écarter toute idée préconçue. Seulement Serena s'était formée à San Diego, comme lui, alors elle avait compris son histoire. Est-ce qu'une femme venant d'Écosse comprendrait aussi ?

Il l'espérait. Parce qu'il souhaitait que ce qu'ils partageaient signifie quelque chose. Que cela en vaille la peine. Parce qu'il pensait que Robyn Callaghan le valait bien.

Chez elle, il y avait un je-ne-sais-quoi qui affleurait juste sous la surface. Une vulnérabilité qu'elle n'affichait pas, mais qui semblait être comme une armure autour de son cœur.

Il avait envie de la protéger, de la préserver. Ce qu'il n'avait pas à faire, il le savait. Il devait laisser Robyn être qui elle voulait être.

Il espérait simplement qu'ils pourraient être quelque chose ensemble.

Il se leva et lui tendit la main.

— J'ai le sentiment que tu ne vas pas m'aider à trouver le sommeil, dit-elle en se glissant dans ses bras.

— Les nuits sont faites pour dormir, répondit-il. Les journées peuvent servir à autre chose.

Elle sourit largement et acquiesça.

Ils passèrent les jours suivants dans leur petite bulle.

Ils prirent quelques bières dans des bars du coin, goûtèrent des cafés dans les meilleures boutiques et approvisionnèrent la cuisine selon les critères de Robyn. Elle fit connaître à Avery une boisson écossaise pétillante, à l'orange, plusieurs gâteaux au chocolat et guimauves qu'il n'avait jamais vus, et se plaignit haut et fort qu'aucun autre pays ne vende les saucisses carrées d'Écosse.

Avery n'était pas tout à fait sûr qu'il aimerait les goûter, mais il hochait la tête en souriant.

Lors de leur dernier jour de repos, il l'emmena dans un endroit dont il pensait qu'elle l'adorerait. Le magasin était coincé au fond d'une allée entre deux immeubles. Il était jouxté par un certain nombre de petites boutiques plus excentriques les unes que les autres.

La façade était en vieux bois peint. La pancarte soigneusement calligraphiée indiquait « Au Royaume des livres ». Le magasin ne disposait pas d'une grande vitrine, mais d'une quantité de petites fenêtres encadrées de bois blanc qui faisaient penser à un échiquier.

Quand Avery poussa la porte, un carillon se fit entendre et Robyn sourit.

— Il y a des années que je n'ai pas vu ça.

Il la regarda s'avancer et s'arrêter. Elle était une personne amoureuse des livres, il l'avait compris. Elle inspira profondément. L'odeur des livres, que rien ni personne ne pouvait imiter, embaumait les lieux.

Son expression ravie disait tout. Il avait misé juste.

Ses yeux bleus brillaient tandis qu'elle regardait autour d'elle, émerveillée. Les étagères de traviole portaient des étiquettes et étaient de toutes les tailles. La gamme de livres allait d'exemplaires anciens, tout abîmés, à des ouvrages flambant neufs. Avec sa robe rose et ses cheveux qui lui tombaient sur les épaules, retenus sur son front par un foulard vert, Robyn ressemblait à une version moderne d'Alice au pays des merveilles.

Une petite dame âgée portant un chien minuscule sous le bras arriva du fond du magasin.

— Avery !

Elle sourit, puis ses yeux s'élargirent.

— Oh ! vous avez amené une amie.

Il hocha la tête.

— Bonjour, Annie. Voici Robyn, nous travaillons ensemble. J'ai voulu lui faire connaître la meilleure librairie de San Diego.

Annie, qui avait de courts cheveux bouclés et portait un caftan vert et rose, posa par terre le petit chien qui vint aussitôt renifler Robyn. Elle se pencha pour le caresser.

La vieille libraire lui jeta un regard appréciateur.

— C'est Peggy. Si elle ne vous aime pas, vous vous en rendrez vite compte. Pour les livres, il y en a partout. Si vous voulez quelque chose de particulier, dites-le-moi.

Elle disparut entre les étagères.

Les yeux de Robyn pétillaient, et elle sourit largement à Avery en passant une main le long des rayonnages.

— Nous avons combien de temps ?

— Toute la journée. Au fond, il y a des tables et des fauteuils pour consulter des livres. Et je t'avertis : parfois, Annie refuse de vendre.

— Une libraire qui ne vend pas ?

Il hocha la tête.

— Elle est très spéciale. Si elle pense qu'un livre n'est pas pour vous, elle vous le dit.

Robyn eut un petit sourire.

— Bientôt, tu vas me dire que c'est une sorcière.

Avery agita la main d'un geste qui signifiait « peut-être ». Il s'installa près de livres d'histoire, pendant que Robyn allait d'une section à l'autre en mettant ses trouvailles de côté. Soudain, elle poussa un cri excité et il se leva pour aller voir ce qu'elle avait trouvé. C'était un livre d'enfants, visiblement d'occasion.

— Je le cherchais depuis si longtemps ! J'adorais cette collection, quand j'étais petite, mais ma mère a tout donné.

Elle serra le livre sur son cœur.

— Je suis tellement contente !

La porte s'ouvrit et le carillon retentit.

— Juste au bon moment, dit Avery en allant à la rencontre du livreur qui apportait des cafés fumants et une grande boîte blanche. Annie ! cria-t-il par-dessus son épaule.

La libraire arriva de nulle part et adressa un sourire entendu à Robyn.

— Il m'achète toujours un café et des gâteaux dans cette bonne pâtisserie du coin.

Elle prit un café, ouvrit la boîte et choisit un cupcake saupoudré de vermicelles multicolores. Puis elle aperçut le livre que tenait Robyn.

— Vous aimez cette collection ?

Robyn hocha la tête avec enthousiasme.

— J'ai cherché ce livre pendant dix ans !

Ensuite, Annie regarda la pile des ouvrages qu'elle avait mis de côté.

— C'est tout pour vous ?

— Oui.

— Il vous manque quelque chose. Attendez une minute. Ah ! fit-elle au bout d'un moment. Voilà.

Elle revint avec un livre qu'elle posa sur la pile.

— C'est le livre parfait pour vous.

Robyn parut intriguée, mais Avery avait déjà vu la vieille libraire faire ça avec d'autres clients. Il n'aurait su dire si elle se fiait à son intuition ou si elle avait réellement un don de voyance.

Annie emporta le tout à la caisse.

— C'est pour moi, dit Avery.

Robyn secoua fermement la tête et posa une main sur la sienne.

— Pas question. Rappelle-toi, les livres sont la seule chose que j'aime acheter.

Quand la libraire eut encaissé, elle les entraîna vers le fond du magasin. Robyn parut déconcertée, mais Avery lui murmura :

— Elle aime que les gens s'asseyent avec ce qu'ils ont acheté, pour être sûrs que cela leur plaît. S'ils sont déçus, Annie leur change le livre. Et c'est pour ça que j'ai commandé du café et des gâteaux. Je savais que nous serions ici pour un moment.

Ils s'installèrent avec leur collation à une petite table, et Robyn se pencha pour examiner ses achats.

— Je ne sais même pas ce qu'elle m'a choisi, dit-elle.

Elle prit le livre et lut la quatrième de couverture, ce qui la fit rire.

— Qu'est-ce que c'est ? demanda Avery, curieux.

— Une histoire de sorcières qui se passe de nos jours. Une sorcière égarée tombe amoureuse d'un homme qui est secrètement milliardaire.

Elle secoua la tête.

— Elle a dû m'entendre, tout à l'heure.

Avery s'était figé. Il savait qu'il souriait, mais ses entrailles se retournaient. Il avait eu des centaines de conversations avec Annie, mais il ne lui avait jamais rien confié sur lui-même. Il était venu avec Serena, aussi, mais il était certain qu'elle n'avait rien dit non plus. Comment diable la vieille libraire pouvait-elle connaître la vérité ?

— Avery ? lança Robyn, le front plissé. Qu'est-ce qui ne va pas ? Tu veux changer ton cupcake contre le mien ?

Il se secoua.

— Non. Et ce livre paraît super.

Il but une longue gorgée de café pour se remettre le cerveau d'aplomb. Robyn se pencha pour voir ce qu'il avait acheté. Elle ne pensait déjà plus au livre d'Annie. Il poussa un soupir soulagé, mais son esprit continua à tourner à plein régime.

Il savait bien que cette situation n'était pas idéale. Il était sorti avec des femmes, par le passé, sans leur laisser connaître l'état de sa fortune. Mais aucune de ces relations n'avait été sérieuse. Il n'avait jamais invité une de ces femmes à habiter chez lui. Ce qui arrivait là était différent. Et il devait l'aborder avec de nouvelles règles. L'honnêteté venant en premier.

Le problème, c'était que depuis qu'il avait changé de nom, choisi une carrière ordinaire et échappé aux feux de la rampe, il n'avait parlé à personne – sauf à Serena – de la fortune dont il avait hérité.

Robyn avait établi clairement ce qu'elle pensait de la richesse et des inégalités, avec tous les impacts que cela entraînait. Parfois, cela semblait même la mettre en colère. Il savait qu'il devrait aborder le sujet avec prudence. Il ne voulait rien gâcher entre eux. Pas alors que les choses semblaient si bien aller.

Elle se renfonça dans son fauteuil et but une gorgée de café.

— C'est un endroit super, dit-elle d'une voix heureuse. Je pourrais y rester toute la journée. Mais elle s'en sort bien, avec son commerce ?

Avery regarda autour de lui.

— Annie a un don. Un don pour les gens. Les touristes l'adorent et dépensent de l'argent chez elle. Les gens du coin ne voudraient pas aller ailleurs. Elle parvient à trouver un équilibre.

— J'aurais aimé la connaître quand j'étais petite, dit doucement Robyn.

Avery marqua une pause. Il savait que c'était l'occasion ou jamais de lui parler. Mais il n'était pas sûr de devoir la saisir.

— Tu as eu une enfance difficile ?

Son cœur se serra un peu tandis qu'il posait cette question. Sa mère avait peut-être rompu avec sa famille, mais il savait qu'il avait eu malgré tout une vie privilégiée.

— Certains quartiers de Glasgow, dont le nôtre, n'étaient pas très reluisants. Et plein de familles étaient dans la même situation que nous. Mais ne jamais avoir d'argent est épuisant. Ça vous tire vers le bas. Ça signifie que vous devez soupeser dans votre tête tout ce que vous faites. Et même quand on est adulte, il est difficile de perdre ces habitudes. D'ailleurs, je ne suis pas sûre de vouloir les perdre.

Elle prit une grande inspiration.

— J'ai un salaire et quelques économies, maintenant. Mais j'ai toujours l'impression qu'ils pourraient m'être enlevés sans préavis. Je me demande souvent où j'en serais si je n'avais pas réussi mes examens.

Elle frémit. Pour de bon. Et cette simple réaction fit éprouver une foule d'émotions à Avery.

— Tu as des amis d'école qui vivent toujours là-bas ?

Ce n'était pas la question à poser, car il vit la vague de tristesse qui passa aussitôt sur le visage de Robyn.

— Quelques-uns, mais ce ne sont pas vraiment des amis. Une fille que je connais habite toujours dans ma rue. Elle a trois enfants et travaille à mi-temps pour des bookmakers. Elle est satisfaite de sa vie. Il y a des familles qui n'essayent jamais de sortir du cycle dans lequel elles sont enfermées. Ce n'est pas à moi de décider qu'elles ont tort.

— Tu voulais juste quelque chose de différent pour toi.

— Absolument, dit-elle avec conviction.

Elle inspira de nouveau, ôta l'enveloppe de son cupcake et en grignota les bords.

— Qu'est-ce que tu penses de reprendre le travail demain ?

Elle haussa les épaules.

— J'y suis prête. Je me réjouis d'y retourner. Même si ces quelques jours de repos ont été…

Elle sembla chercher le mot juste, en regardant Avery dans les yeux.

— … agréables, acheva-t-elle.

— Agréables seulement ? se récria-t-il, les sourcils levés.

Elle rit, un son qu'il adorait entendre.

— Bon, plus qu'agréables, mais nous sommes dans un lieu public. Il faut respecter les convenances.

Elle rit de nouveau.

— Qu'est-ce que tu dirais d'une pizza maison, ce soir ? Pouvons-nous aller acheter quelques trucs pour la préparer ?

Avery hocha la tête et débarrassa la table, puis il prit les livres dans ses bras.

— Bien sûr, il y a une épicerie juste au coin de la rue. Nous pourrons y trouver tout ce qu'il nous faut.

Robyn sortit de la librairie à son côté, et il eut conscience qu'Annie les observait. Il lui fit un signe de la main, mais elle ne répondit pas comme elle le faisait d'habitude.

À la place, elle lui jeta un coup d'œil circonspect, puis retourna à ses rayonnages.

7.

Apparemment, le moulin à ragots fonctionnait très bien au Paz Memorial.

— Vous avez emménagé chez Avery ?

— Depuis quand ?

— Comment est son appartement ?

— Au nom du ciel, comment avez-vous réussi à mettre le grappin sur M. Rayon de Soleil ? Vous n'êtes pas exactement Miss Bonheur, n'est-ce pas ?

Cette dernière remarque venait d'une infirmière particulièrement acerbe qui avait décidé qu'elle n'aimait pas Robyn – et Robyn s'en moquait assez. Elle la regarda d'un air pince-sans-rire.

— Je suppose que j'ai su comprendre exactement ce qu'il voulait, vous ne pensez pas ?

Elle tourna les talons et s'éloigna avant que ses joues ne s'enflamment. Ces bavardages avaient intérêt à cesser. Elle avait un travail à faire et des patients à traiter. Être l'objet des potins de l'hôpital ne lui plaisait pas. Elle n'y était pas habituée.

Ses rondes furent bien occupées. Un de ses collègues était malade, de nouveau, et elle couvrait le service Cardiologie et les Soins cardiaques intensifs. Et, bien sûr, elle voulait revoir Mabel Tucker.

En poussant la porte de l'unité, elle vit Tom Tucker au chevet de sa femme. Mabel était assise dans son lit. Il n'y avait plus l'appareil de ventilation, mais elle portait encore un masque à oxygène et son teint était pâle.

Sinon, elle était toujours entourée d'appareils qui mesuraient son rythme cardiaque, sa tension et son taux d'oxygénation. Il y avait deux perches à perfusion qui instillaient lentement des fluides et des drogues dans son organisme. Mabel n'était pas encore sortie d'affaire.

Mais Robyn était heureuse de la voir respirer par elle-même. Elle se demanda si Toby ou le Dr Shad lui avaient expliqué quelle chance elle avait d'être en vie. Sûrement pas. Mabel ne se sentait certainement pas chanceuse, en ce moment. On le lui dirait bien plus tard.

Elle tendit la main et se présenta. La patiente ne savait évidemment pas qui elle était. Elle avait été inconsciente tout le temps où Robyn s'était occupée d'elle. Mais elle vit que Tom la reconnaissait.

Il lui prit la main et la serra fortement.

— Merci, dit-il. Je me demandais si vous étiez un médecin urgentiste.

— Non, répondit Robyn. Je donnais un coup de main en bas, mais je travaille principalement en Cardiologie. J'ai été de repos ces derniers jours et je voulais voir comment cela allait.

— Votre voix, dit Mabel en fronçant les sourcils.

Robyn hocha la tête.

— Je suis écossaise. J'ai un accent prononcé, j'en ai peur.

— Je me souviens de l'avoir entendue.

— J'ai travaillé longtemps sur vous et je vous ai accompagnée en salle d'opération.

Elle tira une chaise près du lit.

— Comment vous sentez-vous, Mabel ? C'est si bon de vous voir. Et vous aussi, Tom.

Elle nota le teint blafard de sa patiente, qui paraissait anémique. Elle se promit de vérifier ses analyses de sang. Les anticoagulants qu'on lui avait prescrits pour dissoudre le caillot dans son poumon pouvaient provoquer des saignements ailleurs dans son corps. Il faudrait surveiller ses flux sanguins.

— Il faut espérer que vous vous sentirez un peu mieux chaque jour. Vous avez vécu un traumatisme. Le surmonter prendra du temps, et sans doute faudra-t-il envisager un soutien psychologique. Quand vous serez prête, il serait peut-être bon que vous alliez vous reposer quelque part, tous les deux.

Des larmes montèrent aux yeux de Mabel.

— J'allais commencer mon travail à l'école primaire.

Robyn lui pressa la main.

— Vous le ferez le moment venu. La vie vous a lancé des défis difficiles. Il faut que vous vous concentriez sur quelque chose de positif, un pas à la fois. Que vous vous réserviez de petits plaisirs, pour commencer.

La jeune femme hocha la tête. Robyn se leva pour partir.

— Je reviendrai plus tard. Nous pourrons bavarder encore, si vous voulez.

Tom articula le mot « merci ».

Le cœur de Robyn fit un petit bond. Après s'être sentie espionnée dans sa vie privée, ce matin-là, il était bon de faire son métier, et d'être simplement un médecin.

Sa journée se poursuivit bien. Elle fit une ronde avec le Dr Shad. Elle apprenait beaucoup de lui. Puis elle accompagna un kiné spécialisé en cardiologie, pour voir quels exercices respiratoires et physiques il faisait pratiquer à des patients cardiaques.

Elle retournait au bureau des infirmiers quand un aide-soignant l'appela.

— J'ai un patient qui vous demande. Un certain Hal Delaney. Il est entré et sorti d'ici trois fois au cours du mois dernier.

Robyn hocha la tête et soupira.

— Dans quelle chambre est-il, cette fois ?

L'aide-soignant sourit malicieusement.

— La chambre de super luxe est prise, alors il est dans la deuxième chambre à partir du bas.

Robyn longeait le couloir quand Avery sortit d'une autre chambre avec une expression soucieuse.

— Hé, que se passe-t-il ? s'enquit-elle.

— J'ai un jeune homme avec une cardiomyopathie. Son état empire rapidement, alors j'allais chercher quelqu'un. Où vas-tu, toi ?

— Tu sais, l'homme qui a fait un arrêt cardiaque à l'entrée principale, l'autre jour. Il est de retour et a demandé à me voir. Veux-tu que je remette cette visite à plus tard et que je vienne voir ton patient, à la place ?

Avery secoua la tête.

— Non. Je vais aller trouver le Dr Shad. N'en sois pas offensée.

Robyn eut un grand sourire.

— Pas du tout. Tu me diras comment ça se passe. J'aimerais savoir comment le Dr Shad s'y prend.

Avery tendit la main et lui toucha le bras.

— Écoute, il y a quelque chose dont je dois te parler plus tard. Pas ici. Dans un endroit tranquille, juste toi et moi.

— Ça va ? demanda-t-elle, inquiète.

Il paraissait si sérieux !

Il hocha la tête, gardant un air grave.

— Nous parlerons ce soir.

Elle soutint son regard un moment, se demandant ce qui n'allait pas. Un autre membre du personnel arriva à leur hauteur, alors elle afficha un sourire.

— D'ici là, je vais voir M. Delaney, qui n'a pas dû suivre les instructions qu'on lui a données.

Avery disparut dans le couloir. Il semblait abattu. Peut-être se faisait-il du souci pour son patient.

Elle poussa la porte de la chambre privée et ne fut pas étonnée de trouver Hal Delaney assis sur le lit, l'air mécontent.

— Monsieur Delaney, vous avez demandé à me voir ? Qu'est-ce qui vous amène, cette fois ?

— Des douleurs à la poitrine.

Robyn se porta à son chevet.

— Vous souffrez, actuellement ?

Il secoua la tête. Elle nota qu'il était sous perfusion de trinitrate de glycérine et ôta son stéthoscope de son cou.

— Puis-je vous examiner ?

Il respira fortement pendant qu'elle écoutait sa poitrine et son dos. À ce moment-là, la porte s'ouvrit. Robyn aperçut un pantalon noir et des chaussures brillantes, mais pas de blouse blanche.

— Nous sommes en plein examen, dit-elle sans se retourner.

— Vous voyez, Hal, elle essaye encore de me mettre dehors.

La voix était coupante, et elle sut à qui elle appartenait avant de lever la tête.

— Monsieur Paz, vous semblez avoir l'habitude d'entrer dans des chambres où des patients sont examinés.

Il eut un rire forcé.

— Puis-je quelque chose pour vous ? demanda-t-elle d'un ton tranchant.

Hal toussa, un autre symptôme, puis il agita une main.

— C'est bon.

Robyn s'interrogea. Hal se sentait-il obligé d'accueillir M. Paz parce qu'il était en affaires avec lui, ou étaient-ils vraiment des amis proches ? Elle ne savait que penser, mais elle savait qu'elle avait un patient à traiter.

— Si vous êtes d'accord pour que M. Paz reste, il faut que nous parlions de ce que j'ai entendu. Il y a une défaillance cardiaque certaine. Il va falloir que nous revoyions votre traitement.

Elle s'assit près du lit. M. Paz s'éclaircit la gorge, mais elle l'ignora. N'aimait-il pas que ses médecins prennent une chaise ? Elle s'en moquait. Elle voulait être au niveau de Hal pour lui parler.

Elle lui expliqua que cette défaillance venait à la suite de son arrêt cardiaque. Ce qu'il fallait savoir, c'était si elle était temporaire ou permanente.

— Avez-vous eu une radio du thorax, depuis que vous êtes revenu ?

— Non, mais je dois en passer une plus tard.

— Je demanderai aussi un échocardiogramme pour voir les muscles du cœur, les valvules et le flux sanguin.

Robyn jeta un coup d'œil de côté à M. Paz, avant de regarder Hal.

— Avez-vous des problèmes de miction ?

C'était une question gênante à poser devant un tiers, mais elle devait la poser.

— Pardon ?

— Des problèmes pour uriner.

— Euh... non, pourquoi ?

— Parce que je veux vous mettre sous diurétique. Cela vous fera uriner davantage. Mais si vous avez des problèmes de reins, de vésicule ou de prostate, on pourrait avoir besoin d'insérer un cathéter.

— Je ne pense pas que vous en ayez besoin, dit M. Paz avec un petit rire sec.

— Il se pourrait que si.

L'homme rougit. Il n'aimait vraiment pas qu'on le contredise.

— Non, vous ne le ferez pas, décréta-t-il avec raideur.

Robyn se hérissa. Elle ne tolérerait pas que le P-DG de l'hôpital où elle travaillait remette son expertise en question devant un malade qui avait besoin de soins. Il ferait mieux d'être prêt à lui montrer ses qualifications médicales, s'il voulait continuer ainsi.

Elle pencha la tête sur le côté et afficha un sourire forcé.

— Vous voudriez peut-être que l'on sorte pour en discuter ?

— Attendez ! intervint Hal en levant une main. Leo, laissez mon médecin tranquille. Je l'aime bien, et vous savez que d'ordinaire je n'aime pas les médecins. Je pense que si vous n'arrêtez pas, notre Écossaise va s'en prendre à vous et je ne veux pas que vous vous sentiez obligé de la renvoyer. Alors fichez-lui la paix.

Quand il eut fini, il était essoufflé. Robyn vérifia son taux d'oxygénation et lui mit un masque à oxygène.

— Ne vous inquiétez pas, dit-elle d'un ton lisse. Nous allons vous soigner.

Il lui pressa le bras.

— Je vais demander à mon chef de vous préparer quelque chose de spécial. Pour vous et vos collègues.

Elle lui sourit.

— Une infirmière viendra vous apporter le nouveau médicament que vous devez prendre, et nous allons procéder à ces autres examens.

Elle adressa un bref signe de tête à M. Paz en passant devant lui. D'une manière quelconque, elle sut qu'il allait la suivre dehors.

— Docteur Callaghan ! lança-t-il alors qu'elle s'éloignait dans le couloir.

Elle fut fortement tentée de l'ignorer, mais elle ne le fit pas.

Comme elle se retournait, Avery sortit de la même chambre que plus tôt, cette fois avec le Dr Shad.

— Robyn, commença-t-il, puis il s'arrêta.

Le Dr Shad leva les yeux.

— Docteur Callaghan, dit-il aimablement, avant de remarquer le P-DG à l'arrière-plan. Monsieur Paz, que pouvons-nous faire pour vous ?

— Je voulais parler au Dr Callaghan, en fait, mais il vaudrait peut-être mieux que je vous parle à vous, docteur Shad. Après tout, vous êtes un de nos experts.

Robyn put voir le front du spécialiste se plisser, tandis qu'il essayait de comprendre ce qui se passait. Et lorsqu'elle se tourna vers M. Paz, elle vit qu'il regardait fixement quelqu'un, mais pas elle. Il dévisageait Avery avec une expression étrange. Elle tourna la tête vers ce dernier et vit que lui aussi avait un drôle d'air.

— Je suis peut-être l'un de vos experts, monsieur Paz, dit alors le Dr Shad, mais le Dr Callahan fait un excellent travail. Y a-t-il quelque chose dont vous souhaitez discuter ?

Robyn sentit qu'il était prêt à la soutenir. Avery la soutiendrait aussi, sûrement, mais à cet instant elle perçut un mouvement derrière elle et se rendit compte avec désarroi que son collègue s'était éclipsé dans le couloir. Elle eut le sentiment bizarre que quelque chose d'important se passait, mais sans pouvoir mettre le doigt sur ce que c'était.

Leo Paz s'était mis à parler, ou plutôt à geindre. Il avait vraiment des manières fâcheuses pour un dirigeant. Le Dr Shad l'interrompit abruptement en levant une main.

— Je ne peux pas discuter du cas de M. Delaney avec vous sans sa permission, et je ne le ferai pas.

Il contourna le P-DG et poussa la porte du patient.

— Si vous voulez bien me laisser un moment, dit-il par-dessus son épaule, indiquant clairement que M. Paz ne devait pas les rejoindre.

Visiblement offensé, ce dernier se tourna vers Robyn.

— Cet homme dans le couloir, qui était-ce ?

Sa peau la picota. Elle savait exactement à qui il faisait allusion, mais ses défenses se mirent en place.

— Le Dr Shad ? Je pensais que vous le connaissiez.

Leo Paz fit un geste irrité de la main.

— Pas lui. L'autre homme, avec les cheveux bruns.

Il parlait d'un homme, et non pas d'un infirmier, alors qu'Avery portait pourtant son uniforme. Elle trouva curieux qu'il ne l'ait pas identifié, car Avery travaillait ici depuis plus longtemps qu'elle. Mais après tout, M. Paz ne devait pas souvent arpenter les couloirs de l'hôpital.

— Je ne vois pas qui vous voulez dire, répondit-elle calmement.

— Bien sûr que si, il vous a appelée par votre prénom !

Les joues du directeur se coloraient. Il ne servirait à rien d'éluder davantage, se dit Robyn. Il pourrait questionner le Dr Shad.

— C'était Avery Smith, indiqua-t-elle sans donner d'autre explication.

Le Dr Shad ouvrit la porte derrière eux, le dossier électronique de M. Delaney à la main.

— J'ai parlé à mon patient. Il est d'accord pour que nous discutions de son cas avec vous et est très élogieux concernant les soins fournis par le Dr Callaghan. J'ai regardé ce qu'elle a diagnostiqué, les examens qu'elle a demandés et les décisions qu'elle a prises, et je suis d'accord en tout point. Puis-je vous demander pourquoi vous souhaitez contester l'un de mes médecins ?

Leo Paz avait ouvert la bouche plusieurs fois, cherchant visiblement à prendre la parole. Mais le Dr Shad était quelqu'un de déterminé, et il ne s'était pas laissé interrompre.

— Je… je voulais un deuxième avis sur le cas de mon ami, bredouilla-t-il. Je pensais qu'il devait être vu par un médecin plus âgé et plus expérimenté.

— N'êtes-vous pas satisfait de la façon dont je gère le programme de formation en cardiologie, monsieur Paz ?

Il y eut un silence embarrassé.

— Parce que si c'est le cas, reprit le Dr Shad, j'attends que vous me le disiez.

M. Paz essaya de se ressaisir. Il était clair qu'il avait voulu peser de tout son poids dans la balance, mais qu'il le regrettait, à présent.

— Le Dr Callaghan est un excellent médecin et elle a fourni le meilleur travail possible aux urgences, en plus de sa spécialité. Nous avons beaucoup de chance de l'avoir dans notre service. Elle a excellé dans ses études et…

— Elle s'est plainte d'un étudiant en médecine, coupa Leo Paz.

La peau de Robyn la picota. Quelque chose avait changé. Le directeur semblait maintenant déterminé à la prendre en faute, personnellement. Mais pourquoi ?

Elle se remémora l'étudiant en question, qui apparemment n'avait pas changé depuis qu'elle l'avait rencontré. Lia lui avait dit qu'il était un parent de M. Paz, mais comme elle n'en avait plus entendu parler, elle avait écarté ce détail de son esprit.

— Je me suis plainte d'un étudiant en médecine, concéda-t-elle en regardant M. Paz dans les yeux, parce qu'il était grossier, arrogant et manquait de connaissances cliniques. Il a pas mal de choses à apprendre, et comme cet hôpital est un hôpital universitaire, c'est mon devoir de signaler les étudiants qui ont besoin d'être mieux supervisés.

M. Paz s'empourpra.

— Frank est un excellent étudiant, et il fera un excellent médecin ! s'exclama-t-il, visiblement agacé.

Robyn ne cilla pas. Il ne l'intimidait pas. Avoir grandi dans l'un des quartiers les plus pauvres de sa ville signifiait qu'elle avait été exposée à pas mal de choses, et qu'elle savait exactement comment se défendre.

— Frank a encore beaucoup à apprendre.

Elle désigna la chambre derrière eux.

— L'autoriseriez-vous à prendre soin de votre ami Hal ?

Elle sentit la main du Dr Shad tirer doucement sur la manche de sa blouse.

— Monsieur Paz, je suggère que nous parlions plus tard, dit le cardiologue d'un ton lisse. Le Dr Callaghan et moi devons organiser des analyses pour Hal et revoir son traitement. Une fois que j'aurai terminé, j'irai vous trouver pour discuter de ceci plus avant.

Il fit pivoter Robyn et la guida dans le couloir, jusqu'à un petit bureau.

Dès que la porte se referma, elle n'attendit pas d'être invitée à parler.

— Il est ridicule. Et moi, dit-elle en posant une main sur sa poitrine, je me suis beaucoup contenue.

Le Dr Shad rit doucement.

— J'ai vu, et je suis d'accord. Il a été ridicule. Mais je ne voulais pas entrer dans le vif du sujet avec lui dans ces circonstances. Son neveu est sur le point de voir son stage révoqué.

— Non ?

Robyn fut choquée. Les étudiants en médecine faisaient souvent des choses de travers, cela faisait partie de l'apprentissage. Elle en avait connu quelques-uns qui avaient démissionné, quand ils avaient réalisé qu'être médecin n'était pas pour eux. Mais elle avait rarement entendu parler d'un stage révoqué. C'était l'ultime sanction.

Elle secoua la tête.

— Nom d'un chien, qu'a-t-il fait ?

— Exactement ce que vous avez vu par vous-même. Il a mal parlé à du personnel féminin, a fait sortir des patients sans avoir l'autorité pour le faire, s'est montré arrogant, grossier et irrespectueux.

— Je suis choquée, dit sèchement Robyn.

Le Dr Shad leva les yeux au ciel.

— Et il faut encore que je parle de son neveu à M. Paz. Pouvez-vous terminer votre travail avec M. Delaney, et revenir vers moi s'il y a des problèmes ?

Elle acquiesça.

— Bien sûr.

Elle éprouva une bouffée de fierté. Parce que le Dr Shad la soutenait, et qu'il avait confiance dans les décisions qu'elle prendrait. San Diego avait été une bonne opportunité pour elle. De plus d'une façon.

Elle continua ses tâches, puis descendit en hâte à la cafétéria pour s'acheter de quoi déjeuner. Comme il était tard, il ne restait plus beaucoup de choix. Elle se contenta d'un café, d'une pêche et d'une pauvre salade qu'elle emporta dans la cour. Elle apprécierait d'être environnée de verdure durant cinq minutes.

— Hé !

La voix derrière elle la fit sursauter. Avery. Pour la première fois depuis qu'elle le connaissait, il n'avait pas l'air en forme.

— Ça va ?

Elle s'interrogea sur sa disparition dans le couloir, un peu plus tôt, mais peut-être ne s'était-il pas senti bien.

Il soupira et vint s'asseoir en face d'elle avec une canette de soda allégé. Il posa la tête sur sa main.

— Je dois te dire certaines choses. Mais pas ici. Ce n'est pas l'endroit.

Une horrible sensation parcourut l'échine de Robyn.

— Une épouse secrète ? Un enfant caché ?

Il eut un demi-sourire.

— Rien de tout ça.

— J'ai enfreint une règle à l'appartement et tu dois me jeter dehors ?

— Absolument pas.

Il souriait presque, mais elle voyait la tristesse dans ses yeux verts. Son estomac virevolta.

— Es-tu malade ?

Il tendit le bras et posa une main sur la sienne.

— Non. Ce n'est rien de tel. Mais nous devons avoir une conversation. Pas ici, en privé. Nous pourrons parler ce soir.

— Tu m'inquiètes.

— Je suis désolé. Ce n'est pas dans mes intentions. J'ai juste besoin de te dire certaines choses. J'aurais dû t'en parler dès le début.

La tête de Robyn lui tournait. Elle ne savait pas que penser. La petite bulle de bonheur qu'elle avait enfin trouvée allait-elle éclater ?

Son bipeur sonna pour la prévenir que les résultats d'analyses de Hal étaient prêts. Elle se leva, ramassa ses déchets, puis se pencha et embrassa Avery sur la joue.

Et ce faisant, elle eut une révélation. Elle l'aimait. Elle l'aimait vraiment.

Elle l'avait probablement aimé les dernières semaines, déjà, mais elle avait été si occupée à préserver son cœur qu'elle ne s'était pas permis de l'admettre.

Mais à présent, alors que quelque chose pouvait clocher entre eux ? C'était comme un javelot fiché dans sa poitrine. Elle ne voulait pas perdre un amour qu'elle venait juste de trouver. Il avait dit qu'il n'était pas malade, mais il mentait peut-être. Son estomac se contracta. Elle ne pouvait supporter l'idée d'Avery souffrant. Elle aimait réellement cet homme. Il avait capturé son cœur comme personne ne l'avait fait avant lui.

Elle n'avait jamais connu une telle connexion avec quelqu'un. Quelqu'un qui la respectait sincèrement et n'essayait pas de la faire changer d'avis sur quoi que ce soit. Il acceptait sa façon d'être, sa passion pour son travail. Le moment où il l'avait emmenée à la soupe populaire avait cimenté la place qu'il tenait dans sa vie. Il l'avait séduite. Complètement.

— Tout ira bien, dit-elle en prenant sa joue dans sa paume, en le regardant dans les yeux et en pensant chacun de ses mots.

Elle s'empressa de regagner la porte et jeta un dernier coup d'œil par-dessus son épaule. Avery fixait ses mains. Au nom du ciel, que pouvait-il avoir à lui dire qui le mettait dans un état pareil ?

Toutes les cellules de son corps lui disaient qu'elle n'avait aucune envie de le savoir.

8.

Avery savait que ce jour-là irait de mal en pis. Certaines journées, comme celle-là, étaient inéluctables. Et quelques-unes étaient entièrement dues à soi-même. Ce qui était le cas, là.

Dès que Leo Paz avait posé les yeux sur lui, il avait su que son anonymat était terminé.

Peut-être pas immédiatement, mais la lueur de trouble dans le regard de son oncle suffisait. Il avait toujours su que travailler au Paz Memorial était risqué. C'était en partie la raison pour laquelle il avait changé son nom de famille, pour en prendre un passe-partout. S'il avait gardé le nom de Paz, cela aurait tout de suite attiré l'attention sur lui.

Il avait probablement toujours été inévitable qu'il finisse par être dévoilé, mais il avait espéré avoir fait ses preuves comme bon infirmier avant que les gens de l'hôpital apprennent qu'il faisait partie de la dynastie Paz.

Il espérait encore que cela arrive. Mais, dans l'immédiat, il avait besoin de toute urgence de trouver le temps d'être honnête avec Robyn.

Apparemment, Leo Paz avait déjà fait une fixation sur elle. Elle n'avait aucune idée de ce que pouvait être le courroux de son oncle. Mais lui le savait. Il avait été aux premières loges, enfant, pour voir ce que cette fureur avait fait à sa mère.

Pour rendre les choses encorc plus difficiles – et cela ne pouvait arriver que dans les pires histoires –, il s'avérait que l'étudiant en médecine avec qui Robyn et lui avaient parlé était aussi un membre de la famille Paz. D'après ce qu'il avait compris, ce type arrogant devait être son cousin. Sa mère avait deux frères et deux sœurs. Il devait être le fils d'un de ses oncles ou tantes.

C'était pourquoi garder des secrets était toujours embêtant. Il avait eu de la chance que Serena n'ait jamais rien dit. Mais elle l'avait averti que c'était un secret qui viendrait inévitablement au jour. Et elle avait eu raison.

D'ordinaire, son oncle ne mettait jamais les pieds dans les différents services. Avery pouvait compter sur les doigts d'une main les fois où il l'avait croisé durant sa formation et après. En général, c'était lorsqu'une nouvelle unité ouvrait et que la presse était convoquée. Leo aimait se faire voir des journalistes. Mais Avery n'avait pas eu de mal à éviter ces occasions.

Son portable sonna, et il se figea lorsqu'il reconnut le numéro. C'était l'avocat de sa famille. Ils se parlaient peu souvent, et principalement quand Avery devait signer des papiers.

C'était un homme d'un certain âge qui avait été ami avec sa mère et qui s'était occupé pour son compte des affaires de la famille. Avery se fiait à lui et Sam savait tout de lui : son métier, son changement de nom, le fait qu'il travaille au Paz Memorial.

— Sam ?

— Avery, il faut qu'on parle.

Avery soupira.

— Devrais-je être inquiet ?

Il y eut une longue pause, puis Sam déclara :

— J'ai promis à votre mère de vous protéger. C'est ce que je fais. Venez me voir dès que vous le pourrez.

Avery Smith ne se mettait jamais en colère. Mais Avery Paz ? Oh ! il sortait définitivement de ses gonds.

Alors qu'il venait de raccrocher, il entendit crier au fond du couloir. C'était un hôpital, et quelqu'un se permettait de hurler. Il se mit à courir à petites foulées. Ceci ne pouvait pas être bon.

La voix de Robyn était sourde, et son accent si marqué qu'il pouvait à peine comprendre tous ses mots. Il savait qu'elle parlait, mais il l'entendait mal à cause des vociférations de l'étudiant en médecine qu'il détestait, et qui se tenait à quelques centimètres de son visage.

La mâchoire crispée de Robyn lui indiqua tout ce qu'il avait besoin de savoir.

— Vous pensez que vous pouvez ruiner ma réputation ? Vous croyez que vous pouvez me calomnier ? Je vous détruirai ! Qui êtes-vous, de toute façon ? Je peux découvrir qui vous êtes et d'où vous venez. Je ne me contenterai pas de vous détruire, je détruirai aussi votre famille. Je suis assez riche et puissant pour le faire !

Frank Paz fulminait.

Du personnel sortait de salles ou de chambres. Ils venaient voir qui causait un tel tohu-bohu dans leur unité. Mais Avery arriva le premier. Juste à temps pour entendre la réponse de Robyn.

— C'est votre dernier avertissement. Écartez-vous de moi et contenez-vous.

Avery la vit reprendre son souffle avant d'ajouter d'une voix glacée :

— Et si vous menacez de nouveau ma famille, je vous briserai les jambes. Espèce de pédant et de…

Avery s'interposa entre eux, mit les mains sur les épaules de son cousin et le repoussa fermement.

— Vous avez entendu la dame, reculez-vous et cessez de hurler, s'il vous plaît. Ce n'est ni le moment ni l'endroit.

— Vous ! cria Frank, furibond. Espèce d'infirmier minable ! De quoi vous mêlez-vous ? Je vous détruirai aussi. À cause de vos plaintes, mon stage va être révoqué. Je vais parler à mon oncle. Je retournerai la situation et vous ferai virer tous les deux !

Le jeune homme avait une expression venimeuse.

Le cœur d'Avery sombra. Il haïssait le fait d'être le parent d'un tel individu. Cela lui rappelait exactement pourquoi il n'avait pas envie de faire ce qu'il allait devoir faire.

Il se redressa. Il dominait son cousin d'une bonne dizaine de centimètres.

— Combien de fois avez-vous été dénoncé à votre superviseur ?

Frank cligna des paupières.

— Combien de fois ? insista Avery.

Il vérifia d'un coup d'œil que Robyn allait bien. Elle était visiblement furieuse, mais elle retenait son souffle.

— Le Dr Callaghan a fait un rapport sur vous une fois, et j'ai soutenu ce rapport parce qu'il était entièrement vrai. Un stage serait rarement révoqué sur la base d'un seul rapport. Je peux seulement imaginer qu'il y a eu quantité d'autres rapports sur vous, pour que les choses en arrivent là.

Il secoua la tête. Il savait que des gens les observaient. Au moins, il avait réussi à empêcher son cousin de brailler et de déranger le service. Mais tout le monde attendait la suite.

— Vous, vous n'êtes qu'un infirmier ! Qu'est-ce que vous savez de ce que vous suggérez ? Cela ne vous regarde pas. Je peux vous faire virer en un clin d'œil, répéta Frank.

— Arrêtez. Vous vous ridiculisez. Considérez votre propre conduite. Apparemment, l'argent ne peut acheter de bonnes manières ou un peu d'humilité.

— Vous êtes bien placé pour le savoir.

Avery se mordit la langue. Il pourrait dire quelque chose. Il pourrait effacer ce sourire mauvais du visage de son cousin. Mais il ne le ferait pas. Ce n'était pas son style. Et il voulait avoir cette conversation sur sa fortune avec Robyn en privé.

— En effet, dit une voix derrière lui.

Il semblait que le destin en avait décidé autrement pour lui, ce jour-là.

Il pivota pour faire face à son oncle.

— Avery Smith ? dit Leo Paz, les sourcils levés. Ou Avery *Paz* ? Apparemment, quelqu'un a changé de nom, ici. Ce qui est sûrement un acte délibéré. Comme de travailler entre ces murs. Pourquoi ferais-tu une chose pareille ? Pour pouvoir espionner la façon dont l'hôpital est géré ?

Il se tourna vers son autre neveu.

— Ton cousin ici présent en sait long sur l'argent, Frank. Il possède un cinquième de cet hôpital. Il pourrait littéralement t'acheter et te vendre, s'il le voulait.

— Je vais m'en aller, maintenant, dit calmement Avery à son oncle, même s'il se sentait tout sauf calme. Si vous avez autre chose à dire, vous pouvez vous adresser à mon avocat.

Il se tourna vers Robyn et lui tendit une main.

— Allons-y.

Son front était plissé, et elle paraissait complètement désorientée.

— Quoi ?

Avery lui prit la main et l'entraîna dans le couloir. Il s'arrêta brièvement au bureau des infirmiers.

— Pouvez-vous informer le Dr Shad que nous avons dû partir ?

Il mit sa main dans le dos de Robyn tandis qu'ils marchaient vers la sortie. Il sentait qu'elle respirait rapidement. Il ne savait pas par où commencer.

Elle ralentissait le pas. Il comprit immédiatement qu'ils n'iraient pas loin, alors il descendit l'escalier pour se rendre à la cafétéria, attrapa deux cafés et les emporta dehors, dans la cour.

Il s'assit en face de Robyn, et elle le regarda droit dans les yeux.

— Explique.

Il inspira. Au moins, elle lui laissait une chance de parler.

— Leo Paz dit vrai. Mon nom n'est pas Avery Smith. Il était le frère de ma mère. C'est mon oncle.

Elle battit des cils.

— Et cet étudiant imbuvable est ton cousin ?

— Il doit l'être, mais je ne l'avais jamais rencontré auparavant. Ma mère était coupée de la majeure partie de la famille, sauf de ses parents quand ils étaient encore en vie. Je pense que je les ai tous rencontrés quand j'étais bébé, mais évidemment je ne m'en souviens pas. De mémoire, je n'ai eu aucun contact avec ces gens.

Robyn eut l'air encore plus perdue.

— Alors Leanora Paz… ?

Elle tendit les mains en avant. Avery hocha la tête.

— L'hôpital porte le nom de ma grand-mère. Je ne me souviens pas d'elle, ni de mon grand-père. Il a fait construire l'hôpital en sa mémoire.

— Et tu as choisi de venir travailler ici, précisément. Pourquoi ?

Avery inspira et se demanda comment diable expliquer ça. Il mit une main sur son cœur.

— J'ai avec cet endroit des connexions dont je n'ai jamais pu parler à personne. Ma mère est morte ici. J'ai plein de souvenirs du temps que nous avons passé dans le service Cancérologie. Quant à la famille… Je sais que certains l'ont jugée beaucoup trop sévèrement.

Il se passa une main dans les cheveux.

— Je t'ai déjà dit que mon père était marié à quelqu'un d'autre quand il a rencontré ma mère, ce qu'elle ne savait pas. À ce que j'ai compris, mes grands-parents ont été contrariés quand elle est tombée enceinte, mais ils ont continué à l'aimer. Ils m'ont accepté comme leur petit-fils. Mais les frères et sœurs de ma mère n'ont pas été aussi charitables, et après la mort de ma grand-mère, ils l'ont très mal traitée. Elle a été coupée d'eux durant la majeure partie de ma vie, et elle n'a pas voulu que je sois exposé à leur conduite toxique. Je n'ai pas pu utiliser librement mon nom de naissance. Mais cet hôpital est renommé dans le monde entier. Tu le sais, c'est pourquoi tu es ici. Et c'est pourquoi j'y suis aussi. Je voulais travailler avec les meilleurs. Je voulais faire partie de quelque chose qui avait été créé par le père de ma mère. Et, même si je ne pouvais dire à personne qui j'étais, je voulais honorer la mémoire de ma grand-mère.

Le sang s'était progressivement retiré du visage de Robyn.

— Quelle est ta fortune, exactement ?

Avery se prit la tête dans ses mains.

— Ne fais pas ça, Robyn.

— Pourquoi ? Je veux savoir. Tu m'as caché ça. Tu m'as menti. Tu sais ce que j'éprouve vis-à-vis des inégalités entre les gens. Tu sais que j'ai grandi presque sans argent et sans chance. Mais tu ne peux même pas imaginer ce que c'est.

Ses mains tremblaient.

— Combien d'argent j'ai ? Je ne le sais pas, en fait, et non, je ne te mens pas. L'appartement où nous vivons ? Je possède tout l'immeuble. Cet hôpital ? Comme je suis fils unique, j'ai hérité de toute la part de ma mère. Comme le disait Leo, j'en possède un cinquième. Le dispensaire dans lequel je travaille ? Il est à moi. La soupe populaire où je suis bénévole ? Elle m'appartient aussi.

Les yeux de Robyn s'écarquillèrent d'horreur et elle frémit.

— Tu possèdes *tout l'immeuble* de l'appartement ?

Il hocha la tête.

— Les seules personnes à savoir qui j'étais étaient mon avocat, Sam, qui était l'ami de ma mère, et Serena.

— Serena est au courant ?

Il acquiesça.

— Elle est tombée sur des papiers, à l'appartement, alors qu'elle cherchait quelque chose. Elle a compris que j'appartenais à la famille Paz. Mais elle ne m'a jamais posé beaucoup de questions à ce sujet. Et elle a promis de ne rien dire à personne.

— Ta vie entière est un mensonge, dit Robyn d'une voix lointaine.

— Je t'en prie, Robyn.

Avery se pencha en avant et voulut lui prendre les mains, mais elle tressaillit et les lui retira.

— Ce qui est arrivé entre nous n'est pas un mensonge. Je n'ai jamais éprouvé de tels sentiments pour quelqu'un, auparavant. C'est de mon identité, que je voulais te parler. Je voulais être honnête avec toi avant aujourd'hui, mais je n'ai jamais trouvé le bon moment pour aborder le sujet. Je suis peut-être né dans une famille ultra-fortunée, mais je m'applique à ne pas me servir des privilèges que me donne cette richesse.

— En achetant un immeuble ?

Il secoua la tête.

— Il était à ma mère. J'en ai hérité. Mais j'ai acheté certaines choses. J'ai acheté le dispensaire et la soupe populaire. Je m'ingénie à aider les gens comme je le peux. Je travaille incognito à l'hôpital, échappant aux radars. Je ne veux pas jeter ma fortune à la tête des autres. Je m'efforce de vivre selon mes moyens. Je ne possède pas de voitures hors de prix, je ne porte pas de vêtements de marque.

— Mais tu ne comprends toujours pas.

Robyn secoua la tête.

— Tu ne peux pas. Tu ne sais pas ce que c'est que d'entrer dans un magasin et de devoir choisir entre un déodorant et des tampons, parce que tu ne peux pas te payer les deux. Tu ne sais pas ce que c'est que d'avoir des chaussures qui prennent l'eau, ou qui sont trop petites, parce que tu ne peux pas en acheter d'autres. Tu ne sais pas ce que c'est que de refuser toute invitation à des anniversaires, parce que tu ne peux pas acheter un cadeau.

Elle battit des cils pour retenir ses larmes, et Avery sut avec quelle force elle ressentait tout ça.

— Je n'ai pas choisi la vie dans laquelle je suis né, Robyn. Comme tu n'as pas choisi la tienne. J'essaye d'être responsable. J'ai choisi de faire un métier qui aurait rendu ma mère fière de moi, je le sais. Je travaille autant et aussi souvent que je le peux comme bénévole.

Elle secouait la tête.

— Mais toutes ces conversations que nous avons eues… Quand nous avons parlé des soins apportés aux personnes âgées, par exemple. Tu as mentionné le manque de moyens pour elles, la pauvreté des services qui leur sont accordés. Et tu as combien à la banque ?

Avery s'adossa à sa chaise et ferma les yeux une seconde.

— C'est le problème, Robyn. Je ne peux pas aider tout le monde sur cette planète. Personne n'aurait l'argent pour ça. Mais je peux aider les gens autour de moi. C'est pourquoi j'ai fondé le dispensaire et la soupe populaire. Je paye les salaires et j'achète tout l'équipement nécessaire. Je m'occupe de toutes les factures. J'aide comme je le peux.

Elle le fixa d'un regard dur.

— Ce qui doit seulement égratigner la surface de ta fortune.

Il hocha la tête.

— Je suis d'accord.

Elle se leva brusquement.

— Je ne peux pas faire ça. Je ne le peux tout simplement pas. Je ne peux pas être avec quelqu'un qui m'a menti comme tu l'as fait. N'essaye pas de dire que tu n'as pas menti. Me cacher la vérité revient au même. Et je ne peux pas comprendre ça.

— Quoi ?

Elle le montra du doigt.

— Toi. Tu m'as menti. Tu ne m'as rien dit. Pensais-tu que je n'étais pas digne de connaître ton secret ? Nous avons travaillé côte à côte pendant des semaines. Je suis venue loger chez toi. Nous avons couché ensemble ! Quand aurais-je été assez fiable pour que tu me dises la vérité ? Jamais, peut-être !

Elle se mit à trembler.

— Tout, entre nous, a été un mensonge. Et ce que tu ressentais pour moi était-il même vrai… ou était-ce aussi un mensonge ? Comment suis-je censée le savoir ?

Elle se mit à faire les cent pas, secouant la tête, posant une main sur sa poitrine comme si elle avait mal.

— Tu sais quelles sont mes opinions sur tout ça. Tu sais ce que j'éprouve en voyant des gens aux deux bouts de l'échelle sociale. Ce que je pense des privilèges qui vont avec la richesse, et comment ils sont trop souvent mal utilisés.

Elle frémit.

— Comment n'ai-je pas vu ce que j'avais juste sous les yeux ? Tu ressembles même un peu à ton oncle et à ton cousin. Je savais qu'il y avait quelque chose que je n'arrivais pas à définir chez Frank. C'étaient les traits familiers. Je ne peux pas croire que je n'aie rien vu plus tôt. Je dois être aveugle.

Elle fulminait, maintenant, et Avery ne savait pas comment l'arrêter. Il voulait juste se faire entendre. Essayer de trouver un moment pour lui dire qu'il était désolé, qu'il l'aimait.

— Regarde la façon dont les riches traitent les gens, maugréa-t-elle. Les droits qu'ils se donnent. Je ne peux pas faire ça. Je ne peux tout simplement pas. Je ne peux pas être avec quelqu'un qui a tous ces privilèges.

— Tu ne veux pas chercher à me connaître, être avec moi, juste parce que j'ai de l'argent ?

Il reconnaissait qu'il n'avait pas été franc avec elle, mais sincèrement il ne pouvait pas croire que le fait qu'il ait hérité d'une fortune empêche Robyn d'avoir une relation avec lui. Qu'elle ne puisse pas tout au moins l'envisager. Elle ne lui laissait même pas une chance de dire autre chose. La femme qu'il aimait était prête à le quitter pour la simple raison qu'il avait de l'argent.

Elle hésita. Et il le vit dans ses yeux. Pour elle, c'était vrai. Fondamentalement, elle ne croyait pas pouvoir être heureuse avec quelqu'un de riche. C'était aussi élémentaire que ça.

— Je peux tout donner, dit-il vivement, en le pensant.

Sa fortune l'avait toujours turlupiné. C'était pourquoi il avait gardé son avocat pour s'occuper d'une foule de choses. Il avait des fondations. Il avait mis en place des bourses pour aider des enfants défavorisés à aller au collège ou à l'université. Il signait les papiers, mais gardait une distance avec tout ça. Il avait conscience d'être resté inaperçu de sa famille. Il ne voulait pas être mêlé à leurs psychodrames et aux luttes intestines qui avaient fait tant souffrir sa mère.

— Ça ne fera pas de différence, dit tristement Robyn. Tu es né riche. Tu as une vision de la vie totalement différente de la mienne. Tu ne pourras jamais vraiment comprendre comment sont les choses.

— Alors apprends-moi, dit-il sans la moindre hésitation.

Une larme roula sur sa joue.

— Je ne peux pas. Je ne peux pas être cette personne pour toi. Je ne veux pas de ta pitié. Je ne veux pas être la fille pauvre sauvée par un homme riche.

— Je n'essaye pas de te sauver, Robyn. J'essaye de t'aimer.

Il mit une main sur son cœur.

— Je n'ai jamais éprouvé ça auparavant. Je t'aime, Robyn. Je ne veux personne d'autre que toi. Je n'ai jamais été aussi heureux que depuis que je t'ai rencontrée. S'il te plaît, laisse-nous une chance.

Les larmes coulaient à flots, maintenant.

— Je ne peux pas, Avery. Ton oncle va probablement me renvoyer, à présent, et me larguer de ce programme. Ton cousin va probablement continuer ses études de médecine. La richesse et les privilèges peuvent acheter tant de choses. Je ne peux pas me laisser avoir une relation avec toi. Je dois être sincère avec moi-même, avec ce que je crois. Je veux pouvoir me regarder dans un miroir.

— Et tu ne le peux pas si tu es avec moi ?

Avery commençait à se sentir irrité.

Elle le fixa droit dans les yeux. Sa voix trembla.

— Vu ce que je ressens en ce moment, je ne pense pas le pouvoir. J'ai besoin d'espace. Je ne peux plus être avec toi, Avery.

Elle se tourna et franchit la porte.

Il eut envie de la poursuivre. Il voulait lui dire de s'arrêter. De prendre son temps. De lui donner une autre chance. Mais il savait qu'elle n'y était pas prête.

Son cœur se brisait. Toutefois il éprouvait aussi une pointe de colère et de frustration, parce qu'elle refusait de le voir. Lui, l'homme avec qui elle avait travaillé à l'hôpital, à la soupe populaire. L'homme avec qui elle avait dormi chaque nuit. Elle n'était plus en mesure de voir cet Avery. Elle ne pouvait voir que les dollars qu'il représentait. Et cela l'horrifiait.

Il prit une grande inspiration. Son cerveau lui disait de rester où il était. De la laisser partir sans lui courir après. De lui donner l'espace qu'elle avait demandé.

Mais lorsqu'il rentra dans son appartement inévitablement vide, quelques heures plus tard, il lui sembla encore que son cœur avait été arraché de sa poitrine.

Il n'était pas sûr de s'en remettre un jour.

9.

Trahie. Le mot trottait dans l'esprit de Robyn et y restait incrusté. Elle ne pouvait pas en utiliser d'autre. Avery l'avait écoutée. Il avait entendu combien les choses avaient été dures pour elle, enfant. Il savait qu'elle comptait encore – qu'elle réfléchissait avec soin avant d'acheter quoi que ce soit.

Et il avait malgré tout gardé ses milliards secrets.

Pensait-il qu'elle était intéressée par l'argent ? Était-ce ainsi qu'il traitait toutes les femmes avec qui il sortait ? Il lui semblait étrange qu'il ait tenu sa fortune secrète vis-à-vis de tout le monde.

Elle comprenait que des gens d'une même famille se déchirent et ne se voient plus. Et elle comprenait presque le désir d'Avery de travailler incognito dans l'un des hôpitaux les plus renommés des États-Unis.

Mais elle ne pouvait pas lui pardonner de ne pas lui avoir dit la vérité pour l'immeuble, ou le dispensaire, ou la soupe populaire. Il ne se contentait pas d'y être bénévole. Il les *possédait*.

Ramasser ses affaires ne lui prit que quelques minutes. Tout fut jeté en vrac ou empilé dans ses valises et quelques sacs. Elle voulait juste quitter l'immeuble le plus vite possible.

Ce fut seulement lorsqu'elle fut de retour dans sa chambre minuscule et bruyante, à l'hôpital, qu'elle réalisa quelque chose d'étonnant. L'immeuble avait un vaste duplex, en haut, et deux immenses appartements à l'étage au-dessous de celui d'Avery. Si le tout lui appartenait, pourquoi se contentait-il de moins ? Cela faisait-il partie de ses ruses pour garder son identité cachée ?

Plus elle pensait à tout ça, plus elle nageait dans la confusion. Comment avait-il réussi à éviter son oncle durant toutes ces années ? Son cerveau commençait à rassembler les pièces du puzzle. Maintenant, elle comprenait pourquoi il avait disparu des urgences le jour où ils s'étaient rencontrés. Même chose en Cardiologie, quand Leo Paz était venu voir Hal Delaney.

Son oncle était vraiment horrible. Son cousin aussi. Pouvait-elle le blâmer de vouloir garder ses distances avec ces gens-là ?

Assise sur son lit, elle regardait ses affaires. Tout acheté et payé par elle-même. Elle était fière de qui elle était, de ce qu'elle gagnait, de la façon dont elle gérait son argent et pouvait se permettre d'aider ses parents. Elle ne pourrait pas supporter de nager dans la richesse – ce que serait la vie avec Avery.

Ce n'était pas pour elle, voilà tout. Même s'il avait été sincère avec elle dès le début, elle n'était pas sûre qu'elle aurait pu rester avec lui. Elle aurait pu garder son secret. Mais son cerveau aurait-il pu admettre qu'il réussisse à vivre normalement avec tout cet argent à la banque ?

Elle frémit. Elle avait souvent pensé : « Comment vit l'autre moitié du monde ? » Mais Avery *était* l'autre moitié. Il avait une fortune et des privilèges. Il n'avait jamais connu la faim, le froid, il n'avait jamais eu à s'inquiéter de payer quelque chose qui dépasserait ses moyens.

Robyn ne pouvait imaginer de partager sa vie avec quelqu'un comme ça. Comment pourrait-il comprendre ce qu'elle avait vécu ? Et alors que certaines personnes défavorisées pouvaient rêver de trouver un beau milliardaire, ce n'avait jamais, jamais été son souhait. Chaque fois qu'elle était entrée en contact avec des gens riches, ça ne s'était jamais bien passé pour elle. Ce premier petit ami fortuné qui s'était servi d'elle à la fac de médecine l'avait marquée plus qu'elle ne l'avait jamais admis. Être larguée quand une fille plus riche et avec plus de relations s'était présentée l'avait fait se sentir plus nulle que jamais.

Avery avait-il ressenti de la pitié envers elle ? Des larmes brûlantes et coléreuses ruisselèrent sur ses joues, et elle ne put contenir ses sanglots. Elle lui en avait plus dit sur sa vie qu'à personne auparavant. La pensée qu'il s'était peut-être senti désolé pour elle la rendait malade d'humiliation. Le bel homme qui avait fait battre son cœur, dont elle avait pensé qu'il tombait amoureux d'elle comme elle de lui, n'avait peut-être été avec elle que parce qu'il la plaignait ?

Elle ne pouvait pas le supporter. Pas une seconde. Et qui était même le véritable Avery Paz ? Elle avait cru le connaître, cru qu'ils étaient connectés. Mais maintenant elle se rendait compte qu'elle n'avait jamais vraiment gratté la surface. Elle n'avait su que ce qu'il lui avait laissé savoir, et c'était en majeure partie un mensonge.

Elle ne pouvait pas faire face à ça. On ne la ferait pas se sentir utilisée, trahie, sans valeur. Elle se changea et alla en Cardiologie. M. Paz devait vouloir sa peau, actuellement. Si sa carrière était sur le point d'être ruinée parce qu'elle était sortie avec son neveu, elle ne se laisserait pas faire sans se battre.

Le téléphone d'Avery sonna de nouveau. Son avocat. Sam alla droit au but.

— Dans mon bureau. Tout de suite.

Avery traversa la ville et arriva dans le cabinet de Sam vêtu du T-shirt et du jean froissé qu'il avait enfilés en quittant l'hôpital. L'avocat avait un certain nombre de dossiers sur son bureau.

— Asseyez-vous, ordonna-t-il.

Avery soupira et passa les doigts dans ses cheveux. Il avait la gorge sèche. Et, aussi aimable et loyal que soit Sam, son cabinet était le dernier endroit où il avait envie d'être en ce moment.

L'homme aux cheveux argentés leva les yeux. Il était beau. Certains disaient en plaisantant qu'il était un sosie de Richard Gere, et Avery s'était souvent demandé s'il y avait eu quelque chose entre sa mère et lui. Il ne le saurait probablement jamais.

Sam se tourna vers un petit frigo derrière lui et en sortit une canette du soda préféré d'Avery.

— Sustentez-vous.

Avery battit des cils, étonné qu'il se souvienne de ses goûts, puis il ouvrit la boîte et but.

— J'ai toujours su que ce jour arriverait. Je vous ai mis en garde contre le fait de travailler au Paz Memorial, mais vous étiez déterminé. Il était inévitable que votre oncle vous découvre à un moment donné, alors nous sommes prêts.

— Ah oui ? fit Avery surpris.

— Bien sûr.

Sam tourna une lettre vers lui.

— J'ai reçu un certain nombre de requêtes de la part de l'avocat de votre oncle, de celui de la famille Paz et de celui de votre tante Marie.

Avery secoua la tête.

— Pourquoi ?

— Je peux résumer. Votre oncle veut vous poursuivre pour corruption, violation de propriété, espionnage de son activité, obtention d'informations par des moyens malfaisants et toute une flopée d'accusations tout aussi ridicules. Il veut votre part de l'hôpital et essayera de l'obtenir par tous les moyens. L'avocat de la famille Paz veut connaître vos intentions, savoir si vous comptez vous impliquer dans le Paz Memorial et siéger au conseil d'administration. Votre tante veut savoir si vous irez la voir.

Avery s'adossa à son siège, abasourdi.

— La liste de votre oncle est en fait beaucoup plus longue. Il veut également prendre possession du dispensaire et de la soupe populaire. Il prétend que vous les avez fondés en volant de l'équipement… et de la nourriture provenant des cuisines de l'hôpital, ajouta-t-il en haussant les sourcils.

Avery croisa les bras. Il commençait à voir où ceci menait.

— Et le reste ?

Sam feuilleta quelques dossiers.

— Il veut vous poursuivre pour vous faire perdre votre diplôme d'infirmier, invoquant des fautes professionnelles, et vous mettre à la porte ainsi qu'une autre personne, une certaine…

— Robyn Callaghan, coupa Avery, qui se leva. Non. Il peut me poursuivre autant qu'il veut. Mais il ne peut pas s'en prendre à elle.

Les sourcils de Sam se levèrent.

— Qui est-elle ?

Avery ne savait pas très bien comment répondre. Il ne savait pas où il avait la tête. Il avait fait tout le trajet à pied en bouillant de colère. Bien sûr, il avait eu tort de ne pas révéler son secret à Robyn. Il aurait dû le lui dire dès qu'il avait réalisé ce qu'il éprouvait pour elle. Mais il était contrarié qu'elle ne se soit pas arrêtée un instant pour le voir lui, et non son argent. Il s'était même demandé s'il ne valait pas mieux qu'elle soit partie, si elle ne pouvait pas dépasser ses préjugés et lui laisser une chance. Mais maintenant ? Il était prêt à se battre pour elle.

Il pouvait le faire. Il en était capable. Il pouvait la revoir. Il pouvait lui donner l'occasion de se calmer, puis de s'asseoir avec lui pour discuter de leur relation. Ce qui prendrait sans doute du temps. Mais dans l'immédiat ? Il ferait tout ce qu'il pourrait pour la protéger.

— C'est… quelqu'un que j'aime, répondit-il enfin. C'est un médecin formidable et elle fait un travail incroyable. Il ne peut pas la toucher.

Sam le regarda dans les yeux.

— Nous sommes en Amérique. Des plaintes douteuses sont déposées sans arrêt contre des médecins.

— Ils s'en sont pris à ma mère, avant. Elle voulait que je reste en dehors de tout ça. C'est pourquoi je me suis toujours tenu éloigné de ma famille. Ils ne s'en prendront pas à Robyn. Dites à mon oncle que je le rencontrerai demain.

L'avocat secoua la tête.

— Ce n'est pas une bonne idée.

— Je m'en moque.

— Vous ne devriez pas. J'ai promis à votre mère que je veillerais sur vous.

— Alors faites-le. Venez avec moi.

Sam soutint son regard un long moment.

— Je ne vous laisserai pas faire une folie, Avery. Vous avez cette expression rageuse dans les yeux. Je la reconnais. Votre mère avait la même quand des gens la mettaient en colère. Il valait mieux ne pas se trouver sur son chemin.

— Alors vous avez intérêt à vous assurer que la voie soit libre.

Les choses n'allaient pas mieux à l'hôpital. Robyn avait à peine fait quelques pas dans l'unité qu'elle fut entourée par du personnel curieux, qui l'assaillit.

— Avery fait-il vraiment partie de la famille Paz ?

— Est-il milliardaire ?

— Pourquoi diable travaille-t-il ici s'il est riche comme Crésus ?

— Pourquoi s'est-il donné la peine de se former comme infirmier ? Il n'a pas besoin de travailler pour vivre.

— Étiez-vous au courant ?

— Oui, oui, je ne sais pas, je ne sais pas et je n'en avais aucune idée, répondit Robyn tandis qu'on la bombardait de questions.

Une main se posa sur son bras. C'était Serena, le regard inquiet.

— Où est-il ?

Robyn la fixa.

— Je ne sais pas. J'ai quitté l'appartement. Il est probablement là-bas.

— J'y suis déjà allée, ainsi qu'au dispensaire et à la soupe populaire. Il n'est nulle part.

Robyn secoua la tête.

— Je ne sais pas, Serena, et pour l'instant je m'en moque. Il m'a menti. Il connaissait mes opinions.

— Je ne peux pas imaginer une seconde qu'il vous a menti, dit vivement Serena. Il ne vous l'a pas dit. C'est différent. Et il allait vous le dire. Il voulait vous le dire.

La peau de Robyn se hérissa. Il avait manifestement parlé d'elle à Serena. Elle ne savait pas si elle l'appréciait. Serena regarda autour d'elle les gens qui continuaient à papoter.

— Vous n'êtes pas censée travailler aujourd'hui, n'est-ce pas ?

Robyn secoua la tête.

— Alors partez d'ici. Vous n'allez pas avoir un moment de tranquillité. Faites une promenade. Allez à la marina. Prenez un cocktail. Tout sauf rester là.

Robyn jeta un coup d'œil alentour. Les gens la fixaient. Avery et elle étaient visiblement au centre des conversations. Soudain, elle se sentit submergée. Serena lui reprit le bras.

— Venez, je vais vous aider.

Elle fit glisser la blouse blanche de Robyn de ses épaules et la plia sur son bras. Elle l'accompagna jusqu'à l'escalier, descendit avec elle et la fit sortir par l'entrée principale. Là, elle mit une main dans sa poche et lui tendit plus de cinquante dollars.

— Vous pourrez me rembourser plus tard. Allez prendre l'air.

Robyn avait l'impression de vivre hors de son corps. Les dernières heures étaient floues. Dès qu'elle quitta l'hôpital climatisé pour l'intense chaleur de San Diego, elle sut qu'elle devait trouver un endroit frais, loin des regards curieux.

Son cerveau tournoyait de nouveau. Avery lui avait-il vraiment menti ? Peut-être pas, peut-être avait-il simplement répondu avec précaution à ses questions, avant de lui parler.

Elle avait déjà songé à aller voir un psychologue pour démêler ses sentiments. Maintenant, elle savait qu'elle en avait besoin. Avery n'était pas comme son premier petit ami qui l'avait laissée tomber d'une façon si moche, ni comme Frank ou Leo Paz. Il n'avait pas leur arrogance. Ni leur côté coléreux. Elle aurait dû voir ces choses-là par elle-même. Il était vraiment temps pour elle de réparer les dégâts que son passé avait causés à son caractère. Elle avait des préjugés qu'elle devait accepter et régler.

Elle repensa à la soupe populaire. À la fierté dans les yeux d'Avery. Et à sa façon de s'occuper des patients âgés aux urgences. Sa patience et ses soins pleins de tact. C'était là l'Avery qu'elle connaissait.

Ses pieds semblèrent se diriger d'eux-mêmes. Et, avant de s'en rendre compte, elle fut de retour dans le Gaslamp District, en train de pousser la porte du Royaume des livres. Le carillon annonça son arrivée.

Elle ne regarda même pas les étagères, elle se rendit tout de suite à l'arrière du magasin et s'assit dans le même fauteuil en velours rouge que la première fois. Au bout de quelques secondes, la petite chienne d'Annie se mit à renifler ses chevilles et elle la prit sur ses genoux.

— Salut, Peggy, murmura-t-elle en la caressant. Je crois que j'ai besoin d'un câlin.

Elle sursauta quand un cappuccino fumant apparut devant elle. Et zoum ! Annie s'assit dans le fauteuil d'en face. Ce jour-là, son caftan était dans des tons de jaune et d'orange. On ne pouvait pas la manquer.

Elle considéra Robyn d'un air curieux, mais il y avait autre chose dans ses yeux. Comme si elle savait déjà tout.

— Que s'est-il passé ? demanda-t-elle.

Robyn ne leva pas les yeux ; elle les garda rivés sur Peggy.

— Oh ! rien, dit-elle dans un soupir. J'ai découvert que

l'homme que j'aime est secrètement milliardaire. Il a choisi de ne pas me le dire, même s'il savait ce que j'éprouverais.

— Pourquoi son compte en banque est-il si important ?

Là, Robyn la regarda.

— Il est important parce qu'il ne m'a pas fait assez confiance pour être honnête avec moi.

Elle soupira de nouveau.

— Et j'ai des problèmes avec la richesse. J'ai grandi à l'autre bout de l'échelle. J'ai eu une mauvaise expérience avec un homme riche, une fois, et cela a coloré mes opinions sur certaines choses.

— Avez-vous eu une mauvaise expérience avec Avery ?

— Non… et oui. Comment savoir si quelque chose a été réel entre nous ?

— Avery Smith est l'une des personnes les plus agréables que je connaisse, dit doucement Annie. Il est aimable, généreux et beau, aussi, ce qui ne gâche rien.

Elle regarda Robyn avec attention.

— Il n'amène pas de petites amies ici, en général. Alors vous deviez signifier quelque chose de spécial pour lui. Qu'est-ce qu'il y a à ne pas aimer chez lui ?

— C'est justement ça. Son nom n'est pas Avery Smith. C'est Avery Paz.

Les paroles d'Annie lui trottaient dans la tête, correspondant aux pensées qu'elle avait eues en venant ici.

— Ah, fit la vieille libraire d'un air entendu.

— Vous le saviez ?

— Je l'ai deviné il y a bien longtemps. Il ressemble beaucoup à sa mère, qui l'amenait ici quand il était petit.

— Mais il ne me l'a jamais dit.

— Parce que ce n'était probablement pas approprié. Si vous aviez été une espèce de croqueuse de diamants ?

— Je n'en suis pas une ! se récria Robyn, horrifiée.

Annie secoua la tête avec un petit sourire ironique.

— Bon, vous n'êtes pas une croqueuse de diamants. D'accord. Revenons en arrière. Que m'avez-vous dit tout à l'heure au sujet d'Avery ?

Robyn plissa le front.

— Je ne me souviens pas.

— Moi si. Vous avez dit « l'homme que j'aime ».

Robyn s'enfonça dans son fauteuil comme si quelqu'un venait de lui couper tous ses moyens. C'était ridicule. Elle avait déjà réalisé qu'elle aimait Avery, mais elle ne l'avait jamais dit à voix haute à quelqu'un.

— Nous ne sommes pas assortis, dit-elle.

— Vous n'êtes pas assortis parce que votre cerveau ne vous permet pas de l'être, déclara Annie sans hésitation. Pourquoi le fait que vous avez grandi aux deux bouts de l'échelle, financièrement parlant, est-il insurmontable ? Vous pouvez apprendre l'un de l'autre.

Elle détourna les yeux un instant.

— Vous savez qu'Avery travaille comme bénévole au dispensaire et à la soupe populaire.

Robyn grogna.

— Ils sont *à lui.*

— Formidable, dit la vieille dame en souriant. Mais Avery a encore besoin de prendre toute sa mesure. Et vous pouvez l'aider à le faire. Vous pouvez le faire *ensemble.*

Robyn secoua la tête.

— Je ne pense pas le pouvoir. C'est trop dur pour moi.

Annie afficha un air solennel.

— Avery a connu de si bons débuts. Il est un Paz. Et il a manifestement évité sa famille pour de bonnes raisons. Mais à présent, il est temps pour lui de recouvrer son nom. Vous devez l'aider dans cette entreprise. Il peut faire plus de bien de l'intérieur que de l'extérieur.

Robyn inspira, essayant d'intégrer tout ça.

— C'est à vous de décider, poursuivit la libraire. Vous devez définir à quel point vous l'aimez, et s'il vaut la peine de courir le risque. Vous seule pouvez le faire.

Elle se pencha et prit Peggy qui était toujours sur les genoux de Robyn. Elle commença à s'en aller, puis regarda par-dessus son épaule.

— Et vous devriez le faire maintenant.

10.

Sam et Avery venaient de s'arrêter en voiture devant l'hôpital. Avery essayait de se préparer à cette rencontre. Le visage de Sam était d'acier lorsqu'ils sortirent dans l'air chaud.

— Avery !

Il reconnut cet appel avant même de se tourner. Robyn traversait la rue en courant vers lui, ses cheveux flottant derrière elle, les yeux rougis. Avant qu'il ait eu l'occasion de la saluer, elle posa les mains sur ses bras.

— Tu es ici pour quoi faire ?

Sam jeta un regard à Avery.

— Robyn ? demanda-t-il.

Elle fit signe que oui et l'avocat prit une seconde pour considérer son apparence négligée. Sa chemise sortait à moitié de son pantalon, sa peau était luisante de sueur et ses cheveux en bataille. Il sourit.

— Il est ici pour sauver votre peau, dit-il simplement.

Robyn secoua la tête.

— Quoi que tu penses devoir faire, tu ne le feras pas pour moi, déclara-t-elle fermement. Ton oncle est une brute et un tyran. Il est temps que tu lui tiennes tête. Mais ne fais rien à cause de moi. Je peux m'occuper de moi-même. Je t'aime, Avery. Ici, c'est ta place, c'est chez toi. Reprends tout ça. Reprends-le à ceux qui ont fait un enfer de la vie de ta mère.

Son visage était échauffé, ses beaux yeux bleus étincelaient d'amour et de chaleur. Avery ne parvenait pas à croire à ce qu'il voyait. Il fit glisser sa main le long de sa joue.

— Robyn Callaghan, je ne laisserai pas mon oncle s'en prendre à toi. Je ne le laisserai pas t'enlever ce pour quoi tu as travaillé si dur. Et moi, je n'ai pas besoin de tout ça. J'ai juste besoin de toi.

Elle passa les bras autour de son cou.

— Tu m'as, je te le promets. Mais bats-toi, Avery. Ne renonce pas à ce qui te revient de droit. Sois la personne que tu dois être. Sois un Paz à ta façon.

L'estomac d'Avery se serra. Elle avait raison. Il pouvait lutter contre son oncle. Et il le ferait avec Robyn à son côté.

Il tendit une main vers elle.

— Es-tu prête à te battre avec moi ?

Elle haussa les sourcils.

— Je suis née en Écosse, non ?

Puis elle lui empoigna la main.

— Allons-y.

Finalement, Avery avait mis un costume. Il voulait affronter son oncle sur un pied d'égalité. Sam était à son côté, et Robyn aussi. Leo Paz avait trois avocats qu'Avery ne connaissait pas.

Sam commença par jeter des papiers sur le bureau d'un geste désinvolte.

— Ces plaintes ridicules ? Elles ne sont que ça, ridicules. Menacer la titularisation d'Avery comme infirmier et celle de sa collègue, le Dr Callaghan, est un coup bas, méprisable.

Il regarda Leo Paz dans les yeux.

— Mais pas très surprenant, comme Julia m'en a toujours averti.

Sam n'était visiblement pas prêt à se montrer conciliant.

L'un des autres avocats entama une longue litanie d'accusations. Il en découlait pour Avery qu'il devait prouver qui il était. Réfuter les objections au testament de sa mère. Justifier une liste de ses biens, dont ils se demandaient maintenant comment il les avait acquis.

Sam resta imperturbable. Finalement, il se leva.

— Que faites-vous ? demanda Leo.

Avery se leva aussi.

— Nous partons. Il y a d'autres membres de la famille que vous. Vous ne contrôlez pas tout, ici, et vous ne semblez pas disposé à négocier. Je perds mon temps.

Leo se pencha en avant.

— Si tu pars, je ferai expulser ton amie de son programme de formation et je ferai annuler son visa de travail.

Robyn réagit la première. Elle regarda le P-DG.

— Essayez, dit-elle fermement. Je crois qu'Avery a le droit de siéger dans votre conseil d'administration. Il apprécierait d'en être membre et de faire valoir ses griefs contre vous.

Leo secoua la tête, l'air désemparé.

— Vous ne pouvez pas faire ça.

Avery adressa un signe de tête à Sam.

— Rangez les dossiers, Sam. J'ai autre chose à faire.

Il prit la main de Robyn et l'entraîna hors de la salle de conférences. Il la regarda dans les yeux.

— Tu réalises ce qui va se passer, n'est-ce pas ?

Elle lui décocha son sourire le plus assuré.

— Je soutiens l'homme que j'aime et me bats pour ce qu'il sait être juste.

Elle inclina la tête sur le côté.

— Il faut aussi que je retourne dans ton appartement. Que je fixe mes interventions à la soupe populaire et au dispensaire.

Elle pinça les lèvres un instant.

— Que je m'arrange pour trouver un psychologue et que je voie si ma participation au programme peut être étendue au-delà de six mois.

— C'est une sacrée liste, que tu as là.

Elle hocha la tête et noua les mains autour de son cou.

— Oui. Mais j'ai quelqu'un pour m'aider. Quelqu'un qui m'a montré qui il était vraiment et ce qui importait pour lui, avant que je sois aveuglée par mes préjugés. J'avais juste besoin d'espace et de temps pour réaliser tout ça. Enfin, d'espace et d'un câlin de la part d'une petite chienne très particulière.

Avery comprit tout de suite.

— Tu es allée à la librairie ?

Elle lui chuchota à l'oreille :

— Je ne sais pas si tu t'en rends compte, mais Annie pourrait bien être ta fan numéro un.

— Ah oui ?

Il eut un grand sourire.

— Oh ! elle l'est définitivement, répondit Robyn. Mais elle a bon goût. Qui pourrait lui en vouloir ?

Avery hésita.

— Ce qui va suivre risque d'être dur. J'aurai sans doute besoin de m'appuyer sur toi. La famille Paz peut se montrer coriace.

— Ils ne te connaissent pas encore, dit Robyn d'un ton encourageant. Ils ne savent pas ce que tu as en toi. Ton expertise clinique, ta connaissance des rouages de l'hôpital, ta nature philanthropique et ton cœur grand comme ça.

— Tu es d'accord pour être à mon côté ?

— Essaye de m'en empêcher.

Il se pencha et l'embrassa.

— Je t'aime, dit-il.

— Je t'aime aussi.

Robyn lui rendit son baiser, puis elle se redressa et regarda par-dessus son épaule.

— Maintenant, va t'occuper d'eux et montre-leur qui tu es.

Épilogue

— Quelle heure est-il ? demanda Robyn, qui rangeait anxieusement des affaires dans des tiroirs.

— Détends-toi.

Avery sourit, sa présence imposante emplissant la partie la plus étroite de leur cottage.

— Ils ne doivent pas atterrir à l'aéroport d'Édimbourg avant quelques heures.

— Tu crois qu'ils vont aimer la maison ?

Avery passa un bras sur les épaules de sa femme et se tourna pour faire face au fond du cottage. Les larges fenêtres donnaient sur un *glen,* un petit vallon écossais qui avait tout ce qu'il fallait : un ruisseau, des pentes douces, des moutons et des chèvres. L'agrandissement et la rénovation des lieux avaient pris environ six mois et il restait encore quelques petites choses à terminer.

— Comment quelqu'un pourrait-il ne pas aimer cet endroit ? répondit-il simplement.

Robyn soupira et posa la tête sur l'épaule de son mari.

— Je m'inquiète juste qu'ils pensent que nous aurions dû rester à San Diego.

Serena, Toby et leur fille de deux ans, Faith, venaient passer quinze jours chez eux. Ils n'étaient jamais venus en Écosse et étaient impatients de passer du temps avec leurs amis.

Après beaucoup de débats, et une fois que Robyn avait terminé son programme, ils avaient décidé tous les deux de quitter San Diego. Avery avait toujours sa place au conseil d'administration de l'hôpital, où il tenait à l'œil un Leo Paz beaucoup plus coulant, et il assistait aux réunions par visioconférence. La soupe populaire et le dispensaire fonctionnaient toujours. Avery avait acheté le Royaume des livres après le décès d'Annie, emportée par une courte maladie, et y avait installé du personnel pour le gérer.

Mais Peggy était venue en Écosse avec eux. Tous deux travaillaient dans un hôpital d'Édimbourg, à vingt minutes de route de là.

— J'ai quelque chose à te montrer, dit Avery en souriant.

Robyn agita un doigt.

— Oh ! non. Toi, tu prépares quelque chose ! Qu'est-ce que c'est ?

Il tourna sa tablette vers elle.

— Je pense qu'il serait temps d'agrandir la famille. Peggy a besoin d'un ami.

Robyn étouffa un petit cri et regarda la chienne couchée dans un panier avec plein de petits chiots s'agitant contre son ventre.

— Est-ce que ce sont des labradors rouges ?

Le sourire d'Avery s'élargit.

— Oui. Et l'un d'eux peut être à nous. Tu m'as dit peu après notre rencontre que ton rêve, c'était une maison et un chien. Tu n'as pas eu ton mot à dire pour Peggy, alors il est juste que tu choisisses le second.

Robyn inspira, ne pouvant retenir un grand sourire. Il lui sembla que son cœur se dilatait dans sa poitrine. Elle passa les mains autour du cou d'Avery.

— Parfois, je pense que j'ai le meilleur mari du monde.

Elle l'embrassa sur les lèvres. Avery haussa un sourcil.

— Parfois seulement ?

Elle leva ses propres sourcils et l'embrassa de nouveau.

— Eh bien, cela dépend du nombre de chiots que nous ramènerons à la maison… Un ou deux ? dit-elle en plaisantant.

— Convaincs-moi, répliqua-t-il, les yeux brillants.

Et elle s'en chargea volontiers.

BLANCHE

HARLEQUIN

Un patron pour voisin, d'Alison Roberts - N°1683

Obstétricienne reconnue par ses pairs, le Dr Ella Grisham n'apprécie guère la méfiance dont fait preuve le Dr Logan Walsh à son égard. Certes, son patron est un ponte dans leur domaine, mais elle connaît son métier elle aussi ! Résolue à lui montrer l'étendue de ses capacités, Ella s'efforce d'ignorer l'attirance qu'elle ressent pour Logan. Un défi d'autant plus grand qu'ils sont voisins et doivent donc se côtoyer à la maison comme à l'hôpital...

L'espoir d'une sage-femme, de Rachel Dove

Voilà des années que Molly partage secrets et fous rires avec le Dr Matt Loren, son meilleur ami. Jusqu'au jour où ils succombent à une nuit de délices dans les bras l'un de l'autre. Alors que tous deux voudraient oublier ce moment d'égarement qui pourrait mettre en péril leur relation, Molly se découvre enceinte. Sous le choc, elle se demande alors si en portant l'enfant de Matt, elle peut taire plus longtemps les sentiments amoureux qu'elle nourrit pour lui en secret...

Le secret de Jena, de Wendy S. Marcus - N°1684

Le cœur battant la chamade, Jena s'efforce de rassembler son courage. Derrière la porte se trouve Justin, l'homme qu'elle a toujours aimé, et qu'elle n'a pas revu depuis plusieurs mois. Depuis cette unique nuit d'amour qui a bouleversé sa vie à jamais... en lui laissant bien plus qu'un souvenir impérissable : deux adorables jumelles, qu'elle vient de mettre au monde dans la plus grande discrétion. Pourtant, même si elle est décidée à les élever seules, Jena sait qu'il est temps de révéler à Justin son secret...

Un médecin au bout du monde, de Tina Beckett

Rien ne pourra décourager Stevie de mener à bien la mission médicale et humanitaire pour laquelle elle a embarqué sur le bateau-hôpital circulant sur le fleuve Amazone. Pas même la jungle, les moustiques et la chaleur moite. Et encore moins le Dr Matt Palermo qui, convaincu qu'elle ne s'adaptera jamais à ces conditions difficiles, fait tout pour l'écarter du *Projeto Vida*. Pour convaincre cet homme arrogant de la garder auprès de lui, Stevie est prête à lui tenir tête, et, si c'est nécessaire, à partager son étroite cabine sur l'eau...

Leur mission : sauver des vies.
Leur destin : trouver l'amour.

HARLEQUIN
www.harlequin.fr

BLANCHE

HARLEQUIN

Coup de foudre pour le Dr Conway, d'Annie Claydon - N°1685

La veille au soir, Kate a cru sa dernière heure arrivée. Et seule l'intervention inattendue du Dr Ethan Conway l'a sauvée des griffes de son agresseur. Pourtant, alors qu'il continue aujourd'hui de s'inquiéter pour elle, Kate sent l'agacement l'envahir : pourquoi la traite-t-il ainsi en victime ? Où est passé le séducteur qui lui rendait visite à la clinique vétérinaire où elle travaille pour flirter avec elle ? Kate est tout sauf une fleur délicate, et elle compte bien le prouver à Ethan !

L'envoyé du destin, de Judy Duarte

Kara n'a qu'un rêve : adopter Eric et Ashley, les adorables petits orphelins qu'elle a pris en affection. Hélas, comment convaincre les autorités qu'elle peut offrir un foyer – une famille ! – aux enfants, alors qu'elle est toujours célibataire ? Désemparée, elle sent l'espoir renaître quand Michael Harper entre dans sa vie. Beau, prévenant, attentionné envers Eric et Ashley, son nouveau voisin a tout pour plaire. Serait-il l'homme de sa vie ?

Leur mission : sauver des vies.
Leur destin : trouver l'amour.

HARLEQUIN
www.harlequin.fr